MARIE CRISTEN

Turm der Lügen

ROMAN

Knaur Taschenbuch Verlag

Besuchen Sie uns im Internet:
www.knaur.de

Originalausgabe Dezember 2009

Ein Unternehmen der Droemerschen Verlagsanstalt
Th. Knaur Nachf. GmbH & Co. KG, München

Lektorat: Barbara Kiesebrink
Umschlaggestaltung: ZERO Werbeagentur, München
Umschlagabbildung: The Bridgeman Art Library / Perspective
view of the Tour de Nesle and the Hotel de Nevers (engraving)
(b/w photo), Silvestre, Israel, the Younger (1621–91) / Musee de la
Ville de Paris, Musee Carnavalet, Paris, France / Lauros / Giraudon;
The Bridgeman Art Library / A Lady's Maid Soaping Linen,
Morland, Henry Robert (1730–97) / © The Holburne
Museum of Art, Bath, UK
Satz: Adobe InDesign im Verlag
Druck und Bindung: GGP Media GmbH, Pößneck
Printed in Germany
ISBN 978-3-426-63992-4

2 4 5 3

Drei Dinge lassen sich nur
bei drei Gelegenheiten erkennen:
Die Kühnheit in Gefahr, die Vernunft im Zorn
und die Freundschaft in der Not.

(Französisches Sprichwort)

Prolog

Burg von Dourdan, 11. November 1297

Die Abstände zwischen den Wehen wurden kürzer. Jeder Erschütterung des Reisewagens folgte ein Stoß des Kindes. Mahaut knirschte mit den Zähnen. Wenn der Schmerz nachließ, folterte sie der Durst. Sie wagte nicht, um eine Rast zu bitten. Die Zeit drängte. Das Tageslicht schwand bereits, Regen und Sturm taten ein Übriges.

In ihrer Erinnerung lag die Burg viel näher. Würde sie dieses Kind im Straßengraben gebären müssen? War ihr Plan zum Scheitern verurteilt, noch ehe sie Dourdan überhaupt erreichte?

»Öffnet das Tor für Madame Mahaut, die Pfalzgräfin von Burgund! Sie erbittet Gastfreundschaft und Quartier für die Nacht.«

Endlich. Auf Hugec von Flavy war Verlass. Er hatte ihr versprochen, dass er sie beizeiten nach Dourdan bringen würde, und er hielt sein Wort. Die Antwort auf seinen Ruf ging im Toben des Unwetters unter, aber die Räder setzten sich wieder in Bewegung. Sie knirschten über die Bohlen einer Zugbrücke, rollten unter die Wölbung des Torhauses. Der Wind und das Prasseln des Regens brachen jäh ab.

Sie waren am Ziel.

»Gott steh uns bei …«
Die Worte endeten mit einem Jammerlaut. Mahaut runzelte die Stirn. Erst jetzt wurde ihr wieder bewusst, dass sie nicht allein im Wagen saß. Neben ihrer engsten Vertrauten Odette kauerte, in zwei Umhänge gehüllt, Lise in der gegenüberliegenden Ecke. Am Ende ihrer Kräfte, hätschelte die Kammerfrau dennoch das Bündel, das sie unter diesen Umhängen an ihre Brust presste. Es ging ihr offensichtlich schlechter als Mahaut.
»Still!«, befahl sie ihr kurzatmig, da sie alle Kraft aufbieten musste, nicht ebenfalls zu stöhnen. »Wir sind da. Reiß dich zusammen. Loup wird dir sofort helfen.«
Mahaut verabscheute nutzloses Lamentieren. Es galt, dem Plan besonnen und genau zu folgen. Dieses Mal wollte sie kein Risiko eingehen. Dieses Mal hatte sie an alles gedacht. Vorgesorgt.
Sie tauschte einen Blick mit Odette, während Hugec dem Burghauptmann ihre späte Ankunft erklärte.
»Das vermaledeite Wetter hat unsere Reise immer wieder verzögert. Wir hofften, Paris heute zu erreichen, aber der Zustand der Straßen macht es unmöglich …«
Er öffnete die Tür des Wagens und half Mahaut mit eigener Hand heraus. Sein Auftreten machte dem Burghauptmann, der die Festung von Dourdan für den König von Frankreich befehligte, wortlos klar, dass er es bei ihm mit einem Seigneur aus edelstem Blut zu tun hatte. Mahauts Titel und der Rang ihres Gemahls als Pair von Frankreich verunsicherten ihn zusätzlich.
Ganz darauf konzentriert, seinem hohen Gast Reverenz zu erweisen, entging ihm, dass dieser sich Halt suchend nachdrücklicher auf Hugecs Arm stützte, als es nach einem

Reisetag für eine Edeldame ihres Alters nötig gewesen wäre.
Ihre Gewänder, und nicht zuletzt der pelzgefütterte Reiseumhang, verbargen beim Aussteigen die Umrisse ihrer Figur. Die Fackeln neben dem Eingang zum Haupthaus flackerten im Wind und spendeten kaum Licht. Sie dankte dem Burghauptmann für seine Freundlichkeit, lehnte es aber ab, mit ihm zu speisen. Sie musste ihm keine Erschöpfung vorspielen, sie war am Ende ihrer sonst so grenzenlosen Energie. Nur eiserne Selbstbeherrschung hielt sie aufrecht. Von Odette gestützt, erreichte sie schließlich ihr Gemach.
Erleichert klammerte sie sich an einen der Bettpfosten des großen Alkovens, in dem König Philippe von Frankreich schlief, wenn er in den Wäldern von Dourdan auf die Jagd ging.
»Himmel, ich dachte, er hört nicht mehr zu reden auf«, ächzte sie. »Lös mir das Gewand, Odette. Ich bitte dich. Mein Rücken bricht auseinander …«
»Gleich wird es leichter, meine Kleine.« Odette verfiel in den vertrauten Singsang, der Mahaut schon als Kind getröstet hatte. »Alles wird gut.«
»Alles *muss* gut werden.« Einer von Mahauts Fingernägeln brach. Die Schnitzerei aus Lindenholz widerstand ihrem Griff. »Ich darf mir keinen dritten Fehler erlauben.«
Vorsicht und Furcht zwangen sie, jede Einzelheit noch einmal zu prüfen. »Was hast du den Mägden gesagt?«
»Dass wir heißes Wasser benötigen, damit sich meine Herrin waschen kann. Dass sie nicht gestört werden will und allein meiner Dienste bedarf.«
»Gut. Wir können keine Zeugen gebrauchen. Wo ist Lise?«

»Der Bogenschütze weicht nicht von ihrer Seite. Er ist außer sich vor Sorge um sie. Das Fieber steigt unaufhaltsam.«
Mahaut schwankte. Sie war stolz auf ihre Fähigkeit, folgerichtig zu denken. Unter diesen Umständen fiel es ihr jedoch zunehmend schwerer.
»Wir müssen mit dem Schlimmsten rechnen«, warnte Odette.
Mahaut empfand kein Mitgefühl für ihre Kammerfrau. Gebären war Frauenpflicht, die Folgen davon Frauenschicksal. Indem Lise die Frau des Bogenschützen Loup Gasnay geworden war, hatte sie dieses Los auf sich genommen. Loup gehörte zu Hugecs Männern. Wenn er zum Problem werden sollte, würde Hugec wie üblich zur Stelle sein. Sie hatte gelernt, sich auf ihn zu verlassen.
»Flavy?« Die Wehe überfiel Mahaut mit solcher Wucht, dass sie nur die beiden Silben über die Lippen brachte.
»Keine Sorge, der Baron weiß Bescheid.«
Odette ahnte, was in ihr vorging. Sie war Mahauts Amme gewesen und bis zum heutigen Tage in ihren Diensten geblieben. Niemand wusste besser als sie, was die Frau antrieb, die mit purer Willenskraft das eigene Los gestalten wollte.
»Der Seigneur von Flavy hat die Wache vor deiner Tür übernommen. Und was Lise angeht, sie schläft. Ich habe ihr Mohnsaft gegeben, damit sie Ruhe findet.«
Das Drängen in ihrem Leib entlockte Mahaut einen unterdrückten Schrei.
»Es beginnt, Odette. Heilige Mutter Gottes, steh mir bei! Habe Erbarmen mit mir. Schenke mir den Sohn, den mein Gemahl von mir fordert!«

Es klang mehr nach Befehl als nach Gebet. Odette bekreuzigte sich fromm.
»Schscht! Man erteilt den himmlischen Mächten keine Befehle.«

* * *

Das Kind schlief. Bis zur Nasenspitze in feinstes Leinen gehüllt, ruhte es in Mahauts Arm. In ihren Augen funkelte Triumph. Aufrecht gegen die Kissen des Alkovens gestützt, empfing sie ihre Besucher.
Hugec ließ dem Burghauptmann den Vortritt. Der Graubart schwankte erkennbar zwischen Bestürzung und Ehrerbietung. Die Tatsache, dass die Pfalzgräfin von Burgund ausgerechnet in seiner Festung einem Kind das Leben geschenkt hatte, versetzte ihn nachträglich in Angst und Schrecken. Wieso hatte er erst davon erfahren, als alles schon vorbei war?
»Dem Himmel sei Dank, dass Ihr diese Geburt ohne Schaden hinter Euch gebracht habt. Ich wage nicht zu denken ... Ihr hättet doch ... Wieso habt Ihr nichts gesagt?«, rang er um Worte.
Ohne dass Mahaut eine Miene verzog, schien die Atmosphäre im Raum spürbar kühler zu werden. Dem Burghauptmann stieg das Blut zu Kopf. Zu spät biss er sich auf die Zunge. Man machte der Pfalzgräfin von Burgund keine Vorwürfe.
»Habt Dank für Eure guten Wünsche und Eure Gastfreundschaft«, erwiderte sie gelassen. »Seid gewiss, dass wir sie nicht über Gebühr beanspruchen werden. Mein Gemahl wird nicht versäumen, Euch dafür zu belohnen, dass sein

Sohn und Erbe unter dem Dach von Dourdan zur Welt gekommen ist.«

Sie ließ seine verspäteten Beteuerungen über sich ergehen, ehe sie ihn mit der Versicherung, dass es ihr wohl erginge und dass sie ihm nicht gram sei, wenn er unverzüglich zu seinen Aufgaben zurückkehre, entließ. Odette geleitete ihn aus der Kammer.

Hugues blieb im Raum. Er wartete und beobachtete die junge Mutter und den Säugling. Mahaut ließ die Augen nicht von ihrem Sohn. Die Eindringlichkeit ihres Blickes bewies ihm, dass die Strapazen der Geburt für sie bereits der Vergangenheit angehörten. Im Gesicht des Kindes suchte sie die Zukunft.

Würde der winzige Knabe ihre Erwartungen erfüllen?

Es lag fünfzehn Jahre zurück, seit ihm Dame Amicia seinen Sohn Adrien geschenkt hatte. Aber er erinnerte sich an ein schreiendes Neugeborenes, dessen Finger die seinen kraftvoll umklammerten. Dieses Wickelkind hingegen war so bleich und steif wie die Stoffbinden, die seinen Körper gerade hielten.

»Ist er wohlauf? Gesund?«, rutschte es ihm heraus.

»Ich nähre ihn selbst«, antwortete Mahaut ebenso freimütig wie bestimmt. »Meine Kraft und mein Blut werden ausgleichen, was bei der überstürzten Geburt an Schaden geschah.«

»Dann ist es nicht vonnöten, eine Nährmutter in Dourdan zu suchen?«

»Nicht für mich, Flavy. Aber meine Kammerfrau, die, wie Ihr wisst, ebenfalls vor drei Tagen niedergekommen ist, leidet am Kindbettfieber. Ich sorge mich um sie. Ihre … Tochter soll keine Not leiden.«

Das unmerkliche Zögern traf Hugec wie ein Schwertstreich. Es genügte, die Vermutungen in Gewissheit zu verwandeln. Seit Mahaut so kurz vor der Geburt ihres Kindes darauf bestanden hatte, dass es in Paris zur Welt kommen sollte, ahnte er, was sie im Schilde führte. Seitdem lag er im Kampf mit dem eigenen Gewissen. Er bewunderte die Pfalzgräfin und hatte sich freiwillig in ihre Dienste begeben. Nun ihr Mitwisser zu werden bedeutete, eine unsichtbare Grenze zu überschreiten.

»Kann ich mich auf Euch verlassen, Hugec von Flavy?«

»Müsst Ihr das fragen, Madame?« Im Bann ihrer Augen traf er eine Entscheidung, die nichts mit Vernunft und nichts mit Ehre zu tun hatte. »Ich bin Euer Ritter. Befehlt und ich handle danach.«

Ich würde alles für Euch tun.

Mahaut vernahm auch die stummen Worte. Sie nickte zufrieden. Sie streckte ihm die Rechte zum Kuss entgegen. Ihre Finger waren warm, fast heiß, und drückten beschwörend die seinen, um den Pakt zu schließen.

Hugec wusste, dass er manipuliert wurde, aber das Bild seiner eigenen Gemahlin verblasste neben der Amazone, die ihn mit ihrem Vertrauen auszeichnete.

»Zweifelt nicht daran, dass ich Treue und Loyalität zu belohnen weiß«, fügte sie nun hinzu und zog ihre Hand sacht zurück.

Ganz die Verkörperung von Mütterlichkeit und Sorge, neigte sie sich nun über den Sohn und Erben.

Erstes Kapitel

Er gab die Zügel frei.
Linkerhand der Seine, die unter einem rauchigen Band aus dünnem Morgennebel strömte, sprengte er nach Südwesten. Die Stadt lag hinter ihm. Adrien von Flavy atmete erleichtert auf.

Nach der Enge, dem Lärm und dem Gestank von Paris überkam ihn ein berauschendes Gefühl von Weite und Freiheit. Sein Kopf, der noch unter den Folgen des Burgunders litt, den König Philippe von Frankreich in so überreichem Maße hatte ausschenken lassen, begann klar zu werden.

Das Beste war ihm gerade gut genug gewesen zum Pfingstfest des Jahres 1313 und zur Feier der Schwertleite seiner drei Söhne. Hochämter, Turniere, Festbankette, Jagden, Empfänge und Umzüge hatten einander abgewechselt.

Die königliche Prachtentfaltung hatte einen schalen Geschmack bei Adrien hinterlassen. Sein Magen rebellierte gegen die Fülle von Phrasen, die höfischen Lügen und die zur Schau gestellten falschen Freundschaften. Er wusste nur zu genau, was sich hinter der Fassade der Wohlanständigkeit verbarg. Die königlichen Brüder wahrten die Form, belauerten und bekämpften sich dabei umso arglistiger.

Louis, mit vierundzwanzig Jahren der Älteste, war seit dem

Tod seiner Mutter vor acht Jahren König von Navarra und Graf der Champagne. Er drängte seinen Vater, Flandern mit kriegerischen Mitteln in die Schranken zu weisen. Seine angeborene Streitlust hatte ihm bereits den Beinamen ›der Zänker‹ eingetragen. Seit acht Jahren mit Marguerite von Burgund verheiratet, war er der künftige König Frankreichs. Er war von schwankendem Charakter. Den eigenen Wutausbrüchen ausgeliefert, neigte er zu Selbstüberschätzung, Boshaftigkeit und Rachsucht.

Philippe, zwei Jahre jünger, aber von imposanterer Statur, nannte man ›den Langen‹. Ihm wurden mehr Sympathien entgegengebracht als Louis.

Charles, eben erst 18, hatte das gute Aussehen des königlichen Vaters in die Wiege gelegt bekommen. Schon jetzt trug er den Beinamen ›der Schöne‹. Neben ihm kam sich Louis stets farblos und ungeschickt vor.

Philipp und Charles waren mit Marguerites Cousinen verheiratet, mit den Schwestern Jeanne und Blanche von Burgund.

Der Morgennebel hatte sich gelichtet. Ein Erpel stieg kreischend aus dem Ufergestrüpp des Flusses und riss den Reiter aus seinen Gedanken. Die Seine glitzerte nun im ersten Sonnenschein. Wolken und Ufersäume spiegelten sich in ihr.

Nur mit der Hilfe Philippes des Langen war es Adrien gelungen, seinem Vater die wenigen Wochen in Faucheville abzuringen. Dieser, der Baron von Flavy, legte großen Wert darauf, in der Nähe des Königs zu sein und seinen Sohn Adrien am Hofe in die richtige Position zu bringen. Er konnte es nicht verstehen, dass Adrien viel lieber in Faucheville geblieben wäre.

»Am besten vergessen wir meinen Herrn Vater und die Machtspiele des Hofes, was meinst du dazu, Alter?« Adrien beugte sich vor und tätschelte den Rappen, der mit einem Schnauben antwortete. »Fürs Erste bin ich froh, dem Narrenhaus entkommen zu sein.«

Eine Person bei Hof wollte ihm jedoch nicht aus dem Sinn gehen: Mahaut von Artois, die Pfalzgräfin von Burgund. Sie spielte sich als Königin auf, weil ihre Töchter Jeanne und Blanche mit Philippe und Charles verheiratet waren und der König nach dem Tod seiner Gemahlin nie den Wunsch geäußert hatte, sich je wieder zu verheiraten. Adrien hasste Mahaut. Dass ausgerechnet sie so viel Einfluss auf seinen Vater besaß, empörte und besorgte ihn zu gleichen Teilen. Seine Vermutung, dass beide ein schmutziges Geheimnis teilten, war längst zur Gewissheit geworden.

Mit gespitzten Ohren schien Adriens Pferd Spaß an den Selbstgesprächen des Reiters zu bekunden, und da Adrien für die Reise einen leichten Harnisch und keine vollständige Rüstung gewählt hatte, kamen sie schnell voran. Sie würden Faucheville am frühen Nachmittag erreichen, falls der Rappe nicht ein Eisen verlor oder sich andere Hindernisse in den Weg stellten.

Die Seine im Rücken, tauchten Ross und Reiter unter das schattige Dach der Wälder. Die Jagdreviere des Königs erstreckten sich weit über sanfte Hügel und versteckte Täler, nur von wenigen Lichtungen und Dörfern unterbrochen. Adrien brachte das Pferd erst zum Stehen, als endlich wieder Sonne seine Schultern wärmte. Inzwischen war es Mittag. Sein knurrender Magen erinnerte ihn daran, dass er in der Eile vergessen hatte, Proviant mitzunehmen.

Während er am Ufer eines versteckten Wasserlaufs den Rappen trinken ließ, tauchte er die Hände in den Bach und kühlte sich das Gesicht. Er strich sich die hellen Haare aus der Stirn, verschränkte die Finger im Nacken, ließ sich zurücksinken und blinzelte in den Maienhimmel.

Er sah sich am Tisch des Königs sitzen, nah genug, um in die versteinerte Miene Isabelles blicken zu können. Sie hatte Paris als dreizehnjährige Prinzessin verlassen, um König Edward von England zu heiraten. Aus dem klugen, schönen, ehrgeizigen Kind war seitdem eine unglückliche Königin geworden, die ihren drei Schwägerinnen das heitere Leben neidete, das sie an der Seite ihrer Brüder führten. Sie hatte der englischen Krone einen Erben geschenkt, und ihr Stolz und ihre Ehre litten darunter, dass der König statt der eigenen Ehefrau wechselnde Günstlinge in sein Bett holte. Und alle Welt wusste es. Blanche hatte mit einer törichten Bemerkung auch noch Salz in die Wunde gestreut. Welch ein Glück, dass Charles nur Augen für mich hat, hatte sie gestichelt, Euer Gemahl, liebste Isabelle, betrachtet ihn auf eine Art, die mich sonst in Sorge versetzen würde.

Bei Gott – er war froh, allen den Rücken gekehrt zu haben. Auch Isabelle, die er einmal sehr verehrt hatte, war ihm fremd geworden. Sie war jetzt achtzehn, und von ihrer einst fröhlichen Kindlichkeit war nichts geblieben.

Das gemächliche Kauen seines Rappen wirkte einschläfernd auf Adrien. Seine Gedanken wanderten voraus nach Faucheville. Wie stand es um die Aussaat? Hatte der Burgvogt den Wassergraben bereits reinigen lassen? Gab es möglicherweise schon die ersten Kirschen? Wie viele Fohlen waren geboren worden?

Séverine würde ihm jede Frage beantworten können.

Séverine. Ein Lächeln lag auf seinen Lippen, ohne dass er sich dessen bewusst war. Wie alt war sie wohl inzwischen? Jünger als die überspannte Blanche, aber sicher kein Kind mehr. Eine Jungfer, über deren Zukunft man sich Gedanken machen musste. Wie lange hatte er schon nicht mehr an Séverine gedacht? Sein letzter Besuch in Faucheville lag Jahre zurück. Würde sie sich noch an ihn erinnern?
Augenblicklich drängte es ihn, den letzten Teil des Weges hinter sich zu bringen. Ein prüfender Blick zum Himmel zeigte ihm, dass sich der Horizont mit grauen Regenwolken säumte. Dieser Frühling brachte mehr Regen als irgendeiner in den Jahren zuvor. Hoffentlich wurde der Sommer besser. Der Boden war überreich mit Feuchtigkeit gesättigt, und die keimende Saat würde ertrinken, wenn es so weiterging.
Adrien schüttelte die düsteren Gedanken ab. Sein Pfiff rief den Rappen. Er schwang sich in den Sattel. Es war an der Zeit, sich ein Aufatmen zu gönnen. Faucheville würde ihm den Kopf frei machen. Im festen Glauben daran trieb er sein Pferd über zunehmend vertrautere Wege vorwärts, bis schließlich die Mauern der Burg in der Ebene vor ihm auftauchten.
Mit donnernden Hufen, ohne sich um die verblüfften Blicke der Bauern auf den Feldern zu kümmern, jagte er auf Faucheville zu. Die herabgelassene Zugbrücke unter dem quadratischen Torturm gab den Weg über den Burggraben frei. Nirgendwo waren Wachen zu entdecken. Der Friede des fruchtbaren Landstrichs, nördlich von Étampes und Morigny, hatte die Vorsicht des Burgvogts offensichtlich einschlafen lassen. Während er in den weiten Burghof sprengte, nahm sich Adrien vor, den Mann zur Rede zu stel-

len. Eine gutgeführte Burg sollte sich nie in falscher Sicherheit wiegen.
Eine Magd, die ein Holzbrett mit frischen Broten vom Backofen ins Haus trug, geriet bei seinem Anblick ins Stolpern. Ein Teil der Laibe rutschte ihr vom Holz zu Boden. Adrien musste lachen. Das verdatterte Gesicht des Mädchens war zu komisch.
Das Wappen an seiner Satteldecke verschaffte ihm Respekt.
»Seigneur, wir haben Euch nicht erwartet.«
»Das sehe ich.«
Adrien sprang aus dem Sattel. Er warf dem Stallknecht die Zügel zu und streifte die schweren Reithandschuhe ab. »Führ den Rappen herum, damit er sich abkühlt. Danach versorgst du ihn und hütest ihn wie dein Augenlicht.«
Eilig wandte er sich dem Haupthaus zu. Die große Halle nahm mit ihren schmalen Bogenfenstern nahezu das gesamte erste Stockwerk des zweistöckigen Bauwerkes ein. Eine Frauengestalt stand neben dem Kamin. Sie wandte ihm den Rücken zu und mühte sich, einen Arm blühender Weißdornzweige in einem Kupferkrug zu arrangieren. Ein bescheidenes Wollkleid ließ die mädchenhafte Gestalt erkennen. Offene, helle Haare, von einem bestickten Band gehalten, verrieten, dass es sich nicht um eine Magd handelte. Derlei Schmuck leisteten sich nur Mädchen aus guter Familie.
»Séverine! Lass dich umarmen!«
Er ließ den Worten so blitzschnell die Tat folgen, dass er das Mädchen schon im Arm hielt, als er in ihr fassungsloses Gesicht sah. Auf der Stelle gab er sie frei und trat zurück.
»Wer bist du? Ich habe dich verwechselt. Wo ist Séverine?«
»Manon, Seigneur. Ich bin Manon, die älteste Tochter des

Burgvogts«, antwortete das Mädchen so leise, dass er es kaum verstand.

»Nun also«, räusperte sich Adrien. »Gott zum Gruße, Manon. Wo steckt dein Vater und wo Séverine? Tür und Tor stehen offen. Jeder hat ungehinderten Einlass.«

»Alle gehen ihrem Tagwerk nach, Seigneur. Mein Vater ist mit seinen Männern auf der Jagd. Die meisten Knechte sind bei der Schafschur. Séverine findet Ihr entweder bei den Pferden oder in der Küche. Gestern war Schlachttag, da ist jede Menge Arbeit angefallen.« Zunehmend selbstbewusster lächelte Manon und besann sich auf die guten Sitten. »Ihr seid sicher hungrig und durstig. Ich werde Euch gleich auftragen.«

»Mach dir keine Mühe. Ich esse, wenn für alle aufgetragen wird.« Adrien nickte dem Mädchen zu und verließ mit langen Schritten die Halle.

Bei den Pferden oder in der Küche?

Adriens Instinkt trieb ihn zu den Pferden. Er kam eben rechtzeitig, um die Geburt des staksigen Fohlens zu erleben, das vom Stallmeister und seinem Jungen mit einem Freudenschrei begrüßt wurde. Blut und Nachgeburt missachtend, umfing der geschmeidige Junge den Hals der Stute und lobte sie für ihre Leistung.

Seine Stimme ließ Adrien mitten in der Bewegung aufhorchen. Sie war hell und heiter, keine Jungenstimme. Und der armdicke, fest geflochtene, dunkelgoldene Zopf, dessen Ende im Wams des vermeintlichen Jungen verschwand?

»Séverine.«

Obwohl er den Namen nur murmelte, hatte sie ihn gehört.

»Es kann nicht sein! Adrien!«

Sie war es wirklich. Bevor er es richtig fassen konnte, lag sie

in seinen Armen. Sie reichte ihm bis zur Schulter, das goldene Funkeln in den hellbraunen Augen unverändert, ihre Spontaneität und Lebensfreude ungebrochen.
Überschwenglich lachend hing sie an seinem Hals. Sie war nicht mehr das schmale Kind, von dem er sich verabschiedet hatte. Er spürte die wohlgeformten Brüste, während er ihre Taille noch immer mit beiden Händen umspannen konnte.
»Du erdrosselst mich, Séverine«, japste er und umfasste ihre Handgelenke, damit sie ihn freigab.
»Du warst ganze Ewigkeiten nicht mehr zu Hause. Ich dachte schon, du hättest uns vergessen. Dies ist ein Tag zum Feiern. Du bist wieder da, und Étoile hat das herrlichste Fohlen zur Welt gebracht, das je in diesem Stall gestanden hat. Ein kleiner Hengst. Wie findest du ihn? Meinst du, dass der Vogt mir erlaubt, ihn aufzuziehen und auszubilden? Du könntest ein gutes Wort für mich einlegen. Ist dein Vater auch mitgekommen? Wie ist es dir in all der Zeit ergangen? Wie lange kannst du bleiben?«
Die Worte überstürzten sich. Adrien fiel es schwer, Séverine Einhalt zu gebieten. Es war ihm noch nie gelungen, ihrer außergewöhnlichen Fröhlichkeit zu widerstehen.
Schon das winzige Kleinkind hatte ihn bezaubert. Fast sechzehn Jahre lag das zurück, und doch hatte er alles vor Augen, als sei es gestern gewesen. Er hatte Séverine unter seinem Reiterumhang verborgen, um das Kind warm zu halten. An seiner Brust hatte es geschlafen während des ganzen Rittes von Dourdan bis nach Faucheville, und nicht einen einzigen Laut hatte es von sich gegeben.
Jetzt sprach sie so ungestüm, dass er laut werden musste, um sich bemerkbar zu machen.
»Wie soll ich deine Fragen beantworten, wenn du mir keine

Gelegenheit dazu gibst? Halt ein, Séverine. Und sag mir bitte: Wie siehst du aus? Sind das die Kleider einer jungen Dame? Der graue Kittel eines Stallburschen und die schmutzigen Beinlinge?«

»Ich sehe so aus, weil ich Étoile beistehen musste. Es war ihre erste Geburt. Aber sie hat es doch fabelhaft gemacht, oder? Ist es nicht ein Wunder? Wir müssen einen Namen für das Fohlen finden. Hilfst du mir dabei? Es soll den Namen eines Sterns bekommen, damit man auch seine Mutter nie vergisst.«

»Antares«, antwortete Adrien, ohne nachzudenken. »Der hellste Fixstern im Bild des Skorpions.«

»Antares«, wiederholte Séverine und sprach den Namen aus, als wolle sie ihn kosten. Sie neigte den Kopf zur Seite, betrachtete das rotbraune Hengstfohlen, das von Étoile sorgsam gereinigt wurde, und nickte. »Antares, das gefällt mir. Es beginnt mit A wie Adrien.«

Ist das wichtig?, wollte er sie necken, aber dann unterließ er es. Sie war außer sich vor Freude. Er fühlte es und bemerkte erst jetzt, dass er noch immer ihre Handgelenke umspannte. Einen Schritt zurücktretend, gab er sie frei.

»Was sagt eigentlich dein Vater dazu, dass du den Stallburschen spielst? Es kann unmöglich in seinem Sinn sein?«

Eine Spur von Unsicherheit flackerte in ihren Augen, ehe sie unbekümmert mit den Schultern zuckte. »Es kümmert ihn weniger denn je, wie ich meine Tage verbringe. Du kennst ihn, er ist ein Eigenbrötler und will nichts von anderen wissen. Lass uns lieber von dir reden. Wir haben von dem prächtigen Fest gehört, das der König für den englischen Besuch und seine Söhne gegeben hat. Erzähl mir davon. Wer hat das große Turnier gewonnen?«

»Kein Wort erfährst du, Naseweis. Ich spreche nur mit Damen, die saubere Kleider tragen und den Pferdegestank in der Badestube abgewaschen haben. Wir sehen uns beim Essen, dann werde ich deine Fragen beantworten.«

Séverine kicherte vergnügt und verließ die Pferdeställe, nachdem sie sich vergewissert hatte, dass Étoile und Antares sie nicht länger brauchten.

Adrien sah ihr nach.

»Kann es sein, dass sie mehr in den Ställen ist als im Haus?«, wandte er sich an den Stallmeister.

»Das hängt ganz davon ab, wie viel Zeit Elvire ihr dafür lässt.«

»Elvire?«

»Die Köchin, Seigneur. Unter ihrer Obhut steht sie doch.«

Adrien antwortete nicht. Hinter seiner Stirn überschlugen sich die Gedanken. Obwohl er wie ein großer Bruder mit ihr aufgewachsen war, wurde ihm erst heute in aller Konsequenz bewusst, dass sie nicht das Leben führte, das ihrer Herkunft angemessen war. Was sollte aus ihr werden? Es war an der Zeit, sie zu verheiraten und ihre Zukunft zu planen. Warum tat das keiner?

Loup schien sich nicht um sie zu kümmern. Séverine benötigte augenscheinlich einmal mehr seinen Schutz. Dieses Mal jedoch nicht gegen die Bauernkinder aus dem Dorf oder gegen die rauhen Scherze der Burgknechte. Es galt, den Mann zur Verantwortung zu ziehen, der in Faucheville für ihren Vater gehalten wurde.

»Kümmere dich nicht darum«, tat Séverine seine Fragen ab, während in der Halle zur Feier der Heimkehr des jungen Seigneurs mit Leinen gedeckt wurde. Normalerweise aß man an blanken Holztischen.

»Wo steckt dein Vater?«
Adrien warf einen suchenden Blick durch die Halle. Séverines Zopf glänzte feucht, ihr Gesicht leuchtete. Ihre Röcke fielen peinlich sauber, wenn auch zu kurz, nach unten. Die Leinenbluse spannte über Schultern und Busen. Warum hatte man ihr kein passendes Gewand anfertigen lassen? Ihr Anblick fachte seinen schwelenden Zorn auf Loup Gasnay weiter an.
»Ich bin froh, dass er nicht zur Tafel kommt«, antwortete Séverine knapp. »Wenn er so betrunken ist, wie er es heute Mittag war, kann man nichts mit ihm anfangen. Dann lamentiert er und redet dummes Zeug. Mir ist es lieber, wenn er das in seiner Kammer tut.«
»Was für dummes Zeug?«, hakte Adrien nach. Sie hörte sich betrübt an. Das war so ungewöhnlich für sie, dass es ihm ans Herz ging. »Komm schon, Séverine, es bleibt unter uns.«
Sie wich seinem Blick aus und fuhr mit dem rechten Fuß, der in einer einfachen Holzpantine steckte, die Fugen des Bodens nach. »Er mag mich nicht. Er nennt mich Kuckucksei und sagt, ich solle ihm aus den Augen gehen. Er hätte lieber einen Sohn gehabt, den er im Waffenhandwerk unterweisen und den er das Bogenschießen lehren kann. Ich habe ihm den Sohn gestohlen, sagt er. Er gibt mir die Schuld am Tod seiner Frau. Je mehr er trinkt, umso wirrer werden seine Erzählungen. Es ist besser, wenn ihn dann niemand hört. Sie lachen ihn nur aus.«
»Er kränkt dich mit diesem Gerede.«
Es war nur eine Vermutung, aber sie schüttelte auf der Stelle den Kopf. »Das kann er nicht. Ich merke ja, wenn er betrunken ist. Ich habe gelernt, ihm dann aus dem Weg zu gehen.«

Sie weigerte sich, vor einem Betrunkenen, der sie mit Beleidigungen überhäufte, zu kapitulieren. Adrien bewunderte sie dafür, denn es hörte sich an, als gäbe es nur wenige Tage, an denen sich Loup Gasnay nicht betrank.

»Schau nicht so finster.« Ihre feste Hand stahl sich in die seine, sie zog ihn zum Tisch. »Elvire hat in aller Eile das Beste aus Küche und Keller für dich bereitet. Alle sind beglückt über deinen Besuch.«

Sie war frohgemut und guter Dinge, daran gab es keinen Zweifel. Sie strahlte von innen heraus und geleitete ihn zum Kopfende des Tisches, ehe sie selbst ihren Platz weiter unten, eben noch oberhalb des Gesindes, einnahm. In der Rangfolge des Haushaltes war sie, als Mündel seines Vaters und Tochter eines Waffenknechtes, kaum über dem Status einer Magd plaziert. Adrien unterdrückte den Impuls, sie an seine Seite zu rufen.

»Ihr hättet Euren Knappen vorausschicken sollen, damit alles zu Eurem Empfang bereit ist«, hörte er Laurel Bagon, den Burgvogt seines Vaters, zum wiederholten Male brummen. »Faucheville kommt Euch sicher bescheiden vor, nach allem, was über die Pracht der Pfingstfeiern sogar bis in unsere Abgeschiedenheit gedrungen ist.«

»Mein Knappe ist anderweitig in meinen Diensten unterwegs. Außerdem interessiert mich Faucheville tausendmal mehr als der Königspalast«, entgegnete Adrien trocken. »Sagt mir, wie steht es um die Aussaat? Wie hoch ist die Anzahl der Jungtiere in den Ställen? Welchen Gewinn habt Ihr für die gebalgten Felle der Herbstjagden erzielt? Was wisst Ihr über die einzelnen Hofstellen des Dorfes? Sind die Leibeigenen gesund und die Jährlinge für den Pferdemarkt bereit?«

Der Vogt zog den Kopf ein und manövrierte sich, so gut es ging, durch die Antworten. Adriens Vater, der Baron, interessierte sich am fernen Königshof nur für die Einkünfte des Lehens. Er machte ihm weder Vorschriften, noch wollte er Einzelheiten wissen. Bagon kam ob so vieler Fragen ins Schwitzen.

Adrien entging das nicht. Ihm war klar, dass sein Vater die Zügel zu locker ließ. Er betrachtete Bagon eindringlich, bevor er den Blick auf Manon richtete, die jetzt ein Festkleid und einen hauchfeinen Schleier trug. Sie saß neben ihrer Mutter und nahm eine Stelle ein, die auch Séverine zugestanden hätte.

»Ich nahm an, das Mündel meines Vaters unter der Obhut Eurer Gemahlin anzutreffen«, wandte er sich erneut an Bagon. »Wer unterrichtet Séverine in den Tugenden einer künftigen Gemahlin und Mutter?«

»Je nun.« Der Vogt weitete mit dem Finger seinen enggeschnürten Hemdkragen. »Das ist Elvires Aufgabe. Schließlich hat sich die Köchin schon immer des Mädchens angenommen. Sie hat ihr die Mutter ersetzt, und bei ihr ist sie gut aufgehoben. Ich wollte nicht, dass meine Tochter und sie zusammen aufwachsen. Loup ist ein Säufer, und ihre Mutter war eine Kammermagd.«

»Und warum, verdammt noch mal, sorgt Ihr nicht dafür, dass Loup zu saufen aufhört?« Adrien schlug mit der Faust auf den Tisch.

»Er steht unter dem Schutz des Barons, und der hat ihm freie Kost und Logis zugesagt. Ich habe nicht das Recht, ihm Vorschriften zu machen.«

Die Kräuterfüllung des knusprig gebratenen Täubchens verwandelte sich in Adriens Mund zu Stroh. Immer wieder stieß er auf die Anweisungen seines Vaters. Immer wieder rannte er gegen eine Wand, sobald er versuchte, eigene Anordnungen durchzusetzen. Aber hier ging es nicht um ihn, es ging um Séverine.

* * *

Loup Gasnay lag schnarchend auf dem Rücken, die Arme von sich gestreckt, den Mund mit den gelblichen Zahnstummeln halb offen. Bettstatt, Kleider und Kammer stanken, wie Adrien es nur von den billigsten Schenken der Hauptstadt kannte. Er stieß die vorgelegten Läden auf und musterte den ehemaligen Waffenknecht verächtlich.
Die untätigen Jahre hatten ihn fett werden lassen, und niemand wäre auf den Gedanken gekommen, er könne einmal ein angesehener Kämpfer gewesen sein. Ein prächtiges Mannsbild, dem es sogar gelungen war, eine der Kammerfrauen der Mahaut von Artois für sich einzunehmen und zu ehelichen.
»Hoch mit dir, Loup.«
Ohne sich um die Folgen zu kümmern, kippte Adrien den Rest aus der Weinkanne über dem Gesicht des Schlafenden aus.
Mit einem Wutschrei schoss Gasnay hoch und sank, die Hände jammernd vor die Augen gepresst, sogleich wieder zurück.
»Seigneur«, krächzte er kaum verständlich. »Habt ein Einsehen mit mir. Das Licht tut meinen Augen weh.«
»Dir tut gleich weit mehr weh, wenn du nicht unverzüglich auf die Beine kommst, du versoffenes Wrack.«
Bei Hofe hatte Adrien seinen schneidenden Tonfall vervoll-

kommnet. Die vor der Brust verschränkten Arme und sein eisiger Blick taten ein Übriges. Loup sah den Baron vor sich, zu dessen besten Männern er einmal gezählt hatte. Er hatte dem Sohn die blauen Augen und das Selbstbewusstsein vererbt.

Ächzend rappelte Loup sich in eine sitzende Haltung und versuchte so, auf die Beine zu kommen. Er schwankte wie ein Kranker und rieb sich den nassen Bart.

»Wir müssen reden«, begann Adrien kalt. »Reiß dich zusammen. Es müssen Entscheidungen über Séverines Zukunft getroffen werden. Wieso hast du dich nicht besser um das Mädchen gekümmert? Ich nahm an, ich würde eine wohlerzogene Jungfer vorfinden, und was wartet auf mich? Ein halber Stallknecht. Eine Küchenmagd. Ein Kobold ohne jede Erziehung. Ein Kind, das nicht die geringste Ahnung von den Pflichten einer künftigen Ehefrau und Mutter hat.«

»Was geht's mich an.« Loup fluchte heiser. »Ich hab nichts mit dem Weibsstück zu schaffen, und ich will nichts von ihr hören.«

»Hast du den Verstand verloren, Loup Gasnay? In den Augen der Welt ist Séverine deine Tochter. Was glaubst du, warum du auf Faucheville lebst wie die Made im Speck? Du bist hier, damit Séverine in Ehren aufwachsen kann. Damit kein Makel auf ihren Namen fällt.«

»Sie ist eine Mörderin«, schrie Loup so wütend, dass seine Stimme kippte. »Sie hat den Tod meines Sohnes auf dem Gewissen. Hätt' ich ihn behalten dürfen, er wäre noch am Leben. Er wäre der Trost meines Alters, die Freude meiner Augen.«

»Du weißt nicht, was du da redest, Loup. Du bist nicht

nüchtern.« Erschrocken blickte Adrien zum Fenster. Hatte Loups Ausbruch Ohrenzeugen? Er sprach Dinge laut aus, die er selbst bisher nur zu denken gewagt hatte. »Beruhige dich, Mann.«

Besänftigend auf ihn einredend, begriff Adrien, dass es sinnlos war, wenn nicht sogar gefährlich, Loup mit Vorwürfen an seine Verantwortung zu erinnern. Ohnehin nicht der Hellste, war längst auch der Rest seines Verstandes dem Wein zum Opfer gefallen.

Der kurze Anflug von Energie, der ihn auf die Beine gebracht hatte, ging vorüber. Er sackte in sich zusammen, begann zu jammern, schließlich zu greinen und wie ein Schwachsinniger nach dem Sohn zu rufen, den er in seinem beschränkten Geist zum Ziel aller Hoffnungen machte. Unter Druck würde er das Geheimgehaltene, von dem er wusste, schneller ausplaudern, als ihnen allen lieb sein konnte. Es musste ohne ihn einen Weg geben, Séverine zu helfen.

Adrien rief nach einer Magd und ließ sie Loups Weinkanne füllen. Er goss einen Becher ein.

»Trink«, befahl er knapp.

Loup zitterte mittlerweile so sehr, dass Adrien ihm den Becher führen musste. Er stürzte hastig und gurgelnd den Inhalt hinunter. Nach dem zweiten Becher wurde das Zittern schwächer. Adrien betrachtete ihn aufmerksam. Er kannte Schwächlinge wie ihn. Sie suchten Vergessen in Wein oder Bier. Wenn man ihm nicht Einhalt gebot, würde er sich freiwillig zu Tode saufen. Vielleicht wäre das für sie alle die beste Lösung, auch wenn es seine Pläne über den Haufen werfen würde, dachte Adrien. Er verließ ihn in der Gewissheit, dass er nichts mehr ändern konnte.

Abgestoßen und gleichzeitig schuldbewusst erinnerte sich

Adrien an Loup, den kräftigen Soldaten, der vor fast sechzehn Jahren nach Faucheville gekommen war. In tiefer Trauer um die Mutter seines Kindes hatte er sich dem Willen der skrupellosen Mahaut gebeugt, künftig in Faucheville zu leben. Wahrscheinlich konnte er nur so sein Leben retten.

Die schreckliche Mahaut. Alle Welt nannte sie hinter ihrem Rücken so. Sie stammte väterlicherseits von König Louis dem Heiligen ab und war mit Othon, dem Pfalzgrafen von Burgund, verheiratet worden. Nach der Geburt zweier Töchter war der langersehnte Sohn und Erbe in Dourdan zur Welt gekommen.

Von wenigen Getreuen umsorgt – Adriens Vater war einer von ihnen gewesen – brachte sie das Kind auf dem Weg von Orléans nach Paris in der Burg von Dourdan zur Welt. Vermutlich hatte sie die Reise wohlweislich zu diesem Zeitpunkt angetreten. Fern von Paris war es leichter, den kühnen Betrug durchzuführen, falls sie wieder mit einem Mädchen niederkommen sollte.

Tage vor Mahauts Niederkunft hatte ihre Kammermagd Lise, Loups Gemahlin, ebenfalls ein Kind zur Welt gebracht. Einen Sohn, wenn man Loup glauben wollte. Sie war an Kindbettfieber gestorben, so dass ihre Herrin offensichtlich auf keinerlei Widerstand traf, als sie die Kinder vertauschte.

Die Vermutung, dass in Dourdan nicht alles mit rechten Dingen zugegangen war, hatte Adrien von Anfang an gehegt. Zunächst hatte es ihm geschmeichelt, dass sein Vater seine Begleitung auf einem Ritt nach Dourdan wünschte. Dass jener dort eine Amme aufsuchte und ein mutterloses Kind an sich nahm, riss ihn jedoch aus seiner Ahnungslosigkeit. Hugec von Flavy war nicht der Mann, der sich um Säuglinge kümmerte. Auch erklärte die Amme auf Adriens Frage, dass sie keine Ahnung habe, wessen Kind sie stille. Sein Vater hatte das Gespräch rüde unterbrochen, der Frau ihren Lohn überreicht und den Sohn aus dem Haus gedrängt. Das winzige Mädchen mit den goldenen Augen auf dem Arm, musste Adrien ihm einen feierlichen Eid leisten, niemals über diesen Ritt und die Herkunft des Kindes zu sprechen.

»Das Mädchen heißt Séverine Gasnay. Niemand wird es je anders nennen. Ich habe geschworen, gut für das Kind zu sorgen, falls es die schwierigen ersten Monate übersteht. Man wird sehen.«

Mehr war nie gesagt worden.

Séverine hatte auf Faucheville dann ein warmherziges Willkommen in den Armen der Burgherrin gefunden, die damals noch am Leben war. Als Adriens Mutter starb, litt Séverine genauso wie er unter dem Verlust. Sie hatten sich gegenseitig getröstet.

Loup hatte sich unter Zwang darauf eingelassen, Séverines Vater zu sein. Sie sollte ehrenhaft bei ihm aufwachsen. Erst als er wieder zur Besinnung kam, durchschaute er, dass Mahaut ihn an einen Ort verbannt hatte, von dem es kein Entkommen für ihn gab. Von da an vernachlässigte er seine Aufgabe sträflich, und für Mahaut schien ihre dritte Tochter nicht länger zu existieren.

Der vertauschte Sohn war schon Monate nach seiner Geburt gestorben. Mahaut hatte Jahre später Robert geboren, der heute ihr ganzer Stolz war. Nach dem Tod des Pfalzgrafen, der in einer der zahllosen flandrischen Schlachten gefallen war, blieb sie Witwe. Inzwischen setzte sie ihren ganzen

Ehrgeiz darein, Robert einmal zum mächtigsten Manne des Königreiches zu machen. Über ihre Nichte und ihre beiden Töchter besaß sie großen Einfluss. Mit einer perfiden Intrige hatte sie zudem ihren Neffen Artois, der ebenfalls Robert hieß, um seine Grafschaft betrogen, so dass sie nun den Namen Mahaut von Artois trug. Inmitten dieses raffiniert geknüpften Netzes von Einfluss und Macht fühlte sie sich sicher und unangreifbar.
»Den Versager Loup soll Gott strafen, doch der Teufel soll dieses Weib Mahaut holen«, grollte Adrien erbittert und schlug im Vorbeigehen mit der Faust gegen die Wand. »Sie kann sie doch nicht vergessen haben. Sie hat sie geboren. Ich muss diesem Unrecht ein Ende setzen.«
»Wem zürnst du so sehr, dass du gegen die Mauern schlägst und Flüche murmelst?«
Séverine trat aus dem Durchgang zum Hauptturm und sah ihn strahlend an.
Adrien fuhr zusammen. Hatte sie ihn verstanden? Nein. Sie sah völlig unbeschwert aus. Frische Grasflecken auf ihrem Rock deuteten darauf hin, dass sie eben erst von draußen kam.
»Wo bist du gewesen, Naseweis?«
»Im Wald«, entgegnete sie fröhlich. »Ich habe die ersten reifen Erdbeeren gefunden. Elvire wird sie dir mit frischer Sahne übergießen. Sie sind köstlich. Freu dich darauf.«
»Du warst allein unterwegs?«
Séverine nickte. »Wer sollte mich schon begleiten?«
»Manon zum Beispiel.«
»Manon?« Séverine lachte herzlich. »Da geht eher die Sonne im Westen auf. So etwas käme ihr nie in den Sinn. Sie hält sich für eine feine Dame und rümpft die spitze Nase, wenn

sie mich sieht. Aber das macht nichts. Ich mag sie auch nicht. Sie ist albern und dumm.«

Sevérines Lachen und ihre Fröhlichkeit entwaffneten Adrien. Wie konnte er sie tadeln?

»Komm mit auf dic Mauern«, sagte er nach kurzem Überlegen. »Wir haben einiges miteinander zu bereden.«

Glücklich darüber, dass er seine Zeit mit ihr verbringen wollte, änderte Séverine unverzüglich ihre Pläne. Sie stellte keine Fragen, sondern lief neben ihm her. Die Plattform des Torturmes erreichte sie jedoch vor ihm, denn sie hatte wie gewohnt immer zwei Stufen auf einmal genommen. Sie barst förmlich vor Unternehmungslust.

Sie ist wie eine Quelle, die sich zwischen Felsen und Moos gegen alle Hindernisse ihren Weg bahnt, ging es Adrien durch den Kopf. *Was ist sie doch für ein lebendiges Wesen.*

Unter freiem Himmel, in dem ein Schwarm von Schwalben seine Kreise zog, breitete sie die Arme aus und deutete über die Felder zum Waldrand hinüber. »Pierrot, der Jäger, hat mir gesagt, dass er auf der Lichtung beim Römerhügel junge Füchse gesehen hat. Willst du mit mir kommen, sie beobachten?«

»Bist du eigentlich je im Haus?«, antwortete er mit einer Gegenfrage, die Séverine kurz verwirrte.

»Natürlich bin ich das. Wenn Elvire meine Hilfe braucht, gehe ich ihr in der Küche zur Hand.«

»Und in der großen Halle?«

»Was sollte ich da tun?«

»Was Frauen eben machen. Sticken, spinnen, weben, nähen, miteinander plaudern und die Mägde beaufsichtigen. Was ein Hausstand so erfordert.«

Séverine gluckste vor Vergnügen. »Damit hab' ich nichts zu

schaffen. Zum Glück. Ich habe wenig Geschick für Nadelarbeiten, und beim Spinnen reißt immer wieder mein Faden. Ich bin lieber im Stall oder im Küchengarten. Oder beim Beerensuchen. Warte nur, bis du siehst, wie viele Erdbeeren ich gefunden habe.«

Er dachte nach, während er ihrem Geplauder lauschte. Mit sechzehn war sie im besten Heiratsalter. Aber wer sollte sie heiraten? Ein Bauer, ein Handwerker, ein Kriegsknecht? Undenkbar, bei ihrer Herkunft. Aber auch ein Ritter, ein Hofbeamter oder ein ländlicher Würdenträger würde sie als Braut nicht heimführen und sie zur Mutter seiner Kinder machen wollen. Sie erwarteten eine wohlerzogene, gehorsame und fromme Jungfer, die ihrem Hauswesen vorstand und ihnen ein Zuhause bereitete, in dem sich alle wohl fühlten. Séverine besaß augenscheinlich nicht eine einzige der Eigenschaften, die dafür erforderlich waren.

»Hast du je über deine Zukunft nachgedacht?«, rutschte es ihm heraus. »Wie stellst du dir dein Leben vor?«

Séverine unterbrach ihren munteren Redeschwall, der sie über die Erdbeeren zur bevorstehenden Kirschenernte und zum Pferdemarkt in Étampes gebracht hatte. Verblüfft drehte sie das lockige Ende ihres Zopfes um den Zeigefinger, um Zeit zu gewinnen.

»Mein Leben?« wiederholte sie. »Mein Leben ist Faucheville. Elvire meint, ich soll irgendwann ihre Nachfolgerin werden, aber das gefällt mir nicht so. Lieber würd ich dem Stallmeister zur Hand gehen und mich um die Pferde kümmern. Er sagt, ich habe eine gute Hand mit den Tieren. Auch weiß ich viel besser als er, was ihnen fehlt, wenn sie nicht fressen wollen oder Koliken bekommen.«

»Du bist kein Stallknecht«, widersprach Adrien. »Und die Arbeit einer Köchin ist viel zu schwer für eine halbe Portion wie dich.«
Séverine schüttelte so heftig den Kopf, dass ihr Zopf wieder nach hinten flog. »Ich habe sehr wohl Kraft. Ich kann deinen Sattel so gut heben wie jeder Stallknecht. Außerdem weiß ich so gut wie Elvire, welche Menge Getreideschrot in eine vernünftige Grütze gehört, und kann mit schweren Töpfen und Kesseln bestens hantieren.«
»Es kann nicht immer nach deinem Kopf gehen«, wandte Adrien ein. Die unbeschwerte Selbstsicherheit, mit der sie die eigenen Fähigkeiten anpries, zeigte ihm, dass sich niemand nach dem Tod seiner Mutter die Mühe gemacht hatte, Einfluss auf sie zu nehmen.
»Denkst du noch an meine Mutter?«, fragte er schließlich.
»An die Baronin Amicia? Aber sicher. Zu jedem Feiertag lege ich einen Wiesenstrauß auf ihr Grab. Ich schließe sie täglich in meine Gebete ein.«
Adrien gratulierte sich zu seinem Einfall. Im Gedenken an seine Mutter würde sie seine Einwände ernster nehmen.
»Sie hätte nicht gewünscht, dass du ein Pferdeknecht wirst oder deine Tage in der Küche zubringst. Sie liebte dich wie eine Tochter.«
»Aber ich bin nicht ihre Tochter«, antwortete Séverine nüchtern. »Ich ehre ihr Andenken, und auch ich liebte sie sehr, wie du weißt. Ihre Kleider fühlten sich stets weich und wundervoll an und dufteten nach Blüten, wenn sie mich in den Arm nahm. Ich war noch sehr jung, als sie starb, aber ich erinnere mich an alles.«
»Wenig über neun Jahre«, nickte Adrien.
»Du hast mich getröstet.« Dankbarkeit schimmerte in Sé-

verines Augen. »Du warst immer für mich da, bis heute. Ich bin glücklich darüber.«
In grenzenlosem Vertrauen hob sie den Blick zu ihm. Sie schien zu spüren, dass er etwas auf dem Herzen hatte und nicht die richtigen Worte fand.
»Wolltest du wirklich nur über deine Mutter sprechen?«, fragte sie sanft.
»Würdest du nicht gerne leben wie sie? Die Herrin eines eigenen Hausstandes sein? Einen Mann und Kinder haben? Loup verlassen und nie wieder sein betrunkenes Gebrabbel hören müssen?«
»Loup verlassen hieße Faucheville verlassen. Nie will ich das.« Vehemente Ablehnung färbte ihre Worte. »Außerdem brauche ich keinen Mann. Ich habe doch dich.«
Die Unschuld dieser Antwort wurde lediglich von der Naivität ihrer Weltsicht übertroffen. Beides zwang ihm einen Entschluss auf. Er würde ihr Vertrauen einer Zerreißprobe unterziehen und dafür sorgen, dass ihr Gerechtigkeit widerfuhr. Sie würde ihre gewohnte Umgebung verlassen und ein völlig neues Leben beginnen müssen.
Ein Plan, der auf Widerstand stoßen würde. Vonseiten Séverines ebenso wie vonseiten seines Vaters. Wie gut, dass der Faucheville noch seltener besuchte. Ob er den Anblick des Mädchens scheute, das er hier um sein Leben betrog, weil Mahaut es so beschlossen hatte?
Die Versäumnisse, die bei Séverines Erziehung gemacht worden waren, zu korrigieren, stellte allerdings ein schweres Stück Arbeit dar. Allein, wer sollte diese Aufgabe übernehmen? Wer besaß sowohl die Geduld wie die Fähigkeit dazu?
»Mir gefällt nicht, was du denkst«, sagte Séverine mit ihrem

unfehlbaren Gespür für das, was in ihm vorging. Den Kopf eine Spur zur Seite geneigt, die goldbraunen Augen halb von den Lidern bedeckt, glich sie so sehr ihrer ältesten Schwester, dass sich Adrien die Lösung des Problems mit einem Schlag aufdrängte.

Jeanne. Jeanne von Burgund. Wenn es einen Menschen in diesem Königreich gab, der es wagte, der eigenen Mutter die Stirn zu bieten, dann war sie es. Bestärkt von Philippe an ihrer Seite, ihrem Mann, dem Königssohn, war sie die Einzige, die Mahaut von Artois in ihre Schranken weisen konnte. Ihre Güte, ihre Mildtätigkeit und ihr angenehmes Wesen trugen ihr allgemeine Sympathie ein. Wieso war ihm die bestechende Ähnlichkeit zwischen Jeanne und Séverine nie zuvor aufgefallen?

»Was hast du vor?«, hörte er Séverine eine Spur drängender fragen. Sie spürte, dass er schwieg, weil ihr seine Antwort nicht gefallen würde.

»Gemeinsam mit dir zu Antares zu gehen«, lenkte er sie ab. Sie akzeptierte die Ausrede mit der Ergebenheit, die sie ihm stets entgegengebracht hatte. Wenn er seine Gedanken für sich behalten wollte, dann respektierte sie das, auch wenn sie sie noch so gerne gekannt hätte.

Obwohl er sich darüber im Klaren war, dass er mit der Geduld eines Jägers auf der Pirsch vorgehen musste, gefiel ihm sein Vorsatz auf Anhieb. Was konnte befriedigender sein, als Séverine zu ihrem Recht zu verhelfen? Gleichzeitig würde es das nagende Schuldgefühl lindern, das ihn immer stärker quälte. Was hatte ihn so lange davon abgehalten, Séverines Partei zu ergreifen? Ichsucht? Respekt vor dem Vater? Gedankenlosigkeit? Wie hatte er dieses Unrecht über Jahre hinweg dulden können?

Gleichzeitig bot er Jeanne eine Aufgabe, die ihr gefallen würde, und zwang Mahaut von Artois, für eine Schurkerei geradezustehen, die sie längst vergessen glaubte. Zuvor musste er jedoch genauer darüber nachdenken, wie sein Plan in die Tat umzusetzen war.

* * *

Die Reiter preschten am Obstgarten vorbei. Unter den Hufen der Pferde spritzte der Schlamm, die Hunde hechelten kläffend hinterher.

Niemand warf einen einzigen Blick auf die Apfelbäume, wo Séverine, im frischen Laub verborgen, auf einem Ast kauerte. Mit ungewohnt ernster Miene blickte sie den Jägern nach.

Adrien hatte strikt untersagt, dass sie ihn auf dieser Jagd begleitete. Dass sie in den vergangenen Jahren in diesem Wald mehr Hasen und Fasane erlegt hatte als er … hatte ihn nur in seiner Haltung bestärkt.

»Wenn du einmal jagst, dann wirst du es mit dem Falken tun, wie es sich für eine Dame gehört. Pfeil und Bogen gehören der Vergangenheit an«, hatte er gesagt.

Sie wiederholte im Stillen Adriens Aussage, ohne sie enträtseln zu können. Sie war keine Dame. Sie war die Tochter eines Waffenknechtes und einer Kammerfrau. So sehr sie Adrien von Flavy bewunderte, schätzte und liebte, sie wusste, dass nur der Umstand, dass sie in Faucheville lebte und zu seinen Leuten zählte, ihr einen Platz in seinem Leben sicherte. Weil das ritterliche Ideal vom Herrn, der die ihm anvertrauten Menschen schützte und versorgte, ihm in Fleisch und Blut übergegangen war.

Séverine zählte nicht zu den Leibeigenen, die es auch auf Faucheville gab, aber sie fühlte sich als Adriens Besitz. Sie gehörte ihm, sie diente ihm.

Nie hatte sie über ihre Gefühle nachgedacht. Sie war sich ihrer sicher. An diesem Morgen jedoch geriet sie ins Grübeln. Adrien hatte etwas mit ihr vor. Er dachte über ihre Zukunft nach. Nur, in welche Richtung gingen seine Gedanken? Zum ersten Mal verspürte sie eine tiefe Unruhe.

Das Jubeln einer Lerche, die auf der anderen Seite des Weges senkrecht aus dem hohen Gras stieg, riss sie aus ihren Betrachtungen. Sie sah dem Vogel nach, bewunderte sein Geschick und ließ sich nur zu gerne ablenken. Warum sich den Kopf über Dinge zerbrechen, die sie ohnehin nicht beeinflussen konnte?

Dennoch musste sie auch an ihr Gespräch mit Elvire denken, das sie heute schon gehabt hatte.

»Nimm dich in Acht, Séverine«, hatte sie gewarnt. »Der Seigneur scheint gewillt, das ganze Lehen auf den Kopf zu stellen. Er prüft die Bücher, gibt dem Vogt neue Anweisungen und kontrolliert vom Weinkeller bis hin zum Saatgut alle Vorräte. Vielleicht steht uns eine Hochzeit ins Haus, weil ihm gar so viel daran liegt, dass alles auf das Beste gerichtet ist.«

»Eine Hochzeit?«, hatte sie gefragt.

»Denk nach. Der Seigneur hat das dreißigste Lebensjahr überschritten. Es ist höchste Zeit, dass er sich eine Frau sucht, die ihm Söhne schenkt. Wenn das Lehen ohne Erben bleibt, fällt es nach seinem Tod in den Besitz des Königs zurück. Seit vor sieben Jahren seine Verlobte so unglücklich gestorben ist, war nie wieder von einer Hochzeit die Rede.«

Adriens Braut war demselben Fieber zum Opfer gefallen, das auch das Leben seiner Mutter beendet hatte.

»Er hat nichts davon gesagt, dass er eine Frau nehmen will.«

»Das wird er dir nicht auf die Nase binden, Séverine. Solche Dinge werden bei Hofe entschieden. Da hat der König ein Wörtchen mitzureden und der Baron natürlich auch. Wirst schon sehen, dass ich recht habe.«

Plötzliche Unruhe trieb Séverine vom Baum. Sie ging an den Karpfenteich, wo eine Entenmutter mit ihren Küken ihre Aufmerksamkeit fesselte. Als Adrien von der Jagd zurück an den Teich kam, hatte sie ihr seelisches Gleichgewicht wiedergefunden.

Sie strahlte ihn an, als habe es die morgendliche Absage nie gegeben. Das Haar zerzaust, den Kittel an den Ärmeln nass und schmutzig, glich sie einem heiteren Waldgeist. In der gefältelten Schürze trug sie eine Kräutersammlung aus frischen Minzeblättern, Angelikawurzeln und Fenchelstengeln. Der würzige Duft umfing Adrien und verstärkte das gute Gefühl, das er bei ihrem Anblick empfand.

»Was tust du hier so allein? Du solltest die Burg nicht ohne Begleitung verlassen«, rief er sie aus Pflichtbewusstsein dennoch zur Ordnung.

»Weshalb nicht?« Mit einer höchst anmutigen Bewegung neigte sie den Kopf zur Seite und bedachte ihn mit einem selbstbewussten Blick. »Ich kenne die Wege und Wälder besser als deine Jäger.«

»Aber es gehört sich nicht.« Da er selbst hörte, wie engstirnig und herrschsüchtig das klang, fügte er sanfter hinzu: »Du setzt deine Sicherheit aufs Spiel. Das Pfingstfest in Paris hat nicht nur den Adel des ganzen Landes, sondern auch

Landstreicher und Galgenvögel angezogen. Nach dem Ende der Feiertage sind sie überall unterwegs.«

»Ich könnte mich mit meinen Kräutern freikaufen.«

»Du nimmst mich nicht ernst.«

Ihr Lächeln sagte mehr als jeder Widerspruch, und Adrien fühlte sich wieder einmal geschlagen. Eine lange Zeitspanne herrschte Schweigen zwischen ihnen, dann schaute sie ihn erwartungsvoll an. Er entdeckte nichts als Zuneigung in ihrem Blick. Grenzenloses Vertrauen. Durfte er sie wirklich aus dieser Welt herausreißen?

Aber es geht doch um ihre Zukunft, besänftigte er das eigene Gewissen. Viel zu lange schon hatte er sich darauf verlassen, dass sein Vater oder Loup sich um ihr Schicksal kümmerte. *Séverine verdient einen Fürsprecher.*

»Die Feierlichkeiten in Paris hätten dir gefallen«, setzte er die Unterhaltung fort. »Die Damen des Hofes gleichen in ihren bunten Kleidern den Frühlingsblumen. Sicher hast du dir schon einmal heimlich gewünscht, auch so schöne Kleider wie meine Mutter zu tragen.«

»Nein. Warum?«

Die Kürze ihrer Antwort entwaffnete ihn.

»Frauen lieben schöne Kleider, Juwelen und prächtige Stoffe«, erwiderte er. Aber noch während er sprach, sah er, dass sie nicht begriff, was er sagen wollte. »Stört es dich nicht, dass du die Kleider einer Magd trägst?«

»Ich bin eine Magd.«

»Das bist du nicht!«

Séverine stieß einen überraschten Laut aus, als Adrien ihre Oberarme mit festem Griff umspannte und sie schüttelte. »Mein Vater, Loup und die Umstände haben dich in dieses Leben versetzt, aber es ist nicht das deine. Du verdienst Besseres. Eine Zukunft, einen Mann, ein Leben, das deinem Rang entspricht.«

»Meinem Rang? Was redest du?«

Gebannt vom Zorn, der aus seinen Worten sprach, starrte Séverine ihn an. Das Bild von Adrien, das sie über all die Jahre hinweg in ihrem Herzen getragen hatte, entsprach nicht mehr der Wirklichkeit. Der Freund ihrer Kindertage war ein Mann geworden. Beeindruckend, aber auch einschüchternd, gebieterisch und dem Widerspruch entgegentretend. Das blonde Haar war nicht mehr so hell wie noch vor Jahren, um die tiefblauen Augen und von den Nasenflügeln zu den Mundwinkeln zogen sich Spuren strenger Falten. Zum ersten Male wich sie eingeschüchtert vor ihm zurück.

»Du kannst nicht in Faucheville bleiben«, kam er auf direktem Wege zur Sache.

»Ich soll fort?« Sie riss sich vollends aus seinem Griff. »Faucheville ist mein Zuhause. Ich kenne kein anderes und ich will auch kein anderes. Warum tust du mir das an? Was habe ich getan?«

»Du musst die Regeln eines richtigen Frauenlebens lernen. Du hast aufgrund deiner Herkunft ein angeborenes Recht auf ein Dasein, das deiner Geburt entspricht. Beruhige dich, Séverine, und vertraue mir. Was geschieht, ist zu deinem Besten. Ich gebe dir mein Wort: Es geht um deine Zukunft.«

Sie zwang sich dazu, seine Worte genau zu überdenken, ehe sie antwortete. Nie hatte er ihr Grund gegeben, ihm zu misstrauen.

An der Haltung ihrer Schultern konnte er bereits erkennen, dass sie nachgab, noch ehe sie nickte. »Ich weiß, dass du es gut mit mir meinst, auch wenn ich nicht verstehe, warum ich nicht in Faucheville bleiben darf. Wird mein Vater mich denn überhaupt gehen lassen?«

»Mach dir da keine Sorgen.« Adrien entschied sich, nicht mit Lügen auszuweichen. »Er hat kein Recht, über dein Leben zu bestimmen. Er hat seine Pflicht getan, und er hat sie nicht einmal gut getan.«

»Was willst du damit sagen?« Argwohn schimmerte in ihren Augen.

»Loup ist nicht dein leiblicher Vater. Lediglich um neugierige Fragen zu vermeiden, wurde er dazu bestimmt.«

»Dann ist er also im Recht, wenn er mich Kuckucksei nennt?«

Der bedrückte Unterton reizte Adrien und schärfte seinen Ton.

»Vergiss Loup Gasnay. Er hat das Vertrauen enttäuscht, das mein Vater in ihn gesetzt hat.«

»Und meine Mutter? War Loups Frau überhaupt meine Mutter, wenn er nicht mein Vater ist?«

Was konnte er antworten, ohne den Schwur zu verraten, den er vor sechzehn Jahren geleistet hatte? Keine Lüge. Die Zeit der Lügen war zu Ende.

»Nein.« Adrien griff nach ihren Händen und drückte sie sanft. »Bitte stell mir keine weiteren Fragen, ich müsste dich nur enttäuschen. Ich kann sie nicht beantworten, denn ein Eid bindet mich. Ich muss dich um dein Vertrauen und deinen Gehorsam bitten. Doch ich schwöre dir, du sollst es nicht bereuen.«

Séverine war zu verwirrt, um weiter zu insistieren. Ihr ganzes Dasein wurde mit einem Schlag auf den Kopf gestellt. »Ich will dir vertrauen, Adrien. Aber ich weiß nicht, was ich von all dem halten soll. Du versprichst mir eine Zukunft

und nimmst mir gleichzeitig den Vater, die Mutter und den Namen. Wer bin ich?«
»Séverine. Meine Séverine.«
Es klang traurig und beruhigend zugleich. Er nahm sie in den Arm. Augenblicklich fühlte sie sich getröstet. Neuer Mut erfüllte sie. Vielleicht war gar nicht Faucheville ihre Kraftquelle, sondern Adrien. Wenn sie bei ihm bleiben konnte, würde alles gut sein.
»Wirst du mir helfen, all das Neue zu ertragen? Wirst du bei mir sein und meine Schritte begleiten?«
»Du hast mein Wort.«

* * *

Das Holzgestell am Sattel war mit Leder verkleidet, die Decke trug das Wappen der Seigneurs von Flavy. Séverine rutschte unruhig auf der gepolsterten Fläche hin und her, während sie mit der Fußspitze nach dem Steigbügel suchte. Es war ihr ein Rätsel, warum sie auf diese unbequeme Weise reiten sollte, wenn es doch viel leichter war, aufzusitzen wie es auch die Männer taten. Aber Adrien hatte nicht mit sich reden lassen. Er wollte weder etwas davon hören, dass sie wie ein Junge ritt, noch dass sie sich jemals wieder wie einer kleidete. Das Wort Gehorsam kam ihm neuerdings etwas zu oft über die Lippen, fand Séverine. Dennoch protestierte sie nicht. Sie hatte Gehorsam versprochen.
Sie reckte die Schultern gerade und drückte den Rücken durch. Aus den Augenwinkeln sah sie Elvire, die sich mit der Schürze die Tränen wischte. Manon stand mit einer Miene neben ihrer Mutter, als habe sie zum Frühstück Senfkörner in der Mandelmilch gefunden. Beide verstanden

nicht, warum Adrien Séverine mit sich nahm. Manon stand der Neid ins Gesicht geschrieben, Elvire der Trennungsschmerz.

Auch Séverine war den Tränen nahe. Angst saß ihr im Nacken. Die Umrisse der Menschen von Faucheville, die ihrem Herrn und seiner Begleiterin gute Reise wünschten, verschwammen ihr vor den Augen. Sie wagte nicht, sich umzusehen, während die Hufe der Pferde über die Zugbrücke polterten. Den Blick starr auf die beiden Ohren ihres Pferdes gerichtet, folgte sie Adrien, der in mäßigem Tempo vorausritt.

Er spürte, welchen Kampf sie mit sich austrug. Seit zwei Tagen hatte sie nicht mehr gelacht. Wie ein Häufchen Elend mutete sie ihn an. Wenn er sie mit seiner Entscheidung brechen würde, könnte er es sich nicht verzeihen.

In seine Gedanken versunken, entging ihm, dass sie zusehends aus ihrer Erstarrung erwachte. Der morgendliche Regenguss, der ihren Aufbruch verzögert hatte, war drückender Schwüle gewichen. Der Horizont verschwamm, und das frische Grün wurde von Dunstschleiern gedämpft. Jeder Atemzug beschwerte die Lungen. Dennoch, gefesselt von den neuen Eindrücken, verdrängte Séverine den Abschiedsschmerz und die Unbequemlichkeit des Damensattels. Sie hatte nicht geahnt, dass die Wälder des Königs so endlos waren, die Bäche und Flüsse so zahlreich, die Dörfer so abwechslungsreich.

Bis zur Mittagsrast hatte Séverine ihr fröhliches Gleichgewicht wiedergefunden. Voller Appetit grub sie die Zähne in Elvires Brot und warf dem kleinen Zaunkönig, der sie vom untersten Ast einer Buche beäugte, ein paar Krumen hin. »Iss, mein Freund. Du siehst so verhungert aus wie die Bewohner des Dorfes, das wir am Fluss hinter uns gelassen haben.«

»Die Ernte des vergangenen Jahres war in der ganzen Provinz schlecht«, bemerkte Adrien. »Wer keine Vorsorge getroffen hat, büßt jetzt dafür.«

»Was ist mit ihrem Lehnsherrn? Wenn es in Faucheville knapp zugeht, gibt der Vogt Getreide aus.«

»Auch Faucheville leidet unter den Missernten, und nicht nur darunter«, entgegnete Adrien. »Die Schatztruhen des Königs sind leer, und die Krone hält sich schadlos an den Rittern. Steuern und Sonderabgaben häufen sich. Jeder Ritter, der nicht eine bestimmte Anzahl Bewaffneter für den König stellen kann, muss stattdessen eine Ablöse zahlen. Auch mein Vater war dazu gezwungen. Das Gold wird uns fehlen, zumal bereits abzusehen ist, dass auch die Ernte dieses Jahres aufgrund des Regens geringer ausfallen wird.«

»Aber warum müssen Bewaffnete gestellt werden, wir führen doch keinen Krieg.«

»Wenn es nach dem Thronfolger geht, wird sich das bald ändern. Er versucht, seinen Vater mit allen Mitteln davon zu überzeugen, dass Flandern endgültig unterworfen werden muss. Sollte er sich bei ihm durchsetzen …«

»Müsstest auch du in die Schlacht ziehen und kämpfen, Adrien?«

»Noch ist es nicht so weit, Séverine. Vergiss, was ich gesagt habe. Iss auf, ich möchte die Stadt vor Sonnenuntergang erreichen, damit du sie gleich in ihrer ganzen Pracht erblickst. Paris ist überwältigend, du wirst sehen, dass ich dir nicht zu viel verspreche.«

Schon bald veränderte sich die Landschaft. Die Wälder wichen zugunsten bebauter Felder zurück, die Pfade wurden zu Wegen und schließlich zu einer richtigen Landstraße. Reiter, Karren, Lastenträger, Bewaffnete, Handwerker und Bauern machten sich gegenseitig den Platz streitig. Geschrei, Räderknarren und Pferdegetrappel vereinten sich zu einem Lärm, wie Séverine ihn nicht kannte. Glücklicherweise verhinderte die hohe Luftfeuchtigkeit, dass der Staub über Pferdehöhe stieg.

Wo zunächst Adriens mächtiger Destrier noch dafür sorgte, dass man ihnen respektvoll auswich, wurden Ross und Reiter im Gedränge vor dem Stadttor des heiligen Honoré doch gezwungen, sich einzuordnen. Adrien griff Séverine in die Zügel. Sie hatte nicht bemerkt, dass sie abgedrängt wurde. Seit der gezackte Saum der Türme und Dächer von Paris, von einem Ende des Horizonts zum anderen sich erstreckend, vor ihrem Auge erschienen war, war sie vom Sehen und Wundern völlig vereinnahmt.

Adrien musste sie bis in die Stadt am Zügel geleiten. Überfordert von den vielfältigen Eindrücken, konnte sie nur noch staunen.

Zweites Kapitel

»Ihr seid zurück, Seigneur! Der Himmel muss Euch geschickt haben.«

Ein Junge, schmutzig, frech und unbekümmert, grinste Adrien an, der Séverines Pferd noch am Zügel hielt. Sein schmales, langes Gesicht erinnerte Séverine an die Windhunde des Barons.

»Der Teufel soll dich holen, Julien. Wie siehst du aus, und was hast du hier zu suchen? Wolltest du nicht deine Familie besuchen?«

»Ich brauche Eure Hilfe, Seigneur. *Wir* brauchen Eure Hilfe.«

Nach einem kurzen prüfenden Blickwechsel befahl Adrien Julien, vorauszugehen. Er nahm Séverines Pferd noch enger, während der Junge blitzartig um eine Ecke und in einem Toreingang verschwand.

»Wer ist das?«, unterbrach Séverine Adriens unterdrückte Flüche. Es war nicht zu verkennen, dass ihn das Auftauchen des Burschen verärgerte.

Sie rechnete schon nicht mehr mit einer Antwort, als er sagte: »Julien. Julien von Porcien aus der vielköpfigen Verwandtschaft des Herrn Konnetabel. Der Bursche ist mein Knappe. Er sollte nach seiner Rückkehr in meinem Quar-

tier auf mich warten. Ich werde ihm die Ohren langziehen dafür, dass er sich am Stadttor herumtreibt.«
Der oberste Befehlshaber der königlichen Streitkräfte, wie der offizielle Titel des Konnetabels von Frankreich lautete, war einer der höchsten Würdenträger der Krone.
»Du hältst die Pferde«, befahl Adrien, im Hinterhof angekommen, seinem Knappen. Séverine wies er an, im Sattel zu bleiben. Eine Gruppe bäuerlich gekleideter Männer stand so dicht gedrängt um einen Karren, dass sie nicht erkennen konnte, was sich auf der Ladefläche befand.
Adrien ging auf die Männer zu und begann unverzüglich zu gestikulieren. Séverine verstand kein Wort, doch Adriens Körperhaltung sprach für sich. Es war ein kurzer, aber heftiger Streit. Als Adrien wieder auf sie zukam, hielt er ihr die Hand auffordernd entgegen.
»Steig ab«, befahl er. »Wir brauchen dein Pferd. Das letzte Stück werden wir gemeinsam auf meinem Destrier bewältigen müssen.«
Séverine war fassungslos. Jetzt nahm er ihr auch noch Marjolaine. Sie war ihr wie ein Freund. Sie hatte sie gepflegt, gefüttert und hatte auf ihr reiten gelernt. Konnte er nicht verstehen, was die Stute für sie bedeutete? Was würde er noch alles von ihr verlangen? Marjolaine war kein Streitross, aber sie kam aus Fauchevilles bester Zucht. Warum vertraute er sie mitsamt ihrem kostbaren Sattel diesen Bauern an?
Julien griff nach Adriens Hand und küsste sie in stummer Dankbarkeit.
»Freu dich nicht zu früh, Bursche«, knurrte Adrien. »Du wirst mir einiges zu erklären haben, wenn ich nach Hause komme. Und nun vorwärts.«

Séverine sah ihm an, dass er keine weiteren Fragen duldete. Sie fügte sich und erklomm mit Juliens Hilfe sein Pferd. Adrien brummte einen Gruß, umfasste ihre Taille und lenkte den Destrier zurück auf die Gasse.
»Vergiss, was du gesehen hast«, befahl er knapp.
Nie zuvor hatte er so barsch mit ihr geredet. Eingeschüchtert fragte sie nicht weiter nach dem Grund. Was verband ihn mit diesen Männern?
Nach einem längeren Ritt durch labyrinthisch enge Gassen und überfüllte Straßen passierten sie den Torbogen eines hochherrschaftlichen Hauses. Adriens Aufforderung, vom Pferd zu steigen, bewies ihr, dass sie nicht taub geworden war. Für einen Augenblick hatte sie es wegen des städtischen Lärms befürchtet. Ganz wirr im Kopf, geriet sie ins Stolpern, als ihre Füße wieder Boden berührten. Sein schneller Zugriff bewahrte sie vor einem Sturz.
»Wir sind am Ziel, Séverine«, sagte er. »Hier wird dein neues Zuhause sein. Bei Jeanne von Burgund, der Gemahlin des Grafen von Poitiers, wirst du dich wohl fühlen, und ich zweifle nicht daran, dass ihr Freundschaft schließen werdet.«
»Bei der Schwiegertochter des Königs soll ich wohnen?«
Sie verengte die Lider und sah sich zwischen den hoch aufragenden Mauern und Türmen um. Es schien ihr, als reichten sie bis in den Himmel hinauf. Das prachtvolle Maßwerk der Steinmetzarbeiten und das Funkeln der blitzenden Fensterscheiben entging ihr vor Entsetzen über das winzige Stückchen Abendrot, das im Rahmen all der Steine sichtbar wurde.
»Du scherzt.«
Adrien hatte sie absichtlich bis jetzt nicht eingeweiht. Er

wollte den Diskussionen mit ihr aus dem Weg gehen. Jetzt drängte es ihn, sie ans Ziel zu bringen. Hoffentlich verlief alles friedlich. Ihr Zögern ließ ihn stutzen.

»Du brauchst keine Angst zu haben. Es wird dir nichts Böses geschehen.«

»Sieh dich um, und dann sieh mich an.« Séverine wäre am liebsten auf das Pferd zurückgestiegen. »Ich habe hier nichts zu suchen.«

Musste der versprochene Gehorsam wirklich so weit gehen, dass sie widerspruchslos alles hinnahm? Erst verschleppte er sie, dann nahm er ihr das Pferd, und schließlich die Freiheit. Hinter diese Mauern verbannt, wäre sie eine Gefangene. Panik stieg in ihr auf, zeigte sich in ihren Augen.

»Komm jetzt. Schenk' mir dein Lächeln und sei freundlich mit Madame Jeanne. Und sei nicht traurig, dass du dein Pferd opfern musstest. Es musste sein. Ich werde dafür sorgen, dass du es zurückbekommst.«

Seine Worte klangen jetzt wieder liebevoll und freundlich, wie sie es gewohnt war. Sie beruhigten Séverine ein wenig, und nach einer kleinen Pause sagte sie zögerlich: »Du weißt, dass ich all das nur tue, weil es dein Wunsch ist?«

»Du wirst es nicht bereuen, mein Wort darauf.«

Sie folgte ihm stumm in das *Hôtel d'Alençon*, wie der Wohnsitz der Grafen von Poitiers in der *Rue Poullies* von den Parisern genannt wurde, seit sein Vorfahr, der Königssohn Alphonse von Poitiers, es im vergangenen Jahrhundert in seinen Besitz gebracht hatte. In unmittelbarer Nachbarschaft der Louvre-Festung, grenzte das Anwesen an das *Hôtel de Bourbon* und die Bastionen der Stadtmauer.

Die Burg von Faucheville hatte sie nicht auf den Prunk dieses Domizils vorbereitet. Geblendet vom Glanz der farbigen Steinfliesen, der Eleganz der geschnitzten Türen, dem Übermaß an Wandbehängen, Schauschränken und Ziergegenständen, wusste sie nicht, wohin sie zuerst schauen sollte.

»Setz dich und warte hier auf mich«, sagte Adrien unvermittelt und deutete auf eine Fensternische, die mit farbenprächtigen Polstern ausgelegt war. »Mein Gespräch mit Madame Jeanne wird nicht lange dauern. Sobald man dich ruft, trittst du ein und entbietest ihr deinen Respekt. Alles Weitere wird sich dann von selbst finden.«

Er warf einen Blick über die Schulter, ehe er durch die Flügeltür trat, die zwei Bewaffnete für ihn aufhielten. Wie ein Kind kauerte sie auf einem Kissen, die Hände über dem einfachen Leinenkittel gefaltet. Am liebsten wäre er noch einmal umgekehrt, um ihr Mut zuzusprechen, aber man wartete bereits auf ihn.

»Ihr seid zurück.« Prinzessin Jeanne reichte dem Gefolgsmann ihres Mannes die Hand zum Kuss. »Ihr kommt zur rechten Zeit, Flavy. Ich rechne mit Eurem besänftigenden Einfluss auf meinen Mann. Der Thronfolger drängt den König, die Lage in Flandern mit Waffengewalt zu unseren Gunsten zu wenden. Philippe engagiert sich so vehement in seiner Ablehnung dieses Kriegszuges, dass ich fürchte, er wird seinen Vater verärgern. Der König ist ohnehin in gereizter Stimmung, seit Isabelle nach England zurückgekehrt ist. Die Fröhlichkeit des Pfingstfestes gehört längst der Vergangenheit an.«

Dass sie so ohne jede Vorrede auf ihre Sorgen zu sprechen kam, war ein Vertrauensbeweis. Seit Jeanne vor fünf Jahren Philipp von Poitiers geheiratet hatte, schätzte sie die Zuverlässigkeit und Ehrbarkeit Adriens. Er hielt sich aus allen

Hofintrigen heraus, verweigerte sich albernen Moden und übte einen beruhigenden Einfluss auf ihren Mann aus, der unter seinen Brüdern mehr litt, als er zugeben wollte. Die aufbrausenden, unüberlegten Handlungen des Thronfolgers waren ihm ebenso zuwider wie der einfältige schlichte Geist seines jüngeren Bruders Charles, des Grafen von Marche. Manchmal so sehr, dass ihn der Zorn darüber krank machte. Dann bekam er grauenvolle Kopfschmerzen und litt Stunden, wenn nicht gar Tage, in absoluter Dunkelheit, weil er kein Licht ertragen konnte.

»Er ist krank?«, fragte Adrien deswegen auch besorgt, aber Jeanne schüttelte den Kopf.

»Bisher ist kein Anfall aufgetreten, und Euer Auftauchen wird seine Gedanken aufhellen. Hattet Ihr schöne Tage in Eurer Heimat?«

Adrien nutzte die Frage, sein Anliegen zur Sprache zu bringen. Er bat die Prinzessin um ein Wort im Vertrauen, und sie schickte ihre Damen ohne zu zögern hinaus. Im *Hôtel d'Alençon* herrschte keine sonderlich strenge Etikette. Niemand dachte sich etwas dabei, dass lediglich eine korpulente Ehrendame über ihrer Stickarbeit sitzen blieb, um dem Anstand Genüge zu tun. Das Hofzeremoniell kam in diesen Mauern nur bei offiziellen Anlässen zum Tragen.

»Ich bin mit der Hoffnung zu Euch gekommen, dass Ihr mir helft, ein Unrecht zu sühnen, das vor fast sechzehn Jahren an einem unschuldigen Kind begangen wurde«, begann er. Die komplizierte Sachlage in schlichte Worte zu fassen, entpuppte sich als mühsam. »Ein Eid gebietet mir Schweigen zu Namen und Umständen, aber ich kann Euch versichern, dass das Kind, das ich auf meinen eigenen Armen nach Faucheville gebracht habe, edelstes Blut in seinen

Adern hat. Ich muss zu meiner Schande gestehen, dass auch ich den vollen Umfang des Verbrechens erst jetzt erfasst habe. Der Schleier des Vergessens soll über ein Menschenleben gebreitet werden, das solches nicht verdient. Séverine Gasnay ist mir in all den Jahren lieb geworden wie eine Schwester. Ich darf nicht zulassen, dass ihre Zukunft in der Küche von Faucheville endet.«

»Ihr wollt sie stattdessen als Magd in meinem Haushalt unterbringen?« Jeanne ahnte, in welche Richtung seine Bitte zielte.

»Verzeiht. Nicht als Magd.«

Sie hob kaum merklich die Brauen und neigte den Kopf ein wenig zur Seite, um ihr Erstaunen auszudrücken. Adrien erkannte die Bewegung wieder. Auch Séverine reagierte auf diese Weise, wenn sie nicht mit seinen Worten einverstanden war und sich fragte, wie sie ihre Ablehnung zum Ausdruck bringen konnte, ohne ihn zu kränken.

»Lernt sie kennen und bildet Euch Eure eigene Meinung über Séverine«, bat er mit so viel Gefühl in der Stimme, dass Jeanne stutzig wurde. »Sie versteht es, Menschen für sich einzunehmen. Ich bin sicher, dass sie Euch Gefährtin, Zeitvertreib, Aufgabe und Herausforderung zugleich sein könnte. Allein Ihr könnt das Edelfräulein in ihr wecken, das sie von Geburt an hätte sein sollen. Reizt es Euch nicht, auf solche Weise Schicksal zu spielen?«

Jeanne, stets ein Spielball der Launen ihrer Mutter, von ihrer übermütigen Schwester und ihrer herrschsüchtigen Kusine ausgenützt, konnte dem geschickt dargebotenen Köder nicht widerstehen. Adrien kannte sie zu gut.

»Lasst mich das Mädchen sehen«, befahl sie knapp. »Ich will mit ihm sprechen, ehe ich eine Entscheidung treffe.«

Séverine hatte wartend verharrt, immer noch in der gleichen Position.
»Madame von Poitiers wünscht dich zu sehen«, gab Adrien ihr leise zu verstehen, damit die Wachposten seine Worte nicht hören konnten. »Sie ist dir wohlgesinnt. Sei beruhigt und vergiss nicht, was du mir versprochen hast.«
Voll der besten Vorsätze sprang Séverine ohne Zögern auf. Die Wartezeit hatte ihr geholfen, das Erlebte zu verarbeiten. Die steinerne Reglosigkeit der Türwachen hatte sogar ihren Sinn für Schabernack geweckt. Sie hatte darüber nachgedacht, was passieren müsste, damit diese Statuen zum Leben erwachten. Sie folgte Adrien zu Jeanne von Burgund, die neben dem Fenster saß und ihnen entgegenblickte. Der Raum war riesig und der Weg lang genug, damit auch sie die Frau betrachten konnte, unter deren Dach sie wohnen sollte.
Die Gräfin von Poitiers und Schwiegertochter des Königs war jung und schön. Ein weichfließendes, silbernes Kleid fiel einer Kaskade gleich auf ihre Fußspitzen. Die rotblonden Haare wurden von einem komplizierten Silbernetz im Nacken gehalten. Ihre feingliedrigen Hände im Schoß gefaltet, wartete sie ruhig. Obwohl sie die Andeutung eines Lächelns in den Mundwinkeln trug, sah Séverine ihr an, dass sie nicht glücklich war.
Sie sank vor Jeanne in die Knie, und ehe Adrien die ersten Worte fand, trafen sich ihre Blicke. Mitgefühl für die Gräfin und eine überraschende Vertrautheit stellten sich spontan bei Séverine ein. Jeanne würde ihr nichts Böses wollen, spürte sie unvermittelt intuitiv.
»Du musst nicht vor mir knien, Séverine«, waren die ersten Worte, die die Gräfin an sie richtete. »Ich bin keine Köni-

gin. Es genügt, wenn du mir Reverenz erweist und schweigend wartest, bis ich dich anspreche.«
Adrien unterdrückte ein Schmunzeln. Es schien zu klappen.
Séverine fasste wieder Mut und ihr Temperament brach sich Bahn.
»Wie soll ich Euch denn sagen, dass ich Euch gern dienen will, wenn ich schweigen muss?«, antwortete sie.
»Bist du sicher, dass du das wirklich willst?«
Séverine hielt kurz inne. »Oh ja, Madame, das will ich.«
Der ernst und ausdrucksvoll vorgebrachte Wunsch entwaffnete Jeanne. Séverine mochte den Kittel eines Landmädchens tragen, den armdicken Zopf mit einem schlichten Kopftuch bedeckt und keine Ahnung von den Manieren des Adels haben, doch das gewisse Etwas an ihr machte es schwer, sie nicht auf Anhieb ins Herz zu schließen. Die Gräfin suchte Adriens Blick.
»Ich will Euren Wunsch und den des Mädchens erfüllen, Seigneur von Flavy. Ihr werdet das Geheimnis um ihre Person lüften, wenn Ihr es für angebracht haltet. Bis dahin soll Séverine als mein Schützling und Gast zu meinem Haushalt gehören. Ehe wir es allerdings bekanntgeben, müssen wir aber wohl etwas für ihre Erscheinung tun.«
Jeanne erhob sich und winkte der rundlichen Ehrendame zu. Die verstaute ihr Stickzeug in einem Korb, ehe sie nähertrat und auf die Anweisung ihrer Herrin wartete.
»Wir haben eine Menge Arbeit vor uns, meine liebe Jacquemine. Ich möchte Séverine bei der Abendtafel dem Haushalt vorstellen. Sorgt dafür, dass sie gebadet wird und passende Kleidung erhält. Bedient Euch bei meinen Hauskleidern, ich denke, dort wird sich etwas Passendes für sie

finden. Wir sind praktisch gleich groß, und die Weite kann mit den Bändern reguliert werden. Die Zeit ist knapp, aber ich setze mein Vertrauen in Euch. Da wir heute ganz unter uns sind und keine Gäste erwarten, ist die Gelegenheit günstig.«

Ehe Séverine die Konsequenz dieser Befehle begriff, spürte sie schon Jacquemines Hand zwischen ihren Schulterblättern.

»Verabschiedet Euch«, sagte sie knapp. »Wir müssen uns sputen.«

»Ich …«

»Geh nur.« Jeanne nickte ihr zu. »Jacquemine war schon meine Kinderfrau. Heute befiehlt sie über meine Kinderkammer und hütet meine drei Lämmchen wie ihren Augapfel. Sie weiß, was sie tut. Sie hat ein Herz für Vögel, die aus dem Nest gefallen sind.«

»Ich möchte mich trotzdem von Adrien verabschieden.« Séverine ging erhobenen Hauptes auf ihn zu. Alles ging viel zu schnell für sie.

Adrien strich ihr sacht über den Kopf. Erste Zweifel stiegen in ihm hoch. Hatte er wirklich das Richtige getan? Würde sie hier glücklich sein, oder opferte er eine Unschuldige dem eigenen Sinn für Gerechtigkeit?

In einem Aufruhr von Gefühlen hätte er sie am liebsten an die Hand genommen und wieder nach Faucheville gebracht. Aber dafür war es nun zu spät. Sie hatte ein Anrecht darauf, ein Leben zu führen, das ihrem Rang und ihrer Geburt entsprach. Er machte den Abschied kurz. Was er dachte, durfte er nicht aussprechen, und was er sagte, war mehr an Jeanne als an Séverine gerichtet.

»Wir müssen uns für heute trennen. Ich werde dich nicht

aus den Augen verlieren. Wenn du mich brauchst, lass mich rufen. Gott schütze dich.«

Adriens letzte Worte beunruhigten Séverine, aber man ließ weder ihm noch ihr Zeit für weitere Beteuerungen.

Es wird nicht lange dauern, bis du ihn wiedersiehst, sprach sie sich im Stillen Mut zu. *Adrien hält sein Wort, du musst nur geduldig sein.*

Geduldig musste sie schon gleich mit Jacquemine sein, die ein wenig schwer hörte. Aber sie wusste sich Gehorsam zu verschaffen. Weder die Bademägde, die Séverine von Kopf bis Fuß abschrubbten und ihr die Haare wuschen, noch die beiden Kammermädchen, die sie ihr vor dem Feuer trocken kämmten und sie neu einkleideten, wagten es, angeleitet und angetrieben von Jacquemine, neugierige Fragen zu stellen.

Séverine schloss die Augen, nur so konnte sie die Betulichkeit fremder Menschen an sich ertragen. Wäre es nach ihr gegangen, sie hätte sie abgewiesen.

»Was sind das nur für Haare?«

Erst der erstaunte Ausruf der Magd brachte sie dazu, vorsichtig zu blinzeln. Was war falsch mit ihrem Haar? Es sah immer so aus, nachdem es gewaschen war. Gesträhnt in allen Farbtönen von Gold, Bronze und hellem Braun, glich es dem Laub eines Herbstwaldes. Wenn es streng geflochten wurde, fiel es nicht auf.

»Sie sollte es offen tragen«, schlug die Magd jetzt vor, aber Jacquemine wollte nichts davon hören.

»Es geht nicht darum, ihre Reize herauszustellen, es geht um ihre Ehrbarkeit. Das Haar wird aufgesteckt und kommt unter einen Schleier.«

Niemand fragte Séverine um ihre Meinung. Mit steifem

Nacken, die Hände im Schoß, ließ sie alles mit sich geschehen. Es kam ihr vor, als würde sie zu einem Bündel verschnürt. Sogar das feine Leinenhemd, das anfangs wie ein Streicheln über ihren Körper geglitten war, klebte nun straff, von den Bändern des Untergewandes festgehalten, auf ihrer Haut.

Dass ihr unbehaglich war unter all dem Stoff, nahm keine der Frauen zur Kenntnis. Sie vermisste den lockeren Kittel schon, ehe ihr das Surkot, wie die Mägde das Übergewand nannten, über den Kopf gestülpt wurde und in reichen Falten bis auf den Boden fiel.

Prüfend strich sie über den Stoff. Wolle. So fein gewebt, dass es ihr kaum möglich war, die Schuss- und Kettfäden zu unterscheiden. Nicht einmal die Tochter des Burgvogts von Faucheville trug ein solches Gewand. Die Farbe, ein tiefes Waldgrün, gefiel ihr besonders. Sie erinnerte sie an Mooskissen unter Farnen.

»Das wird für den Anfang genügen.« Jacquemine umrundete Séverine und verengte dabei die Augen. »Euer Aussehen wirft Fragen auf, Demoiselle Séverine. Ich überlasse es Madame Jeanne, die Antwort darauf zu geben. Je weniger Ihr sprecht, desto besser wird es sein. Wo hat der Seigneur von Flavy Euch nur gefunden?«

»Die Antwort darauf sollte auch Madame Jeanne geben, wenn sie es für angebracht hält«, entgegnete Séverine, ohne nachzudenken.

Erst als alle Hände ruhten und Jacquemine ein tadelndes »tststs« von sich gab, wurde ihr klar, dass sie sich anscheinend im Ton vergriffen hatte. Dennoch verweigerte ihre Zunge die Entschuldigung. Die Prozedur des Bades und des Ankleidens hatte sie reizbar und ungeduldig werden lassen.

Es widerstrebte ihr, willfährig alles mit sich geschehen zu lassen, auch wenn man ihr Gutes tat. Jede Art willenloser Fügsamkeit war ihr fremd.
Ein fernes Hornsignal rettete sie vor weiterer Peinlichkeit. Fragend sah sie zu Jacquemine, die mit wenigen Handgriffen den Sitz ihres Kopfputzes prüfte und die Falten ihres Gewandes ausschüttelte, bevor sie zur Tür schritt.
»Kommt!«
Durch einen Wink wurde Séverine aufgefordert, ihr zu folgen. Die ersten Schritte tat sie zögernd. Die Fülle der Stoffe hinderte ihre Beine am Ausschreiten ..., und die seltsamen Pantoffeln aus besticktem Ziegenleder drohten ihr von den Füßen zu rutschen. Ihr Ungeschick wurde bemerkt. Ein leises Kichern in ihrem Rücken trieb ihr zornige Röte auf die Wangen. Die dummen Gänse warteten offensichtlich darauf, dass sie strauchelte.
Séverine hatte in der Küche von Faucheville gelernt, nichts auf solche Mädchen zu geben. Sie warf den Kopf in den Nacken und hielt sich gerade, ehe sie ihr Kleid ein wenig raffte. Dann zwang sie sich, so langsam zu gehen, als prüfe sie das schlüpfrige, winterliche Eis im Burggraben auf seine Tragfähigkeit. Da sie über Anmut und Körperbeherrschung verfügte, waren die Mägde erstaunt, wie schnell sie eine gewisse Gewandtheit erlangte.
Als sie in Jacquemines Begleitung die große Halle betrat, wandten sich ihr alle Köpfe zu. Das unbekannte Mädchen, dem weder Scheu noch Ängstlichkeit anzumerken war, versetzte sie in Erstaunen und ließ sie fragend tuscheln, wer sie wohl sein könne.
Die Gräfin winkte Séverine in ihre Nähe und dankte ihrer Ehrendame für ihre Mühen.

»Setz dich bitte«, forderte sie Séverine auf. Als alle verstummt waren, erhob sie die Stimme. »Heißt Demoiselle Séverine Gasnay in unserem Kreis willkommen. Sie ist mir ein lieber Gast und wird für einige Zeit in unserem Hause leben.«

Die wenigen Worte stellten klar, dass man Séverine mit Respekt begegnen sollte. Dass sie zwar kein Familienmitglied war, aber auch keine Magd. Der Umstand, dass erst nach ihrem Erscheinen aufgetragen wurde, unterstrich ihre Stellung.

Die hufeisenförmige Tafel, die sich unter der Fülle der aufgetragenen Gerichte bog, war mit feinstem Tuch bedeckt. In Glaspokalen und polierten Zinntellern spiegelte sich das Licht der Kerzen. Saftige Bratenscheiben wurden auf dicke weiße Brotscheiben gelegt, und in den Schüsseln dampften so viele Beilagen, dass Séverine nicht alle benennen konnte. Sie beobachtete, wie geschickt die Damen ihre zierlichen Essmesser gebrauchten oder sich von den Herren an ihrer Seite mundgerechte Stücke vorlegen ließen.

In Faucheville hatte es nur an hohen Feiertagen solche Köstlichkeiten gegeben. Sie hatte, wie alle anderen, das meiste mit den Fingern gegessen. Ansonsten wurden die Speisen in Holznäpfen serviert und mit Holzlöffeln gegessen. Trinkbecher aus Ton und Holz waren alles, was sie kannte. Nie hatte sie Hunger gelitten, aber der Anblick dieser Tafel machte ihr klar, wie bescheiden sie gelebt hatte.

Verlockende Düfte stiegen ihr in die Nase und verstärkten das Gefühl der Leere in ihrem Magen. Séverine zögerte, den ersten Bissen zum Mund zu führen. Ihr Ungeschick würde sie entlarven als Mädchen vom Land, das nur eine Laune des Schicksals in dieses prächtige Haus geführt hatte. Ihre

Nachbarin spitzte indessen geziert die Lippen, ehe sie kleine Bissen zu sich nahm und die kaum beschmutzten Finger zum Säubern in die Schale mit dem Rosenwasser tauchte, das für sie bereitstand.
Séverine ließ ihren Blick über die Tafel schweifen. Adrien war nicht unter den Gästen. Die Männer trugen modische Gewänder, sie waren jung, sahen gut aus und überboten sich gegenseitig an Übermut und Gelächter. Die Frauen unterhielten sich leise. Musikanten spielten auf einer Galerie am anderen Ende des Saales.
Séverine war beeindruckt und verunsichert zugleich. Das enge Gewand schnürte ihr fast die Luft ab. Warum nur musste sie sich in dieser fremden Welt bewegen?
»Warum esst Ihr nicht? Ist das Essen nicht nach Eurem Geschmack?«
Obwohl die Frage höchst liebenswürdig gestellt war, glaubte Séverine einen versteckten Spott herauszuhören. Am liebsten hätte sie die Tafel verlassen, ohne zu essen.
Das geht nicht. Du hast Adrien dein Wort gegeben. Du musst das durchstehen.
Sie wandte langsam den Kopf und bedachte ihre Nachbarin mit einem ruhigen Blick und einem Lächeln. Mit einem Mal wurde das enge Gewand zur Rüstung. Wenn sie nicht fliehen durfte, dann würde sie eben kämpfen.
»Ich bin sicher, dass an Madames Tafel jedes Gericht köstlich ist«, antwortete sie süßlich, nahm das Messer auf, das sie erst jetzt entdeckte, säbelte trotzig ein Stück Fleisch ab, führte es zum Mund und kaute bedächtig. Es schmeckte scharf und würzig und trieb ihr fast die Tränen in die Augen. Der Koch hatte es, im Gegensatz zu Elvire, nicht mit Rosmarin, sondern mit teurem Pfeffer gewürzt.

Alles war anders in der Stadt des Königs. Ob alles besser war, würde sich noch zeigen müssen. Sie blickte zum Kopf der Tafel und begegnete Jeannes wohlwollendem Blick. Er gab ihr Sicherheit, obwohl sie bisher nur wenige Worte miteinander gewechselt hatten.

Drittes Kapitel

Die Türflügel schwangen zurück, als hätte ein Windstoß sie getroffen. Erschrocken ließen Jeannes Damen die Nadelarbeiten sinken. Eine junge Frau rauschte mit kleinem Gefolge in den Saal. Sie warf einen flüchtigen Blick über die hastig knicksende Gesellschaft und blieb ausgerechnet vor Séverine stehen.

»Ein neues Gesicht? Wieso hat man mir nichts davon erzählt? Wer seid Ihr?«

Séverine verspürte ein Gefühl von Unbehagen. Die Fremde war ihr auf den ersten Blick unsympathisch. Sie strahlte Kälte aus. Der Pelzbesatz des Umhanges, die Goldkordeln des Verschlusses und die Juwelen an Händen und Gewand flirrten und blendeten und demonstrierten Reichtum und Macht. Eine Wolke von Rosenduft begleitete jede ihrer Bewegungen.

Sie wartete sichtlich ungeduldig auf Séverines Antwort. Das gereizte Tappen ihrer Fußspitze unter den Rocksäumen drang durch die plötzliche Stille.

»Mein Name ist Séverine Gasnay, Madame«, ließ Séverine sie nicht länger warten.

»Sie ist neu im Gefolge Eurer Schwester«, sprang Jacquemine, die Séverine tatsächlich inzwischen in ihr mütterliches

Herz geschlossen hatte, helfend ein. »Es fehlt ihr noch ein wenig an höfischem Schliff, aber sie ist eine gelehrige Schülerin.«
»Dann sag ihr, dass es sich nicht gehört, die Schwiegertochter des Königs anzugaffen wie einen Tanzbären auf dem Vorplatz von Notre-Dame.«
Blanche, Jeannes jüngere Schwester, die mit dem Grafen von Marche verheiratet war, war gerade achtzehn Jahre alt. Das wusste Séverine von Jacquemine. Ihre atemlose, aufgeregte Art zu sprechen klang künstlich und aufgesetzt. Séverine verharrte sicherheitshalber in der verspäteten Reverenz.
»Verzeiht ihre Unbeholfenheit«, fügte Jacquemine eine weitere Entschuldigung hinzu.
»An irgendjemanden erinnert sie mich«, wandte Blanche sich jetzt an ihre Schwester Jeanne in einem Ton, in dem man von irgendetwas spricht, nicht aber über einen Menschen. Séverines erster Eindruck von ihr fand Bestätigung.
»Schwester! Wie schön, dass du mich besuchst.« Jeanne lenkte Blanche geschickt ab. »Setz dich, der Wind scheint dir zugesetzt zu haben. Bist du etwa nicht im Tragstuhl gekommen?«
Augenblicklich besorgt um ihr Aussehen, prüfte Blanche den Sitz der Perlennadeln in ihren blonden, hochgesteckten Haaren. Jeannes und Séverines Blicke trafen sich. Sie bedeutete ihr stumm, sich zurückzuhalten.
Nicht zum ersten Mal vermied Jeanne es sorgsam, Auskunft über Séverines Familie und ihre Herkunft zu geben. Sie durfte Jeanne auch nie in den Königspalast auf der *Île de la Cité* begleiten. Séverine blieb das nicht verborgen, aber es störte sie auch nicht. Das Einzige, was sie beunruhigte, war

der Gedanke, dass es für diese Zurücksetzung einen ernsthaften Grund geben musste.
War es das Geheimnis um ihre Abstammung, das Adrien so konsequent für sich behielt? Machte es auch Jeanne Sorgen?
Binnen kurzem erfüllten die plaudernden Stimmen wieder den Raum. Blanches Klage übertönte alles. Sie lamentierte ausführlich über ihren Mann, der die Herbstjagden des Hofes anregender fand als ihre Gesellschaft. Séverine beobachtete währenddessen einen von Blanches Begleitern dabei, wie er sie mit den Augen verschlang. Was fand er nur an ihr? Sie war keine angenehme Person.
»Die Jagd ist nun einmal das einzige Vergnügen des Königs, seit er seine Gemahlin zu Grabe tragen musste. Gönne ihm doch wenigstens die Gesellschaft seiner Söhne dabei«, vernahm sie Jeannes beruhigenden Einspruch. »Du weißt, wie schwer den König seine Sorgen drücken. Seit auf sein Geheiß die Ritter des Templerordens mitsamt ihrem Großmeister verhaftet wurden, findet er kaum eine Stunde der Besinnung und Erholung. Du hast noch ein ganzes Leben mit Charles vor dir, das des Königs neigt sich bereits dem Ende zu. Sei großzügig, Schwester.«
»Ich habe nicht deine Geduld! Ich ertrage es nicht, so wenig Aufmerksamkeit von meinem Mann zu bekommen!« Blanche sprang auf und presste sich mit einer gespreizten Geste die Fingerspitzen an die Schläfe, ehe sie sich dem gemeinsamen Hofstaat zuwandte. »Lasst uns allein. Meine Schwester und ich haben etwas zu besprechen.«
Séverine schloss als Letzte die Tür. Sie nutzte die günstige Gelegenheit, ein wenig Zeit für sich selbst zu haben.
Sie machte sich auf den Weg zur Wäschekammer. Auf breiten

Borden und in tiefen Kästen wurde hier das Leinen für Betten, Tische und Leibwäsche aufbewahrt. Nur zwei schmale Fenster sorgten für Dämmerlicht. Es duftete angenehm nach den getrockneten Kräutern, die sowohl die Laken aromatisierten wie auch das Ungeziefer fernhalten sollten.

Um diese Tageszeit kam keine Menschenseele in den Raum. Séverine setzte sich auf eine der Truhen, legte das Kinn auf die angezogenen Knie und umschlang die Beine. Nur in dieser Abgeschiedenheit erlaubte sie sich das Heimweh, das sie vor Jeanne und Jacquemine verbergen musste, um nicht undankbar zu erscheinen.

Seit sie vor Wochen Mitglied des Haushaltes geworden war, hatten solche Augenblicke Seltenheitswert. Jeanne nahm ihre Zusage an Adrien ernst. Es gab unendlich vieles, was Séverine ihrer Ansicht nach beherrschen musste. Nicht zuletzt legte sie Wert darauf, dass sie Lesen und Schreiben lernte. Obwohl von schneller Auffassungsgabe, hatte Séverine große Mühe, über längere Zeit still zu sitzen. Jeanne hatte den Unterricht Pater Clément, dem Hauskaplan, übertragen. Sie überzeugte sich in regelmäßigen Abständen von den Fortschritten ihres Schützlings, überließ es aber dem Kirchenmann, Séverines überschäumendes Temperament zu bändigen. Sie verbrachte ihre Zeit lieber in der Kinderstube, wo Jacquemine und die beiden Ammen ihre kleinen Töchter versorgten und hüteten.

Die winzige Isabelle war erst wenige Monate alt. Marguerite stand vor dem dritten Geburtstag, war aber von so zarter Gesundheit, dass sie noch gestillt werden musste. Lediglich Jeanne, die Älteste, stapfte mit ihren fünf Jahren bereits auf stämmigen Beinchen herum. Sie war der Augenstern ihrer Mutter. Auch Séverine hatte sie liebgewonnen.

Ob Adrien an den Jagden teilnahm, die Blanche so missfielen?
Mit der Regelmäßigkeit des Glockenschlages der Kirchen rund um das *Hôtel d'Alençon* tauchte Adrien in ihren Gedanken auf. Er erschien viel zu selten bei Jeanne. Und wenn, dann plauderte er über Gott und die Welt mit ihrer Herrin, an sie richtete er nur wenige Worte. Unzählige Male war sie versucht gewesen, nach ihm zu fragen oder zu schicken. Tatsächlich getan hatte sie es noch nie. Was sollte sie für einen Grund nennen?
Nie zuvor war sie so umsorgt worden. Sie trug Kleider, deren Stoffe aus Ländern stammten, von deren Existenz sie nichts gewusst hatte. Sie aß die köstlichsten Speisen, musste keinerlei schwere Arbeit verrichten. Sie war allein Jeanne und Jacquemine Rechenschaft schuldig.
Adrien hatte ihr Hilfe und Unterstützung versprochen. Mit der ihr eigenen Ehrlichkeit musste sie einräumen, dass sie weder das eine noch das andere benötigte. Sie vermisste ihn einfach nur. Mehr als je zuvor. Auch in Faucheville hatte sie ihn in den letzten Jahren kaum gesehen, aber im Wissen, dass sie jetzt beide in der gleichen Stadt lebten, schmerzte das Warten plötzlich doppelt. Ganz im Geheimen hatte sie davon geträumt, in Paris an seinem Leben teilhaben zu dürfen. Wie dumm von ihr. Stattdessen fiel es ihr zunehmend schwerer, das eigene, alte Leben in Erinnerung zu behalten. Étoile, Antares und Elvire schienen in einer anderen Welt zu wohnen. Blanche und ihre Begleiter waren die Wirklichkeit.
Konnte es zwei unterschiedlichere Schwestern geben als die Töchter Mahauts von Artois? Die eine glitzernd, oberflächlich und selbstverliebt wie ein Pfau, die andere schlicht, ele-

gant und gütig, stets um andere besorgt. Wie wohl die Dritte im Bunde war? Ihre Base, Marguerite von Burgund, die künftige Königin Frankreichs?
Träum nicht!, mahnte sie sich mit Elvires Lieblingsspruch. *Was geht dich Jeannes Cousine an. Denk lieber an Adrien, er verlässt sich darauf, dass du deine Pflicht tust.*
Tapfer verließ sie ihr Versteck und begab sich auf den Weg zu Jacquemine.

* * *

Schon wenige Tage später sollte Séverine Marguerite kennenlernen. Sie überraschte ihre Schwägerin Jeanne, als sie Séverine im Sonnenzimmer die Verhaltensregeln adeliger Damen nahebrachte.
Unterdrücktes Gelächter und das Rascheln von Stoff machten der Lektion ein abruptes Ende.
»Was versuchst du da zu vermitteln, Jeanne? Die Lehren des Gottfried von Straßburg, der hochgeschlossene Kleidung für jedes weibliche Wesen fordert?«
Es klang leichthin nach Hänselei, aber im Tonfall schwang mehr mit als nur der Wunsch, die andere zu necken.
»Es sieht nicht so aus, als würdest du seine Meinung teilen, Marguerite.«
Damit spielte Jeanne auf das tief ausgeschnittene Kleid der Besucherin an. Marguerite war zweifellos die Schönste des Trios. Mochte Jeanne die edleren Züge haben, Blanche das strahlendere Haar, Marguerite verkörperte Vollkommenheit – von den rabenschwarzen Haaren bis hin zu den dunkel leuchtenden Augen. Sie zog die Blicke magisch an. Séverine hatte nie eine vergleichbar makellose Erscheinung zu Ge-

sicht bekommen. Dennoch wehrte sich etwas in ihr dagegen, sie zu bewundern.

An Frauenschönheit sind schon viele zugrunde gegangen, kam ihr Pater Cléments Predigt vom letzten Sonntag in den Sinn. Die künftige Königin Frankreichs, durch Heirat bereits Königin von Navarra, beunruhigte Séverine auf eine Weise, die sie schwer in Worte fassen konnte.

»Komm mir nicht mit deinen geistvollen Spitzen, Jeanne«, winkte Marguerite ungerührt ab. »Blanche hat mir schon verraten, dass du ein neues Spielzeug hast und nur noch wenig Zeit für unsere gemeinsamen Unternehmungen. Wer oder was um Gottes willen reitet dich, ausgerechnet diese Séverine in dein Haus zu nehmen?«

»Ausgerechnet sie? Was willst du damit sagen?

»Tu nicht so unschuldig, du weißt genau, was ich meine. Sie gleicht dir wie eine Zwillingsschwester. Weiß deine Mutter, was du hinter ihrem Rücken treibst? Ich möchte wetten, dass sie dir die Hölle heißmacht, wenn sie davon erfährt. Séverine muss ein Bastard deines Vaters sein.«

Séverine sah entsetzt von Marguerite zu Jeanne. Das Wort Bastard legte sich wie ein eiserner Reif um ihre Brust. Konnte es wahr sein? Im gleichen Augenblick entsann sie sich Adriens Worten.

Deine Herkunft ist makellos, hatte er geschworen.

»Mein Name ist Séverine Gasnay, und ich bin niemandes Bastard«, erhob sie tapfer ihre Stimme.

»Du hörst, was sie sagt«, wurde Jeanne eisig. »Ich bin dir verbunden, Marguerite, aber nichts auf der Welt gibt dir das Recht, hier hereinzuplatzen und Unfrieden zu stiften. Was ist nur in dich gefahren? Abgesehen von deiner unglaublichen Behauptung verbitte ich mir deine Einmischung in meine Haushaltsführung. Séverine, sag Jacquemine bitte Bescheid, dass ich nicht zu den Kindern kommen kann. Meine liebste Base ist hier.«

Der spöttische Seitenhieb war verschwendet an Marguerite.

»Wenn du denkst, du könntest die Angelegenheit auf deine Weise regeln, dann täuschst du dich, Jeanne. Denk nach. Meine Tante, deine Mutter, Mahaut von Artois, wird es nicht dulden, das Ergebnis eines Seitensprunges ihres verstorbenen Mannes unter deinem Dach und unter deinen Damen zu finden. Sie ist keine Frau, die man betrügt. Und wenn doch, so wird sie jede Spur davon tilgen wollen. Widersprich mir nicht. Sieh dir Séverine an. Sie ist jünger, aber sie hat wie du die Augen eures Vaters. Ich erinnere mich sehr gut an ihn. Er war ein anziehender Mann.«

Séverine verharrte in zunehmendem Entsetzen. Zwar hätte es ihr sehr wohl gefallen, so eng mit Jeanne verbunden zu sein, aber nicht unter diesen Voraussetzungen. Schon Loups Vorwürfe, die sie noch als das Gefasel eines Betrunkenen hatte abtun können, hatten ihr Kummer bereitet. Ihr Stolz und ihre Ehre waren alles, was sie besaß. Marguerite hatte kein Recht, sie zu schmähen.

»Lass uns bitte alleine, Séverine«, hörte sie Jeanne sanft, aber nachdrücklich sagen, ehe sie sich wieder Marguerite zuwandte. »Wer hat dir diesen Unsinn in den Kopf gesetzt? Blanche etwa? So etwas kann nur auf ihrem Mist gewachsen sein. Nimm sie nicht ernst. Sie ist gekränkt, weil Charles sie vernachlässigt. In dieser Stimmung stiftet sie gern Unfrieden. Du kennst sie. Meine Schwester benimmt sich wie ein verzogenes Kind, wenn sie nicht ihren Willen bekommt. Wenn man ihr nicht zu jeder Stunde von neuem sagt, dass

man sie liebt, kommt sie auf die aberwitzigsten Gedanken.«
Séverine gehorchte nur widerstrebend. Es missfiel ihr, dass Jeanne mit Marguerite über sie sprach. Die künftige Königin von Frankreich war ihr unheimlich.

* * *

»Was treibst du da, Kind?« Im Spiegel hinter Séverine tauchte Jacquemine auf, mit entrüsteter Miene, die Arme in die Taille gestemmt. »Du solltest das Brevier holen. Und was tust du? Du spreizt dich vor dem Spiegel und begehst die Sünde der Eitelkeit.«
Séverine sah auf dem polierten Rund, wie Röte in ihre Wangen schoss. Die fast verblassten Sommersprossen wurden dunkler. Sie suchte nach einer Entschuldigung. Das Buch hatte sie schon in der Hand, aber beim Anblick des prächtigen Spiegels hatte sie Auftrag und Umgebung vergessen.
Sah sie Jeanne wirklich so ähnlich? Die Frage ließ ihr keine Ruhe mehr. Sie wollte die Gelegenheit nützen, es zu überprüfen. Mit der Fingerkuppe hatte sie den Schwung der geraden Nase nachverfolgt, die volle Unterlippe umrundet. Das eigene Bild verfremdete sich, so aus der Nähe betrachtet. Weder die Spiegelung im Wasser noch die vagen Reflexionen eines polierten Zinntellers hatten ihr je ein so deutliches Bild von sich selbst vermittelt.
Die fragenden Augen, ihre Gesichtszüge waren im glänzenden Silber dieses edlen Spiegels ebenso zu erkennen wie der angeschlagene linke obere Schneidezahn. Sie hatte ihn sich vor drei Sommern beschädigt, bei dem Versuch, das neue

Streitross des Barons ohne Sattel zu reiten. Jeannes weiße Zähne waren makellos.
Wo lag sie, die angeblich so augenfällige Ähnlichkeit? Bei den hellbraunen Augen, dem Haar, der Körpergröße? Die Kupferschattierung in ihrem Haar leuchtete dunkler als Jeannes Rotblond. Ratlos senkte sie die Lider.
»Keine Ausrede? Keine Entschuldigung?« Jacquemine wurde ungeduldig. »Denkst du, du hast keine Belehrung mehr nötig?«, wies sie Séverine streng zurecht.
»Ach Jacquemine, ich weiß nicht mehr, was ich denken soll.« Séverine wandte sich um, legte die Arme um die füllige Taille Jacquemines und barg den Kopf an ihrem Busen. Ebenso gerührt wie entwaffnet, verspürte Jacquemine das Bedürfnis, sie zu trösten. »Was ist passiert? Du bist verwirrt. Ich merke es schon die ganzen Tage. Was geht in deinem Kopf vor?«
Die Worte drängten sich auf Séverines Zunge. Nur zu gerne hätte sie sich der mütterlichen Frau anvertraut und sie um Rat gebeten, aber kein Laut kam ihr über die Lippen. Sie hatte Adrien Geduld und Schweigen versprochen. In Gedanken daran schüttelte sie stumm den Kopf und befreite sich aus der Umarmung.
»Es tut mir leid. Ich wollte nicht ungehorsam sein. Es ist nur …« Sie zögerte, dann sprach sie wahrheitsgetreu weiter. »Ich habe mich noch nie in einem Spiegel gesehen. Es gab keinen in meinem Leben. Ich weiß nicht einmal, ob Amicia je einen besaß.«
»Amicia? Ist das deine Mutter?«
»Sie hat mir die Mutter ersetzt.«
»Hätte es denn sein können, dass sie einen besaß? Bist du im Haus eines Edelmannes aufgewachsen?«

Séverine vermied es im letzten Augenblick, in die Falle zu laufen. Jacquemine war nicht die Einzige, die immer wieder versuchte, Licht ins Dunkel ihrer Herkunft zu bringen. Sie hatte gelernt, indirekten Fragen aus dem Weg zu gehen.

»Entschuldigt, ich muss Madame Jeanne das Brevier bringen«, sagte sie schnell.

Jacquemines Blicke im Rücken, eilte sie davon. Viel zu schnell für eine wohlerzogene Edeldame, aber mit ausgesuchter Anmut. Sie fand Jeanne in ihrem Arbeitskabinett, im ungezwungenen Gespräch mit drei Männern.

Es drängte sie danach, einem von ihnen mit einem Jubelschrei um den Hals zu fallen, aber das wäre unmöglich gewesen. Zögernd blieb sie in der Tür stehen und wartete stumm, bis Jeanne sie hereinbat.

Unter halb gesenkten Lidern beobachtete sie Adriens Mienenspiel. Mit einem kurzen Blick nahm er sie flüchtig wahr, doch einen kaum messbaren Augenblick später sah er erneut in ihre Richtung. Seine Miene zeigte Verblüffung. Die beiden anderen Männer bemerkten seinen Blick und drehten sich mit unverhohlener Neugier zu ihr um.

»Ein neues Mitglied Eures Haushaltes, meine Liebe?«, wandte Philippe von Poitiers sich an seine Frau. Er verbrachte seine Tage hauptsächlich an der Seite seines Vaters. Weniger aus Zuneigung als aus Misstrauen gegenüber seinen Brüdern, wie Séverine schon bald den Erzählungen Jeannes entnommen hatte. Alle drei wetteiferten um das Wohlwollen des Königs.

»Séverine Gasnay ist meiner Obhut anvertraut«, erwiderte Jeanne ruhig. »Sie ist mir bereits ans Herz gewachsen.«

Philippe befriedigte die knappe Erklärung, wenngleich sei-

ne Augen prüfend zwischen beiden Frauen hin und her gingen.
Der dritte und jüngste der drei Männer beachtete Séverine nicht weiter, nachdem er ihr Erscheinen kurz zur Kenntnis genommen hatte. Er war kaum dem Knabenalter entwachsen, zart gebaut und von fast mädchenhafter Schönheit. Obwohl er einen juwelenbesetzten Dolch am Gürtel trug, machte er den Eindruck, man müsse ihn vor den Gefahren des Lebens schützen. Er kaute nervös an einem seiner Daumennägel, was ihn ein wenig verlegen wirken ließ.
»Sei unbesorgt, Robert«, wandte Philippe sich jetzt an ihn. »Deine Mutter ist in Saint Denis. Sie hat bestimmt nichts dagegen, dass du in Begleitung deines königlichen Schwagers deine älteste Schwester besuchst.«
Der Pfalzgraf von Burgund, schoss es Séverine durch den Kopf. Der unersetzbare Erbe Mahauts von Artois. Der junge Graf war erst dreizehn Jahre alt. Seine schmalen Schultern kamen ihr zu schwach vor für all die Würden und Erwartungen, die seine Mutter auf ihn lud. Armer Robert. Jeanne hatte des Öfteren von ihm erzählt. Am liebsten hätte sie ihn bemuttert wie ihre eigenen Kinder.
Jeanne legte auch jetzt einen schützenden Arm um den Knaben. »Willst du mit Séverine gehen und dir die jungen Jagdhunde im Zwinger ansehen? Sie sind prächtig gewachsen. Vielleicht möchtest du ja einen der Rüden haben? Séverine kann dir bei der Auswahl raten, sie versteht sehr viel von Tieren.«
Robert suchte mit einem Blick das Einverständnis seines Schwagers und warf Séverine ein scheues, gewinnendes Lächeln zu, bevor er zu ihr trat.
Trotzdem verließ Séverine den Saal an seiner Seite tief ent-

täuscht. Würde Adrien noch da sein, wenn sie wiederkam? Ihm so nahe gewesen zu sein, ohne ein Wort mit ihm wechseln zu können, schmerzte.
Er zeigte sich ihr gegenüber immer unnahbarer. Was ging hinter seiner Stirn vor? Wieso hatte er ihr kein Lächeln geschenkt? Dabei trug sie heute zum ersten Male ein Gewand, das allein für sie genäht worden war. Er schien es nicht einmal bemerkt zu haben. Beim Hochamt zu Mariä Verkündigung, als sie ihn zum letzten Mal gesprochen hatte, war er noch freundlich und verständnisvoll gewesen, wenn auch knapp und ungewohnt eilig. Was hatte ihn seither gegen sie aufgebracht?
»Von Flavy ist Euch nicht böse. Er hat nur schlechte Laune, weil es Aufruhr im Rat des Königs gab.«
Séverine blieb mitten im Gang stehen und sah Robert, der sie so bestimmt ansprach, verdutzt an.
»Von was sprichst du?«, fragte sie ihn unverblümt ohne ehrfurchtsvolle Anrede. Die kam ihr bei seiner Jugend gar nicht in den Sinn.
»Ihr habt seinetwegen Kummer, das sieht jeder. Ihr verschlingt ihn ja geradezu mit Blicken. Meine Mutter ist gegen den Vorschlag Philippes, die Münzsysteme und Maßeinheiten des Königreiches zu vereinheitlichen. Sie hat ihn beim König in Misskredit gebracht. Mit dem Ergebnis, dass Philippe mit seinen Plänen im Rat gescheitert ist.«
»Und warum beeinträchtigt das auch die Laune des Seigneurs von Flavy, Schlaumeier?«
»Weil er Philippe nahesteht. Er teilt seine Vorstellungen und hält seine Pläne für richtig. Wie könnt Ihr in diesem Hause wohnen und das nicht wissen?«
Mir scheint, ich weiß einiges nicht, ging es Séverine durch

den Kopf, doch sie sprach es nicht aus. Es mochte der Grund für Adriens Missmut sein, aber dass es der Grund für seine Zurückhaltung ihr gegenüber sein sollte, war nicht schlüssig. Séverine fürchtete, dass Robert sich täuschte. Sie kannte Adrien gut genug, um zu spüren, dass sein Unmut auch mit ihr zu tun hatte. Hielt auch er sie für einen Bastard?

Sie hätte ihn gerne gefragt, was er von dieser Behauptung dachte und ob etwas Wahres daran war.

»Wie verstehst du dich mit Adrien von Flavy?«, fragte sie Robert geradeheraus.

»Er ist aufrecht und edelmütig, ihm kann man vertrauen. Er ist allerdings ein eingeschworener Feind meiner Mutter. Sie spuckt Gift und Galle, wenn sie sich über den Weg laufen. Es missfällt ihr im Übrigen, dass ich ihn mag.«

»Kennst du den Grund für die Feindschaft zwischen den beiden?«

Er hob vielsagend die Schultern und überließ es ihr, Rückschlüsse zu ziehen.

Jeanne erwähnte ihre Mutter nur selten. Es schien, als sei sie glücklich, sie möglichst fern zu wissen.

Die mächtige Mahaut von Artois wurde von ihrer Familie mehr gefürchtet als geliebt. War es nicht besser, keine Mutter zu haben, als eine solche? Wie lange würde es ihr noch gelingen, ihrer Aufmerksamkeit zu entrinnen? Und was würde geschehen, wenn sie in ihr Blickfeld geriet und sie ihre Ähnlichkeit mit Jeanne entdeckte? Würde Adrien da sein, um sie zu schützen? Sein Verhalten ihr gegenüber war nicht dazu angetan, ihr Sicherheit zu schenken.

Die kaum sechs Wochen alten Windhunde lenkten sie beide von den trüben Gedanken ab. Robert vergaß, wie sehr er unter der mütterlichen Autorität litt. Séverine herzte den schwächsten Rüden des Wurfes, der ihr dankbar die Hände leckte und vor Begeisterung ihre Rocksäume nässte. Sie lachten miteinander, ohne einen Gedanken daran zu verschwenden, dass sie sich benahmen, als wären sie Bruder und Schwester.

* * *

Der Schnee breitete eine weiße Decke über die Stadt und bedeckte gnädig Schmutz und Unrat. Gegen den beißenden Gestank aus den Schlachthöfen hinter dem Châtelet war er freilich machtlos.

Séverine reckte den Kopf aus dem Fenster und schloss die Augen. Die Schneekristalle brannten ihr kalt auf der Haut, ehe sie zu Wasser wurden. Auf ihren Lippen schmeckte sie den Winter.

Obwohl es nicht genügend Feuerholz in Paris gab, litten die Reichen kaum. Im großen Saal des Palastes glosten ganze Stämme. Morgens brachten die Mägde Eisenbecken mit Glut in die Schlafkammern, und in der Kinderstube war es angenehm warm. Noch nie hatte Séverine in einem Winter so wenig gefroren. Pater Clément plagte, unabhängig vom Wetter, die Gicht. Jacquemine war vorsorglich eingewickelt in mehrere Umschlagtücher, die sie noch runder machten, als sie schon war. Jeanne war abgereist.

Auch die drei Schwiegertöchter des Königs verbrachten die Weihnachtstage und das Dreikönigsfest bei Hofe. Seine Majestät legte Wert darauf, die Geburt Christi im Kreise seiner Familie zu feiern.

»Sei froh, dass du mich nicht begleiten musst«, hatte Jeanne bei ihrer Abreise geseufzt. »Der König ist in den letzten

Jahren so fromm geworden, dass wir den halben Tag auf Knien verbringen. Danach warten endlose Bankette auf uns und Streitereien zwischen Philippe und seinen Brüdern. Louis dem Zänker kann niemand etwas recht machen, und Charles ist besessen von dem Wunsch, als Erster einen Sohn zu zeugen, um somit die Thronfolge zu sichern. Dass Blanche bereits zwei Kinder verloren hat, ehe sie zur Welt kommen konnten, kümmert ihn dabei wenig. Ich werde froh sein, wenn diese Feiertage vorüber sind.«

Séverine wäre trotzdem gerne an ihrer Seite geblieben. Zurückgelassen fühlte sie sich noch einsamer als sonst. Sehnsüchtig dachte sie an das vergangene Jahr, an die Ausritte mit den Pferden, die Vorbereitungen zum Fest der Geburt Christi, das rege Leben in der Küche und das herzhafte Lachen Elvires. Unter Jeannes Gesinde gab es keinen, der so viel Frohsinn verbreitete wie die Köchin in Faucheville.

Welchen Sinn hatte ihr Leben in Paris? Die Frage setzte Séverine immer mehr zu. Die vergangenen Monate hatten ihr alles an Geduld und Beherrschung abverlangt, aber was hatten sie ihr gebracht? Nur die Einsicht, dass sie besser daran getan hätte, zu Hause zu bleiben. Aber war Faucheville noch länger ihr Zuhause?

Trotzig und mit steifem Nacken warf sie das Fenster so heftig zu, dass die Glasrauten in den Bleistegen klapperten. Sie wischte sich die Feuchtigkeit mit den Handflächen aus dem Gesicht und stampfte mit dem Fuß auf. Ein unbefriedigender Ausbruch, denn eine dicke Schicht Stroh, unter einem geflochtenen Binsenteppich, dämpfte den Stoß. Mit einem Seufzer drehte sie sich zum Schreibpult und hielt inne.

Lärm, Stimmengewirr und Gepolter drangen bis in ihre stille Kammer. Ohne auf das offene Tintenfass zu achten, das

sie in ihrer Hast vom Pult stieß, rannte Séverine in die große Halle.
Der Aufruhr dort suchte seinesgleichen. Frauen, Edelmänner, Mägde, Knechte, Bewaffnete, Geistliche und Hofbeamte schüttelten ihre Mäntel aus und ereiferten sich über das Wetter. Im Mittelpunkt der Aufmerksamkeit stand eine ungewöhnlich hoch gewachsene Frau. Wie ein General erteilte sie scharfe Befehle. Mahaut von Artois. Niemand musste Séverine sagen, dass sie es war. Sie wusste es auf den ersten Blick.
O Gott, ich muss mich unsichtbar machen, schoss es ihr durch den Kopf.
In den Gang zurückweichend, fragte sie sich, was sie tun sollte. Sie suchte den Schutz eines breiten Türstockes und hielt Ausschau nach Adrien. Sie konnte ihn nicht entdecken.
Aus der Sicherheit ihres Verstecks beobachtete sie die herrschsüchtige Frau. Sie fand weder eine Ähnlichkeit mit Jeanne noch mit Blanche. Fettpolster, hängende Wangen und schlaffe Kinnfalten entstellten sie. Unter einer breiten Stirn saßen tiefliegende Augen. Leblos und glanzlos, Kieselsteine. Der schwere Körper mit den breiten Hüften war in viele Lagen aus burgunderrotem Samt und in braunen Pelz gehüllt. Rote Pomade betonte den strengen Mund. Ein topfförmiger Hut ohne Krempe, mit rotem Samt bezogen und mit zahllosen Perlenarabesken bestickt, bedeckte, von einem unter dem Kinn geknoteten Schleiertuch derselben Farbe gehalten, ihren Kopf. Jeanne war ebenfalls in erlesene Stoffe gekleidet, aber wesentlich schlichter.
»Kohlebecken«, kommandierte Mahaut von Artois mit barscher Männerstimme.

Séverine fühlte sich an den Hühnerhof in Faucheville erinnert. Der größte und stärkste Hahn hatte das Sagen, und alle folgten ihm.
»Würzwein, zusätzliche Pelzdecken und einen Happen zu essen. Ich werde mir den Tod holen, wenn du mich noch länger hier herumstehen lässt, Tochter. Wo steckt dein nutzloser Haushofmeister? Ah, Jacquemine, immer noch die Alte, wie ich sehe …«
Achtsam raffte Séverine ihr Gewand und wich lautlos Schritt für Schritt zurück. Mahaut jagte ihr einen Höllenschrecken ein, noch ehe sie ein Wort mit ihr gewechselt hatte. Sie flüchtete in ihre Kammer. Die Beseitigung des Tintenflecks und ihre Schreibübungen lenkten sie von ihren Befürchtungen ab.
Sie war dermaßen in ihr Tun vertieft, dass sie mit einem leisen Schrei auffuhr, als Jeanne unverhofft vor ihr stand.
Wie viel Zeit war vergangen? Sie hatte nicht auf die Stundenglocke geachtet. Ein flüchtiger Blick zum Fenster zeigte ihr, dass es in Kürze dunkel sein würde.
»Habe ich mich so verändert, dass du vor Schreck erstarrst?«, lachte Jeanne. »Du hast klug daran getan, dich zurückzuziehen. Meine Mutter ließ sich nicht davon abhalten, mich zu begleiten. Wie geht es dir, meine Liebe?«
Sie griff nach Séverines Händen, zog sie aus ihrer verspäteten Verneigung und schloss sie in die Arme. »Du siehst traurig aus.«
»Die Zeit ist mir lang geworden«, gestand Séverine. »Ich weiß, dass es undankbar klingt. Aber ich bin es nicht gewohnt, so lange eingesperrt zu sein. Mir fehlt der freie Himmel, der Wind in den Haaren, ich vermisse die Ställe von Faucheville …« Ihre Worte waren immer leiser geworden.

»Wir können nicht immer so leben, wie es uns gefällt, mein Kind. Unsere Geburt und unser Rang bestimmen unser Handeln. Du ahnst nicht, wie lang mir die Zeit bei Hofe geworden ist.«

»In Begleitung Eures Gemahls? Das kann ich mir nicht vorstellen. Habt Ihr nicht geseufzt, dass Ihr ihn viel zu selten seht und dass der König seine Söhne, ohne Rücksicht auf seine Schwiegertöchter, im Land herumschickt?«

Der gewollt leichte Ton, zu dem sich Séverine ein wenig zwingen musste, fand keinen Widerhall.

»Du meinst, ich sollte dankbar sein, dass Philippe an meiner Seite war? Sicher, wir haben endlose Stunden im gemeinsamen Gebet verbracht, zusammen gespeist, getanzt, manchmal sogar gelacht. Immer in Gesellschaft des Hofes, der Brüder, meiner Schwester und Base, meiner Mutter und der des Königs. Aber Stunden inniger Vertrautheit waren uns nie vergönnt. Die Sorgen um die Zukunft des Reiches, um die Staatsfinanzen und die Angelegenheiten der Templer rauben dem König den Schlaf. Er nutzt die Stunden der Nacht, um sich mit seinen Räten zu besprechen, und wie du mittlerweile weißt, besteht der königliche Rat zum großen Teil aus Familienmitgliedern, weil er ihnen am meisten vertraut. Wie ich unter solchen Umständen in die Hoffnung kommen soll, um einen Sohn zu gebären, ist mir ein Rätsel. Von unseren Töchtern nimmt er keine Notiz. Manchmal denke ich, er hat vergessen, dass zwei Menschen etwas dazu tun müssen, um einen Sohn und Erben zur Welt zu bringen.«

Ein glucksender Laut, der ein unterdrücktes Lachen Séverines verriet, ließ Jeanne tiefrot werden. Sie hatte ihre geheimsten Gedanken ausgesprochen.

»Lieber Gott, ich sollte nicht über solche Dinge mit dir reden. Du bist zu jung und zu unerfahren.«

»Ich bin auf dem Land aufgewachsen. Ich weiß sehr wohl, dass die Kinder nicht auf dem Wasser geschwommen kommen«, entgegnete Séverine offen.

»Es ist dennoch unerhört, solche Gespräche zu führen«, widersprach Jeanne. »Ich sollte es nicht tun. Aber die Tage mit Blanche und Marguerite gehen nicht spurlos an mir vorüber. Jedes Gespräch landet früher oder später immer bei der Frage, wer als Erste einen Sohn empfängt. Marguerites Tochter Jeanne zählt in den Augen des Königs ebenso wenig wie unsere Mädchen. Er würde Louis und sie am liebsten mit Gewalt auf das eheliche Lager zwingen. Dass sie sich von Herzen verabscheuen und einander nach Möglichkeit aus dem Wege gehen, will er nicht wahrhaben.«

»Welches Missverständnis entzweit die beiden eigentlich so sehr?«

»Es ist weniger ein Missverständnis, als die völlige Unvereinbarkeit ihrer Charaktere. Louis fühlt, dass ihn Marguerite verachtet, und er revanchiert sich, indem er sie nach Kräften vor den Kopf stößt.«

»Besteht denn gar keine Hoffnung darauf, dass sich die beiden irgendwann wieder versöhnen?«, wagte Séverine zu fragen.

»Versöhnung ist ein Wort, das der Zänker nicht kennt. Und Marguerite ist zu stolz, den ersten Schritt zu tun. Sie vertändelt lieber ihre Zeit, lässt sich von Günstlingen hofieren und zeigt ihrem Mann die kalte Schulter. Blanche, das dumme Ding, ahmt sie auch noch nach. Inzwischen wirft sie Charles in aller Öffentlichkeit vor, dass er sie vernachlässigt.«

»Somit ruhen alle Hoffnungen auf Euch.« Séverine erfasste,

welcher Vertrauensbeweis ihr mit diesem Gespräch zuteil wurde. Es war ungewöhnlich, dass Jeanne so offen über solche Fragen mit ihr sprach.

»Ihr werdet den Sohn empfangen, noch vor Eurer Schwester, dessen bin ich sicher«, versuchte sie ihr den Rücken zu stärken. »Warum ist Eure Frau Mutter hier? Wird der Besuch länger dauern?«

»Davor bewahre mich Gott. Aber bis sie wieder fort ist, musst du in deiner Kammer bleiben. Das halte ich für sicherer. Ich will nicht, dass es noch mehr Schwierigkeiten gibt. Jacquemine wird sagen, dass du krank bist, wenn eine der Frauen sich wundert, dass du dich dem Hofstaat nicht anschließt.«

Séverine versprach, sich daran zu halten, obwohl es ihr von Herzen widerstrebte. Es lag ihr daran, Jeannes Sorgen nicht zu mehren. Die nächsten Tage würden aufregend genug für sie werden.

Jeannes Mutter war eine der mächtigsten Edeldamen des Landes. Philippe musste die Schwiegermutter unter seinem Dach in allen Ehren hofieren. Dafür benötigte er seinen gesamten Hofstaat. Adrien gehörte zum Gefolge. Als eine Art Gefangene in ihrer Kammer würde sie ihn nicht einmal zu Gesicht bekommen.

Sie hasste Mahaut von Artois dafür.

Viertes Kapitel

»Wie angenehm deine Stimme ist, Séverine. Du liest wunderbar.«

Sie schloss das Buch. Am liebsten hätte Séverine Jeanne aufrichtig gesagt, dass sie die Erzählung von Benoît de Saint-Maure inzwischen fast auswendig vortragen konnte, so oft hatte sie die Geschichte von Priamus und Hekuba schon vorgelesen, aber sie verzichtete darauf. Jeanne war mit ihren Gedanken ohnehin nicht bei der Sache.

»Seid ehrlich, Ihr habt gar nicht zugehört«, platzte sie heraus. »An was denkt Ihr?«

Jeannes verblüffter Blick machte ihr klar, dass sie wieder einmal die Grenzen überschritten hatte. Höchstens der König, ihre Mutter oder ihr Gemahl durften der Gräfin von Poitiers Unaufmerksamkeit vorwerfen. Wann würde sie das endlich lernen?

Sie grub die Zähne in die Unterlippe und wartete auf den verdienten Tadel. Er kam nicht. Im Gegenteil, Jeanne lachte vergnügt auf.

»Du hast mich ertappt. Entschuldige, ich habe dir wirklich gerne zugehört, auch wenn es mir an der nötigen Konzentration gefehlt hat.«

Sie brach ab, überlegte kurz.

»Ich frage mich, ob du mir einen Gefallen erweisen würdest, der nicht zu deinen normalen Pflichten gehört. Würdest du einen Botengang für mich erledigen, der absoluter Verschwiegenheit bedarf? Du bist der einzige Mensch, dem ich vertraue. Dir sind die höfischen Intrigen noch fremd.«
»Wie könnt Ihr daran zweifeln, dass Ihr Euch auf mich und meine Verschwiegenheit verlassen könnt?« Séverine stand auf. »Sagt, welchen Auftrag Ihr habt.«
»Du sollst meine Base Marguerite aufsuchen.«
»Im *Hôtel de Nesle*? Ich werde es nicht finden.«
»Das ist nicht das Problem. Ein zuverlässiger Diener wird dich dorthin führen.«
»Und was erfordert diese unbedingte Heimlichkeit?«
Ob es ihr jemals gelingen würde, eine perfekte Edeldame aus ihr zu machen, schoss es Jeanne durch den Kopf. Séverine war unschlagbar in ihrem Temperament und ihrer Offenheit. Jede Verstellung blieb ihr fremd. Aber sie war auch treu ergeben und vertrauenswürdig, das hatte sie längst unter Beweis gestellt.
»Wie du weißt, teilt Marguerite den Palast mit ihrem Mann«, antwortete sie deswegen ungeschminkt. »Aber sie verbringt augenscheinlich immer öfter die Zeit in ihren Privatgemächern im *Tour de Nesle*. Sie entzieht sich ihren Pflichten. Nur ihre vertrautesten Dienerinnen haben in diesem Turm Zutritt. Und Blanche natürlich. Es gefällt ihr mehr und mehr, sich Marguerite anzuschließen und ihr in allem nachzueifern. Sie steckt mit ihr im *Tour de Nesle* fast die ganze Zeit zusammen. Beide machen ein solches Geheimnis aus allem, dass es mir nicht geheuer ist.«
»Was fürchtet Ihr?« Auch wenn Séverine die anmaßende Gemahlin des Thronfolgers nicht schätzte, welchen Arg-

wohn hegte Jeanne gegen sie? Wenn sie Blanche schützen wollte, wovor?

»Ich fürchte, dass Marguerite meine arglose Schwester zu närrischen Abenteuern verleitet«, erwiderte Jeanne leise. »Blanche trifft in letzter Zeit die merkwürdigsten Entscheidungen und missachtet jede Vernunft. Sie gibt Unsummen für Modetorheiten aus. Ihre Verschwendungssucht verärgert Charles in zunehmendem Maße. Er hat ihr verboten, bei den Lombarden Kredit aufzunehmen. Aber ich ahne, dass sie mit Marguerites Hilfe Wege findet, das Verbot zu umgehen.«

»Ihr habt sie doch sicher zur Ordnung gerufen«, vermutete Séverine.

»Das wohl. Sie hat mir schwören müssen, ihre Eskapaden zu unterlassen. Allein, Blanche ist liebenswürdig, aber töricht. Die Worte gehen bei ihr zum einen Ohr hinein und zum anderen hinaus. Sie vergisst schnell, was sie versprochen hat. Geh für mich zum *Tour de Nesle*, Séverine. Finde heraus, ob sie Marguerite wieder Gesellschaft leistet. Der Vorwand für deinen Botengang ist ein Brief, der Blanche dringend zu mir bittet. Mir wäre es lieber, du würdest sie nicht antreffen, aber mein Gefühl sagt mir, dass du sie sehen wirst.«

Jeanne machte eine nachdenkliche Pause.

»Ich habe den Eindruck, dass ich der Sache auf den Grund gehen sollte, Séverine. Es beunruhigt mich, dass beide mich ausschließen. Wenn sie eine Dummheit aushecken, kann ich vielleicht rechtzeitig eingreifen und das Schlimmste verhindern.«

Es klang, als wolle sie noch etwas hinzufügen, aber dann beließ sie es bei dem Gesagten.

* * *

In Begleitung eines bewaffneten Leibwächters trat Séverine, Jeannes Brief in der Tasche, wenig später auf die *Rue de Poullies.*
Bisher war sie stets in Begleitung des Hofstaates unterwegs gewesen, wenn man an hohen Feiertagen die Messe nicht in der Hauskapelle hörte, sondern zum Hochamt nach *Saint Germain l'Auxerrois* ging. Sie musste sich dem Schritt des schweigsamen Mannes anpassen, der ihr vorausschritt und dafür sorgte, dass ihr auch im größten Gewühl niemand zu nahe kam. Völlig berauscht von der unerwarteten Freiheit, unterdrückte sie nur mühsam den Impuls, einfach davonzurennen. Wie hatte sie es vermisst, sich frei bewegen zu können.
Die Nase in den Wind reckend, versuchte sie auf dem Weg zur Brücke der Wechsler, als Erstes die Vielzahl der Düfte und Aromen zu enträtseln die ihr entgegen wehten. Ihr Leibwächter hatte ihr knapp erklärt, dass sie erst einmal den Fluss überqueren und die *Île de la Cité* passieren mussten, ehe sie am linken Flussufer den Wohnsitz des Thronfolgers erreichen würden.
Der *Tour de Nesle* war Teil des mächtigen Mauerringes, den ein Vorfahr des regierenden Königs vor mehr als hundert Jahren zum Schutz der Stadt Paris hatte errichten lassen. Louis der Zänker hatte ihn seiner Gemahlin übereignet, weil sie ihm ständig mit der Bitte nach einem privaten Refugium in den Ohren gelegen hatte. Séverine vermutete, dass es ihm weniger um eine Liebesgabe zu tun gewesen war als darum, die Nörgeleien seiner Frau zu beenden.
Die Brücke der Wechsler, dicht an dicht mit Häusern bebaut und so eng, dass man kaum den Himmel zwischen den Dachzeilen erkennen konnte, glich einem Tunnel. Die

Staub- und Dreckschicht auf der Straße war trocken, da es seit einigen Tagen nicht mehr geregnet hatte.

Die Goldschmiede in ihren Werkstätten, deren Läden sperrangelweit offenstanden, waren auf zusätzliches Lampenlicht angewiesen, um ihre Arbeit zu tun. Neugierig blieb Séverine stehen. Einer der Handwerker war damit beschäftigt, hauchfeinen Golddraht in immer kunstvollere Spiralen zu drehen. Der Reif, der unter seiner Hand entstand, entzückte sie so sehr, dass sie stehen blieb und kaum den Blick abwenden konnte.

Das Wappen auf dem Wams ihres Wächters verschuf ihnen den Respekt der Menschen. Auch der Goldschmiedemeister machte eine höfliche Verneigung in ihre Richtung. Verlegen wich Séverine zurück. Er täuschte sich, wenn er sie als mögliche Kundin einschätzte. Die Tasche an ihrem Kleid enthielt nicht eine Münze. Eilig erinnerte sie sich an ihren Auftrag und lief weiter.

Am Ende der Brücke kamen sie am königlichen Palast und der *Sainte Chapelle* vorbei. Von der Gebäudemasse förmlich erschlagen, wusste Séverine nicht, wohin sie zuerst sehen sollte. Das *Hôtel d'Alençon* hatte schon kolossale Ausmaße, aber gegen die Bauten des Königspalastes war es klein.

Sie fühlte sich winzig vor diesen Mauern und war so beeindruckt, dass sie die Kathedrale von *Notre-Dame,* die auf der anderen Seite, hinter den Häuserzeilen in den Himmel ragte, gar nicht wahrnahm.

Die *Petit Pont*, die Brücke des Heiligen Michel, leitete sie auf das linke Seine-Ufer. Aus Holz gebaut, viel zu schmal, war sie, diesem Umstand zum Trotz, die am meisten frequentierte Brücke der Stadt und wirkte wie ein Nadelöhr. Sie war die

Einzige, die in das Viertel der Studenten hinüberführte. Noch nie hatte Séverine diesen Teil der Stadt betreten. Sie bogen in den Quai der Augustiner ein, der einen guten Blick zurück auf die Insel und den Palast erlaubte.

Der Fluss wälzte sich grau und mächtig bis an die Grundmauern vieler Häuser. Erst hier entdeckte Séverine die Vielzahl von Booten, Fährschiffen, Frachtkähnen und einfachen Barken, die ihn befuhren. Vom Ufer stank es nach Schlick und altem Fisch, und aus den engen Straßen nach Unrat, Honig und Bratfett.

Fasziniert drehte Séverine den Kopf von einer Seite zur anderen. Hier, im Bereich der Universität, wimmelte es von jungen Leuten. Eine Fülle von Schenken, Läden und Werkstätten in Holz- und Lehmhäusern säumte, im Schatten der Kirchen und Kollegien, die engen Gassen. Ihr Begleiter riss sie aus dem Staunen.

»Hier ist das *Hôtel de Nesle*, Demoiselle.«

Die Männer mit den Hellebarden ließen sie ohne Fragen das Torgewölbe passieren. Den Innenhof umgaben unüberwindbare Steinmauern. Grau, schwer und feucht von der unmittelbaren Nähe des Flusses, überragt vom quadratischen *Tour de Nesle*, fand Séverine diesen Wohnsitz auf Anhieb alles andere als einladend.

Von hier wurde des Nachts eine schwere Eisenkette quer über die Seine hinüber zum *Tour du Coin* gespannt, der zur Louvre-Festung gehörte. Hinter dieser Kette und den geschlossenen Stadttoren schlief Paris seinen sicheren Schlaf. Der König hatte seinem ältesten Sohn das *Hôtel de Nesle* zum Wohnsitz gegeben. Insgesamt bestand die Festungsanlage aus dem Palast und dem Turm, der früher als Gefängnis wie als Quartier der Wachen gedient hatte. Jeanne hatte Sé-

verine alles genau geschildert. Es jetzt mit eigenen Augen zu sehen, war überwältigend.
Nachdem sie die Wachen passiert hatten, ging Séverine allein zum Turm. Die Kammerfrau, die sie dort in Empfang nahm, lehnte es strikt ab, ihre Herrin zu stören. Sie habe unmissverständlich Befehl gegeben, sie in keinem Falle zu behelligen.
»Die Gräfin von Poitiers hat mir einen Brief anvertraut, den ich ihrer Schwester persönlich übergeben muss. Sie geht davon aus, dass ich sie bei Eurer Herrin, der Königin von Navarra, finde.«
Séverine bediente sich der offiziellen Titel, um ihrem Anliegen Nachdruck zu verleihen. Louis der Zänker hatte den Titel des Königs von Navarra von seiner Mutter geerbt und legte großen Wert darauf, dass man ihm die Ehren eines regierenden Fürsten erwies. Auch Marguerite gefiel es, königliche Ehren einzufordern.
»Ihre Majestät erwartet, dass ihre Zurückgezogenheit respektiert wird«, beharrte die Kammerfrau auf ihrer Ablehnung. »Lasst Euch gewarnt sein. Sie straft Ungehorsam empfindlich.«
»Ich habe einen dringenden Auftrag, den ich erfüllen muss«, erwiderte Séverine ruhig. »Ich bin sicher, die Königin wird dafür Verständnis aufbringen.«
Der Ton wurde gereizter, aber schließlich wies ihr die Kammerfrau den Weg.
»Am besten erwähnt Ihr nicht, dass Ihr mit mir gesprochen habt. Geht die Wendeltreppe hinauf. Im ersten Stock findet Ihr ein Turmgemach, in dem sich die Königin meist aufhält. Die Gräfin von Marche leistet ihr Gesellschaft.«
Die Gräfin von Marche: Blanche. Damit war ihr Auftrag

eigentlich erfüllt. Sie hätte nach Hause gehen können und Jeanne die gewünschte Auskunft bringen. Sie zögerte einen Moment, doch dann entschied sie, Blanche den Brief persönlich zu überreichen.
Die Kammerfrau öffnete ihr die unbewachte Pforte und schloss sie sorgfältig hinter ihr. Nach dem Tumult der Stadt war die Stille innerhalb der Mauern fast unheimlich. Es war dunkel. Lediglich kleine Öllampen in Wandnischen erleuchteten den Weg nach oben.
Was gefiel Marguerite daran, in diesem kahlen, abweisenden Turm zu hausen? Er konnte seine Vergangenheit als Kerker nicht verleugnen.
Den Umhang fröstelnd um die Schultern ziehend, stieg Séverine die ausgetretenen Stufen hinauf. In regelmäßigen Abständen befanden sich handbreite Luftschlitze im Mauerwerk, durch die schneidender Wind pfiff. Bis sie den quadratischen Treppenabsatz erreichte und vor einer geschlossenen, bogenförmigen Holztür stand, zitterte sie vor Kälte. Sie rieb sich die Hände, ehe sie klopfte, um auf sich aufmerksam zu machen.
Sie erhielt keine Antwort. Vermutlich war die Tür ebenso dick wie die Wand. Langsam und lautlos betätigte sie das Schloss. So plump und barbarisch der *Tour de Nesle* war, seine Schlösser schienen gut gefettet. Auch die Angeln gaben kein Geräusch von sich, als sie die Tür vorsichtig einen Spalt aufdrückte und hineinsah.
Eine Duftwolke und behagliche Wärme schlugen ihr entgegen. Gegenüber der Tür brannte in einem Kamin ein loderndes Feuer. Die Lichtreflexe der Flammen tanzten über Teppiche und polierte Holzbohlen. Die Wände waren mit prächtigen Stoffen bespannt. Die hohe Decke des Raumes

wurde von schlanken Steinsäulen getragen. Séverine trat über die Schwelle.
Nach zwei vorsichtigen Schritten blieb sie wie versteinert stehen.
Ein Alkoven mit offenen Vorhängen nahm den größten Teil des Raumes ein. Vom Feuer bestrahlt und von beiden Seiten mit Honigwachskerzen beleuchtet, die in mannshohen Eisenständern brannten, lag in Licht und ungezähmten Locken gebadet ein Paar auf Decken und Pelzen. Beide trugen keinen Faden am Leib. Wie Adam und Eva im Paradies hatten sie nur Augen füreinander.
Marguerite. Sie stützte sich mit einem gurrenden Laut auf der Brust des Mannes ab und saß mit gespreizten Beinen über seinem Unterleib. Die muskulösen Beine, die kräftigen Arme, von hellem Haarflaum bedeckt, verrieten Séverine, dass es sich unmöglich um Louis den Zänker handeln konnte. Braune Hände mit kräftigen Fingern umfingen Marguerites Taille und steuerten ihre Bewegung.
Ein Lachen lenkte Séverines Blick am Bett vorbei zu einer gepolsterten Bank. Es war Blanches Lachen und es galt dem Mann, auf dessen Schoß Jeannes Schwester saß, das Gewand bis zur Taille herabgestreift. Als wäre er ein Kind, saugte er an ihrer Brust. Unruhig die Hüften bewegend, stachelte sie seine Lust an und wühlte ihm dabei im schulterlangen blonden Haar.
Goldblondes Haar, nicht jenes helle Gerstenblond, das Charles von Marche von seinem Vater geerbt hatte. Auch war er breiter und athletischer als Charles.
Ein lustvoller Aufschrei Marguerites riss Séverine aus ihrer Erstarrung. Hastig wich sie zurück und schloss die Tür mit angehaltenem Atem.

Einen Augenblick lauschte sie. Die Geräusche des Liebesaktes drangen auf den Treppenabsatz nicht hinaus. Sie wandte sich um und stürmte blindlings die Stufen hinab. Sie war ungewollt Zeugin von Ehebruch und verbotenen Begierden geworden. Die Schamlosigkeit der Szene brannte wie Säure in ihren Augäpfeln. Wer waren die Männer, die es wagten, die Söhne des Königs dermaßen zu beleidigen? Hinter ihren Schläfen hämmerte die nackte Angst. Die Vorstellung, Jeanne von der frevelhaften Tat berichten zu müssen, war unerträglich. Mit zitternden Knien sank sie auf der untersten Stufe vor der geschlossenen Pforte nieder.

Kein Wort würde sie über die Lippen bringen. Was sollte sie tun? Nach Faucheville fliehen? Aber wie? Allein? Unmöglich.

Es gab nur einen Menschen, der ihr raten konnte. Adrien. Er hatte versprochen zu helfen, wenn sie in Not geriet. Sie war in Not. In höchster Not.

Wo würde sie ihn finden? Bei Philippe, im Palast des Königs? Jeanne hatte ihr einmal gesagt, dass sich die diensttuenden Ritter und Beamten Seiner Majestät normalerweise im *Salle des gardes* zur Verfügung hielten. Ihr Begleiter musste sie dort hinbringen. Er hatte Befehl nicht von ihrer Seite zu weichen. Alles Weitere würde Adrien bestimmen. Allein seinen Namen zu murmeln beruhigte sie und schenkte ihr neuen Mut.

Allmählich konnte sie einen klaren Gedanken fassen.

* * *

Séverines Leibwächter stand noch dort, wo sie ihn verlassen hatte.

»Ich muss auf der Stelle in den Palast des Königs, in den *Salle des gardes*, um einen Edelmann zu sprechen, der dem Grafen Philippe dient.«

Verblüfft sah der Mann sie an. »Ich habe nur den Auftrag, Euch zum *Tour de Nesle* zu bringen, Demoiselle. Meine Befehle muss ich strikt einhalten. Eure Bitte ist gegen die Anordnung der Gräfin.«

»Gut, dann gehe ich eben allein dorthin. Ich glaube, Ihr werdet große Schwierigkeiten bekommen, wenn Ihr ohne mich zurückkehrt.«

Sie unbewacht zu lassen war ausgeschlossen. Da sie jedoch den Eindruck machte, als ließe sie sich von nichts aufhalten, entschied er schließlich widerstrebend, ihr zu gehorchen.

Der Weg zur *Petit Pont* führte am Fluss entlang und war leicht zu finden. Ein erster Anflug von Dämmerung legte sich über die Stadt. Vereinzelte Fackeln flammten auf. Séverine schenkte dieses Mal weder dem schwindenden Licht noch den Menschen Beachtung.

Das Bild der treulosen Schwiegertöchter des Königs verfolgte sie hartnäckig. Seit dem Tod der Königin war der König sittenstreng und fromm geworden. Welche Strafe erwartete die Ehebrecherinnen? Und was würde mit ihr geschehen? Sie war Zeugin des ungeheuerlichen Vergehens geworden. Zeugen lebten gefährlich, das wusste sogar in Faucheville jedes Kind.

Als Séverine Adrien im Königspalast den Weg vertrat, wollte er seinen Augen nicht trauen. Saß er einem Trugbild auf? Es konnte unmöglich Séverine sein, die da zwischen all den Edelmännern, Soldaten, königlichen Ministerialen und Bittstellern auftauchte. Frauen waren ohnehin ein seltener Anblick in der *Salle des gardes;* sie hier zu sehen versetzte ihm förmlich einen Schock.

»Adrien.«

Ihre Stimme brach den Bann. Sie war es wirklich! Spürte sie etwa, feinfühlig wie sie war, dass er zu jeder Stunde des Tages an sie dachte? Ihre Verwandlung vom Landmädchen zur Edeldame, die Jeanne so meisterlich bewerkstelligt hatte, raubte ihm die gewohnte Ruhe.

»Was tust du hier um Himmels willen? Was ist geschehen?«

Er sah sich schnell um, entdeckte Philippes Wappen auf dem Wams des Leibwächters, gab ihm ein Zeichen zu warten, und zog Séverine hastig in eine Fensternische. »Du solltest nicht hier sein. Ich sagte dir doch, du kannst jederzeit nach mir schicken, wenn du mich sprechen willst.«

»Mir blieb keine andere Wahl«, antwortete sie und fasste nach seinen Händen. »Ich brauche deine Hilfe. Ich kann nicht zu Jeanne zurückkehren. Kennst du einen Ort, an dem uns niemand belauscht?«

Adrien erfasste, dass etwas Schreckliches geschehen sein musste. Die Angst stand ihr ins Gesicht geschrieben. Nie zuvor hatte er sie so verzweifelt erlebt.

»Komm mit«, befahl er knapp.

Er war sich der Blicke, die ihnen neugierig folgten, bewusst. Eine verfängliche Geste, und der Hofklatsch fände in ihnen sein neuestes Opfer. So weit durfte er es keinesfalls kommen lassen. Je eher er sie fortbrachte, umso besser. Zumal auch ihre Familienähnlichkeit in den vergangenen Monaten immer deutlicher zutage getreten war. Dass zu allem Überfluss am Kopfende des Saales sein Vater erschien, zwang ihn zu noch größerer Eile. Nicht auszudenken, was geschah, wenn

Hugec von Flavy sein aufgezwungenes Mündel im Palast des Königs an der Seite seines Sohnes entdeckte. Adrien verstellte dem Baron die Sicht auf Séverine und deutete auf eine Bogenpforte zu seiner Rechten.

»Hier entlang. Schnell.«

Daran, dass Séverine widerspruchslos tat, was er sagte, vermochte er den Grad ihrer Erschütterung abzulesen. Was hatte sie in diese Verfassung gebracht?

Die Gärten des Schlosses, an der Spitze der Insel, waren um diese Jahres- und Tageszeit leer und kahl. Sie allein boten die Ungestörtheit, die Adrien suchte. Nach einem prüfenden Blick in alle Richtungen nickte er Séverine zu. »Jetzt können wir reden.«

»Ich komme vom *Tour de Nesle*. Jeanne hat mich mit einem Brief zu ihrer Schwester Blanche geschickt.«

»Zu ihrer Schwester? Der Turm gehört der Königin von Navarra.«

»Ja, ich weiß. Blanche war bei ihr. Und zwei andere waren bei ihr. Zwei Männer.«

Séverine umfasste schutzsuchend die eigenen Oberarme mit den Händen. Zögernd, stockend berichtete sie, so gut sie Worte fand, das Gesehene zu beschreiben.

»Warum nur hat Jeanne mich dort hingeschickt?«, klagte sie vorwurfsvoll. »Warum musste ich Zeugin dieser schändlichen Unzucht werden? Ich habe mit der Kammerfrau gesprochen und ihr meinen Namen genannt. Egal, ob ich Jeanne pflichtgemäß davon berichte oder nicht, sobald der Skandal bekannt wird, wird sich die Frau an mich erinnern. Mein Name wird fallen, alle werden sagen, dass ich die Unzüchtigen verraten habe. Selbst wenn sie es abstreiten und mich der Lüge bezichtigen, das Unglück ist geschehen. Entweder werde ich am Ende für einen Verrat bestraft, der keiner ist, oder wegen lügnerischer, böser Nachrede. Hätte ich doch der Kammerfrau nur einfach den Brief gegeben. Sie wollte mich eigentlich gar nicht in den Turm gehen lassen.«

»Wo ist dieser Brief?«

Séverine wurde noch bleicher. Erst in diesem Augenblick erfasste sie den ganzen Umfang des Verhängnisses.

»Gott helfe mir. Ich muss ihn verloren haben. Vermutlich liegt er auf dem Treppenabsatz vor dem Gemach, in dem das alles … Ich hielt ihn in der Hand, das weiß ich noch.« Sie stockte und klammerte sich haltsuchend an Adriens Wams. »Du musst mich nach Faucheville in Sicherheit bringen. Ich kann nicht zurück zu Jeanne.«

»Beruhige dich, Séverine.« Sanft löste Adrien ihre verkrampften Finger aus dem Stoff. »Du musst in gar keinem Fall mit irgendjemandem über diesen Vorfall reden. Ja – du darfst es nicht. Du würdest dich in Lebensgefahr bringen. Deine Entscheidung, gleich zu mir zu kommen, war richtig. Ich werde selbst mit Jeanne sprechen und mit ihr beraten, wie und wo du am besten aufgehoben bist. Vertraue mir.«

Die Wärme der Berührung tat gut. Seine Gegenwart besänftigte ihr aufgewühltes Gemüt. Séverine tat einen tiefen, befreienden Atemzug.

Die Bewegung hob ihre Brüste und fesselte Adriens Blick. Er hasste sich selbst für die verräterische Reaktion seines Körpers, aber er konnte sie nicht unterdrücken. Alles war so anders gekommen. Er hatte erwartet, Erleichterung zu empfinden, wenn er Jeanne Séverine anvertraute, die Wohltat eines reinen Gewissens. Stattdessen plagten ihn Unruhe und verbotene Gelüste. Seit er sie das erste Mal in Gewändern erblickt hatte, die ihre Anmut unterstrichen und den Stallburschen in eine bezaubernde junge Frau verwandelten, übte sie eine Anziehungskraft auf ihn aus, die ihn selbst erschreckte.

»Musste ich mich erst in Gefahr bringen, damit du wieder für mich da bist?«

Adrien vernahm den unterschwelligen Vorwurf. Er gab keine Antwort. Was sollte er schon sagen? Dass ihr auch von ihm Gefahr drohte. Dass er nicht länger die kleine Schwester in ihr sehen konnte. Ihre spontanen Berührungen und ihre verlockende Nähe brachten ihn an die Grenze seiner Selbstbeherrschung.

Das fehlt ihr noch, dass du sie mit deinen lüsternen Vorstellungen verfolgst, verspottete er sich stumm. *Siehst du nicht, wie sehr sie der Anblick des Liebesspiels erschüttert hat, dessen Zeugin sie unverhofft geworden ist? Sie kennt weder Leidenschaft noch Verlangen.*

Séverine respektierte wie üblich sein Schweigen. Vertrauensvoll wartete sie auf seine Entscheidungen. Hatte sie eine andere Möglichkeit, als ihm blind zu folgen?

Nein.

Adrien glaubte zu ahnen, was ihr durch den Kopf ging.

»Ich kann nicht mit dir nach Faucheville fliehen, versteh das doch. Eine Flucht würde dich sogar ohne einen Grund verdächtig machen.«

»Dann wirst du mich zu Jeanne bringen?«

»Dort ist jetzt dein Zuhause.«

Er sah auf ihren gesenkten Kopf hinab und ließ von allen seinen Gefühlen allein das Mitleid zu. Sie war geradlinig, unschuldig und rein. Eigenschaften, die man bei Hofe selten fand. Eben diese Redlichkeit machte sie so gänzlich hilflos.

Sie verdiente allen Schutz der Welt. Er wollte sie behüten, auch vor den eigenen Wünschen.
Wie ein Kind nahm er sie an die Hand und führte sie durch das dunkle Paris.

* * *

Adrien vergewisserte sich, dass die Tür hinter ihm geschlossen war. Er bedachte Jeanne mit einem vorwurfsvollen Blick, ehe er sich an sie wandte.
»Ich habe Euch Séverine anvertraut, weil ich seit vielen Jahren der engste Vertraute Eures Mannes bin. Ich habe mich dabei ganz auf Euch verlassen. Séverine ist wie eine Schwester für mich. Meine Mutter hat sie wie ein eigenes Kind geliebt. Séverines Fröhlichkeit, ihre Tapferkeit und ihre Redlichkeit haben ihr zu Lebzeiten viel Freude geschenkt. Bis zu ihrem Tod war sie an ihrer Seite. Heute habe ich es bitter bereut, sie aus dieser heilen Welt herausgerissen zu haben. Warum habt Ihr sie dieser Gefahr ausgesetzt?«
Jeanne zuckte erkennbar zusammen, aber Adrien mäßigte weder seinen Ton noch seine Ausdrucksweise.
»Wo man geht und steht zerreißen sie sich die Mäuler darüber, dass Eure Schwester und Eure Base ständig in Begleitung von Gautier von Aunay und seinem Bruder Philippe zu sehen sind. Gautier ist der Schildknappe Eures Gemahls um alles in der Welt! Weil sie Euren Brief an Blanche persönlich abgeben wollte, hat Séverine heute im Turm alle vier zusammen angetroffen. Nackt. Beim ausschweifenden Liebesspiel. Einzelheiten möchte ich Euch ersparen. Séverine ist unerfahren und ohne jede Boshaftigkeit, weswegen ihre Schilderung zweifelsfrei stimmt. Sie ist völlig durcheinan-

der und schier in Todesangst geraten. In ihrer Verzweiflung wusste sie nur einen Rat. Sie kam zu mir in den Palast. Zum Glück hat sie keiner der Beteiligten bemerkt, aber als sie vom Ort der Unzucht floh, hat sie den Brief auf dem Treppenabsatz fallen lassen.«

»Gütiger Himmel«, murmelte Jeanne. »Nicht in meinen schlimmsten Befürchtungen hätte ich angenommen, dass die beiden je so weit gehen würden. Ein Flirt, eine gefährliche Romanze, das ja. Aber doch keine Liebschaft, die die Glaubwürdigkeit königlicher Kinder aufs Spiel setzt. Ich mag nicht daran denken, was der König tut, wenn er davon Kenntnis erhält.«

»Er darf es niemals erfahren«, antwortete Adrien nachdrücklich. »Ihr müsst Euren ganzen Einfluss aufbieten, die beiden Damen zur Vernunft zu bringen. Sie stürzen sich ins Unglück, und wenn sie untergehen, reißen sie Euch mit in den Abgrund.«

Jeanne erblasste.

»Ganz Paris nennt die drei Schwiegertöchter des Königs in einem Atemzug. Werden zwei von ihnen des Ehebruchs bezichtigt, seid Ihr ebenfalls in höchstem Verdacht. Euer Ruf mag über jeden Tadel erhaben sein, aber der Skandal würde Euch unweigerlich mit in den Abgrund ziehen.«

Haltsuchend fasste Jeanne nach Adriens Arm und lehnte sich von plötzlichem Schwindel erfasst gegen ihn. »Philippe wird mich schützen.«

»Wird er sich gegen seine wütenden Brüder und den entrüsteten Vater zur Wehr setzen können? Ihr würdet mindestens der Mitwisserschaft beschuldigt. Philippe hat Feinde. Nicht zuletzt seinen älteren Bruder. Louis fürchtet seinen Scharfsinn. Er ist sich des Umstandes bewusst, dass der König lieber den Jüngeren, Besonneneren und Klügeren als Nachfolger auf dem Thron sehen würde. Wenn er eine Gelegenheit bekommt, Philippe zu schaden, wird der Zänker ohne Zögern zuschlagen. Es ist an Euch, die Königin von Navarra und Eure Schwester zur Ordnung zu rufen, ehe ein Unglück geschieht.«

Adriens Argumentation konnte Jeanne in keinem Punkt widersprechen. Aber allein die Vorstellung, sich mit Marguerite auseinandersetzen zu müssen, jagte ihr schon einen Schrecken ein. In Wortgefechten kämpfte ihre Schwägerin mit fliegenden Klingen.

»Ihr habt keine andere Wahl«, brach Adrien eindringlich das Schweigen.

»Und wenn ich nun meine Mutter bitte, mit Blanche und Marguerite ein ernstes Wort zu sprechen?«

Adrien schüttelte den Kopf. »Verzeiht, aber das kommt mir vor, als wolltet Ihr den Teufel mit dem Beelzebub austreiben. Zudem geht es auch darum, Séverine zu schützen. Sie war im Turm, das können wir nicht leugnen. Die Kammerfrau hat mit ihr gesprochen, aber sonst hat niemand sie gesehen. Der Brief wurde inzwischen sicher gefunden. Kann sein Inhalt Euch schaden? Könnt Ihr mir anvertrauen, was Ihr geschrieben habt?«

»Selbstverständlich. Es ist kein Geheimnis. Ich habe Blanche gebeten, mich unverzüglich aufzusuchen. Marguerites Einfluss ist nicht gut für sie. Ich wollte sie unter einem Vorwand von ihr fortlocken.«

»Bleibt bei diesem Entschluss! Macht Eurer Schwester und Eurer Schwägerin unmissverständlich klar, dass Ihr absolute eheliche Treue von ihnen fordert, weil der Klatsch, wenn er schon bis zu Euch gedrungen ist, in Kürze auch das Ohr des Königs erreichen wird. Appelliert an ihre Vernunft. Marguerite zumindest besitzt sie. Eure Frau Mutter würde nur auf den eigenen Vorteil sehen, und da weiß man nie, wessen Köpfe am Ende rollen.«

Jeanne nickte bedrückt. »Ich muss Euch zustimmen. Ich werde Marguerite und Blanche morgen aufsuchen. Habt Dank für Eure Offenheit. Ihr seid uns ein wahrer Freund, Adrien von Flavy.«

»Erlaubt mir noch eine Bitte. Erlasst Séverine weitere Botendienste dieser Art. Sie ist Euch tief ergeben und würde alles für Euch tun. Ich gab sie in Eure Obhut, weil ich wollte, dass ihr Gerechtigkeit widerfährt, nicht Ungemach. Ich fühle mich ihr gegenüber in der Pflicht.«

»Ihr habt mein Wort, dass ich umsichtig besorgt sein werde um sie.«

»Dann sind wir uns einig, behaltet für Euch, was sie gesehen hat, und ruft die Ehebrecherinnen zur Ordnung.«

»Die Ehebrecherinnen …«

Schaudernd wiederholte Jeanne diese Bezeichnung.

Fünftes Kapitel

Die Scheiterhaufen waren erloschen auf der Judeninsel. Aschеflecken erinnerten an den Feuertod, den die beiden Männer vor vierundzwanzig Stunden erlitten hatten. Jacques von Molay, der Großmeister des Templerordens, und der Präzeptor des Ordens in der Normandie, Geoffroy von Charnay, waren am selben Tag hingerichtet worden, an dem der König ihr Todesurteil unterzeichnet hatte. Am 18. März des Jahres 1314.

Séverine schien es, als läge der Geruch dieser Hinrichtungen noch immer in der Luft. Jeder Atemzug schmeckte nach Asche und Verzweiflung im Mund. Der kurze Regenschauer, der am Vormittag die Stadt reingewaschen hatte, konnte nichts daran ändern.

»Es riecht nach Tod«, beantwortete sie Jeannes Frage nach dem Grund ihrer Schweigsamkeit bedrückt. »Wie kann seine Majestät Männer der Kirche hinrichten lassen?«

»Weil die Templer sich eines Verbrechens gegen die Krone schuldig gemacht haben.« Jeanne billigte das Todesurteil, weil ihr Mann es billigte. Sie hatte noch nie an ihm oder an seinem königlichen Vater gezweifelt. Dass Séverine eine ihrer Entscheidungen in Frage stellte, führte sie auf die Ahnungslosigkeit ihres Schützlings zurück. Wie sollte sie sich dort, wo sie wohlbehütet und in aller Abgeschiedenheit aufgewachsen war, mit den komplizierten Zusammenhängen der Politik vertraut gemacht haben können? Wie konnte sie den Vernichtungsfeldzug verstehen, den der König aus guten Gründen gegen den Orden der Templer geführt und nun zu einem gerechten Ende gebracht hatte?

»Diese Ketzer verdienen den Tod. Die Gerechtigkeit des Königs ist unfehlbar. Man hat den Verurteilten Gnade erwiesen, ihnen eingeräumt, auf dem Vorplatz von Notre-Dame Buße zu tun, abzuschwören. Sie haben sich geweigert und damit ihr Schicksal selbst besiegelt.«

Jeanne brach ab und drehte sich zum Eingang des Gartens um, wo Stimmengewirr und Gelächter einer kleinen Gesellschaft den Nachmittagsfrieden störten. Séverine folgte Jeannes Blick. Voll Überschwang erwartete die Gruppe einen freundlichen Empfang. Es war zu spät, ihr aus dem Weg zu gehen. Arm in Arm mit Blanche, von einem kleinen Hofstaat begleitet, schlenderte Marguerite auf sie zu. Die beiden Edelmänner, die ihnen folgten, überragten sie fast um einen ganzen Kopf. Ihre breiten Schultern waren in Samt gehüllt und die blonden Locken mit Federkappen geschmückt. Séverine erkannte sie dennoch.

»Kein falsches Wort.« Jeanne griff nach Séverines Handgelenk. »Du weißt, was wir besprochen haben. Du hast lediglich den Brief auf die Stufen gelegt, nachdem dir niemand die Tür öffnete. Du kennst keinen der Seigneurs. Für dich sind sie Edelmänner, die zum Hofstaat gehören, ohne Namen und ohne Bedeutung. Solange du dich nicht selbst verrätst, bist du in Sicherheit. Die beiden haben keine Ahnung, wer mir die Beweise ihres Ehebruchs geliefert hat.«

Allen Beteuerungen zum Trotz versetzte Marguerites Ankunft Séverine in Panik.
»Ich werde ihnen entgegengehen. Ganz ruhig, Séverine. Lauf du in die andere Richtung und schließ dich dem übrigen Gefolge an.«
Marguerite und Blanche sahen wohl und zufrieden aus. Sie umarmten Jeanne, als habe es nie den Hauch eines Zwistes zwischen ihnen gegeben. Sie wollten sie in die Galerie der Händler entführen, die in unmittelbarer Nähe des Königspalastes alles bot, was ein Frauenherz entzückte. Sie akzeptierten keine Ablehnung und keine Ausrede, und wie üblich fügte Jeanne sich. Sie würde ihr Hauskleid noch gegen ein repräsentativeres Gewand austauschen müssen. Wenn sie sich in der Stadt zeigte, erwartete man eine Prinzessin zu sehen. Sie ging zu ihren Gemächern.
Die übrige Gesellschaft begab sich in die große Halle, wo man sich an Erfrischungen gütlich tat. Die Hinrichtung des Vortages war allgemeines Gesprächsthema.
»Wie schade, dass Jeanne meine Einladung nicht angenommen hat, das Spektakel von den Fenstern des *Tour de Nesle* aus mit uns zu beobachten.« In Marguerites leicht heiserer Stimme klang Erregung. »Wir hatten von dort, aus luftiger Höhe, einen hervorragenden Blick hinüber zu den Ereignissen auf der Judeninsel. Es war furchterregend und ergötzlich zugleich. So schrecklich eine Hinrichtung auch ist, so macht sie einem doch den Wert des eigenen Lebens und Wohlergehens auf besondere Art bewusst.«
»Ein Todesurteil muss vollzogen werden, das sehe ich ein«, antwortete Philippe von Aunay erschauernd. »Aber das Spektakel, das rund um eine jede Hinrichtung gemacht

wird, stößt mich ab. Dem Tod eines Menschen wie einem Schauspiel beizuwohnen, das erscheint mir barbarisch.«

»Welch sanftes Gemüt Ihr doch habt, mein Freund«, mischte sich Blanche zwitschernd ein und warf gleichzeitig seinem Bruder einen schmachtenden Blick zu. »Ich verstehe, dass die Königin von Navarra Eure Gesellschaft so sehr schätzt. Wer einen Mann hat, der ständig nur von Krieg und Totschlag redet, sehnt sich in der übrigen Zeit nach einem feinfühligen Menschen wie Euch.«

»Ich bin kein Feigling, falls Ihr mir das vielleicht unterstellen wollt, Madame«, verwahrte sich Philippe verstimmt. »Ich habe in Kriegen gekämpft und Turniere gewonnen.«

»Wir wissen, dass Ihr ein Held seid, Philippe«, beruhigte ihn Marguerite leicht anzüglich und nahm sich eine gezuckerte Mandel zwischen die Lippen. »Lasst Euch von der Gräfin nicht ärgern. Und du, Blanche, benimm dich. Du weißt, wie streng deine Schwester Sitte und Anstand nimmt.«

Séverine wollte sich gerade unbemerkt in ihre Kammer begeben, als Marguerite sich umdrehte.

»Sieh an, Jeannes Schützling.« Träge winkte sie Séverine näher. »Dich hatte ich ja fast vergessen.«

»Majestät.«

Eine Reverenz erweisend, wartete Séverine. Ihr Herz begann schneller zu schlagen. Was wollte sie von ihr? Hatte sie erfahren, dass sie sie im *Tour de Nesle* beim Ehebruch gesehen hatte?

»Deine Herrin schenkt dir volles Vertrauen, nicht wahr?«

Was sollte sie antworten? Sie beschränkte sich auf ein stummes Nicken. Sie war sich bewusst, dass alle sie beobachteten. Hinter ihrem Rücken wurde getuschelt.

»Du bist im besten Heiratsalter und sehnst dich sicher nach

einem eigenen Hausstand«, fuhr Marguerite fort und schürzte die Lippen. »Hat meine Schwägerin schon einen Mann für dich ins Auge gefasst?«
»Was kümmert es dich, mit wem diese kleine Magd verheiratet wird?« Blanche klang gelangweilt.
»Sieh sie dir doch einmal genauer an, die kleine Magd. Erkennst du die Ähnlichkeit nicht, Blanche?«
Marguerite lachte höhnisch, aber sie sprach so leise, dass man sie nur in ihrer unmittelbaren Umgebung verstand. »Deine Schwester Jeanne übertreibt es mit ihren guten Werken. Sie sammelt die Bastarde eures Herrn Vaters ein. Vermutlich hat ihr eure Mutter ans Herz gelegt, den König mit ihrer christlichen Mildtätigkeit zu beeindrucken. In der letzten Zeit ist er wahrhaft lästig fromm geworden. Ginge es nach ihm, müssten wir alle ein Leben führen, das uns die Heiligsprechung sichert, wenn wir vor Langeweile gestorben sind.«
Blanche fasste Séverine verächtlich ins Auge. »Wenn sie wirklich ein Bastard unseres Vaters ist, muss man das arme Wesen in ein Kloster stecken und darf es nicht unter anständigen Menschen leben lassen.«
Die Art und Weise, wie die beiden Frauen über sie sprachen, ohne sich um ihre Anwesenheit oder gar ihre Empfindungen zu kümmern, kränkte Séverine tief. Wollte sie die Schmach tilgen, musste sie in Erfahrung bringen, wer ihre Eltern waren. Warum verschwieg Adrien ihre Namen so standhaft? Beim nächsten Treffen würde sie ihn nicht gehen lassen, ohne dass er es ihr sagte, das schwor sie sich.
Marguerite sah Jeanne wieder in die Halle treten.
»Wir werden später über die Angelegenheit reden«, beruhigte sie Blanche, so leise es ging.

»Worüber wollt ihr reden?« Jeanne war außer Atem, so sehr hatte sie sich beeilt.
»Nichts Wichtiges«, tat Marguerite ihre Frage zwanglos ab. »Lass uns gehen, meine liebe Jeanne. Ein wenig Zerstreuung wird uns allen guttun.«
In der Annahme, dass ihre Dienste nicht länger gebraucht wurden, blieb Séverine zurück, da erreichte sie Marguerites Befehl. Die Königin von Navarra war nicht bereit, sie so einfach aus ihren Klauen zu lassen.
»Du kommst mit, Demoiselle Séverine. Du kannst unsere Einkäufe tragen. Leider kann ich nicht über meine Kammerfrau verfügen. Stell dir vor, liebste Jeanne, sie ist ganz überraschend verstorben.«
Jeanne erblasste, murmelte eine Frage und erfuhr ebenso wie Séverine in aller Ausführlichkeit, dass die Frau am Morgen unterhalb des *Tour de Nesle*, am Ufer des Flusses, tot aufgefunden worden sei.
»Es scheint, sie ist von den Zinnen des Turms gestürzt. Ist das nicht tragisch?« Marguerite gab sich perfekt den Anschein zu trauern. »Mein Haushofmeister vermutet, dass sie dort oben heimlich die Hinrichtung sehen wollte. Im Dunkeln hat sie wohl das Gleichgewicht verloren und ist über die Zinnen gestürzt. Die Arme tut mir von Herzen leid. Ich habe veranlasst, dass man ein Dutzend Messen für sie liest. Sie war eine so nützliche, treue Dienerin.«
Jeanne bekundete ihr Mitgefühl. Sie schluckte ihren Zorn auf Marguerites direkte Weisung an Séverine hinunter, auch weil sie fürchtete, es könnte einen Verdacht bei Marguerite auslösen, wenn sie das Mädchen zurückhielte.
Séverine war mehr als nur betroffen. Sie griff mit tauben Fingern nach dem Umhang, den ihr Jacquemine im letzten

Augenblick reichte. Entsetzen lähmte ihren Verstand. Eines begriff sie in aller Schärfe. Marguerites Ausführungen über den Tod der Kammerfrau dienten nur einem Zweck: der Warnung.
Natürlich hatte sie von ihrer Kammerfrau erfahren, dass sie eine Botin eingelassen hatte. War es Jeanne wirklich gelungen, Marguerite davon zu überzeugen, dass sie den Brief lediglich auf den Treppenabsatz gelegt hatte?
Wenn nicht, war auch ihr Leben jetzt in größter Gefahr. Und der Tod der Dienerin war eine schwere Last auf ihrem Gewissen.

* * *

Adrien maß seinen Knappen mit einem düsteren Blick. Das letzte halbe Jahr hatte die kindlichen Spuren aus seinem Gesicht getilgt.
»Die Stadt ist unruhig. Die Pariser tragen dem König die hastige Hinrichtung nach. Es kursieren die wildesten Gerüchte über einen Fluch, mit dem der Großmeister auf dem Scheiterhaufen den König belegt haben soll. Wisst Ihr mehr darüber?«
Der Großmeister hatte König Philippe und Papst Clemens dem Vernehmen nach prophezeit, sie würden, gleich ihm, noch in diesem Jahr vor Gottes Gericht treten. Seine Heiligkeit sogar innerhalb von vierzig Tagen. Der König hatte sich ungerührt gezeigt, aber was die abergläubischen Ohrenzeugen aus dieser Vorhersage machen würden, war eine andere Frage.
»Es will mir nicht in den Kopf«, platzte Julien heraus, »dass der Papst eine solche Ungerechtigkeit zugelassen hat. Wisst

Ihr, wie viele Tempelritter im Namen der königlichen Gerechtigkeit gefoltert und hingerichtet wurden?«

»Zu viele, das musst du mir nicht sagen. Wir haben dieses Gespräch schon oft genug geführt. Du weißt, was ich über die Angelegenheit denke. Nicht umsonst schuldest du mir, das heißt Séverine, ein Pferd. Was hörst du?«

»Von dem Pferd?«

Adrien grinste. Wie kennzeichnend für Julien, dass er nie seine Schlagfertigkeit verlor.

»Gut geantwortet, Kleiner. Je weniger man über bestimmte Dinge spricht, umso vernünftiger ist es in diesen Tagen. Hoffen wir, dass nach dieser Hinrichtung endlich Frieden einkehrt und dass, wer fliehen konnte, in Sicherheit ist.«

Der Knappe kratzte sich unter der Kappe mit der Spielhahnfeder. »Merkwürdig, dass sich im Rat des Königs keiner für die Templer starkgemacht hat. Schließlich haben sie für das Christentum Jerusalem erobert. Sie waren doch einmal Helden, die vom König wie vom Heiligen Vater hofiert wurden.«

»Was ihnen in gewisser Weise wohl zu Kopf gestiegen ist.« Adrien machte eine beschwichtigende Gebärde, die den Widerspruch seines Knappen verstummen ließ. »Das ist kein Grund, sie zu verleumden und zu vernichten, das wollte ich damit nicht ausdrücken. Aber es hat den Weg für die Anklagen des Königs geebnet und ihre Verteidigung erschwert.«

»Ist es dem König endlich gelungen, Euch zu überzeugen? Mir wird übel, wenn ich an all die Grausamkeiten denke, die gegenüber den Templern alltäglich geworden sind.« Juliens Fäuste ballten sich in hilflosem Zorn.

»Gemach, mein Junge. Du kannst nicht leugnen, dass auch

aufseiten der Templer schwerwiegende Fehler begangen wurden. Du wirst noch lernen, dass nie einer allein an einer Katastrophe Schuld trägt.«

Julien antwortete nicht. Er schritt mit gesenktem Kopf und hängenden Schultern neben seinem Herrn her. Düster schweigend durchquerten sie die Vorhalle des Königspalastes. An der *Galerie der Händler*, die wie üblich, ein buntes Gemisch unterschiedlichster Kundschaft angezogen hatte, ließ Adrien den Blick schweifen, ohne ein bestimmtes Ziel im Auge zu haben. Auf den Verkaufstischen wurden Stoffe, Bänder, Spitzen, Gürtel, Taschen, Schmuck, Duftkugeln, Balsamtiegel, Amulette und geheimnisvolle Liebestränke angeboten. Höflinge, Edelfrauen und Pariser Bürger drängten sich um die Waren, die von ihren Verkäufern in allen Sprachen des Abendlandes angepriesen wurden.

Eine Gruppe Damen und Herren, allesamt auffallend elegant gekleidet, kam ihnen von weitem entgegen.

Adrien drängte den Knappen zur Seite. »Hinter die Säule, dort. Ich will ihnen nicht begegnen.«

»Die Schwiegertöchter des Königs«, murmelte Julien erstaunt. »Man sieht sie selten alle drei zusammen. Was hat das Mädchen, das Ihr nach Paris gebracht habt, in ihrem Gefolge zu suchen? Ist sie Eure Spionin?«

Séverine in dieser Gesellschaft zu entdecken überraschte Adrien noch mehr als den Knappen. Er hatte Jeanne für klüger gehalten. Ausgerechnet an einem solchen Tag, an dem in der Stadt der Unmut brodelte, fröhlich lachend Spitzen und Flitterkram zu erwerben, war mehr als unbedacht. Es verhöhnte die Gefühle der Bürger und trug wenig dazu bei, den Ruf der königlichen Familie zu stärken.

Marguerite blieb neben einem Verkaufstisch stehen, der sich

unter Eichhörnchen- und Marderfellen bog. Mit Kennerblick wählte sie einige Felle aus und bat ihren Begleiter und Jeanne um Begutachtung.
Zum Teufel sollten sie sich scheren! Adrien wäre am liebsten dazwischengefahren.
Auch Blanche gab sich völlig unbeschwert. An der Seite Gautiers kicherte sie ausgelassen. Der Anblick der drei Prinzessinnen, begleitet von zwei höchst attraktiven Edelmännern, erregte Aufsehen. Adrien bemerkte missmutige Blicke und vernahm verächtliches Getuschel in seiner Umgebung. Der Auftritt verschaffte den Gerüchten neue Nahrung. Was bezweckte Marguerite damit?
Sie musste einen Grund für das öffentliche Schauspiel haben. Je mehr Adrien darüber nachdachte, desto sicherer war er sich. Marguerite überließ nichts dem Zufall. Wenn sie einen solchen Ausflug organisierte, dann nur, weil sie eine Absicht damit verband.
Aber welche?
Dummkopf!, beschimpfte er sich. *Die Antwort liegt auf der Hand. Sie macht Jeanne in aller Öffentlichkeit zur Mitwisserin ihres Ehebruchs. Zur Komplizin. Wer bemerkt schon, dass sie keinen Galan an ihrer Seite hat.*
»Seht die beiden Halunken dort! Was haben sie vor?«
Julien riss Adrien aus seinen Überlegungen. Dem Blick des Knappen folgend, entdeckte er zwei stämmige Kerle im Lederwams neben Séverine. Sie trennten das junge Mädchen geschickt drängelnd vom Gefolge der Prinzessinnen. Als sie sie zu beiden Seiten am Arm packten, schrie sie erschrocken auf. Julien vergaß jede Vorsicht.
Er flog förmlich auf die drei zu, rammte einem der breitstämmigen Burschen den Kopf in den Magen und stellte

gleichzeitig dem anderen ein Bein. Séverine wurde zur Seite gestoßen und prallte hart gegen die Kante eines Verkaufstisches. Schmerz schoss ihr in die Hüfte und trieb ihr das Wasser in die Augen. Als sie den Kopf hob, erkannte sie Adrien, der Julien gefolgt war.

Die Männer, denen erkennbar daran lag, kein Aufsehen zu erregen, ergriffen blitzartig die Flucht.

»Bist du verletzt?«

Ein wortloses Kopfschütteln beantwortete Adriens Frage, aber in Séverines Blick stand solches Entsetzen, dass er sie spontan tröstend in den Arm nahm. Als hätte er sich an ihr verbrannt, gab er sie jedoch augenblicklich wieder frei. Sie wich stumm einen Schritt zurück und noch einen zweiten. Julien grinste sie an und machte eine höfische Verneigung vor ihr. Adrien bekämpfte die eigene Bedrängnis, indem er ihn noch einmal vorstellte.

»Du kennst den Nichtsnutz bereits. Es ist Julien von Porcin, mein Knappe.«

»Aber ja doch.« Obwohl der Schock Séverines Stimme dunkel färbte, reagierte sie hellwach. »Er hat mir Marjolaine genommen.«

»Er hat zuerst die beiden Kerle gesehen. Du verdankst ihm unser Eingreifen.«

»Wer zum Kuckuck ist Marjolaine?«, fragte Julien. Er hatte Dank erwartet, keinen Vorwurf.

»Meine Stute. Du hast sie übernommen, als ich nach Paris kam. Was ist aus ihr geworden?«

Obwohl ihr der Schreck in den Knochen saß, verfolgte sie die Sorge um ihr Pferd. Sie hatte oft an die Stute gedacht. Mit Marjolaine in Jeannes Stall hätte sie vielleicht weniger Heimweh nach Faucheville gehabt.

»Es wird ihr gutgehen«, sagte Julien schließlich und zuckte mit den Schultern.

Die unklare Auskunft gefiel Séverine nicht.

»Wo ist sie?«

»Jedenfalls nicht beim Pferdeschlächter.« Julien reagierte verärgert. »Sie steht in den Ställen des Königs in Dourdan, wenn du es genau wissen willst.«

»Wie kommt sie denn dahin?«

Adrien sah Julien blinzeln und bis unter die dunklen Stirnlocken erröten. Séverine brachte nicht nur ihn aus dem Gleichgewicht.

Es war an der Zeit, ihn zu erlösen.

»Versuch den beiden Schurken zu folgen, Julien. Ich möchte wissen, ob und von wem sie einen Auftrag hatten. Lauf schon, ich kümmere mich um meinen Schützling.«

Julien gehorchte, und Séverine versuchte, ihrer Angst Herr zu werden. Gott sei Dank war Adrien rechtzeitig zur Stelle gewesen.

»Warum um Himmels willen bist du hier«, fragte er in diesem Moment. »Du solltest an einem Tag wie heute das *Hôtel d'Alençon* nicht verlassen, Séverine.«

»Mir blieb keine Wahl«, verteidigte sich Séverine. »Die Königin von Navarra befahl mir, die Damen zu begleiten, um ihre Einkäufe zu tragen.«

»Marguerite? Wie kommt sie dazu?«

»Ich denke, sie weiß, dass ich im *Tour de Nesle* war. Sie hat uns ausführlich vom unglücklichen Tod ihrer Kammerfrau berichtet. Angeblich ist die Frau vom Turm gestürzt, weil sie die Hinrichtung auf der Judeninsel beobachten wollte. Aber ich glaube kein Wort davon. Marguerite wird die Wahrheit aus ihr herausgepresst haben, und wer weiß, was bei dieser Gelegenheit passiert ist. Mich mochte sie von Anfang an nicht. Ich bin ihr ein Dorn im Auge. Sie nennt mich einen Bastard und beschuldigt Jeannes Vater, auch mein Vater zu sein.«

Es war ein Fehler gewesen, Séverine in dieses Wespennest aus Intrigen und Machtspielen versetzt zu haben. Schon als sie vom *Tour de Nesle* berichtet hatte, hatte Adrien es begriffen. Inzwischen war es zu spät, den Fehler zu korrigieren.

Marguerite arbeitete eifrig daran, die eigene, gefährdete Stellung zu festigen. Sie hatte eine unliebsame Zeugin beseitigt und Jeanne hierhergeschleppt, folgerte er, um ganz Paris zu Zeugen ihrer Eintracht und Freundschaft zu machen.

Ich habe Julien unnötig auf die Suche geschickt. Der Befehl, Séverine aus dem Weg zu schaffen, ist aus dem Tour de Nesle gekommen. Marguerite will hier keine Felle kaufen, sondern klare Verhältnisse schaffen. Séverine darf nichts davon erfahren. Es würde sie noch mehr ängstigen.

»Habe ich dir nicht mein Wort gegeben, dass du von makelloser Herkunft bist?«, antwortete er laut, weil er den Kummer in ihren Augen nicht ertrug. »Was immer Marguerite vermutet, wissen tut sie nichts.«

Sie bezweifelte seine Behauptung. Er sah es ihr an. Ihr Lächeln war zu zaghaft, um von Herzen zu kommen. Unter ihren Augen lagen Schatten. Was konnte er tun, damit sie wieder jene Unbeschwertheit und Lebensfreude verströmte, die alle in ihren Bann zog?

»Ich geleite dich zu Jeanne.« Adrien versuchte sie auf andere Gedanken zu bringen. »Sie wird sich um dich sorgen, wenn du einfach verschwindest. Was haben diese Kerle eigentlich zu dir gesagt?«

»Nichts.«
Sie schüttelte den Kopf, verwirrt von den Ereignissen. Er sah ihr an, dass sie Fragen stellen wollte, und drückte warnend ihre Finger. Dies war nicht der richtige Ort für Erklärungen. Sie würde lernen müssen, Geduld zu haben.
»Ich werde dafür sorgen, dass du kein zweites Mal in eine solche Lage kommst. Lass uns gehen.«
Er führte sie an den Verkaufsständen eines Dufthändlers und einer Weißnäherin vorbei. Die drei Schwiegertöchter des Königs und ihren Hofstaat hatten sie schnell erreicht. Marguerites Reaktion bestätigte seine Vermutungen. Ihr blieb keine Chance, sich verstellen zu können. Bei seinem und Séverines Anblick weiteten sich ihre schwarzen Augen ungläubig.
»Adrien von Flavy, wie schön Euch zu sehen.« Mit unvergleichlicher Würde straffte sie die Schultern, während Adrien seine Reverenz entbot. Séverine neigte den Kopf und wünschte sich sehnlichst, unsichtbar zu sein.
»Majestät, Mesdames, Seigneurs.« Adrien richtete sich auf und ergriff beruhigend Séverines Hand. »Erlaubt mir, darauf hinzuweisen, dass sich zurzeit eine Menge Gesindel in Paris herumtreibt. Eben ist es mir gerade noch gelungen, das Mündel meines Vaters vor Schaden zu bewahren. Es wäre vielleicht ratsam, die Händler, deren Waren Ihr begehrt, in Euren Palast zu bestellen.«
»Was ist geschehen?«, mischte Jeanne sich ein und schüttelte Blanche ab, die sie behindern wollte. »Wo hast du gesteckt, Séverine? Du solltest an meiner Seite bleiben.«
»Das Mädchen ist Eures Vaters Mündel?« Marguerites Mund blieb offen stehen, dann unterbrach sie Jeannes besorgte Fragen mit einer herrischen Geste. »Wie das? Wes-

halb dient sie dann der Gräfin von Poitiers als Kammermagd?«
»Séverine wuchs in Faucheville auf, Majestät. Ich habe sie nach Paris gebracht, weil es nicht länger konvenabel für sie war, dort zu bleiben. Die Gräfin hat sich freundlicherweise bereit erklärt, das Mädchen bis zu ihrer Verehelichung bei sich aufzunehmen und zu erziehen. Sie gehört jedoch zu unserer Familie, und sie steht unter meinem persönlichen Schutz. Sie dient Eurer Schwägerin aus Freundschaft und Zuneigung, nicht zum Broterwerb.«
Er konnte sich ausrechnen, was Marguerite dachte.
Warum hatte Jeanne ihr das nicht gesagt? Adriens Vater, der Vormund Séverines? Der Baron zählte zu den getreuesten Gefolgsmännern ihrer Tante, Mahaut von Artois. Sich wegen dieser Kleinen mit ihr anzulegen wäre ein grober Fehler. Und Adrien, sicher war er Mitwisser und in alles eingeweiht, war ein unkalkulierbares Risiko. Er diente Jeannes Gemahl mit derselben Treue wie sein Vater dem König und Mahaut.
»Dann seid so freundlich und begleitet uns und Euren Schützling, mein Freund«, entgegnete sie bewundernswert gefasst. Niemand verstand es wie sie, die eigenen, eiligen Gedankengänge zu verbergen.
Adrien nahm an. Zur Enttäuschung des Pelzhändlers verlor die Königin unvermittelt das Interesse an seinen Marderfellen und wandte sich anderen Ständen zu.
Adrien machte gute Miene zu diesem Spiel.
»Und nun?«, flüsterte Séverine und sah fragend zu ihm auf, während sie scheinbar unbesorgt nebeneinandergingen. In ihrem Blick lag trotz allem bedingungsloses Vertrauen.
»Nun suchst du dir eines dieser kleinen Gürteltäschchen

aus«, gab er sich betont unbeschwert. »Ich habe dir noch nie ein Geschenk gemacht. Es ist an der Zeit, das Versäumnis nachzuholen.«

»Mir reicht deine Zuneigung. Sie ist mir wichtiger als irgendein Tand.«

»Du hast sie. Auf immer.«

Séverine stockte der Atem. Sie legte den Kopf in den Nacken und schaute Adrien an. Nie zuvor hatte sein Aussehen Bedeutung für sie besessen. Sein Handeln, seine Freundschaft, sein Wohlwollen waren ihr wichtig gewesen, niemals seine Erscheinung. Nun verglich sie ihn zum ersten Mal bewusst mit anderen Männern seines Standes. Er besaß die gleichen Farben wie die Brüder Aunay, aber das Blau seiner Augen war dunkler, die Haare nicht golden, sondern von der Farbe reifen Weizens. Größe und Schulterbreite waren ähnlich, aber im Gesichtsausdruck unterschieden sie sich erheblich. Während Gautier und Philippe auf sie nichtssagend und eitel wirkten, fand sie Adrien faszinierend, männlich, anziehend. Sie konnte den Blick nicht abwenden. Erst als Jeanne zu ihnen trat, kam sie errötend zu sich. Was war in sie gefahren?

Da Marguerite und Blanche am Stand einer Weißnäherin plauderten, nutzte Jeanne die Gelegenheit, ungestört mit Adrien zu sprechen. »Ich bin Euch dankbar, dass Ihr Séverine vor dem Pöbel beschützen konntet.«

Adrien verneigte sich stumm.

Jeanne, in ihrem grenzenlosen Glauben an das Gute, dachte sicher, dass es sich um einen harmlosen Zwischenfall gehandelt hatte. Sie würde nie begreifen, wozu ihre Schwägerin fähig war.

»Ihr seht erschöpft aus, Madame«, sagte er bedächtig. »Wäre

es nicht an der Zeit, diesen Ausflug zu beenden? Euer Gemahl und seine Brüder sind beim König. Wollt Ihr sie nicht aufsuchen?«

Er gewann Jeanne für seinen Vorschlag. Marguerite und Blanche blieb nichts anderes übrig, als ihr zu folgen. Sie wahrten das Gesicht und entließen das Gefolge und ihre geschätzten Kavaliere. Ehe sie in den Privatgemächern des Königs verschwanden, bat Adrien Jeanne darum, ihn zu entschuldigen. Er wolle Séverine sicher nach Hause bringen.

Da niemand sie hören konnte, fügte er leise hinzu: »Wollt Ihr die Gelegenheit nutzen und Euch Eurem Gemahl anvertrauen?«

Jeanne schüttelte energisch den Kopf. »Ihn beschwert in diesen Tagen ohnehin so viel. Ich möchte ihn nicht damit belasten, seine Brüder über die Untreue ihrer Frauen aufklären zu müssen. Es ist ein so schrecklicher Betrug.«

»Es ist mehr. Das Unglück der Kammerfrau weist auf einen Mord hin.«

Jeanne starrte ihn fassungslos an. »Das kann ich nicht glauben. Alles in mir sträubt sich dagegen, das auch nur zu denken. Es war ein Unfall, ein tragischer Sturz. Weder meiner Schwägerin noch meiner Schwester traue ich einen Mord zu.«

Adrien schwieg.

»Ich wünsche, dass Ihr nicht noch einmal eine solche Verdächtigung aussprecht«, sagte sie schließlich ungewohnt bestimmt, machte auf dem Absatz kehrt und eilte Marguerite und Blanche nach.

Séverine spürte Adriens Verstimmung. Sie versuchte zaghaft, Jeanne zu verteidigen. »Du musst sie verstehen. Sie macht sich ohnehin zu viele Sorgen.«

Was musste noch geschehen, damit Jeanne das Ausmaß der Gefahr begriff?

»Wahrscheinlich hat sie nicht einmal Marguerite und Blanche ernsthaft ins Gewissen geredet«, vermutete er.

»Die tote Kammerfrau ist der beste Beweis dafür, dass sie es getan hat«, ereiferte sich Séverine. »Sie kannte meinen Namen. Ohne deine und Juliens Hilfe würde ich vielleicht jetzt an irgendeiner Mauer liegen, ebenfalls tot, dessen bin ich mir mehr und mehr gewiss. Und keiner würde mir eine Träne nachweinen.«

Doch – ich, fuhr es ihm durch den Kopf, und er empfand einen stechenden Schmerz in der Gegend des Herzens. Der Gedanke, sie könnte tot sein, machte ihn für einen Augenblick völlig ratlos. Es war ihm danach, sie festzuhalten, in die Arme zu schließen. Aber in dieser Umgebung konnte er sie nur ansehen. Die Sommersprossen auf ihrem Nasenrücken und den Wangen waren über den Winter fast verschwunden. Es hatte so lustig und natürlich ausgesehen.

Schade, dachte er.

»Ich bin nicht wichtig, das steht nun einmal fest«, fügte sie traurig hinzu und blieb stehen.

Sie waren den Menschen im Weg, die aus dem Audienzsaal seiner Majestät kamen oder hineingingen. Die Wachen vor der Doppelflügeltür wurden bereits auf sie aufmerksam.

Adrien rief sich zur Ordnung. Dies war weder der Ort noch die Zeit, seinen Gefühlen nachzugehen.

»Schluss jetzt«, sagte er nüchtern. »Du bist das Mündel des Barons Flavy und gehörst zum Hofstaat der Gräfin von Poitiers. Ich habe zudem klargestellt, dass du unter meinem Schutz stehst. Deine Aufgabe ist es, im Haus der Gräfin eine

Dame zu werden. Alles Weitere wird sich weisen, wenn Mahaut von Artois wieder in der Stadt ist.«

»Mahaut von Artois – Jeannes Mutter? Was hat sie damit zu tun?«

Juliens Auftauchen unterbrach glücklicherweise das Gespräch. Er hatte die Männer nicht einholen können. Er wartete auf Adriens weitere Befehle. In der Zwischenzeit blickte er Séverine voller Bewunderung an. Sie belohnte ihn mit dem Lächeln, mit dem sie alle Welt verzaubern konnte.

Sie bemerkten beide nicht, dass Adrien sie grüblerisch beobachtete. Sie waren sichtbar voneinander angetan. Es missfiel ihm.

* * *

»Der Papst ist tot!«

Die Neuigkeit durcheilte Paris schneller als der große Fluss, an dessen Ufer die Stadt lag. Nahezu jedermann begann die Tage zu zählen. Was hatte der Großmeister der Templer, Jacques Molay, in den Flammen des Scheiterhaufens geschworen? Papst Clemens V., einstmals Bertrand von Got, Erzbischof von Bordeaux, müsse sich binnen vierzig Tagen vor dem Gericht Gottes verantworten. Noch war es April, noch waren keine vierzig Tage verstrichen.

Jeannes Gemahl brachte die Neuigkeiten ins *Hôtel d'Alençon*. Séverine lauschte, wie alle anderen, gebannt seinen Ausführungen.

»Die Ärzte sind sich uneinig. Die einen behaupten, Seine Heiligkeit sei an einem Geschwür gestorben, das sich unaufhaltsam in seinem Körper ausgebreitet habe. Die anderen sprechen von einer Krankheit des Gedärms und des Ma-

gens. Tatsache ist jedoch, dass er unter grässlichen Schmerzen starb. Aber das ist noch nicht alles …«
Die erschrockenen Blicke der Frauen ließen Philippe kurz innehalten. Séverine glaubte, er wolle seine Informationen vielleicht schönen, doch er entschied sich, wie es seine Art war, für die Wahrheit.
»Da der Heilige Vater in seinem Schloss in Roquemaure verstorben ist, wurde sein Leichnam in der Kathedrale von Uzeste aufgebahrt. Kaum war der Katafalk aufgestellt, entlud sich ein gewaltiges Gewitter über dem Languedoc. Große Teile des Landstriches wurden verwüstet. Einer der zahllosen Blitze schlug in das Dach von *Notre-Dame* von Uzeste ein. Die Kirche wurde von den Flammen verschlungen. Als am nächsten Morgen der Brand erloschen war, konnte man kaum noch Überreste des päpstlichen Leichnams finden.«
Niemand sprach. In allen Mienen stand dasselbe Entsetzen. Papst Clemens war, wie sein Widersacher, der Großmeister der Templer, ein Opfer des Feuers geworden.
»Gottes Wille ist unerforschlich«, hauchte Jeanne und faltete die Hände zum Gebet.
Séverine empfand keine Trauer. Tief in ihr gründete der Glaube, dass alles nach Gottes Willen geschieht. Sie ahnte, dass die Ereignisse die abergläubische Furcht des Volkes weiter schüren würden. Schon die nahezu heimliche, eilige Hinrichtung des Großmeisters hatte die Menschen aufgewühlt. Wetterwendisch wandte sich ihr Wohlwollen vom König ab und den Templern zu. In den Augen der Menschen auf der Straße hatten König und Papst sich zu Komplizen in einer himmelschreienden Ungerechtigkeit gemacht.

»Wie hat der König die Neuigkeiten aufgenommen?«, fragte Jeanne beunruhigt ihren Mann.

»Nach außen hin ungerührt«, antwortete er langsam. »Unser Vater verachtet Aberglauben und Geschwätz. Er wird nicht einen Schritt von seinem Weg abweichen. Seine Pläne bleiben unverändert bestehen. In zwei Tagen brechen wir nach Clermont auf, um dort unsere Schwester, die Königin von England, zu empfangen.«

Isabelles Besuch war seit dem vergangenen Jahr abgesprochen. Philippe sollte die Schwester gemeinsam mit seinem Onkel, Charles von Valois, dem jüngeren Bruder des Königs, in Clermont empfangen. Von dort aus wollte sich die Reisegesellschaft nach Pontoise begeben, wo auch der König und der Rest des Hofes in Schloss Maubuisson zu ihnen stoßen würden. Isabelle erhoffte sich mehr politische und menschliche Unterstützung vom Vater.

Ihr Gemahl, Edward Plantagenet, blieb in England. Seit Isabelle ihm einen Sohn und Erben geschenkt hatte, interessierte er sich kaum noch für sie. Machtlos und gekränkt war sie seinen Demütigungen ausgeliefert. Vergeblich kämpfte sie darum, ihre Position gegen die wechselnden Günstlinge ihres Mannes zu stärken. Baron Despenser, der im Augenblick den König beherrschte, bereicherte sich maßlos auf ihre Kosten.

Séverine vernahm Jeannes heimlichen Seufzer. Sie verspürte nicht die geringste Lust, die Landstraßen des Königreiches gegen ihr luxuriöses Zuhause einzutauschen. Im Übrigen empfand sie keine große Sympathie für die englische Königin, die durch ihr Schicksal hart und ungerecht geworden war. Kurz hatte Jeanne wohl gehofft, die Reise würde aus Gründen der Staatstrauer um den Heiligen Vater abgesagt werden.

»Wir schulden unserer Schwester die Höflichkeit unseres Besuches«, fügte Philippe eine Spur strenger hinzu. Auch er ahnte, was in Jeanne vorging. »Ich erwarte, dass du meine Schwester in Clermont freundlich empfängst.«
Der Appell kam einem Befehl gleich. Das rigorose Regiment ihrer Mutter hatte Jeanne zu einer Frau gemacht, die ihrem Gemahl widerspruchslos gehorchte. Jeder konnte spüren, dass die beiden sich mochten, aber Jeannes Verhältnis zu ihrem Mann war von Ehrfurcht geprägt. Nie kam es zu einer Auseinandersetzung.
»Es wird alles in Eurem Sinne geschehen.« Jeanne lächelte Philippe an. »Wollt Ihr nicht heute bei uns bleiben? Ein wenig Zerstreuung und Ruhe würden Euch guttun.«
Angestrengte Falten standen auf Philippes Stirn. Die Augen lagen tief in ihren Höhlen.
»Das ist leider nicht möglich«, lehnte er Jeannes Wunsch ab. »Der Rat seiner Majestät tritt in einer Stunde wieder zusammen. Man erwartet mich im Palast.«
»Kann der König nicht einmal auf Euch verzichten?«
»Damit Louis und Charles sich mit unserem Onkel Valois zusammentun und weitere Steuererhöhungen durchsetzen, um einen Feldzug gegen Flandern zu finanzieren? Da sei Gott vor! Wenn das Königreich etwas braucht, dann ist das nach den letzten Ereignissen Frieden. Unsere Bürger brauchen ihre Kraft, um Wirtschaft und Handel zu stabilisieren. Ein Feldzug würde ihre Bemühungen erneut zunichte machen. Hinzu kommt, dass die letzten Ernten schlecht ausgefallen sind. Auch die diesjährige Frühjahrsaussaat verzögert sich durch die ununterbrochenen Regenfälle. Wovon sollten die Menschen die Steuern zahlen?«
Séverine bewunderte sein einfühlsames Urteil. Sie erinnerte

sich an Faucheville. Dort hatten sie sehr unter den Missernten der letzten zwei Jahre gelitten und sich vom König im Stich gelassen gefühlt.
Ein Krieg gegen Flandern erschloss sich ihr ohnehin nicht. Wenn Philippe König werden würde, würde es allen Menschen sicher bessergehen. Vom Thronfolger hatte sie bisher noch nichts Gutes gehört. Außerdem sah er abstoßend aus. Von gedrungener Gestalt, mit dünnem und fahlem Haar und einem düsteren Blick. Mürrisch, rastlos und schlecht gelaunt, verbreitete er Missmut und Ärger, wo er auftauchte. Dass Marguerite ihm nicht dieselben Gefühle entgegenbrachte wie Jeanne Philippe, verstand sie nur zu gut. Dennoch hatte sie bestimmt kein Recht, den Thronfolger zum Hahnrei zu machen.
»Ich mache mir Sorgen um seine Gesundheit«, unterbrach Jeanne ihre Überlegungen, und Séverine bemerkte erst jetzt, dass Philippe sich bereits verabschiedet hatte. Der größte Teil des Haushaltes war ihm gefolgt. Nur sie und Jacquemine saßen noch bei Jeanne. »Er sieht aus, als stehe er kurz vor einer Schmerzattacke. Er sollte ruhen, bis es ihm wieder bessergeht, statt sich mit seinen Brüdern herumzuschlagen.«
»Es hat aber keinen Sinn, wenn du dir über seine Probleme den Kopf zerbrichst.« Es kam selten vor, dass Jacquemine in den mahnenden Tonfall der Kinderfrau zurückverfiel. »Weise den Kaplan an, dass er für seine Heiligkeit betet, und mach dir Gedanken, wer aus deinem Gefolge nach Maubuisson reisen soll. Die Königin von Navarra und Blanche werden alles daran setzen, Isabelles Neid zu erregen.«
Spontan wandte Jeanne sich an Séverine, die ihr eine Silberschale mit gezuckertem Konfekt reichte.
»Du wirst mitkommen«, beschloss sie. »Ich brauche in Mau-

buisson einen fröhlichen, unverbogenen Menschen, der zu mir steht und nicht von all den Intrigen beeinflusst ist. Adrien werde ich bitten, dich mit seinem Knappen zu beschützen. Dieser Julien scheint ein umsichtiger, pfiffiger Bursche zu sein. Es wird nicht viel Abwechslung dort geben. Außer dem Kloster der Zisterzienserinnen und reichen Jagdrevieren bietet das Schloss nur einen riesigen Park und ländliche Stille. Im Schloss selbst wird es wie in einem Hühnerstall zugehen. Isabelle wird uns mit ihrer spitzen Zunge plagen, wenn sie nicht gerade ihrem Vater in den Ohren liegt.«

Jeanne fürchtete die Eintönigkeit der bewaldeten Idylle. Séverine dagegen durchströmte eine Woge des Glücks. Endlich würde sie die Mauern der Stadt verlassen. Sie sehnte sich danach, wieder einen Himmel ohne Dächer zu sehen, einen Himmel ohne den Rauch aus zahllosen Kaminen. Sie würde die Stille der Natur genießen können und den Ruf der Vögel hören.

Adrien und Jeanne zuliebe hatte sie gegen das Heimweh angekämpft, aber die Aussicht, an ihrer Seite die Stadt zu verlassen, ließ alle Dämme brechen.

»Ich freue mich so sehr«, sagte sie in ihrer offenen Art und lachte glücklich. »Ich dachte schon, ich würde nie wieder ein Pferd besteigen dürfen.«

»Reiten?« Jacquemine schüttelte missbilligend den Kopf. »Damen reisen in einem Wagen und halten seine ledernen Vorhänge dicht geschlossen, um ihren Teint vor dem Staub und der Sonne zu schützen.«

Hilfesuchend sah Séverine zu Jeanne. Hatte sie nicht Jagdreviere erwähnt? Zur Jagd wurden Pferde benötigt. Sie wagte nicht, weiter nachzufragen. Augenscheinlich machte sie sich Illusionen über den Verlauf dieser Reise.

Sechstes Kapitel

Voller Neid auf die Reiter, die zu beiden Seiten das kastenartige Holzgehäuse auf Rädern begleiteten, hielt Séverine durch einen kleinen Schlitz in den Ledervorhängen Ausschau. Die Reiter hatten über sich den Himmel und die Sonne. Was machten da die Staubwolken schon aus?

Mit fünf Edeldamen auf zwei Bänke gequetscht, litt sie unter der Enge, den Gerüchen und dem unregelmäßigen Schwanken des Wagens. Ihr war übel. Die Landstraße, die über Pontoise hinaus zur Küste weiterführte, war vom Regen ausgewaschen. In ihren ausgetrockneten Furchen wurde die Erde zu feinstem Staub gemahlen, der trotz aller Vorsichtsmaßnahmen ins Innere des Wagens drang und zwischen den Zähnen knirschte.

Marguerite, Jeanne und Blanche reisten vor ihnen an der Spitze der Karawane in bequemen Sänften, die von Maultieren getragen wurden. Längst hatte sich der schier endlose Tross aus Menschen, Tieren und Wagen so weit auseinandergezogen, dass man ihn nicht mehr überschauen konnte.

Der König führte seinen kompletten Haushalt mit, wenn er Paris verließ. Vom Teller bis zum Alkoven, von der duften-

den Honigwachskerze bis zur Leibwäsche fehlte es an nichts, das zum gewohnten Komfort gehörte.
Jacquemine hatte das *Hôtel d'Alençon* in Vorbereitung der Abreise in Aufruhr versetzt. Auf Séverine hatte es den Eindruck gemacht, man gehe auf eine Reise ohne Rückkehr. Dass Jacquemine dann nicht mitreiste, machte sie traurig. Sie wusste, sie würde ihren Rat und ihre Hilfe vermissen, aber ihr Alter und ihre Korpulenz wären sicher eine zu große Strapaze für sie gewesen. Zudem verließ Jeanne ihre Töchter nur, wenn sie sie in ihrer Obhut wusste.
Der Zug hatte Paris nach der Morgenmesse verlassen, aber die Strecke nach Pontoise, die ein Reiter auf einem schnellen Pferd in einem halben Tag hinter sich bringen konnte, wurde im Wagen endlos. Das Geplauder ihrer Begleiterinnen war längst verstummt. Lediglich die Geräusche der Räder, das Getrappel der Pferde und die vereinzelten Rufe der Begleitmannschaften waren zu hören.
Als ihre Mitreisenden eingeschlafen waren, schob Séverine den Vorhang zur Seite.
Neben der Landstraße erstreckten sich jetzt Äcker, Wiesen und Buschgruppen. Die Menschen, die auf den Feldern arbeiteten, beobachteten den Reisezug misstrauisch aus sicherer Entfernung. Obwohl die Standartenträger und Herolde verrieten, dass der König über Land zog, galt ihm kein Hochruf und kein Gruß.
Zwischen Philippe dem Schönen und seinem Volk klaffte ein tiefer Graben. Seine Verfügungen, seine Steuererlasse, seine Manipulationen am Münzrecht hatten ihm vielleicht Gold in die Truhen gespült, ihn aber auch um die Liebe seiner Untertanen gebracht.
Séverine nickte über ihren Gedanken ein. Als der Reise-

wagen in eine tiefe Rinne polterte, schrak sie auf und wusste nicht, wie ihr geschah. Mit den anderen Hofdamen zusammen wurde sie von der Bank geschleudert. Der Wagen kippte langsam und schwerfällig. Persönliche Gegenstände wie Riechflakons und Rosenkränze flogen durch die Gegend. Ein Fuß traf Séverines Kopf, ein Ellbogen bohrte sich ihr in den Magen. Sie konnte kaum mehr atmen, eine der Hofdamen lag auf ihrem Brustkorb. Rote Kreise zerplatzten vor ihren Augen. Ein scharfer Gegenstand kratzte über ihre Wange und hinterließ einen stechenden Schmerz.

Sie war die Letzte, die aus dem umgestürzten Wagen geborgen wurde. Die Räder auf der rechten Seite waren gebrochen, das Gehäuse lag schräg im Straßengraben. Ihre Mitreisenden hockten bleich vor Schreck am Wegrand und suchten nach Verletzungen. Sie klagten über Platzwunden, über schmerzende Glieder und zerrissene Kleider. Ernsthaften Schaden schien jedoch niemand davongetragen zu haben.

Séverine betastete prüfend ihre Wange. Sie brannte wie Feuer. An ihren Fingern hatte sie Blut.

»Ihr seid verletzt.«

Die Stimme überschlug sich auf vertraute Weise. Julien hatte sie, gemeinsam mit anderen Helfern, aus den Trümmern des Wagens befreit. Erst jetzt erkannte sie ihn.

»Ein kleiner Riss, nicht der Rede wert«, stammelte sie. Obwohl die Wunde heftig blutete, konnte sie nur einen oberflächlichen Kratzer spüren. »Ich hatte Glück …«

»Da habt Ihr recht«, brummte der Kriegsknecht, der die Rettungsaktion befehligte. Er deutete auf eine leblose Gestalt, die im Straßenstaub lag. »Euer Kutscher hatte keinen solchen Schutzengel. Er hat sich das Genick gebrochen, als er vom Bock geschleudert wurde. Ein Segen, dass die Pferde nicht durchgegangen sind. Allerdings könnt Ihr in diesem Wagen Eure Fahrt nicht fortsetzen.«

»Das ist ja furchtbar«, bedauerte Séverine den Tod des Kutschers. Dass aber der schreckliche Wagen nicht mehr fahrtüchtig war, war ihr keine Träne wert. Keine zehn Pferde hätten sie zurück in das Ungetüm gebracht. Lieber ging sie zu Fuß nach Pontoise.

Die erste Aufregung hatte sich gelegt. Die Männer räumten die Landstraße und zogen die Reste des Kastenwagens zur Seite, damit der übrige Tross seinen Weg fortsetzen konnte. Séverine wandte sich an Julien, ohne sich um das Gejammer der anderen zu kümmern.

»Ist es vielleicht möglich, ein Pferd zu bekommen?«, fragte sie ihn ohne Umstände.

»Ihr wollt reiten? In diesem Zustand und ohne Damensattel?«

»Was zum Donnerwetter ist hier geschehen?«

Adrien parierte sein Ross aus vollem Galopp und sprang mit einem Satz aus dem Sattel. Er griff nach Séverines Kinn und drehte ihr den Kopf zur Seite, um die Verletzung in Augenschein zu nehmen.

»Wie ist das passiert?«

»Ich weiß es nicht, es ging alles so plötzlich.«

Die Frauen hatten sich unterdessen aufgerappelt und scharten sich um Adrien. Er war der erste Edelmann, der den Eindruck machte, er könne ihnen helfen. Alle redeten durcheinander. Wie sollte es weitergehen? Sie konnten unmöglich zu Fuß die restliche Strecke zurücklegen. Für einen solchen Marsch waren sie nicht gerüstet.

»Ihr werdet auf die anderen Wagen verteilt«, erklärte Adrien bestimmt. »Beeilt Euch. Wir dürfen keine Zeit verlieren, sonst können wir Maubuisson vor Sonnenuntergang nicht mehr erreichen. Ich nehme an, dass Ihr nicht am Wegesrand übernachten wollt.«

Er tat sein Bestes, die erschrockenen Hofdamen auf die Wagen zu verteilen. Diplomatisch, aber unnachgiebig erzwang er Plätze für sie.

Séverine beobachtete ihn dabei, als Julian sachte nach ihrer Hand griff.

»Lasst mich Eure Wunde auswaschen«, bat er und führte sie zur Seite. Er hatte ein sauberes Stück Leinen aufgetrieben und benetzte es mit Wein aus seinem Trinkschlauch. Es brannte, als er die Verletzung berührte, aber sie ertrug es tapfer.

Bis Adrien zu ihnen trat, war er fast fertig.

»Jetzt ist es gut, kümmere dich um unsere Rösser«, wies er den Knappen an. »Aber schau vorher nach, ob sich in diesem Durcheinander noch eine Decke findet. Séverine kann nicht im zerrissenen Kleid reiten.«

Erst jetzt bemerkte sie, dass im Vorderteil ihres Übergewandes ein Riss klaffte. Ihr Busen war nur noch von dünnem Leinenstoff bedeckt. Errötend legte sie die Hand darüber und blickte zu Adrien. Sein düsterer Blick brannte auf ihrem Handrücken.

»Ich muss irgendwo hängengeblieben sein«, sagte sie betreten. Sie spürte seinen Gefühlsaufruhr und hielt ihn für Zorn.

»Warum, in drei Teufels Namen, bist du nicht in der Stadt geblieben, wie ich es wollte?«, fuhr er sie an und winkte im selben Atemzug auch schon resigniert ab. »Nein, sag es nicht. Ich weiß schon jetzt, dass ich es nicht hören will. Du

wirst auf meinem Pferd reiten. So ist klar, dass du unter meinem besonderen Schutz stehst.«
Besseres hätte Séverine nicht widerfahren können. Den restlichen Weg mit Adrien reiten zu können war Glück im Unglück. Sie ließ sich von Julien auf das Pferd helfen, bedankte sich und zog den Schleier, den er im Reisewagen gefunden hatte, über das eingerissene Kleid. Hinter ihr schwang sich Adrien in den Sattel.
Mit leisem Zungenschnalzen trieb er sein Ross neben der Straße am Ackerrand entlang. Nach kurzem Ritt schon passierten sie die Karren mit den Hofdamen. Aus den Augenwinkeln las Séverine das Erstaunen auf ihren Mienen. Keine von ihnen war ihr wohlgesinnt. Sie neideten ihr Jeannes Zuneigung und klatschten heimlich über ihre zweifelhafte Herkunft. Einige hatten sogar die Nase darüber gerümpft, dass sie den Wagen mit ihr teilen sollten. Sie nun so bevorzugt behandelt zu sehen, gab dem Tratsch zusätzlich Nahrung.
Séverine entschlüpfte ein Seufzer.
»Die Straße ist in einem grässlichen Zustand«, kam Adrien noch einmal auf den Unfall zu sprechen. »Der König gibt ein hohes Tempo vor. Er kann es kaum erwarten, seine geliebte Tochter in die Arme zu schließen.«
»Warum hat er sie dann an einen König verheiratet, der ihr so übel mitspielt? Eine Tochter, die man liebt, will man doch glücklich sehen.« Séverine konnte sich den König nur schwer als liebenden Vater vorstellen.
»Königstöchter und Frauen des Hochadels werden nicht zum Glücklichsein geboren«, entgegnete Adrien sachlich. »Ihr Leben hat nur einen Sinn. Sie sind Pfänder, Garantien und Sicherheiten. Allenfalls noch Mütter von Söhnen. Sieh

Jeanne und ihre Schwester an. Niemand hat sie gefragt, ob sie Philippe und Charles zum Mann nehmen wollen. Man hat sie verheiratet, weil die Politik es verlangte und weil edles Blut sich nur mit edlem Blut vermischen soll.«
»Aber Jeanne ist Philippe zugetan.«
Sie erhielt keine Antwort, und sie ahnte, warum. Jeanne war ein schlechtes Beispiel. Vermutlich hätte sie sogar an Louis dem Zänker ein gutes Haar gefunden, wenn das Schicksal sie zu seiner Gemahlin bestimmt hätte. Sie zählte zu jenen seltenen Menschen, die immer das Gute in allem suchten. Jeanne wollte nicht einmal glauben, dass Marguerites Kammerfrau eines unnatürlichen Todes gestorben sein könnte.
Séverine schauderte wieder bei dem Gedanken daran. Ihre Bewegung übertrug sich auf Adrien, der sie mit einem Arm hielt. Sein Griff um ihre Taille wurde fester. Ohne darüber nachzudenken, schmiegte sie sich rückwärts in diese halbe Umarmung und legte den Kopf an seine Schulter.
Adrien sah auf sie hinab. Widersprüchliche Gefühle stiegen in ihm auf. Seit er sich zum Beschützer Séverines gemacht hatte, ging es drunter und drüber in seinem Leben. Die Sorge um ihre Sicherheit war ihm mittlerweile wichtiger als die Aufklärung des Dramas ihrer Herkunft. Er merkte, dass sie ihm zunehmend näherstand, näher als jeder andere Mensch. Den Tod seiner Mutter und seiner Verlobten hatte er betrauert und als unabwendbar hingenommen. Die Erinnerung daran nährte aber auch den leidenschaftlichen Wunsch, Séverine besser zu behüten und sie vor allen Dingen nicht zu verlieren.
Im Bemühen, ihr Leben zu ordnen, war er völlig unverhofft ihrem Liebreiz erlegen. Sie war anders als jede Frau, die ihm bisher begegnet war. In einem Augenblick mädchenhaft und

scheu, im nächsten kämpferisch und leidenschaftlich. Sie, das Kind, das niemand haben wollte, im Arm zu halten, versetzte ihn, trotz aller körperlichen Unbill, in nie erlebte Hochstimmung. Ihre Gegenwart schenkte ihm ein unerwartetes Glücksgefühl. Der Wunsch, dieses Glück zu bewahren, überfiel ihn mit Macht.

Sein Vater würde einer Verbindung mit Séverine niemals zustimmen. Aber das Wissen darum änderte nichts an seinen Wunschträumen.

»Am liebsten würde ich mit dir so ans Ende der Welt reiten«, hörte er sie in diesem Augenblick verträumt murmeln. »Warum gibst du dem Pferd nicht die Zügel? Lass uns herausfinden, was hinter dem Horizont liegt.«

»Und was ist mit Jeanne, Philippe, dem König, meinem Vater, den Menschen in Faucheville …«

Die Aufzählung der Pflichten rief Séverine in die Wirklichkeit zurück.

»Du hast recht. Ich war nur gerade so glücklich und fühlte mich so frei wie schon lange nicht mehr.«

Séverine nahm den Kopf von seiner Schulter, drückte den Rücken durch und schwieg.

Sollte er noch etwas sagen?

Er entschied sich dagegen. Es war besser, wenn sie Abstand wahrten. Aus welchem Grund auch immer.

* * *

An zwei Flüssen gelegen und von einer großen Festung beherrscht, war Pontoise seit jeher ein Lieblingsort Philippes des Schönen. Er zog jedoch Maubuisson dem Stadtschloss als Wohnsitz vor. Diese Burg lag auf dem anderen Flussufer, der Stadt gegenüber, und in unmittelbarer Nähe der von Blanka von Kastilien gegründeten großen Zisterzienserinnenabtei. Der ausgedehnte Park und der angrenzende Wald boten ihm sowohl Abgeschiedenheit wie vielfältige Jagdmöglichkeiten. Jagd und Gebet waren die einzigen Leidenschaften des Monarchen, der an diesem Abend seine Tochter in die Arme schloss.

Das Festmahl im engsten Familienkreis, mit nur wenigen auserwählten Höflingen und Edeldamen aus den ersten Familien, war zu Ende. Dass auch die beiden Liebhaber von Blanche und Marguerite ganz ungeniert teilnahmen, erstaunte Séverine. Sie konnte sich keinen Reim darauf machen. Hatten sie keine Furcht, Verdacht zu erwecken?

»Die Königin von England schien missmutig und freudlos«, stellte Séverine fest, als sie mit Jeanne, die sich für den weiteren Abend noch einmal frisch machen wollte, allein war. Auch der König hatte sich mit der Tochter und den Söhnen zurückgezogen.

»Warum ist sie nach Frankreich gekommen? Die Liebe zu ihrer Familie kann sie kaum dazu bewogen haben. Außer dem König gönnt sie keiner Menschenseele ein Lächeln. Ihre Brüder übersieht sie. Auch Euch und ihren anderen Schwägerinnen begegnet sie mit eisiger Kälte.«

»Sie war kaum dreizehn, als sie in Boulogne vor sechs Jahren mit dem König von England vermählt wurde. Es waren keine angenehmen Jahre, die sie erwachsen und zur Mutter eines Sohnes gemacht haben«, antwortete Jeanne nachdenklich. »Isabelle tut mir von Herzen leid, und genau dies nimmt sie mir wahrscheinlich so übel. Sie will respektiert, geachtet, bewundert, vielleicht sogar gefürchtet werden, aber keinesfalls bedauert.«

»Sie will auch nicht wahrhaben, dass andere Frauen vielleicht glücklicher sein könnten als sie«, stellte Séverine fest. »Sie fixiert Blanche und die Königin von Navarra feindselig, wann immer sie lachen oder Freude zeigen. Missgunst und Eifersucht werden ihre Seele noch zerstören.«
»Du hast eine scharfe Beobachtungsgabe, Séverine. Behalte deine Gedanken für dich und teile sie außer mit mir mit niemandem. In Maubuisson ist Vorsicht geboten. Ich bin sicher, in Isabelles Begleitung befinden sich die besten Spione des englischen Königs, die ihm jedes Wort zutragen.«
»Ist es unter diesen Umständen klug, dass die Brüder Aunay so ungeniert am Festmahl teilnehmen?«, wagte Séverine die Frage, auf die sie sich selbst keine Antwort finden konnte.
»Nein«, gab Jeanne verärgert zu. »Aber es lag nicht in meiner Macht, es zu verhindern. Sie zählen zu unserem engsten Kreis. Es hätte noch mehr Fragen aufgeworfen, wären sie ausgeschlossen worden. Wir können nur auf die Vernunft von Marguerite und Blanche vertrauen. Wobei mir klar ist, dass Blanche manche guten Eigenschaften hat, aber besonders vernünftig ist sie sicher nicht. Man muss auf Marguerite hoffen. Lass uns gehen. Wir müssen wieder zurück in den Festsaal, man wird schon auf uns warten.«
Der König hatte sich mit seinen drei Söhnen und seiner Tochter, abseits der Tafel, in einer Ecke des Saales zurückgezogen. Sie sprachen kein Wort, ihre Mienen wirkten finster. Jeanne beschlich Unbehagen. Sie nahm Séverine am Arm und flüsterte: »Bleib in meiner Nähe.«
Sie gehorchte, obwohl sie eine innere Stimme drängte, den Saal wieder zu verlassen, aber das verbot sich, da es ganz und gar ungehörig gewesen wäre. Blanche und Marguerite

hingegen lachten und scherzten. Offensichtlich entging ihnen der spürbare Wechsel der allgemeinen Stimmung zum Schlechteren.

Der König gab seinen Kindern ein Zeichen und verließ mit ihnen den Saal. Spätestens jetzt wurde allen klar, dass etwas Außergewöhnliches im Gang sein musste.

Die Hofgesellschaft löste sich zögerlich auf. Niemand wusste Näheres, aber Warten schien sinnlos. Jeanne und Séverine wandten sich ebenfalls zum Gehen, als Adrien auftauchte. Er verbeugte sich kurz vor Jeanne.

»Würde es Euch etwas ausmachen, wenn ich Séverine kurz entführe? Ich möchte etwas Familiäres mit ihr besprechen. Es würde Euch langweilen.«

»Ich verzichte nur ungern auf sie, aber natürlich schlage ich Euch die Bitte nicht ab. Geh nur, Séverine.«

Jeanne klang abgelenkt. Ihre Gedanken überschlugen sich. Was war der Grund für den Rückzug des Königs? Warum brüskierte er die Frauen seiner Söhne, indem er sie von diesem Familientreffen ausschloss?

Adrien legte Séverines Finger auf seinen Handrücken und führte sie aus dem Saal. Obwohl sie im ersten Augenblick zögerte – zwischen ihrer Pflicht, Jeanne zu dienen, und dem Wunsch, ihm nahe zu sein, hin- und hergerissen – gab sie nach.

»Ich habe das Bedürfnis nach frischer Luft und Bewegung. Komm, wir machen eine Promenade über die Wehrgänge«, vernahm sie seine Aufforderung.

Erstaunt beobachtete sie ihn unter halb gesenkten Lidern hervor. Ein nächtlicher Spaziergang mit Adrien? Um ihr was unter vier Augen zu sagen? Ihr gemeinsamer Ritt lag nur Stunden zurück. Die meiste Zeit davon hatte er ge-

schwiegen. Warum suchte er jetzt erneut das Gespräch mit ihr? Um ihr endlich das Geheimnis ihrer Herkunft zu verraten? Seine Miene gab keinen Aufschluss.
Die gedeckten Wehrmauern verbanden die einzelnen Flügel des Schlosses in luftiger Höhe. Zwischen Pechnasen und Zinnen waren sie in regelmäßigen Abständen mit Wächtern besetzt. Die Männer, deren leichte Harnische im Dunkel schwach glänzten, schenkten ihnen keine Aufmerksamkeit. Die Augen scharf in die Nacht hinaus gerichtet, konzentrierten sie sich ausschließlich auf die Kontrolle der Stadt, der Flussauen und der Straßen, die zum Schloss führten.
Über ihnen trieb der Westwind Wolkenfetzen dahin. Bleiches Leuchten fiel auf die nächtliche Szenerie, je nachdem, wie sie die Mondsichel verhüllten und wieder freigaben. Ein rötlicher Widerschein von Fackeln und Laternen ließ die Stadt auf der anderen Seite des Flusses erahnen. In den Schänken und Herrenhäusern von Pontoise herrschte reges Leben. Dort feierten Einheimische, Engländer und der Rest des königlichen Hofes das Wiedersehen ausgelassener als die königliche Familie in Maubuisson.
Séverine wartete vergeblich darauf, dass Adrien zu sprechen begann. Das Schweigen wurde nur von wenigen Geräuschen unterbrochen. Im Park pfiffen ein paar Käuzchen. Manchmal klirrte die Waffe eines Wächters gegen Mauersteine.
»Man könnte meinen, wir wären allein auf der Welt«, sagte sie mehr zu sich selbst als zu ihm.
»Ich würde mich wohler fühlen, wenn es tatsächlich so wäre«, erwiderte Adrien trocken. »Du hast wie ich an der Tafel gesessen. Hattest du nicht auch das Gefühl, dass sich irgendetwas über unseren Köpfen zusammenbraut?«

»Um mich das zu fragen, hast du mich hier heraufgeführt?« Séverine schluckte die Enttäuschung hinunter. Die *familiäre* Angelegenheit bezog sich auf den König und seine Kinder, nicht auf sie. Dennoch schmeichelte es ihr, dass ihm ihre Meinung wichtig sein sollte. »Du kannst solche Bankette besser beurteilen als ich. Für dich sind sie alltäglich. Für mich war es das erste.«

»Umso genauer hast du vielleicht zugehört und beobachtet. Nur Mut, Séverine. Verrate mir, was du denkst. Ich habe bemerkt, dass du ein gutes Gespür für Situationen hast. Ist dir nichts aufgefallen am Benehmen der königlichen Familie?«

Séverine suchte nach den richtigen Worten.

»Ich habe mich nicht wohl gefühlt in diesem Kreis. Sie belauern einander wie Raubtiere. Keiner traut dem anderen über den Weg. Ich frage mich, wie die Königin von Navarra und Blanche unter solchen Umständen lachen können. Obwohl ich zweifle, dass Marguerite tatsächlich so unbeschwert ist, wie sie sich gibt. Robert von Artois ließ sie nicht aus den Augen. Sie muss es bemerkt haben. Er macht keinen besonders vertrauenerweckenden Eindruck auf mich.«

»Das spricht für deine Menschenkenntnis. Er ist Mahauts Neffe, aber gleichzeitig ihr eingeschworener Feind. Sie hat ihn um Titel und Erbe betrogen. Er sucht nach Möglichkeiten, ihr zu schaden.«

»Hat diese Frau nur Feinde?«, wunderte sich Séverine.

»Zumindest mehr Feinde als Freunde«, knurrte Adrien. »Ein Segen, dass sie nicht hier ist. Isabelle hasst sie noch mehr als ihre Schwägerinnen. Ich werde dem Himmel danken, wenn wir diese Tage in Pontoise ohne hässlichen Zwischenfall überstanden haben.«

»Was fürchtest du?«

Sie rechnete nicht damit, dass er sich ihr anvertrauen würde, die Ehrlichkeit seiner Antwort erstaunte sei.

»Das Schlimmste. Mir sagt mein Instinkt, ich müsste etwas tun, etwas verhindern. Aber ich weiß nicht, was. Nie zuvor habe ich mich so ratlos und unsicher gefühlt.«

Das Eingeständnis seiner Hilflosigkeit überwältigte Séverine. War es der Beweis dafür, dass er nicht länger ein Kind in ihr sah? Seine Miene gab ihr keinen Anhaltspunkt. Bisher hatte sie immer gewusst, was hinter seiner Stirn vorging. Aber seit sie Herzklopfen bekam, wenn er sie auf diese besondere, neue Weise ansah, scheute sie sich, die gewohnte Vertraulichkeit aufzunehmen.

Ein völlig neues Gefühl nahm Besitz von ihr. Nicht länger geschwisterlich unbeschwert, sondern fremd und aufregend. Es drängte sie, die Arme um seinen Hals zu legen. Sie wollte sich an ihn schmiegen und seinen Körper spüren. Sie sehnte sich so sehr nach dieser Umarmung, dass es weh tat, und doch war es ein angenehmer Schmerz.

Irgendwo tönten Stimmen. Befehle wurden geschrien, Schritte hasteten plötzlich den Wehrgang entlang. Beide achteten sie nicht darauf. Adriens Hand umfasste ihren Nacken, und zog ihren Kopf unaufhaltsam näher. Ihr Verlangen verstärkte sich, wurde zu einem fast qualvollen Ziehen in ihrem Unterleib. Er neigte sich über sie. Für einen Kuss? Ihre Lippen prickelten vor Erwartung. Die Welt schrumpfte auf den Abstand, der seinen Mund und ihren trennte.

Als er sie von einem Herzschlag zum anderen abrupt wieder freigab, geriet sie ins Taumeln. Was war geschehen? Haltsuchend griff sie in die Dunkelheit und klammerte sich an das Mauerwerk.

Jemand kam auf sie zugerannt. Julien. Er rang nach Luft, war erleichtert, sie gefunden zu haben. Einer der Höflinge hatte gesehen, dass Adrien mit Séverine auf die Wehrmauern gegangen war.

»Langsam. Noch einmal. Was ist passiert?« Adriens Aufforderung bewies, dass er ebenso wenig verstanden hatte wie Séverine, was Julien in höchster Aufregung heraussprudelte.

»Der König hat seine Schwiegertöchter unter Arrest gestellt und die Brüder Aunay festsetzen lassen. Es heißt, sie sollen dem Henker überstellt werden, sobald die Sonne aufgeht!«

»Wessen klagt man sie an?«

Wozu die Frage? Eiseskälte überlief Séverine. Es war passiert. Geschehen, während sie mit Adrien die Realität vergessen hatte. Fröstelnd schlang sie die Arme um den Oberkörper.

»Ehebruch, Majestätsbeleidigung, Verrat«, zählte Julien atemlos auf. »Der König ist außer sich vor Empörung. Er lässt die drei Prinzessinnen festsetzen und hat nach der Äbtissin des Klosters geschickt. Die Nonnen sollen die Sünderinnen unter Aufsicht nehmen, bis das genaue Ausmaß ihrer Verfehlungen festgestellt ist. Der König persönlich will das Gericht über sie halten und ihre Strafe bestimmen, sagt man.«

»Welche Strafe?«, stammelte sie tonlos.

»Darüber zu entscheiden obliegt allein dem König«, antwortete Adrien an Juliens Stelle. »Ehebruch ist eine Todsünde. Besonders in den Augen eines frommen Mannes, der seine Frau über alles verehrt hat. Die betrogenen Ehemänner sind seine Söhne. Er wird kein Verständnis für den Leichtsinn und die Pflichtvergessenheit der Prinzessinnen aufbringen.«

»Können wir etwas tun?«

»Nein. Nichts«, stellte Adrien fest.

Julien meldete sich wieder zu Wort. »Niemand soll eine Möglichkeit bekommen, für sie ein Wort einzulegen. Der König berät sich nur im engsten Familienkreis. Seine Söhne, seine Tochter …«

»Dann sind sie verloren.«

Séverine wurde schwindelig im Wirbel der eigenen Gedanken. Mit eisiger Klarheit begriff sie, dass Adrien recht hatte. »Wer sollte aus diesem Kreis schon für sie sprechen? Was wirft man Jeanne überhaupt vor? Warum wehrt sich Philippe nicht dagegen, dass man auch seine Frau anklagt? Sie ist unschuldig.«

»Sie hat einen Vertrauensbruch begangen«, wandte Adrien heiser ein. »Sie hätte, als sie von einem Betrug solchen Ausmaßes Kenntnis erhielt, Philippe unterrichten müssen. Dass ihre Loyalität mehr der Schwester und der Base als dem eigenen Gatten gilt, muss ihn tief kränken. Er erwartet absolute Ergebenheit von denen, die zu ihm gehören. Ich kenne Philippe gut.«

Vom Kloster her setzte sich eine Lichterprozession in Bewegung. Die Nonnen kamen so eiligen Schrittes, dass im Schein der Fackeln ihre wehenden Schleier auszumachen waren.

»Und wenn die Brüder Aunay nun alles leugnen?« Séverine klammerte sich an diesen winzigen Funken Hoffnung.

»Damit rechnet besser nicht. Unter der Folter spricht jeder, früher oder später. Außerdem geht ein Gerücht um, dass die Königin von England seiner Majestät entsprechende Beweise vorgelegt hat.« Julien räusperte sich. »Und noch etwas: Die Räume der Prinzessinnen werden von den Männern der königlichen Garde durchsucht. Niemand darf sie betreten. Weder Hofdamen noch Kammermägde.«

Adrien begriff noch vor Séverine, was das bedeutete.

»Du kannst unmöglich in dein Gemach zurück. Es ist zu spät, du begibst dich in Gefahr.«

»Was soll das heißen?«

»Sieh nach unten. Dort kommen die Zisterzienserinnen, in deren Obhut die Prinzessinnen gegeben werden. Es sind fromme, gerechte Frauen. Wir müssen abwarten, ob es Jeanne gelingt, ihre Unterstützung zu erlangen.«

Hastig führte er sie zur Treppe und winkte Julien, ihnen zu folgen.

»Denkst du, der König lässt Gnade walten, wenn sein erster Zorn abgeflaut ist?«, fragte Séverine verzweifelt. Sie nahm kaum zur Kenntnis, dass Adrien sie im Dunkel des Turmes stützte.

»Das hängt davon ab, wie seine Söhne reagieren und was die Brüder Aunay gestehen. Außerdem ist da noch Isabelle. Sollte sie tatsächlich ihre Finger im Spiel haben, habe ich wenig Hoffnung. Sie verachtet ihre Schwägerinnen und neidet ihnen das schöne Leben in Paris.«

Siebtes Kapitel

Krachend fiel die Tür hinter ihnen ins Schloss. Das Knarren eines Riegels, danach herrschte Stille. Jeanne vernahm das Rauschen ihres Blutes, während sie sich umsah. Blanche und Marguerite standen reglos neben ihr.

Die Kammer war kaum groß genug für den Tisch, die Bank und den dreibeinigen Hocker. Kahle Wände, kein Kamin, Holzläden vor dem Rundbogenfenster. Dass es im Schloss von Maubuisson überhaupt solch karge Räume gab, verwunderte Jeanne.

»Was hat das zu bedeuten?« Blanche fasste sich an den Hals, als habe sie Mühe zu atmen. In ihren weitaufgerissenen Augen stand die nackte Angst. »Ich halte das nicht aus.«

Ehe Jeanne reagieren konnte, wirbelte ihre Schwester auf dem Absatz herum und schlug mit den flachen Händen klatschend gegen die Holztür.

»Lasst uns raus. Lasst uns hier raus …!«

»Blanche, ich bitte dich, beruhige dich. Es hat keinen Sinn, wir müssen Haltung bewahren, Schwester.«

Blanche sackte in sich zusammen, die Hände rutschten von der Tür. Ihr planloser Blick schweifte durch den Raum und blieb flehend an Marguerite hängen.

»Was sollen wir hier?«

»Warten. Du hast den König gehört.«
Marguerite ließ sich auf der Bank nieder und schüttelte die burgunderroten Falten ihres Samtgewandes in Form. Auf den ersten Blick wirkte sie völlig gelassen. Doch der erste Blick täuschte. Ihre Lider flatterten, die Finger zupften am Stoff, und an ihrer Schläfe pochte eine Ader so heftig, dass man es aus zwei Schritten Entfernung erkennen konnte.
»Wie kannst du so ungerührt sein?« Blanche fasste sich mühsam, trat an das Fenster und stieß die Läden auf. Ein Schwall kühler Nachtluft drang herein.
»Verstehst du, was den König bewegt? Wie kann er uns vor den Augen des ganzen Hofes auf solche Weise erniedrigen? Arrest? Weswegen? Doch nicht wegen der kleinen Tändelei mit Gautier. Das ist Wahnsinn.«
Kennzeichnend für Blanche, dass sie sich die Wahrheit schönredete, dachte Jeanne. Nachsicht für so viel Dummheit verdiente sie wirklich nicht. Jeanne fror und rieb sich die Oberarme. Es wollte nicht besser werden. Im Gegenteil, die innere Kälte in ihrem Körper nahm zu.
»Wach auf, Blanche. Der König weiß sehr wohl, dass du Gautier mehr geschenkt hast als nur ein Lächeln. Nie würde er angesehene Edelmänner ohne schwerwiegenden Grund verhaften und zur hochnotpeinlichen Befragung abführen lassen. Er weiß alles, das muss euch klar sein. Und was er noch nicht weiß, werden eure Liebhaber ihm auf der Streckbank verraten.«
Blanche brach in Tränen aus.
»Und woher weiß der König alles? Wer hat uns verraten?«
»Eine gute Frage. Die Antwort darauf interessiert auch mich, liebste Schwägerin«, fuhr Marguerite Jeanne an und

bedachte sie mit einem Blick, der sie unwillkürlich einen Schritt Richtung Wand zurückweichen ließ.

Natürlich musste Marguerite sie verdächtigen. Seit Séverine die beiden im *Tour de Nesle* beim Ehebruch ertappt hatte, versuchte sie ihren Schwägerinnen immer wieder die Konsequenzen ihres Handelns eindringlich vor Augen zu führen.

»Wäre ich hier mit euch eingesperrt, wenn ich euch verraten hätte?«, verteidigte sie sich.

»Das mag einleuchtend sein«, zischte ihre Schwägerin. »Aber woher weiß er von unseren heimlichen Treffen und unseren Liebesspielen im *Tour de Nesle*? Wer außer dir hat davon gewusst?«

»Hast du uns wirklich nicht verraten?«, fragte Blanche vorsichtig.

Hinter Jeannes Stirn jagten sich die Vorwürfe. Sie hätte auf Adrien hören und sich Philippe unverzüglich anvertrauen sollen. Es war ein schwerwiegender Fehler gewesen, immer wieder auf einen günstigeren Zeitpunkt für ein Gespräch zu warten. Sie hatte die Gefahr sträflich unterschätzt. Wieso nur hatte sie Adriens Warnungen in den Wind geschlagen? Séverine kam ihr in den Sinn, der Marguerite ohnehin misstraute. Es bestand größte Gefahr, dass die sie mit hineinzog. Sie musste klug argumentieren, damit es kein weiteres Opfer gab.

»Nein, ich habe mit niemandem darüber gesprochen außer mit euch. Aber an eure Vernunft habe ich ja wohl oft genug appelliert. Angefleht habe ich euch, ein Ende mit dem Betrug zu machen. Die Spatzen in Paris haben es bereits von den Dächern gepfiffen, dass ihr mit den Brüdern Aunay herumtändelt. Und was war der Erfolg? Ihr habt mich ausgelacht und mit euren Galanen vor den Augen des Königs kokettiert. Wie könnt ihr euch darüber wundern, dass ihn die Gerüchte letztendlich erreicht und zum Handeln gezwungen haben.«

»Waren es auch die Pariser Spatzen, die uns im *Tour de Nesle* beobachtet und an dich verraten haben? Trägt dieser besondere Spatz vielleicht sogar den Namen einer deiner Damen?«

Marguerites Hohn machte Jeanne Angst. Zum ersten Mal vermochte sie sich vorzustellen, dass die Base tatsächlich etwas mit dem Tod ihrer Kammerfrau zu tun haben könnte. Der Gedanke daran verlieh ihr die Kraft, dem wütenden Blick Marguerites standzuhalten.

»Dies ist nicht der Augenblick zu spotten, Marguerite. Du fragst dich, wer euch verraten hat? Öffne deine Augen. Erinnere dich an Isabelles Gesicht, als der König uns den Wachen übergab. Wenn je unverhohlener Triumph ihr Gesicht gezeichnet hat, dann in diesem Augenblick. Denkst du, was halb Paris weiß, entgeht den Spionen, die in ihrem und des englischen Königs Auftrag an unserem Hofe leben? Isabelle hat das Gift ins Ohr ihres königlichen Vaters geträufelt, diese Annahme ist am wahrscheinlichsten.«

»Die Schlange. Ich wusste immer, dass sie uns Böses will. Aber dass sie uns so gehässig verleumdet, ist einfach unerträglich. Der Neid auf unser Glück zerfrisst sie. Der König muss sie zum Schweigen bringen.«

Blanche war unverbesserlich, realitätsfremd, einfältig und verlogen. Jeanne schüttelte den Kopf.

Marguerite hingegen lachte. Es klang wie zerspringendes Glas. Sie fuhr von der Bank hoch, als gelte es, auf der Stelle in den Rat des Königs zu stürmen.

»Gott segne dein schlichtes Gemüt, süße Blanche«, rief sie dabei höhnisch. »Wir sind es, die Isabelle hätten zum Schweigen bringen müssen. Wenn sie wirklich ihre Finger in der Sache hat, dann Gnade uns Gott.«

»Aber ich bin unschuldig!«

Blanche vertrat Marguerite erregt den Weg. In der engen Kammer wirkten ihre dramatischen Gesten völlig fehl am Platz. Dennoch erreichte sie, dass alle sie fassungslos anstarrten und auf eine Erklärung warteten.

»Charles ist schuld«, erklärte sie schließlich geradezu triumphierend. »Nie ist er an meiner Seite. Nächtelang wird seine Anwesenheit im Rat des Königs gefordert. Zudem muss er seinen Vater auf jeder Jagd begleiten, oder er ist in seinem Auftrag irgendwo unterwegs. Was sollte ich denn in dieser Zeit tun? Herumsitzen, Altartücher sticken und vergeblich auf ihn warten?«

»Setz dich, Blanche.« Jeanne deutete auf die Bank und verzichtete darauf, die Luftschlösser ihrer Schwester niederzureißen. »Wir müssen nachdenken. Gemeinsam überlegen, was ihr dem König sagen könnt. Es ist wichtig, dass ihr euch klug rechtfertigt und seinen Zorn besänftigt.«

Blanche gehorchte zögernd.

»Was soll ich noch zu meinen Gunsten sagen, außer dass Charles mich sträflich vernachlässigt hat?«

»Am besten hältst du den Mund«, entschied Marguerite schroff. »Wer immer uns verraten hat, der König weiß Bescheid. Wenn ihm sogar bekannt ist, dass wir die schönen Börsen, die uns Isabelle zum Osterfest übersandt hat, an Philippe und Gautier weitergegeben haben, weiß er auch alles andere.«

»Leichtsinn.«

Marguerite fuhr zu Jeanne herum und maß sie mit einem so wütenden Blick, dass sie sich wünschte, ihre Lippen wären versiegelt geblieben. So böse hatte sie sie nie zuvor erlebt. Sie konnte sich eigentlich gut beherrschen. Die heutigen Ereignisse überforderten sie.

Die Demütigung vor dem versammelten Hof, ließ Schlimmes befürchten. Philippe der Schöne war nicht nur seinem Sohn Charles, sondern auch Philippe rüde ins Wort gefallen, als sie den Versuch machten, ihre Frauen zu verteidigen. Louis hatte geschwiegen, den Nacken vorgeschoben, die dünnen Lippen ein Strich, die Hände im Rücken verhakt.

»Niemand wird mit den Prinzessinnen sprechen«, hatte der königliche Befehl gelautet. »Erst wenn das Ausmaß ihrer Verfehlungen und das der Brüder Aunay feststeht, werde ich ein Urteil fällen.«

Welches Urteil?

Die Frage lastete mit dem Gewicht eines Felsens auf Jeanne.

Auch wenn es ein schwerer Fehler gewesen war, Gautiers Liebeswerben nachzugeben, so konnte sie Blanche doch ein wenig verstehen. Die Schwester konnte kein Schweigen ertragen. Nicht einmal jetzt. Ihre weinerliche Stimme ließ keine längere Stille zu.

»Wie hätte ich seiner Männlichkeit widerstehen sollen? Gautier liebt mich mit einer Leidenschaft, die Charles völlig fremd ist. Er wird mich nie verraten. Nicht einmal unter der Folter.«

Marguerite bedachte Blanche mit einem gezischten »Schweig!«

Blanche ignorierte es.

»Gautier und Philippe sind Ritter. Sie haben vor Gott und den Menschen den Eid geleistet, die Schwachen zu schützen. Sie werden über unsere Ehre wachen und schweigen.«

»Wach auf, Blanche. Du träumst!«, fuhr Marguerite sie an. »Die beiden befinden sich in den Händen des Henkers von Pontoise. Seine Folterknechte werden nach und nach alles aus ihnen herauspressen. Mach dir keine falschen Hoffnungen. Die Schergen von Pontoise haben die Tempelritter dazu gebracht, sogar ihren Gott und ihren Glauben zu leugnen. Sie verstehen ihr Handwerk, haben es jahrelang vervollkommnet. Der Schreiber seiner Majestät wird jedes Wort der von ihnen erzwungenen Geständnisse notieren. Isabelle giert danach. Sie will uns vernichten, aber zuvor will sie uns an den Pranger stellen und uns leiden sehen.«

Blanches Schluchzen erfüllte die Kammer. Jeanne bezwang ihre Angst nur mit Mühe. Adrien hatte ihr vorausgesagt, was geschehen würde. Sie würde mit hineingezogen werden. Das war so gut wie sicher.

»Was wird mit uns geschehen?«

Erst als Marguerite antwortete, wurde ihr klar, dass sie die Frage laut gestellt hatte.

»Da die Königin von England ihre lilienweißen Finger im Spiel hat, sollten wir mit dem Schlimmsten rechnen«, entgegnete sie rauh.

»Das Schlimmste? Heilige Mutter Gottes, was soll das sein, das Schlimmste«, kreischte Blanche.

»Sie werden uns erst einmal in ein Kloster verbannen. Einkehr, Buße und Gebet sind gemeinhin die Mittel, untreue Ehefrauen zur Besinnung zu bringen«, vermutete Jeanne.

»Und *du* wirfst Blanche vor, dass sie die Realität verkennt?« Marguerite verzog verächtlich den Mund. »Ich bezweifle, dass wir damit davonkommen werden. Louis hasst mich vom ersten Tag unserer Ehe an. Am liebsten würde er mich tot sehen. Ich konnte es in seinen Blicken lesen. Ginge es nach ihm, er würde noch dabei zusehen wollen, wie sie uns foltern. Es würde ihm gefallen.«

»Wie kannst du so etwas sagen?« Die Weinkrämpfe hatten Blanches Gesicht völlig entstellt. Mit geschwollenen Augen und rotgefleckter Haut rang sie die Hände. »Charles liebt mich. Er wird nicht zulassen, dass man mich foltert. Er hat keinen Hang zur Grausamkeit.«

»Verlass dich nicht auf eine Liebe, die du selbst mit Füßen getreten hast«, widersprach Marguerite. »Charles ist eitel. Du hast ihn in seiner Eitelkeit schwer getroffen, indem du dich Gautier hingegeben hast.«

Sie brach ab. Der Türriegel wurde aufgeschoben, dann schwang die Bogenpforte in den Lederangeln auf. Eine Nonne in weißem Untergewand und schwarzem Skapulier trat ein. Sechs weitere Schwestern, die das braune Skapulier der niederen Zisterzienserränge trugen, folgten ihr gemessenen Schrittes. Hinter ihnen fiel die Tür wieder zu. Für einen endlos scheinenden Augenblick musterten sich die frommen Frauen und die prächtig gewandeten Edeldamen stumm. Dann ergriff Marguerite das Wort.

»Seid mir gegrüßt«, sagte sie mit der ganzen Würde einer Königin von Navarra. »Ich nehme an, Ihr seid gekommen, uns mitzuteilen, was Seine Majestät in unserer Sache beschlossen hat.«

Es hörte sich an, als würde sie den Nonnen eine Gnade erweisen. Jeanne bewunderte sie wider Willen für so viel Unerschütterlichkeit. Marguerite hatte sofort erkannt, dass es nicht die Äbtissin von Maubuisson war, die sie aufsuchte,

und verhielt sich dementsprechend. Man hatte Nonnen niederen Ranges zu ihnen gesandt.
In der Abtei von Maubuisson, *Saint Ouen-L'Aumône,* lag das oberste Amt stets in den Händen einer Aristokratin aus einer der ersten Familien des Landes. Die kleine Person mit dem faltigen Gesicht und den Knopfaugen einer Maus, die diese Abordnung anführte, war vermutlich eine ihrer Stellvertreterinnen. Jeanne beging dennoch nicht den Fehler, sie zu unterschätzen.
»Wer seid Ihr?«, herrschte Marguerite die Ordensfrau von oben herab an.
»Mein Name ist Mutter Geneviève. Ihr werdet gemeinsam mit mir und meinen Schwestern die Nacht in der Kapelle des Königs verbringen. Reue und Gebet sind die Forderung der Stunde. Lasst uns gehen.«
»Aber ...«
»Sei ruhig.« Jeanne legte schützend den Arm um die bebenden Schultern ihrer Schwester und half Blanche auf. »Folgen wir der ehrwürdigen Mutter. Gebete werden uns stärken und trösten.«
»Aber es ist mitten in der Nacht. Ich bin müde und erschöpft. Ich will ...«
»Fasse dich«, mahnte Jeanne und schüttelte sie leicht.
»Entsagt aller Eitelkeit und Ichsucht, meine Tochter«, wies Mutter Geneviève Blanche streng an. »Reue steht Euch wohl an. Doch verzagt nicht. Christus ist gnädig. Er hat auch Maria Magdalena verziehen, aber er erwartet, dass Ihr Eure Sünden bereut.«
Die Gänge des Schlosses lagen wie ausgestorben im Halbdunkel. Wenige Laternen beleuchteten den Weg. Bis auf die Wachsoldaten des Königs begegnete ihnen keine Menschen-

seele. Die Tür zur Kapelle stand offen und wurde hinter ihnen von unsichtbarer Hand geschlossen.

Dunkel umfing sie. Das Ewige Licht über dem Altar und die Opferkerzen vor den Statuen der Heiligen verbreiteten kaum Helligkeit. Blanche stolperte und wäre gefallen, hätte Jeanne sie nicht am Arm gehalten. Keine der Nonnen machte eine Bewegung, ihr zu helfen. Waren sie schon verurteilt? Aussätzige, deren Berührung jede fromme Frau besser mied?

Mutter Geneviève schritt zum Altar und sank mit einem leisen Ächzen auf die Knie. Jeanne tat es ihr nach und zog Blanche mit sich. Marguerite versäumte nicht, zuerst die Röcke ihres eleganten Hofgewandes zu ordnen, ehe sie die Hände faltete und ebenfalls den Kopf senkte. Die Litanei der Gebete, von den Nonnen vorgegeben, einte ihre leisen Stimmen.

Anfangs fand Jeanne einen gewissen Trost in den Worten. Je steifer ihre Knie jedoch wurden und je höher die Kälte aus den Steinen in ihren Körper kroch, umso mehr gewann die Angst wieder Oberhand.

Der Morgen war nicht mehr fern. Was brachte ihnen der neue Tag? Wer würde für sie sprechen?

Gewiss, Philippe war ihr zugetan und ihren Töchtern ein liebevoller Vater. Aber konnte sie unter diesen Umständen auch weiterhin auf seine Zuneigung bauen? Was wog für ihn schwerer? Die Anklagen von Vater und Schwester oder die Gefühle für die Frau, mit der man ihn aus politischen Gründen verheiratet hatte?

Nie war ein böses Wort zwischen ihnen gefallen. Auch hatte er ihr keinen Vorwurf gemacht, dass sie nur Mädchen zur Welt gebracht hatte. Das tat nur ihre Mutter, die nicht müde wurde, sie dafür zu schelten. Dass sie selbst erst nach langen Jahren der Ehe einem Sohn das Leben geschenkt hatte, schien sie vergessen zu haben. Was würde sie machen, wenn die Neuigkeiten aus Maubuisson sie erreichten?

Beide Töchter und die Nichte, auf die sie solche Hoffnungen gesetzt hatte, waren in Ungnade gefallen. Nicht länger waren sie die edelsten Damen des Reiches, sondern Ehebrecherinnen, Dirnen, der allgemeinen Verachtung preisgegeben.

Würde ihr findiger Kopf einen Ausweg wissen? Jeanne traute ihrer Mutter viel zu, aber Wunder würde auch sie nicht bewirken können.

* * *

Séverine trat vorsichtig über die Türschwelle, benommen von all den Ereignissen, die so unerwartet über sie hereingebrochen waren. Adriens Quartier war wesentlich schlichter als Jeannes Unterkunft. Ein quadratisches Gemach. Das einzige Fenster gab den Blick auf den Fluss frei. Normalerweise teilte Adrien das Zimmer mit einem Ritter. In dieser Nacht hatte er wohl einen anderen Schlafplatz für ihn gefunden.

»Setz dich.« Er hielt Séverine einen hochlehnigen gepolsterten Stuhl bereit. Besorgt stellte er fest: »Du siehst aus, als würdest du jeden Augenblick in Ohnmacht fallen.«

»Ich fühle mich auch so«, gab Séverine zu.

Der Raum drehte sich vor ihren Augen. Sie setzte sich und schloss die Lider. Adrien konnte den Blick nicht von ihr lassen. Sie war so bleich, dass er die vermissten Sommersprossen auf ihrem Nasenrücken wiederentdeckte. Trotz

allem, was sich ereignet hatte, wich das Verlangen nicht aus seinem Körper. Julien hatte im letzten Augenblick einen Kuss verhindert. Einerseits war er dankbar, anderseits zürnte er dem Knappen.
Séverine schlug die Augen wieder auf, als er ihre Hände nahm und sie vorsichtig um einen Becher schloss.
»Trink, damit du wieder Farbe ins Gesicht bekommst«, forderte er sie auf. »Und entspanne dich. Bei mir hier bist du in Sicherheit.«
»Müsste ich nicht bei Jeanne sein? Ich gehöre in ihren Haushalt. Vielleicht wird sogar nach mir gesucht?«
»In diesem Fall ist es noch wichtiger, dass du dich versteckt hältst«, behauptete Adrien. »Gedulde dich, bis ich mehr über die Ereignisse herausgefunden habe.«
Seine beruhigenden Worte zeigten kaum Wirkung. Séverine nippte an ihrem Wein. Der Tonbecher klirrte gegen ihre Zähne, weil sie am ganzen Leib zu zittern begann.
Adrien entging es, er hatte sich zum Gehen gewandt. »Ich will versuchen, ein paar Worte mit Philippe zu wechseln. Beunruhige dich nicht, wenn ich länger fort sein sollte.«
»Du willst mich alleine lassen?«
Der Becher flog davon. Séverine sprang alarmiert auf und stellte sich mit dem Rücken vor die Tür. Die Arme abwehrend ausgestreckt, begegnete sie flehend seinem Blick.
»Das kannst du nicht tun. Was ist, wenn der König seine Männer schickt, um mich ebenfalls unter Arrest zu nehmen?«
»Warum sollte er das tun? Deine Angst ist unbegründet. Niemand weiß, dass du hier bist. Außerdem lasse ich Julien zu deinem Schutz zurück. Sobald ich klarer sehe, komme ich zurück, dann machen wir Pläne.«

Pläne? Welche Pläne?
Séverine ließ ergeben die Arme sinken und schwankte.
Adrien erriet, was in ihr vorging. Sein Mitgefühl ließ ihn die gebotene Zurückhaltung vergessen. Er fasste sie an den Schultern und zog sie beschützend an sich. Ihr Kopf sank gegen seine Brust. Er unterdrückte mit aller Macht den Wunsch eines innigen Kusses. Er zwang sich zu brüderlicher Distanz.
»Du musst völlig erschöpft sein, Séverine. Die Reise, der Unfall und die Ereignisse des heutigen Abends, all das war zu viel. Leg dich nieder und versuche, wenigstens die Augen zu schließen, wenn du schon nicht schlafen kannst. Julien wird vor der Tür wachen. Vielleicht gelingt es dir, ein bisschen Ruhe zu finden, während ich unterwegs bin.«
Obwohl sie nichts von Schlaf hören wollte, setzte Adrien seinen Willen durch. Er nötigte sie auf den schlichten Alkoven und breitete eine warme Pelzdecke über ihr aus. Dass sie tatsächlich unmittelbar darauf in einen unruhigen Schlaf gesunken war, bemerkte sie erst, als sie von gedämpften Männerstimmen geweckt wurde.
Einem Moment völliger Orientierungslosigkeit folgte das Begreifen. Adrien war zurück!
Hastig setzte sie sich auf und rieb sich das Gesicht mit den Handflächen, um schneller zu sich zu finden. Wie viel Zeit war vergangen? Es gab keine Stundenkerze im Raum. Durch das Stabwerk des Fensters konnte sie nur grauen Himmel erkennen. Das diffuse Licht ließ keinen Rückschluss auf die Tageszeit zu. Es konnte ebenso früher Morgen wie später Vormittag sein.
Adrien wusste wenig Erfreuliches zu berichten.

»Das Schloss ist wie ausgestorben. Vor den königlichen Gemächern stehen doppelte Wachposten. Niemand weiß, was hinter den Türen besprochen wird. Es ist, als hielte ganz Maubuisson den Atem an.«

»Und was ist aus Jeanne und den beiden anderen geworden?« Séverine musste sich räuspern, um sich verständlich zu machen.

»Sie sind angeblich in der königlichen Kapelle. Zumindest stehen auch hier Wachen vor dem Eingang. Es wurde keine Morgenmesse gelesen. Seit Stunden, sagt man, beten in der Kapelle die Nonnen zusammen mit den Prinzessinnen. Das Einzige, was sicher ist, betrifft die Brüder Aunay. Man hat sie in den Kerker des Schlosses von Pontoise überstellt, in die Folterkammer zur hochnotpeinlichen Befragung.«

Séverine trat ans Fenster. Tiefe Regenwolken hingen über den Dächern der Stadt und dem Fluss.

»Und was bedeutet das«, fragte sie tonlos. »Sag mir bitte, dass es nicht das bedeutet, was ich befürchte.«

Adrien schwieg. Julien antwortete.

»Sie verleihen ihren Befragungen mit glühenden Eisen und Daumenschrauben Nachdruck. Haben die keinen Erfolg, legt man die Angeklagten auf die Streckbank, wo man ihre Gelenke dehnt, bis die Knochen herausspringen. Auch Wasserfolter, Peitschen und Gewichte kommen zum Einsatz«, erklärte er, bis Adrien seiner Mitteilungssucht ein Ende machte.

Stille sank über die Kammer. Séverine bekämpfte den Brechreiz, der sie bei Juliens Schilderung überfallen hatte. Auch in Faucheville wurde Recht gesprochen. Dieben drohte im Wiederholungsfall der Verlust einer Hand, Mördern der

Galgen. Bei dieser Tortur jedoch würde sogar ein Unschuldiger jedes Verbrechen gestehen, nur damit die Qual ein Ende hatte, begriff sie.

»Denn werden sie also sprechen«, sagte sie nach kurzem Nachdenken. »Welche Folgen hat das für Blanche und Marguerite? Wird der König danach den Befehl geben, auch seine Schwiegertöchter zu foltern?«

»Nein. Natürlich nicht.« Adriens Antwort kam Julien zuvor. Séverine war verzweifelt genug. Er wollte nicht, dass er sie mit weiteren Details erschreckte. »Wo denkst du hin? Frauen werden nicht gefoltert und Edeldamen schon gar nicht. Wozu auch? Es genügt, wenn das Unrecht einmal gestanden wurde.«

»Es genügt zum Geständnis, aber genügt es auch als Strafe?« Séverine trat zum Tisch und stützte sich mit beiden Handflächen auf, ehe sie Adriens Blick suchte. »Wen wird welche Strafe des Königs treffen? Sag es mir. Ich will es wissen. Alles.«

»Ich kann es dir nicht sagen«, antwortete Adrien nach einem längeren Zögern. »Ehebruch ist eine schwere Sünde und erfordert eine empfindliche Strafe. Ich fürchte, es läuft auf die Verbannung seiner Schwiegertöchter in ein Kloster hinaus. Das ist gemeinhin die Buße für weibliche Angehörige der Königsfamilie, die die Familienehre beschmutzt haben.«

»Jeanne hat niemandes Ehre beschmutzt.«

»Sie hat geschwiegen, Séverine. Das ist in den Augen des Königs und vieler anderer gleichbedeutend mit Billigung. Sie hätte …«

»… ihre Schwester verraten, ihre Base an den Pranger stellen müssen. Stellt Philippe diese Forderung? Distanziert er sich von der Mutter seiner Kinder, weil sie es nicht über sich brachte, zur Verräterin zu werden?«

Heftig atmend, mit blitzenden Augen und erregt geröteten Wangen richtete Séverine sich wieder auf. Sie forderte Antworten. Adrien konnte sie ihr nicht geben.

»Es war mir unmöglich, zu Philippe vorgelassen zu werden. Er hält sich gemeinsam mit seinen Brüdern beim König auf. Dort hat nur Zutritt, wer von seiner Majestät ausdrücklich vorgeladen wird. Wir sind auf Vermutungen angewiesen. Ich kann sicher nur sagen, dass alle Vergnügungen abgesagt sind, sogar die morgige Jagd. Die meisten Ehrendamen haben sich in das Gästehaus des Nonnenklosters zurückgezogen. In der Furcht, es könnte als Schuldgeständnis ausgelegt werden, wagt keiner abzureisen.«

Da Séverine keine weiteren Fragen stellte, entspannte sich Adrien für einen kurzen Augenblick. Er legte den Waffengurt beiseite, öffnete die Schlaufen seines Wamses und rieb sich das Kinn mit den hellen Bartstoppeln, ehe er für einen Moment die Augen schloss. Auch ihm setzten die Ereignisse heftig zu. Als er wieder aufschaute, sah er den tatenlosen Julien Séverine anhimmeln und wurde von einer unerwarteten Welle des Zorns heimgesucht.

Das fehlt noch, dass ich eifersüchtig auf meinen Knappen bin, schoss es ihm durch den Kopf, während er den Fluch hinunterschluckte, der ihm um ein Haar entschlüpft wäre.

Bin ich jetzt auch verrückt geworden?

»Sieh nach, ob du in der Küche eine Morgenmahlzeit auftreibst, Julien«, brach er die Stille. »Es ist nichts gewonnen, wenn wir vor Hunger und Durst nicht mehr denken können. Und zu niemand ein Wort davon, dass Séverine hier ist. Haben wir uns verstanden?«

Nachdem sich die Tür hinter Julien geschlossen hatte, zog Séverine zaghaft eigene Schlüsse: »Muss ich mich für den Rest meines Lebens verstecken?«

»Gewiss nicht.« Adrien versuchte, überzeugend zu klingen. »Du solltest lediglich in der jetzigen Situation keine unnötige Aufmerksamkeit auf dich lenken. Sobald wir wissen, was der König entscheidet, bringe ich dich an einen sicheren Ort.«

»Und wo ist dieser Ort?«

Kaum hatte sie die Frage ausgesprochen, gab sie auch schon selbst die Antwort: »Am liebsten würde ich nach Faucheville gehen. Dort bin ich zu Hause. In Faucheville kann mir nichts passieren.«

»Faucheville«, wiederholte Adrien nachdenklich, um Zeit zu gewinnen. Er verstand ihre Sehnsucht nach der vertrauten Heimat. Die Tage ihrer Kindheit, die trotz allem eine Zeit der Arglosigkeit und des Friedens für sie gewesen waren, mussten ihr an diesem Morgen im rosigsten Licht erscheinen. Aber ihre Kindheit war vorüber.

Sein Blick reichte Séverine als Antwort. Sie begriff, was er nicht aussprach.

Sie war nicht länger Loup Gasnays unerwünschte Tochter, die Pferdeställe ausmistete und Elvire in der Küche zur Hand ging. Zu viel war in den letzten Wochen und Monaten geschehen. Ihr Blick auf die Welt war ein anderer geworden. Sie dachte, sprach, kleidete und bewegte sich wie eine andere. Wer war diese andere Séverine?

»Ich habe alles getan, worum du mich gebeten hast, obwohl ich nie einen Sinn darin gesehen habe. Ich wollte nur deine Zuneigung. Und was hat es mir gebracht? Sag mir, wo gehöre ich hin? Wer bin ich?«

Es war unmöglich, ihr ausgerechnet in dieser Situation die Wahrheit zu sagen.
Séverine sah ihn durchdringend an. »Warum gibst du mir keine Antwort?«
»Weil es keine gibt.«
»Du lügst.«

* * *

Der König war über Nacht gealtert. Nie zuvor hatte Philippe diesen mächtigen Mann so zermürbt erlebt. Die regelmäßigen Züge, die ihm in jungen Jahren den Beinamen *der Schöne* eingetragen hatten, waren welk und verwüstet, die Lippen schmal, die Nase sprang scharf hervor. Wie er da in seinem schweren Stuhl kauerte, das Kinn in den aufgestützten Handballen gelegt, die Augen hinter schweren Lidern halb verborgen, erschien er ihm wie ein Schatten seiner selbst.
Auch Louis beobachtete seinen königlichen Vater eindringlich. Philippe glaubte zu wissen, was dem Bruder durch den Kopf ging. Wie lange noch? Wann werde ich die Krone tragen?
Sein Bruder war zerfressen von Machtgier. Er wollte ein besserer König sein als sein Vater, ein erfolgreicherer Feldherr, ein beliebterer Herrscher. Ein wahrer Nachkomme des Heiligen Louis, der Frankreich so erfolgreich regiert hatte. Philippe wusste nur zu gut, dass er weder den Charakter noch die Fähigkeiten dazu hatte.
Er verließ sich allein auf Erbe und Rang. Dass er im Grunde seines Herzens selbst an seinen Fähigkeiten zweifelte, verbarg er hinter einem unberechenbaren und launischen We-

sen. Dass er es kaum erwarten konnte, Rache zu üben, zeigte sich jetzt. Er riss das Gespräch geradezu an sich.

»Nun, wir haben gehört, was im Protokoll der Vernehmung aufgezeichnet wurde. Wir wurden schmählich betrogen. Sprecht ein Urteil über die drei Ehebrecherinnen und die Schurken, die Euren königlichen Söhnen Hörner aufgesetzt haben, Vater!«

»Du vergisst, es sind nur zwei Ehebrecherinnen«, widersprach Philippe zornig. »Du hast kein Recht, auch Jeanne zu beschuldigen.«

»Findest du?« Louis bleckte höhnisch seine gelben Schneidezähne. »Wer hat dem Rendezvous im *Tour de Nesle* mit Schweigen Vorschub geleistet? Wer hat den Leichtsinn und die Ausschweifungen gedeckt, während wir ahnungslos blieben? Deine Gemahlin, Bruder! Sie sind allesamt schuldig. Alle drei sind sie gemeine Dirnen!«

Philippe streifte Louis mit einem verächtlichen Blick und wandte sich an seinen Vater.

»Ich entdecke in diesem Protokoll keinen Grund, Jeanne zu verurteilen, Sire.« Er wählte absichtlich die offizielle Anrede. »Weder Gautier noch Philippe von Aunay haben sie mit einer einzigen Silbe belastet. Sie ist beiden Brüdern lediglich bei Hofe und in aller Öffentlichkeit begegnet. Ich bitte Euch, Sire, nehmt Jeanne wieder in Gnaden auf und raubt unseren Töchtern nicht die Mutter.«

Im Antlitz des Königs war keine Regung zu erkennen. Kein Laut kam über seine Lippen, dafür ergriff Isabelle, sich an ihn wendend, das Wort.

»Hast du nicht gehört, Bruder? Dieses sündige Treiben geht nun seit mehr als zweieinhalb Jahren. Seitdem schweigt deine Frau und deckt das verwerfliche Leben von Marguerite und Blanche. Wie kannst du da von Unschuld sprechen?«

»Sie ist eine Metze, wie die anderen«, triumphierte Louis. Isabelle hatte ihm aus der Seele gesprochen, auch wenn es ihm nicht gefiel, dass sie dasselbe Stimmrecht haben sollte wie die Brüder. »Selbst wenn es keine Beweise für ihre Unzucht gibt, in ihren Adern fließt das Blut ihrer Schwester. Beide eint die gleiche Verderbtheit.«

»Beherrschung, Louis! Jeder meiner Söhne hat das Recht, für seine Gemahlin zu sprechen. Welche Entschuldigung kannst du für sie vorbringen, Philippe? Warum hat Jeanne geschwiegen?«

»Ich fürchte, es ist meine Schuld.«

Philippe erinnerte sich gut an die hektischen Stunden vor der Abreise nach Pontoise. Jeanne hatte das Gespräch mit ihm gesucht. Er hatte keine Zeit für sie gehabt. Es war ihm wichtiger gewesen, an der Seite des Vaters zu bleiben, um seine Brüder unter Kontrolle zu behalten.

»Jeanne hat mich immer wieder um ein vertrauliches Gespräch unter vier Augen gebeten. Ich habe sie jedes Mal auf später vertröstet, in der Meinung, es ginge um die üblichen Dinge. Um die Mädchen, den Haushalt, eine weitere Forderung ihrer Mutter. Heute ist mir klar, dass sie sich mir mitteilen wollte. Dass sie meinen Rat und meine Hilfe erhoffte. Es ist nicht ihre Schuld, dass ich ihr beides verweigert habe. Klagt mich an, nicht sie.«

»Was gibt dir die Sicherheit, dass sie über das ehebrecherische Treiben ihrer Schwester und Base mit dir sprechen wollte?«

Isabelle hatte sich vom Vater mit einem schnellen Blick das Wort geben lassen.

Philippe überlegte sich die Antwort genau. Aus der reizenden Schwester, die einmal bewundernd zu ihren Brüdern aufgesehen hatte, war eine Eiskönigin geworden. Kühl bis ins Herz saß sie auf ihrem Stuhl. Aufrecht und unbeugsam. Das Haupt mit einem Kronreif geschmückt, der ihre blonden Flechten zum Leuchten brachte. Ihr Blick war klar und kalt, noch gefühlloser als der von Louis.

»Ich kenne meine Frau, Schwester«, sagte er schließlich knapp. »Ich weiß, was in ihrem Kopf und in ihrem Herzen vorgeht. Wenn man ihr einen Vorwurf machen kann, dann den, die Menschen für besser zu halten, als sie sind. Sie glaubt an das Gute in jedem Einzelnen von uns, will das Böse nicht wahrhaben.«

»Warum hat Blanche mir das angetan?«

Charles, der bis dahin reglos auf seinem Stuhl gesessen hatte, fuhr hoch und erwachte wieder zum Leben. Mit neunzehn Jahren war er so alt wie Blanche und keine Spur vernünftiger.

»Wie konnte sie das tun?«, jammerte er und vergoss sogar Tränen über sein Unglück. »Sie weiß doch, wie sehr ich sie liebe. Alles würde ich für sie tun.«

Wenn sie dir gerade einfällt, zwischen einer Jagd, den Besprechungen mit deinem Schneider und den Vergnügungen des Hofes, schoss es Philippe durch den Kopf. Niemand nahm Charles wirklich ernst. Er neigte zu Übertreibungen und Banalitäten. In den Ratssitzungen langweilte er sich. Zum Ärger seines Vaters vernachlässigte er sogar die Waffenübungen. Mit zweifelhaften Freunden unternahm er wilde Streifzüge durch das nächtliche Paris.

Auf der anderen Seite war er der Sohn, der dem König am ähnlichsten sah. Er erinnerte den Monarchen an seine Jugend. Aus diesem Grund behandelte er Charles mit größerer Nachsicht als die beiden älteren. Auch jetzt ermahnte er ihn nicht. Die Arme vor der Brust verschränkt, bot er den gewohnten Anblick steinerner Ruhe.

»Ist das alles, was du zu sagen hast, Charles?«, fragte er knapp. »Und wie steht es mir dir, Louis? Kein freundliches Wort für die Mutter deiner Tochter?«

»Wenn sie denn meine Tochter ist«, trumpfte Louis auf. »Wer kann schon sagen, ob das Kind nicht ein Balg des Aunay ist. Nein, kein Mitleid für die Ehebrecherin, Sire. Marguerite von Burgund hat meine Ehre mit Füßen getreten. Sie verdient die ganze Härte des Gesetzes. Den schmählichen Tod. Lasst sie pfählen und die anderen dazu.«

Die ungeheuerliche Forderung verschlug Philippe den Atem. Charles schluchzte und murmelte Unverständliches. Nur Isabelle besaß die Geistesgegenwart, dem Bruder gelassen zu antworten.

»Marguerite, Jeanne und Blanche sind, wie auch wir, Nachkommen von König Louis, den der Papst in den Stand eines Heiligen erhoben hat. Es geht nicht an, eine Frau, in deren Adern das Blut dieses Mannes fließt, wie eine Straßendirne zu behandeln. Wie auch immer das Urteil über meine Schwägerinnen ausfällt, es muss ihrer Herkunft und ihrem Stand angemessen sein, damit nicht noch mehr Schande auf unsere Familie fällt.«

Louis' unsteter Blick traf die Schwester, ehe er sich auf den Vater konzentrierte.

»Für mich ist Marguerite schon jetzt gestorben«, knurrte er. »Sie hat meine Ehre beschmutzt. Sie ist es nicht wert, noch dieselbe Luft wie wir zu atmen.«

»Philippe!« Der König wandte sich an ihn, ohne Louis' Ausbruch zu kommentieren. »Hast du noch etwas hinzuzufügen?«
Philippe wusste mit Sicherheit, dass sein Vater den Skandal in Grenzen halten wollte, auch wenn er Härte zeigen musste, um das Königshaus nicht der Lächerlichkeit preiszugeben. Er sah nur einen Weg, Jeanne zu retten. Es galt, einen Kompromiss auszuhandeln.
»Jeanne von Burgund ist mir seit dem ersten Tag unserer Ehe eine loyale, liebenswerte und treue Gemahlin. Unseren Kindern schenkt sie Mutterliebe, und meinem Haushalt ist sie eine Zierde. Wenn sie gefehlt hat, dann nur, weil sie ihre Schwester liebt und ihr keine Schlechtigkeit zutraut. Habt Nachsicht mit ihrer weiblichen Schwäche. Seht ihr Fehlen auch als meinen Fehler an.«
Philippes Verteidigung seiner Frau veranlasste Louis zu einem Fluch. Charles wandte dem Bruder ein von Tränen überströmtes Gesicht zu. Er überließ sich hemmungslos seinen widersprüchlichen Gefühlen.
»Warum hat Jeanne nicht mit mir gesprochen, wenn du keine Zeit für sie hattest«, fragte er Philippe vorwurfsvoll. »Ich hätte einen Weg gefunden, Blanche zur Vernunft zu bringen. Was ist schon ein Aunay gegen den Sohn des Königs von Frankreich.«
Die Annahme, dass sich die sittsame, unaufdringliche Jeanne einem Jüngling und Nichtsnutz wie Charles anvertrauen würde, war so absurd, dass Philippe ihm keine Antwort gab. Stattdessen wandte er sich noch einmal nachdrücklich an den Vater.
»Ich möchte auf das Protokoll hinweisen dürfen, Sire, das die peinliche Befragung dokumentiert. Es enthält die Na-

men von Dienern, von Mägden, von Helfershelfern, die Bescheid wussten, die Orte der heimlichen Treffen und die hässlichen Einzelheiten befremdlicher Liebesspiele. Jeannes Name taucht in all diesem Schmutz nicht ein einziges Mal auf. Dabei hätten weder Gautier noch Philippe von Aunay einen Grund gehabt, sie zu schonen. Dafür kann es nur eine Erklärung geben: Sie ist unschuldig.«

»Bist du dir da wirklich sicher, Bruder? Immerhin ist Gautier dein Schildknappe.«

Der gehässige Einwurf kam von Louis. Er war in seinem Element. Schon lange war es ihm nicht mehr gelungen, den beherrschten Philippe zu provozieren.

»Du weißt, welchen Torturen die Brüder unterworfen wurden«, gab Philippe bitter zurück. »Qualen dieser Art verhindern vernunftgesteuertes Denken. Kein Mensch kann unter solchen Umständen noch lügen. Im Gegenteil, viele der armen Teufel gestehen unter der Folter Dinge, die sie nie getan haben.«

»Willst du etwa behaupten, die Schurken wären gänzlich unschuldig? Sie hätten sich nie unzüchtig mit diesen Dirnen herumgewälzt. Sich nicht genommen, was den Ehemännern gehört? Du bist ja noch verrückter als Charles, der seine Zierpuppe nicht hergeben will.«

»Schluss!« Der Befehl des Königs schnitt Louis scharf das Wort ab. Er musste nicht einmal die Stimme heben, um Autorität auszuüben. »Ich dulde nicht, dass meine Söhne sich streiten wie Knechte auf dem Heumarkt.«

Philippe wischte sich mit dem Handrücken den kalten Schweiß von der Stirn. Hinter seinen Schläfen pochte zunehmender Schmerz. Schon brannte das Licht der Kerzen unerträglich grell in seinen Augen. Sein Körper verspannte sich, um einem Anfall zu begegnen. Jeanne. Was hätte er darum gegeben, sie in Sicherheit zu wissen.

Er musste kämpfen.

»Welches Urteil hältst du für angemessen, Isabelle?«, vernahm er die Stimme des Königs durch einen Nebelschleier der Qual.

»Sie haben die Würde der Krone und die Ehre der Familie aus Leichtsinn und Lebensgier mit Füßen getreten«, antwortete Isabelle so hell und klar, dass die Worte Philipp wie winzige Pfeile trafen. »Die Schuldigen müssen in einer Strenge Sühne leisten, die auch dem letzten Leibeigenen in Eurem Königreich zeigt, dass die Frauen Eurer Söhne ebenso Eurer Gerechtigkeit unterliegen wie jeder andere Untertan. Beraubt sie ihrer Freiheit. Nehmt ihnen jede Möglichkeit, jemals etwas anderes zu tun, als zu bereuen und zu beten. Verbannt sie, trennt ihre Ehen.«

Selbst Louis wurde von der außergewöhnlichen Härte dieser Forderung überrascht.

Charles schluchzte.

»Ich bin nicht bereit, mich von Jeanne zu trennen.« Philippes Stimme klang trotz des Schmerzes entschlossen.

»Du bist in erster Linie nicht bereit, dich von der Aussicht auf die Pfalzgrafschaft Burgund zu trennen«, lachte Louis verschlagen. »Wie man hört, ist der junge Robert schon wieder erkrankt. Mahaut ist an sein Bett geeilt. Wenn er den kommenden Winter nicht überleben sollte, erbt ihre älteste Tochter die Franche-Comté, und du wirst Pfalzgraf von Burgund. Aber natürlich nur, wenn Jeanne bis dahin noch deine Frau ist. Gib zu, dass es so ist, Bruder.«

Philippe widersprach dem nicht. Es stimmte in gewisser Weise. Er verlor die Politik selten aus den Augen. Er war im

Sinne seines mächtigen Vaters erzogen worden. Und er war derjenige seiner Söhne, der politisches Gespür besaß. Aber in diesem speziellen Falle irrte sich sein Bruder.
Der König erhob sich.
»Ich werde mich bedenken«, beschied er ihnen unnahbar. »Mein endgültiges Urteil werdet ihr, wie alle anderen, heute Nachmittag im großen Saal vernehmen. Bis dahin zieht Euch zurück. Und: Keiner von Euch wird mit seiner Ehefrau vorher Verbindung aufnehmen.«
Philippe ahnte, dass die Anordnung in erster Linie ihm galt. Dabei war er im Augenblick kaum noch fähig, aufrecht zu gehen. Die Gestalt des Vaters verschwamm vor seinen Augen. Isabelles diamantenbesetztes Diadem blendete. Was fühlte sie bei der Aussicht, ihre Schwägerinnen in der Verbannung zu sehen? Zufriedenheit? Triumph? Was hatte Jeanne ihr getan, dass sie sie so sehr hasste?
»Du schwankst, hast du getrunken?« Isabelle fasste ihn unerwartet am Arm und stützte ihn. »Dich hätte ich am allerwenigsten für einen Schwächling gehalten, der Trost im Wein sucht.«
»Wo sonst sollte ich ihn finden«, zwang sich Philippe zu antworten. Vor Isabelle eine Schwäche einzuräumen widerstrebte ihm. Bis vor wenigen Tagen hatte er Mitleid für sie gehegt, inzwischen war ihm bereits ihre Berührung unangenehm. Ohne ihre hinterhältige Anklage hätte Jeanne in diesen Tagen bestimmt eine Möglichkeit gefunden, offen mit ihm zu sprechen.
»Ein kluger Mann verlässt sich vernünftigerweise allein auf die eigene Kraft«, entgegnete sie kühl. »Ich habe dich immer für den verständigsten meiner Brüder gehalten. Wie ich sehe, habe ich mich getäuscht.«

»Dann bete zu Gott, dass du dich nicht auch bei den Anklagen gegen deine Schwägerinnen getäuscht hast. Du gründest sie auf Bespitzelung. Du willst nicht verraten, wer dir die Informationen verschafft hat und woher du zu wissen glaubst, was im *Tour de Nesle* geschehen ist«, antwortete Philippe. »Fürchtest du nicht, dass dir das Schicksal irgendwann die Rechnung dafür präsentiert, dass du ihr Leben zerstört hast.«

»Sie haben sich schuldig gemacht. Nicht ich.«

»Auch Jeanne?«

Er wartete ihre Antwort nicht ab. Vornübergebeugt und mit eiligen Schritten verließ er sie.

Dass Isabelle erblasste, entging ihm.

Achtes Kapitel

Es dauerte einige Zeit, bis Jeanne in ihrer Versunkenheit die Berührung wahrnahm. Stundenlanges Gebet und zunehmende körperliche Erschöpfung hatten sie in einen Zustand eigenartiger Abwesenheit fallen lassen. Eine der Nonnen hatte ihr die Hand auf die Schulter gelegt. Als sie sich umsah, blickte sie in ein faltenloses, bleiches Altersgesicht.

»Erhebt Euch. Die Befehle des Königs sind überbracht worden.«

Jeanne starrte in Mutter Genevièves Augen. Sie hatte Mühe, sich an die Nonne zu erinnern, die sie in die Kapelle geführt hatte. Es musste Ewigkeiten her sein. Vor dem Altar war es eiskalt, ihre Knie schmerzten, ihr Magen verkrampfte sich vor Hunger. Aber all das verblasste gegen die Angst, die in ihr aufstieg. Man verweigerte ihr die Anrede, die ihr gebührte, erteilte ihr Befehle und erwartete Gehorsam. Sie erkannte die Zeichen und fürchtete das Schlimmste.

Was war geschehen, während sie in der Kapelle gebetet und gehofft hatten?

Mit tauben Gliedern und hämmerndem Herzen versuchte Jeanne sich zu erheben. Sie wäre gefallen, hätte ihr eine jüngere Nonne nicht im letzten Augenblick die Hand gereicht.

Neben ihr lag Blanche auf den Steinplatten. Ob schlafend oder besinnungslos, sie konnte es nicht erkennen. Eine Klosterschwester bemühte sich um sie, klatschte ihr leicht auf die Wangen. Am liebsten hätte Jeanne sie davon abgehalten. Wozu Blanche wecken? Solange sie nicht bei sich war, blieb ihr das Entsetzen erspart. Selbst Marguerites stolze Haltung wirkte nicht mehr so unerschütterlich wie vor Stunden.
Mutter Geneviève mahnte zur Eile. Blanche, gestützt von zwei Nonnen, kam wieder zu sich. Sie wurden in die karge Kammer gebracht, die sie bereits kannten.
Auf dem Holztisch stand weder eine Morgenmahlzeit noch etwas zu trinken.
»Ich habe Durst und mir ist kalt. Ich fürchte, ich werde krank«, klagte Blanche und sank auf die Bank.
Jeanne entdeckte drei Tuchbündel aus grober brauner Wolle, die dort lagen. Ihr Blick kreuzte sich mit dem von Marguerite.
»Ihr seid gehalten, Eure Gewänder und allen Schmuck abzulegen«, bestätigte Mutter Geneviève Jeannes heimliche Befürchtungen unverzüglich. »Seine Majestät befiehlt Euch, das Büßergewand zu tragen.«
»Das Büßergewand? Was soll das heißen?«, jammerte Blanche.
»Dass Ihr Euch in diese Nonnenkutten kleiden sollt«, erwiderte Mutter Geneviève und mahnte: »Ihr habt keinen Grund, das einfache Kleid einer Braut Christi zu verschmähen. Vergesst Eure Eitelkeit, dann wird Euch sicher irgendwann Vergebung gewährt.«
In Marguerites Augen flammte Zorn auf, doch die Nonne blieb ungerührt.
»Kleidet Euch aus«, befahl sie.

»Wer glaubt Ihr zu sein, dass Ihr es wagt, der Königin von Navarra Befehle zu erteilen?«, fuhr Marguerite sie an, ohne Anstalten zu machen, sich zu entkleiden. »Ich denke nicht daran, diese lächerlichen Nonnenkutten anzulegen. Ich verlange, vor den König geführt zu werden. Ich will …«

Mutter Geneviève griff Marguerite mit solcher Festigkeit am Oberarm, dass sie mit halboffenem Mund abbrach. Dass sie es außerdem wagte, sie dabei auch noch zu schütteln wie eine ungehorsame Novizin, verschlug ihr endgültig die Sprache.

»Kommt zu Euch«, tadelte die fromme Frau Marguerites selbstherrlichen Auftritt. »Niemand hat das Recht, sich dem Befehl des Königs zu widersetzen. Wir sind angehalten, Euch helfend zur Seite zu stehen. Fordert nicht noch zusätzliche Demütigungen heraus.«

Etwas in ihrer Stimme ging Jeanne unter die Haut. Ihr Atem stockte.

»Man wünscht, Euch als Büßerinnen vor dem Thron zu sehen. Das bedeutet, wir müssen Euch auch das Haar abschneiden.«

»Neiiiin!«

Blanche griff sich voller Panik ins Haar, das, von einem goldenen Netz gehalten, ihren schlanken Hals vorteilhaft umrahmte. Ihre Haare waren ihr ganzer Stolz. Die schönsten Locken des ganzen Hofes, hatte Gautier gesagt. Sogar der König hatte ihr Komplimente gemacht, als sie noch in seiner Gunst stand. Die Vorstellung, diesen Schmuck opfern zu müssen, übertraf in ihren Augen alle bisherigen Schrecken.

»Niemals«, verneinte auch Marguerite, die ihre schwarze Haarpracht mit kostbaren Ölen pflegte und mit juwelenbesetzten Kämmen an den Schläfen zurückhielt.

»Der Wille des Königs ist Gesetz.«
Obwohl Mutter Genevièves Stimme leise und ruhig blieb, war allen klar, dass kein Protest helfen würde.
Zum ersten Mal glaubte Jeanne, so etwas wie Mitgefühl bei Mutter Geneviève zu spüren. Nie zuvor war eine Frau aus der Familie des Königs so vor Gericht gestanden, in aller Öffentlichkeit des Ehebruchs angeklagt. Es gab keine vergleichbare Anklage, kein bekanntes Urteil, das das Strafmaß erahnen ließ oder vielleicht Aussicht auf mildernde Umstände versprach.
Sie trat mit wächsernem Gesicht an den Tisch und streifte den ersten ihrer Ringe ab. Der kieselsteingroße Rubin war ein Geschenk Philippes zur Geburt von Marguerite gewesen. Dann folgte der Siegelring mit dem Wappen der Pfalzgrafschaft von Burgund, von dem Mahaut verlangt hatte, dass sie ihn ständig trug.
›Damit du nie vergisst, dass dein Herz Burgund gehören muss‹, hatte sie gesagt. ›Du bist die Schwägerin des künftigen Königs von Frankreich und damit die erste und wichtigste Verbündete deines jungen Bruders, wenn er einmal über die Pfalzgrafschaft herrschen wird. Auf dich muss er sich verlassen können. Blanche ist zu töricht, um ihm viel zu nützen.‹
Ihre Mutter hatte auf das falsche Pferd gesetzt. Eine Verbündete, die den Zorn des Königs erregt hatte, würde Robert eher schaden als nützen.
Langsam zog sie die Haarnadeln mit den unregelmäßig geformten, cremefarbenen Flussperlen aus ihrer Frisur. Sie spürte, wie Strähne für Strähne ins Rutschen geriet und über die Schultern fiel.
Erst als sie den Gürtel ihres Übergewandes löste, kam auch

Leben in Blanche. Sie fuhr zu ihr herum und hielt sie davon ab, die Schlaufe zu öffnen.

»Hör auf damit. Sie haben kein Recht, uns das anzutun. Es ist ein Scherz. Man will uns nur einen Schrecken einjagen, begreifst du das nicht?«

»Der König neigt nicht zu Scherzen, Blanche.« Jeanne befreite sich von der Schwester. »Du verwechselst ihn mit Charles.«

Es war ein Fehler, Charles zu erwähnen. Blanche brach auf der Stelle wieder in Tränen aus. Die frommen Frauen ließen sich weder von Tränen noch von Gegenwehr aufhalten. Mit ruhiger Bestimmtheit nahmen sie Blanche den Schmuck ab und begannen, sie zu entkleiden, ohne sich um ihren törichten Widerstand zu kümmern.

Jeanne spürte ihre Ohnmacht geradezu körperlich. Ein Zittern, das tief in ihrem Inneren begann, strahlte bis in die Fingerspitzen aus. Ihre Hände sanken tatenlos herab. Die Nonnen zeigten erkennbar Übung, hatten wohl zum Teil weltliche Erfahrung im geschickten Entkleiden. Nicht jede war freiwillig dem Orden beigetreten. In vielen Familien war es Brauch, unliebsame weibliche Verwandte in den Schoß der Kirche abzuschieben.

Reglos ließ Jeanne alles mit sich geschehen. Nicht einmal ein Hemd ließ man ihr, um die letzte Blöße zu bedecken. Nackt und bebend stand sie in der Kälte. Die feinen Härchen auf der Haut sträubten sich schmerzhaft. Ein flüchtiger Blick auf die wohlgerundeten Hüften ihrer Schwester und den zartgoldenen Körper Marguerites zeigte ihr, dass sie ebenso froren.

Das grobe Gewebe der braunen Kutten, die sie anlegen mussten, spendete keine Wärme; es fuhr wie Pferdestriegel über die Haut. Jeanne widerstand nur mit Mühe dem Wunsch, das grobe Zeug wenigstens von ihren empfindlichen Brüsten wegzuziehen. Es kratzte unerträglich.

»Kniet nieder«, befahl Mutter Geneviève streng. »Und senkt den Kopf.«

Der Steinboden war hart und kalt.

Jeanne spürte, dass jemand ihre losen Haare ergriff und zusammenfasste. Das erste Schaben des Messers am Kopf traf sie dennoch so unvorbereitet, dass sie eine heftige Bewegung machte. Die Nonne, die eben ihr Werk begonnen hatte, rutschte mit dem Messer ab und traf die Kopfhaut. Ein dünnes Rinnsal warmen Blutes rann über Jeannes Stirn, noch ehe es richtig weh tat.

Sie schloss die Augen und biss die Zähne so gewaltsam zusammen, dass sich die Kiefermuskeln verkrampften. Ihre Kopfhaut brannte und wurde zugleich eiskalt. Das unheimliche Geräusch des Messerschabens auf ihrem Kopf vervielfältigte sich zum Brausen eines Sturms in ihren Ohren. Weder Blanches Schluchzen noch Marguerites wütender Protest übertönten es. Noch als alles längst vorbei war, verharrte Jeanne auf den Knien.

Ob Philippe wusste, was man ihr antat?

»Das sollst du mir büßen, Isabelle«, vernahm sie nach unendlich langer Zeit Marguerites gezischte Worte. »Sei gewiss, dass ich mich rächen werde, und wenn es meine letzte Tat ist im Leben.« Wütend fauchte sie Blanche an: »Hör auf zu heulen. Gönn Isabelle nicht die Genugtuung. Reiß dich zusammen und erinnere dich daran, wer du bist.«

»Mein Haar«, jammerte Blanche, ohne auf ihren Rat zu hören. »Wir sehen aus wie Mönche. Wie Ketzerinnen, die man zum Scheiterhaufen zerrt. Lieber wäre ich tot.«

»Wie kannst du so etwas Dummes sagen.«
Jeanne richtete sich endlich auf und starrte ihre Schwester an, die wieder und wieder mit den Handflächen über das Stoppelfeld auf ihrem Kopf strich. Das hübsche Mädchengesicht wirkte verhärmt und eingefallen. Sah auch sie so abstoßend aus?
Blanche sah um sich wie ein in die Enge getriebenes Reh.
»Ich bin unschuldig. Warum sagt keiner endlich, dass ich unschuldig bin. Charles ist schuld. Er hat mich im Stich gelassen.«
Sie raffte mit fahrigen Bewegungen die blonden Strähnen zusammen, die um sie herum auf dem Boden verstreut lagen, und presste sie an sich.
»Wie sehe ich eigentlich aus? Wie soll je ein Mann mich kahlköpfig begehren?«
Marguerite, den kahlen Kopf stolz erhoben, stieß ein scharfes, freudloses Lachen aus.
»Lieber würde ich freiwillig zur Hölle fahren, als mit kahlem Kopf Louis' Bett teilen, das steht fest.«
»Ihr versündigt Euch. Demut und Reue werden von Euch verlangt, nicht Gefallsucht und Tändelei«, wies Mutter Geneviève sie zurecht.
Marguerite konzentrierte ihren ganzen Abscheu auf die verhasste Schwägerin. Isabelle stand hinter den Nonnen und allem, was sie ihnen antaten.
»Den Gefallen zu heulen und zu winseln werde ich dieser Hexe niemals tun. Nicht ich. Und wenn du einen guten Rat willst, Blanche, dann solltest du dich ebenfalls beherrschen. Egal, was es dich kostet.«
»Marguerite hat recht.« Jeanne ging zu ihrer Schwester und zog ihr sanft die Haare aus den Fingern. »Wir werden Isa-

belle diese Genugtuung nicht gönnen. Wir sind die Töchter des Pfalzgrafen von Burgund, und unsere Mutter hat uns Haltung gelehrt. Erinnere dich daran, Schwester.«

Mutter Geneviève nickte zufrieden und ging zur Tür.

»Wir sind bereit«, vernahm Jeanne ihre Stimme.

Bereit wozu?

* * *

Der Kapitelsaal, wie der große Versammlungssaal des Schlosses von Maubuisson genannt wurde, fasste kaum all die Menschen, die sich in ihm drängten. Edeldamen, Aristokraten, Ritter, Kirchenfürsten, Heerführer, königliche Beamte und die englischen Gäste hatten sich auf Geheiß des Königs an diesem trüben Frühlingstag unter der Gewölbedecke versammelt. Alle verharrten in unbehaglichem Schweigen.

Von Adrien geschützt, verlieh Séverine das Rund einer gedrungenen Säule im Rücken Halt. Sie musste sich auf Zehenspitzen recken, um das Drama zu verfolgen, das sich vor ihren Augen abspielte. An der Stirnseite des Saales, auf einem leicht erhöhten Podium, saß der König auf einem geschnitzten Thronsessel. Angetan mit Purpur und Krone, völlig reglos, eine Statue.

Im freien Raum vor dem Thron standen die drei Schwiegertöchter des Königs, deren erbarmungswürdiger Anblick alle Anwesenden so bestürzte, dass keiner auch nur zu flüstern wagte. Die Köpfe verletzlich bloßgeschoren, die adligen Gesichter zur Maske erstarrt, hielten die drei Frauen kerzengerade und schweigend der allgemeinen Neugier stand. Wie lange noch?

Es tat Séverine in der Seele weh, ihre Herrin so gedemütigt zu sehen. Jeanne war kreidebleich. Über ihren Brauen trocknete eine Blutspur. Dennoch beugte sie nicht den Nacken. Aufrecht und stolz bot sie allen im Saal die Stirn. Philippe, der wie seine Brüder und Isabelle an der Seite des Königs saß, starrte vor sich auf den Boden und ließ kein Gefühl erkennen.

Was ging in Jeanne vor – was in Philippe?

Marguerite glich sogar in dieser Aufmachung eher einer Kriegerin als einer Angeklagten. Sie sah aus, als brenne sie darauf, das Schwert zu zücken. Kein Auge ließ sie von Isabelle. Ob die englische Königin Angst vor diesen zornigen Blicken verspürte? Séverine hätte sich geängstigt an ihrer Stelle.

Für Blanche, von Kindheit daran gewöhnt, als Schönste und Charmanteste bewundert zu werden, bedeutete der Verlust des Haares den Verlust ihrer Persönlichkeit. Die flehenden Blicke auf Charles gerichtet, der immer unruhiger auf seinem gepolsterten Hocker hin und her rückte, rang sie die Hände.

Nach einer entgeisterten Erwiderung ihres ersten Blickes wagte er keinen zweiten, so sehr löste ihr Anblick Entsetzen und Abscheu in ihm aus. Nur die unnachgiebige Gestalt seines Vaters hielt ihn davon ab, aus dem Saal zu stürzen. Blanche konnte keine Hilfe von ihm erwarten. Er hatte sie bereits aus seinem Leben gestrichen.

Der scharfe Klang einer Fanfare zerriss das lastende Schweigen. Die schleppende Stimme des königlichen Kanzlers, Enguerrand von Marigny, erhob sich, das Urteil zu verlesen. Ohne erkennbares Gefühl zählte er nüchtern Anklagen, Beweise, Tatsachen und Umstände auf.

So und nicht anders stellte sich Séverine den Tag des jüngsten Gerichtes vor. Unbarmherzig. Erschreckend in seiner schonungslosen Gerechtigkeit. Der Kanzler ersparte ihnen keine noch so demütigende Einzelheit des Geständnisses, das Gautier und Philippe von Aunay mit Hilfe des Henkers von Pontoise gemacht hatten.

»... somit haben Marguerite und Blanche von Burgund die Verbrechen der Unkeuschheit und des Ehebruchs begangen. Sie haben die Ehre des Königshauses in den Schmutz gezogen und gegen die Gebote der Heiligen Mutter Kirche verstoßen. Es ist mein königlicher Wille, dass ihnen Gelegenheit gegeben wird, dieses zu büßen und zu bereuen. Sie sollen ihr Leben künftig hinter den Mauern einer königlichen Festung bei Gebet und Einkehr verbringen. Fürderhin ist es ihnen nicht erlaubt, Besuche zu empfangen, Botschaften zu versenden oder unter freiem Himmel zu wandeln. Für immer ausgeschlossen aus der menschlichen Gesellschaft ...«

Séverine erstarrte. Sie erfasste den Sinn der Worte nicht mehr. Erst als Jeannes Name genannt wurde, zwang sie sich, wieder aufzuhorchen.

»... sowohl mit der Billigung wie der Verheimlichung dieses verwerflichen Tuns hat auch Jeanne von Burgund schwere Schuld auf sich geladen. Obzwar sie nicht des Ehebruchs überführt werden konnte, ist ihr doch erhebliche Pflichtvergessenheit und Sünde anzulasten. Sie soll gleich den Ehebrecherinnen in strenger Haft gehalten werden. Ob ihr schwankender Charakter unter frommer Führung gefestigt und geläutert werden kann, wird sich erweisen. Erkennbare Reue wird die Dauer ihrer Verbannung bestimmen.«

Das ist Philippes Einfluss, begriff Séverine. Er hofft auf eine Begnadigung Jeannes, sobald der Skandal sich gelegt hat.

Dennoch war sie tief enttäuscht, dass es ihm nicht gelungen war, ihr all dies zu ersparen. So zerbrechlich und erschöpft, wie sie aussah, konnten wenige Wochen schon genügen, ihrer Gesundheit nicht wieder gutzumachenden Schaden zuzufügen.
»Allen drei Sünderinnen wird weiters auferlegt, der Hinrichtung der Männer beizuwohnen, die ihre Mittäter sind«, fuhr der Kanzler fort. »Gautier und Philippe von Aunay haben sich der Majestätsbeleidung, des Hochverrats, des Eidbruchs und des Ehebruchs schuldig gemacht. Sie werden morgen zur Mittagsstunde auf dem Marktplatz von Pontoise vom Leben zum Tode gebracht. Man soll ihnen bei lebendigem Leibe die Haut abziehen, sie entmannen, auf das Rad flechten und sie köpfen. Am Galgen verwesend, werden sie Zeugnis dafür ablegen, wie Verräter im Königreich Frankeich enden.«
Die offiziellen Dokumente waren verlesen, aber niemand wagte eine Bewegung. Blanche taumelte. Keiner der Edelmänner, die sie bis gestern noch bewundert hatten, kam ihr zu Hilfe. Es blieb allein Jeanne und Marguerite überlassen, sie vor dem Sturz zu bewahren.
Isabelle verzog verächtlich den Mund.
Der König erhob sich wortlos und löste damit die Versammlung auf. Er querte die Estrade seitlich und vermied es, den Weg der verurteilten Frauen zu kreuzen. Der wohlwollende Blick, den er sonst für seine Schwiegertöchter gehabt hatte, gehörte der Vergangenheit an. Marguerite machte eine Bewegung, als wolle sie ihm dennoch in die Quere kommen, aber der Kanzler schob sich dazwischen.
»Ihr habt das Recht verloren, gehört zu werden, Madame«, sagte er kalt, ehe er den Nonnen winkte.

»Bringt die Verurteilten zurück.«
Mit erhobener Stimme wandte Marguerite sich an Isabelle, die noch nicht aufgestanden war.
»Ihr habt den ganzen Sieg dahingegeben, Schwägerin. Ihr hättet Euren Vater bewegen sollen, auch uns zu töten. So aber bleiben wir mit unserem Hass am Leben. Fürchtet Ihr nicht die Folgen Eures Verrats?«
»Ihr seid zu Recht verurteilt worden.«
Sie waren einander ebenbürtig, das konnte auch Séverine feststellen. Aber Isabelle hatte obsiegt.
»Ich danke Gott, dass Ihr nie die Krone meiner Mutter tragen werdet«, verabschiedete sich Isabelle bissig.
»Da seid Euch nicht so sicher!« Niemand nahm Marguerite das letzte Wort. »Solange ich lebe, kann ich kämpfen.«
Wider Willen empfand Séverine eine Spur Hochachtung für so viel Tollkühnheit. Nicht einmal die Verurteilung zu Acht und lebenslangem Kerker raubte dieser Frau den Mut. Woher nahm sie die Kraft?
Allen steckte der Schock in den Gliedern. Die drakonische Schärfe des Urteils, die die Prinzessinnen auch noch zwang, bei der Hinrichtung ihrer Liebhaber anwesend zu sein, zeigte den ganzen Zorn des Königs.
Adrien sah Séverines Tränen und machte sich stumme Vorwürfe. Der Anblick der kahlhäuptigen Frauen im Bußgewand war sogar für ihn schockierend gewesen. Er hatte die Unnachsichtigkeit des Königs sträflich unterschätzt. Séverine hatte ihn dazu überredet, sie zur Urteilsverkündung mitzunehmen. Er hatte geahnt, dass es ein Fehler sein würde, aber es fiel ihm immer schwerer, ihr auch nur den kleinsten Gefallen zu versagen. Sie durfte nie erfahren, welche Macht sie über ihn besaß.

Inzwischen bebte sie wie Espenlaub. Er musste sie mehr tragen als führen. Widerstandslos ließ sie sich in seiner Kammer in einen Stuhl setzen. Aus weitaufgerissenen, vorwurfsvollen Augen erwiderte sie seinen Blick.
»Hast du nicht gesagt, man würde sie nicht foltern? Ihre körperliche Unversehrtheit respektieren?«
»Sie haben sie nur geschoren. Das Haar wächst nach. Von Folter kann keine Rede sein.«
»Und was ist mit Jeannes Wunde im Gesicht? Kann man denn gar nichts tun? Ich kann keinen klaren Gedanken fassen. In meinem Kopf dreht sich alles.«
Ihr verzweifelter Aufschrei erschütterte Adrien noch mehr. Was war aus dem unbeschwerten Mädchen geworden, das er nach Paris gebracht hatte?
»Ich kann so wenig helfen wie du«, gab er schließlich zu und verschränkte die Hände im Rücken, um nicht in Versuchung zu kommen, ihr die Tränen zu trocknen, was sie womöglich zusätzlich verwirrt hätte. »Lass uns gemeinsam überlegen, welche Möglichkeiten uns einfallen, ihr beizustehen. Ich fürchte nur, es sind nicht sehr viele.«
Schweigen senkte sich über den Raum.
»Dann ist es also vorbei.«
Séverines erstickte Bemerkung brachte die lastende Stille ins Bewusstsein. Ihre Tränenflut war versiegt, aber sie hatte Spuren in ihrem Gesicht hinterlassen. Sie protestierte nicht länger leidenschaftlich, sondern bemühte sich um logische Schlüsse.
»Der König ist die höchste Instanz der Rechtsprechung. Mit der Vernichtung der Templer hat er gezeigt, dass sich sogar der Heilige Vater seinem Willen unterwerfen muss. Niemand kann gegen den königlichen Willen etwas für

Jeanne tun. Das Urteil verbannt sie und beendet ihr Leben ebenso wie das ihrer Schwester und Base. Der Makel des Ehebruchs, ob bewiesen oder nicht, wird für immer an ihr haften. Wie ungerecht das doch ist.«

Séverines Zusammenfassung der Lage war nüchtern, aber die leidenschaftliche Anklage in ihrer Stimme, ließ Adrien eine Warnung anfügen.

»Wir müssen es hinnehmen.«

»Wieso nur musste alles so kommen?«

Séverine wusste um die Sinnlosigkeit dieser Frage, aber etwas tief in ihr wollte nicht stumm bleiben. Die Worte brachen aus ihr heraus.

»Sage mir, warum ich das hier alles auf mich nehmen muss. Warum musste ich Faucheville verlassen? Warum hast du mich zu Jeanne gebracht? Es muss etwas mit meiner Herkunft zu tun haben. Mit meinem Vater, dessen Namen du mir beharrlich vorenthältst. Eine andere Erklärung kann ich nicht finden. Wer sind meine Eltern? Nenn mir ihre Namen. Wenigstens diese Aufklärung schuldest du mir.«

Adrien zog den Kopf ein. Séverine hatte natürlich recht. Er schuldete ihr diese Auskunft, darin stimmte er ihr zu. Wie sollte sie sonst das volle Ausmaß der Schwierigkeiten begreifen, in denen sie sich befand. Aber den Eid zu brechen, den er, geschmeichelt von dem Vertrauen, das ihm sein Vater damals entgegengebracht hatte, auf die Bibel geschworen hatte, fiel ihm dennoch schwer.

Séverine verfolgte seinen inneren Kampf. Dieses Mal würde sie nicht locker lassen, sich nicht mit einer belanglosen Auskunft abspeisen lassen. Impulsiv sprang sie von ihrem Stuhl auf.

»Sprich!« forderte sie heftig. Sie fühlte, dass er ihr in diesem

Augenblick auf seltsame Weise unterlegen war. »Dein Schweigen ist Verrat an mir. Du hast mir, seit ich Faucheville verlassen musste, nur Kummer beschert, statt mir, wie versprochen, Schutz zu gewähren. Meinst du nicht, es ist an der Zeit, endlich die Wahrheit zu sagen?«
»Ich habe geschworen, zu schweigen.«
»Wem? Etwa deinem Vater? Oder gar dem König?« Ihr war klar, dass es eine mächtige Person sein musste, wenn er sogar jetzt noch zögerte. Sie reckte das Kinn und hielt seinen Blick fest. »Sind sie daran schuld, dass ich mich fragen muss, wer ich in Wirklichkeit bin?«
»Nein. Ich bin mir sicher, dass Mahaut die Schuldige ist.«
Im ersten Augenblick reagierte Séverine nicht auf den Namen. Doch dann – sie musste sich vergewissern – fragte sie: »Mahaut? Mahaut von Artois? Was hat sie mit mir, was soll ich mit ihr zu tun haben?«
»Ihr hast du deine Ähnlichkeit mit Jeanne zu verdanken.«
»Ihr? Wieso ihr? Marguerite verdächtigte doch den Pfalzgrafen von Burgund, mein Vater zu sein.«
»Das ist er. Seine ihm angetraute Ehefrau, Mahaut, hat auch dich zur Welt gebracht.«
Séverine hatte Ungeheuerliches an diesem Tag erlebt. Sie hätte nicht gedacht, dass es etwas vergleichbar Ungeheuerliches überhaupt geben könnte. Welcher Irrtum! Wie vor den Kopf geschlagen, versuchte sie Fassung zu bewahren. Mahaut von Artois ihre Mutter?
»Dann … dann wäre ja Jeanne meine Schwester, und Blanche auch«, stammelte sie fassungslos. »Das kann ich … trotz aller Ähnlichkeit …«
»Du musst mir glauben. Du bist am Martinstag des Jahres 1297 in Dourdan zur Welt gekommen. Man hat behauptet,

Lise, Mahauts Kammerfrau und Loups Frau, wäre deine Mutter. Aber das stimmt nicht. Mahaut hat dich geboren.«
Adrien ließ ihr Zeit, sich zu sammeln. Stumm sah er zu, wie sie sich grübelnd auf den nächsten Hocker fallen ließ. Er musste nicht lange auf die nächsten Fragen warten.
»Wie komme ich nach Faucheville, wenn ich in Wirklichkeit die dritte Tochter des Pfalzgrafen von Burgund bin? Wer hat mich zu einem Dasein als Loup Gasnays Tochter verurteilt?« Sie stieß einen unwilligen Laut aus und gab sich die Antwort selbst. »Auch das war Mahaut, nicht wahr? Nur sie kann einem Menschen so etwas antun. Was hat sie dazu veranlasst? Warum hat sie mich verstoßen? Welcher Makel belastet meine Geburt?«
»Der Makel, eine Frau zu sein.«
»Sie ist selbst eine Frau. Es ist einfach nicht zu fassen«, gab Séverine zurück.
»Ihr Mann hoffte sehnsüchtig auf einen Erben. Sie wusste, dass es ihre höchste Pflicht war, diesen Erben zur Welt zu bringen. Frauen, die nur Töchter gebären, sind unwert. Man schiebt sie in ein Kloster ab, annulliert die Ehen mit ihnen. Du erlebst doch Tag für Tag, unter welchem Druck Jeanne und die beiden anderen stehen. Das ganze Königreich wartet auf ihre Söhne. Nur Söhne zählen. Mahaut wollte in keinem Fall abgeschoben werden.«
»Das mag sein, aber wie herzlos muss eine Mutter sein, die ihr eigenes Kind verstößt. Was kann eine Frau dazu bringen?«
»Ehrgeiz, Machtgier, Angst.«
Seine knappe Antwort entlockte ihr ein verächtliches Schnauben.
»Angst? Mahaut verbreitet Angst, aber sie verspürt keine.

Bei dem Gedanken, sie zur Mutter zu haben, wird mir übel, aber vermutlich muss ich dankbar dafür sein, dass sie mein Leben verschont hat. Woher nahm Mahaut den Sohn, der meinen Platz …«

Loups Vorwürfe schossen ihr durch den Kopf. Plötzliches Begreifen ließ sie verstummen. Mit einem Schlag konnte sie seine Trunksucht, sein Elend und seine Abneigung nachfühlen. Der Sohn, der durch seine betrunkenen Phantasien geisterte, war ihm tatsächlich genommen worden.

»Ich sehe, du verstehst.« Adrien fühlte sich nicht wohl dabei, Mahaut zu verteidigen, und doch fand er es wichtig, Séverine ihr Verhalten zu erklären. »Ich kann dir nicht sagen, wie es Mahaut gelungen ist, dich mit dem Sohn ihrer Kammerfrau zu vertauschen, aber es kam nie der Verdacht auf, dass damals nicht alles mit rechten Dingen zugegangen sei. Umso mehr, als der Knabe, den sie erfolgreich als den ihren ausgegeben hat, den darauffolgenden Winter nicht überlebte. Du solltest unter dem Schutz meines Vaters, in Faucheville, als Tochter von Loup und seiner Frau aufwachsen.«

»Aber die starb doch angeblich bei meiner Geburt … ich meine, bei seiner Geburt … das alles macht mich ganz wirr.« Séverine rieb sich die Stirn. »Ich wollte dich nicht unterbrechen, sprich weiter.«

»Die Amme die dich nährte, erwähnte, dass deine Mutter Tage nach deiner Geburt am Kindbettfieber gestorben ist. Genaueres werden wir wohl nie in Erfahrung bringen. Mahaut hat ihr Bestes getan, die Umstände der Tat zu verschleiern. Mein Vater zählt zu ihren ergebensten Gefolgsleuten. Ihm konnte sie damals wie heute bedingungslos vertrauen. Sie hat alles Weitere ihm überlassen.«

»Mahaut von Artois meine Mutter, ein fürchterlicher Gedanke …«

Séverine musste es noch einmal aussprechen, um die unfassbare Tatsache zu begreifen. Das Gefühl tiefer Abneigung, das sie schon bei der ersten Begegnung für diese Frau empfunden hatte, erwachte neu aus dem Unterbewusstsein.

»Wusste deine Mutter davon?«

Die Vorstellung, dass die einzige Frau, die ihr je so etwas wie mütterliche Liebe entgegengebracht hatte, in den Betrug eingeweiht gewesen sein sollte, wühlte Séverine zusätzlich auf.

Sie war sichtlich erleichtert, als Adrien seine Mutter von dem Verdacht freisprach.

»Nur Loup und mein Vater wissen wirklich, was genau in Dourdan passiert ist. Ich selbst bin auf Vermutungen angewiesen, aber deine unverkennbare Ähnlichkeit mit Jeanne hat meine letzten Zweifel beseitigt. Du bist Mahauts und nicht Loups Tochter.«

»Diese Frau ist ein Ungeheuer.« Séverine widerstrebte es, noch einmal Mahauts Namen zu nennen. »Ich will nichts mit ihr zu schaffen haben. Niemals. Warum hast du mich nicht eine ahnungslose Stallmagd bleiben lassen? Ich war glücklich.«

Es war zu viel. Schluchzend klammerte Séverine sich an Adrien.

»Bring mich fort«, hörte er sie murmeln. »Egal wohin, nur fort. Ich kann nicht hier bleiben. Ich will nichts mit ihnen allen zu tun haben.«

Erschüttert strich er über ihren Rücken. Er hatte das Beste für sie gewollt und das Schlimmste damit heraufbeschwo-

ren. Ihr durfte nichts geschehen, sonst würde er seines eigenen Lebens nicht mehr froh werden.
Sie musste fort. Nur – wohin sollte er sie bringen? Wo gab es Sicherheit für Mahauts unerwünschte Tochter?

* * *

»Das soll eine Mahlzeit sein?«
Die Nonne, die das Essen gebracht hatte, war sofort wieder verschwunden. Blanche betrachtete voll Entsetzen das Servierbrett. Drei Scheiben altbackenes Brot, eine Schale mit dünner Graupensuppe und ein Krug Wasser befanden sich darauf.
»Das *ist* eine Mahlzeit«, entgegnete Marguerite nüchtern. Sie brach ein Stück Brot ab, tauchte es in die Suppe und schob es in den Mund. Sie aß es mit Todesverachtung.
»Greift zu«, forderte sie auch die beiden anderen auf. »Wer weiß, wann wir wieder zu essen bekommen. Nach der Urteilsverkündung konnten wir kaum mit gezuckerten Mandeln und Zimtpudding rechnen.«
»Wie kannst du nur so gelassen bleiben?«, lamentierte Blanche.
»Jammern und Klagen hilft uns auch nicht weiter«, antwortete Marguerite. »Teile dir deine Kräfte ein. Du wirst sie brauchen. Unser Urteil ist erbarmungslos, aber es lässt Raum für Hoffnung. Jede Verbannung kann auch wieder aufgehoben werden.«
Jeanne teilte weder die Spekulationen, noch aß sie. Entsetzen und Übelkeit verschnürten ihr den Magen. Der bloße Gedanke an Nahrung widerstrebte ihr. Die ganze Zeit musste sie an ihre Kinder denken.

Was würde aus ihnen werden? Der König hatte kein Wort über ihr Schicksal oder das von Marguerites Tochter verloren. Konnte sie auf Philippe bauen? Würde er seinen Töchtern die Fehler der Mutter anlasten? Im Kapitelsaal, an der Seite seines Vaters, hatte er nur einen einzigen, düsteren Blick für sie gehabt.

»Ich soll Euch in die Kapelle begleiten, Madame.«

Jeanne fuhr aus ihren Grübeleien und starrte Schwester Bertrada an. Sie hatte Mutter Geneviève abgelöst. Die Zisterzienserin, deren kompakte Gestalt und breite Hände ihre bäuerliche Herkunft verrieten, stand vor ihr und wartete gelassen darauf, dass sie sich erhob.

»Warum soll nur Jeanne in die Kapelle kommen?«, mischte Blanche sich ein. »Was ist mit uns?«

»Weder der König von Navarra noch der Graf von Marche haben den Wunsch geäußert, Abschied von ihren Ehefrauen zu nehmen, Madame. Allein der Graf von Poitiers wünscht seine Frau in der Kapelle unter vier Augen zu sprechen.«

Abschied von Philippe. Jeanne brachte kaum die Entschlossenheit auf, sich zu erheben.

Müde sammelte sie ihre schwindenden Kräfte. Die schlaflose Nacht und der schlimme Tag, die hinter ihr lagen, forderten Tribut. Sie zog fröstelnd das weite Nonnenkleid enger um ihren Körper. Musste sie wirklich so vor Philippe treten? Geschoren, im groben Büßergewand?

Blanche suchte ihre eiskalten Hände.

»Sprich auch für mich, Jeanne. Philippe muss sich bei Charles für mich verwenden. Er muss mir helfen. Er darf nicht zulassen, dass wir verbannt werden. Er muss nach Mutter schicken. Mutter wird uns helfen. Wo steckt sie nur? Wir brauchen sie.«

»Du weißt, dass sie bei unserem kranken Bruder ist.«
Jeannes Antwort klang hohl. Blanche entging es, für sie zählte nur das eigene Befinden.
»Charles liebt mich, er hat es mir tausendmal geschworen. Philippe darf nicht zulassen, dass er unter Louis' Einfluss gerät, hörst du? Louis hetzt ihn gegen mich auf. Nur der Zänker ist schuld daran, dass wir so behandelt werden.«
Ausnahmsweise brachte auch Jeanne weder Verständnis noch Mitleid für Blanches törichtes Verhalten auf. Sie befreite sich gewaltsam aus ihrem Griff und folgte der Nonne. Die Aussicht, etwas über ihre Kinder zu erfahren, war ihr wichtiger als Blanche. Sie beschleunigte ihre Schritte.
Philippe stand vor dem Altar, unweit jener Stufen, auf denen sie in der vergangenen Nacht so verzweifelt gebetet hatte. Sie wagte erst näher zu treten, als Schwester Bertrada die Kapelle verließ. Erschüttert standen sie sich gegenüber.
Jeanne war zu aufgewühlt, um die Form zu wahren. Sie griff ohne Nachdenken zum vertrauten Du, das sie nur unter vier Augen gebrauchten.
»Ich hätte mich dir schon anvertrauen sollen, als ich nur Vermutungen hatte. Dein Vater verurteilt mich zu Recht. Ich habe meine Pflicht versäumt. Deinen Zorn und Unmut verdiene ich.«
Es war Philippe nicht gegeben, seine innersten Gefühle auszudrücken. Alles drängte ihn danach, Jeanne einfach in die Arme zu nehmen, aber ihre äußere Erscheinung war ihm so fremd geworden, dass er es nicht wagte. Nahezu verlegen beschränkte er sich auf Beteuerungen.
»Zorn empfinde ich nur für Blanche und Marguerite. Auch für mich selbst. Es ist mir nicht gelungen, unseren Vater von deiner Unschuld zu überzeugen. Aber noch ist nicht alles

verloren. Wir müssen ihm Zeit lassen. Sei gewiss, dass ich erst aufgeben werde, wenn er dich begnadigt hat.«

»Du glaubst mir, dass ich unschuldig bin.«

Jeannes Augen begannen zu brennen. Dass Philippe ihr aus eigenem Antrieb sein Vertrauen aussprach, erschütterte ihre Selbstbeherrschung.

»Denkst du, ich habe vergessen, dass du mich um ein vertrauliches Gespräch gebeten hast? Ich wünschte, ich hätte dich nicht ein ums andere Mal vertröstet.»

Unglücklich starrten sie sich an.

»Was wird aus unseren Kindern?«, fragte Jeanne schließlich leise. »Was tut der König ihnen an?«

»Nichts natürlich. Wo denkst du hin? Es sind unsere Töchter, Prinzessinnen aus königlichem Hause. Ich bin ihr Vater, und ich trage Sorge für ihr Wohlergehen. Wie kommst du darauf, dass ihnen Gefahr droht?«

Jeanne atmete tief durch.

»Sie werden nicht verstehen, warum ich nicht mehr nach Hause komme. Sie sind noch zu klein. Aber sie werden mich vermissen. Du musst ihnen sagen …«

Jeanne brach hilflos ab. Was sollte Philippe ihnen sagen? Wie konnte er den Kindern verständlich machen, was geschehen war?

»Ich werde ihnen versprechen, dass ihre Mutter bald zurückkommen wird. Dass sie nur für eine kurze Zeit fort musste, und dass sie jeden Tag an sie denkt, für sie betet und sie inniglich liebt.«

Jeanne konnte die Tränen nicht länger unterdrücken. »Jacquemine wird sie für mich in die Arme nehmen und trösten. Versprich mir, dass du ihr die Aufsicht über die Kinderstube lässt. Nimm den Mädchen nicht die vertraute Person.«

»Warum sollte ich das ohne Not tun? Aber glaubst du, dass sie in ihrem Alter drei so quirlige kleine Mädchen noch beaufsichtigen und lenken kann? Wird sie ihnen unbeschwert und heiter begegnen, wenn sie erfährt, was in Pontoise mit dir geschehen ist? Was meinst du? Gibt es unter deinen Damen nicht eine jüngere, energische Person, der du ebenfalls vertraust?«

»Séverine.« Jeanne musste nicht lange überlegen. »Meine Ehrendame Séverine Gasnay soll ihr dabei zur Hand gehen. Sorgst du dafür, dass Adrien Flavy sie sicher nach Paris bringt? Gewähre ihr deinen Schutz. Sie hat ein gutes Herz und die nötige feste Hand, um den Übermut unserer Mädchen zu zähmen. Ach, wie sehr ich mir wünsche, ich könnte meine Kleinen wenigstens noch einmal in die Arme schließen.«

Jeanne schwankte. Philippe vergaß alle Bedenken und nahm sie schützend in den Arm. Unter der groben Büßerkutte fühlte sie sich zerbrechlich und dünn an. Es brach ihm fast das Herz. Was hatte sein Vater aus seiner Frau gemacht? Nein, nicht sein Vater. Marguerite und Blanche waren die wahren Schuldigen. Er verwünschte sie.

»Ich werde bis zum Letzten gehen, um deine Freiheit zu erwirken. Das schwöre ich. Und du musst kämpfen und dafür Sorge tragen, dass du gesund bleibst.«

»Meine Freiheit ...«, wiederholte Jeanne matt. »Glaubst du wirklich daran?«

»Sobald meine Schwester nach England abgereist ist, ja. Isabelle ist die treibende Kraft hinter unserem Vater. Er liebt sie, aber sie kann ihm nie verzeihen, dass er sie mit Edward Plantagenet verheiratet und nach England geschickt hat. Sie neidet uns jedes noch so kleine Quentchen Glück, weil sie selbst hoffnungslos unglücklich ist und keinen Ausweg sieht. Erst wenn Isabelle nicht mehr direkten Einfluss auf unseren Vater nehmen kann, ist es möglich, an sein Herz zu appellieren. Bis dahin müssen wir Geduld haben.«

»Wo wird mein Kerker sein?«, fragte Jeanne mit einem Funken Hoffnung in der Stimme.

»Ich kann es dir nicht sagen. Sicher scheint nur, dass er in einer Festung weit entfernt von Paris sein wird. Am Tag der Hinrichtung der Brüder Aunay sollt ihr aufbrechen.«

»Wann wird das sein? Ich würde viel darum geben, es nicht mit ansehen zu müssen. Die Bilder werden mich bis an mein Lebensende verfolgen.«

Philippe gab keine Antwort. Jeanne begriff, dass sie ihn nur quälte. Sie trat aus der Umarmung zurück, obwohl sie auf der Stelle seine Wärme schmerzlich vermisste.

»Ich würde Séverine gerne noch einmal sprechen, meinst du, es ist möglich? Es würde mich beruhigen, wenn ich ihr persönlich erklären könnte, worauf sie bei unseren Töchtern achten muss.«

Erleichtert, ihr wenigstens einen Wunsch erfüllen zu können, nickte Philippe sofort. »Ich will mein Möglichstes tun. Wo finde ich sie? Bei den Damen deines Hofstaates?«

»Eher bei Adrien Flavy. Sie ist ein Mündel seines Vaters, und er hat sie meiner Obhut anvertraut. Vermutlich hat sie sich in diesen schlimmen Stunden an ihn gewandt. Frage deinen Ritter nach ihr.«

»Das werde ich tun. Übrigens: Diese Séverine gleicht dir so augenfällig. Gibt es da irgendein Geheimnis, das ich nicht kenne?«

»Wenn, dann ist es eines, das auch mir bisher verborgen ge-

blieben ist«, seufzte Jeanne. »Ich habe auf Adrien vertraut, der mir geschworen hat, sie sei von makelloser Herkunft.«
Es war nicht der richtige Moment, das Herz auf der Zunge zu tragen, doch Abschiedsworte mussten gefunden werden. Philippes hagere Züge wirkten entstellt. Jeanne kannte ihn, in ihm tobte ein wilder Kampf.
»Ich werde dich schmerzlich vermissen«, hörte sie ihn kaum vernehmbar murmeln. »Gott schütze dich. Vertraue mir und auf den Herrn.«
Er küsste ihr die kühle Stirn und verließ fluchtartig die Kapelle.
Jeanne sah ihm regungslos nach, ehe sie stumm den Gekreuzigten über dem Altar anblickte. Kein Gebet kam über ihre Lippen.

Neuntes Kapitel

Der Morgennebel stieg in Schwaden über der Stadt auf. Schaulustige sammelten sich um die hölzerne Plattform, die am Nachmittag zuvor in aller Eile auf dem Marktplatz von Pontoise errichtet worden war. Dass Edelmänner von Rang hingerichtet werden sollten, hatte sich in Windeseile herumgesprochen.

Mehr Bauern als sonst brachten ihre Waren in die Stadt und blieben zum Gaffen. Handwerker, Knechte, Fuhrleute und Hausfrauen ließen ihre Arbeit ruhen. Die ganze Stadt strömte zum Hauptplatz. Für den königlichen Hof waren dort Bänke aufgestellt, und für das engste Gefolge ihrer Majestät eine Tribüne errichtet worden.

Die Plätze auf dem königlichen Podest waren mit Stoff verkleidet und mit Kissen ausgelegt. Für einen schattenspendenden Baldachin hatte die Zeit indes nicht mehr gereicht. Schon wärmten erste Sonnenstrahlen die Köpfe. Eine fieberhafte Anspannung machte sich unter der Menge breit.

Die gemeinen Neugierigen beobachteten befremdet, wie die hohen Herrschaften in absoluter Schweigsamkeit ihre Plätze einnahmen. Die Stille war ansteckend, hielt sich unter dem Volk jedoch nicht lange. Schon bald wurden Zoten ge-

rissen, eindeutige Gesten gemacht, und höhnisches Gelächter quittierte die schlechten Scherze.
Mit fassungslosem Staunen beobachtete Séverine, dass sich sogar Kinder bis an die Stufen des Gerüstes drängten, wo der Henker mit seinen Gehilfen reglos wartete.
Der Marktplatz von Pontoise war inzwischen schwarz vor Menschen. Ungeduldig warteten sie auf das Eintreffen der Hauptpersonen. Hausierer, Bäckerburschen mit Tabletts voller kleiner Kuchen, Mädchen mit gebundenen Veilchensträußen und Pastetenverkäufer drängten sich durch das Gewimmel und boten ihre Waren an.
Julien war es gelungen, ein Fenster im ersten Stock eines schmalen Fachwerkhauses für seinen Herrn und Séverine zu mieten. So konnten sie alles übersehen.
»Ich weiß, dass ich Jeanne nicht helfen kann. Aber ich möchte in ihrer Nähe sein«, hatte Séverine nach einer schlaflosen Nacht erklärt. »Alles in mir verlangt danach, ihr beizustehen. Vielleicht sieht sie mich, und es tröstet sie, dass ich mit ihr leide.«
Dem konnte Adrien schwer widersprechen.
In der guten Stube des Fassmacher-Hauses drängten sich die Neugierigen mittlerweile ebenso dicht wie auf dem Platz zu ihren Füßen. Adriens breiter Rücken schützte Séverine und hielt die anderen Zuschauer auf Distanz.
»Sie kommen! Sie kommen!«
Über das allgemeine Brausen der Menschenmenge hinweg flogen erste verständliche Rufe. Alle Köpfe wandten sich der Straße zu, die vom flusswärts gelegenen Stadttor zum Marktplatz führte. Mehrere Dutzend Reiter und Bewaffnete flankierten eine schwarzverhängte offene Karre. Auf dem quergelegten Sitzbrett saßen Jeanne, Marguerite und Blanche

im Nonnengewand. Die Hauptleute kommandierten die Männer, die die Menge zurückdrängten und den Wagen neben der königlichen Tribüne zum Stehen brachten.

Séverine beugte sich so weit aus dem Fenster, dass Adrien sie besorgt festhielt.

Jeanne und Marguerite hatten Blanche in die Mitte genommen. Sie sahen scheinbar reglos über die Köpfe der Gaffer hinweg. Einige wurden inzwischen fast erdrückt im Gewühl. Jeder wollte einen Blick auf die Prinzessinnen erhaschen.

»Seht nur, die Ehebrecherinnen!«

»Dirnen! Huren!«

»Hängt sie mit auf!«

Das ohrenbetäubende Geschrei fing sich an den Hauswänden und brandete nach oben, so dass Séverine erschrocken zurücktrat.

»Hör nicht hin«, vernahm sie Adriens Worte neben ihrem Ohr. »Der Pöbel stachelt sich gegenseitig auf.«

Sie nickte wortlos. Wenn Jeanne, mit geradem Rücken und konzentriert in die Ferne gerichtetem Blick, dies alles ertragen konnte, dann musste sie sich ein Beispiel an ihr nehmen. Ihre große Schwester. Woher nahmen die Weiber dort unten das Recht, mit den Fingern auf sie zu zeigen und sie eine Ehebrecherin zu nennen?

»Die Aunays. Seht nur, sie bringen die Brüder Aunay.«

Julien hatte eine zweite Karre ausgemacht, die auf das Gerüst mit den beiden Galgen zuratterte. Zwei erbarmungswürdige Gestalten waren an die Seitenwände des Gefährts gefesselt. Die Hanfstricke dienten weniger dem Zweck, sie zu binden, als sie aufrecht zu halten. Der Anblick der Männer versetzte die Menge in fiebrige Erregung. Die Tatsache,

dass sich der König nicht scheute, auch seinesgleichen dem Gericht auszuliefern, entschädigte seine Untertanen in diesem Augenblick für viele Ungerechtigkeiten, die ihnen in seinem Namen zugefügt worden waren.
Gautier und Philippe Aunay mochten den Tod verdienen. Die mörderischen Folterungen jedoch waren in Séverines Augen gotteslästerlich. Sie war entsetzt, dass es Menschen gab, denen diese Brutalität Genugtuung verschaffte.
»Die armen Teufel«, murmelte auch Adrien, als man die beiden aus dem Karren die Plattform hinaufzerrte.
Philippe Aunay stolperte, als er die Folterinstrumente des Henkers, säuberlich nebeneinander ausgerichtet, entdeckte. Dahinter ragten zwei riesige Räder empor. Die Lederriemen, die dazu dienten, die Opfer darauf festzuzurren, schwangen unheilvoll im Wind. Hysterie verbreitete sich unter den Zuschauern. Erste Schreie nach Blut wurden laut.
»Gott erbarme sich ihrer sündigen Seelen«, hauchte Séverine und bekreuzigte sich.
Sie sah, dass Jeanne die gleiche Bewegung machte. Blanches Schultern bebten erkennbar. Marguerite saß straff aufgerichtet, reglos. Ob sie sich an ihre Kammerfrau erinnerte, die sie in den Tod geschickt hatte? An ihre leichtsinnige Bemerkung, wie sehr sie es liebe, Hinrichtungen beizuwohnen? An Philippe Aunays Klage darüber, dass in diesen Zeiten aus jeder Hinrichtung ein Spektakel gemacht wurde?
Der Mönch, der die beiden Verurteilten zum Henker geleitet hatte, trat zurück und verließ die Hinrichtungsstätte. Der Scharfrichter nickte seinen Gehilfen zu, worauf die Männer den Verurteilten die besudelten Kleider abnahmen. Nackt und bloß setzten sie Gautier und Philippe dem Spott

der Menge aus. Ihre Körper zeigten Spuren des Verhörs, obwohl man sie gewaschen und ihre Wunden versorgt hatte. Sie sollten dem Henker in einer Verfassung überstellt werden, die darauf hoffen ließ, dass sie ihre Qualen möglichst lange erlebten. Schon wurden auf dem Platz Wetten abgeschlossen, wie lange sie wohl durchhalten würden.

»Sieh nicht hin«, befahl Adrien, als die Folterknechte Philippe als Ersten packten. »Schließ die Augen.«

Séverine sah nach Jeanne, die ihren Blick gesenkt hatte und Blanche stützte. Ihre gemeinsame Schwester hatte den einzig möglichen Weg gefunden, sich zu entziehen. Sie war ohnmächtig geworden. Marguerite trug ein eingefrorenes, schreckliches Lächeln auf den Lippen.

Ein dumpfes Krachen, gefolgt von einem schier unmenschlichen Aufschrei, ließ sie allerdings erkennbar zusammenzucken. Die Henkersknechte begannen ihre Arbeit damit, den Brüdern die Glieder zu brechen, damit sie sie auf das Rad flechten konnten. Das Heulen der Menge steigerte sich zu infernalischer Lautstärke.

Das blutige Geschäft der Schergen nahm mit der Häutung der Verurteilten seinen Lauf. Ihre Schreie waren verstummt, was darauf schließen ließ, dass sie in eine gnädige Ohnmacht gesunken waren. Séverine hatte längst die Augen geschlossen. Sie wollte nicht sehen, wie ihnen mit eisernen Haken die Haut in Fetzen vom Leibe gerissen wurde.

»Ist es nicht bald zu Ende?«, fragte sie ängstlich, ihre Lider zuckten.

Ein schneller Blick auf die Szenerie warnte Adrien. Er wusste, was folgen würde. Er umfasste Séverine und drehte sie mit dem Rücken zum Fenster. Eimer voll Flusswasser spülten das Blut von den Holzplanken und sollten Philippe und

Gautier noch einmal zu sich kommen lassen. Séverine sollte weder die blinkenden Messer noch die eisernen Zangen erspähen, und schon gar nicht, was die Schergen nun damit taten.

Das Rasen des Pöbels übertönte barmherzig alle weiteren Schreie und Geräusche. Das Gesicht in Adriens Wams vergraben sandte Séverine ihre Gedanken zu Jeanne.

Halte durch, Schwester. Gott schenke dir die Kraft, diese Stunden zu überstehen, und die Gnade, sie irgendwann vergessen zu können.

»Komm«, drängte Adrien schließlich und zog sie vom Fenster weg. »Es genügt. Du musst nicht Zeuge werden, wie sie gehängt werden. Der Gerechtigkeit ist Genüge getan, und vielleicht findet sich nun auch unser König bereit, die Prozedur abzubrechen.«

»Aber Jeanne …«, protestierte Séverine mit letzter Kraft. Sie war einer Ohnmacht nahe und kaum mehr fähig, sich auf den Beinen zu halten.

»Du hilfst ihr nicht, indem du an die Grenzen deiner eigenen Leidensfähigkeit gehst, Séverine. Lass dich in Sicherheit bringen.«

»Und Jeanne? Werde ich sie noch einmal sehen, ehe sie in die Verbannung geschickt wird?«

Adrien verneinte. »Du weißt, dass du dein Wissen ohnehin mit niemandem teilen darfst, auch nicht mit Jeanne. Die Gefahr, dass Mahaut davon erfährt, ist zu groß. Die Folgen wären unabsehbar. Sie kann nicht zulassen, dass ihre ungeheuerliche Tat nach so vielen Jahren ans Licht kommt. Dein Leben wäre in Gefahr.«

Er hasste es, ihre Ängste zu schüren, aber nur Angst hielt sie hoffentlich von unüberlegten Handlungen ab. Die Art, wie

sie ergeben den Kopf neigte und schwieg, bestätigte es. Dass es ihm in der Seele weh tat, sie so mutlos und niedergedrückt zu sehen, behielt er für sich.
Er musste sie so schnell wie möglich aus Pontoise fortbringen.

* * *

»Adrien. Gut, dich zu treffen. Ich wollte eben nach dir schicken lassen.«
»*Mon Seigneur.*«
Ein einziger Blick zeigte Adrien, dass sein Lehnsherr und Freund in einer fürchterlichen Verfassung war.
»Begleite mich«, forderte Philippe ihn ohne weitere Umschweife auf. »Wir müssen dringend miteinander reden. Weißt du einen Platz, an dem wir nicht belauscht werden können?«
»Bei meinem Streitross. Mars ist aus der Zucht von Faucheville. Er duldet außer Julien und mir niemanden in seiner Nähe. Der Stallmeister hat ihm am äußersten Ende der königlichen Stallungen einen Platz eingeräumt.«
»Dann lass uns dorthin gehen. Du warst Zeuge der Hinrichtung?«
»Wie es der König für alle befohlen hat.«
Adrien antwortete voller Zurückhaltung. Bislang hatte Philippe mit keinem über die Katastrophe gesprochen, die Jeanne ins Verderben gerissen hatte. Dass er sich nun an ihn wandte, konnte sowohl ein Zeichen besonderen Vertrauens wie auch eines von Verzweiflung sein. Seine nächsten Worte wiesen eher auf Letzteres hin.
»Ich habe alles versucht, den König von der Unschuld mei-

ner Frau zu überzeugen. Es ist mir nicht gelungen. Isabelle hat zu viel Einfluss. Bei ihr mischen sich Tochterliebe, persönlicher Hass und politische Ziele zu einem üblen Gebräu. Ich zähle die Tage bis zu ihrer Abreise. Ich hätte nie gedacht, dass ich einmal so von ihr sprechen würde. England hat sie fruchtbar verändert. Sie ist verbittert und rachsüchtig gegen jedermann.«

Der schwarze Hengst schnaubte freudig, als er seinen Herrn erkannte. Den Kopf über das geschlossene Gatter senkend, nahm er die gewohnte Liebkosung des Nasensteges entgegen. Philippe hielt Abstand. Das nervöse Spiel der Pferdeohren warnte ihn davor, näher zu treten.

»Mir sind die Hände gebunden, Adrien. Ich kann es kaum ertragen, die Mutter meiner Kinder so leiden zu sehen. Ich habe schließlich vor Gott geschworen, sie vor allem Kummer zu bewahren.«

Philippe hatte Adriens ganzes Mitgefühl. Dennoch behielt er seine Empfindungen für sich.

»Seid Ihr wirklich der einzige Fürsprecher Jeannes?« Er wählte die höfische Anrede, obwohl das freundschaftliche Du seit Knabenzeiten zwischen ihnen in Gebrauch war. »Wo ist eigentlich ihre Mutter? Mahaut von Artois kann doch nicht widerspruchslos zusehen, wie zwei ihrer Töchter in aller Öffentlichkeit gedemütigt und verurteilt werden. Nach dem Tod der Königin hat sie an Einfluss gewonnen. Auf sie würde der König sicher hören.«

»Ihr endloser Streit mit Robert von Artois hat sie diesen Einfluss gekostet. Es ist ihr zwar gelungen, den angeheirateten Neffen zum Bastard zu erklären und ihm das Erbe seines Vaters zu nehmen, aber der Ritter ist kein Dummkopf. Mahauts kühne Behauptung, ihr Schwager, sein verstorbener Vater, sei mit seiner Gemahlin nie verheiratet gewesen, ist ebenso wenig nachprüfbar wie das Gegenteil. Der König fand sich zwar bereit, Mahauts Rechtsanspruch auf die Provinz Artois aus diesem Grund zu bestätigen, aber nur, weil sie ihm als Mutter zweier Schwiegertöchter nahesteht. Inzwischen arbeitet Artois mit allen Mitteln daran, seine Feindin Mahaut in Verruf zu bringen«, erklärte Philippe. »Er gibt sich als freundlicher Bär, aber in Wirklichkeit brennt er vor Zorn darüber, dass sie seine ehrenhafte Geburt öffentlich bestritten hat.«

»Wundert Euch das?«, warf Adrien ein. »Kein Mann lässt sich gern als Bastard beschimpfen und von der eigenen Verwandtschaft um das Erbe bringen.«

»Wie dem auch sei«, winkte Philippe ab. »Inzwischen ist Artois' Position beim König, trotz seiner zweifelhaften Geburt, die eines hochangesehenen Ritters. Unser Vater braucht Männer wie ihn. Kampfgestählte Draufgänger. Auf Jünglinge von zarter Gesundheit, wie meinen Schwager Robert, den Pfalzgrafen von Burgund, kann er nicht bauen. Mahauts Stern ist im Sinken begriffen, vielleicht ist sie deswegen noch nicht in Pontoise erschienen. Ich bin sicher, dein Vater hat nicht versäumt, ihr auf der Stelle einen Kurier zu senden, als der Skandal ruchbar wurde. Oder hast du andere Informationen von ihm?«

»Ich habe mit meinem Vater noch kein Wort gewechselt, seit wir in Pontoise sind«, antwortete Adrien. Dass sein Verhältnis zu ihm nicht gut war, wusste Philippe ohnehin. Nicht zuletzt war das der Grund dafür, dass sie sich bereits im Pagenalter angefreundet hatten. Zwei Söhne übermächtiger Väter, die vergeblich um ihre Anerkennung kämpften.

»Es gibt Gerüchte, Robert von Artois habe meine Schwester mit den Informationen über die Ehebrecherinnen versorgt. Ich halte das für wahrscheinlich. Ihm ist jedes Mittel recht, meine Schwiegermutter zu erniedrigen und ihre Macht zu schmälern. Ihm ist es egal, wenn dabei auch Unschuldige ins Verderben gerissen werden. Er steht Mahaut in nichts nach.«
Adrien rief sich die eindrucksvolle Erscheinung Mahauts vor Augen. Über Jahrzehnte hatte er seinen Hass auf sie genährt. Nun stellte er fest, dass er verflogen war. Das Scheitern all ihrer Hoffnungen und Pläne musste für sie die schlimmste Strafe sein.
»Wenn Ihr Jeanne retten wollt, müsst Ihr dem König diesen Zusammenhang beweisen«, sagte Adrien schließlich.
»Beweisen?« Philippe lachte freudlos auf. »Beweise sind offensichtlich unwichtig in den Augen des Königs. Es gibt auch keine Beweise, dass Jeanne die Verfehlungen der beiden anderen wissend gebilligt hat. Dennoch wird sie in gleichem Maße bestraft. Mir sind die Hände gebunden. Ebenso ihrer Mutter.«
Adrien teilte seine Einschätzung der Lage. Sie waren machtlos. Séverine fiel ihm wieder ein, die auf ihn wartete. Was wollte Philippe von ihm?
»Worum möchtest du mich bitten?«, fragte er in freundschaftlicherem Ton.
»Du kennst mich gut.« Ein kaum sichtbares Lächeln entspannte Philippes Miene. »Eigentlich handelt es sich um eine Bitte Jeannes. Sie hat mir die Sorge um unsere Töchter ans Herz gelegt, die sie unter Jacquemines Obhut in Paris lassen musste. Ich bin auf der Suche nach einem Mitglied ihres Haushaltes. Séverine Gasnay. Jeanne möchte, dass sie

der alten Kinderfrau zur Hand geht. Sie sagte mir, dass du sicher wüsstest, wo sie steckt.«

Adrien konnte sein Erschrecken nur mühsam verbergen. Seit zwei Tagen tat er alles, um Séverines Existenz in Vergessenheit geraten zu lassen. Diese Bitte machte seine ganzen Bemühungen wieder zunichte.

»Séverine ist der Sorge unserer Familie anvertraut«, sagte er schließlich langsam. »Sie ist außer sich vor Kummer, denn auch sie hat Jeanne in ihr Herz geschlossen. Sie ist im Augenblick nicht fähig, ihr irgendwelche Dienste zu erweisen. Gleich welcher Art.«

»Ich habe Jeanne mein Wort gegeben, Adrien. Sie will für unsere Kinder vertraute Gesichter und Fürsorge. Dies ist nicht die Stunde für falsche Rücksichten. Was du mir als Bitte verweigerst, kann ich über einen Befehl erzwingen. Die Zeit drängt.«

Mars wieherte auf. Das sensible Tier spürte die unvermittelte Spannung zwischen den beiden Männern. Adrien klopfte ihm beruhigend den Hals, ehe er Philippe offen ins Gesicht sah.

»Was weißt du über Séverine Gasnay?«

»So gut wie nichts. Aber ich habe Augen im Kopf. Es handelt sich um das Mädchen, das ihr so verblüffend ähnlich sieht, nicht wahr? Jeanne ist kein Mensch, der anderen übereilt vertraut. Dass ausgerechnet Séverine ihr Herz so schnell gewonnen hat, muss mehr als einen Grund haben. Mir drängen sich die abenteuerlichsten Vermutungen auf.«

»Die Wahrheit übertrifft sie alle«, sagte Adrien trocken.

»Behalte sie für dich«, wehrte Philippe ab. »Ich will nur, dass das Mädchen Jeanne auch weiterhin dient. Es soll ihr Schaden nicht sein.«

»Séverine wurde bereits mehr geschadet, als du dir vorstellen kannst«, widersprach Adrien. »Sie muss Pontoise verlassen. Ihre Sicherheit ist mein größtes Anliegen.«

»Für keinen von uns gibt es absolute Sicherheit, mein Freund. Wir sind alle in Gottes Hand. Er entscheidet, was mit uns geschieht. Zwing mich nicht, dich an deinen Treueeid zu erinnern. Ich gebe dir mein Wort, dass dem Mädchen kein Leid geschieht. Niemand wird ihr zu nahe treten.«

»Das kannst du nicht versprechen. Allein ihr Aussehen bringt Séverine in Gefahr. Mahaut wird sich ebenfalls um ihre Enkelkinder kümmern wollen. Wenn sie Séverine in deinem Hause begegnet, werden Fragen aufgeworfen, deren Antworten ihr nicht gefallen können.«

»Das heißt, sie hat ihre Finger im Spiel, und die Existenz deines Schützlings bedeutet eine Gefahr für sie«, murmelte Philippe nicht sonderlich überrascht. »Wenn dem so ist, dann müssen wir eben dafür sorgen, dass es nie zu diesem Treffen kommt. Nein, erkläre mir nichts, ich will keine Einzelheiten wissen. Mir ist klar, dass ein Geheimnis existiert, das besser nie gelüftet wird, weil sonst der nächste Skandal droht. Meine Bitte ist die, die dir ein Freund anträgt. Willst du mich im Stich lassen?«

Er hatte die richtigen Worte gefunden. Er hatte an Adriens Loyalität appelliert.

»In Gottes Namen – ich bin einverstanden«, gab er widerstrebend nach. »Nur eines bitte. Es geht Séverine nicht gut. Sie ist verängstigt. Die Ereignisse haben sie tief erschüttert. Erlaube mir, sie zum Treffen mit Jeanne zu begleiten. Es dient ihrer Beruhigung und ist kein Zeichen von Misstrauen. Wo soll es überhaupt stattfinden? Hat es nicht geheißen, die verurteilten Frauen sollten unmittelbar nach der Hinrichtung an den Ort ihrer Verbannung aufbrechen? Weißt du, wohin man sie schickt?«

»Nein. Sogar die Fuhrknechte und Soldaten, die sie begleiten, erhalten ihren Marschbefehl erst im Augenblick des Aufbruchs. Es ist mir jedoch gelungen, einen meiner Schildknappen bei den Reitknechten unterzubringen. Er gibt uns Bescheid, sobald sie abziehen. Vermutlich wird das noch vor Anbruch der Dunkelheit sein. Wir werden den Kutschen heimlich folgen. Séverine kann doch hoffentlich reiten, wenn sie in Faucheville aufgewachsen ist.«

»Wie ein Junge«, sagte Adrien und prüfte die Einzelheiten des Planes. »Am besten weihen wir auch Julien ein. Er versteht sich auf heimliche Aktionen. Sicher kennt er auch deinen Schildknappen. Zu zweit hören und sehen sie mehr.«

»Du sorgst dich sehr um das Mädchen.« Philippe staunte über die Sicherheitsmaßnahmen, die Adrien für nötig hielt. »Was bedeutet sie dir?«

»So viel wie dir Jeanne.«

»Bist du sicher, dass du weißt, was du da sagst?« Ein höchst eigenartiger Ausdruck von Trauer flog über das hagere Antlitz des Prinzen. »Ich habe sehr spät erkannt, wie tief meine Gefühle für meine Frau sind. Ehe sie in mein Leben trat, hatte ich keine Ahnung von Wärme und Zuneigung. Von Güte, die gibt und nicht fordert. Ich habe sie geheiratet, weil mein Vater es befohlen hat. Es war mir angenehm, dass sie von so liebenswertem Wesen ist. Dass nie ein böses Wort über ihre Lippen kommt. Es gefiel mir, sie zu umarmen und bei ihr zu liegen. Erst in Pontoise habe ich gefühlt, dass uns weit mehr verbindet als Pflicht und Gehorsam. Ich will sie nicht verlieren. Und doch muss ich wie ein jämmerlicher

Feigling tatenlos dabei zusehen, wie mein Vater sie auf unabsehbare Zeit in Verbannung schickt.«

Er bedeckte sein Gesicht mit den Händen und wandte sich ab.

Das Geständnis überraschte Adrien. Philippe gab selten zu, was wirklich in ihm vorging. Vorsichtig berührte er die Schulter des Verzweifelten.

»Du bist der Sohn des Königs, du kannst nicht handeln wie ein gemeiner Mann. Wenn du dich mit deinem Vater überwirfst, schadest du nicht nur Jeanne, du bringst auch eine Stimme der Vernunft im Rat des Königs zum Schweigen. Du darfst dem Zänker und Charles das Feld nicht überlassen. Du weißt, dein Vater schätzt dich. Er hält dich für besonnen und klug. Tu nicht ausgerechnet jetzt etwas, was ihn von dieser Meinung abbringt.«

Schweigen breitete sich zwischen ihnen aus. Bis auf das Mahlen von Mars' Zähnen, der in seiner Futterraufe den Hafer zerkleinerte, war kein Laut zu vernehmen. Beide Männer hingen schwermütig ihren Gedanken nach. Erst als irgendwo eine Tür zuschlug und ein Pferdeknecht fluchte, gab sich Philippe einen Ruck, ließ die Hände sinken und sah seinen Freund an.

»Da du schon meine bescheidene Klugheit erwähnt hast, möchte ich dir gerne ebenfalls einen Rat aufdrängen, mein Freund. Dein Schützling ist in den Augen deines Vaters ein Nichts. Es wird ihm nicht gefallen, wenn du dein Herz an ein Bastardmädchen hängst.«

»Séverine ist kein Bastard ...«

»Was auch immer sie ist, sie ist keine Braut für den Erben von Faucheville. Sogar wenn du sie als Geliebte nimmst, erregst du Ärger. Nicht zuletzt bei Jeanne, die sie ungewöhnlich schätzt und bestimmt nicht begeistert darauf reagiert, wenn du sie entehrst.«

Adrien verschluckte im letzten Augenblick eine wütende Entgegnung. Philippe hatte ja mit jeder Silbe recht. Sein Vater hatte schon einige Male das leidige Thema Erbe und Heirat zur Sprache gebracht.

»Lass uns gehen«, knurrte er stattdessen. »Wir müssen handeln. Julien finden wir bei Severine. Er versucht, ihr das Schachspiel näherzubringen, um sie von ihren traurigen Gedanken abzulenken.«

* * *

»Dort ist Euer Wagen.«

Der Hauptmann der Bogenschützen vertrat Jeanne den Weg.

»Was hat das zu bedeuten?«

Marguerite beugte sich aus der Tür des Wagens, den sie bereits bestiegen hatte.

»Wir befolgen die Befehle des Königs«, antwortete der Hauptmann knapp. »Die Königin von Navarra und die Gräfin von Marche in diesen Wagen, die Gräfin von Poitiers in den anderen.«

Die offiziellen Titel klangen angesichts der Situation wie Hohn.

»Es kommt nicht in Frage, dass wir in getrennten Wagen reisen. Die Gräfin steigt bei uns ein.«

Marguerite mochte ein Büßerkleid tragen, aber ihr Ton war der einer Königin.

Der Hauptmann reagierte nicht auf den Einwurf. Er nahm Jeanne am Arm. Nicht grob, aber unmissverständlich dräng-

te er sie voran. Sie begriff, dass sie tun musste, was ihr befohlen wurde.
»Steigt ein.«
Vor Jeanne tat sich eine Wagentür auf. Die schiebende Hand in ihrem Rücken ließ sie erstarren. Schon um dieser unangebrachten Berührung auszuweichen, kletterte sie eilig hinein.
»Jeanne!«
Blanches Schrei brach jäh ab. Jeanne sah, über die Schulter blickend, eben noch die Schwester in der Kutsche verschwinden, dann schlug die Tür auch hinter ihr zu. Dunkelheit umgab sie. Ehe sie begriff, was das alles bedeuten sollte, taumelte sie hart gegen eine Holzbank. Der Wagen setzte sich so ruckartig in Bewegung, dass sie fast gestürzt wäre. Mit den Händen konnte sie einen harten Sitz ertasten, auf den sie sich fallen ließ.
Eingesperrt klammerte sie sich haltsuchend an die Kanten der Bank. Eisenbeschlagene Holzräder lärmten ohrenbetäubend über das Pflaster, dann über schwere Holzbohlen. Die Zugbrücke. Sie verließ Maubuisson.
Für immer?
Jeanne konnte beim besten Willen nichts erkennen. Die Ledervorhänge waren am Türrahmen des Wagens festgenagelt worden. Die Richtung ihrer Reise sollte ihr also verborgen bleiben. Der König schickte sie wie gemeine Verbrecherinnen an einen unbekannten Ort. Er gönnte ihnen nicht einmal den Trost menschlicher Gemeinschaft. Er riss seine Schwiegertöchter auseinander, ohne ein einziges erklärendes Wort.
Hörten die Strafen nie auf? Gab es keine Barmherzigkeit oder Güte in der Brust ihres Richters?

Die Stöße des Wagens, der weder an dämpfenden Lederbändern hing, noch über gepolsterte Bänke verfügte, ließen nicht einmal zu, der Müdigkeit nachzugeben und die Augen zu schließen. Jedes Rütteln löste ein schmerzendes Echo in ihrem Kopf aus. Unwillig streifte sie die Kapuze ab und erschrak aufs Neue bei der Berührung des kahlen Schädels. Ein knöchernes Behältnis voller Kummer, Pein und rastloser Gedanken. Am liebsten hätte sie ihren Kopf gegen die Streben des Wagens geschlagen.

Der Wunsch, nicht mehr denken und fühlen zu müssen, wurde übermächtig. Fast beneidete sie Philippe und Gautier von Aunay. Sie hatten alles überstanden. Ob die himmlische Gerechtigkeit mit ihnen gnädiger umgehen würde als die irdische?

Sie murmelte ein Gebet für die beiden jungen Männer, die auf so barbarische Weise ihr Leben lassen mussten. Ob das erbarmungslose Schauspiel ihrer Hinrichtung tatsächlich andere von einem Ehebruch abhielt?

In der Dunkelheit des ratternden Wagens überfielen Jeanne die Erinnerungen. Bruchstücke, die kein passendes Mosaik ergaben. Bilder aus ihrer Kindheit, Szenen aus dem Hofleben, Episoden ihrer Ehe mischten sich mit den Horrorszenarien der Hinrichtung und schenkten ihr keinen Trost. Nicht einmal der Gedanke an ihre Kinder gab ihr Frieden.

Es war ihr nicht gelungen, einen Sohn zur Welt zu bringen, nur Mädchen, klagte sie sich an. Empfindliche Kinder noch dazu. Die kleine Jeanne neigte zu Alpträumen. Marguerite kränkelte und erkältete sich beim geringsten Luftzug. Isabelles kleines Lebenslicht leuchtete so schwach, dass niemand die Voraussage wagte, wie lange es überhaupt leuchten würde.

Ihre Mutter würde der alten Jacquemine das Heft aus der Hand nehmen und sich als Großmutter in alles einmischen. Am Ende würde sie noch darauf bestehen, dass Philippe ihr die Sorge um die Mädchen ganz überließ. Sie würde ihnen eine ähnliche Kindheit bescheren wie ihr und Blanche. Eine Kindheit mit unbarmherzigen Erziehungsmaßnahmen und einer Ehe im Kindesalter, die politischen Zielen diente.
Wie gern hätte sie Séverine die Kinder anvertraut. War sie noch in Pontoise? Oder hatte Adrien sie unter seine Fittiche genommen? Wahrscheinlich.
Adrien Flavy würde nicht tatenlos zusehen, wie sie in Gefahr geriet. Séverine konnte sich glücklich schätzen, ihn an ihrer Seite zu haben. Voller Zuneigung gedachte Jeanne des Mädchens, dessen Geheimnis sie nun wohl niemals erfahren würde. War ihre Ähnlichkeit eine Laune der Natur oder ein Beweis, dass ihrer beider Schicksal auf unbekannte Weise miteinander verbunden war?
Der Wagen krachte in ein Schlagloch und riss Jeanne aus ihrer Benommenheit. Wie viel Zeit war mittlerweile vergangen? Sie vernahm die Flüche des Kutschers, der die Zügel auf den Rücken der Pferde klatschte. Schwankend und ächzend kam der Wagen wieder auf den Weg und holperte weiter.
Wohin brachte man sie?
Mit Sicherheit war das keine der gepflegten Straßen, die in Richtung Paris oder an die Küste führten. Diese Routen wurden in jedem Frühling ausgebessert, damit Händler und Reisende die Stadt unbehindert erreichen konnten. Die Schlammrinnen und Löcher hier deuteten auf einen abgelegenen, wenig befahrenen Weg hin.

Brachte man sie in das fast menschenleere Poitou, das der König seit Jahren mit Bauern und Handwerkern besiedeln wollte? Dort gab es nicht viel mehr als einsame Dörfer und neugegründete Klöster. War nicht von einer Festung die Rede gewesen? Festungen im Poitou waren ihres Wissens nicht mehr als karge Wehrtürme, besetzt mit Soldaten, die aus verschiedenen Gründen auf diese verlorenen Posten geschickt worden waren. Jeanne presste die flachen Hände gegeneinander und versuchte, sich zu beruhigen.

»Holla! Haltet an! Im Namen des Königs befehle ich Euch, anzuhalten!«

Der unverhoffte Halt schleuderte Jeanne aus dem Sitz. Bis sie wieder hochkam und tastend nach Halt suchte, öffnete sich die Seitentür. Man hielt ihr eine Fackel vor das Gesicht.

»Séverine!«

Die beiden Frauen fielen sich in die Arme. Das unverhoffte Wiedersehen ließ alle Schranken fallen. Keine war in der Lage, etwas zu sagen.

Im Licht der Fackel entdeckte Jeanne, wie sehr Séverine sich in den wenigen Tagen verändert hatte. Aus dem dunklen Rahmen ihrer Mantelkapuze blickte eine junge Frau, die erwachsen geworden war. Jeanne hob die Hände und berührte Séverines Wangen mit den Fingerspitzen.

»Es tut mir leid. Ich hätte dich in Paris lassen sollen«, sagte sie sanft. »Ich habe aus Eigensucht gehandelt, weil ich dich bei mir haben wollte.«

»Das sehe ich nicht so.« Séverines alte Lebhaftigkeit blitzte auf. »Ich bin dankbar, dass ich bei Euch bin. Jetzt noch mehr als je zuvor. Ich bin untröstlich, dass Ihr solches Unrecht erleiden müsst.«

»Du weißt, dass du dich in Gefahr begibst?«
»Damit muss ich rechnen. Selbst wenn ich mich ans Ende der Welt verkrieche, bedeutet das keine Sicherheit.«
Séverine erfasste Jeannes eiskalte Hände. Nachdem sie sie etwas gewärmt hatte, legte sie ihr ihren Mantel um die Schultern. Die unerwartete Wärme tat Jeanne gut. Noch einmal schloss sie Séverine fest in die Arme.
»Ich hatte aufgegeben, darauf zu hoffen, dass ich dich noch einmal sehen könnte«, seufzte sie schließlich.
»Verliert nicht den Mut«, mahnte Séverine. »Philippe und Adrien bemühen sich mit allen Kräften, Eure Begnadigung zu erwirken.«
Die Versuchung, sie Schwester zu nennen, stieg übermächtig in ihr auf. Sie hatte eine Schwester. Es schien ihr wie ein Wunder.
»Ich will versuchen, stark zu sein. Aber ich zittere um meine Kinder, Séverine. Jacquemine ist ihnen eine gute Hüterin, aber sie ist zu alt. Sie braucht Hilfe. Sie braucht deine Hilfe. Du bist ihnen vertraut. Philippe hat mir versprochen, euch zu beschützen, vor allen Dingen vor Mahaut. Meine Kinder sind Prinzessinnen von Frankreich und somit die idealen Schachfiguren für ihre politischen Winkelzüge. Dir muss ich nicht erklären, wozu sie fähig ist.«
»Ich werde für Eure Töchter alles tun, was in meiner Macht steht«, versprach Séverine. »Den Kampf gegen Mahaut wird Philippe gewinnen. Ich werde für die Mädchen sorgen. Wie eine Mutter. Als wären sie mein eigen Fleisch und Blut. Ihr habt mein Wort darauf.«
Es war die Leidenschaft, mit der Séverine ihre Hilfe anbot, die Jeanne stutzen ließ. Sie verströmte eine Sicherheit, die völlig neu an ihr war. Es gab nur eine Erklärung dafür.

»Hat also Adrien endlich das Geheimnis deiner Herkunft gelüftet?«, fragte sie.
In ihrer Aufregung zog Séverine die falschen Schlüsse. In ihren Ohren klang es, als wisse Jeanne längst Bescheid und wolle sich nur versichern, ob auch sie alles wusste.
»Darf ich Euch wenigstens einmal Schwester nennen?«, fragte sie überschwenglich.
Es war verwirrend, aber gleichzeitig logisch. Séverine bestätigte ihr ihre insgeheime Ahnung. Jeanne zweifelte keinen Augenblick.
»Wie ist das möglich? Weshalb hat unsere Mutter …«
»Ich musste meinen Platz einem Sohn räumen. Dem Sohn, den ihre Kammerfrau zur Welt brachte. Sie war Loup Gasnays Frau und Mahaut bis in den Tod ergeben.«
»Warum hat dir Adrien dieses gefährliche Geheimnis ausgerechnet jetzt enthüllt?«
»Um mir eindringlich klarzumachen, dass auch ich in Gefahr schwebe.« Weil Séverine annahm, dass Jeanne längst alles wusste, sah sie keinen Grund, ihre Zunge zu hüten. »Unsere Mutter wird mir nach dem Leben trachten, wenn sie erfährt, dass ich um ihr Geheimnis weiß.«
»Wer weiß noch davon?«
»Adrien, sein Vater, mein Ziehvater. Aber mit Ausnahme von Adrien scheinen mich alle vergessen zu haben.«
Jeanne griff nach Séverines Händen. Sie sahen sich in die Augen.
»Wir wollen uns gute Schwestern sein. Ich werde dich nie vergessen«, sagte Jeanne innig.
Eine liebevolle, stumme Umarmung war Séverines Antwort.
Während des ganzen drängenden und hastigen Gesprächs

war vor dem Reisewagen eine heftige Debatte im Gange. Obwohl sich der Hauptmann der Autorität des Ritters Flavy gebeugt und die Reise unterbrochen hatte, protestierte er gegen das unerlaubte Gespräch der beiden Frauen.

»Meine Befehle untersagen eine solche Begegnung, Seigneur«, vernahmen sie seine rauhen Worte.

Die Zeit drängte. Lange würde Adrien den Hauptmann nicht mehr hinhalten können. Gewaltsam riss sich Jeanne von Séverine los.

»Séverine, wenn du diesen Schwur wirklich ernst nimmst, musst du an der Seite meiner Töchter bleiben, bis sie im heiratsfähigen Alter sind.«

»Wie kannst du von solchen Zeitspannen reden. Du wirst schon bald zurückkommen.«

»Wer weiß.« Jeanne streckte ihr die Hand hin. »Gib mir dein Wort, Schwester!«

Séverine umfasste die eisigen, bebenden Finger.

»Du weißt, dass Philippe zum Gehorsam gezwungen ist. Er darf nicht handeln wie ein normaler Sohn. Sein Vater ist der König. Jedes Aufbegehren gegen ihn, und sei es noch so menschlich und verständlich, bedeutet Verrat. Das musst du stets im Auge behalten. Wenn du meine Töchter in Gefahr siehst, tu alles, um sie zu schützen. Im äußersten Fall soll Adrien dir helfen. Er war schon oft ein guter Ratgeber für Philippe und hat Mut zum Handeln.«

»Verlass dich auf mich, Schwester.«

Der Lärm vor dem Reisewagen nahm zu.

Atemlos überhäufte Jeanne Séverine mit einer Fülle von Ratschlägen, Anweisungen und Bitten. Sie hatte noch längst nicht alles gesagt, als die Wagentür wieder aufgerissen wurde.

»Kommt zum Ende, ich bitte Euch«, forderte Adrien und trat zurück, damit Séverine aussteigen konnte.
Jeanne starrte an ihm vorbei gebannt nach draußen. Ein einfach gekleideter, hochgewachsener Mann beaufsichtigte unweit des Wagens die Pferde. Der unruhige Fackelschein tanzte über seine vertraute Gestalt, und ihr Herzschlag geriet aus dem Takt. Es hatte Adriens ganze Überredungskunst gekostet, Philippe in diese stumme Rolle zu drängen. ›Man darf dich nicht erkennen. Es ist gegen den Willen deines Vaters, Jeanne zu treffen. Er muss dir wohlgesinnt bleiben, wenn du etwas bei ihm erreichen willst‹, hatte er ihm zugeredet.
Seine eigenen Gefühle für Séverine ließen ihn jedoch ahnen, wie sehr es den Freund danach drängte, einen letzten Blick auf seine Frau zu werfen. Er hob die Laterne hoch genug, damit ihr Licht auf das blasse, verzweifelte Gesicht fiel.
Jeanne schaute stumm ins Dunkel, nachdem sie Séverine zum Abschied heftig umarmt hatte.
Es war inzwischen Nacht geworden. Sie konnte Philippe weder deutlich sehen noch seinen Gesichtsausdruck erkennen, aber sie fühlte seine Gegenwart wie eine tröstende Berührung.
Lebe wohl, rief sie stumm.

Zehntes Kapitel

Es schüttete wie aus Kübeln. Der Regen rann über Schieferdächer, gurgelte in den Dachrinnen und ergoss sich in Kaskaden aus den Mäulern der steinernen Wasserspeier, die das *Hôtel d'Alençon* zierten. Er spülte den Unrat von den Hügeln auf die tiefergelegenen Uferstraßen und ließ den Fluss anschwellen, so dass er gefährlich um die Brückenpfeiler rauschte.

Es regnete seit Wochen. Der nasse Frühling war in einen noch feuchteren Sommer übergegangen. Die Straßen waren überflutet.

Schon jetzt schien klar, dass der Winter eine Hungersnot nie gekannten Ausmaßes bringen würde. Auf den Märkten der Stadt wurden mehr Hiobsbotschaften als Speckseiten und Feldfrüchte gehandelt.

Die Äcker des Königreiches waren so durchweicht, dass die Saat davonschwamm. Das Vieh ertrank in den Bächen, die über ihre Ufer stiegen und Wege unpassierbar machten. Immer mehr Menschen erkrankten, weil Schlamm und Schmutz die Brunnen und Zisternen verseuchten.

Es sei die Strafe des Himmels, munkelte die Bevölkerung. Die Pariser bekreuzigten sich argwöhnisch, wenn sie zur *Île de la Cité* hinübersahen, wo der König Hof hielt. Es hieß, er verbringe mehr Zeit denn je in der *Sainte Chapelle,* um Zwiesprache mit Gott zu halten.

Séverine starrte durch die gepressten Glasrauten des Fensters und überließ sich ihrer Schwermut. Inzwischen war fast alle Hoffnung in ihr erloschen. Innerhalb von drei Tagen war in Maubuisson ihr ganzes Leben auf den Kopf gestellt worden, und nun geschah – nichts.

»Wird unser Vater heute kommen?«

Obwohl schon sechs Jahre alt, war Jeannes älteste Tochter, die den Namen ihrer Mutter trug, ein überaus kleines, zierliches Kind.

»Du weißt doch, dass er mit dem König zur Jagd geritten ist, Herzchen«, beeilte sich Jacquemine, die Frage zu beantworten. »Sie werden in einem der Jagdschlösser deines Großvaters Schutz vor dem Wetter gesucht haben. In Dourdan vielleicht. Oder in Fontainebleau. Dein Großvater liebt es, weil er dort geboren ist.«

»Und Mama? Wann kommt sie zu uns zurück? Sie ist noch viel länger fort als Vater.«

Séverine drehte sich bei dieser Frage wieder um und begegnete Jacquemines ratlosem Blick. Langsam wussten sie beide nicht mehr, was sie auf diese Frage antworten sollten. Jeanne war sensibel. Der Verlust ihrer Mutter machte sie unruhig, launisch und schwierig.

»Ich weiß es nicht, Herzchen. Sicher bald.«

Die Kinderfrau zog sie sich auf den Schoß und versuchte, sie abzulenken. Eine Fabel über einen kecken Raben, aus dem reichen Vorrat ihrer Geschichten, half dabei. Auch Marguerite kam dazu und lauschte andächtig. Den Daumen im Mund, die Augen weit aufgerissen. Die Vierjährige war ein zufriedenes, ruhiges Kind.

Isabelle wurde in einer Ecke der Kinderstube von ihrer Amme gestillt. Alle nannten sie inzwischen Bella, um den Namen der Person zu vermeiden, die Unglück über die Familie gebracht hatte. Das kleine Würmchen wurde häufig von Koliken geplagt. Es wollte sich nicht richtig entwickeln, alle sorgten sich um seine Gesundheit.

Bella schwebte ständig zwischen Leben und Tod. Der Arzt des Königs, den Philippe ins Haus gebracht hatte, damit er nach ihr sah, hatte ihnen kaum Hoffnung gemacht.

»Ihr Schicksal liegt in Gottes Hand. Betet für die kleine Seele«, waren seine Worte gewesen.

Über zwei Monate lag die Verurteilung zurück, und noch immer wusste niemand, wohin man die Verurteilten gebracht hatte. Nicht einmal Philippe war es gelungen, es in Erfahrung zu bringen.

Ob er während der verregneten Tage, die keine Jagd erlaubten, seinen Vater gnädig stimmen konnte?

Séverine und Jacquemine verbrachten die Abende gemeinsam, wenn die Kinder endlich schliefen. Séverine lauschte dann den Episoden aus Jeannes und Blanches Jugend so hingebungsvoll wie die Kinder, wenn Jacquemine ihnen Geschichten erzählte. Es half ihr, die Familie besser zu verstehen. Mahaut, ihre Mutter, wurde ihr mit jedem Tag widerwärtiger.

Philippe hatte Adrien das Amt des Haushofmeisters im *Hôtel d'Alençon* angetragen, um sowohl die Sicherheit seiner Töchter wie auch die ihre zu gewährleisten.

Ihre anfängliche Freude darüber, nach der Rückkehr aus Pontoise gemeinsam mit ihm unter einem Dach zu leben, war schnell der Ernüchterung gewichen. Ihre Wege kreuzten sich so gut wie nie. Sie verbrachte ihre Tage zwischen

Kinderstube und Schulzimmer. Mit Ausnahme Philippes und eines Knechtes, der Badewasser oder Feuerholz herbeischleppte, kam niemand in diese Räume. Selbst in die Kapelle kam sie nicht. Jede Woche suchte sie Pater Clément im Schulzimmer auf.

Séverine fühlte sich wie eine Gefangene. Jacquemine, ihr einziger Ansprechpartner, versuchte, sie so gut es ging aufzumuntern und ihr Hoffnung zu machen. Sie hatte längst bemerkt, dass Séverines ganze Aufmerksamkeit Adrien galt, und so erzählte sie jede Kleinigkeit, die sie über ihn in Erfahrung bringen konnte.

»Heute Abend ist Adrien zum Essen bei seinem Vater. Ihm wird es nicht recht sein, dass sein Sohn bei Philippe im Rang eines Haushofmeisters tätig ist. So viel ich weiß, hat er große Pläne mit ihm.«

»Woher willst du das wissen?«, warf Séverine überrascht ein.

Jacquemine lächelte gewitzt. »Adriens Vater zählt seit undenklichen Zeiten zu Mahauts Anhängern. Nach dem Tod seiner Gemahlin standen sie einander sogar so nahe, dass es Gerüchte darüber gab. Als Othon, der Pfalzgraf von Burgund, im Jahre 1303 den Verletzungen erlegen war, die er sich in der Schlacht von Courtrai zugezogen hatte, nahmen viele an, dass Adriens Vater ihr zweiter Gemahl werden würde.«

Ein ungläubiger Laut entschlüpfte Séverine.

»Doch, doch. Du kannst es mir glauben. Es muss eine herbe Enttäuschung für ihn gewesen sein, dass Mahaut gar nicht daran dachte, sich wieder zu verheiraten. Sie herrschte lieber für ihren unmündigen Sohn, den kleinen Robert, über die Pfalzgrafschaft. Der Baron blieb zwar ihr Vasall, aber er ging nicht mehr für sie durchs Feuer, wie er es früher einmal getan hat. Inzwischen will er, dass sein Sohn dem Hause Flavy Macht und Einfluss verschafft.«

Sie endete so vielsagend, dass Séverine sie fragend ansah.

»Auf deinen Schultern sitzt ein heller Kopf, gebrauche ihn gefälligst«, mahnte die Kinderfrau denn auch prompt energisch. »Ich warne dich davor, dein Herz an unseren Haushofmeister zu verlieren.«

Séverine wandte sich verlegen ab.

»Ich verstehe ja, dass er dir gefällt.«

Séverine errötete. Sie entsann sich, dass man schon in Faucheville über Adriens bevorstehende Verheiratung spekuliert hatte. Sie wollte nicht daran erinnert werden, aber Jacquemine ließ nicht locker.

»Erlaube, dass ich wie eine Mutter mit dir rede«, fuhr sie fort. »Wir beide wissen, dass auch du ein Kind des Pfalzgrafen sein musst. Der Baron wird nicht zulassen, dass sein Sohn ins Gerede kommt.«

»Und was ist schlecht an meiner Herkunft?«, gab Séverine trotzig zur Antwort.

»Es ist so, wie es ist. In Adelskreisen dienen Ehen dazu, die Macht, den Wohlstand und die Bedeutung einer Familie zu mehren. Auf Gefühle wird keine Rücksicht genommen. Adrien zählt zum engsten Kreis um die Königssöhne. Seine Eheschließung benötigt die Billigung seines eigenen Vaters wie die des Königs. Du greifst nach den Sternen, Kind. Auch wenn dein Herz noch so lauter ist, bist du dennoch einfach keine gute Partie.«

Es drängte Séverine, sich Luft zu machen.

»Ich greife nicht nach den Sternen«, sagte sie aufbegehrend. »Aber ich frage dich: Wo ist mein Platz in dieser Welt? Habe ich kein Recht darauf, einen zu beanspruchen? Muss ich auf mein eigenes Glück verzichten, nur weil meine Mutter gefehlt hat? Bin ich verdammt, für sie zu büßen? So ungerecht kann das Leben nicht sein.«

Jacquemine war betroffen von der Heftigkeit, mit der sie sich beklagte. Sie versuchte, ihr Mut zuzusprechen.

»Wir alle brauchen dich, Séverine. Du hast einen festen Platz in diesem Haushalt und in unseren Herzen. Die Kinder lieben dich. Ich bin zu alt, ihnen in dieser schweren Zeit die Mutter so zu ersetzen, wie du es tust. Jeanne wird es dir lohnen, wenn sie zurückkommt. Ich bin sicher, sie findet dann auch den richtigen Mann für dich. Ich könnte mir gut einen königlichen Legisten, einen Ratsschreiber oder einen Rechtsgelehrten an deiner Seite vorstellen.«

Séverine war mit liebgemeinten Worten und Zukunftsplänen nicht aufzumuntern.

»Ob wir je erfahren, wo man Jeanne gefangen hält und wann sie freikommt?«, wechselte sie das Thema. »Alle halten sich an das königliche Verbot, nie von ihr und den anderen zu sprechen. Es ist, als wären sie bereits gestorben.«

»Dem König wäre es wohl am liebsten«, stellte Jacquemine sachlich fest.

»Warum sagst du so etwas Herzloses?« Die Empörung riss Séverine aus dem eigenen Selbstmitleid. »Nebenan schlafen Jeannes Kinder. Schweig lieber, ehe du so etwas sagst.«

Nie zuvor hatte sie so mit Jacquemine gesprochen. Als sie sah, wie ihr Gesicht fahl wurde, bereute sie die Schärfe ihrer Zurechtweisung. Von dem Gespräch zuvor aufgewühlt, hatte sie ihre Ängste an Jacquemine ausgelassen, statt sich zu beherrschen. Jeanne wäre entsetzt über sie.

Vergebens wartete Séverine auf einen Tadel. Im Gegenteil, die Kinderfrau lächelte.

»Den Ton einer großen Dame, die ihr Gesinde zur Ordnung ruft, beherrscht du bereits«, sagte sie ohne Vorwurf in der Stimme. »Man könnte meinen, du wärest nicht bei Jeanne, sondern bei ihrer Mutter in die Lehre gegangen.«

»Verzeih, …«

Jacquemine unterbrach sie mit einer knappen Handbewegung. »Lass, ich hätte das nicht sagen dürfen. Wir können es uns nicht leisten, in Zwietracht miteinander zu leben. Ich werde jetzt zu Bett gehen.«

Séverine sah ihr nach. Sie wusste nicht, was sie nachdenklicher machen sollte: dass Jacquemine eine Ähnlichkeit mit Mahaut an ihr entdeckt hatte, oder dass sie ihr so großherzig verzieh.

* * *

Das ohrenzerreißende Kreischen drang bis auf den Gang. Philippe runzelte die Stirn, warf Adrien einen erstaunten Blick zu und öffnete die Tür. Das Sonnenzimmer war zum Schlachtfeld geworden.

Die Schwestern Jeanne und Marguerite zerrten einander schreiend an den Zöpfen. Um sie herum lag das Spielzeug: handgroße Kühe aus gebranntem Ton, eine geschnitzte Windmühle, die Leinensegel abgebrochen.

Séverine eilte herbei und hob die Jüngere, einer nassen Katze gleich, an ihrem Kittelchen hoch. Sie stellte sie auf dem Fenstersitz ab, wo sie vor Verblüffung verstummte. Der Älteren legte sie die Hand auf den Kopf, bis sie den Mund zuklappte.

»So benehmen sich keine Edeldamen. Ich bin enttäuscht von euch«, hörten sie sie sagen.
»Sie hat angefangen …«, sagte Marguerite weinerlich, das Gesicht an Séverines Schulter gelehnt.
»Sie hat meine Mühle kaputt gemacht«, verteidigte sich Jeanne.
Gespannt warteten die beiden Männer auf Séverines Reaktion. Wie würde sie die kleinen Furien zähmen?
»Wer nicht gemeinsam spielen kann, muss etwas anderes tun«, entschied sie sanft, aber unmissverständlich. »Holt eure Näharbeiten.«
Die Schwestern zogen lange Gesichter, wagten aber keinen Widerspruch. Sie respektierten Séverine.
Beim Anblick Séverines wurde Philippe jedes Mal schmerzlich an seine Frau erinnert, obwohl sie ihr Haar unter Leinenhauben verbarg und schlichte Kleider trug. Er war ihr unendlich dankbar, dass sie die Kinder mit so viel Zuneigung umgab. Sie verstand es, liebevoll und gleichzeitig energisch zu sein, wie die Szene soeben bewiesen hatte. Dennoch rief sie ihm den persönlichen Verlust Jeannes auf besondere Weise in Erinnerung.
Adrien war auf andere Weise berührt.
Er hatte sich erst vor wenigen Tagen strikt geweigert, auch nur eines der Mädchen, die sein Vater gerne als seine Braut gesehen hätte, als Herrin von Faucheville in Erwägung zu ziehen. Danach war es wieder einmal zu einer jener Auseinandersetzungen gekommen, die ihn davon abhielten, die Gesellschaft seines Vaters öfter als unbedingt notwendig zu suchen. Ihm war klar, dass er die Entscheidung nicht mehr lange aufschieben konnte.
Adrien fühlte Philippes Hand an der Schulter und folgte

seinem stummen Befehl, sich zurückzuziehen. Sie hatten nicht damit gerechnet, das Sonnenzimmer als Kinderzimmer vorzufinden. Auf der Suche nach einem Ort, wo sie unter vier Augen sprechen konnten, war Philippe dieses Zimmer eingefallen. Jeanne liebte es besonders, und es wäre sicher frei, hatte er gedacht.

Schließlich saßen sie sich im Wohnraum des Hausherrn gegenüber.

»Was ist mit dir? Gibt es Ärger?«, fragte Philippe beim Anblick von Adriens Miene.

»Nicht im Haus«, beruhigte er ihn. »Ich musste nur an meinen Vater denken. Er verfolgt mich ständig mit Heiratsplänen. Man könnte meinen, es gäbe in diesen Zeiten nichts Wichtigeres.«

»Zumindest wirst du dich nicht ewig davor drücken können, deine Pflicht zu tun.« Philippe goss den Anjou-Wein in silberne Becher. Er zog ihn dem Burgunder vor.

»Mir widerstrebt der Gedanke, eine Frau an meiner Seite zu haben«, gab Adrien zu.

»Eine Frau, die nicht Séverine Gasnay heißt«, sagte ihm Philippe auf den Kopf zu. »Ich habe nicht vergessen, was du mir in Pontoise gestanden hast. Dieses wohlgehütete Geheimnis, von dem du gesprochen hast. Ich will keine Einzelheiten wissen, aber eines musst du mir doch sagen: Besteht eine Blutsverwandtschaft zwischen Séverine und Jeannes burgundischer Familie?«

»Warum sollte das von Interesse sein?«, sträubte sich Adrien gegen eine direkte Antwort.

»Das weißt du sehr wohl. Ich muss alles vermeiden, was Jeanne in den Augen des Königs unbequem macht. Jede unpassende Kleinigkeit könnte meinen Vater daran hindern, sie endlich zu begnadigen. Ich verlange zu wissen, welche möglichen Gefahren in diesem Rätsel für mich und Jeanne lauern.«

Die Forderung stürzte Adrien in einen Gewissenskonflikt. Er schuldete Philippe Gehorsam und hatte Séverine geschworen, ihr Geheimnis zu wahren. In Pontoise war es ihm gelungen, der Antwort auszuweichen. Heute musste er sich entscheiden. Philippes unfehlbarer Instinkt ließ ihn die richtigen Fragen stellen.

»Séverine ist deiner Frau ebenbürtig«, sagte er schließlich wortkarg und ohne genauere Erklärung.

»Gott bewahre.« Philippe fuhr von seinem Sitz hoch. Dass er dabei den Becher umwarf und den Wein verschüttete, beachtete er nicht. »Das würde ja bedeuten ...«

Er zwang sich, seine Vermutungen nicht auszusprechen, und dachte intensiv nach, ehe er einen düsteren Blick auf Adrien richtete. »So wie es aussieht, wäre es das Vernünftigste, sie zu verstecken und zu vergessen. Aber die Kinder brauchen sie, und Jeanne könnte ich nicht erklären, warum sie verschwunden ist. Nach Jeannes Rückkehr ...«

»... werde ich sie zu meiner Frau machen«, unterbrach Adrien so schnell, dass ihm erst danach klar wurde, was er da gesagt hatte.

»Das ist verrückt. Dafür erhältst du nie die Erlaubnis deines Vaters.«

»Deswegen werde ich deine Hilfe brauchen. Und um die bitte ich dich. Ich habe dich bis zum heutigen Tage nie um einen Lohn gebeten. Wenn du bei deinem Vater für mich sprichst, sobald genügend Gras über alles gewachsen ist, kann er nichts gegen eine solche Heirat einwenden. In diesem Fall muss auch mein Vater akzeptieren, was geschieht.«

Sprachlos starrte Philippe seinen Haushofmeister und Freund an. Die Bitte abzulehnen bedeutete, Adrien zu brüskieren. Dennoch sah er keine Möglichkeit, sie zu erfüllen. Da er nicht der Mann war, der sich hinter lauen Ausreden versteckte, bedachte er seine nächsten Worte sorgfältig.

»Sei vernünftig. Du könntest das Mädchen nur zur Frau nehmen, wenn ihre Herkunft offengelegt würde. Das verbietet sich unter diesen Umständen völlig. Ganz davon abgesehen, dass der König über ihre Heirat bestimmen müsste, wenn sie tatsächlich zu unserer Familie gehört. Nimm Abstand von deinen Plänen. Heirate eine Kandidatin von der Liste deines Vaters und sieh zu, dass die Flavys ihren Erben bekommen.«

»Nein.«

In der jähen Stille konnte Adrien ihrer beider Atem hören. Für einen spannungsgeladenen Augenblick trafen sich ihre Blicke. Es war das erste Mal, dass Adrien bewusst Widerstand leistete.

»Nun, man kann dir nicht vorwerfen, dass du buckelst, um deine Position bei Hofe zu sichern, Adrien«, hörte er Philippe so unbeugsam sagen, dass er nur mit Mühe das Gesicht wahrte. »Ich werde mich nicht dafür einsetzen, dass du dich ruinierst, das kann ich dir schon jetzt sagen. Auch ich habe die Frau geheiratet, die mein Vater für mich ausgesucht hat. Du wirst dasselbe tun müssen. Lass es gut sein. Wir sollten uns auch nicht über Dinge streiten, die in der Zukunft liegen. Wer weiß, was noch geschieht. Im Augenblick gibt es Wichtigeres. Ich habe Neuigkeiten in Erfahrung gebracht.«

Wie typisch für Philippe, dass er zwar seinen Standpunkt

unzweifelhaft klarmachte, aber den offenen Streit vermied. Eine Taktik, die er im Umgang mit Vater und Brüdern verfeinert hatte und die Adrien, in diesem besonderen Moment, erfolgreich den Wind aus den Segeln nahm. Er schwieg. Im Grunde hatte er auch nicht erwartet, auf Anhieb Unterstützung zu finden. Die Angelegenheit war zu schwierig, um in einem einzigen Gespräch geklärt zu werden. Er würde sich nicht abschrecken lassen.

»Ich habe Gerüchte vernommen, dass der König die Frauen im Wehrturm von Château Gaillard gefangen hält«, fuhr Philippe fort, ohne sich um sein Schweigen zu kümmern.

Die Mitteilung riss Adrien blitzartig aus seinen persönlichen Illusionen. Die Zitadelle von Gaillard, die mit ihren Türmen und Wehrgängen, eindrucksvoll hoch über der Seine lag, beherrschte die Normandie westlich von Paris. Von Richard Plantagenet errichtet, hatten die französischen Truppen sie vor gut einhundert Jahren von den Engländern zurückerobert. Mit doppelten Ringmauern geschützt, stand sie auf einem Felssporn über dem Fluss. Ein militärischer Zweckbau ohne Komfort, ausschließlich dazu errichtet, sich vor Feinden zu schützen.

»Das kann er ihnen nicht angetan haben.« In Adriens Ausruf schwang Entsetzen.

»Ich möchte, dass du Einzelheiten in Erfahrung bringst. Du bist der Einzige, den ich dorthin schicken kann. Ich werde verbreiten, dass ich dich in meine Grafschaft nach Poitiers gesandt habe, um die Ernte und meine Einkünfte zu überprüfen. Die Lage auf dem Land ist so verheerend, dass Maßnahmen gegen die drohende Hungersnot ergriffen werden müssen. Niemand wird also Verdacht schöpfen.«

Adrien warf einen Blick zum Fenster. Obwohl die Regen-

wolken den genauen Sonnenstand nicht erkennen ließen, sah er, dass es zu spät war, um noch heute aufzubrechen.
»Ich reite morgen bei Tagesanbruch. Du kannst dich auf mich verlassen«, sagte er. »Weißt du, wer die Festung befehligt und wie viele Bewaffnete dort stationiert sind?«
»Du triffst auf eine Kompanie Bogenschützen und einen Burghauptmann. Du weißt, dass mein Vater dort auch Staatsverräter einkerkert, die von der Welt vergessen werden sollen. Es wäre mir nie in den Sinn gekommen, dass er Frauen dorthin verbannen würde.«
Er brach ab, die Verzweiflung stand ihm ins Gesicht geschrieben.
»Ich kann dir keinen offiziellen Auftrag geben«, fuhr er nach kurzer Pause fort. »Du bist auf deinen Scharfsinn und deine Fähigkeit zur Improvisation angewiesen. Um etwas zu erfahren, wirst du nötigenfalls nachhelfen. Mit Gold. Die Truppen des Königs erhalten ihren Sold nicht regelmäßig. Nimm diesen Beutel hier.«
Adrien nahm die Börse entgegen und wog sie prüfend in der Hand. »So schwer?«
»Es sind in erster Linie kleine Münzen. Ein Burghauptmann, der mit Goldstücken um sich wirft, erregt nur Verdacht.«
»Du hast an alles gedacht.«
»Noch etwas … Du kannst dir meiner Dankbarkeit gewiss sein, obwohl ich – wie schon gesagt – die Welt nicht auf den Kopf stellen kann.«
Dem gab es nichts hinzuzufügen.

* * *

Ein Luftzug hatte die Stundenkerze gelöscht, als Séverine die Augen aufschlug. Sie lauschte beunruhigt in die Dunkelheit.

Hellwach setzte sie sich auf, warf den dicken Zopf über die Schulter, zu dem ihr Haar nachts gebändigt war, und versuchte herauszufinden, was sie aus dem Schlaf gerissen hatte. Dass sie keine Antwort darauf fand, trieb sie aus dem Bett.

Die immer größere Verantwortung, die sie für die Kinder übernehmen musste, ließ sie als Erstes nach ihnen sehen. Im Dunkeln warf sie Hemd und Gewand über und schlüpfte in die Schuhe.

Der Schlafraum der Mädchen besaß eine Tür zu ihrer Kammer. Wie üblich brannte ein kleines Nachtlicht, so dass sie sich einen schnellen Überblick verschaffen konnte. Die Amme, die auf dem Kastenbett neben Bellas Wiege schlief, bewegte sich im Rhythmus ihrer Schnarchtöne. Jeanne und Marguerite bildeten im Alkoven das übliche Knäuel. Sie fanden nur Ruhe, wenn sie die Gegenwart der anderen spürten. Sosehr sich alle bemühten, sie im Glauben zu wiegen, alles sei in bester Ordnung, so sicher spürten sie die Bedrohung, die über der ganzen Familie lastete. Sie gaben sich gegenseitig Schutz.

Séverine schlich auf Zehenspitzen näher und zog die Decke über den Schwestern höher. Ihre Nichten. Das Wissen um diese Verwandtschaft vertiefte ihre Zuneigung mit jedem Tag.

Obwohl es sie drängte, die Kinder zu küssen, tat sie es nicht. Sie fürchtete, ihren Schlaf zu stören.

Lautlos zog sie sich in ihr Gemach zurück und verließ es durch eine zweite Tür, die auf den Gang hinausführte. Inzwischen bargen die zahllosen Stockwerke, Stiegen, Abzweigungen und Galerien des großen Palastes keine Geheimnisse mehr für sie. Selbst im Dunklen fand sie sich zurecht.

Es gab im *Hôtel d'Alençon* nur einen beruhigenden Zufluchtsort für sie. Es drängte sie zum Stall, wo sie Mars finden würde.

Er begrüßte sie mit leisem Schnauben. Seine weiche Schnauze stupste auffordernd gegen ihre Schultern.

»Tut mir leid.« Sie wusste, was er wollte. »Keine Rüben heute, Mars.«

Die Arme um seinen Hals gelegt, schloss sie die Augen. Mars war ein Stück Zuhause in dieser großen Stadt. Ein Stück Faucheville. Ein Stück Heimat.

Er versteht, was in mir vorgeht, war sich Séverine sicher. Auch er musste sich nach den weiten Wiesen von Faucheville sehnen. Nach dem Wind in seiner Mähne und dem weichen Waldboden unter seinen Hufen. Sie waren beide nicht für Paris geschaffen, aber man ließ ihnen keine Wahl.

Innig schmiegte Séverine sich an das gewaltige Streitross. So ließ sich die kalte, fremde Welt aus dem Bewusstsein verdrängen. Der warme Pferdeleib gab Trost, und das leise Schnauben des Rappen übertönte die nächtlichen Stallgeräusche. Auch die Schritte, die sich vom Eingang her näherten.

Der energische Griff, mit dem Adrien sie aus der Reichweite des Pferdes zog, überraschte Séverine so sehr, dass sie aufschrie.

»Lass mich … Adrien!«

»Eben der«, bestätigte er grimmig. »Was hast du mitten in der Nacht im Stall zu suchen? Noch dazu bei Mars?«

»Er stammt aus der Zucht von Faucheville. Vor ihm muss ich mein Heimweh nicht verbergen.«

»Du bist einfach zu leichtsinnig!« Besorgnis färbte seine Stimme. »Mars ist ein Destrier. Ein perfekt ausgebildetes Streitross. Eine Kampfmaschine, gefährlicher als eine Waffe, wenn es darauf ankommt. Eine falsche Bewegung, und du landest zwischen seinen Beinen. Ein Huftritt von ihm, und du bist tot.«

Seine Ermahnung klang für Séverine absurd. Kein Tier aus Faucheville würde sich je gegen sie wenden. Sie machte sich von ihm los und bemerkte, dass er einen schweren Reitumhang trug. Ein Mantelsack hing über seiner Schulter.

»Du verlässt die Stadt? Nachts? Was ist geschehen, dass du mich allein lässt?«

»Beruhige dich. Du musst nicht immer gleich das Schlimmste annehmen, wenn du etwas nicht auf Anhieb verstehst.«

»Wundert dich das?«

»Es gibt keinen Grund zur Sorge. Philippe hätte dir Bescheid gegeben. Ich glaubte, es sei schon zu spät, dich heute zu benachrichtigen.«

»Philippe.« Séverine schnaubte ähnlich wie Mars. »Er hält Abstand von mir, als litte ich an Aussatz. Reitest du in seinem Auftrag?«

»Ich reite nach Château Gaillard, aber außer uns darf keine Menschenseele davon wissen. Den kursierenden Gerüchten zufolge hat der König seine Schwiegertöchter dort einkerkern lassen. Ich muss herausfinden, ob das stimmt.«

Sie suchte zögernd nach Worten. Zwischen Erleichterung und Sorge hin- und hergerissen. »Ich hatte schon Angst, dass du uns für immer verlässt.«

»Und da nimmst du an, dass ich in der dunkelsten Nacht

mein Pferd sattle und mich ohne jede Erklärung auf und davon mache? Eine schöne Meinung hast du von mir. Bei Gott, ich glaubte, du hieltest mehr von mir.«

»Du missverstehst mich«, verteidigte sich Séverine. »Du weißt, dass ich dir nicht misstraue. Aber ich bin nur in dieser Stadt, weil du mich hierhergebracht hast. Wer kümmert sich hier um mich, wenn du nicht da bist? Philippe redet nicht mit mir. Er schätzt meine Dienste, aber nicht meine Person. Das spüre ich genau.«

»Er schaut dich an und sieht Jeanne vor sich.«

Der Einwurf konnte Séverine nicht milder stimmen. »Das ist nicht meine Schuld. Ich bin es leid, auszulöffeln, was andere sich eingebrockt haben.«

Sie staunte selbst darüber, dass sie, im Dämmerlicht des Stalles, die Dinge plötzlich so schonungslos beim Namen nannte.

»Ich bin in zwei bis drei Tagen wieder zurück, dann sind wir klüger«, antwortete Adrien schließlich betont ruhig, ohne direkt auf ihre Vorwürfe einzugehen. Er zog sie weiter aus Mars' Reichweite und ergriff ihre Hände. »Du solltest um diese Zeit im Bett liegen. Was raubt dir den Schlaf?«

Séverine sah ihn enttäuscht an. »Hast du eigentlich eine Ahnung von meinem Leben? Verschwendest du auch nur einen Gedanken daran? Ich bin eine Gefangene. Nur zwischen meinem Gemach und den Räumen der Kinder darf ich mich frei bewegen. Außer mit Jacquemine und den Kindern spreche ich mit keinem Menschen. Nachts im Dunkeln schleiche ich mich heimlich vor die Tür, um überhaupt einmal ins Freie zu kommen. Oft kann ich vor Verzweiflung und Ratlosigkeit nicht schlafen.«

»Trotzdem darfst du dein Leben nicht in Gefahr bringen.«

»Nennst du das tatsächlich Leben? Mein einziger Vertrauter ist ein Pferd. Weißt du, dass ich dabei war, als Mars zur Welt kam? Ich habe ihn trocken gerieben und ihn gestützt, weil er zu schwach war, allein bei seiner Mutter zu trinken. Wir sind all die Jahre Freunde geblieben. Du hingegen gehst mir absichtlich aus dem Weg. Warum?«

Wie sollte er in Worte fassen, was ihn bewegte? Wie das Chaos aus Gefühlen, Pflichten und Wünschen ordnen, das seinen Alltag so kompliziert machte?

»Ich bin dir lästig, nicht wahr?«

»Nein! Niemals!« Die traurige Feststellung riss ihn aus seinem Selbstmitleid. »Du bist mir teuer. Verzeih. Ich war unwirsch und gedankenlos. Ich habe nur an mich und meine Probleme gedacht.«

»Dein Vater?«, fragte Séverine.

»Wie kommst du darauf?«

»Das Gesinde tratscht, dass er dich zu einer Ehe drängt. Wirst du ihm gehorchen?«

Nur, wenn du meine Braut wärst! Adrien unterdrückte die Worte im letzten Moment. Sein Vater würde einen Wutanfall bekommen, wenn er ahnen würde, dass er Séverine nach Paris gebracht hatte. Nur weil er Faucheville und seine Belange seit Jahren seinem Sohn überließ, war es Adrien bisher gelungen, dies zu verheimlichen. Er hinterging seinen Vater nicht gern, aber in diesem Falle stand Séverines Schicksal auf dem Spiel. Ehe er nicht die Einwilligung des Königs zu einer Heirat mit ihr bekam, durfte niemand von ihrer Existenz im *Hôtel d'Alençon* wissen. Sie musste in diesem Haus bleiben, weil nur bei Philippe gewährleistet war, dass sie sich in Sicherheit befand.

Séverine glaubte zu wissen, weshalb er schwieg. »Fürchtest

du, dass ich die Wahrheit nicht ertrage? Ich halte mehr aus, als ich dachte. Das weiß ich inzwischen. Was ich nicht ertrage, sind Lügen und falsche Versprechungen.«

»Ich habe dich nie belogen.«

»Aber du schweigst, weil du denkst, du könntest mir die Wahrheit nicht zumuten. Ist das auf seine Art nicht ebenso eine Lüge?«

Adrien lockerte den Griff, aber er gab sie nicht frei.

»Man kann nicht immer alles sagen. Wenn man jemanden damit in Gefahr bringt, muss man schweigen dürfen«, sagte er angestrengt. »Mir liegt allein an deinem Wohlergehen. Solange du es wünschst, werde ich an deiner Seite sein.«

Séverine lachte freudlos. »Meine Wünsche haben noch nie gezählt. Mir ist klar, dass es in deinem Leben keinen Platz für mich geben kann. Unsere Wege werden sich trennen. Du hast Verpflichtungen. Philippe, dein Vater, der König, alle beanspruchen dich.«

Da sie im Dunkel des Pferdestalles sein Mienenspiel nicht sehen konnte, lauschte sie auf seine Atemzüge. Rasch und unregelmäßig hörten sie sich an. Wütend? Weil sie die Dinge beim Namen nannte?

»Du täuschst dich. Das alles ist wohl wahr, doch du bist meinem Herzen am nächsten«, sagte er nach einer schier unendlichen Pause eindringlich. »Du. Niemand wird dich verdrängen können.«

»Hast du vergessen, wer ich bin? Ein Nichts. Eine verstoßene Tochter. Du weißt nicht, was du sagst«, erwiderte sie traurig.

»Ganz im Gegenteil. Nie zuvor war ich mir meiner Gefühle so sicher. Mein Leben und meine Liebe gehören allein dir. Für immer!«

Die Gedanken überschlugen sich in Séverines Kopf. Sie musste träumen. Bestimmt träumte sie.

»Erinnere dich an Maubuisson, ehe die Katastrophe über uns hereinbrach«, beschwor Adrien sie, weil sie nichts sagte. »Du musst gespürt haben, was uns verbindet. Dass wir wie zwei Hälften eines Ganzen zusammengehören. Ich will dich lieben und vor allem Bösen bewahren, solange ein Funken Leben in mir glimmt. Mit Philippe habe ich bereits darüber gesprochen. Nach Jeannes Begnadigung und Rehabilitierung wird er alles daransetzen, dem König die Einwilligung zu unserer Heirat abzuringen.«

»Ob ich mich morgen an diesen Traum erinnern werde?«, flüsterte sie tonlos.

»Séverine! Es ist kein Traum. Ich begehre dich, ich liebe dich. Ich will mit dir leben, für dich da sein. Ich möchte Kinder mit dir haben. Sag mir: Erwiderst du meine Liebe, und willst du meine Frau werden?«

Séverine war überwältigt. Tränen schossen ihr in die Augen. Adriens Frau zu sein war alles, was sie sich wünschte. Mit dem ganzen Ungestüm ihres Temperaments warf sie sich an seine Brust und presste ihre Lippen auf die seinen. Ihr stürmischer und zugleich unschuldiger Mund schmeckte nach Honig und Gewürzen.

Was sich an Sehnsucht, Leidenschaft und Gefühlen seit jenem Abend auf den Wällen in ihnen aufgestaut hatte, brach sich mit Macht Bahn.

Ohne jede Befangenheit gab auch Séverine dem heißen Drängen nach, das Adriens Umarmung in ihr weckte. Sie schlug den Reiterumhang zurück, damit sie sich noch enger an ihn schmiegen konnte. Nichts sollte zwischen ihnen sein.

»Du verführst mich«, flüsterte er ihr ins Ohr, während er sich bezwang, nicht nach ihren Brüsten zu greifen, die sich so verlockend unter ihrem Kleid wölbten. »Wir müssen kühlen Kopf bewahren, Séverine, und vernünftig sein.«
Séverine wollte von seinen Bedenken nichts wissen. Seit ihr bewusst geworden war, dass sie sich nach dem Mann Adrien sehnte und nicht nach dem Bruder, wünschte sie sich mit ihm eine innige Vereinigung. Sie wollte nicht mehr nur seine starken Arme spüren, sondern auch seine Männlichkeit.
Sie schlang die Arme um seine Hüften und schmiegte sich an ihn. All seine guten Vorsätze machte sie zunichte.
»Ich will die Deine werden. Jetzt! Was kümmert mich die Vernunft! Liebe mich! Jetzt!«
Adrien machte noch einmal einen leisen Versuch, sie zu schützen. »Ich will dich in allen Ehren zu meiner Frau machen.«
Ein Finger auf seinen Lippen unterbrach ihn.
»Komm auf den Zwischenboden. Dort finden wir im frischen Stroh ein wundervolles Lager. Wir denken uns einfach, wir lägen gemeinsam in Faucheville.«
Sie zog ihn zur Leiter. Adrien verstand, was sie bewegte. Wer wusste, was morgen sein würde. Das Leben war unsicher und stets gefährdet. Mit fast dreißig Jahren hatte er ein Alter erreicht, in dem viele der jungen Männer, die mit ihm als Knappen gedient hatten, bereits Krankheiten, Kriegen und Unfällen zum Opfer gefallen waren.
Séverine zögerte keinen Moment, die Kleider abzustreifen. Im Schein der eisernen Laterne, die Adrien schnell noch entzündet hatte, strahlte hell ihr Körper. Die Stadt hatte ihm die gesunde Bräune genommen, dafür lag der Glanz von feinstem Alabaster auf der Haut.

Adrien konnte und wollte die Augen nicht abwenden, die Erregung nicht länger mit Gedanken an Sittsamkeit und kirchliche Gebote zügeln. Wie hatte er ihre Gestalt je für knabenhaft halten können? Sie besaß eine zerbrechlich schmale Taille, und ihre Brüste wölbten sich wie feste Äpfel. Im Schoß kräuselte sich helles Haar. Jetzt gab es kein Zurück mehr. Hastig legte er ebenfalls sein Gewand ab und wandte sich ihr zu.
Bewundernd tasteten Séverines Blicke, halb scheu, halb neugierig, über den Männerkörper. Das Dämmerlicht ließ breite Schultern, schmale Hüften, die Muskeln des Reiters und Schwertkämpfers erkennen sowie eine Männlichkeit, die sich ihr entgegenreckte. Noch ehe die Unsicherheit Oberhand gewinnen konnte, fand sie sich in Adriens Armen geborgen. Seine Küsse vertrieben die letzte Unsicherheit. Endlich konnten sie ihrem Verlangen nachgeben.
Er liebkoste sanft ihre Brüste, erkundete ihren Leib. Ein lustvoller Schauer durchrieselte ihren Körper. Séverine zitterte, brannte und verlor sich im Strudel der Gefühle. Unruhig drängte sie sich ihm entgegen, auf der Suche nach etwas Unbekanntem. Sie war sich sicher, dass nur Adrien ihre Sehnsucht stillen konnte.
Adrien unterband ihren Aufschrei mit den Lippen, als er ihr den unvermeidlichen Schmerz zufügte. Die bedingungslose Hingabe, mit der Séverine ihn in sich aufnahm, überwältigte ihn. Nie zuvor hatte eine Frau seine Leidenschaft so erwidert und geteilt. Sie waren füreinander geschaffen.
»Hast du Schmerzen? Es tut mir leid.«
Überwältigt schlug Séverine die Augen auf, als sie endlich wieder wusste, wer und wo sie war.

»Ist es immer so … so als würde man zum Himmel fliegen? Dafür will ich den Schmerz gern in Kauf nehmen.«
Adrien legte seine Stirn an die ihre und küsste sie auf die Nasenspitze. Ihre Handflächen glitten sachte über seinen Rücken, strichen über sein Gesäß. Sie machte es ihm schwer, sich aus ihr zurückzuziehen.
»Bis ich wieder da bin, wirst du den Schmerz vergessen haben. Es tut nur beim ersten Mal weh«, versicherte er ihr sanft.
»Bis du wieder da bist …«, wiederholte Séverine, und er spürte, wie sie sich tapfer der Wirklichkeit zuwandte. »Die Straßen sind unsicher, du hast es selbst gesehen, auf unserem Weg nach Pontoise. Ich wünschte, Julien wäre an deiner Seite und würde dir den Rücken decken.«
»Du weißt, dass er seine Familie besucht. Auch möchte Philippe keine anderen Zeugen. Aber Mars wird mich sicher nach Paris zurückbringen.« Adrien vergrub die Hände in ihren aufgelösten Haaren und atmete den Duft nach Schafgarbe und Sommer ein. »Du fehlst mir schon, wenn ich nur daran denke, dich verlassen zu müssen.«
»Ich werde für dich beten.«
Sie machte keinen Versuch, ihn von dem Ritt nach Château Gaillard abzuhalten. Ihr war ebenso klar wie ihm, dass nur er Philippes Auftrag ausführen konnte. Dennoch kämpfte sie mit ihrem Kummer, als er das gesattelte Pferd aus dem Stall führte. In Kürze würde es tagen, und er wollte unter den Ersten sein, die die Stadt Richtung Westen verließen, wenn das Stadttor des heiligen Antonius geöffnet wurde.
»Gott schütze dich, geliebte Séverine«, sagte er innig und küsste sie.
Séverine verstummte der Gruß auf den Lippen.

Mit brennenden Augen sah sie ihm zu, wie er aufsaß und zum Tor ritt. Der Morgen nahte. Schon konnte sie die Umrisse der Mauern und Gebäude erkennen. Die mürrische Stimme des Torwächters, das Knarren des Tores, das Geklapper von Mars' Hufen folgten ihr zum Kücheneingang. Sie musste sich beeilen. Jeden Augenblick konnte der erste Hausknecht zum Abtritt hinter den Ställen schlurfen.
Obwohl sie ihre Kammer ohne Zwischenfälle erreichte, raste ihr Herz, und ihre Knie zitterten. Waren wirklich erst wenige Stunden vergangen, seit sie – von rätselhafter Unruhe getrieben – ihr Bett verlassen hatte? Sie kehrte als eine andere zurück.
Als Adriens Braut?
Es war tollkühn, das zu denken. In Wahrheit hatten sie und Adrien keine Chance, je ein Paar zu werden, sagte ihr kritischer Verstand. Dafür hätte Philippe schon selbst König sein müssen. Dennoch bereute sie nichts. Sie empfand, was geschehen war, als großes, gerechtes Geschenk.

Elftes Kapitel

Die Frauen von Les Andelys trauten einem Fremden hoch zu Ross nicht über den Weg. Unsicher zogen sie sich vom Waschplatz an der Mündung des Gambon zurück. Adrien hatte den Bach soeben durchquert und wollte sie nicht unnötig erschrecken, deswegen verzichtete er auf einen Gruß und ließ Mars auf dem Uferweg angaloppieren.

Das Dorf lag in einer Schleife der Seine, in Sichtweite der Festung, zwischen dem Gambon und einem zweiten Bach, der in den Fluss mündete. Siebzehn Türme und gewaltige Mauern begrenzten den Horizont im Westen. Château Gaillard war eine beeindruckende Festung.

Vor dieser Kulisse verschwanden die Häuser des Ortes geradezu. Auf der Suche nach einer Schenke lenkte Adrien Mars in Richtung des kleinen Gotteshauses. Bevor er seinen Auftrag erledigte, wollte er seinen Hunger stillen und versuchen, ein paar Informationen zu erlangen.

Auch in Les Andelys war die Schenke neben der Kirche der Treffpunkt aller Männer aus der Umgebung. Niemand konnte ihm besser Auskunft geben als der Wirt. Er war ein gutmütiger, untersetzter, schon etwas älterer Mann, der sich über jeden Gast freute und gern ein Schwätzchen hielt. Er

setzte sich ohne Zögern zu ihm an den langen Tisch und begann ein Gespräch.
Adriens Fragen nach der Burg und ihren Bewohnern beantwortete er in aller Ausführlichkeit.
»Arme Teufel sind es, alle miteinander. Sowohl die, die Dienst dort tun, wie die Gefangenen, die sie bewachen, Seigneur. Dem Anschein nach hat man sie vergessen. Als Letzter ist ein Kaplan auf die Burg gekommen. Seitdem hat sich keiner mehr der Festung genähert.«
Adriens Messer verharrte kurz in der Luft, ehe er den nächsten Streifen Speck abschnitt. »Setzen sie dort oben auch Priester gefangen?«
»Aber nein. Der Kaplan liest die Messen in der Burg und nimmt den Gefangenen die Beichte ab.«
»Das müssen ja bedeutende Herrschaften sein, wenn man sich noch um ihr Seelenheil kümmert.«
»Mag sein.« Der Wirt stemmte sich ächzend hoch, weil eine Gruppe Bauernburschen eintrat. »Aber wenn sie einmal hinter diesen Mauern gelandet sind, ist ihre Bedeutung kein Staubkorn mehr wert. Keiner von ihnen hat diesen Kerker je lebendig wieder verlassen. Ich habe gehört, dass es Frauen sein sollen. Vielleicht sogar nahe Verwandte des Königs. Man munkelt, es könne sich um die Prinzessinnen handeln, die in Pontoise verurteilt wurden.«
Adrien trank seinen Wein aus und warf eine zusätzliche Münze auf den Tisch, ehe er mit einem gemurmelten Gruß das Gasthaus verließ. Er lenkte Mars auf den ausgewaschenen Karrenweg zur Burg. In endlosen Windungen zog er sich den Kalkfelsen hinauf, so dass ihm genügend Zeit zum Nachdenken blieb. Die Schwiegertöchter des Königs waren also tatsächlich nach Château Gaillard verbannt worden.

Mit zunehmender Höhe wurde der Blick spektakulärer. Der Fluss mit seinen Sandbänken und der Insel vor dem Dorf zeigte sich aus der Höhe als gewundenes, graublaues Band. Schon Richard Löwenherz hatte die Insel, genau vor Les Andelys, befestigt. Im Kriegsfall wurde von dort aus der Fluss auf beiden Seiten mit Ketten versperrt, so dass jeder Schiffsverkehr zum Erliegen kommen musste. Die Barriere bildete ein unüberwindbares Hindernis für feindliche Armeen. Das Dorf lag zudem mitten in einem Sumpfgebiet, so dass die Zitadelle auf dem Landweg nur über befestigte Knüppeldämme erreicht werden konnte.

Als Adrien Mars vor dem engen Tor mit dem eisernen Fallgatter zügelte, dampfte das Streitross vom steilen Anstieg. Ein Bewaffneter in Kettenhemd und Helm, gelangweilt auf eine Hellebarde gestützt, fragte barsch nach seinem Begehr.

»Adrien Flavy, Ritter seiner Majestät des Königs«, antwortete er in einem Ton, der keinen weiteren Wortwechsel duldete. »Ich wünsche den Burghauptmann zu sprechen.«

Der Wachmann brummte eine unverständliche Antwort und bellte einen Befehl. Knirschend setzten sich die armdicken Eisenstäbe des Fallgatters nach oben in Bewegung. Adrien lenkte Mars durch das Tor und konnte ein Unbehagen kaum unterdrücken. Unter dem Steingewölbe der Torpassage hallten die Hufschläge unheilvoll nach. Die Wachmannschaft teilte ihm keine Begleitung zu. Es war unnötig. Nachdem das Gatter wieder nach unten gerattert war, gab es kein Entkommen mehr aus dieser Festung.

Innerhalb des ersten Mauerringes gelangte Adrien wieder ins Freie. Neugierig sah er sich um.

Ursprünglich aus fast weißen Steinquadern errichtet, war das Mauerwerk inzwischen grau geworden. Fels und Befestigungen gingen ineinander über. Er ritt an Wassergräben, Pferdeställen und der Werkstatt eines Waffenschmiedes vorbei. Vor der Zugbrücke des zweiten Mauerringes blieb er stehen. Erst nachdem sie sich gesenkt hatte, konnte er den Anstieg zum Donjon hinaufreiten.

Im Bergfried und dem angrenzenden Gebäude befanden sich die Kapelle, das Quartier des Hauptmannes und die Unterkünfte der Gefangenen. Uneinnehmbar auf dem höchsten Punkt des Felsens war er Wind und Wetter ausgesetzt, so dass er nur die allernötigsten Fensterschlitze besaß.

König Philippe August und seine Männer, die Richard Löwenherz diese Festung für die französische Krone wieder entrissen hatten, waren im Jahre 1204 angeblich durch die Latrinengänge in das Herz der Anlage vorgedrungen. Adrien war geneigt, das zu glauben. Einen anderen Weg schien es nicht zu geben.

Welch ein beklemmender Aufenthaltsort für drei junge Frauen. Sogar für Marguerite und Blanche brachte er unter diesen Umständen Mitgefühl auf. Umso mehr beim Anblick des Burghauptmannes von Château Gaillard. Bersumée war ein finsterer Geselle. Bärtig, mit schütterem Haupthaar und tiefliegenden Augen, brachte ihn erst die Nachricht auf die Beine, dass sein Besucher aus Paris kam.

»Was führt Euch nach Château Gaillard, Seigneur?«, fragte er brummig und misstrauisch.

»Der Auftrag, die Haftbedingungen Eurer Gefangenen zu überprüfen, Hauptmann.«

Adrien vermied es, eine bestimmte Person als Auftraggeber zu benennen. Er wusste um die Gefährlichkeit seiner Mission. Wenn es ihm gelang, Bersumée den Eindruck zu vermitteln, dass der König diese Kontrolle befohlen hatte, war schon viel gewonnen. Jedes seiner Worte sorgsam abwägend fuhr er fort: »Es ist wichtig, dass die Anweisungen seiner Majestät genauestens befolgt werden.«

»Selbstverständlich. Ich habe die Anordnungen genau gelesen.« Hörbarer Stolz klang aus seiner Stimme, denn es war nicht die Regel, dass Männer seines Standes lesen konnten. »Mit den verurteilten Frauen wird so verfahren, wie es befohlen wurde.«

Die offizielle Bestätigung seiner Befürchtungen verhärtete Adriens Züge.

»Sagt mir, wie sind sie untergebracht?«, setzte er das Verhör knapp fort.

»Je nun.« Der Hauptmann kratzte sich am Kopf und begann eine umständliche Aufzählung. »Die Verbannten sind im Donjon eingekerkert. Es gibt dort, über eine Treppe verbunden, drei gleich große, runde Gemächer mit gemauerten Gewölbedecken. Sie haben jeweils einen Kamin, aber nur der in der ebenerdigen Kammer, wo sich die Wachmannschaften aufhalten, wird beheizt. Auch nur dort sind Holzläden vor den Fensteröffnungen. In den anderen Kammern pfeift der Wind durch. Die Verurteilten müssen sich mit einem Holztisch, einem Hocker, einem ungepolsterten Betstuhl sowie einem einfachen Bett mit Strohsack und einer Decke begnügen. Kein Stroh auf dem Boden.«

Er brach ab. Adrien sah ihm an, dass er nach Worten suchte.

»Sprecht weiter. Ich muss alles bis ins Kleinste wissen«, forderte er ihn auf.

»Die Königin von Navarra ist sehr ungehalten«, stieß Bersumée missmutig heraus. »Sie schreit mich an, sobald sie meiner ansichtig wird. Sie rechnet gegen jede Vernunft täglich damit, dass ihre Verbannung aufgehoben wird. Sie sieht mich jetzt schon hängen. Sie fordert Schreibzeug, Feuer, Bedienstete, Kleidung. Sie will nicht glauben, dass ihr all dies auf höchsten Befehl verweigert wird. Sie sieht sich als die künftige Königin Frankreichs.«

»Und die anderen?«, fragte Adrien knapp.

»Die Gräfin von Marche? Ähm … ich fürchte, ihr Verstand hat unter den Umständen gelitten. Sie vergießt in einem Augenblick bittere Tränen, im nächsten tobt sie hysterisch. Einmal ist sie sogar den Wachhabenden angegangen. Sie hat sich das Gewand zerrissen, um ihre Brüste darzubieten. Sie ist nicht mehr ganz bei sich.«

»Eitelkeit und Unkeuschheit haben sie in diese schlimme Lage gebracht«, sagte Adrien seiner Rolle gemäß. »Kümmert sich der Priester um die Frauen?«

»Keine Sorge. Das tut er täglich. Dennoch erreicht er wenig. Die Königin von Navarra ist ungebrochen in ihrem Stolz, die Gräfin Marche ist eine hilflose Beute ihrer eigenen Verwirrung.«

Hauptmann Bersumée hielt inne. Man sah ihm an, dass er seine nächsten Worte wohl überlegte. »Versteht mich recht, Seigneur, ich entschuldige die Taten der Gefangenen nicht. Aber Einsamkeit, Hunger und Kälte setzen ihnen über die Maßen zu. Bedenkt auch, sie tragen noch immer dasselbe Gewand wie bei ihrer Ankunft. Wenn sie sich waschen wollen, müssen sie sich das Wasser vom Mund absparen. Unter ihren Nonnenhauben wächst das Haar nach, wird schmutzig und verfilzt. Was wird aus uns, die wir nur unsere Pflicht tun, falls sie doch begnadigt werden?«

Adrien verstand sein Unbehagen, aber er verriet sich mit keiner Silbe.

»Ihr seht sie regelmäßig?«, erkundigte er sich stattdessen.
»Nur in der Kapelle, bei der Messe und der anschließenden Beichte. Sie dürfen ansonsten ihre Kammer nicht verlassen.«
Adrien nickte stumm, als ihm der Hauptmann einen Becher Wein anbot. Seine Gedanken überschlugen sich. Da Jeannes Name bisher nicht gefallen war, musste er eine gefährliche Frage wagen.
»Und was hört Ihr von der Gräfin von Poitiers?«, warf er betont beiläufig ein.
»Die dritte der Ehebrecherinnen? Soll sie etwa auch zu uns gebracht werden?« Beunruhigt setzte der Hauptmann seinen Becher ab. »Das wäre kein guter Einfall. Meine Männer sind rauhe Burschen, aber keine Unmenschen. Sie leiden schon genug darunter, das Schicksal dieser beiden Frauen mit ansehen zu müssen. Nicht noch eines.«
Adrien musste seine ganze Selbstbeherrschung aufbringen, um gleichgültig zu erscheinen. Erleichtert, dass Jeanne nicht hier eingekerkert war, fragte er sich gleichzeitig besorgt, wohin man sie gebracht haben konnte.
»Eure Männer haben den Befehlen strikt zu folgen«, sagte er dann knapp. »Die Ehebrecherinnen haben jedes Recht auf Milde verspielt. Es kann keine Gnade dafür geben, dass sie die Söhne des Königs hintergangen haben. Es muss ihnen die ganze Härte des Gesetzes zuteilwerden, Hauptmann. Das ist eine schwere, aber ehrenvolle Aufgabe für Euch und Eure Männer.«
»Das sagt sich leichter, als es getan ist, Seigneur. Wir sitzen seit Monaten in diesem Adlerhorst fest. Man hat uns vergessen. Wir erhalten keinen Sold, keine Ablösung und keine Nachrichten. Unter solchen Umständen ist es schwer, Disziplin und Ordnung aufrechtzuerhalten.«

»Und doch ist genau das Eure Aufgabe, Hauptmann. Sorgt dafür, dass man Euch kein Versagen nachweisen kann. Und kein Wort über die Gefangenen darf über die Mauern der Burg dringen. Nichts über die Umstände ihrer Verbannung. Von heimlichen Nachrichten und Hilferufen ganz zu schweigen, haben wir uns verstanden? Es soll Euer Schaden nicht sein, wenn Ihr Eure Pflicht tut.«
Adrien löste Philippes Börse von seinem Gürtel und warf sie auf den Tisch. »Nehmt dies als Lohn für Treue und Gehorsam und teilt es mit Euren Männern. Ich verlasse mich darauf.«
Beim Klang der Münzen im Lederbeutel leuchtete das Gesicht des Hauptmannes auf. Er griff zu. »Ihr könnt Euch auf mich verlassen, Seigneur. Es wird höchste Zeit, dass ich meine Leute ruhigstellen kann.«
»Tut das«, entgegnete Adrien. »Man wird Euch auch weiterhin im Auge behalten.«
»Wollt Ihr Euch selbst überzeugen? Ich bringe Euch in den Donjon.«
Eilfertig stopfte Bersumée den Beutel unter sein Wams und ging in Richtung Tür.
»Bei Gott, nein! Wirklich nicht«, lehnte Adrien ab. »Mein Erscheinen würde nur falsche Hoffnungen in den Gefangenen wecken. Ich glaube Euch auch so, dass Ihr allen Anweisungen geflissentlich nachkommt.«
Die Börse tat ihre Wirkung. Ein Schwall von Beteuerungen ergoss sich über Adrien, während er tief in seinem Herzen Besorgnis empfand. Er wusste, dass er die Haft der Ehebrecherinnen durch seine Worte möglicherweise verschärfte.
Mir bleibt keine andere Wahl, verteidigte er sich vor dem

eigenen Gewissen. Ich muss gewärtig sein, dass dem König mein Besuch hier bekannt wird, denn sicher hat er auch in Château Gaillard seine Spione. Ich muss dann diesen Besuch hieb- und stichfest begründen können: Philippes Wille, seine Schwägerinnen gnadenlos zu strafen, wäre ein solcher. Sie haben Jeanne ins Unglück gerissen.
Um noch eine Spur für sein Motiv zu legen, wandte er sich wieder an den Burghauptmann. »Nehmt den Beutel als Dank meines Herrn. Auch der Graf von Poitiers wünscht, dass die Gerechtigkeit ihren Lauf nimmt. Er ist ein gehorsamer Sohn seines Vaters.«

* * *

Der Lärm hallte von der Decke des Waffensaales wider. Das Klirren der Schwerter, das Dröhnen hölzerner Übungswaffen und das Stöhnen der Männer, die das tägliche schweißtreibende Training des Schwertkampfes absolvierten.
Philippe lieferte sich einen schweren Kampf, aber er gab erst auf, als er seinem Gegner, einem wahren Hünen, mit einem besonders geschickten Hieb die Waffe aus der Hand schlagen konnte. Der Riese war ein Muskelprotz, doch Philippe zeichneten Zähigkeit, Schnelligkeit und ein besonders gutes Reaktionsvermögen aus.
»Lassen wir es gut sein, Kamerad.« Er senkte das Übungsschwert. Er kochte geradezu unter dem herabgeklappten Visier seines Helmes und dem stählernen Kettenhemd. Beide nahmen sie gleichzeitig die Kopfbedeckung ab. Philippe sah ein breitflächiges Bubengesicht, das zu seiner Herkulesgestalt nicht passen wollte.
»Robert von Artois?« Er reagierte mit unverhohlenem Er-

staunen. »Seit wann seid Ihr wieder in der Stadt und bei Hofe? Ich wusste nichts von Eurer Rückkehr.«
Artois verneigte sich vor dem Königssohn.
»Der Sommer neigt sich dem Ende zu, die Herbstjagden stehen an. Der König wünscht, dass sich seine Ritter vollzählig um ihn versammeln.«
Zwei Knappen halfen Philippe aus der Rüstung und nahmen seine Waffen entgegen. Ein dritter stand mit einer Wasserschüssel und einem frischen Leinentuch bereit. Nachdem er sich den Schweiß vom Gesicht gewaschen und die Haare mit beiden Händen nach hinten gestrichen hatte, sprach Philippe eine Einladung aus.
»Begleitet mich, Artois. Ich bin sicher, Ihr könnt ebenfalls einen frischen Trunk brauchen. Ihr habt mir einen guten Kampf geliefert. Ich habe Euch an der Statur nicht erkannt. Wir haben uns lange nicht gesehen.«
»Seit den schrecklichen Ereignissen in Pontoise«, nickte Artois. »Ein Jammer, dieser Skandal. Ihr habt mein ganzes Mitgefühl.«
Heuchler, kommentierte Philippe im Stillen. *Ich weiß längst, dass du das Deine dazu getan hast, diesen Skandal öffentlich zu machen.*
»Findet Ihr die Stadt und den König verändert?«, fragte er.
»Die Menschen sind unzufriedener. Der König gealtert«, antwortete Artois unhöflich.
Philippe wechselte die Taktik und wurde ebenfalls direkt.
»Man sagt, Ihr habt in Pontoise meiner Schwester die Beweise für die Anklagen geliefert, die meinem Vater schließlich für sein Strafmaß keine andere Wahl ließen.«
»Und? Seid auch Ihr dieser Überzeugung?«
Philippe antwortete nicht. Er öffnete Artois die Tür zu

einem Gemach, in dem eine Mahlzeit auf ihn wartete. Ein weiterer Knappe füllte bei ihrem Eintreten die Weinbecher, ehe er auf Befehl seines Herrn verschwand.

»Bedient Euch.«

»Eure Gastfreundschaft erstaunt mich«, knurrte Artois. Er trank den Wein in einem Zug. »Was wollt Ihr von mir?«

Ein Krieger nach dem Herzen meines Vaters, konstatierte Philippe und schenkte ihm sofort nach. *Kampfstark, einfältig, ehrgeizig und käuflich, wenn der Preis hoch genug ist.*

»Mit Euch reden«, antwortete er danach ruhig. »Ihr habt Mahaut, Jeannes Mutter, Rache geschworen dafür, dass sie Euch um Euer Erbe gebracht hat. Sie hat vor dem König geschworen, dass Euer Vater und Eure Mutter nicht verheiratet waren. Ihr konntet das Gegenteil nicht beweisen und seid damit offiziell ein Bastard, dürft Euch nicht Graf von Artois nennen und werdet die Provinz nie erben.«

»Ein schändlicher Meineid«, zischte Artois.

»Wie dem auch sei. Ihr werdet Euren Zwist mit Mahaut nicht neu entfachen, auch wenn es Euch danach drängt. Haltet Euch zurück.«

»Soll ich das als Drohung verstehen?«

»Das bleibt Euch unbenommen.«

Sie maßen einander mit Blicken. Ein kraftstrotzender Haudegen und ein hagerer Prinz, dem man die schlaflosen Nächte ansah. Dennoch war es Artois, der die Augen zuerst abwandte. Der Autorität wagte er nicht offen den Kampf anzusagen.

»Mir liegt nichts daran, Euren Unwillen auf mich zu ziehen«, antwortete Artois nun betont zurückhaltender. »Wie kommt Ihr darauf, dass ich dem Hause Burgund-Artois schaden will. Es ist auch das meine.«

»Haltet Euch in der nächsten Zeit von Mahaut fern.« Philippe verweigerte die Ablenkung. »Sie ist seit gestern wieder in der Stadt. Sie bietet ihren ganzen Einfluss auf, um die Aufhebung der Verbannung ihrer Töchter zu erreichen. Ich wünsche nicht, dass Ihr ihre Bemühungen stört oder ihre Position schwächt. Ihr habt Eure Rache gehabt und genug angerichtet.«

»Wie darf ich das verstehen?« Artois war inzwischen beim dritten Becher Roten angelangt, aber der Wein schien ihm nichts anzuhaben. »Was bringt Euch auf den Gedanken, ich wolle die Begnadigung Eurer Gemahlin verhindern?«

»Euer allseits bekannter Wunsch, Mahaut am Boden zu sehen, könnte Euch antreiben. Allein über ihre Kinder ist sie zu verletzen, das habt Ihr klar erkannt. Aber es ist jetzt keine Zeit für Fehden dieser Art. Frankreich steht vor einem Hungerwinter. Der König ist erschöpft und, wie Ihr selbst gesagt habt, gealtert. Wenn Ihr auf die Zukunft setzt, dann dient mir. Es soll Euer Schaden nicht sein. Ich werde Euch behilflich sein, wenn Ihr darum kämpft, Rang und Erbe zurückzuerhalten. Aber erst, wenn Jeanne wieder an meiner Seite ist.«

»Verzeiht ein deutliches Wort, aber Ihr seid nicht der Erstgeborene, der mir dies garantieren kann. Louis erbt die Krone.«

»Aber ich werde in seinem Rat sitzen. Ihr kennt meinen Bruder, er brennt auf Kampf und Krieg. Die lästige Arbeit der täglichen Regierungsgeschäfte wird er gerne einem anderen überlassen. Keinem neuen Nogaret oder Marigny, das könnt Ihr mir glauben. Louis braucht einen Mann, dem er vertrauen kann. Seinen Bruder.«

Die Namen der Kanzler, vom Volk gefürchtet und gehasst,

vom Adel verachtet und zähneknirschend geduldet, weil sie nur ihre eigenen Interessen verfolgten, waren auch Artois ein Begriff. Er kämpfte lieber mit dem Schwert als mit Worten. Nachdenken, Vorausplanen war nicht seine Stärke, aber die Argumente Philippes leuchteten ihm ein.

»Ich werde abwarten«, nickte er schließlich langsam. »Zumindest für diesen Winter. Im Frühjahr werden wir sehen, wie die Dinge stehen. Wenn allerdings Mahaut mir in die Quere kommt, kann ich für nichts garantieren.«

»Sie wird Euch nicht in die Quere kommen.«

Es war ein unsicherer Waffenstillstand, das wusste Philippe, dennoch war ihm eine Last genommen. Das Eintreffen seiner Schwiegermutter in Paris hatte zusätzlich Hoffnung in ihm geweckt. Mahauts Position mochte angeschlagen sein, ihre Verbindungen waren dennoch nicht zu unterschätzen. Sie würde für ihre Töchter kämpfen, und ihm war jede Unterstützung willkommen. Er würde ernsthaft mit ihr sprechen müssen, wenn sie dem *Hôtel d'Alençon* einen Besuch abstattete.

Er musste nicht lange darauf warten. Mahaut überfiel ihn noch am selben Tag.

»Habt Ihr Euch tatsächlich mit Artois zum trauten Geplauder getroffen, Philippe? Wollt Ihr mir erklären, was ich davon zu halten habe?«

Während sie auf ihre übliche, stürmische Art vor ihm auf und ab ging, entdeckte er auch an ihr die Zeichen des Alters. Unter den kostbaren Stoffen ihres prächtigen Gewandes, verbarg sie, dass sie an Fülle verloren hatte. Die Augen lagen tiefer als früher in den Augenhöhlen, die Wangen waren schlaff geworden. Nur ihre Stimme – sie klang immer noch wie die eines Mannes.

»Auch Euch einen guten Tag, Mutter«, entgegnete er mit jenem stillen Sarkasmus, der ihm das einzige Mittel gegen ihre herausfordernde Art zu sein schien. »Ja, ich habe mich mit Eurem Neffen getroffen. Eure Spione halten Euch umfassend und schnell auf dem Laufenden. Leider habt Ihr ihn Euch zum erbitterten Feind gemacht. Er ist es, der Isabelle nach wie vor mit Informationen aus Frankreich und vom Hof versorgt, das müsst Ihr doch wissen.«

Eine nachlässige Handbewegung tat den Vorwurf ab. »Sagt mir, was hattet Ihr mit ihm zu bereden?«

»Dass er stillzuhalten habe, bis Jeanne begnadigt ist, habe ich ihm klargemacht.«

»Und Blanche. Und Marguerite, natürlich.«

»Da seid Euch nicht zu sicher, Mutter.«

»Nun, es muss ja nicht die Freiheit sein. Ein Kloster tut es auch fürs Erste«, schränkte Mahaut ein. »Fontevraud vielleicht. Auf keinen Fall können sie länger im Château Gaillard bleiben. Einen Winter dort übersteht kaum ein Mann.«

Es verwunderte Philippe nicht, dass auch Mahaut inzwischen wusste, dass die Frauen im Château Gaillard eingekerkert waren. »Hat der König Euch schon empfangen?«

»Noch nicht.« Mahaut fluchte wie ein Strauchdieb. »Aber ich werde mich nicht abweisen lassen, dessen könnt Ihr gewiss sein. Er kann einer Mutter nicht verweigern, für ihre Kinder zu bitten.«

Ihre laute, großspurige Art stieß Philippe noch mehr ab als sonst. Er versuchte, ruhig zu bleiben. »Wie geht es meinem jungen Schwager? Ich hoffe, Roberts Gesundheit ist wiederhergestellt?«

»Die Ärzte behaupten es.« Ungewohnte Besorgnis färbte

ihre Worte. »Ich wünschte, ich könnte ihnen glauben. Sie versuchen mich mit Erfolgsmeldungen zu beruhigen, aber seine anhaltende Schwäche spricht eine andere Sprache. Was ist mit Euren Mädchen? Jeanne kommt jetzt in ein Alter, das standesgemäße Erziehung fordert.«

»Die bekommt sie, Mutter, keine Angst.«

»Hütet immer noch Jacquemine Jeannes Kinderstube? Sie ist zu alt und zu nachsichtig dafür. Ich werde mich darum kümmern, eine junge Edeldame zu finden, die sie in meinem Sinne ersetzt.«

Philippe unterbrach den Redestrom gebieterisch. »Es ist nicht nötig, dass Ihr Euch darum kümmert. Jeanne hat selbst dafür gesorgt, dass Jacquemine Unterstützung hat.«

»Jeanne. Du meine Güte. Meine liebe Jeanne ist ein Schaf. Haben das die Ereignisse nicht hinlänglich bewiesen? Warum nur hat sie alles für sich behalten? Sie hätte die Pflicht gehabt, meinen Rat zu suchen. Ich hätte diese Schmach verhindert, das könnt Ihr mir glauben. Niemals …«

»Ich dulde nicht, dass Ihr so von ihr sprecht, Mutter.« Philippe erhob so selten die Stimme, dass sich Mahauts Augen vor Staunen weiteten. »Jeanne ist die Einzige in diesem Teufelskreis aus Vergnügungssucht, Lebensgier und Lügen, die völlig unschuldig ist. Verwendet Eure Energie und Euren Einfluss besser darauf, ihren Ruf wiederherzustellen. Und vermeidet um Himmels willen, Euer Gift in Artois' Richtung zu versprühen. Ihr habt ihn lange genug als Gegner unterschätzt, macht diesen Fehler nicht wieder.«

Mahaut zog ihre eigenen schnellen Schlüsse aus dieser Ermahnung. »Denkt nicht daran, mit dem Erbe meines einzigen Sohnes zu schachern, um Artois für Euch zu gewinnen, Philippe. Artois ist und bleibt ein Bastard, der weder ein

Recht auf den Titel noch auf die Ländereien der Grafschaft Artois hat. Und nun lasst die Kinder kommen, ich möchte mir selbst ein Bild von ihrem Befinden machen.«

Mahauts Anwesenheit hatte sich in Windeseile herumgesprochen. Jacquemine und die Amme eilten mit den Kindern herbei. Séverine war verschwunden.

In Gegenwart ihrer einschüchternden Großmutter verstummten die Kinder fast. Ihre leisen Antworten auf die strengen Fragen entlockten Mahaut eine Reihe missbilligender Äußerungen.

»Es wird alles gemacht, wie Jeanne es angeordnet hat«, unterbrach Philippe seine Schwiegermutter. »Geändert wird nichts, solange Jeanne es nicht wünscht.«

»Gütiger Himmel, seit wann verstehen Männer etwas von Mädchenerziehung? Das Beste wird sein, ich nehme für die nächsten Wochen meinen Wohnsitz unter Eurem Dach und …«

Philippe schickte die Frauen und die Kinder mit einer stummen Geste in die Kinderstube zurück, ehe er sich diplomatisch gegen dieses Ansinnen verwahrte.

»Das will ich Euch nicht zumuten, Mutter. Bleibt Ihr in aller Bequemlichkeit im Palais Artois, das Ihr Euch so vortrefflich eingerichtet habt. Ich müsste mir Vorwürfe machen, wenn ich Euch auf solche Weise beanspruchen würde.«

»Ich finde es schon beschämend genug, dass Jeanne Euch bisher nur Töchter geboren hat, Philippe«, beharrte Mahaut auf ihrem Vorschlag. »Die königliche Erbfolge verlangt Söhne, und sie hat diese Pflicht bislang vernachlässigt. Umso wichtiger ist es mir, dass die Mädchen zu Bräuten ohne Fehl und Tadel erzogen werden. Ihre Erziehung muss makellos sein.«

Ein Wort gab das andere. Philippe blieb hart. Auch als die Schläfenadern Mahauts zornig anschwollen und ihre Stimme zu voller Lautstärke anstieg.
»Jeanne wünscht, dass unsere Töchter unbehelligt von den Ereignissen und in Frieden aufwachsen. Im Trubel Eures Lebens und Eures Hofstaates wäre das nicht gewährleistet. Womöglich würden sie aus den Gesprächen Eurer Damen am Ende erfahren, wie ernst die Dinge wirklich stehen. Meine Älteste ist inzwischen verständig genug, um solches Gerede aufzuschnappen. Es kommt nicht in Frage, ein solches Risiko einzugehen.«
Mahaut scheiterte an Philippes eisernem Willen. Sie erwies ihm ächzend die Reverenz, die ihm als Prinz von Frankreich zustand, um den unerfreulichen Besuch zu beenden.
Ihr Schwiegersohn bat sie weder zu bleiben, noch lud er sie an seine Tafel.

* * *

Jacquemine und die Amme brachten die Kinder wieder in ihre Räume zurück. Sie hatten es so eilig, dass sie Jeanne dabei kurz aus den Augen verloren.
Mahauts Hofstaat hatte sich in der Halle niedergelassen. Mägde servierten Beerenwein und kleine Törtchen sowie Burgunder für die Herren. Jeanne beobachtete die heitere Gesellschaft und realisierte plötzlich, dass es seit langem der erste Besuch war. Nicht einmal ihre Tanten, für die das *Hôtel d'Alençon* ein zweites Zuhause war, hatten sich in den vergangenen Wochen blicken lassen. Wo steckten sie? Bei Mama?
Keine der Ehrendamen achtete auf das Kind, das halb hinter

einer Säule verborgen ihrem angeregten Geplauder lauschte.

»... sie wird den König wohl kaum davon überzeugen können, dass ihre älteste Tochter unschuldig ist«, sagte eine von ihnen. »Als kluge Frau hätte Jeanne von Burgund wissen müssen, dass man mit der Königin von Navarra und einer dummen Gans wie der Gräfin von Marche nicht gemeinsame Sache macht.«

Sie sprachen von Mama und ihren Tanten. Jeanne rückte noch näher. Ihr Gefühl sagte ihr längst, dass etwas Schlimmes passiert sein musste. Neugierig lauschte sie.

»Unsere Herrin wird die richtigen Argumente finden. Wenn jemand Seine Majestät zu nehmen weiß, dann ist sie es«, warf eine andere Hofdame ein.

»Diesmal wird nicht einmal ihr Einfluss ausreichen, den Schaden zu begrenzen. Philippes Frau ist beim König in unsägliche Ungnade gefallen«, mischte sich eine andere ein.

»Vermutlich wird die Gräfin von Poitiers den Rest ihrer Tage in einem Kloster zubringen müssen.«

»Wo bleibst du? Warum bist du uns nicht gefolgt?« Jacquemine hatte Jeanne gefunden. Sie ergriff ihre Hand und zog sie ungewohnt heftig mit sich.

Das Kind ließ es wortlos geschehen. Zutiefst erschrocken und voller Angst versuchte Jeanne, das Erlauschte zu begreifen. Mama würde nie wieder zurückkommen? Hatte sie das richtig verstanden?

Mahaut rauschte hinter ihnen in die Halle. Hörbar verdrießlich gab sie ihrer Begleitung den Befehl zum sofortigen Aufbruch.

»Du kannst von Glück sagen, dass deine Großmutter dich nicht entdeckt hat«, tadelte Jacquemine kurzatmig, während sie die Stufen zur Kinderkammer erklommen. »Es schickt sich nicht, zu lauschen und neugierig zu sein, habe ich dir das nicht schon viele Male gesagt?«

Jeanne blieb stumm. Ungnade. Kloster. Die Worte gingen ihr durch den Kopf, aber sie konnte keine Zusammenhänge entdecken. Mama in einem Kloster? Sie war ihre Mutter und keine Nonne.

Séverine erkannte auf den ersten Blick, dass Jeanne verändert war, als sie wieder in die Kinderkammer trat.

»Was ist mit dir? Du bist blass wie die Wand. Tut dir etwas weh?« An Jacquemine gewandt, die sich verschnaufend auf einer Bank niedergelassen hatte, fragte sie: »Hat Mahaut ihr etwas getan?«

»Was soll sie ihr getan haben? Ausgefragt hat sie die Kleinen. Das ist ihr gutes Recht als Großmutter. Du tust ihr unrecht, wenn du immer das Schlimmste vermutest. Sie wirkt streng und abweisend auf andere, aber für ihre Familie will sie stets nur das Beste.«

Nein. Ich gehöre auch zu ihrer Familie, wo und wann hat sie das Beste für mich getan?, wollte sie entgegnen, unterdrückte den sinnlosen Widerspruch aber und wandte sich Jeanne zu. Nur das Kind zählte.

»Jeanne, du siehst aus, als wäre dir ein böser Wolf begegnet. Was ist los, mein Schatz?«

Das Mädchen sah so unglücklich aus, dass Séverine die Kleine in die Arme nahm.

»Sie sagen, Mama kommt niemals mehr nach Hause zurück«, stammelte sie endlich erstickt. »Sie ist in … in Ungnade gefallen. Was ist das, Séverine?«

»Wer sagt so etwas?« Séverine versuchte, Zeit zu gewinnen.

»Großmutters Ehrendamen. Ich habe sie in der Halle belauscht. Sie sprachen von Mama. Ich wollte hören, ob sie wissen, wo sie ist und wann sie kommt. Ich weiß, das man nicht lauschen soll, aber ich musste es tun.«

Sollte Séverine sie tadeln? Zu gut konnte sie sich aus eigener Erfahrung daran erinnern, wie beunruhigend es war, nichts zu wissen. Voller Verständnis fasste sie nach Jeannes Hand und rieb ihr die eiskalten Finger.

»Was hat Mama dem König getan?«

»Nichts Schlimmes.«

Séverine musste antworten. Sie durfte das Kind mit seinen Fragen und Ängsten nicht allein lassen.

»Nichts Schlimmes. Das schwöre ich dir bei allem, was uns heilig ist, Jeanne. Sie hat einen Fehler gemacht. Einen Fehler, der den König sehr erzürnt hat. Es muss Zeit vergehen, damit er ihr verzeiht. Denk daran, wenn du zum Beispiel Streit mit deiner Schwester hast, bist du auch lieber für dich, weil dich schon Marguerites Anblick ärgert. Du magst sie dann einfach für kurze Zeit nicht mehr. So geht es dem König mit deiner Mama gerade. Und weil er der König ist, muss man seinen Zorn respektieren und die Zeit der Ungnade ertragen. Schon bald wird er einsehen, dass Eure Mama gar nichts Böses wollte. Dann wird er alles vergessen, und sie kann wieder bei uns sein.«

Die beruhigenden Worte taten eine gewisse Wirkung, konnten aber die nächste, misstrauische Frage nicht verhindern.

»Wann wird das sein? Wann wird Mama wieder bei uns sein?«, wollte Jeanne wissen.

»Du musst Geduld haben. Am besten vergisst du, was du gehört hast. Das meiste ist bei solchem Gerede immer dummer Tratsch.« Besseres fiel Séverine nicht ein.

»Was hat Mama eigentlich getan?« Jeanne besaß die Hartnäckigkeit ihres Vaters und ihrer Großmutter. »Hat es etwas mit Tante Marguerite und Tante Blanche zu tun? Sie waren so lange nicht mehr bei uns. Sind sie etwa auch in Ungnade beim König?«

Was sollte sie darauf antworten? Séverine sah zu Jacquemine, die stumm den Kopf schüttelte. Dennoch brachte sie keine Lüge über die Lippen.

»Ich fürchte, ja.«

»Dann kommt Mama niemals wieder.«

Jeanne warf sich erneut in Séverines Arme und begann hemmungslos zu schluchzen. Sie ließ sich durch nichts beruhigen. Sie weinte so laut, dass Marguerite, die im Nebenraum bei Bella und der Amme gespielt hatte, herbeigelaufen kam. Den Daumen im Mund, starrte sie ihre Schwester entsetzt an.

»Hast du dir weh getan?«

Die dünne Piepsstimme drang in Jeannes Elend. Sie hob den Kopf, schniefte und wiederholte ihre unglückliche Klage, ehe Séverine es verhindern konnte.

»Mama kommt niemals wieder!«

»Du lügst!«

»Mama ist für immer fort.«

Die Schwestern schrien sich so laut an, dass Séverine ebenfalls die Stimme erheben musste. »Du lieber Himmel, hört auf. Streitet euch nicht.«

In der jäh einsetzenden Stille stand Marguerite wie erstarrt. Während Séverine die bebende Jeanne Jacquemine in die Arme schob, wirbelte deren kleine Schwester mit fliegendem Rocksaum jäh herum und schoss wie ein Blitz aus dem Zimmer. Bis Séverine reagieren und hinterherlaufen konnte, waren Gang und Treppe leer. Nicht einmal Schritte hörte sie.

Was sollte sie tun? Sie konnte nicht durch den Palast laufen und nach dem Kind suchen. Damit würde sie alle Bemühungen, ungesehen zu bleiben, zunichte machen. Wohin wandte sich ein kleines Mädchen in diesem riesigen Haus, wenn es verzweifelt war und nicht mehr ein noch aus wusste? Kannten die Kinder ein Versteck, wie sie es in Faucheville, im Heustock hoch über den Pferdeställen, gehabt hatte?

Wenn das jemand wusste, dann nur Jeanne.

Es brauchte seine Zeit und viele beschwichtigende Worte, bis sie sich bereitfand, den Raum zu nennen, in dem sie beide heimlich Zuflucht suchten. Séverine fasste es kaum.

»Mamas Schlafkammer.«

Auch das noch. Philippe hatte Befehl gegeben, Jeannes persönliche Räume so zu pflegen, als käme sie jeden Augenblick zurück. Weder Jacquemine noch sie hatten bemerkt, dass sich die Kinder dort heimlich aufhielten. Wie war das möglich? Wann schlichen sie dorthin?

»Pater Clément beendet seine Lektionen manchmal früher, wenn wir ihn sehr darum bitten«, verriet Jeanne kleinlaut.

Die Gutmütigkeit des Priesters war bekannt. Unter Jeannes angstvoll fragendem Blick vermied Séverine jede Anklage gegen ihn. Sie würde mit ihm sprechen müssen. Jetzt gab es Wichtigeres zu tun.

»Wir müssen Marguerite holen, ehe jemand sie dort findet. Komm schnell. Wie seid ihr nur auf eine solche Idee verfallen?«

»Es duftet dort nach Mamas Blumen. Ihre Kleider liegen in den Truhen. Wenn ich die Augen zumache, kann ich mir vorstellen, dass sie da ist.«

Ja, das konnte Séverine verstehen. Am liebsten hätte sie es

ihr gesagt. Stattdessen wandte sie sich an Jacquemine. »Wir müssen uns beeilen. Bleib du bei der Amme und bei Bella.«

Sie kam sich wie eine Einbrecherin vor, als sie, Jeanne an der Hand, sorgsam um jede Ecke spähend, ihren Weg suchte. Wenn auch Philippe nicht zum Prunk neigte, so unterhielt er doch die Hofhaltung eines königlichen Prinzen. Schreiber, Kammerdiener, Leibwache und Edelmänner gingen bei ihm ein und aus. Keinem von ihnen wollte sie begegnen.

Nach einem letzten prüfenden Blick den Gang entlang – Jeannes Gesicht war vor Aufregung gerötet, die Tränen waren getrocknet – öffnete sie die Tür zur Schlafkammer der Hausherrin und trat ein.

Seit mehr als vier Monaten war sie nicht mehr in dem prächtig möblierten Raum gewesen. Ein unterdrücktes Quietschen lenkte ihren Blick zum Alkoven.

Auf der zerknitterten roten Samtdecke, bestickt mit königlichen Lilien, kauerte Marguerite. Sie drückte eine Gliederpuppe ängstlich an sich. Ihre Wangen waren nass vor Tränen, auch die Kleider der Puppe zeigten feuchte Flecken. Das Spielzeug war in feinsten Schleierstoff gehüllt, und durch die Gaze schimmerten Gold und Juwelen.

»Ein feines Versteck hast du dir da ausgesucht.« Séverine gab sich den Anschein, als sei nichts Besonderes vorgefallen. Sie trat näher und lächelte die Ausreißerin an. Jeanne kletterte zu ihrer Schwester aufs Bett und griff nach der Puppe. Marguerite öffnete protestierend den Mund.

»Keinen Streit«, befahl Séverine energisch noch vor dem ersten Laut.

Sie griff nach der Puppe. Ein Gegenstand fiel dabei aus den Schleierfalten und blieb auf der Decke liegen. Marguerite wollte danach fassen, aber Séverine war schneller. Eine Geldtasche. Eine Börse aus schwerem Goldgeflecht, mit Edelsteinen verziert. Ein Stück von seltener Kostbarkeit. Sie verstand nicht viel von Bijouterien, aber dass sie ein Kleinod und kein Kinderspielzeug in der Hand hielt, war auf den ersten Blick erkenntlich. Die komplette Ernte von Faucheville würde nicht ausreichen, ein solches Meisterwerk der Goldschmiedekunst zu erstehen.

»Woher hast du das?«, fragte sie und sah erst jetzt, dass eine von Jeannes Truhen mit offenem Deckel an der Wand stand. Sie bewahrte dort Schleier, Gürtel, Bänder und Almosentaschen auf. Ganz offensichtlich hatte die Kleine in den Accessoires gewühlt, um ihre Puppe auszustatten.

»Das gehört miiiir!«, behauptete Marguerite schrill.

»Nein, das gehört deiner Mama. Und wir legen es in ihre Truhe zurück, damit sie alles so vorfindet, wie es sich gehört, wenn sie nach Hause kommt. Runter vom Bett, alle beide. Wir müssen hier für Ordnung sorgen, sonst … Oh!« Sie fuhr herum und entdeckte Philippe.

Er stand in der offenen Tür, die Stirn gerunzelt und die Arme in die Seiten gestemmt.

»Ich habe Stimmen gehört, als ich vorbeiging. Was hat das zu bedeuten? Ist das jetzt die Kinderkammer?«

Séverine wäre am liebsten in den Boden versunken.

»Ich warte hier auf Mama«, piepste Marguerite, als einzige unbeeindruckt vom Auftauchen ihres Vaters.

Philippe trat vollends ein und schloss schweigend die Tür hinter sich. Sein Blick lag auf den Kindern, dann konzentrierte er sich auf Séverine.

»Verzeiht.« Sie verneigte sich vor ihm. »Marguerite wollte ihrer Mutter nahe sein. Ich weiß, dass ich es an der Aufsicht

fehlen ließ. Es soll nicht wieder vorkommen. Ich werde künftig besser darauf achten, dass …«
»Was habt Ihr da?«
Er starrte auf das Goldgeglitzer in ihrer Hand.
»Das ist mein Schatz«, meldete sich Marguerite.
»Wie dumm du bist. Er gehört Mama.« Jeanne musste das sofort richtigstellen.
Philippe hörte weder auf sie noch auf Marguerite. Er trat zu Séverine und nahm die Börse an sich, ehe er in die hellbraunen Augen sah, die denen seiner Frau so glichen.
»Wisst Ihr, was das ist?«
Séverine schüttelte stumm den Kopf. Sie spürte, dass Philippe unter Anspannung stand.
»Das ist eine der verteufelten Börsen, die meine Schwester Isabelle ihren Schwägerinnen zum Osterfest übersandt hat. Diese Börsen hatten den endgültigen Beweis geliefert für ihren Ehe… ähm …« Er vermied im letzten Moment das Wort »Ehebruch«. Die Kinder sahen ihn mit großen Augen an. »Woher habt Ihr sie?«
Beunruhigt darüber, dass dieses Indiz, das bei der Verurteilung seiner beiden Schwägerinnen eine so bedeutende Rolle gespielt hatte, von seiner Frau nie erwähnt worden war, hatte er Jeannes Schmuckschatulle danach durchsucht, als er aus Pontoise kam. Aber er hatte keine Spur davon gefunden. Isabelle hatte behauptet, allen dreien das gleiche Geschenk gemacht zu haben. Nun zu entdecken, dass seine Kinder damit spielten, wühlte alles wieder auf. Mit Mühe wahrte er vor den Mädchen das Gesicht.
Woher hatte seine Schwester eigentlich die Mittel für drei so kostbare Aufmerksamkeiten? Bat sie nicht den Vater in jedem zweiten Brief um Gold? Das starre Geflecht aus gezo-

genem Golddraht war ähnlich dem Stahldrahtgeflecht eines Kettenhemdes in dichten Maschen geflochten, aber beweglich geblieben. Dazwischen leuchteten Karfunkelsteine, Perlen, Smaragde, Achate und Saphire.

Isabelle war nicht die Frau, die ein solches Vermögen vergeudete, um ihre Schwägerinnen zu beglücken. Sie wollte ihnen schaden, ihnen eine Falle stellen, nicht sie erfreuen. Jemand, der Marguerites und Blanches Gier nach Juwelen genau kannte, musste dabei ihr Komplize gewesen sein. Er hatte vielleicht sogar die Börsen finanziert. Wer? Artois? Der Verdacht lag nahe.

Die Prinzessinnen mussten von Sinnen gewesen sein, diese auffälligen Börsen den Brüdern Aunay zum Geschenk zu machen. Kein Wunder, dass Isabelle sie auf den ersten Blick an ihren Gürteln erkannt, und ihre Anschuldigungen darauf gegründet hatte.

Was hatte Jeanne mit ihrer Börse gemacht? Sie entsprach nicht ihrem Geschmack, das sah er klar. Aber dass sie sie Séverine geschenkt haben sollte, konnte er auch nicht glauben.

Er sah sie an. »War die Börse die ganze Zeit in Eurem Besitz?«

»Aber nein.« Séverine hatte inzwischen beide Kinder an der Hand genommen. »Marguerite hat die Börse in der Truhe dort entdeckt. Sie gefiel ihr wohl, weil sie so hübsch glitzert.«

Philippe musterte die Kleine düster.

»So klein und schon so fasziniert von Gold und Edelsteinen. Ich hoffe, Eure Erziehung zu Bescheidenheit und Demut dämpft diesen Charakterzug.«

»Sie sind die Töchter ihrer Mutter«, verteidigte Séverine die

Mädchen leidenschaftlich. »Ihre Seelen sind rein. Allein die Sehnsucht nach Jeanne hat sie in dieses Gemach getrieben. Die Ehrendamen Eurer Schwiegermutter haben in der Halle über die Ereignisse getratscht und die Kinder erschreckt. Sie können nicht verstehen, was passiert ist. Aber dass ihre Mutter beim König in Ungnade gefallen ist und nicht an den Hof zurückkehren kann, ist ihnen nun leider nicht verborgen geblieben.«

»Ich wollte weder Euch noch sie tadeln, Séverine«, antwortete Philippe knapp. Immer mehr verstand er, was Adrien an ihr so schätzte. Wenn sie jemandem zugeneigt war, war sie es bedingungslos.

»Bringt die Kleinen in die Kinderkammer zurück und seht zu, dass Ihr dabei niemandem über den Weg lauft.«

Er strich den Mädchen liebevoll über den Kopf und öffnete ihnen die Tür.

Séverine zögerte. »Habt Ihr von Adrien gehört?«

»Nein. Aber wenn er eintrifft, werdet Ihr es erfahren. Ihr habt mein Wort.«

Sie verneigte sich ein zweites Mal und huschte mit den Kindern davon.

Die Börse in seiner Hand wiegend, trat Philippe an den Alkoven. Wann würde er seine Frau unter diesem Baldachin wieder in den Armen halten?

Er hatte an Jeannes Unschuld nie gezweifelt. Dass er jedoch Isabelles Geschenk nicht unter ihrem Schmuck gefunden hatte, hatte ihn beunruhigt. Umso größer war nun seine Erleichterung.

Zwölftes Kapitel

In Sichtweite der Stadtmauern von Paris zügelte Adrien sein Pferd. Er ließ den Blick über die Weinreben am Weg schweifen. Nirgendwo entdeckte er ein Anzeichen dafür, dass die Ernte eingebracht und die Weinstöcke beschnitten worden waren. Stattdessen hingen verschimmelte Reben zwischen trockenen Blättern. Früchte, die das Keltern nicht lohnten, die sogar von Vögeln verschmäht wurden.

Es war kein besonders gehaltvoller Wein, der im Südwesten von Paris, meist auf Klostergrund, angebaut wurde, aber die Städter ließen ihn genüsslich durch die Kehle rinnen. Den Ausfall der diesjährigen Ernte würden sie unangenehm zu spüren bekommen. Wenn Wirte und Händler Wein anderer Provinzen kaufen mussten, stiegen die Preise. Dies würde zusätzlich für Aufruhr sorgen.

Die Aussicht trübte seine ohnehin düstere Stimmung. Philippe erklären zu müssen, dass es ihm nicht gelungen war, Jeanne zu finden, lag ihm schwer im Magen. Der Gewaltritt von Château Gaillard nach Paris hatte ihm zwar Zeit zum Nachdenken gelassen, aber eine Antwort auf die Frage, weshalb der König ein solches Geheimnis um Jeannes Verbannungsort machte, blieb ihm verwehrt.

Im Gefolge eines Karrens, beladen mit Kleinholzbündeln,

war er der letzte Reisende dieses Tages, der die *Porte St. Antoine* passierte. Nach ihm wurde sie für die Nacht geschlossen. Niemand beachtete den staubigen Reiter. In Gedanken vertieft, bemerkte er auf dem *Place de Grève* seinen Vater erst, als der ihn beim Namen rief. Bis er steif aus dem Sattel gesprungen war, um ihn zu begrüßen, hatte der Baron ihn längst taxiert. Der Staub bedeckte Ross und Reiter.

»Du kommst aus Poitiers?«

Es widerstrebte Adrien, dem Vater ins Gesicht zu lügen. Er überging die Frage mit einem Gruß und sah sich um. Zu dieser Tageszeit leerte sich der Strandplatz an der Seine, auf dem die Todesurteile vollstreckt wurden und die Pariser ihre Neuigkeiten diskutierten. Linkerhand lag der älteste Flusshafen der Stadt. Die Lastenträger und Schiffer hatten die Arbeit bereits niedergelegt. Auch dies war ungewohnt für die Jahreszeit, die ganz im Zeichen der Ernte stand.

»Ich war in Philippes Diensten unterwegs«, antwortete er schließlich, so nahe an der Wahrheit wie möglich.

»Du tätest besser daran, deine Interessen bei Hofe wahrzunehmen, mein Sohn.«

»Wohin führt Euch der Weg, Vater? Seid Ihr ohne Begleitung?«, überging Adrien die Zurechtweisung mit einer Gegenfrage.

Die Auskunft, er sei auf dem Weg zu Mahaut, die seit kurzem wieder in Paris sei und ihre Gefolgsleute zum Festmahl in das *Palais Artois* geladen habe, alarmierte ihn.

»Hat sie Philippe aufgesucht?«

»Natürlich. Sie sind Verbündete im Bemühen, die Frauen aus ihrer Verbannung zu befreien. Zwei der Verurteilten sind schließlich ihre Töchter.«

»Mahaut hat nicht die Mutterliebe nach Paris getrieben.«

Adrien dachte an Séverine. »Wo hat sie Residenz genommen?«
»Im *Hôtel Artois*, du hast mir nicht zugehört.«
Ein Lichtblick. Wie viel Zeit bleibt mir, Séverine vor ihr in Sicherheit zu bringen? Sie wird Philippe zusetzen und ihre Enkeltöchter sehen wollen, schoss es Adrien durch den Kopf.
»Ich nahm an, sie würde sich unter den gegebenen Umständen um Philippes Gastfreundschaft bemühen«, erwiderte er so ruhig wie möglich.
»Das war ihr Plan, aber er wollte nichts davon hören. Er scheint zu glauben, dass er ihrer Unterstützung nicht bedarf. Er überschätzt sich, wie immer.«
»Konnte Mahaut dem König endlich entlocken, wo die Verbannten festgehalten werden?« Mit einem stummen Kopfschütteln verneinte der Vater die Frage, worauf Adrien sich hastig verabschiedete: »Dann entschuldigt meine Eile, Vater. Ich bin sicher, Philippe bedarf meiner Dienste. Gehabt Euch wohl.«
»Vergiss nicht, dass du zugesagt hast, an der Jagd des Königs teilzunehmen, Adrien. Es ist nicht in meinem Sinne, dass du im *Hôtel d'Alençon* den Hausknecht für den Königssohn spielst. Du solltest aufpassen, dass du dadurch nicht bei seiner Majestät in Vergessenheit gerätst.«
Ein Hustenanfall seines Vaters, der tief im Brustkorb nachhallte, gab der Mahnung etwas Nachdrückliches. Er klang zunehmend besorgniserregend. Schon bei ihrem letzten Zusammentreffen war Adrien dieser hartnäckige Husten aufgefallen.
»Ihr seid krank, Vater.«
»Unsinn. Nur ein lästiger Husten, der in diesem feuchten Sommer nicht weichen will.«

Adrien tat das Leiden weniger achtlos ab. Er bemerkte zudem, dass die respekteinflößende Gestalt seines Vaters an Spannkraft verloren hatte. Das eisgraue Haar war dünner geworden, die Augen lagen tief in den Höhlen.

»Ihr solltet das Übel nicht auf die leichte Schulter nehmen«, riet er.

»Ich bin kein altes Weib«, erhielt er zur Antwort. »Wir sehen uns bei der Jagd, mein Sohn.« Mit einem knappen Abschiedsgruß wandte er sich zum Gehen.

Mars anspornend, folgte Adrien in Gedanken seinem Vater, an dem er nie zuvor Zeichen der Schwäche wahrgenommen hatte. In letzter Zeit drängte er so vehement auf seine Verheiratung, dass Adrien sich diesem Wunsch kaum mehr entziehen konnte. Sie trugen Verantwortung für die Menschen, die auf Faucheville lebten. Der Vater verspürte wohl mehr und mehr die Last seiner Jahre und wollte die Zukunft gesichert wissen. Adrien verstand ihn. Auch ihm lag daran. Durfte er seine Gefühle für Séverine tatsächlich über diese Verpflichtung stellen?

Die Fülle der Probleme grub Falten in seine Stirn, die sich erst wieder glätteten, als er im *Hôtel d'Alençon* Julien die Zügel des Destriers reichte.

»Dich schickt der Himmel, Julien. Seit wann bist du wieder in Paris?«

Ein breites Grinsen ließ die Zähne des Knappen aufleuchten, ehe er sich höflich verneigte.

»Eine solche Begrüßung vernimmt man doch gern. Ich bin nur wenige Augenblicke vor Euch eingetroffen, Seigneur. Und bringe wichtige Neuigkeiten …«

»Die müssen erst einmal warten, mein Junge. Führ Mars in den Stall und versorge ihn gut. Ich habe ihn scharf herangenommen. Danach komm bitte sofort zu mir, ich brauche deine Dienste.«

»Aber …«

»Später«, schnitt ihm Adrien das Wort ab. »Zuerst muss ich Philippe aufsuchen.«

Obwohl er wusste, dass er Séverine nicht treffen würde, hielt er in der Halle und den Gängen Ausschau nach ihr. Sie hier zu wissen, erfreute und bedrückte ihn. Sie musste in jedem Fall außer Reichweite ihrer Mutter gebracht werden. Vielleicht konnte er Philippe dazu überreden, seine Töchter und ihren kleinen Haushalt in die Stammresidenz der Grafen nach Poitiers zu schicken. Je mehr Tagesreisen zwischen ihr und Mahaut lagen, umso beruhigter würde er sein.

Die Informationen aus Château Gaillard nahm Philippe mit stoischer Miene auf. Adrien wartete stumm auf seine weiteren Pläne.

»Ich muss das offene Gespräch mit meinem Vater wagen«, entschied er nach einer Weile. »Ich bin es leid, mich mit Gerüchten und Vermutungen herumzuschlagen. Jeanne ist unschuldig. Ich werde dem König den Beweis dafür bringen. Sieh her.«

Adrien starrte auf die glitzernde Börse, die er vom Tisch nahm. Ihm war auf den ersten Blick klar, worum es sich handelte.

»Isabelles Ostergeschenk. Sagtet Ihr nicht, es sei verschwunden?«

»Die Kinder haben die Börse unter Jeannes Zierat gefunden. Ich werde sie meinem Vater geben und ihn bitten, sie Isabelle zurückzusenden, mit einem Gruß von mir, sie habe meiner Frau übel mitgespielt. Bei dieser Gelegenheit werde ich ihn nach Jeannes Verbleib fragen. Schon morgen. Ich habe viel zu lange gewartet und geschwiegen.«

»Rechnet Ihr auf Mahauts Unterstützung?«

»Du weißt bereits von ihrem Besuch?«

»Durch eine Begegnung mit meinem Vater am Strandplatz«, erklärte Adrien. »Er war unterwegs zu einem Gastmahl in ihrem Palast.«

»Ich habe mich für diesen Abend entschuldigt«, antwortete Philippe. »Mir liegt nichts an Mahauts prunkvollen Auftritten. Ich …«

Ein Kratzen an der Tür ließ ihn innehalten. Auf seine Aufforderung erschien einer der zahllosen Schreiber des Hauses.

Adrien trat höflich wartend ans Fenster, bis der Mann sein Anliegen vorgebracht hatte. Hoffentlich bekam er noch die Gelegenheit, mit Philippe über Séverine zu sprechen. Er musste sie sehen, sich mit eigenen Augen davon überzeugen, dass es ihr wohl erging. Nicht zu wissen, was sie tat und wie sie sich fühlte, machte ihn verstimmt und besorgt. Bereute sie im Licht des Tages, was im dunklen Pferdestall geschehen war? Er musste nur daran denken, damit das Verlangen nach ihr unerträglich wurde.

»Lass ihn eintreten«, befahl Philippe in diesem Moment.

Erstaunt erkannte Adrien seinen Knappen Julien, der, die Kappe in der Hand, ehrerbietig Reverenz entbot. Er konnte nur um Nachsicht für so viel Selbstbewusstsein bitten.

»Entschuldigt seinen Eifer. Ich forderte ihn auf, mich nach getaner Arbeit, unverzüglich aufzusuchen. Ich nahm an, er würde in meiner Kammer auf mich warten.«

Philippe schickte den Schreiber wieder hinaus, ehe er den Knappen neugierig musterte.

»Schon gut«, beschied er. »Sprich, was hast du auf dem Herzen?«

Seine Menschenkenntnis sagte ihm, dass es um mehr gehen musste als bloßen Übereifer.

Julien trat von einem Fuß auf den anderen und wandte sich an Adrien: »Hat Euch die Nachricht des Boten schon vor mir erreicht?« platzte er atemlos heraus. »Ich wollte schnell sein, aber mein Fuchs verlor ein Hufeisen, so dass ich schon kurz hinter Dourdan einen Schmied suchen musste …«

»Welcher Bote, welche Nachricht?«, mahnte ihn Adrien zu logischer Rede.

Julien ordnete gehorsam seine Gedanken.

»Auf meinem Weg zurück nach Paris machte ich Station in der königlichen Festung von Dourdan. Verwandte von mir tun dort Dienst.«

»Sein Bruder«, warf Adrien zur Erklärung ein. »Er war Tempelritter. Glücklicherweise ist er der Vernichtung entgangen. Als schlichter Kriegsknecht hofft er nun auf eine Amnestie.«

Unbehaglich bewegte Julien die Schultern. Warum weihte sein Herr den Königssohn in ihr Geheimnis ein? War das nicht zu viel des Vertrauens?

»Die Besatzung der Burg wurde zu Beginn des Sommers verstärkt«, sprach er schnell weiter. »Sie bewachen dort Jeanne von Burgund, die ihren Turm nicht verlassen darf und der keinerlei Verbindung zur Außenwelt erlaubt ist.«

Adrien tauschte einen fassungslosen Blick mit Philippe. Verstanden sie das richtig?

»Willst du damit sagen, dass die Gemahlin des Prinzen in Dourdan lebt?«

Adrien fasste den Jungen scharf ins Auge.

Julien nickte heftig.
»Das ist es, was ich Euch schon die ganze Zeit mitteilen wollte, Seigneur. Niemand darf darüber sprechen. Aber die Männer der Festung wissen natürlich, dass sie eine wichtige Person bewachen. Mein Bruder hat zufällig ihren Namen in den Befehlen entdeckt, die der Burghauptmann erhalten hat. Man hält ihn dort für einen schlichten Bogenschützen, der nicht lesen kann. Man hat gar nicht versucht, das Pergament vor seinen Blicken zu schützen.«
»Hat irgendjemand Jeanne von Burgund dort gesehen?«
»Nein. Sie lebt wie eine Unsichtbare im Turm. Sie haben eine stumme Bauerntochter gefunden, die ihr das Essen bringt und ihr als Magd dient. Nur der Burghauptmann sucht sie ansonsten einmal in der Woche auf, um sich von ihrem Wohlergehen zu überzeugen.«
»Und was hat es mit dem Boten und der Nachricht auf sich?«, kam Philippe trotz aller Erregung auf Juliens erste Worte zurück. Lediglich das Funkeln seiner Augen und zwei ungewohnte rote Flecken auf den Wangen verrieten seine Anspannung.
»Der Burghauptmann will die Verantwortung für das Wohl der Gefangenen nicht länger alleine tragen. Die Verbannte ist in der Hoffnung. Die Beschwerlichkeiten dieses Zustandes machen ihr zu schaffen, und der Hauptmann fürchtet um ihr Leben. Deswegen hat er einen Boten zum König geschickt. Er hat um genaue Anweisungen gebeten, wie weiter mit der Gefangenen verfahren werden soll. Bislang wartet er vergeblich auf Antwort.«
Julien haspelte die Worte so schnell herunter, dass ein Augenblick der Stille verging, ehe Adrien und Philippe reagierten. Dann jedoch stützte Philippe sich auf dem Tisch ab

und schüttelte den Kopf, als wäre er unter einen Wasserguss geraten.
»Ein Kind. Sie erwartet ein Kind. Vielleicht sogar unseren Sohn …«
Den Erben des Thrones von Frankreich.
Ohne dass er es aussprach, standen die Worte im Raum. Kein Wunder, dass die Verantwortlichen in Dourdan in Panik ausbrachen. Ganz Frankreich wusste, dass die drei Söhne des Königs bisher ohne männliche Erben waren.
»Sie hat sich bei allen Geburten schwergetan«, stellte Philippe besorgt und erregt fest. »Sie ist ernsthaft in Gefahr. Weißt du, wann die Geburt des Kindes erwartet wird?«
»Um das Weihnachtsfest herum, sagt man. Es gibt nur Gerüchte.«
»Das ändert alles. Wir müssen auf der Stelle handeln.«
»Ihr dürft nichts überstürzen«, riet Adrien bedächtig. »Bleibt bei Eurem ursprünglichen Vorhaben. Begebt Euch morgen zu Eurem Vater. Die Aussicht auf dieses neue Enkelkind könnte sein Gemüt sehr wohl besänftigen. Bittet ihn darum, Jeanne sehen zu dürfen, um Euch von ihrem Gesundheitszustand überzeugen zu können. »
»Was geht in ihm vor? Hat er den Boten empfangen? Wie hat er reagiert? Wieso hat er mich nicht verständigt?«, fragte Philippe.
»Vielleicht wartet er auf eine passende Gelegenheit, Euch zu informieren. Er muss vorsichtig sein. Eure Brüder sind Jeanne nicht wohlgesonnen.«
Philippe rieb sich nachdenklich den Nasenrücken zwischen Daumen und Zeigefinger. »Oder nimmt er an, dass ich von Jeannes Zustand und Aufenthaltsort bereits weiß?«
»Er kann nicht ahnen, dass wir Verbindungen nach Dour-

dan haben. Oder hast du einem befreundeten Knappen bei Hofe von deinem Besuch in der Festung erzählt, Julien?«

»Natürlich nicht. Damit würde ich ja meinen Bruder wissentlich in Gefahr bringen. Noch steht sein Name auf der Liste der gesuchten Templer.«

»Seht ihr?«

Man sah Philippe an, dass er mit sich rang, ehe er langsam nickte.

* * *

Bellas Weinen verstummte kraftlos. Auch die Amme schien erschöpft. Sie legte das Kind in seine Wiege zurück und schloss das Gewand über den Brüsten. Mit seltsam hölzernen Bewegungen und ohne den Säugling einmal aus den Augen zu lassen, tat sie die gewohnten Handgriffe. Séverine warf ihr einen prüfenden Blick zu. Ihr fiel auf, dass der Busen der Amme schlaff herunterhing, obwohl Bella kaum getrunken hatte.

Wortwechsel und Bilder aus Faucheville tauchten in Séverines Erinnerung auf. Die Küche des Lehens war eine Welt der Frauen gewesen. Sie sah Elvire geradezu vor sich, wie sie den sorgsam abgemessenen Mehlbrei für einen Säugling rührte, der nicht genügend Muttermilch bekam.

Plötzlich wusste sie, was geschehen war.

»Deine Milch ist versiegt.«

Die Amme fuhr erschrocken herum. In ihren Augen lagen Schuldbewusstsein und Entsetzen.

»Es ist nicht meine Schuld. Es ist einfach so gekommen«, verteidigte sie sich. »Seit mehr als zwei Jahren tue ich meine Pflicht. Habt Mitleid, ich bitte Euch.«

Mitleid? Das empfand Séverine vor allem für Bella, deren Schwäche sich plötzlich erklärte. Zu wenig Nahrung. Nicht das Kind war zu kraftlos, um zu saugen, die Amme hatte keine Milch mehr.

»Man wird mich davonjagen.« Nach Séverines Händen greifend, heischte die Nährmutter, die keine mehr war, um ihre Nachsicht. »Ich habe doch alles für die Kleine getan. Jede Medizin, die für sie von Wert sein sollte, habe ich klaglos geschluckt. Jede Speise habe ich gegessen und jeden Aufguss für sie getrunken. Und nun: Niemand braucht eine Amme, die keine Milch mehr geben kann. Man wird mich einfach davonjagen.«

»Vielleicht ist das der Grund«, murmelte Séverine, irritiert von dieser Klage, nachdenklich. Es war ihr schon länger seltsam vorgekommen, dass eine Amme diese Tränke schlucken musste, die gut sein sollten für ein Kleinkind. Im Bemühen um Bellas Gesundheit waren unaufhörlich neue Rezepte ausprobiert worden. Sie hatte jedes geprüft und dabei festgestellt, dass nur die wenigsten von ihnen wohlschmeckend und angenehm zu schlucken gewesen waren.

»Im Namen aller Heiligen, helft mir. Wovon soll ich leben, wenn Ihr mich nicht mehr braucht? Ich habe keine Familie. Mein Mann und die Kleinen sind im letzten Hungerwinter am Halsfieber gestorben.«

Die Amme sank weinend zu Séverines Füßen und umschlang ihre Knie.

»Ich flehe Euch an, lasst Barmherzigkeit walten. Es ist erst der zweite Tag, nachdem meine Milch völlig versiegt ist. Bisher kam immer noch ein wenig.«

Séverine schluckte die Vorwürfe, die ihr auf der Zunge lagen herunter. Sie erkannte, dass die Amme aus reiner Angst ihr

Problem verschwiegen hatte, und sie übertrieb in ihrem Schrecken ja auch nicht. Eine Frau konnte ohne den Schutz eines Haushaltes und einer Familie nicht existieren. Weder in Paris noch an einem anderen Ort. Das hatte auch sie lernen müssen.

»Hör auf zu lamentieren. Geh in die Küche. Bereite einen dünnen Mehlbrei für Bella zu, süße ihn mit Honig und bring ihn unverzüglich. Eil dich, Bella leidet schon viel zu lange Hunger. Du hättest etwas sagen müssen.«

Über die Wiege gebeugt, prüfte Séverine angstvoll das kleine Mädchen. Apathisch lag es unter seinen Decken. Die geschlossenen Lider dünn und durchsichtig, die feinen Hände reglos.

Was sie über das Aufpäppeln kleiner Lebewesen wusste, stammte aus dem Pferdestall. Schwache Fohlen musste man warm halten, stützen und in kurzen Abständen mit gehaltvoller Nahrung versorgen. Mit Liebe und Zuwendung war es ihr meist gelungen, sie zum Fressen zu drängen und ihre ersten Schritte zu leiten. Was musste man hier tun?

Séverine fand keine Genugtuung darin, einen Menschen in Angst und Schrecken zu versetzen, der aus nackter Existenzangst etwas verschwieg. Sie wollte sich für die Amme einsetzen.

Als Jacquemine mit den älteren Kindern von Pater Clément kam, hatte Séverine Bella im Arm. Das Köpfchen an ihre Schulter geschmiegt, war die Kleine nach wenigen Happen Mehlbrei erschöpft eingeschlafen.

Die Amme saß am Feuer und säumte Windeln. Eifrig darum bemüht, ihre Nützlichkeit unter Beweis zu stellen, war sie in hektische Tätigkeit verfallen.

Nachdem Séverine Jacquemine alles erklärt hatte, war auch

sie einverstanden, die Amme im Haus zu behalten. Sie einte die Hoffnung, dass Bella die neue Nahrung vertrug und bald kräftiger würde.

Séverine fand einmal mehr keinen Schlaf in dieser Nacht. Sie hielt Bella in ihren Armen, um sie zu wärmen. Hin und hergerissen zwischen Selbstvorwürfen, Sorge und Ängsten, fragte sie sich, wie es Jeanne wohl erging?

Sei stark, Jeanne! Deine Kinder brauchen dich. Vielleicht gelingt es unserer mächtigen Mutter, dein Schicksal zum Guten zu wenden. Wenn sie das erreicht, will ich ihr sogar verzeihen, was sie mir angetan hat.

Wie jede Nacht schweiften ihre Gedanken auch zu Adrien. Die Sehnsucht nach seiner Nähe wuchs mit der Dauer ihrer Trennung ins Unendliche.

Ein Geräusch drang an ihr Ohr. Dumpfes Dröhnen, Klirren. Ein Gegenstand, der zu Boden fiel.

Sie fuhr hoch und lauschte. Die Stundenkerze auf dem Kaminsims verbreitete vages Dämmerlicht. Bella seufzte schwer. Auf dem Gang musste jemand sein!

Alle unterdrückten Ängste überfielen Séverine schlagartig wieder. Hatte Mahaut von ihr erfahren? Schickte die eigene Mutter einen Meuchelmörder, um die Spuren ihres Betrugs zu verwischen?

Sie rutschte lautlos vom Alkoven, legte Bella in die Wiege und deckte sie zu, ehe sie das kleine Bett in eine dunkle Ecke des Zimmers schob. Sie verwarf die Möglichkeit, Jacquemine oder die Amme zu wecken.

Eilig schlüpfte sie in ihr Gewand, ehe sie nach einem der Holzscheite griff, die im Korb neben dem Kamin lagen.

Auf Zehenspitzen schlich sie zur Tür und postierte sich so, dass sie mit einem einzigen Sprung hinausstürzen konnte.

Mit angehaltenem Atem löste sie den Riegel, riss die Tür auf und stürmte vorwärts.
Ein schweres, großes Hindernis lag quer vor ihrer Schwelle. Sie rannte voll dagegen, strauchelte und stürzte vornüber in den Gang. Polternd verlor sie das Holzscheit.
Séverine warf sich herum, kam unverzüglich auf die Knie und vernahm eine unterdrückt fluchende Stimme, die sie kannte.
»Julien? Julien Porcien?«
»Richtig«, japste Adriens Knappe. »Gott steh mir bei, Ihr habt einen Tritt wie ein Destrier. Hoffentlich habt Ihr mir keine Rippe gebrochen.«
»Warum liegst du vor meiner Tür?«
»Weil es mir befohlen wurde«, antwortete Julien.
Er rieb sich den Brustkorb, während er sich hochrappelte und am Türrahmen abstützte.
Séverine strich sich die Haare aus der Stirn, ehe sie ebenfalls wieder aufstand.
In der offenen Tür konnte sie Julien jetzt erkennen. Der Umhang, der ihm als Unterlage gedient hatte, war um seine Füße gewickelt. Er musste sich erst davon befreien, um das Kurzschwert aufzuheben, das offensichtlich griffbereit neben ihm gelegen hatte.
»Ich kam heute Nachmittag zurück«, berichtete er. »Fast gemeinsam mit meinem Herrn. Er macht sich Sorgen um Eure Sicherheit. Er hat mich angewiesen, vor Eurer Tür zu wachen, weil er Mahaut und ihren Machenschaften nicht traut. Er will kein Risiko eingehen.«
Adrien war ebenfalls wieder im Hause!
»Komm herein, damit wir reden können.«
»Das ist ungehörig.« Julien verharrte vor ihrer Schwelle.

»Ich bin Euer Leibwächter. Begebt Euch wieder zur Ruhe. Es tut mir leid, dass ich Euch geweckt und erschreckt habe.«
»Warte.« Im letzten Moment hielt sie ihn davon ab, die Tür von draußen zu schließen. Sie wusste nicht, ob Adrien seinen Knappen in alles einweihte, aber sie konnte ihre Neugier nicht bezähmen. »Weißt du, was dein Herr in Château Gaillard herausgefunden hat?«
Julien wich ihrem Blick aus.
»Fragt ihn bitte selbst. Ich bin bei meiner Ritterehre zum Stillschweigen verpflichtet. Gute Nacht.«
Seine Ritterehre. Sie wusste, es war sinnlos, Julien weiter zu bedrängen.
Warum hatte Adrien sich bei ihr noch nicht sehen lassen? Scheute er sich, ihr unangenehme Neuigkeiten überbringen zu müssen?
Bereute er, was zwischen ihnen geschehen war?
Nein, das wollte sie sich nicht vorstellen.

* * *

»Die burgundischen Adeligen weigern sich, der Krone die festgesetzte Zahl Bewaffneter zu stellen, und sie zahlen ihre Steuern nicht. Das ist Rebellion. Aus Burgund hätte ich das zuletzt erwartet.«
Philippe hatte keine Lust, mit seinem Vater über Politik zu reden. Die Tatsache, dass er seine Ratgeber und Minister mehr und mehr in den Reihen der Bürger und der Universität suchte, brachte die Edelmänner ebenso gegen ihn auf wie die erdrückende Last der Abgaben, die er zur Sanierung der Staatskasse für nötig erachtete.

»Es scheint in Mode zu kommen, sich gegen meine Regierung zu empören«, fuhr der König fort. »Das Artois, die Champagne, Burgund, welche Provinz wagt es als nächste, meine Autorität in Frage zu stellen?«

»Die Unzufriedenheit gilt nicht Euch, Sire«, entgegnete Philippe beherrscht. »Sondern Euren Ratgebern. In erster Linie Marigny. Seine Geschäfte blühen, während die Krone kaum Geld hat. Der Flandern-Feldzug, den mein Bruder so dringend fordert, ist unbezahlbar.«

»Nichts als Aufruhr und Unfrieden, wohin ich blicke«, knurrte sein Vater und schlug auf die Armlehnen seines Stuhles. »Jetzt auch noch die Pfalzgrafschaft Burgund. Der junge Robert ist ohne jede Autorität in seiner eigenen Provinz. Sein Adel tut, wonach ihm der Sinn steht.«

»Bislang hat stets Mahaut dafür gesorgt, dass Robert, trotz seiner jugendlichen Unerfahrenheit, seinen Aufgaben nachgekommen ist.« Philippe nutzte spontan die Gelegenheit, um einen kühnen Bogen von der Politik zu seinem eigentlichen Anliegen zu schlagen.

»Die lange Krankheit ihres Sohnes und ihre Sorge um das Wohl ihrer Töchter scheinen sie zum ersten Male daran zu hindern. Wenn Ihr wünscht, dass ihre Gebiete in diesen Zeiten treu zur Krone stehen, müsst Ihr etwas tun, um ihren Kummer zu lindern.«

Der König durchschaute die listige indirekte Fürbitte zugunsten Jeannes natürlich sofort, wobei eine Spur von Anerkennung in seinen Augen aufblitzte. »Ihren Kummer und den deinen, nicht wahr? Nun vielleicht gibt es tatsächlich eine Möglichkeit, den gordischen Knoten zu lösen. Wie ich höre, erwartet Jeanne ein Kind. Deinen Sohn – möglicherweise.«

Philippe beherrschte seine Gefühle mit größter Anstrengung. Seit er in den Palast gekommen war, fasste er sich in Geduld, wartete auf die günstige Gelegenheit für dieses Gespräch unter vier Augen. Nun durfte er sich keinen Fehler erlauben.

»Ihr seht mich überglücklich, Sire. Ich bin sicher, dass es dieses Mal ein Sohn wird. Doch ich muss unter den gegebenen Umständen um die Gesundheit seiner Mutter fürchten und damit um seine. Werdet Ihr Jeanne begnadigen?«

»Findest du das vernünftig? Denk nach, Philippe.«

Er nahm die väterliche Aufforderung ernst. Welche Überlegung des Vaters hatte er in seinem Wunsch, Jeanne zu helfen, nicht bedacht?

»Jeanne hat schwere Schuld auf sich geladen.« Der König gewichtete jedes der wenigen Worte.

»Aber sie hat inzwischen lange Monate der Einkehr und Buße hinter sich. Seid barmherzig, Vater, auch mit unserem Kind. Es ist unschuldig und bedarf des Schutzes und der Kraft seiner Mutter.«

»Genau deshalb denke ich, es wäre besser für sie, sie bliebe in der Festung von Dourdan, wo sie seit Monaten lebt. Dort kann sie in aller Ruhe und Abgeschiedenheit das Kind austragen. Es wird, sobald bei Hofe durchsickert, dass sie schwanger ist, früh genug Probleme geben.«

Welche, blieb unausgesprochen.

Obwohl sich alles in Philippe dagegen sträubte, war auch er sich sicher, dass die Nachricht, dass Jeanne ein Kind erwartete, bei seinen Brüdern kaum Freude auslösen würde. Louis hatte eine Tochter, deren Legitimität er in aller Öffentlichkeit bezweifelte. Charles hatte Blanche in den vergangenen Jahren zweimal geschwängert, aber nie hatte sie das Kind austragen können. Dass Jeanne den Sohn zur Welt bringen könnte, der ihnen bisher verwehrt geblieben war, brachte sie und das Kind in Gefahr.

»Ich sehe, du verstehst mich.« Der König las seine Gedanken. Er verschränkte die Arme auf dem Rücken und schritt langsam auf und ab. »Die Burg von Dourdan ist nicht so luxuriös wie dein Haus in Paris, aber sie hat einen entscheidenden Vorteil. Ein einziges Tor, das sehr gut bewacht ist.«

»Erlaubt mir bitte dennoch, dass ich meine Frau spreche. Dass ich ihr einen Funken Hoffnung bringe«, bat Philippe. »Es wird ihr bessergehen, wenn sie weiß, dass die Maßnahmen auch ihrem und dem Schutz des Kindes dienen.«

»Sie wird ihre Pflicht tun, wie es sich für ein Mitglied der königlichen Familie gehört«, erhielt er streng zur Antwort. »Wenn das Kind geboren ist, werde ich weitere Entscheidungen fällen.«

»Jeanne hat drei Töchter zur Welt gebracht.« Philippe trat der Schweiß auf die Stirn. »Bei jeder Schwangerschaft gab es Probleme. Ich fürchte nicht nur um ihre Gesundheit, ich fürchte um ihr Leben.«

»Umso mehr sollte sie in Ruhe bleiben, wo sie ist. Ich will dir aber die Erlaubnis gewähren, Jeanne zu besuchen und für ihr Wohl zu sorgen. Sieh zu, dass ihr eine erfahrene Wehmutter zur Verfügung steht. Dass sie eine vertrauenswürdige Betreuung erhält. Auch magst du für ihre Bequemlichkeit arrangieren, was du für angebracht hältst. Sie wird jedoch hinter Schloss und Riegel bleiben bis zu dem Tag, an dem ich ihre Strafe aufhebe.«

»Wie Ihr befehlt.«

Es klang so zögerlich, dass der König eine Ermahnung für nötig hielt.

»Ich erwarte, dass du unser Gespräch beherzigst und vor

allem über die Schwangerschaft Stillschweigen bewahrst. Auch gegenüber Jeannes Mutter.«

Philippe kannte seinen Vater gut genug, um zu wissen, dass dies sein letztes Wort in dieser Angelegenheit war. Er verneigte sich stumm.

»Meine Kanzlei wird ein gesiegeltes Schriftstück für dich ausfertigen, das den Hauptmann von Dourdan anweist, dich in allem zu unterstützen. Man wird es dir morgen zustellen. Danach steht es dir frei, jederzeit aufzubrechen.«

Erst als er sich im Vorzimmer mechanisch den Gürtel über dem Samtwams zurechtrückte und sich die Stirn trocknete, bemerkte Philippe, dass er vergessen hatte, dem König Jeannes Börse zu geben.

Mahaut fiel sie auf der Stelle ins Auge, als sie ihm wenig später begegnete. Der *Salle des gardes* war wie immer ein quirliger Marktplatz der Gerüchte und Intrigen, unter Jochbogen- und Spitzbogengewölben. Mit ausgestrecktem Finger deutete Mahaut auf Philippes Leibesmitte.

»Gebt das Ding einem Lombarden zum Pfand und bewaffnet mit dem Erlös die burgundischen Krieger, die Euer Bruder für die Fortsetzung des flandrischen Abenteuers von Burgund fordert.«

»Es ist mir neu, dass Ihr Louis' Kriegsplänen dermaßen gewogen seid, Mutter. Sagtet Ihr nicht, der flandrische Feldzug sei in Euren Augen ein sinnloses Abenteuer?«

»Inzwischen ist mir alles recht, was den Zänker von Paris und aus der Nähe des Königs fernhält. Er sät Zwietracht. Er hetzt ihn gegen meinen Sohn und gegen meinen Adel auf. Als wäre es nicht schon genug, dass der König meine Töchter verbannt hat. Weiß der Himmel, wie es den armen Dingern geht. Wisst Ihr Neues von Jeanne und Blanche?«

»Nichts, Mutter«, log er, die Mahnung befolgend, die sein Vater ihm erteilt hatte.

Da Mahaut die Fähigkeit besaß, auf Befehl in Tränen ausbrechen zu können, zögerte sie keinen Augenblick, ihr mütterliches Elend in aller Öffentlichkeit zu demonstrieren. Schon drehte man sich nach ihnen um.

»Die Ärmsten«, schluchzte sie betont dramatisch. »Seit Monaten bin ich nun ohne jede Nachricht von ihnen. Meine armen Lämmchen. Vielleicht sind sie schon gar nicht mehr am Leben.«

Peinlich berührt von dieser Szene, lotste Philippe sie in eine stille Nische, wo Tränen und Heulen mangels Publikum auf der Stelle versiegten.

»Was gibt es?«, fragte sie stattdessen scharf.

»Euren Töchtern könnt Ihr im Moment nicht helfen, aber Eurem Sohn. Er erregt das Missfallen meines Vaters. Ihr kennt das Netz der königlichen Spitzel. Achtet darauf, dass Robert seine aufrührerischen Edelleute im Zaum hält. Der König ist verstimmt über die Nachrichten, die ihn aus der Pfalzgrafschaft erreichen. Es heißt, Euer Adel weigere sich, die Steuern zu erbringen.«

»Das ist auch anderswo so«, winkte Mahaut unbeeindruckt ab. »In der Champagne, im Vermandois. Alle jagen sie die Steuereintreiber zum Teufel.«

»Aber Ihr habt einen Feind, der nicht müde wird, zu unterstellen, dass Ihr mit den rebellischen Edelleuten gemeinsame Sache macht.«

»Artois.« Mahaut konnte den Feind auf Anhieb benennen. Ihr rachsüchtiger Neffe war ein ständiger Dorn in ihrem Fleisch. »Es ist jammerschade, dass er nicht zur Hölle gefahren ist beim letzten Flandernfeldzug.«

»Ihr wisst, dass er um die Freundschaft des Thronfolgers buhlt?«

»Das bleibt wohl keinem verborgen, der Augen im Kopf hat. Er kriecht um ihn herum wie eine dicke Schnecke in einer Weinpfütze. Seine Schmeicheleien behagen Eurem misslaunigen Bruder sichtlich.«

Philippe hatte es zur Meisterschaft darin gebracht, spitze Bemerkungen über Louis' Charakterfehler zu überhören. Es gab keine Möglichkeit, ihn zu ändern, also musste man mit seinen Schwächen leben. Außerdem hatte nicht er das letzte Wort, sondern ihr Vater.

»Ihr solltet den Unmut des Königs nicht auf die leichte Schulter nehmen«, warnte er Mahaut aus diesem Grunde ausdrücklich.

»Unser König sollte weniger beten und energischer regieren. Allein im Gespräch mit Gott wird er die Probleme unseres Landes nicht lösen können.«

Philippe schwieg. Mahaut mochte eine entsetzliche Frau sein, aber sie verfügte über Verstand und Weitblick. Er musste ihr beipflichten.

Dreizehntes Kapitel

Hat sich Bellas Zustand verschlechtert, dass Ihr sie auf dem Arm tragt?«

Philippe war in die Kinderstube gekommen. Nach einer Reverenz, die etwas ungeschickt ausfiel, hielt Séverine Philippe das Kind entgegen, das seinen Vater fröhlich glucksend anstrahlte.

»Es gefällt Eurer Tochter so, Monseigneur«, erwiderte sie und befreite ihre Haare aus Bellas Griff. »Sie ist auch lebhafter und hungriger, wenn sie nicht stundenlang fest gewickelt auf dem Rücken liegen muss. Ihre Entwicklung macht erfreuliche Fortschritte.«

Bella bestätigte diese Aussage mit vergnügtem Quietschen. Wenige Tage mit ausreichender Nahrung hatten genügt, ihre Lebenslust zu wecken.

»Ist das so? Ich bin erleichtert und danke Euch sehr für die große Fürsorge, die Ihr meinen Kindern zuteilwerden lasst«, sagte Philippe. »Ihre Mutter tat gut daran, Euch für diese Aufgabe auszuwählen. Ich sehe mit Genugtuung, dass sie eine richtige Entscheidung getroffen hat.«

»Jacquemine war mir eine gute Lehrmeisterin, Monseigneur.«

Obwohl er sie lobte, war Séverine beunruhigt. Was führte

ihn heute Abend in die Kinderstube? Er kam direkt aus dem Palast auf der *Île de la Cité.* Jacquemine hatte es in einem Nebensatz erwähnt.
»Übergebt Bella ihrer Amme und begleitet mich. Ich benötige Eure Hilfe«, befahl er in diesem Moment und wandte sich wieder zum Gehen.
Als sie ihm nicht gleich folgte, sah er sich um.
»Worauf wartet Ihr?«
Séverine zögerte. Er schien den Grund zu erahnen.
»Unter meinem Schutz könnt Ihr diese Räume unbesorgt verlassen. In meiner Begleitung geschieht Euch nichts. Ich möchte lediglich, ohne jede Störung, in meinem Arbeitskabinett mit Euch sprechen.«
Séverine brachte Bella ins Nebenzimmer zur Amme und bat Jacquemine, Adrien Bescheid zu geben. »Er sollte wissen, wer mich abgeholt hat.«
»Was redest du da, Kind. Denkst du, Philippe tut dir Böses?«
Séverine antwortete nicht. Sie ging zu Philippe. Hinter ihr begann Bella zu meutern. Auch ihre Stimme wurde zunehmend kräftiger.
Ohne sich darum zu kümmern, dass Séverine Mühe hatte, seinen weit ausholenden Schritten zu folgen, schritt Philippe voraus. Das Gemach, zu dem er die Tür öffnete, wies als einzigen Luxus ein loderndes Kaminfeuer auf. Sowohl der rechteckige Tisch wie die Lehnstühle und die Truhen, die an den Wänden standen, waren schlicht und zweckmäßig. In hohen Eisenleuchtern brannte ein halbes Dutzend Kerzen. Beruhigender Lavendelduft ging von ihnen aus.
»Setzt Euch!« Philippe deutete auf einen Stuhl neben dem Kamin. Er sah an ihr vorbei ins Feuer, um sich zu sammeln.

»Wie gesagt, ich brauche Eure Hilfe. Der König hat mir endlich erlaubt, Jeanne zu besuchen.«
»Gott sei Dank. Wo lebt sie? Wie geht es ihr?«, platzte Séverine, ohne jede Zurückhaltung heraus.
»Ihr wisst es noch nicht? In Dourdan. Ich nahm an, Adrien habe Euch längst Bescheid gegeben.«
»Dazu hätte er mich aufsuchen müssen. Warum hätte er das tun sollen? Welchen Grund gibt es für den Haushofmeister, in der Kinderstube zu erscheinen?«
Ihre besonnene Antwort bestärkte Philippe, ihr sein Ansinnen vorzutragen. Er drehte ihr den Rücken zu. So konnte er sich besser konzentrieren.
»Dourdan ist ein altes Besitztum des Königshauses, im Südosten von Paris. Unser Vorfahr Philippe Auguste hat es im Jahre 1220 zur Festung ausgebaut. In erster Linie besteht diese aus einem runden Wachturm, der von Wassergräben umgeben ist. Unser Vater hat Dourdan 1307 seinem Bruder Louis von Evreux für dessen Verdienste in der Schlacht von Mons en Pévelle überlassen, doch er behielt sich die herrschaftlichen Rechte des Lehens vor.«
»Und jetzt dient die Festung Jeanne zum Gefängnis. Was können wir für sie tun, Monseigneur?«
»Ihr wisst noch nicht alles.« Philippe machte eine kurze Pause. »Jeanne erwartet ein Kind. Einen Sohn vielleicht. Den Erben der Krone.«
Obwohl Séverine wusste, wie sehr Jeanne sich eine weitere Schwangerschaft gewünscht hatte, konnte sie sich nicht freuen darüber. Im Gegenteil. Eiseskälte legte sich ihr auf die Brust bei dem Gedanken, dass Jeanne in grausamer Festungshaft ein gesundes Kind gebären sollte.
»Ich habe die ausdrückliche Billigung des Königs, alles für

ihre Bequemlichkeit und ihr Wohlergehen in Dourdan zu arrangieren«, erklärte ihr Philippe unterdessen. »Sie braucht auch jemanden, der täglich für sie da ist. Eine Person mit Einfühlungsvermögen, die ihre Gesundheit überwacht. Jemand, der rechtzeitig dafür sorgt, dass alles für die Geburt vorbereitet wird. Jemanden, der sie unterhält, um ihr Gemüt vor Trübsinn zu bewahren. Kurzum jemanden, der ihr einen ganzen Hofstaat ersetzt. Dass diese Person auch vertrauenswürdig sein muss und verschwiegen, brauche ich wohl nicht zusätzlich zu erwähnen.«

Je länger die Liste der Anforderungen wurde, desto weniger dachte Séverine daran, dass Philippe ausgerechnet ihr diese Aufgabe übertragen wollte.

»Sicher findet Ihr in Eurer Verwandtschaft eine Dame, die das übernehmen kann«, wich sie vorsichtig aus.

»Machen wir es kurz«, antwortete Philippe knapp. »Ihr werdet das übernehmen. Bei Euch weiß ich Jeanne in kundigen Händen. Eurer Loyalität bin ich mir aus Erfahrung sicher, und Eure Verschwiegenheit habt Ihr mir auch bereits unter Beweis gestellt. Niemand darf erfahren, dass Jeanne ein Kind bekommt. Der Neid meiner Brüder, der Hass meiner Schwester und die Intrigen des Hofes zwingen uns zur absoluten Geheimhaltung dieser Schwangerschaft. Ich werde Euch nach Dourdan bringen.«

»Das geht nicht.« Séverine erhob sich so stürmisch, dass ihr Stuhl über den Steinboden scharrte. »Und Jeanne würde es auch nicht wollen. Ich bin für ihre Töchter verantwortlich. Soll ich die Mädchen etwa im Stich lassen? Das kann nicht richtig sein. Ich habe Jeanne geschworen, bei den Kindern zu bleiben, bis sie zurück ist. Mein Wort darf ich nicht brechen.«

»Jacquemine wird sich um Ersatz für Euch kümmern«, winkte Philippe ab. »Nachdem auch Bella inzwischen auf dem Weg der Besserung ist, könnt Ihr die Kinder ruhigen Gewissens ihr überlassen. Vergesst nicht: Das Kind, das Jeanne erwartet, ist auch eines ihrer Kinder. Dieses Kind braucht die ganze Aufmerksamkeit und Kraft seiner Mutter. Es hat Vorrang vor allen anderen.«

Weil es möglicherweise ein Sohn sein würde? Waren Söhne so viel mehr wert als Töchter? Waren sie nicht alle gemeinsam Kinder des Allerhöchsten?

In den Augen Gottes vielleicht, aber gewiss nicht in den Augen des Königs. Séverine konnte sich die Frage spielend selbst beantworten.

»Ihr wisst nicht, was Ihr von mir verlangt. Wenn ich diesen Schwur breche, ist mein Leben nichts mehr wert. Ich verliere meine Ehre. Meine Ehre ist alles, was ich besitze!«

Ihr Ausbruch traf Philippe unerwartet. Bislang hatte er Séverine ausschließlich zurückhaltend und leise erlebt. Plötzlich eine Frau mit flammenden Feueraugen unter dieser Maske zu entdecken, erstaunte ihn. Sie war eine Kämpferin. An wen erinnerte sie ihn? Neben der Ähnlichkeit mit Jeanne war da mehr. Tatkraft. Rückgrat und Mut. Jeanne hätte sich dieser Auseinandersetzung gewiss nicht gestellt. Höchstens ihre Mutter …

Kaum hatte er den Zusammenhang heraufbeschworen, fiel es ihm wie Schuppen von den Augen: Mahaut von Artois.

»Ihr stammt aus Mahauts Schoß. Das ist Euer Geheimnis, nicht wahr? Es ist, als hätte sie Euch bei der Geburt ein Mal auf die Stirn gedrückt.«

»Warum fragt Ihr, wenn Ihr es wisst?«

»Ihr seid also Jeannes Schwester! Ich habe es doch immer

schon geahnt. Sagt, was hinter diesem Versteckspiel steckt? Sicher irgendeine Teufelei.«

»Mahauts verzweifelter Wunsch nach einem Sohn«, antwortete Séverine müde, »wurde ihr nicht erfüllt. Und da sie die Natur nicht zwingen konnte, hat sie nachgeholfen. Sie hat ihre dritte Tochter, mich, gegen den neugeborenen Sohn einer Kammerfrau eingetauscht. Der Junge starb mit wenigen Monaten. Ich wuchs in Faucheville als Tochter eines Waffenknechtes auf, der seine Trauer um den verlorenen Sohn so gänzlich im Wein ertränkte, dass er mich darüber vergessen konnte.«

So nüchtern sie die Tatsache auch schilderte, Philippe war bewegt. Er trat näher und umfasste ihre Schultern. »Faucheville. Ich verstehe. Deswegen hat sich Adrien zu Eurem Ritter ernannt, nicht wahr? Er versucht die Sünden seines Vaters zu sühnen.«

»Fragt ihn selbst. Ich kann nicht für ihn sprechen.«

»Das werde ich tun.« Philippe drückte Séverine sanft auf den Stuhl zurück. »Dass Ihr nach Dourdan müsst, ist unter diesen Umständen, wie Ihr zugeben müsst, geradezu zwingend. Dort seid Ihr auch vor neugierigen Gerüchten und vor Mahaut in Sicherheit. Ich weiß nicht, wie lange es mir noch gelingen wird, sie auf Abstand zu halten. Wenn das Neugeborene ein Sohn ist, wird sie sich als Großmutter des künftigen Königs von Frankreich sehen.«

»Und was geschieht, wenn Eure Frau wieder ein Mädchen zur Welt bringt? Wird man sie dann mit ihrer Tochter für immer in Dourdan einkerkern und dem Vergessen anheimgeben?«

»Was redet Ihr da, natürlich nicht.«

»Ich wünschte, ich könnte Euch glauben.«

Niedergeschlagen starrte Séverine in die Flammen.
»Lasst den Kopf nicht hängen. Wenn erst ...«
Philippe drehte sich nach Adrien um, der der Einzige war, den die Leibwache vor seiner Tür ohne Anmeldung eintreten ließ.
»Adrien. Du kommst wie gerufen. Vielleicht gelingt es dir, Séverine davon zu überzeugen, dass sie mich nach Dourdan begleiten muss. Niemand kann Jeanne in den kommenden Wochen und Monaten besser beistehen.«
Alles in Séverine verlangte danach, Adrien wie einen Geliebten zu begrüßen. Sie verschlang ihn mit verstohlenen Blicken. Philippes Anwesenheit sorgte jedoch dafür, dass ihr Gruß trotz allem die Form wahrte.
»Was soll aus den Kindern werden, wenn Séverine nach Dourdan geht?«, hörte sie Adrien fragen.
»Da wird sich eine Lösung finden. Für Jeanne hingegen gibt es keine andere Möglichkeit. Mein Vater erlaubt neben der Wehmutter nur eine einzige Betreuungsperson. Wer wäre besser dafür geeignet als Jeannes leibliche Schwester?«
»Woher wisst Ihr ...«, fuhr Adrien entsetzt auf.
»Es ist nicht zu übersehen, und Séverine hat es mir eben bestätigt. Also ...«
»Zwei Frauen unter solchen Umständen allein in einer Burg voller Bewaffneter. Wer sorgt für ihren Schutz?«, konnte sich Adrien nicht enthalten zu fragen.
»Niemand wird es wagen, Jeanne und ihrer Gesellschafterin zu nahe zu kommen«, rief Philippe unwillig. »Ihr könnt beide gewiss sein, dass ich in der Lage bin, dem Burghauptmann von Dourdan unmissverständliche Befehle zu geben.«
»Erlaubt trotzdem, dass mein Knappe Séverine begleitet«,

forderte Adrien schließlich mit einem Unterton der Verzweiflung. Ihm war klar, dass er nicht verhindern konnte, was Philippe sich in den Kopf gesetzt hatte, aber er wollte Séverine wenigstens beschützt wissen.

»Julien wird ihr in Dourdan eine große Hilfe sein. Zudem besitzt er dort die Unterstützung seines Bruders, wie Ihr wisst.«

Zum ersten Male, seit er den Raum betreten hatte, wagte Séverine Adrien offen anzusehen. Ihnen beiden blieb keine Wahl. Abstammung, persönliche Ehre, Pflichtbewusstsein und Vasalleneid zwangen sie zum Gehorsam, auch wenn sich alles in ihnen dagegen aufbäumte.

Wie lange würde diese neuerliche Trennung dauern? Wer konnte ihnen sein Wort geben, ob sie sich überhaupt je wiedersehen würden? Philippe? Er war wie sie ein Opfer der Umstände.

»Gut, Julien soll uns begleiten«, gab er in diesem Moment nach. »Ich weiß auch, Adrien, dass es dir widerstrebt, Séverine gehen zu lassen. Aber sie war schon in jenen schrecklichen Tagen in Pontoise die einzige Vertraute Jeannes. Sie wird ihr Kraft und Mut schenken, und beides benötigt sie dringend. Es geht um die Zukunft des Königreiches.«

»Ihr trennt uns auf Monate«, sprach Adrien Séverines Befürchtungen laut aus. »Ich habe Euch offen gestanden, was Séverine und ich füreinander empfinden. Ihr wisst auch, wie sehr mein Vater auf meine Verheiratung drängt. Ich erbitte unter den gegebenen Umständen, dass Ihr in jedem Fall eine Heirat verhindert, die er fordert. Gebt mir einen Auftrag und teilt meinem Vater mit, dass ich eine wichtige Mission zu erfüllen habe.«

»Mir wird etwas einfallen«, gab ihm Philippe sein Wort. »Nehmt Abschied voneinander. Ich ziehe mich zurück. Niemand wird diesen Raum betreten, bevor ihr ihn nicht verlassen habt.«

* * *

Philippe hinterließ eine Stille, in der sogar das Lodern der Flammen im Kamin zu laut klang.

Adrien trat zu Séverine und ergriff ihre Hände. Anspannung stand ihr ins Gesicht geschrieben. Sie schien seine Berührung nicht zu spüren.

»Ich weiß, was du fühlst, mein Herz«, sagte er anteilnehmend. »Allein, was können wir tun? Unsere Zukunft liegt in den Händen des Königs. Nur er kann dich legitimieren und unsere Heirat ermöglichen, und nur Philippe kann uns dazu verhelfen. Wenn Jeanne tatsächlich einen Sohn zur Welt bringt, bedeutet das auch für uns Hoffnung. Philippe ist dann der Vater des zukünftigen Königs und wird mehr denn je ein offenes Ohr bei seinem Vater finden. Er lässt uns nicht im Stich, ich weiß es.«

Nur allzu bereit, seinen Beteuerungen zu glauben, sank langsam ihr Kopf an seine Brust. In seiner Gegenwart verlor die Zukunft ihren Schrecken. Adrien zog sie enger an sich.

»Wieso zieht keiner von euch in Betracht, dass Jeanne genauso gut ein Mädchen zur Welt bringen kann?«, flüsterte sie. »Was wird dann?«

»Wir finden einen Weg zueinander. Verlass dich darauf«, versprach Adrien.

Séverine verbarg ihr Gesicht und ihre Zweifel an seiner Schulter. Sie sehnte sich danach, eins mit ihm zu sein. Unzertrennlich. Adriens Zärtlichkeiten lösten heftiges Verlangen in ihnen aus, doch sie wagten beide nicht mehr als stürmische Küsse und hastige Berührungen. Zu groß schien ihnen, trotz Philippes Versicherung, die Gefahr, in intimer Umarmung entdeckt zu werden.

»Zögere nicht, Julien zu mir zu schicken, wenn du nicht mehr weiterweißt«, beschwor Adrien sie eindringlich. »Ich werde unverzüglich kommen. Ich fürchte, Philippe unterschätzt die Gefahr, die von Mahaut ausgeht. Es wäre besser gewesen, deine Herkunft vor ihm zu verbergen. Was hat dich bewogen, ihm alles zu gestehen?«

»Es war nicht meine Entscheidung. Er sagte es mir heute mehr oder weniger auf den Kopf zu. Leugnen wäre sinnlos gewesen.«

Beide schwiegen und hingen ihren Gedanken nach.

»Dourdan«, murmelte Séverine dabei sinnend und wiederholte den Namen ein zweites Mal. Eine Erinnerung flammte auf.

»Adrien, sagtest du mir nicht in Pontoise, ich sei in Dourdan zur Welt gekommen?«

»In der Tat. Warum ist es mir nicht auch aufgefallen?« Adrien schlug sich an die Stirn. »Mahaut gab damals an, auf dem Weg von Orléans nach Paris von den ersten Wehen überrascht worden zu sein. Sie suchte Zuflucht in der königlichen Festung von Dourdan. Fernab vom Hofe und in einer Burg, die zu diesem Zeitpunkt bis auf eine kleine Wachmannschaft fast unbewohnt war. Schon damals überließ sie nichts dem Zufall.«

»Welch seltsames Zusammentreffen. Ich hoffe, Jeannes Kind wird ein leichteres Schicksal beschieden sein.«

»Vergiss Jeanne in dieser Stunde. Jetzt geht es um uns.«

Adrien suchte ihren Blick. »Unser Abschied ist beschlossene Sache. Niemand kann sagen, wann wir uns wiedersehen. Ich will dich nicht gehen lassen, ohne dich noch einmal zu lieben. Es ist mir egal, wo wir sind.«
»Aber Philippe …« Séverine warf einen unschlüssigen Blick zur geschlossenen Tür.
»Denkst du, er nimmt an, dass wir bei diesem Abschied gemeinsam den Rosenkranz beten?«
Sein Lächeln gab den Ausschlag. Séverine schob alle Bedenken beiseite und kam in seine Arme. »Du hast recht. Liebe mich, damit ich in Dourdan Erinnerungen habe, von denen ich zehren kann.«
Sie umfing sein Gesicht mit den Handflächen und küsste ihn so verlangend, dass Vernunft und Besonnenheit sich in Luft auflösten. In der Stille des Gemachs, nur vom leisen Knacken der Scheite im Kamin unterbrochen, streiften sie in fiebrig aufgebrochener Hast einander Gewand, Kopfputz, Waffen und Schuhe ab.
Séverine kniete nackt auf den Kleidern, die Adrien vor dem Kamin zu Boden geworfen hatte, damit sie nicht auf bloßem Stein lagen. Das Feuer zeichnete glühend die Umrisse ihrer Gestalt nach.
»Komm zu mir.« Sie streckte die Arme feierlich nach ihm aus.
Mit einem Stöhnen kapitulierte Adrien. Séverine zu widerstehen war ihm ein Ding der Unmöglichkeit, obgleich er sich gewünscht hätte, sie wenigstens in einem Bett lieben zu dürfen. Aber es fiel leicht, alles zu vergessen, wenn sie sich ihm mit solcher Leidenschaft in die Arme warf. Fern von falscher Scham oder kalkulierter Verführung verströmte sie unverfälschte Natürlichkeit, reine Sinnlichkeit.

»Du darfst mich nicht vergessen, hörst du?«, forderte sie eindringlich, fast schon zornig. »Was auch immer die Zukunft für uns bereithält, wo immer du bist: Ich will, dass du nie vergisst, dass ich dich liebe.«

Sie umschlang ihn fordernd mit den Beinen, während ihr Schoß ihn auf der Stelle heiß und geschmeidig aufnahm. Begierig wölbte sie sich jedem seiner Stöße entgegen. Er konnte beobachten, wie ihr Blick verschwamm, wie sich ihre Zähne in die Unterlippe gruben, um einen Schrei zu ersticken. Er wollte jede ihrer Regungen in seiner Erinnerung behalten, aber er verlor sich mit ihr in einem gemeinsamen Höhepunkt von solcher Leidenschaft, dass ihm die Sinne schwanden.

»Séverine!«

Wange an Wange, das Gesicht in ihren Haaren vergraben, fand er in die Wirklichkeit zurück. Er spürte Feuchtigkeit auf der Haut. Tränen.

Ihre oder seine?

* * *

Seit Stunden trabten die Pferde am Ufer des Orge entlang. Regenfälle hatten den friedlichen Fluss in einen graubraunen Strom verwandelt, dessen ursprüngliche Ufer kaum noch auszumachen waren. Einen knappen Tagesritt vor Paris mündete er in die Seine.

Die Menschen des Hurepoix, wie die Einheimischen diese Gegend nannten, nutzten die Wasserstraße, um den Sandstein und den Mergel, den sie rund um ihre Dörfer abbauten, in die Hauptstadt zu transportieren. Die Frachtkähne und Steinflöße hatten Séverine anfangs fasziniert, nun schenkte sie ihnen keine Beachtung mehr. Zu gleichförmig war der Anblick mittlerweile geworden.

Nachdem Philippe, Séverine und Julien Saint Sulpice-de-Favières hinter sich gebracht hatten, waren sie auf ihrem Weg weder Pilgern noch anderen Reisenden begegnet. Beim Anblick des aufgewühlten Wassers entsann Séverine sich der Geschichte des heiligen Sulpice, dem man nachsagte, er habe ein ertrunkenes Kind wieder zum Leben erweckt. Die Kirche, die man ihm in Favières zum Dank dafür gerade errichtete, ließ schon als Baustelle ihre beeindruckende künftige Größe erahnen.

Wie die Meilen zuvor, starrte Séverine auf Philippes Rücken. Bis zum Sonnenuntergang, so hatte er ihr versichert, würden sie Dourdan erreichen. Der zügige Ritt hatte ihr bereits die Grenzen ihrer Kräfte gezeigt, doch sie ließ sich die Erschöpfung nicht anmerken. Sie wollte nicht als schwaches Weib gelten, das die beiden Männer aufhielt.

Seit sie Paris verlassen hatten, ritten sie, bis auf wenige Ausnahmen, ununterbrochen durch Waldgebiete. Der Forst von Rambouillet war dem Wald von Fontainebleau vorangegangen. Danach hatten sie die Mischwälder des Gâtinais durchquert, und nun befanden sie sich im königlichen Jagdrevier von Dourdan.

Séverine rieb sich heimlich den Rücken unter dem weiten Umhang. Über ihrem Kopf krächzte ein Eichelhäher. Sie erhaschte einen Blick auf blauschwarze Flügelfedern, ehe er zwischen Tannenzweigen verschwand.

Dasselbe Blau wie die Augen Adriens.

Bisher war es ihr gelungen, den Trennungsschmerz in Grenzen zu halten, aber eine einzige Erinnerung ließ die Wunde aufbrechen. Sie zuckte zusammen, und ihre Bewegung

übertrug sich auf das Pferd. Nervös warf es den Kopf zurück und versuchte, zu scheuen. Mit einiger Mühe hielt sie es zurück. Julien erschien besorgt an ihrer Seite.
»Habt Ihr Schwierigkeiten mit dem Ross?«
»Wundert dich das? Wer hat eigentlich diesen hartmäuligen Karrengaul für mich satteln lassen? Sicher nicht Adrien. Er hält Besseres von meinen Reitkünsten.«
»Er verlangte eigens ein ausdauerndes, ruhiges und stoisches Pferd für Euch.«
Die Betonung des Er genügte. Es bedurfte gar nicht mehr der Kopfbewegung in Philippes Richtung.
Séverine verdrehte die Augen.
»Ich wünschte, ich würde einmal gefragt, ehe irgendwelche Leute entscheiden, was gut für mich ist.«
»Holla! Wo bleibt ihr?«
Philippe zügelte am Ende des allmählich ansteigenden Weges sein Ross und sah sich nach seinen Reisegefährten um. In seiner Ungeduld, Jeanne zu erreichen, war ihm jeder Halt zuwider.
Séverine und Julien schlossen schweigend auf. Sie hatten die Kuppe eines langgezogenen Hügelkammes erreicht. Um sie senkte sich das Gelände an allen Seiten in ein weites Tal. Der überraschende freie Ausblick auf ein unermessliches Meer von Laub- und Nadelbäumen entriss Séverine einen Ausruf des Erstaunens.
Grauer, fahler Himmel spannte sich über Baumkronen und Spitzen. Böiger Wind trieb Wolkenfetzen, die sich von den Regenwolken gelöst hatten, über ihre Köpfe. Die tiefstehende Sonne war verdeckt und ließ lediglich die Wolkensäume wie flüssiges Blei aufleuchten.
Erst als Séverine genauer hinsah, entdeckte sie den Ort, der

mitten in diesem Ozean aus Bäumen lag. Eine viel zu kleine, urbar gemachte Insel. Wenige Steinhäuser, einige Bauernhöfe, Hütten, eine Mühle, Scheunen, Ställe und Pferche machten sich den Platz gegenseitig streitig. Alle siedelten um die Burganlage, die von einer Vielzahl runder, gedrungener Türme überragt wurde. Standarten wehten im Wind. Breite Wassergräben glitzerten um Mauern und Befestigungen.

»Dourdan. Ich habe es mir größer vorgestellt«, sagte sie tonlos und veranlasste Philippe zu einem Kopfschütteln.

»Wartet ab, bis wir vor seinen Mauern stehen. Kaum eine Zitadelle des Königs ist wehrhafter und besser ausgerüstet. Dourdan wirkt nur aus der Ferne verletzlich. Die Festung wurde noch nie erobert. Kommt. Es liegt noch ein gutes Stück Weg vor uns.«

»Wovon leben die Menschen im Ort? Ich kann nirgendwo Felder erkennen.«

Philippe hob erstaunt die Brauen. Dass Séverine so schnell das Problem der Siedlungsform hier erfasste, beeindruckte ihn.

»Der Ort hängt auf Gedeih und Verderb von der Burg ab. Jedes Stück Land muss dem Wald abgerungen werden, und die Rodungen bedürfen der ausdrücklichen Genehmigung des Königs. Er schätzt sein Jagdrevier und will es nicht beeinträchtigt sehen. Hier leben Handwerker, Tagelöhner, königliche Jäger und Waldarbeiter. Sie verdienen sich ihr Brot, indem sie für die Herren der Burg tätig sind. In ihren Gärten ist nur Platz für ein wenig Gemüse, das Federvieh, ein paar Ziegen und Milchkühe. Größere Vorräte müssen sie, wie die Burgbewohner, von fremden Händlern kaufen.«

»Also sind sie aufeinander angewiesen.«

Philippe nickte stumm und schlug auf die Hinterhand seines Pferdes, um es wieder in Gang zu setzen.
Das Dorf, das sie wie angekündigt im letzten Tageslicht erreichten, besaß keine schützenden Mauern, sondern lediglich Palisaden, die zur Nacht geschlossen werden konnten. Die Landstraße verzweigte sich zu schlammigen Wegen. Erste Regentropfen sprangen als kleine Fontänen in den Pfützen auf. Neugierig sah Séverine sich um und fand viele Ähnlichkeiten mit dem Dorf von Faucheville.
Auch hier wühlten Schweine vor den Häusern im Schlamm. Hühner stoben gackernd unter den Pferdehufen davon. Vor der Dorfschenke steckten ein paar Männer die Köpfe zusammen. Kinder feuerten laut kreischend zwei Buben an, die sich im Zielwerfen gegen einen Holzpfahl überboten. Es hätte eine liebliche Idylle sein können, wären nicht die beherrschenden steingrauen Mauern und Türme gewesen, die dahinter in den Himmel stiegen. Das Dorf wirkte vor diesem bedrohlichen Hintergrund winzig, geduckt, wenn nicht gar verängstigt. Selbst die eingerüstete Kirche kam Séverine grau und traurig vor.
Zwischen zwei Rundtürmen, von schiefergedeckten Spitzdächern gekrönt und von Wehrgängen umgeben, ragte das Torhaus auf. Armdicke Eisenketten führten von der Bohlenplattform der Zugbrücke, die den Wassergraben überspannte, rechts und links oberhalb des Tores zum Räderwerk der Kettenzüge. Innerhalb weniger Augenblicke konnte die Brücke die Burg hermetisch abriegeln.
An diesem Abend lag der Eingang offen da.
Zu beiden Seiten des Tores, unter dem hochgezogenen Fallgatter, lehnten Bewaffnete in Kettenhemd und Helm an ihren Hellebarden. Gelangweilt betrachteten sie das Treiben

auf dem Dorfplatz. Beim Anblick der drei Reiter richteten sie sich unverzüglich auf. Ihre Waffen kreuzten sich und versperrten den Weg.
»Euer Begehr?«, rief einer von ihnen, noch ehe die Pferde vollends über die Brücke getrabt waren.
»Ein Gespräch mit dem Hauptmann der Festung«, entgegnete Philippe.
Er entnahm seiner Satteltasche das Pergament mit dem königlichen Siegel. Auch wenn die Männer nicht lesen konnten, der rote Wachsabdruck und die Bänder sprachen für sich.
»Ihr findet Hauptmann Montgeron im Hauptgebäude auf der linken Seite des Hofes«, wies der Wachhabende ihnen den Weg. »Die Waffenhalle und die Quartiere der Männer sind dort. Meldet Euch in der Wachstube neben dem Eingang.«
Séverine spähte an dem Wächter vorbei auf den Burghof. Sie blickte genau auf die Stirnseite einer Kapelle mit Satteldach und einem Glockenturm aus Holz. Drei hohe Spitzfenster verrieten deutlich, dass es sich bei Dourdan um den Besitz eines reichen und mächtigen Mannes handeln musste. Nur sehr wohlhabende Burgherren konnten es sich leisten, ihre privaten Kirchenfenster mit teurem, buntem Glas zu schmücken. Eine mächtige Linde beschattete den Ziehbrunnen vor der Kirche. Auf einer Bank, die um den Stamm herumführte, saß ein Mönch, ein aufgeschlagenes Brevier auf dem Schoß.
Der stille Friede des Bildes stand in krassem Gegensatz zu allem, was Séverine erwartet hatte. Erst als sie das Gewölbe des Torhauses durchquert hatten, erfasste ihr Blick den gesamten, fast quadratischen Innenhof der Burg von Dour-

dan: Das herrschaftliche Gebäude des Palas, der neben der Kapelle die Wohnräume des Burgherrn enthielt, die Ställe zur rechten Hand, aus denen das Muhen der Kühe drang, die gemolken werden wollten, die Schmiede, das Backhaus, die einzelnen Vorratsscheunen.

Der Bergfried schräg gegenüber war der älteste Teil der Anlage. Er unterbrach genau in der Südwestecke den starken Mauerring der Zitadelle. Von einem gut fünfundzwanzig Fuß breiten Wassergraben umgeben, konnte man ihn nur über eine Holzbrücke betreten. Im letzten Drittel ruhte sie nicht auf gemauerten Fundamenten, sondern lief in einer Zugbrücke aus. Bis auf den Eingang, die Wehrgänge mit den Pechnasen und Holzblenden und das schiefergedeckte Runddach bestand der gewaltige Turm aus grauen, rechteckig behauenen, fugenlos aneinandergefügten Steinen. Kein Fenster, kein Erker, kein Söller durchbrach die Mauer.

Wer immer dieses besondere Bollwerk erobern wollte, musste über den Wassergraben fliegen und glatte Wände erklimmen können. Séverine ahnte, dass Jeanne in diesen Turm verbannt worden war. Wie grauenvoll mussten die Umstände für Blanche und Marguerite in Château Gaillard sein, wenn dies ein bevorzugter Ort sein sollte.

Fröstelnd zog sie ihren Umhang enger um die Schultern.

Der Ruf einer scheppernden Glocke verkündete vom Kapellendach den Beginn der Vespergebete. Der Mönch nahm sein Brevier auf und schritt zum Eingang des Gotteshauses, während der Schmied ein letztes glühendes Hufeisen in den Wassereimer tauchte. Zischend stieg der Dampf auf. Der Feierabend begann, denn mittlerweile war allenthalben das Licht zu schwach zum Arbeiten geworden.

Vor ihnen, am Eingang zum Hauptgebäude, befestigte ein Knecht eine Pechfackel in dem dafür vorgesehenen Eisengestell an der Hauswand.
Aus allen Richtungen kamen Männer, die ihr Tagwerk beendet hatten. Séverine spürte ihre neugierigen Blicke. Philippe schien es nicht zu kümmern.
»Julien, du versorgst die Pferde«, befahl er und sprang aus dem Sattel. »Séverine, Ihr kommt mit mir.«
Er ließ ihr kaum genügend Zeit, vom Pferd zu steigen. Sie verstand, was ihn antrieb.
»Königliche Hoheit … Monseigneur …«
Hauptmann Montgeron geriet ins Stottern. Seine Stirn, erst bleich, dann hochrot, legte sich in tiefe Sorgenfalten. Lesen war nicht seine Stärke. Es hatte geraume Zeit gedauert, bis er das Pergament entziffert hatte, das nun in seiner Hand bebte. Er war Ritter, kein Höfling. Er räusperte sich vorsichtig und suchte nach Worten. Wie sollte er sich verhalten? Keiner, auch nicht ein Sohn des Königs, durfte die Gefangene besuchen. Dies war ihm ausdrücklich befohlen worden. Außer ihm kannte auch niemand ihre Herkunft.
Philippe ließ ihm keine Zeit, den Zwiespalt zu bedenken.
»Ihr haltet den schriftlichen Befehl des Königs in Händen, Hauptmann. Ich habe die Erlaubnis, meine Frau aufzusuchen. Außerdem soll ich die Umstände ihrer Verbannung prüfen und wenn nötig, verbessern. Habt Ihr nicht selbst erst kürzlich darum gebeten, von der Verantwortung für ihre Gesundheit entbunden zu werden?«
Der Burghauptmann beließ es bei einem zögernden Nicken. Die Gesundheit der Verbannten im Turm war ein heikles Thema.

»Nun denn, Eure Bitte ist erhört worden. Ich benötige Quartier für mich und meine Begleitung. Zudem erwarte ich in Kürze ein Fuhrwerk mit Besitztümern meiner Frau. Alles Weitere werden wir in den nächsten Tagen besprechen können. Begleitet mich in den Bergfried.«

Immer noch unsicher, gab sich der Hauptmann geschlagen.

»Ich nehme an, Ihr wollt Wohnung im Palas nehmen, Monseigneur. Das Haus ist seit dem letzten Besuch des Herrn von Evreux verschlossen. Ich muss nach den Mägden schicken, damit sie das Bettzeug aus den Truhen holen und lüften. Teppiche, Alkovenvorhänge, Silbergeschirr, alles lagert in Kisten im Magazin. Seine Gnaden sendet vor jedem Aufenthalt seinen Haushofmeister nach Dourdan voraus, damit alles gerichtet ist, bis er eintrifft. Wir haben seit Monaten nichts von ihm gehört.«

Kein Wunder, dachte Séverine im Stillen. Vermutlich hatte der König seinen Bruder darum gebeten, diese Burg noch einmal für seine Zwecke nutzen zu dürfen. Zudem besaß er zu seinem Vergnügen noch genügend andere Herrensitze und Jagdreviere.

»Heißt das, es gibt auch keinen amtierenden Burgvogt in Dourdan? Keine Hausherrin, die das Gesinde beaufsichtigt?«, erkundigte sich Philippe indessen verblüfft.

»In der Burg lebt überhaupt keine Frau, königliche Hoheit. Die Mägde für Küche und Stall kommen morgens zur Arbeit und gehen abends wieder. Das ist besser für die Disziplin meiner Männer.«

Philippes und Séverines Blicke kreuzten sich ahnungsvoll.

* * *

Das klägliche Scheppern der Glocke teilte den Tag in einzelne Abschnitte. Jeanne hatte auf der Steinbank Platz genommen und zählte gewohnheitsmäßig die Schläge. Vesperzeit. Der Abend fiel herab. Weit unten, vor den Mauern ihres Kerkers, wurde es ruhiger.

Die Alltagsgeräusche, das Kindergeschrei, der Arbeitslärm und die Tierlaute waren ihr einziger Beweis dafür, dass das Leben außerhalb der Mauern weiterging. Quietschende Fuhrwerke, das Hämmern von Steinmetzen und die Rufe der Wachmänner auf den Wehrgängen kennzeichneten die Werktage. Wenn die Männer ihr Waffentraining im Burghof abhielten, drangen das Klirren der Schwerter und das Ächzen der Verlierer in ihre Einsamkeit. Am Waschtag der Gesang der Frauen am Dorfteich. Sonntags herrschte Stille.

Sehen konnte sie nichts von alledem. Die einzige Öffnung im Gemäuer war höchstens zwei Hände breit und kaum vier Fuß hoch. Seit sie im Mai nach Dourdan gekommen war, blieb jeder Kontakt mit der Außenwelt allein auf das Gehör beschränkt.

Lediglich den sich verändernden Himmel konnte sie wahrnehmen und die scharfe Hügelkette. Den Wechsel des Wetters. Selten einmal sah sie den Rauch eines Köhlerfeuers, auffliegende Vogelschwärme, kreisende Habichte. Die endlose Fläche des königlichen Forstes zog sich bis an den Horizont. Dunkel. Bedrohlich. Undurchdringlich.

Die Außenmauern des Bergfrieds waren so gewaltig, dass sie aus der schmalen Maueröffnung nicht einmal nach unten in die Tiefe schauen konnte. Um Wind und Regen abzuhalten, konnte der Mauerdurchbruch mit einer Holzlade abgedeckt werden. Sie hatte nie Gebrauch davon gemacht, denn so sehr es auch zog, die Maueröffnung war gleichzeitig die einzige Lichtquelle der Turmkammer.

Die Ausweglosigkeit ihrer Lage setzte Jeanne zu. Nach all den ereignislosen Wochen beherrschte sie Hoffnungslosigkeit und Verzweiflung. Ihr Lebensmut schwand, ja sie konnte sich sogar vorstellen, dass sie ihren Tod freudig begrüßen würde.

Nur ihr Glaube sowie die Gedanken an Philippe und ihre Kinder bewahrten sie vor der Verzweiflung. Dennoch gab es Tage, an denen sie fürchtete, endgültig in Wahnsinn zu versinken.

Tage wie heute.

Eine leichte Bewegung unter der Bauchdecke riss sie unvermittelt aus ihrer Trostlosigkeit. Das erste Lebenszeichen ihres Kindes? Hatte sie es wirklich gespürt oder nur herbeigesehnt? Sie presste die Handfläche gegen die Wölbung, aber es folgte keine Wiederholung. Dennoch keimte zum ersten Male wieder Zuversicht in ihr auf. Sie war nicht allein. Philippes Sohn teilte ihre Verbannung.

Flattern und Gurren lenkte ihre Aufmerksamkeit auf den Fenstersims. Welch seltene Freude: Eine Ringeltaube war auf dem Absatz gelandet und plusterte das Gefieder auf. Den grauen Kopf stolz erhoben, schaute sie ihr durch den Mauerspalt entgegen.

»Ich wünschte, ich könnte fliegen wie du«, seufzte Jeanne neidvoll.

Ihre Hand sank herab. Die Kälte der Steinbank ließ sich nicht länger leugnen. Der einfache Wollstoff ihres Gewandes war zu dünn. Ihr Blick streifte die Binsenmatte am Boden, die fadenscheinige Decke auf dem Bett, den unbeheiz-

ten Kamin. Wie sollte sie sich und ihren Sohn warm halten, wenn die Tage und Nächte noch kälter wurden?
Im Sommer hatte Jeanne die dicken Mauern geschätzt, weil die Sonnenstrahlen sie nicht bis zur Unerträglichkeit aufheizten. Inzwischen war es kalt und feucht geworden. Sogar wenn sie alle Kleidungsstücke übereinander anzog, die sich in ihrer bescheidenen Truhe befanden, wurde ihr nicht mehr richtig warm.
Bisher hatte sie sich verboten, auch nur einen Gedanken an den Luxus zu verschwenden, der sie im *Hôtel d'Alençon* ganz selbstverständlich umgeben hatte. Die Kindsbewegung löste jedoch eine wahre Flut von Bildern und Erinnerungen in ihr aus.
Als sie Bella erwartete, hatte Jacquemine ihr leichte Eierspeisen, Früchte und appetitanregende Köstlichkeiten aufgetischt. Delikate Kuchen, deren Brösel sie damals den Vögeln ausgestreut hatte. Sicher hätten sie auch die Taube dort draußen verlockt. Dann wäre sie geblieben, statt die Flügel auszubreiten und sich mit einem leisen Gurren vom Wind davontragen zu lassen.
Tränen der Verlassenheit stiegen Jeanne in die Augen. Was hätte sie für ein tröstendes Wort, für die Anwesenheit einer mitfühlenden Seele gegeben?
Wie es Blanche und Marguerite wohl erging? Hatte man auch sie voneinander getrennt?
Blanche würde in solcher Einsamkeit früher oder später den Verstand verlieren. Leichtfertig und vergnügungssüchtig wie sie war, gab es nichts Schlimmeres für die Schwester als Stille und Untätigkeit. Schon ein Abend ohne Unterhaltung war eine Strafe für sie.
Und Marguerite? Sie würde sich an ihrem Stolz aufrichten,

auf Rache sinnen, Ränke schmieden, auf eine Chance lauern, das Schicksal zu ihren Gunsten zu wenden. Sie würde nicht aufgeben.

Polternde Schritte durchbrachen die Stille.

Wahrscheinlich brachte Loyse die Mahlzeit heute früher. Die Magd war eine überaus mürrische Person. Ob sie wohl Zeit gefunden hatte, die Hemden zu waschen?

Es hatte wenig Sinn, sie zu drängen oder zu fragen, man erhielt nur verächtliche Gesten zur Antwort. Es hatte Jeanne Wochen gekostet, herauszufinden, dass Loyse nicht aus Ablehnung schwieg, sondern weil sie wirklich stumm war.

Da sie auch keine Ahnung hatte, wer Jeanne war, sah sie außerdem keinen Anlass, die Verbannte mit Respekt zu behandeln. Für sie war die Frau im Turm eine Verurteilte, die ihr zusätzliche Mühen bereitete.

In abgrundtiefe Mattigkeit versunken, blieb Jeanne reglos, als der Türriegel zurückgezogen wurde. Ein kühler Luftzug strich ihr über das Haar, das etwas dunkler und lockiger nachgewachsen, aber noch kaum fingerlang war.

»Jeanne!«

Philippes Stimme. Träume ich mit offenen Augen? Sie wagte nicht, den Kopf zu wenden.

»Jeanne!«

Ich darf mich nicht bewegen. Wenn ich mich bewege, breche ich den Bann.

»Was ist mit ihr? Wieso antwortet sie nicht? Kann sie mich nicht mehr hören? Was habt Ihr mit meiner Frau gemacht, Montgeron?«

Was sagt er da? Mit wem redet er? Kann ich es wagen, mich nach ihm umzudrehen? Ich will nicht erwachen.

»Niemand hat sie je angerührt, königliche Hoheit. Sie ist völlig unverletzt.«
»Und scheinbar nicht bei Verstand. Was ist das für ein Zeug auf dem Tisch? Wollt Ihr sie vergiften?«
»Ihr tut uns unrecht, Monseigneur. Sie erhält das Essen, das auch die Männer auf den Wehrgängen bekommen. Es ist nicht unsere Schuld, wenn sie die Hälfte stehenlässt.«
»Schuld! Schuld! Ich kann das Wort nicht mehr hören!« Philippe ging auf seine Frau zu und beugte sich zu ihr hinab.
»Jeanne, Liebste! Bitte komm zu dir. Sag etwas. Bitte! Jeanne!«
Diese warmen Hände. Philippe. Welch schöner Traum. Er zieht mich an sich, ich spüre sogar seine Berührung. Er riecht nach frischer Luft. Nach Leder. Als läge ein langer, anstrengender Ritt hinter ihm.
»Zum Donnerwetter noch mal. Sie ist nur ein Schatten ihrer selbst. Hattet Ihr auch Befehl, sie verhungern zu lassen, Montgeron?«
Sein Zorn war Wirklichkeit. Sein Griff so fest, dass sie spürte, wie er bebte und sich mühsam kontrollierte.
»Du bist es tatsächlich.«
Jeanne starrte in Philippes besorgtes Gesicht. Sie wurde noch bleicher, als sie es ohnehin schon war. Ihre Lippen bewegten sich in wortloser Rede weiter, dann sackte sie mit einem Seufzer in sich zusammen. Philippe konnte sie eben noch vor dem Sturz bewahren. Erschüttert hielt er seine leblose Frau in den Armen. Was konnte er für sie tun?
Séverine, die sich im Hintergrund gehalten hatte, erkannte seine Bedrängnis. Sie beeilte sich einzugreifen.

»Bringt Jeanne auf das Lager dort«, riet sie ihm knapp und deutete auf das karge Bettgestell mit dem Strohsack.

»Schafft heißen Wein und frische Glut für den Kamin herauf. Es eilt!«, brachte sie gleichermaßen energisch den Hauptmann in Bewegung.

Sie trat zu Jeanne ans Bett, umfasste ihre Beine, lagerte sie kundig hoch und strich ihr mit einer zärtlichen Geste über die kühlen Wangen.

Philippe sah ihr dabei zu. Seine Erschütterung lähmte ihn. Er war dankbar dafür, mit welcher Umsicht Séverine seiner Frau zu Hilfe kam. In diesem Moment empfand er sich selbst zum ersten Male in seinem Leben nutzlos.

Séverine warf ihm über die Schulter einen ermutigenden Blick zu. »Es ist nur die Überraschung, die ihr das Bewusstsein trübt, Monseigneur. In wenigen Augenblicken wird sie wieder bei sich sein.«

Vierzehntes Kapitel

Philippe hatte sich keine Illusionen über dieses Wiedersehen gemacht, doch die Wirklichkeit übertraf seine schlimmsten Erwartungen. Blutleer und abgemagert lag Jeanne auf dem Strohsack. Obwohl ihre Schwangerschaft schon mehrere Monate währte, war die Leibeswölbung kaum der Rede wert. Viel zu dünn spannte sich auch die Haut über ihre Wangenknochen, die Lippen waren rissig und aufgesprungen, die Augen lagen tief in den Höhlen.

»Was habt Ihr ihr angetan?«, fragte er den Burghauptmann, ohne den Blick von ihr zu wenden.

»Weder Gewalt noch Folter«, beteuerte der Hauptmann eilig. »Wir haben die Befehle des Königs befolgt. Strenge Abgeschiedenheit. Einfache Kost. Einmal in der Woche der Besuch des Priesters. Die Dienste der Magd, die wir ihr zuteilwerden lassen, sind bereits ein Verstoß gegen die Anweisungen. Ich hab' es auf meine Verantwortung genommen, weil das Mädchen stumm ist und nichts verraten kann.«

Die Auskunft war nicht dazu angetan, Philippes Zorn zu besänftigen. Im Gegenteil. Seine Fäuste ballten sich.

Jeannes Augen waren geschlossen, aber sie hatte zu weinen begonnen. Lautlos.

Séverine behielt als Einzige ausschließlich ihr Wohl im Auge. Sanft drängte sie Philippe zur Seite, damit er sich fasste, ehe er Jeanne wieder gegenübertrat.

»Gebt ihr ein wenig Zeit, den Schock der unerwarteten Begegnung zu verarbeiten«, bat sie ihn. »Ihr seht doch, was hinter ihr liegt.«

Sie verströmte Ruhe und Sachverstand, so dass Philippe schweigend gehorchte.

Der Burghauptmann machte sich an der Glut im Kamin zu schaffen, um die Scheite zum Brennen zu bringen. Séverine goss den Wein in einen Becher, den er mit dem Heizmaterial gebracht hatte. Der aromatische Duft der beigefügten Gewürze erfüllte den Raum und riss Jeanne endgültig aus ihrer Benommenheit. Was war geschehen?

Sie versuchte, Einzelheiten zu erkennen, und wischte sich die Tränen aus den Augen, damit nicht alles verschwamm. Kerzen brannten in einem zweiarmigen Eisengestell. Der Schein fiel auf Séverine, die ihr dampfenden Wein reichte. Séverine war ebenfalls hier?

»Trinkt«, vernahm sie ihre Aufforderung. »Ihr seht aus, als hättet Ihr einen kräftigenden Schluck nötig.«

Philippe musste Jeanne die Hand führen. Sie war nicht fähig, den Becher selbst zu halten. Ungewohnt feurig, brachte der Wein sie zum Husten, dennoch trank sie ein zweites Mal. Wärme stieg in ihr auf und ein Gefühl der Erleichterung, das so intensiv war, dass sie die Augen wieder schloss, um es bis ins Letzte auszukosten.

Philippe tauschte einen Blick mit Séverine. Bestürzung stand auf seinen Zügen.

»Glaubt Ihr, dass sie wieder gesund wird und zu Kräften kommt?«

Séverine antwortete resolut und selbstbewusst. »Das möchte ich doch hoffen. Ich werde auf jeden Fall alles dafür tun.«
Sie begann damit, indem sie Aufgaben verteilte. Als Erstes deutete sie auf die Fensteröffnung, vor der es mittlerweile dämmerte, und wandte sich an den Hauptmann: »Holt den Holzladen für dieses Fenster und klemmt ihn in den Rahmen, sonst wird es nie warm hier.« Ohne Pause forderte sie Philippe danach auf: »Ich habe unten, in der Wachstube, einen Küchenkorb gesehen. Seid so freundlich und bringt ihn herauf. Wir müssen alle etwas essen und trinken.«
Philippe stutzte nur kurz. Von einer Frau Befehle anzunehmen war neu für ihn. Doch als er zur Treppe ging, tat er es in dem guten Gefühl, dass er Séverine gehorchte, weil sie für Jeanne kämpfte. Er traute ihr sogar zu, diesen Kampf zu gewinnen, gegen alte und neue Feinde, gegen Krankheiten, gegen schlimme Träume.
Wie Séverine es vorausgesagt hatte, tastete sich Jeanne vorsichtig in die Wirklichkeit zurück. Philippe übte sich in Geduld.
»Hat sich mein Verstand verwirrt?«, war ihre erste Frage. »Bist du es wirklich?«
»Berühre mich – ich bin es – Philippe.«
Er ergriff eine ihrer Hände und legte sie flach auf seine Wange.
»Philippe …« Das Zucken ihrer Finger wurde zu ungeschicktem Streicheln. Leise kratzte sein nachwachsender Bart unter dieser Liebkosung. »Woher … Wieso …«
»Ich will dir alle Fragen beantworten. Später, wenn du dich erholt hast.«
Ihre neuerlichen Tränen ließen Philippe beinahe die Fassung verlieren. Nur die Gegenwart der anderen hielt ihn davon

ab, mit ihr zu weinen. Er musste an sich halten, seine Gefühle zu beherrschen.

»Sie ist immer noch eiskalt!«, stellte er fest, ohne sich an jemand Bestimmten zu wenden.

»Wir brauchen zusätzliche Decken, noch mehr Wein und einen Backstein, den wir im Feuer für Jeanne erwärmen können. Wo steckt unser Knappe? Julien muss mir helfen.«

Séverine deckte den Burghauptmann mit zusätzlichen Anweisungen ein.

Montgeron machte keine Anstalten, ihr zu gehorchen. Er rieb sich verlegen im Nacken.

»Das Schreiben des Königs erlaubt ausdrücklich nur die Anwesenheit seines Sohnes und Eure. Später die der Wehmutter. Der Knappe darf keinen Schritt weiter als bis in die Wachstube.«

Die kleinliche Sturheit, mit der er auf den Einzelheiten des königlichen Befehls beharrte, entlockte Philippe einen unterdrückten Fluch.

»Tut, was sie sagt. Seht Ihr nicht, in welchem Zustand meine Frau ist? Sollten Eure Maßnahmen auch meinem Sohn geschadet haben, dann gnade Euch Gott.«

Bleich und eingeschüchtert verneigte sich der Hauptmann daraufhin und verschwand mit Séverine. Ihre Schritte und Stimmen entfernten sich. In der eintretenden Stille klang Jeannes Flüstern kratzig und rauh.

»Was bringst du? Neues Unglück? Ist etwas mit unseren Töchtern?«

»Sie senden dir ihre Küsse und ihre Liebe. Es geht ihnen gut. Allen. Auch Bella.«

Ein Teil der Last fiel von Jeanne ab. Sie erlaubte sich ein erleichtertes Aufatmen.

»Alles wird gut«, schwor Philippe leidenschaftlich. Ihre eiskalte Stirn küssend, mühte er sich, Zuversicht zu verbreiten. »Glaub mir, Jeanne.«

Da sie nicht antwortete, kam ihm Séverines Rückkehr mit einem vollen Weinkrug wie gerufen.

»Sieh, wer in meiner Begleitung ist«, wies er mit einer Handbewegung auf sie.

Jeanne blieb stumm. Aber ihre Augen suchten Séverine, die den eisernen Schürhaken genommen hatte. Sie wollte prüfen, ob er schon genügend glühte, um den Wein damit zu erwärmen. Zischend stiegen Dampf und würzige Düfte auf, als sie ihn kurz darauf in den Krug tauchte.

»Der heiße Wein erwärmt den Körper von innen und lässt das Blut schneller zirkulieren«, erklärte sie dabei betont unbeschwert. »Wärme ist jetzt das Wichtigste. Wärme und Eure Gegenwart, Monseigneur. Vermutlich glaubt sie immer noch zu träumen.«

Jeannes Blick gab Séverine recht. Stumm die Lippen bewegend, machte sie dazu eine fahrige Geste in ihre Richtung und streckte eine Hand nach ihr aus. Séverine kam sofort näher und ergriff sie.

»Wir sind mit dem Einverständnis des Königs in Dourdan«, beantwortete sie die unausgesprochene Frage. »Es hat alles seine Richtigkeit. Wir werden auch noch da sein, wenn Ihr wieder erwacht. Ihr müsst jetzt keine Angst mehr haben, alles wird gut.«

Sie hatte die richtigen Worte gefunden. Philippe wurde Zeuge, wie sich Jeanne entspannte, tiefer atmete. Sanft legte Séverine ihre Hand in seine Finger.

»Ich muss wieder nach unten, in die Wachstube«, sagte sie leise. »Inzwischen wird Julien die Decken und Kissen gebracht haben. Lasst sie nicht los. Sie braucht jetzt Eure Berührung, um zu begreifen. Worte werdet Ihr später füreinander finden …«

Dankbar auch für die Ungestörtheit, die sie ihm und Jeanne damit verschaffte, nickte Philippe zustimmend. Gott sei Dank hatte er Séverine mitgebracht. Es war die richtige Entscheidung gewesen.

Gut, dass Adrien sie unter seinen Schutz genommen und in Jeannes Haushalt gebracht hatte. Keine der Edeldamen hätte den Ritt nach Dourdan überstanden. Ebenso wenig wären sie fähig gewesen, den Anforderungen gerecht zu werden, die hier an sie gestellt wurden.

»Schlaf, Jeanne, du musst müde sein«, raunte er mit gedämpfter Stimme. Das heiße Getränk hatte etwas Farbe auf ihre Wangen gebracht, aber ihre Erschöpfung war offensichtlich. »Ich wache bei dir.«

Seine Versicherung, gut gemeint, bewirkte das Gegenteil. Jeanne fuhr hoch, als enthielte sie eine Drohung.

»Ich will nicht schlafen. Ich kann nicht schlafen. Ich darf nicht schlafen.«

»Beruhige dich. Es ist vorbei«, beschwor er sie. »Hast du nicht gehört, was Séverine gesagt hat?«

Sie stieß einen undefinierbaren Laut aus. Es klang furchtbar.

»Du täuschst dich. Oder kannst du die Toten wieder zum Leben erwecken? Weißt du, was ich in meinen Träumen sehe, wenn mich wirklich einmal der Schlaf übermannt? Geschundene Körper. Philippe und Gautier von Aunay. Ich höre ihre Schreie. Das Johlen der Menge, die dem Henker zujubelt, während er ihnen die Haut von den Knochen zieht. Die kahlen Köpfe von Blanche und Marguerite.«

Sie brach keuchend ab. Zu schwach, das Entsetzen zu meistern, das ihr den Schlaf vergällte, seit sie Pontoise verlassen hatte.

Das Kerzenlicht flackerte über ihr von Leid gezeichnetes Gesicht. Philippe hätte ihr gerne das Haar aus der Stirn gestrichen, aber seit sie wieder völlig bei sich war, wich sie zurück, sobald er ihren Kopf berührte. Obwohl er sie umarmte, war sie ihm fern. Würde das so bleiben? Hatten die grausamen Geschehnisse ihr die Sinnenfreude und das Vertrauen für immer genommen?

»Du musst vergessen«, flehte er mit rauher Stimme und merkte selbst, welch unmögliche Forderung er stellte. »Ich will dir helfen dabei.«

Sie erwiderte nichts. Erst als er annahm, sie sei längst eingeschlafen, fragte sie mit geschlossenen Augen: »Wirst du mich nach Hause bringen?«

»Ja.«

Ein bedrücktes Lächeln umspielte ihre Lippen. Sie begriff auf Anhieb, dass dieses kurze Ja auf keinen bestimmten Zeitpunkt festgelegt war.

»Verzeih mir«, fügte er hinzu.

»Du hast nichts getan, das Verzeihung erfordert.«

»Ich habe dich hier warten lassen. Glaube mir, ich weiß, wie lang die Monate für dich waren.«

Er lauerte geradezu darauf, dass sie ihm Gelegenheit gab, sein Mitgefühl auszudrücken. Aber sie schien keinen Wert darauf zu legen. Sie verschloss sich vor ihm. Bis auf den ersten ungläubigen Blick und die schnelle Berührung hatte sie keine Freude gezeigt, ihn zu sehen.

Weil sie keine empfand?

»Erlaubt, dass ich die Decken ausbreite.«

Schwerbeladen erschien Séverine wieder unter dem Türbo-

gen. Philippes düsterer Gesichtsausdruck ließ sie zögern, aber er winkte sie ungeduldig näher.
Wenig später lag Jeanne, in einen wahren Kokon aus Decken gewickelt, auf ihrer Lagerstatt. Nach einiger Zeit wurden ihre Atemzüge gleichmäßig und tief. Sie war eingeschlafen.
Dankbar erhob sich Philippe und dehnte die lange Gestalt. Seine zwiespältigen Gefühle vor Séverine verbergend, versuchte er sich auf die Zukunft zu konzentrieren.
»Der Himmel muss sie für das Leid entschädigen, das sie erlitten hat. Ich bin mir sicher, dass Jeanne dieses Mal einen Sohn erwartet.«
Séverines Gesicht verriet ihm, dass sie eine Antwort verschluckte, die ihm nicht gefallen würde. Stattdessen deutete sie auf Jeanne.
»Ich will hoffen, dass Ihr Euch nicht täuscht, Monseigneur. Ich bleibe bei Eurer Frau. Ihr könnt Euch die Beine vertreten. Julien hat sich unten bei der Wachmannschaft einquartiert. Der Hauptmann erwartet Euch zum Mahl. Geht und macht Euch keine Sorgen.«
»Wird sie die Folgen dieser schrecklichen Monate überwinden können?«, fragte Philippe besorgt nach einem letzten prüfenden Blick auf die Schlafende.
»Ich glaube fest daran. Jeanne hat eine Kindheit unter Mahaut überstanden. Sie hat drei Kinder geboren und in schlimmen Zeiten Haltung bewahrt. Sie ist stärker, als Ihr ahnt. Gute Nacht, Monseigneur.«
Woher nahm sie die Kraft, so überzeugend zu klingen? Er wusste es nicht.
»Gute Nacht, Séverine. Habt Dank.«
Erst als die Pforte hinter ihm zufiel, wich die Anspannung

von Séverine. Mit äußerster Vorsicht nahm sie auf dem Fenstersitz Platz. Sie fühlte sich wie ein angeschlagener Krug. Eine falsche Bewegung, und sie würde in tausend Scherben zerspringen. Die Mauern rückten näher, die gewölbte Decke senkte sich, Beklemmung breitete sich in ihr aus. Schon in Paris fiel es ihr nach wie vor schwer, Tag um Tag im Haus zu verbringen. Wie sollte sie Tage, Wochen, wenn nicht gar Monate und Jahre in diesem Kerker ertragen?

Du vergisst deine Schwester. Jeanne! Für sie wirst du es ertragen.

Und Adrien?

Tränen brannten in ihren Augen.

Du wirst nicht weinen. Wie soll es denn weitergehen, wenn du schon am ersten Tag heulst?

* * *

Das Turmgemach war kaum wiederzuerkennen. Es gab jetzt ein Glasfenster, dessen klare Rauten mit Bleistegen verbunden waren. Gewebte Teppiche verbargen die Binsenmatten. Stühle mit Arm- und Rückenlehnen, ein Lesepult und Kissen auf allen Sitzgelegenheiten machten das Gefängnis wohnlich. Wachskerzen steckten in mehrarmigen Leuchtern, und im Kamin brannte ein wärmendes Feuer.

Auf dem neuen Eichenbord neben der Feuerstelle wuchs die Anzahl der Küchengegenstände. Den Bechern waren Näpfe gefolgt, geschnitzte Löffel, ein Mörser und ein Satz Tonschüsseln. Darunter stand ein rechteckiger Holztisch, an dem Séverine, leise vor sich hin summend, Äpfel schälte und in Stücke schnitt.

Jeanne lauschte der Stimme und den Geräuschen. Kein Musikant, kein Sänger oder Geschichtenerzähler hatte ihr je vergleichbare Freude geschenkt. Zum ersten Mal seit langer Zeit durchflutete sie ein Gefühl des Wohlbehagens.

Ihr Leben hatte sich innerhalb von Tagen vollständig geändert. Allein der Umstand, dass sie auf einer weichen Matratze in einem Alkoven lag, dessen dichte Wollvorhänge man gegen Zugluft und Kälte schließen konnte, war für sie ein Wunder.

»Du bist wach!«

Séverine hatte eine Bewegung Jeannes wahrgenommen.

»Wach und klaren Sinnes«, bestätigte Jeanne und stützte sich auf den Unterarm. »Was machst du?«

»Ich brate Eierkuchen mit Herbstäpfeln. Zucker und eine Spur von Zimt werden deinen Appetit anregen«, antwortete Séverine, als sei es das Selbstverständlichste der Welt für sie, zu kochen.

Sie kippte die Äpfel in eine Schüssel, vermischte sie mit deren Inhalt und goss das Ganze in eine Eisenpfanne, die auf dem Kaminabsatz bereitstand.

»Wo hast du das gelernt?«

»Zu Hause. Elvire, unsere Köchin in Faucheville, konnte auf dem kleinsten Feuer die köstlichsten Dinge zubereiten.«

Séverine schwitzte, da sie die Pfanne mit eigener Hand über die Flamme im Kamin hielt. Sie hatte den Stiel gegen die Hitze mit einem mehrfach gelegten Leinentuch umwickelt und sah aus, als bereite ihr das Kochen höchstes Vergnügen. »Du wirst sehen, sie sind köstlich. Man muss sie nur so frisch wie möglich essen. Wenn man sie erst über den ganzen Burghof aus der Küche anschleppt, fällt alles in sich zusammen, wird matschig und kalt.«

»Ich habe leider gar keinen Hunger, Séverine.«
Trotz der verführerischen Düfte widerstrebte Jeanne jeder Gedanke an Essen.
»Das werden wir ja sehen«, erwiderte Séverine fröhlich.
Sie rüttelte die goldgelbe Masse geschickt vom Pfannenboden los, schleuderte sie hoch und fing sie wie ein Gaukler wieder mit der Pfanne auf.
»Schau an, ich kann es noch«, sagte sie befriedigt.
Zu ihrer eigenen Verblüffung war es Jeanne unmöglich, zu widerstehen. Der erste Bissen des flaumig köstlichen Omelettes tat ein Übriges. Er zerging auf der Zunge. Sie aß, bis sie sich schließlich satt zurücklegte. Sie fühlte sich gut. Ungewohnt wohlig. Warm. Schmerzfrei.
Nur ihr Kopf bildete eine Ausnahme. In ihm wirbelten Befürchtungen, Vermutungen, Fragen und Erinnerungen wild durcheinander. Sich diesem Wirrwarr zu stellen und es zu ordnen erforderte ihren ganzen Mut.
Inzwischen wusste sie, dass sie allein ihrer Schwangerschaft die Wendung zum Besseren verdankte.
»Hör auf zu grübeln«, störte Séverine sie in ihren Gedanken. »Lass dir lieber beim Ankleiden helfen und tu ein paar Schritte. Das ständige Liegen macht nur träge und verleitet zu trüben Gedanken. Du bist schwach, aber nicht krank. Du musst wieder zu Kräften kommen.«
Das warme Lager verlassen? Jeanne wollte nichts davon hören.
Séverine schenkte ihrem stummen Widerstreben keine Aufmerksamkeit. Sie goss Waschwasser in eine Schüssel und legte Kleidung bereit. Jeanne erkannte das dunkelblaue Hauskleid, das sie so gerne trug. Strümpfe, ein Hemd, von dem sie wusste, dass sein Seidenstoff weich auf der Haut lag.

Beim Anblick dieses Reichtums trieb es ihr wieder Tränen in die Augen.
»Ich kann nichts tun, ohne zu weinen.«
Verärgert über diese Schwäche, wischte sie sich mit dem Handrücken über die Augen.
Séverine hielt ihr einfach die Hand hin.
»Stütz' dich zur Vorsicht auf mich. Du hast seit Tagen das Bett nicht verlassen. Es ist leicht möglich, dass dir bei den ersten Schritten ein wenig schwindlig wird.«
»Es ist viel wahrscheinlicher, dass mir schlecht wird«, sträubte sie sich erneut. »Deinen köstlichen Eierkuchen werde ich nicht bei mir behalten können.«
»Das glaube ich nicht. Dir ist seit zwei Tagen eigentlich nicht mehr übel. Nur Mut, Schwester. Verzagtheit steht dir nicht.«
Die Leichtigkeit, mit der Séverine sie Schwester nannte, wenn sie unter sich waren, berührte Jeanne. Gleichzeitig erinnerte es sie an Marguerite und Blanche, über die Philippe bisher nicht ein einziges Mal mit ihr gesprochen hatte. Sie fragte Séverine nach ihnen.
»Philippe wird mir zürnen, wenn ich dir antworte. Er hat mir verboten, Dinge zur Sprache zu bringen, über die er selbst mit dir sprechen will.«
»Er wird dir nicht zürnen. Dazu ist er dir zu wohlgesonnen. Aber mir weicht er bewusst aus. Wo steckt er eigentlich die ganze Zeit?«
Séverine lächelte sie beruhigend an.
»Du täuschst dich. Das weißt du. Er ist ein Mann der Tat. Es liegt ihm nicht, stundenlang an deinem Lager zu sitzen und darauf zu warten, dass du aufwachst. Er begleitet den Burghauptmann mit seinen Männern bei der Jagd. Sie müssen

ausreichend Wildbret für den nahenden Winter schießen. Auch wenn die Burg regelmäßig mit Getreide und anderen wichtigen Nahrungsmitteln versorgt wird – im Winter, wenn sie womöglich tagelang von der Außenwelt abgeschlossen ist, können die Vorratskammern nicht voll genug sein.«

Jeanne beharrte auf ihrem Recht, alles zu erfahren.

»Sogar die schlimmsten Nachrichten sind besser als Ungewissheit«, bekräftigte sie ihre Bitte.

Séverine ließ sich überreden. »Sie sind in Château Gaillard eingekerkert. Sie leben. Aber zu sagen, es ginge ihnen gut, wäre gelogen.«

»Danke.« Jeanne presste aufgewühlt die Handflächen gegeneinander. »Weißt du vielleicht auch, wie sie die Gefangenschaft ertragen?«

»Unterschiedlich. Marguerite hält sich an ihrem Stolz aufrecht. Blanche flüchtet sich aus der Wirklichkeit in wirre Träume. Der König versagt ihnen jede Gnade. Hinzu kommt, dass weder Louis noch Charles sich um das Wohlergehen ihrer Frauen kümmern. Allein Philippe hat es gewagt, den väterlichen Unmut für dich zu riskieren.«

»Die Gnade, die der König mir erweist, gilt auch nur dem Kind, das ich trage«, warf Jeanne bitter ein. »Marguerite hat recht, wir sind nicht mehr als Zuchtstuten für den König. Er braucht einen Enkelsohn.«

Ihre Blicke trafen sich. Jeanne rechnete es Séverine hoch an, dass sie schwieg, statt sie mit oberflächlichen Beschwichtigungen zu ermüden.

»Was immer du denkst, es ist falsch«, sagte Séverine nach einer Weile und umfasste ihre knochigen Schultern. »Niemand kann voraussagen, was morgen geschieht oder in ein paar Wochen. Heute dagegen wird dieses Waschwasser kalt, das ich unter Mühen für dich gewärmt habe.«

Über so viel vernünftige Gefasstheit musste selbst Jeanne lachen. Dann hielt sie überrascht inne. Hatte sie tatsächlich eben gelacht?

»So ist's schon besser«, sagte Séverine befriedigt.

Sie ließ ihr keine Zeit für überflüssige Gedanken. Mit dem Geschick einer Kammerzofe half sie ihr, sich vor dem Kaminfeuer zu waschen und anzukleiden. Danach nahm sie sich ihrer Haare an. Sie wusch den kurzen Krauskopf, spülte ihn mit Rosenwasser und massierte feinstes Mandelöl in die Haarspitzen.

Der blumige Duft schuf eine neue, weibliche Atmosphäre in dem Raum, der in Jeannes Augen bisher nur ein schreckliches Verlies gewesen war. Ohne dass es ihr zu Bewusstsein kam, entspannte sie sich unter der Pflege. Sie genoss die Fürsorge wie ein Geschenk. Erst als Séverine einen Stoffkranz und Schleierstoff über den Locken befestigte, erwachte sie aus dem angenehmen Tagtraum.

»Ein Kopfputz? Das ist wahrhaftig übertrieben unter diesen Umständen.«

»Findest du? Du bist eine Prinzessin. Eine verheiratete Frau. Kein Bauernmädchen, das mit offenem Haar herumläuft. Zu diesem Kleid gehört ein Kopfschmuck. Es gibt keinen Grund, ihn nicht zu tragen.«

Eine Modetorheit aus Venedig, die das Haar auf höchst aufsehenerregende Weise versteckte. Keine Strähne gab dieser Kopfputz frei, so dass der geschorene Kopf völlig verborgen blieb. Jeanne sah wieder aus wie Jeanne von Burgund, die vielbewunderte Gräfin von Poitiers.

Philippe verharrte bei seiner Rückkehr im Türrahmen. Die

Abendsonne im Rücken saß seine Frau auf einem Kissen in der Fensternische. Aufrecht. Elegant. Schmal.

Jeanne betrachtete Philippe ihrerseits aufmerksam. Dass er groß und hager war, hatte ihm schon als Jüngling den Beinamen, ›der Lange‹ eingetragen. Mit jetzt zweiundzwanzig Jahren sah er älter aus, als er war. Sein helles Haar, das ihm bis zur Schulter reichte, wellte sich nach außen. Die ausgeprägte, scharfe Nase erinnerte an einen Raubvogel.

Mit Rührung entdeckte sie die Kerbe in der Mitte des Kinns wieder, die er seiner ältesten Tochter vererbt hatte. Er trug die einfache Lederkleidung eines gemeinen Jägers, an seinem Gürtel steckte noch der Hirschfänger. Haltung und Auftreten waren ihr wohlvertraut.

»Jeanne!« Mit wenigen Schritten eilte er an ihre Seite. »Gott hat meine Gebete erhört. Es geht dir schon wieder so gut, dass du das Bett verlassen kannst. Wie fühlst du dich?«

»Wohl genug, um das Gespräch mit dir zu suchen«, antwortete sie bedächtig. »Sag mir, wie es weitergehen wird. Ehrlich und ohne Umschweife. All diese Veränderungen …« Eine Geste umfing das Turmgemach, das Séverine bei Philippes Ankunft verlassen hatte. »… deuten darauf hin, dass ich auch künftig hier leben werde.«

»Lass dir erklären …«

»Du musst mir nichts erklären«, unterbrach sie ihn. »Mir ist selbst klar, dass ich privilegiert bin. Blanche und Marguerite würden sicher gerne mit mir tauschen. Aber uns unterscheidet, dass ich, im Gegensatz zu ihnen, unschuldig bin.«

Philippe gab sich keine Mühe, seinen Ärger zu verhehlen. Es gab nur eine Quelle, aus der Jeanne ihre Informationen beziehen konnte.

»Séverine hat geredet.« Ihre Worte ließen nur diesen Schluss zu.
»Ich habe ihr keine Wahl gelassen. Sie versteht außerdem, wie richtig es ist, die Wahrheit zu kennen. Es ist genug gelogen worden.«
»Was man eurer Mutter auf jeden Fall vorwerfen kann.«
»Und dein Vater hat das Urteil gesprochen, das mich nach Dourdan verbannt«, rutschte es Jeanne empört heraus.
Sie standen kurz vor einem Streit. Jeanne hatte es befürchtet. Noch nie hatte sie ihm die Stirn geboten, für ihre Kinder wagte sie es jedoch.
»Warum hast du Séverine nicht bei den Kindern in Paris gelassen? Es war meine ausdrückliche Bitte.«
»Ich habe sie mitgenommen zu dir, weil sie außer Jacquemine die Einzige ist, der du vorbehaltlos vertrauen kannst. Wenn du mir vorwerfen willst, dass mir dein Wohl wichtiger ist als das unserer Töchter, so kann ich dir nicht widersprechen. Du darfst dich jedoch darauf verlassen, dass für die Mädchen auch in Séverines Abwesenheit bestens gesorgt wird.«
»Und wenn Mahaut in Paris auftaucht?«
»Sie ist bereits dort. Ich habe Adrien Flavy die Aufsicht über unseren Haushalt gegeben. Er ist ihr gewachsen, dessen kannst du gewiss sein.«
»Gut.« Jeanne pflichtete ihm bei. »Er wird Mahaut im Zaum halten können, das glaube ich gerne. Aber was ist mit dem König? Welche Entscheidungen wird er treffen? Weißt du das? Wird er verlangen, dass sich seine Söhne scheiden lassen, oder hat er einen Weg gefunden, unsere Ehen auf andere Weise zu annullieren? Er wird seine Verbindungen spielenlassen, sobald der neue Papst gewählt ist. Ist das Konklave schon zu einem Ende gekommen?«

Philippe schüttelte den Kopf und lieferte eine Auskunft nach, die neu für Jeanne war.
»Die Anhänger des verstorbenen Papstes Clemens haben das Konklave in Avignon mit Waffengewalt gesprengt. Seitdem herrscht Ratlosigkeit. Keiner weiß, wann die Kardinäle wieder zusammentreten werden.«
Jeanne nahm sie beherrscht auf. »Euer Vater wird auch daraus das Beste machen. In Zeiten allgemeiner Führungslosigkeit kann er bestimmte Kardinäle sicher zu allem Möglichen überreden.«
»Du urteilst, ohne nachzudenken.« Philippe setzte sich eng neben Jeanne in die Fensternische und legte ihr den Arm um die Schultern. »Unser Vater spricht weder von Scheidung noch von Annullierung. Nur von einem Erben für die Krone. Deine Schwangerschaft ist uns die beste Garantie für deine Freiheit und deine Sicherheit. Wenn es ein Sohn wird, wird alles vergeben und vergessen sein.«
»Also zählt nicht meine Unschuld, sondern nur die Tatsache, dass ich dein Kind erwarte.«
»Den Enkel des Königs.«
»Und warum muss ich hierbleiben?«
»Zu deiner Sicherheit. So solltest du es nehmen und verstehen. Und zur Sicherheit des Kindes, das du trägst. Bei Hofe misstraut jeder jedem. Kannst du dir vorstellen, was Louis und Charles empfinden, wenn sie erfahren, dass du ein Kind erwartest?«
Jeanne erschrak. So weit hatte sie trotz allem nicht gedacht. Sowohl der König wie Philippe schienen zu vermuten, dass ihr Gefahr drohte.
»Du fürchtest die Eifersucht deiner Brüder?«

Philippe wich ihrer Frage aus, und schon das beantwortete sie eindeutig.

»Deine Verbannung bietet dir Sicherheit. Bereite dich auf die Geburt unseres Kindes vor. Séverine wird bei dir bleiben und gemeinsam mit Julien dafür sorgen, dass es dir an nichts fehlt. Es ist deine Pflicht, das Wohl des Kindes über alles andere zu stellen, du weißt es.«

»Und wir?«, flüsterte sie kaum hörbar.

Philippe verstärkte den Griff um Jeannes Schultern. »Hat uns das Schicksal nicht schon großzügiger belohnt als meine Brüder? Sie haben von ihren Frauen Gleichgültigkeit, Abscheu, Hass und Betrug erfahren, wo uns Vertrauen und Liebe verbinden. Lass uns auch künftig darauf setzen. Nichts kann uns trennen, weder Entfernung noch Zeit. Es ist doch nicht mehr lange bis zur Geburt.«

»Ende November erwarte ich die Niederkunft.«

»Dann wird unser Sohn noch vor dem Weihnachtsfest getauft werden können.«

Jeanne schmiegte sich in seine Umarmung. Neuerlich zu widersprechen wagte sie nicht. Sie liebte ihn. In den vergangenen Wochen und Monaten war ihr das täglich bewusster geworden.

Er war vorausschauend, klug, pragmatisch und doch nicht ohne Phantasie. Abwägend vermied er sowohl überstürztes Handeln wie voreilige Entschlüsse. Seine Pläne bereitete er stets von langer Hand vor.

Ihre Verurteilung und Verbannung hatte er in dieser Form nicht voraussehen können, weil sie das Gespräch mit ihm zu lange hinausgezögert hatte. Nun litt er darunter, dass er den Lauf der Ereignisse nicht bestimmen konnte, sondern nur versuchen, ihn mitzugestalten.

»Ich weiß, es ist dumm«, flüsterte sie. »Aber ich wünschte, du könntest hierbleiben und bei mir sein. Was tun wir, wenn das Kind ein Mädchen ist?«
»Wir werden auch ein Mädchen willkommen heißen und nicht verzagen.« Philippe ließ sich nicht anmerken, wie sehr auch ihn diese Möglichkeit besorgte.
»Ich wünschte, ich hätte deine Zuversicht.«
»Unsere Liebe zueinander stützt mich in meiner Hoffnung.« Philippe bestärkte seine Worte mit einem Kuss, den Jeanne zärtlich annahm und erwiderte. Zweifel und Bangen wichen für einige wenige Herzschläge.

* * *

Der Pferdestall, ein überdachter Unterstand, dessen Dachbalken von viereckigen, grobgemauerten Säulen aus Sandsteinbruchwerk getragen wurden, lag in einer Ecke neben dem Torhaus der Burg. Die Futterraufen und Wassertröge der Pferde waren zwar überraschend sauber, aber den Boden bedeckte eine dicke Schicht aus verrottetem Stroh und getrockneten Pferdeäpfeln.
In Faucheville hätte der Stallmeister solche Schlamperei nicht geduldet, sagte sich Séverine und rümpfte die Nase.
Philippes Destrier, Juliens Pferd und ihr eigener schwerblütiger Reisegefährte standen abseits der Streitrösser des Hauptmanns und seiner Ritter. Julien kümmerte sich in gewohnter Manier um sie. Unter ihren Hufen war die Erde gefegt und das Stroh trocken. Séverine wollte sich eben zufrieden abwenden, als ihr in der hintersten Ecke eine graue Pferdekuppe ins Auge stach. Silbergrau, frisch gestriegelt und glänzend. Spontan gab sie ihrer Neugier nach und

schlenderte in die Richtung. Jeanne schlief viel in diesen Tagen, so dass sie Zeit fand, die Burg genau zu erkunden.
Das Licht im entferntesten Winkel war nicht sonderlich gut, aber dennoch erkannte sie auf den ersten Blick, dass ihre Ahnung sie nicht getrogen hatte.
»Marjolaine!«
Beim Laut ihrer Stimme wandte das Pferd den Kopf und schnaubte leise zur Begrüßung.
In überschäumender Wiedersehensfreude umklammerte Séverine den Pferdehals und vergrub das Gesicht in Marjolaines Mähne. Erst beim Wiederaufschauen entdeckte sie den Mann, der mit einem Striegel in einer Hand gelassen auf sie herabsah.
Er war einfach gekleidet. Bei näherer Betrachtung schreckte sie jedoch vor ihm zurück. Vermutlich lag es an der Narbe, die seine rechte Braue teilte und schräg am Auge vorbei über den Wangenknochen lief. Ein roter Wulst, der hässlich den Blick auf sich zog.
»Verzeiht, ich wollte Euch nicht erschrecken«, entschuldigte er sich mit einer dumpfen Stimme, die wie rollender Stein klang.
»Ihr habt mich nicht erschreckt.«
Sie zwang sich, ihn nicht unziemlich anzustarren, und strich Marjolaine zärtlich über die Flanken. Unruhig von einem Bein auf das andere wechselnd, zerrte die Stute an dem Hanfstrick, der sie hielt.
»Schscht! Ruhig! Du hast mich gleich erkannt.« Die Rührung überwältigte sie. »Marjolaine! Nie hätte ich geglaubt, dich wiederzufinden.«
»Ihr kennt die Stute?«
»Sie gehört mir.«

»Ihr seid mit dem Pferd dort hinten gekommen«, korrigierte er sie und deutete an das andere Ende des Stalles.
»Das ist kein Pferd, das ist eine Mähre«, entgegnete Séverine verächtlich. »Außerdem konnte ich wohl kaum mit Marjolaine hierherreiten, wenn sie doch in diesem Stall steht. Ich vermute …«
Sie brach ab. Es musste diesem Stallknecht egal sein, unter welchen Umständen ihr Marjolaine abhandengekommen war. Dass sie Julien und seinen Bruder in Schwierigkeiten brachte, weil sie unbedacht drauflosschwatzte, das fehlte noch. Wo steckte Julien überhaupt? Er hatte ihr versprochen, im Ort nach einer Wehmutter zu forschen.
»Warum sprecht Ihr nicht weiter?«, machte sich der Mann wieder bemerkbar. »Dass die Stute Euch kennt und ebenfalls mag, ist nicht zu übersehen.«
Er war weder Pferdeknecht, noch gehörte er zu den Burgwachen, dazu drückte er sich zu gewählt aus. Séverine verengte die Augen und musterte ihn genauer. Sie ließ sich nicht länger von der Narbe abschrecken. Die dunklen Augen, glänzend wie Kohlestücke, halb verborgen unter schweren Lidern, brachten sie, ebenso wie das dichte schwarze Lockenhaar, endlich auf die richtige Spur.
»Ihr seid Juliens Bruder, nicht wahr? Der Kreuzritter, der den Folterknechten des Königs im letzten Augenblick entkommen ist. Juliens Herr hat Euch zur Flucht verholfen und Euch mein Pferd gegeben. Erinnert Ihr Euch? Es war bei meiner Ankunft in Paris.«
Er leugnete nicht.
»Raphael Porcien, zu Euren Diensten. Aber Ihr tut besser daran, mich Rémy zu nennen. Unter diesem Namen bin ich hier bekannt. Rémy der Bogenschütze.«

»Mein Name ist Séverine Gasnay. Ich nehme an, Julien hat Euch von mir erzählt.«
»Einiges«, antwortete er knapp. »Vergesst, was Ihr über mich wisst. Behandelt mich wie die anderen Kriegsknechte. Wenn Ihr meiner Hilfe bedürft, schickt Ihr am besten Julien zu mir. Er weiß, wo er mich findet.«
Die Finger in Marjolaines Mähne vergraben, nickte sie.
»Da seid Ihr ja.«
Julien war auf der Suche nach ihr und streckte den Kopf in den Stall. »Schnell. Monseigneur erwartet Euch in der großen Halle. Es sind Nachrichten aus Poissy eingetroffen, die ihn zum Aufbruch zwingen.«
Séverine rannte unverzüglich hinter ihm her.
»Du hättest mir sagen können, dass Marjolaine im Stall der Burg steht«, rief sie Julien vorwurfsvoll im Laufen zu.
Es passte so wenig zu ihm, dass er ihr nicht antwortete, dass Séverine einen Anflug von Unbehagen verspürte. Unwillkürlich wappnete sie sich gegen die unbekannten Nachrichten aus Poissy.
Ein staubbedeckter brauner Fuchs tänzelte mit hängenden Zügeln neben dem Eingang. Man hatte ihn bis zur Erschöpfung angetrieben. Seine Flanken waren schweißbedeckt und bebten. Séverine hielt nach einem Pferdeknecht Ausschau, der sich seiner annehmen konnte, aber Julien erlaubte keinen Aufschub.
Als sie die schwere Doppeltür zur Halle öffnete, vergaß sie das erschöpfte Tier auf der Stelle. Adrien war gekommen! So staubig wie sein Pferd, Stiefel und Beinkleider von Schlamm bespritzt, stand er schwer atmend und breitbeinig da, in der Hand die gepunzten Reithandschuhe. Schweiß und Staub zeichneten sein Gesicht, seine Züge verrieten tie-

fe Besorgnis. Was, um Gottes willen, war geschehen? Ihre Freude wurde übergangslos von Sorge abgelöst.
Philippe saß mit dem Burghauptmann am Kopfende des Saales und nahm soeben Adriens Bericht entgegen. Auch er wirkte sichtlich erschüttert.
Séverine wurde es schwindelig. Sie kämpfte um Fassung, atmete tief durch und trat näher. Gleichzeitig hörte sie, was Adrien stockend und mit dumpfer Stimme erzählte.
»Sein Fuß hatte sich im Steigbügel verfangen. Niemand kann sagen, wie weit ihn das Pferd tatsächlich über den Waldboden geschleift hat. Zuvor war er allen anderen davongeritten. Seine Verletzungen sind besorgniserregend. Man hat ihn ins nächste Dorf, nach Poissy, getragen. Wenn sein Zustand sich stabilisiert, will man ihn ins Schloss von Essonne bringen. Noch ist er unfähig, sich zu bewegen. Auch bringt er kein verständliches Wort über die Lippen. Es scheint, als habe er die Sprache verloren.«
Von wem sprach Adrien?
»Wie konnte so etwas geschehen?« Philippe brach das entsetzte Schweigen. »Mein Vater ist ein hervorragender Reiter. Er fällt nicht einfach vom Pferd.«
Der König? Séverine stützte sich mit einer Hand am Tisch ab und presste die andere auf ihr jagendes Herz. Merkwürdigerweise kam ihr ausgerechnet jetzt der Fluch des sterbenden Großmeisters der Templer in den Sinn.
Binnen eines Jahres werdet Ihr vor Gottes Richterstuhl Rechenschaft ablegen müssen!
Das Jahr war noch nicht vorbei.
»Niemand kann es sagen. Seine Majestät stürzte, während er einen Hirsch verfolgte, den die Hunde gestellt hatten. Einige seiner Jagdgenossen sprechen von einem Keiler, der

in seiner Panik direkt auf ihn losgestürmt sei. Vielleicht hat ihn auch ein Schlag getroffen, das würde die Sprachlosigkeit erklären. Zum Glück hatte mein Vater darauf bestanden, dass ich an der Jagd teilnehme, so dass ich die Nachricht von dem Unglück ohne Verzögerung überbringen kann. Es wird so kaum Zeit bleiben für unerwünschte Fragen nach Eurem Verbleib. Ihr müsst jetzt auf der Stelle aufbrechen, Monseigneur. Euer Platz muss jetzt der an der Seite des Königs und Eurer Brüder sein.«

Adrien wischte sich mit dem Handrücken über die Stirn und entdeckte aufblickend Séverine.

Sie hat sich verändert, war sein erster Gedanke. *Obwohl sie erwachsen geworden ist, erinnert sie mich plötzlich wieder an die Séverine, die ich aus Faucheville kenne.*

Sie trug schlichte Wollstoffe, hatte das Haar bedeckt und die Hände vor dem Kleid verschränkt. Ihre Haltung war untadelig, aber er vermisste ihre frühere Lebenslust. Er wollte ihr Lachen hören, das Funkeln der Leidenschaft in ihren Augen entdecken und den geschmeidigen, verlockenden Körper in seinen Armen halten. Er wollte ihr die langweilige Haube abstreifen, den Sommerduft ihrer Haut kosten und sich lustvoll in den Tiefen ihres Schoßes vergraben. Die Reaktion seines Körpers auf diese Vorstellungen riss ihn aus seinem Wunschdenken. Für einen Augenblick hatte er völlig vergessen, wo er sich befand.

In ihren Augen las er ähnliche Wünsche. Seine Hand sank langsam herab und ballte sich zur Faust.

Vor dem Burghauptmann mussten sie ihre Gefühle ebenso verbergen, wie er zuvor sein freundschaftliches Verhältnis zu Philippe verschwiegen hatte. Nur Blicke waren ihnen erlaubt. Die Gefahr, dass es in Dourdan Spione gab, die dem König Bericht erstatteten, war groß. Wenn bekannt wurde, dass er mehr für Jeannes Dienerin empfand, würde der König seinen Vater darauf ansprechen.

Philippe erfasste die Situation. Ihm war klar, was in beiden vorging. Es war besser, sie zu trennen, ehe Montgerson unpassende Gedanken kamen. Er winkte Séverine, ihn zu begleiten.

»Hauptmann, Ihr sorgt dafür, dass mein Ritter Speis und Trank erhält und ein Quartier für die Nacht. Bei Sonnenaufgang verlassen wir Dourdan.«

Séverines Gedanken überschlugen sich. Es fiel ihr schwer zu gehorchen. Adrien nicht einmal begrüßen zu dürfen war bitter.

Der gewundene Steinstufenaufgang, der zu Jeannes Tür hinaufführte, hatte fatale Ähnlichkeit mit dem Aufgang im *Tour de Nesle*. Schon deshalb war ihr die Treppe zuwider. Am liebsten wäre sie gar nicht hinaufgestiegen, aber sie tat es natürlich. Philippe hatte bereits einen Teil der Hiobsbotschaft überbracht, als sie bei Jeanne eintrat.

Die Nachricht hatte Jeanne in neue Schrecken versetzt. Die Hände beschützend auf den gewölbten Leib gelegt, stand sie neben dem mannshohen Kamin, während Philippe beruhigend auf sie einsprach. Sie fröstelte.

»Ich schicke dir Julien mit einer Nachricht, sobald ich mehr weiß. Über ihn und Séverine wirst du alles erfahren. Was immer geschieht, du bist hier in Sicherheit. Wir haben alles besprochen. Vertraue mir.«

»Und wenn der König seinen Verletzungen erliegt? Wenn Louis den Thron von Frankreich besteigt? Der Zänker, der die Ehebrecherinnen mit unversöhnlichem Hass verfolgt?

Wie willst du ihn davon abhalten, uns alle drei zum Tode zu verurteilen?«

»Du bist keine Ehebrecherin, also kann er dich auch nicht als eine verurteilen.«

Séverine sah zu Boden. Die innige Umarmung des Paares und seine Liebesbezeugungen stimmten sie traurig und waren ihr zugleich peinlich. Warum hatte Philippe auf ihrer Begleitung bestanden?

»Mut, mein Herz. Lass dir von Séverine zu Bett helfen. Du musst an dich und das Kind denken.«

Jeanne ließ sich einmal mehr von ihm beschwichtigen. Mit Beginn der Nacht war Séverine von ihren Pflichten entbunden. Philippe blieb an der Seite seiner Frau.

Sie war frei, zu Adrien zu eilen. Wo steckte er? Sie war nicht seine Frau, konnte also seine Nähe nicht fordern. Dennoch drängte sie alles danach, den Weg in seine Arme zu finden. Allein, wo sollte sie in dieser rabenschwarzen Dunkelheit mit der Suche nach ihm beginnen?

Wie von selbst führten sie ihre Schritte zu den Pferden, zu Marjolaine. Remy hatte ihr einen neuen Platz zugewiesen. Sie stand neben nachlässig aufgestapelten Strohbündeln. Kaum mehr als ein leises Schnauben durchbrach die Stille, als Séverine ihre Flanke tätschelte.

»Schon gut, ich bin es«, flüsterte sie, im Wissen, dass Marjolaine genauso wenig sah wie sie.

Plötzlich spürte sie den festen Griff zweier Hände, die unverhofft ihre Taille umspannten und sie mit Leichtigkeit auf die Strohballen hoben. Adrien. Sie wusste es in dem Augenblick, in dem er sie berührte.

Wortlos fanden sich ihre Lippen in der Finsternis. Er hatte Wein zum Nachtmahl getrunken, schmeckte Séverine. Sie tastete mit den Fingerspitzen sein Gesicht ab. Sie fühlte Bartstoppeln, hervorspringende Wangenknochen und aufgesprungene Lippen. Er war ohne Rücksicht auf seine Gesundheit nach Dourdan geeilt.

»Was wird aus uns, wenn der König stirbt?«, wisperte sie und zog die Nadeln aus dem Leinen der Haube. »Der Zänker hat keinen Grund, auf Philippe zu hören, wenn er erst einmal die Krone trägt.«

»Ich kann es dir nicht sagen«, antwortete Adrien ehrlich. Er fuhr mit den Händen durch Séverines Locken und zog ihren Kopf an seine Schulter. »Wir müssen beten, dass der König wieder gesund wird.«

Séverine verzichtete auf weitere Fragen. Es hatte wenig Sinn, Adrien zu bedrängen. Er suchte Frieden und Vergessen bei ihr, keine zusätzlichen Probleme.

»Alles wird sich finden«, flüsterte sie kaum hörbar und schlüpfte mit ihrer Hand unter das saubere Hemd, das er nach dem Besuch in der Badestube der Burg trug. Seine Wärme und seine Stärke besänftigten auch ihre Ängste. »Uns bleiben Stunden bis Sonnenaufgang. Wir wollen sie nicht mit Politik und ungelösten Fragen vertun …«

Wie ausgehungert drängten ihre Körper zueinander. Einmal mehr liebten sie sich auf einem Bett aus Stroh, aber Adriens Zärtlichkeiten waren heute anders: Gieriger. Hungriger. Härter. Verzweifelter.

Séverine verstand, was ihn dazu trieb, und ließ ihn gewähren, auch wenn er sie ein wenig erschreckte. Beide wollten auf diese Weise die Wirklichkeit für kurze Zeit vergessen. Der Einklang ihrer Körper und Seelen schenkte ihnen auf wundersame Weise Kraft und Hoffnung für eine ungewisse Zukunft.

Völlig ermattet lagen sie auf dem Stroh, als der Morgen heraufdämmerte.
Wieder ein Abschied. Adrien kniete neben ihr, angezogen, die Waffen angelegt. Er suchte nach Worten.
»Nicht.« Sie legte ihm einen Finger auf die Lippen. »Ich bin sicher, wir sehen uns wieder – ich könnte es sonst nicht ertragen.«
Sie spürte seinen Kuss an ihren Fingerspitzen, dann war er fort. Fröstelnd ordnete sie ihr Gewand, flocht die Haare und griff nach ihrem Umhang. Gegen das Brennen in ihren Augen konnte sie nichts tun. Halb blind suchte sie ihren Weg.
Philippe kam ihr auf der Holzbrücke über dem Wassergraben, der den Wohnturm umgab, entgegen. Mit gesenktem Kopf entbot sie ihm Reverenz.
»Da seid Ihr ja«, sagte er, als sei es das Selbstverständlichste der Welt, ihr kurz nach Sonnenaufgang hier zu begegnen. »Passt gut auf Jeanne auf. Adieu, kleine Schwester.«
Er hielt ihr die Hand hin und zog sie zu einer völlig unerwarteten Umarmung an seine Brust.
»Betet für die Genesung des Königs«, hörte sie ihn sagen, dann strebte er mit eiligen Schritten davon.

Fünfzehntes Kapitel

Der heftige Tritt entlockte Jeanne einen kurzen Aufschrei. Die Lebenszeichen ihres Kindes wurden mit jedem Tag energischer. Keine ihrer Töchter hatte je so stürmisch um Aufmerksamkeit geheischt. Sollte das tatsächlich ein Beweis sein, dass es ein Sohn werden würde? Die Wehmutter, die Séverine ihr zugeführt hatte, war von stoischer Ruhe. Sie wusste mit derlei Fragen umzugehen.

»Mag schon sein«, hatte sie in ihrem ländlichen Dialekt genuschelt. »Aber mein Augenlicht würde ich nicht darauf wetten. Jedes Kleine ist anders. Das Einzige, was man sagen kann, ist, dass dieses sich munter bewegt. Ich glaube nicht, dass es uns bis zur Adventszeit auf sein Erscheinen warten lässt.«

Jeanne fürchtete die Geburt und sehnte sie gleichzeitig herbei. Zwar war es Philippe gelungen, ihre Verbannung erträglicher zu machen, aber trotzdem litt sie darunter.

Nicht nur die Angst vor der Geburt, sondern auch die, sie könnte wieder ein Mädchen zur Welt bringen, verfolgte sie. Würde sie abermals versagen?

Ächzend erhob sie sich von ihrem Stuhl und stemmte die Hände in den Rücken, um das Gleichgewicht zu wahren. Die Last des Kleinen drückte zunehmend auf die Blase. Es

trieb sie in immer kürzeren Abständen die acht Steinstufen zum privaten Ort hinauf und hinab.
Séverine hatte schon am ersten Tag dafür gesorgt, dass der zugige Aufgang neben der Tür mit einem Wandteppich verhängt wurde. Dort oben hatte man in luftiger Höhe einen Mauerdurchbruch angelegt, der nach draußen in einen überdachten Holzkasten führte. Der Erker enthielt lediglich eine schlichte Sitzgelegenheit mit einer entsprechenden Öffnung. Die Ausscheidungen gelangtem im freien Fall in den Wassergraben.
Auch ein mehrfach gedrehtes Seil, das, den Stufen entlang an der Wand befestigt, als Geländer diente, hatte man auf Séverines Anweisung angebracht. Sie bewachte mit Argusaugen jeden Schritt, den Jeanne tat. Auch jetzt hielt sie den Wandteppich zurück, um es ihr einfacher zu machen.
»Gut, dass du zurück bist«, stellte Jeanne so erleichtert fest, dass sie sich sofort dafür schämte.
Obwohl Séverine den größten Teil des Tages bei ihr verbrachte und auch des Nachts auf einem bescheidenen Lager vor ihrem Alkoven schlief, überfiel Jeanne bei jeder Trennung von ihr die dumme Angst, sie könne vielleicht nicht wiederkommen. Pontoise hatte ihr jedes Gefühl für Sicherheit genommen.
»Julien hat Nachricht von Adrien erhalten«, berichtete Séverine atemlos. Sie führte Jeanne zu ihrem Stuhl und wartete, bis sie es sich bequem gemacht hatte, ehe sie weitersprach. »Stell dir vor, der König hat sich tatsächlich zu Pferd nach Essonnes begeben können. Offensichtlich hat er sich in Poissy gut von seinem Jagdunfall erholt. Seine Ärzte hegen sogar die Hoffnung, dass er schon bald nach Fontainebleau weiterreisen kann. Dort wünscht

er, bis zu seiner endgültigen Genesung, Residenz zu nehmen.«
»Heißt das, man kann auch wieder mit ihm sprechen?«, warf Jeanne ein.
»So ausführlich war die Botschaft nicht abgefasst. Philippe sendet dir seine herzlichsten Grüße. Er schließt dich und das Kind täglich in seine Gebete ein.«
Es war die erste Nachricht seit Philippes Abreise vor mehr als vier Wochen. Jeanne verspürte unendliche Erleichterung. Auch sie hatte gebetet, für ihren Mann und für die Gesundheit des Königs. Séverine hatte sie mehr als einmal beruhigt, dass es ein gutes Zeichen sei, keine Nachrichten zu bekommen. Es deute darauf hin, dass nichts Schreckliches geschehen sei. Etwas Persönliches von Philippe zu hören machte sie dennoch ruhiger.
Der König befand sich auf dem Weg der Besserung. Wie gut. Vielleicht konnte sie sich nun doch Hoffnungen machen, dass er sie in Gnaden wieder aufnahm. Er war ihr einmal sehr zugetan gewesen. Gewiss konnte er ihr nach der Geburt eines Sohnes leichter verzeihen.
Erlöst verzichtete sie darauf, sich noch weiter auszumalen, was geschehen würde, wenn der zänkische Louis einmal auf dem Thron säße. Er glich seinem Bruder überhaupt nicht. Schon beim ersten Kennenlernen war sie darüber erleichtert gewesen. Welches Glück, mit Philippe verheiratet worden zu sein. Er war damals erst vierzehn und damit zwei Jahre jünger als sie gewesen, doch das hatte sie beide nie gestört. Schon als Jüngling war er reifer, als seine Jahre vermuten ließen.
Für ihre Cousine Marguerite, die zu jener Zeit fünfzehn Jahre alt und schon zwei davon unglücklich mit dem 18-jähri-

gen Thronfolger verheiratet war, hegte sie seitdem spontanes Mitgefühl und Freundschaft. Als ihre Schwester Blanche und Charles, der dritte Königssohn, im Alter von dreizehn und vierzehn, ein Jahr später ebenfalls heirateten, wurde aus dem Zweierbund der königlichen Schwiegertöchter ein Trio. Es war ihr bis heute unbegreiflich, wie dieser Bund zerbrechen konnte. Warum hatten sich die schrecklichen Ereignisse nicht verhindern lassen?

»Der König hat Louis nach Provins geschickt, teilt uns Adrien außerdem mit. Er soll dort im Namen der Krone mit den aufständischen Adeligen der Champagne verhandeln«, riss Séverine Jeanne aus ihren Grübeleien.

»Verhandeln heißt bei Louis mit Waffengewalt drohen. Von Diplomatie hat er keine Ahnung. Hoffentlich hat der König keinen Fehler gemacht, als er …«

Jeanne brach mitten im Satz ab. Irritiert von einem jähen Schmerz in ihrem Rücken.

»Was ist mir dir?« Séverine war augenblicklich alarmiert.

»Ich weiß es nicht.« Jeanne schüttelte den Kopf. »Es kann unmöglich schon so weit sein, egal was die Wehmutter sagt. Es war noch keine Wehe. Wehen kenne ich, bei Gott. Das hier war anders.«

Séverine musterte sie besorgt. Die Vorhersage eines genauen Geburtstermins war auch für erfahrene Wehmütter schwierig. Wie sicher die Dorfhebamme von Dourdan in ihren Prognosen war, konnte sie nicht beurteilen.

»Du siehst müde aus. Du solltest dich hinlegen, Jeanne. Die Neuigkeiten regen dich auf. Vielleicht ist es auch der Nebel, der dir zusetzt.«

Seit Tagen lag die Burg in einem dichten Nebelschleier.

Feuchtigkeit drang durch alle Mauerritzen. Nur der Platz im Lehnstuhl unmittelbar vor dem Feuer, in dem Jeanne saß, war eine Insel der Wärme. Trotzdem überlief es sie kalt. Die Angst um das Ungeborene war zu ihrem ständigen Begleiter geworden.

»Ich löse dir die Bänder. Komm, lass dir helfen.«

Séverines Fürsorge verstärkte ihr ungutes Gefühl. Jeanne ergriff ihre Hände und presste sie mit aller Kraft.

»Ich darf dieses Kind nicht verlieren, verstehst du das? Obwohl ich eingekerkert bin und keinen Finger rühren kann, würden sie alle mir die Schuld geben. Philippe. Der König. Unsere Mutter.«

»Du wirst es nicht verlieren. Du solltest so etwas nicht einmal denken. Reiß dich zusammen.«

»Du klingst wie unsere Mutter.«

Das Gesicht verziehend, löste Séverine vorsichtig ihre Hände. Jeder Hinweis auf Mahaut missfiel ihr. Sie zog Jeannes Gewandschlaufen auf und streifte das Oberkleid nach unten ab. Als die Schwangere nur noch das weite Hemd mit dem Bandzug um den Hals trug, wölbte sich ihr Leib wie eine Kugel unter dem Stoff.

»Steig in den Alkoven und strecke dich aus. Versuche ein wenig zu schlafen.«

Wie üblich entspannte Jeanne sich unter Séverines Fürsorge. Zuversicht und Ruhe kehrten zurück. Sie war dankbar für die schwesterliche Zuwendung. Besonders für ihr schelmisches Lächeln, das immer wieder aufblitzte, wenn sie sich unterhielten. Es hellte ihre Stimmung auf, und sie versuchte, es sorglos zu erwidern.

»Wir wollen nicht unvorsichtig sein«, sagte Séverine. »Ich hole für alle Fälle die Wehmutter. Sie ist vorhin zur Dorf-

schenke gelaufen, weil dort ein fahrender Händler Gewürze und Tinkturen verkauft.«
Jeanne nickte erleichtert.
»Jacquemine würde mich schelten«, entgegnete sie einsichtig. »Sie fand bei jeder meiner Schwangerschaften, dass ich meinen Empfindlichkeiten zu sehr nachgebe. Es sei nichts Besonderes, ein Kind zur Welt zu bringen, pflegte sie zu sagen. Jede Bäuerin und jede Milchmagd überstehe es. Ich solle mich nicht von einfachen Frauen beschämen lassen.«
Aller Einsicht zum Trotz überfiel sie die Verzagtheit von neuem, sobald sie allein blieb. Die Bewegungen ihres Kindes, vorhin noch so ungestüm, dass sie nach Luft schnappen musste, hatten inzwischen ganz aufgehört. Besorgt tastete sie ihre Bauchdecke ab.
Der Schmerz setzte so unverhofft wieder ein, dass Jeanne aufschrie. Etwas tief in ihr brach auf. Erschreckt warf sie die Decke von sich.
Fruchtwasser und Blut durchnässten ihr Gewand, die Matratze, die Decken. Unfähig, das Verhängnis aufzuhalten, starrte sie auf die sich ausbreitende Flüssigkeit unter ihrem Schoß.
»Séverine!«
Die eigene Stimme, tonlos und dünn, trug kaum durch die Kammer. Blankes Entsetzen schnürte ihr die Kehle zu. Drei Kinder hatte sie geboren, umsorgt von einem Hofstaat aus Hebammen, Ehrendamen, königlichen Ärzten und zahllosen Mägden. Allein und ohne Hilfe wusste sie nicht, was sie tun sollte.
Die nächste Wehe entriss ihr ein heiseres Stöhnen.
Als Séverine und die Wehmutter nach kurzer Zeit eintrafen, krümmte sich Jeanne unter Schmerzen. Die Wehen kamen

in so kurzen Abständen und waren von solcher Heftigkeit, dass sie nur noch schreien konnte.
»Was für eine Bescherung«, schimpfte die stämmige Frau. »Warum habt Ihr mich nicht eher geholt? Sputet Euch, wir brauchen warmes Wasser, frische Tücher. Ich fürchte, das wird schwierig.«
Die Stimmen drangen kaum in Jeannes Bewusstsein. Sie umklammerte den Arm der Hebamme, während diese ihr das nasse Hemd auszog. Séverine wechselte eilig die beschmutzten Laken.
»Das Kind muss leben. Um jeden Preis. Hört ihr!«, schrie Jeanne mit letzter Kraft.
»In Eurer Lage helfen nur Gebete und keine Befehle«, erwiderte die Frau nüchtern. »Atmet mit der Wehe, dann lässt sich der Schmerz besser ertragen.«
Der gute Ratschlag verhallte ungehört. Jeanne bäumte sich unter dem nächsten Ansturm der Qual auf. Es zerriss sie inwendig vor Schmerzen.
Die bisherigen Geburten waren langwierig und quälend gewesen, aber niemals hatte sie so schreckliche Krämpfe ausstehen müssen. Würde dieses Kind sie das Leben kosten? *Dann wären die Schmerzen vorbei.*
»Jeanne! Jeanne! Gib nicht auf. Kämpfe! Denke an dein Kind, an deine Töchter. Sie alle brauchen dich. Philippe braucht dich.«
Konnte Séverine ihre Gedanken lesen?
»Du weißt … nicht, wie weh es tut …«
»Trink, das wird dir helfen.«
Der Rand eines Bechers berührte ihren Mund. Flüssigkeit rann heiß die Kehle hinunter.
»Jesus Christus, das ist nicht der Kopf.« Der Ausruf der

Wehmutter übertönte Séverines Worte und Jeannes Keuchen.
»Das Kind liegt falsch. Man muss es ihr gewaltsam aus dem Leib holen«, fügte sie nüchtern hinzu.
Entsetzen verschlug Jeanne den Atem. Sie würde sterben. Sie verlor das Bewusstsein.
»Wartet. Auf diese Weise bringt Ihr Mutter und Kind um«, widersetzte sich Séverine beim Anblick des eisernen Instrumentes, das die Wehmutter dafür aus ihrem Korb holte. »Wenn sie ohnmächtig ist, könnt Ihr doch wenigstens mit der Hand …«
»Der Damm reißt!«
Séverine verlor den Überblick, während die Wehmutter das winzige Lebewesen auffing, das Jeanne jetzt völlig überstürzt gebar. Sie wagte der Frau nicht in die Quere zu kommen. Ihre Handgriffe wirkten sicher. Sie schien zu wissen, was sie tat.
»Da ist die Nachgeburt, nehmt das Kleine. Wenn sie bald zu bluten aufhört, kann sie es überleben. Welch ein Glück, dass das Kind so winzig und leicht ist. Ein Größeres hätte die Tortur nicht lebend überstanden. Aber ob ein solcher Winzling lange durchhält? Man sollte das Wurm besser gleich taufen, damit es wenigstens als Kind Gottes stirbt.«
Séverine sah auf das hastig abgenabelte Neugeborene, das zerbrechlich zart in ihren Händen atmete. Unendliche Liebe überflutete sie. Ihre Nichte. Ein Mädchen.
»Still!«, herrschte sie die Wehmutter voller Empörung an. »Kümmert Euch um die Mutter und überlasst mir das Kind. Es wird leben.«
Ein dünner Laut, ähnlich dem Quietschen eines Kätzchens, riss Jeanne aus den Abgründen ihrer Benommenheit. Wie

viel Zeit war vergangen? Sie hatte keine Ahnung. Sie fühlte sich dem Sterben nahe, öffnete unter Anstrengung die Augen, musste mit jeder Silbe kämpfen.
»Gebt mir meinen Sohn …«, bat sie.
Wenigstens einmal wollte sie den Knaben im Arm halten, ehe ihr geschundener Körper für immer aufgab. Sie wollte ihn küssen. Ihm sagen, dass seine Mutter mit Freuden ihr Leben gegen seines tauschte. Philippes Sohn. Die Hoffnung des Königreiches. Ihr Vermächtnis.
»Jeanne.« Séverine beugte sich, ein Bündel in den Armen, zu ihr herab. »Sieh nur, wie winzig sie ist. Wie vollkommen. Du hast einer wunderschönen kleinen Prinzessin das Leben geschenkt.«
Jeanne schloss die Augen.
Sie hatte versagt, wieder einmal ihre Pflicht nicht erfüllt.
»Willkommen in der Welt der unerwünschten Töchter.« Séverine drückte das Neugeborene eng an sich.
Jeanne hörte weder Séverines Stimme, noch bemerkte sie die eigenen Tränen.

* * *

»Unser Onkel Valois schwört auf die Prognosen des Hofastrologen, der die Genesung des Königs vorausgesagt hat. Auch das Kollegium der Ärzte verbreitet Hoffnung. Man nimmt an, es sei nur eine Frage von Tagen bis zur endgültigen Genesung des Königs. Dennoch sagt mir mein Gefühl, dass es so einfach nicht sein kann. Hast du bemerkt, dass er immer öfter nach Worten sucht? Dass ihm die Namen seiner Ratgeber entfallen?«
Philippe ging, im Gespräch mit Adrien, mit auf dem Rü-

cken verschränkten Armen auf und ab. Sie befanden sich in der Residenz von Fontainebleau, in der sein Vater zur Welt gekommen war. Er konnte nicht nachvollziehen, warum der König ausgerechnet hier gesund werden wollte. Das Unbehagen, das er an diesem 28. November des Jahres 1314 empfand, schob Philippe auf die düsteren Räume und die allgegenwärtige Feuchtigkeit des Gemäuers. Außerdem hatte es den ganzen Tag geschneit.

»Immerhin geht er vom Alkoven aus wieder den Staatsgeschäften nach«, warf Adrien ein, der an seiner Seite geblieben war, nachdem der große Rat sich aufgelöst hatte. »Seit Louis aus Provins zurück ist, herrscht ein lebhaftes Kommen und Gehen in seinem Schlafgemach.«

»Sie versuchen, Einfluss auf ihn zu nehmen«, entgegnete Philippe unzufrieden. »Sie denken, krank und schwach sei er ihren Argumenten eher zugänglich.«

»Man nennt ihn nicht ohne Grund auch den eisernen König«, erinnerte Adrien. »Nicht einmal krank und schwach lässt er sich von seinen Zielen abbringen.«

»Hoffen wir, dass du recht hast. Louis ruft zur Gewalt gegen die rebellierenden Adeligen auf. In Anbetracht der Missernten brauchen wir mehr denn je Frieden im Land, damit Handwerk und Landwirtschaft sich wieder erholen können. Hungernde zahlen der Krone keine Steuern.«

Da er keine Antwort erhielt, drehte er sich fragend zu Adrien um. Sein Freund lauschte mit abwesendem Blick auf ferne Geräusche.

»Was ist …«

Jetzt hörte er es selbst. Schritte. Rufe. Ungewohnte Aufregung.

»Der König! Er wollte aufstehen und ist gestürzt. Er hat das

Bewusstsein verloren!« Charles riss die Tür auf, trat aber nicht ein. »Louis hat nach den Ärzten geschickt, nach den Priestern. Es sieht ganz so aus, als ginge es zu Ende mit Vater.«
Philippe rannte los, ehe Charles den Mund geschlossen hatte. Adrien folgte den Brüdern.
Mit geschlossenen Augen, bleich wie das Leinen des Kissens, lag Philippe der Schöne völlig reglos zwischen den Säulen seines Prunkbettes. Weder das aufgeregte Gemurmel der Ärzte noch das Eintreffen seiner Söhne und des übrigen Hofes drang zu ihm durch. Sein Beichtvater kniete, ins Gebet versunken, auf den Stufen des Alkovens. Der Hofstaat füllte den Raum.
Der Thronfolger drängte sich rücksichtslos durch und beugte sich prüfend über seinen Vater. Ob Louis ebenso erschüttert war wie Philippe, war ihm nicht anzumerken. Er riss unverzüglich die Befehlsgewalt an sich. Die versammelten Ärzte duckten sich unter seinem beißenden Ton.
»Redet! Was fehlt dem König?«, bellte er. »Vor einer Stunde noch war alles in Ordnung. Was ist von diesem neuerlichen Zusammenbruch zu halten?«
»Er wollte gegen unsere Anweisung das Bett verlassen, königliche Hoheit. Offensichtlich hat ihn dabei ein Schwindel übermannt und den Sturz verursacht«, erläuterte der königliche Leibarzt vorsichtig. »Wir haben seine Majestät ausdrücklich vor überhasteten Bewegungen gewarnt. Er klagte seit heute Morgen über zunehmendes Dröhnen unter der Schädeldecke. Wir hatten einen Aderlass vorgenommen, um den Druck des Blutes zu lindern. Normalerweise kann man damit das Gleichgewicht der Körpersäfte wiederherstellen.«

»Wollt Ihr damit sagen, er hat erneut einen Schlagfluss erlitten?«
Philippe wusste, dass das Kollegium der Mediziner auch bei dem Sturz auf der Jagd von einem Schlagfluss ausging.
»In der Tat«, bestätigte der Leibarzt. »Das ist nicht auszuschließen, königliche Hoheit. Erst wenn seine Majestät wieder zu sich kommt, können wir abschätzen, welche Folgen der zweite Anfall hat.«
Die leblose Gestalt auf dem Bett warnte Philippe vor übertriebenen Hoffnungen. Während Louis und Charles die Ärzte mit Fragen überhäuften, versuchte er im Gesicht des Ohnmächtigen zu lesen. Selbst in diesem menschlichsten aller Augenblicke sah er ihn eher als König denn als Vater.
Er regierte seit dreißig Jahren. Seine Untertanen, die den Siebzehnjährigen, der seinem Vater auf den Thron gefolgt war, einmal begeistert den Schönen genannt hatten, liebten ihn schon lange nicht mehr. Unter seiner Regierungszeit war die königliche Rechnungskammer zu einem gefräßigen Moloch geworden, in dem Kopfsteuer, Salzsteuer und andere Abgaben auf Nimmerwiedersehen verschwanden. Seine Konflikte mit der Kirche, seine strengen Beamten, seine Münzverschlechterungen und seine übertriebene Frömmigkeit hatten ihn nach und nach die Wertschätzung seiner Untertanen gekostet.
Aus den Augenwinkeln sah Philippe, dass Valois und Evreux näher traten. Die Brüder des Königs. Evreux' Anwesenheit lenkte seine Gedanken nach Dourdan. Wie ging es Jeanne? Das Kind musste nun bald kommen. Ein Sohn? Wenn der König wenigstens so lange am Leben bliebe, bis er ihm diese gute Nachricht überbringen konnte.
»Entfernt Euch!«, befahl Louis. Die Ärzte hatten ihm gera-

ten, für Ruhe zu sorgen und den Hofstaat hinauszuschicken.
Philippe winkte Adrien zu sich.
»Sorge dafür, dass ein Kurier bereitsteht. Wenn es wirklich zum Schlimmsten kommen sollte, müssen Jeanne und Séverine unverzüglich informiert werden«, sagte er leise.
Ihre Blicke trafen sich. In Gegenwart seiner Brüder und Onkel musste er vorsichtig sein. Adrien verneigte sich und verschwand in der Menge nach draußen.
Philippe trat zum Alkoven. Was empfand er? Die Gewissheit, dass er auf einen Sterbenden sah, wollte sich nicht vertreiben lassen.
»Philippe, gib mir zu trinken … Ich muss meine …Angelegenheiten regeln …« Abgezehrte Hände griffen nach seinen Handgelenken, überraschend stark, aber sehr kalt.
Es ging zu Ende mit Philippe dem Schönen.
Der Nachmittag wurde zum Abend, zur Nacht. Am Morgen des 29. November schüttelten die Ärzte nur noch die Köpfe. Der König verfiel zusehends. Wenn er nicht vor sich hin dämmerte, diktierte er einem Schreiber in wirrer Folge Anweisungen, Vermächtnisse. Er gab mit vollen Händen, wo er lebenslang gespart hatte.
Philippe sah Louis immer ärgerlicher werden. Manchmal hatte es sogar den Anschein, als wolle er dem Vater ins Wort fallen. Wie lange würde er noch schweigen?
»Jeanne!«
In jäher Hoffnung fuhr Philippe auf. Dachte der König in seiner letzten Stunde tatsächlich an Jeanne?
»Jeanne … meine Königin …«
Nein.
»Er meint unsere Mutter.«

Philippe sank in sich zusammen. Charles fasste nach seinem Arm.
»Lasst uns für seine Majestät beten.«
Der Beichtvater des Königs salbte ihm Stirn und Hände. Seine murmelnde Stimme durchbrach die Stille. »Durch diese heilige Salbung helfe dir der Herr in seinem reichen Erbarmen …«
Der Sterbende konnte nicht mehr sprechen. Seine Augen starrten gläsern und abwesend in den Betthimmel. Die Brust hob und senkte sich in immer größeren Abständen. Philippe bezweifelte, dass er die letzte Ölung tatsächlich noch wahrnahm.
Durch die offenen Türen des Gemachs drängte der Hofstaat wieder herein. Vor den Augen und Ohren des Hofes tat sein Vater die letzten schweren Atemzüge. Im Gemurmel der Gebete und Fürbitten blieb geraume Zeit verborgen, dass sein Leiden beendet war.
Philippe bemerkte es als Erster. Er verstummte, starrte in das Antlitz, das sich, wie von unsichtbarer Hand berührt, verändert hatte. Die edlen Züge kamen wieder zum Vorschein.
»Der König ist tot. Es lebe der König.«
Valois, der Bruder des Verstorbenen, stieß den traditionellen Ruf aus. Er ehrte auch Louis mit dem ersten Kniefall. Der Hof folgte. Die Prinzen von Geblüt, die Pairs der Kirche und des Adels sowie die Mitglieder des Rates und die Beamten des königlichen Hofes grüßten ihren neuen König. Auch Philippe und Charles sanken vor ihm auf die Knie.
Die offizielle Floskel, mit der kundgetan wurde, dass die Krone ihren Besitzer wechselte, raubte dem Toten jede Aufmerksamkeit.

Alles konzentrierte sich auf Louis, den neuen König von Frankreich. Philippe entging weder der befriedigte Ausdruck in seinen Augen noch das Beben, das durch seine schmächtige Gestalt lief. Er war beileibe keine majestätische Erscheinung. Die schmalen Schultern, die dünnen Beine und der etwas zu groß geratene Kopf gaben ihm eher die Statur eines Hofnarren als die eines Fürsten. Dennoch war er von diesem Augenblick an nicht länger nur sein Bruder, sondern sein oberster Herr und Souverän.

»Ich danke Euch«, hörte er Louis verkünden. »Lasst uns für den König, unseren geliebten Vater, beten. Dann leitet alles in die Wege, damit er zu seiner Beisetzung nach Saint Denis gebracht werden kann. Dort, an der Seite seines Großvaters und seines Vaters, soll er in der Gruft der Könige von Frankreich seine letzte Ruhe finden.«

Philippe war wie betäubt von den Ereignissen. Er kämpfte darum, seine Gefühle unter Kontrolle zu bringen. Zu seinem eigenen Erstaunen empfand er tiefe Trauer. Schmerzlichen Verlust.

Es blieb ihm nur wenig Zeit, bis er sich mit seinen Brüdern zur ersten Totenwache einfinden musste. Bis dahin würde der Tote gewaschen, angekleidet und aufgebahrt werden.

Er sehnte sich nach frischer Luft, nach einem Augenblick des Besinnens ganz für sich allein. Er trat durch eine Seitentür, durchquerte das Ankleidezimmer des Verstorbenen und erreichte einen Korridor, der direkt zu einem Seiteneingang führte.

Es schneite, als er ins Freie trat. Noch immer oder schon wieder? Das Gefühl für Zeit war ihm abhandengekommen. Mit geschlossenen Lidern hob er das Gesicht zum Himmel.

Schneeflocken kühlten ihm Stirn und Wangen. Der Druck hinter seinen Schläfen ließ nach. Er konnte wieder denken. Was erwartete Frankreich unter der Regierung des neuen Königs? Krieg mit Flandern? Krieg mit dem Adel? Was würde mit Jeanne geschehen?

»Monseigneur!«

Eine Gestalt tauchte aus dem Zwielicht auf. Der nasse Umhang, die Schlammspritzer und die Atemlosigkeit verrieten Eile. Philippe erkannte Julien. Das bedeutete Neuigkeiten von Jeanne. Hatte sie ihr Kind zur Welt gebracht?

»Bist du auf dem Weg zu deinem Herrn? Welche Nachricht bringst du aus Dourdan?«

»Ihr seid Vater einer gesunden Tochter geworden, Monseigneur. Ich bin so schnell geritten, wie ich konnte.«

Der Knappe zögerte. Philippe schwieg. Sein Magen verkrampfte sich.

»Der Priester hat sie auf den Namen Blanche getauft «, fuhr Julien fort. »Blanche, wie es ihre Mutter, die Frau Gräfin, befahl. Séverine lässt Euch sagen, dass es Eurer Gemahlin den Umständen entsprechend gutgeht. Ihr müsst Euch keine Sorgen machen. Doch Eure Tochter ist recht klein, und niemand kann sagen, ob sie unter solchen Umständen diesen Winter überlebt.«

Eine vierte Tochter. Philippe bedeckte die Augen mit dem Handrücken. Warum verweigerte ihm das Schicksal den ersehnten Sohn?

Julien trat von einem Bein aufs andere. Er war völlig durchnässt und klapperte mit den Zähnen.

Das Geräusch drang in Philippes Bewusstsein. Er musste sich aus seiner Niedergeschlagenheit befreien. Der Junge konnte schließlich nichts für die Nachricht.

»Du findest deinen Herrn in meinem Quartier. Überbringe ihm die Botschaft. Wenn du zurückreitest, möchte ich dir eine Nachricht mitgeben.«

»Ich werde mich gerne melden, Monseigneur. Gestattet Ihr mir eine Frage? Was findet im Schloss statt? Die vielen Lichter sind so ungewohnt. Es scheint große Aufregung zu herrschen. Wird ein Fest gefeiert?«

Die Frage erinnerte ihn wieder an den Tod des Vaters, der für einen Augenblick in den Hintergrund der Wahrnehmung getreten war. Schlagartig machte sie ihm seine ganze Hoffnungslosigkeit bewusst.

»Es ist eine Totenfeier, Julien. Der König ist tot. Es lebe König Louis.«

Julien hätte den letzten Satz wiederholen müssen, um der Sitte und der Höflichkeit willen. Die Worte blieben ihm im Halse stecken.

* * *

Die tagelangen Beisetzungsfeierlichkeiten in der Basilika von Saint Denis waren vorbei. Philippe der Schöne ruhte in der Gruft der Könige von Frankreich. Der gewaltige Trauerzug mit dem Sarg hatte sich von Paris bis Saint Denis gezogen. Im Palast auf der *Île de la Cité* machte sich Louis daran, die wichtigsten Positionen des Staates mit Männern seiner Wahl zu besetzen.

»Warum sitzt du hier herum? Du gehörst an den Hof, unter die Männer des Königs …«

Adriens Vater, der ihn so zurechtwies, war nach dem Trauerzeremoniell auf dem Heimweg nach Paris in einen Schneesturm geraten. Fiebernd und hustend lag er seitdem zu Bett.

Besserung war nicht abzusehen. Adrien fürchtete mehr und mehr, dass seine Widerstandskraft erschöpft war.
»Ich diene Philippe, nicht Louis, Vater«, entgegnete er und drückte ihn behutsam in die Kissen zurück. »Beruhigt Euch bitte. Aufregung schadet Eurer Gesundheit.«
»Pah!«
Er war viel zu schwach, um mehr zu sagen. Die Augen hatte er geschlossen, und wenig später verrieten schwere Atemzüge, dass er eingeschlafen war. Adrien winkte dem Kammerdiener, der seine Pflege überwachte und ihm auch Nachricht von der Krankheit des Vaters gegeben hatte.
»Schickt auf der Stelle einen Boten in den Königspalast, wenn es ihm schlechtergehen sollte«, bat er ihn mit gedämpfter Stimme. »Er findet mich dort in den Räumen des Grafen von Poitiers.«
Philippe erwartete ihn. Seine Geduld noch länger auf die Probe zu stellen wagte er nicht. Sollten sie das Schicksal teilen, beide zur gleichen Zeit den Vater zu verlieren? So mächtig und dominierend diese Väter auch gewesen waren, ihr Leiden und Sterben setzte ihren Söhnen gleichermaßen zu.
Als er das Tor des Hauses aufstieß, wurde eben ein Tragestuhl davor abgestellt. Einer der bulligen Träger, in der Livrée des Hauses Artois, öffnete ihn. Er half Mahaut vorsichtig beim Aussteigen. Fluchend raffte sie ihre Röcke, um nicht mit dem Matsch in Berührung zu kommen. Die Kälte hinterließ rote Flecken auf ihren schlaffen Wangen. Ihre Stimme klang scharf, als sie auf Adrien zutrat.
»Wie geht es ihm?«
Dass die Gräfin es auf sich nahm, einen Krankenbesuch bei ihrem Gefolgsmann zu machen, verwunderte Adrien. War

doch etwas an den Gerüchten, dass die beiden einmal mehr verbunden hatte als nur das Lehnsverhältnis?
Er verneigte sich und verzichtete darauf, so zu tun, als wisse er nicht, von wem sie sprach.
»Schlecht, Madame«, antwortete er knapp. »Der Husten will nicht weichen, und keine der Arzneien schlägt an. Ich rechne mit dem Schlimmsten.«
»Gott, was für ein schrecklicher Winter.« Mahaut schauderte sichtlich. »Die besten Männer sterben, und im Palast regiert ein Jüngelchen, das zu keiner gerechten Handlung fähig ist.«
»Was ist geschehen?«
Bislang hatte Mahaut den Schein gewahrt und den Zänker, den sie im weitesten Sinn auch zu ihren Schwiegersöhnen zählte, nicht auf offener Straße beleidigt.
»Der König hat angeordnet, die kleine Jeanne, seine eigene Tochter, habe im *Tour de Nesle* Wohnung zu nehmen. Er wünscht sie nicht bei Hofe zu sehen. Er verbannt sie in den Schatten des Turms, den ihre Mutter mit Lügen und Leichtsinn gefüllt hat. Nicht einmal eine standesgemäße Erziehung will er ihr zukommen lassen. Das Kind ist erst drei. Es begreift nicht, was da geschieht. Dabei muss man die Kleine nur anschauen. Sie ist Louis wie aus dem Gesicht geschnitten.«
Mahauts rechtschaffene Empörung verblüffte Adrien. Seit wann kümmerte sich diese Frau um das Schicksal von Kleinkindern?
Es fiel ihm schwer, die Etikette zu wahren. »Erlaubt, dass ich Euch ins Haus geleite, Madame. Dies ist kein Gespräch für die Straße.«
»Ich brauche Euch nicht, um meinen Frieden mit Eurem

Vater zu machen, junger Mann«, wies ihn Mahaut schroff ab. »Wahrscheinlich seid Ihr unterwegs zu Philippe. Ihr könnt meinem Schwiegersohn einen Rat von mir überbringen. Er soll sich in Geduld üben. Louis zu bedrängen, solange ihn die Pariser hinter seinem Rücken einen Hahnrei nennen, ist sinnlos. Sein Hass auf die Ehebrecherinnen ist größer als jede Vernunft. Er mag jetzt unser aller König sein, aber er ist nicht besonders klug. Brächten ihm seine Untertanen mehr Verehrung entgegen, hätten wir bessere Chancen.«

Sie rauschte an Adrien vorbei die drei Stufen des Hauses hinauf, ohne einen Abschiedsgruß. Zeigte sie Schmerz, Trauer? War Mahaut zu Gefühlen fähig, die über Machthunger und Ehrgeiz hinausgingen? Bis heute hätte er es ohne nachzudenken verneint.

Geistesabwesend überquerte er die Brücke der Wechsler zur *Île de la Cité*. Zwischen den Brückenhäusern war der Schnee getaut, aber nachts gefror er wieder. Die Seine wälzte sich schwerfällig nach Westen. Es geschah nicht oft, dass der Fluss zufror, aber Adrien kam es vor, als trieben bereits erste Eisbrocken die Seine abwärts. Die Wolken hingen so tief, dass sie die Türme von Notre-Dame einhüllten. Die wenigen Pariser, die gleich ihm unterwegs waren, suchten eilig die Wärme von Häusern und Schenken.

* * *

Philippe rieb sich im Palast die Hände über einem Glutbecken. Er trug einen ärmellosen, pelzgefütterten Mantel über dem Wams. Seine Miene verhieß nichts Gutes. Sein Gruß für Adrien klang mürrisch.

»Was ist geschehen?«, fragte Adrien.
»Unser König ist entschlossen, eine neue Ehe einzugehen. Er prüft mit Valois die Liste der europäischen Prinzessinnen. Im Grunde ist die Wahl jedoch bereits getroffen. Clementia von Ungarn soll die Glückliche sein«, berichtete Philippe hörbar erregt.
»Der König *ist* verheiratet.«
»Das stört Louis nicht. Er fordert die Scheidung von Marguerite, und wenn das nicht möglich ist, die Annullierung seiner Ehe. Valois hat ihm eingeredet, dass es für einen König Möglichkeiten gibt, die einem einfachen Prinzen nicht offenstehen. Nun kann es ihm gar nicht mehr schnell genug gehen.«
Der Name Valois fiel einmal zu oft.
»Irre ich mich, oder ist Euer Onkel Valois mit Clementia verwandt?«, erkundigte sich Adrien vorsichtig.
»Sie ist die Nichte seiner verstorbenen ersten Frau. Die Tochter eines Anjou und die Enkelin Marias von Ungarn. Ihre Abstammung ist über jeden Tadel erhaben. Zudem soll sie schön, sanftmütig und von heiterem Gemüt sein. Louis kann es kaum erwarten, mit ihr einen Sohn zu zeugen. Er hat Bouville, den ehemaligen Großkämmerer unseres Vaters, als Brautwerber nach Neapel geschickt, wo sie am Hofe ihrer Großmutter lebt.«
Ein bedrückendes Schweigen trat ein. Philippe ließ die Arme sinken. Er trat vom Glutbecken an den Arbeitstisch. Eine Fülle von Papieren, Urkunden, Folianten, Gänsekielen und Tintenfässern stapelte sich darauf. Er tat sein Möglichstes, Louis in seinem neuen Amt zu unterstützen. Vor allem wollte er den Einfluss seines Onkels begrenzen.
Adrien betrachtete die vornübergebeugte Gestalt. Seit Fontainebleau war Philippe verschlossener und schweigsamer

als zuvor. Kein Wort über die Geburt der vierten Tochter kam über seine Lippen, noch erwähnte er Jeanne. Er wollte weder Zuspruch noch Mitgefühl.

»Was zum Teufel soll das hier?«

Die Tür donnerte gegen die Wand. Philippes älterer Bruder stürmte unverhofft herein. Er warf ihm eine Pergamentrolle an die Brust. Den Sekretär, der ihm folgte, wies er mit einer herrischen Handbewegung hinaus.

Adrien wich in den Winkel neben dem Kamin zurück. Unwillkürlich fasste er an seinen Gürtel, an dem der Dolch hing. Louis ging auf Philippe los, als wolle er ihm den Hals umdrehen. Schnaubend blieb er vor ihm stehen und deutete auf das Pergament, das sein Bruder reaktionsschnell aufgefangen hatte.

»Nun, Philippe. Willst du mir das erklären?«

Ruhig zog Philippe die Rolle auseinander und überflog die Zeilen. Adrien konnte die regelmäßigen Schriftzüge eines guten Schreibers erkennen. Ein Siegel.

»Ein Bittgesuch, unterzeichnet von Mahaut von Artois. Was ist daran so empörend, dass sie alles versucht, ihre Töchter zu retten, Sire?«

Adrien traute seinen Ohren nicht. Weshalb riet Mahaut Philippe zum Abwarten, während sie gleichzeitig ein offizielles Gesuch an den König richtete? Welche Intrige steckte hinter einem solchen Widerspruch?

»Lass dir eines gesagt sein, Bruder. Keine der Ehebrecherinnen kann unter meiner Herrschaft jemals Gnade erwarten. Ich will nicht, dass die Anwesenheit der drei Dirnen meinen Hof beschmutzt. Man soll sie vergessen. Alle. Für immer.«

Philippe erblasste. Das Pergament in den Händen raschelte, als er die Finger zur Faust ballte.

»Jeanne ist weder eine Ehebrecherin noch eine Hure, Bruder. Ihr mögt der König sein, aber nicht einmal der König hat das Recht, meine Frau zu beleidigen. Besinnt Euch, ehe Ihr handelt. Mahaut bietet Euch einen ehrenvollen Weg an, wenigstens das Unrecht zu tilgen, das unser Vater Jeanne angetan hat. Schickt die Tochter zur Mutter zurück. Güte ist kein Zeichen von Schwäche.«

»Damit auch du nach Burgund gehst und dich dort mit dem rebellierenden Adel gegen mich erhebst? Hältst du mich für einfältig, Philippe?«

»Wenn Ihr Jeanne Gnade erweist, werde ich Euer treuester Diener sein, Sire. Ihr könnt Euch bedingungslos auf mich verlassen.«

»Nein. Nein. Und noch einmal nein. Die Dirne bleibt in Dourdan. Ich dulde auch keine Besuche mehr. Glaube ja nicht, ich wüsste nicht, dass du unseren Vater ihretwegen beschwatzt hast. Aber er ist nicht mehr, und von mir wird es keine Gnade geben. Richte das dieser Hexe von Mahaut aus.«

Er stürmte so unbeherrscht aus dem Raum, wie er ihn betreten hatte.

»Allmächtiger«, seufzte Adrien. »Ist das die Art, wie er Frankreich regieren will? Fernab jeder Gerechtigkeit und Vernunft?«

»Ich fürchte, ja«, entgegnete Philippe mit zornbebender Stimme. Er machte Anstalten, das Bittgesuch einfach ins Kaminfeuer zu werfen. Adrien konnte es im letzten Moment verhindern.

»Tut das nicht. Es könnte ein Beweis sein.«

»Ein Beweis wofür?«

Adrien schüttelte den Kopf. »Ich kann es nicht genau sagen.

Irgendwann für irgendetwas. Heute erst habe ich Mahaut gesprochen. Sie kam, meinen Vater zu sehen. Dabei hat sie mich ausdrücklich gebeten, dir eine Botschaft zu überbringen. Du sollst Geduld haben und Louis wegen Jeanne nicht bedrängen. Sie bittet dich, keine unüberlegten Vorstöße zu machen, die ihn gegen sie aufbringen. Sie hält es für ratsam, zu warten, bis sich die Gemüter beruhigt haben.«
»Warum schickt sie dann dieses Bittgesuch, ausgerechnet jetzt?«
»Das frage ich mich auch.« Adrien prüfte das Pergament genauer. »Wer beweist uns, dass es tatsächlich von ihr stammt? Sieh nur, es ist das Werk eines Schreibers. Ein geschickter Betrüger hat keine Probleme, Mahauts Unterschrift nachzuahmen. Auch das Siegel kann gefälscht sein. Sowohl Mahaut wie auch Ihr habt Feinde.«
Nachdenklich fuhr Philippe sich mit beiden Händen durchs Haar: »Artois? Schon wieder Artois? Wenn ja, soll der Teufel ihn holen. Nach dem Tod meines Vaters hält er sich an keine Abmachungen mehr. Der Kerl ist raffiniert. Heute hat er sich im Rat erboten, nach Château Gaillard zu reiten, um Marguerite zur Scheidung zu drängen. Wenn ihm das gelingt, verschafft er sich eine mächtige Position. Das lässt wenig Hoffnung für Jeanne.«
»Sollte er tatsächlich dahinterstecken, wird er mit seiner Aktion keinen Erfolg haben. Marguerite ist der Dorn im Auge des Königs. Sie hasst er. Die beiden anderen sind nur Randfiguren. Aber ihr kennt Marguerite und ihren Ehrgeiz. Sie wird sicher erfahren haben, dass sie jetzt Königin von Frankreich ist. Sie wird keinen Schritt zurückweichen. Auf der ehelichen Geburt ihrer Tochter muss sie ebenso bestehen. Sie ist ihr einziges Faustpfand.«

»Wer weiß, ob sie nach einem Winter wie diesem noch fähig ist, Louis die Stirn zu bieten«, warf Philippe ein. »Aber seit er die Macht in seinen Händen hält, handelt er immerhin ab und zu besonnener. So versucht er Charles und mich auf seine Seite zu ziehen. Eine seiner ersten Amtshandlungen war, meine Grafschaft Poitiers in den Rang einer Pairschaft zu erheben. Dasselbe gilt für Charles und das Lehen von La Marche.«

Indem er seine Brüder zu Pairs von Frankreich ernannte, hob er sie in den höchsten Rang des Adels. Sie waren damit die ersten Männer nach dem König. Ihr Wort hatte vor allen anderen Gewicht. Mit dieser Ehre, die allein der König gewähren konnte, sicherte sich Louis geschickt die Dankbarkeit seiner Brüder. Sie übertrug ihnen spezielle Aufgaben bei Königskrönungen und machte sie zu Beisitzern des königlichen Lehnsgerichtes.

»Wie hat Euer Onkel Valois diese Ehrung aufgenommen?«, erkundigte sich Adrien.

»Mit säuerlicher Miene. Aber Louis hat auch ihn entschädigt. Er hat ihm gestattet, Enguerrand de Marigny in die Enge zu drängen. Die Tage des Kanzlers sind gezählt. Mein Bruder macht ihn zum Sündenbock für die leere Staatskasse. Valois will die Marignys seit langem stürzen. Enguerrands Bruder, den Kardinal, würde er auch am liebsten vernichten. Ihre Macht ist ihm ein Dorn im Auge.«

»Ich zähle beileibe nicht zu Marignys Freunden, aber ist es klug, ihn, der die rechte Hand des verstorbenen Königs war, zu bekämpfen? In den Händen des Kanzlers laufen alle Fäden der Staatsverwaltung zusammen. Erst wenn der König sie wie die Zügel seines Pferdes zu handhaben weiß, benötigt er Enguerrand von Marigny nicht länger.«

Philippe antwortete mit einer stummen Geste, die Adrien leicht deuten konnte. Louis' Handeln wurde, trotz guter Ansätze, hauptsächlich von Zorn und persönlichen Gefühlen bestimmt, nicht von Klugheit und Vernunft.

Aber Adrien kam bei Philippes Ausführungen noch eine andere Idee.

»Was, wenn Jeanne, deren Unschuld durch die protokollierten Aussagen der Brüder Aunay bewiesen ist, den *cours de pairs*, das Parlament, um seinen Richtspruch bittet? Man kann ihr kein Verbrechen anlasten, das lebenslange Verbannung erfordert. Louis hat dir mit deiner Ernennung zum Pair in diesem Gremium eine wichtige Stimme verschafft.«

Sein Vorschlag fiel auf fruchtbaren Boden. Er sah es an Philippes Gesichtsausdruck.

»Wie können wir die Sache angehen?«, fragte er nach einer Spanne des Schweigens.

»Wir müssen Mahaut die Wahrheit sagen«, sagte Philippe. »Gut, dass du mich davon abgehalten hast, das Pergament zu verbrennen. Es ist an der Zeit, dass sie erfährt, wo man ihre älteste Tochter gefangen hält, und dass sie ein Kind geboren hat. Das Versteckspiel ist sinnlos geworden. Die alte Intrigantin kann uns hilfreich sein. Bisher ist ihr immer ein Druckmittel eingefallen.«

O Gott, Séverine!, schoss es Adrien durch den Kopf. *Wenn Mahaut ins Spiel kommt, muss ich Séverine in Sicherheit bringen.*

»Es kommt mir vor, als würden wir uns mit dem Teufel verbünden, um den Beelzebub auszutreiben«, sagte er mehr zu sich selbst.

Philippe lachte freudlos.

Sechzehntes Kapitel

In Jeannes Ohren gellte das Geschrei ihrer Tochter. Die Geburt eines weiteren Mädchens hatte ihr jeden Lebensmut genommen. Immer häufiger wünschte sie sich den Tod. Die Erlösung.

Der Säugling hatte Hunger. Jeanne hielt sich verzweifelt die Ohren zu. Woher nahm dieses Wesen die Kraft, so ohrenbetäubend zu schreien?

Winzig und hoffnungslos untergewichtig, hatte das Kind mit Séverines Hilfe seinen Weg ins Leben erkämpft. Von ihr wusste sie, dass die Wehmutter schon den Haken hatte zu Hilfe nehmen wollen, weil sie mit einer Totgeburt rechnete. Der schlimme Gedanke, ob es nicht besser so gewesen wäre, ließ Jeanne seitdem nicht mehr los.

Seit der Geburt war das Mädchen kaum gewachsen, nur Stimmkraft und Ausdauer nahmen täglich zu. Es lag in einem Weidenkorb auf dem Tisch, den Séverine in die Nähe des Kaminfeuers gerückt hatte, ehe sie die Kammer verlassen hatte, um die schmutzigen Windeltücher im Dorf, bei Loyse, gegen frisch gewaschene auszutauschen.

Der Korb bewegte sich im Rhythmus der fuchtelnden Kinderfäuste. Jeanne sah die rosigen Finger. Sie fühlte die leidenschaftliche Forderung nach der Mutter bis in ihre entzündeten Brustspitzen.

»So schweig doch«, flüsterte sie matt in Richtung des Tisches. »Ich kann nichts für dich tun. Du wirst ohnehin nicht überleben.«

Nicht einen solchen Winter, der das Land seit Ende November mit Schnee und Eis überzog. In den Nächten hörte man, trotz vorgelegter Läden, die hungrigen Wölfe in den Wäldern heulen.

Séverine kam mit einem Arm voller Wäsche zurück. Sie brachte einen Schwall frischer Luft in das Turmgemach. Ihr Umschlagtuch vom Kopf streifend, klemmte sie die eiskalten Hände zum Wärmen unter die Achselhöhlen und strahlte Jeanne an.

»Du ahnst nicht, wie kalt es ist. Das Wasser im Burggraben ist bereits gefroren.«

Ihr Versuch, auch Jeanne ein Lächeln zu entlocken, schlug fehl. Sie unterdrückte einen Seufzer, ging zu dem schwankenden Korb und beugte sich über das Kind. »Sei ruhig, kleine Prinzessin. Wer wird denn schon wieder weinen. Alles ist gut. Wir sind ja bei dir.«

Liebevoll nahm sie ihre kleine Nichte auf den Arm und küsste die zornig gekräuselte Stirn. Einen Moment herrschte Stille, dann setzte das Gebrüll von neuem ein. Herzzerreißend und wütend.

»Sie hat Hunger«, stellte Séverine sachlich fest.

Jeanne brach in Tränen aus und deutete auf ihr halb offenes Hemd. »Sieh doch! Hätte sie schon Zähne, ich würde bluten, so hat sie mich gequält. Aber es kommt nichts mehr, kein Tropfen. Alles ist wund. Das ist ihr Todesurteil. Ist dir das klar? Mit kaum zwei Monaten und ohne eine Amme …«

Séverine drückte das zornige Bündel beschützend an sich. »Was redest du da?«

»Die Wahrheit. Ich wusste es von Anfang an. Blanche wird sterben. Das ist die Strafe für mein Vergehen.«

Séverine stieß einen Laut aus, der dem Fauchen einer wütenden Katze glich. Sie trat an Jeannes Alkoven und drückte ihr den schreienden Säugling in den Arm.

»Du bist ihre Mutter. Du musst ihrem Leben zusprechen, nicht ihrem Tod. Tu etwas! Kämpfe für deine Tochter. Sie hat nur dich.«

Das Kind verstummte, als verstehe es jedes Wort. Die vertraute Gegenwart seiner Mutter beruhigte es auf der Stelle. Mit den Lippen schmatzend suchte es nach einer Brustwarze. Jeanne sah Séverine verzweifelt an. Sie kämpfte dagegen, Mitleid zu empfinden.

»Ich bin nicht fähig, sie am Leben zu erhalten«, flüsterte sie tonlos. »Sieh mich doch an.«

So sehr Séverine ihre Schwester liebte, in diesem Augenblick stritt sie für Blanche. Wenn sie Erfolg haben wollte, musste sie Jeanne aus ihrer Verzagtheit reißen.

»Ich sehe dich an. Und ich sehe eine Frau, die Gott um einen Sohn gebeten hat und nun mit ihm hadert, weil er ihr eine Tochter geschenkt hat. Die aufgibt, ehe sie richtig gekämpft hat. Woher willst du wissen, dass nicht hinter allem ein tieferer Sinn liegt?«

»Welcher Sinn sollte das bitte sein?«

Tränen der Verzweiflung netzten Jeannes Wangen. Die kleine Blanche grapschte mit überraschend festem Griff nach ihrer Brust und versuchte zu saugen. Sie spürte die kleinen Kiefer, den gierigen Hunger des Kindes. Sie sah auf das blonde Köpfchen und begegnete seinen Augen. Hellbraun wie ihre eigenen und unverwandt auf ihr Gesicht gerichtet.

»Was soll aus ihr werden, Séverine?«, fragte sie niedergeschlagen. »Besser, ich hätte kein Kind geboren als eine vierte Tochter, die ich nicht einmal nähren kann. Es dauert mich tief, dieses kleine Wesen, das so unerwünscht und überflüssig auf dieser Erde ist.«

»Vielleicht wird sie die Königin, die unserem Land Frieden bringt. Oder eine Äbtissin und eine Heilige. Vielleicht auch eine mächtige Lehnsherrin wie Mahaut oder eine wundervolle Dichterin wie Marie de France. Alles kann sie werden, nur eine kleinmütige Gans wie ihre Mutter, das wird sie sicher nicht. Dafür werde ich sorgen, das verspreche ich dir.« Séverines Stimme bebte vor Zorn.

Es dauerte einen Augenblick, bis Jeanne begriff, was Séverine da sagte. Rote Flecken erschienen auf ihren Wangen. Sie zog ihre Tochter enger an sich. Blanche heulte protestierend auf.

»Und wie soll die kleinmütige Gans ihre Tochter am Leben erhalten? Verrätst du mir das auch, Schwester?«

»Mit Kuh-, Schafs- oder Ziegenmilch«, antwortete Séverine prompt.

»Und wie soll sie die zu sich nehmen? Sie kann weder von einem Löffel essen noch aus einem Becher trinken.«

Séverines Blick wurde sanfter.

»In Faucheville haben wir uns mit dem Horn einer jungen Kuh beholfen. Man hobelt es glatt und bohrt ein kleines Loch in die Spitze. Aus einem Stück von gesäubertem Pergament oder Tierdarm formt man eine Art winziger Wurst, gleich einer Brustwarze, die man über diese Spitze stülpt. An diesem Ding lässt man die Kleinen saugen. Irgendwann begreifen sie, dass sie auf diese Art und Weise ihren Hunger stillen können.«

»Und so habt ihr Kinder ohne Muttermilch und ohne Amme über den Berg gebracht?«

Jeannes Frage klang ungläubig. Jede ihrer Töchter war bisher unter Jacquemines Obhut von einer Amme versorgt worden. Nie zuvor hatte sie so unmittelbar mit einem Säugling zusammengelebt und seine Bedürfnisse selbst befriedigen müssen.

»Es war in allen Fällen erfolgreich, in denen die Kinder ansonsten gesund waren.«

»Es klingt unglaublich und doch einleuchtend, und ich scheine wirklich kleinmütig und dumm zu sein. Aber, sag bitte selbst, welche Mutter in meiner Lage wäre das nicht? Und es bleibt eine Tatsache, dass ich nur Mädchen auf die Welt bringen kann.«

Jeannes Selbsterkenntnis wandelte sich abermals in Niedergeschlagenheit. Séverine verweigerte jedes Verständnis. Sie dachte nicht länger über ihre Worte nach, sondern sprach aus, was direkt aus ihrem Herzen kam: »Weißt du, wie gerne ich mit dir tauschen würde? Es wäre mein größtes Glück, Adriens Kind in den Armen zu halten. Ich würde mein Herzblut dafür geben.«

»Auch Adrien würde Söhne von dir erwarten«, dämpfte Jeanne ihre Euphorie.

»Das mag schon sein. Aber Töchter werden gebraucht, um Söhne zur Welt zu bringen, auch wenn das viele Männer in ihrem Hochmut nicht wahrhaben wollen. Wir Frauen müssen für unsere Töchter in die Schranken treten. Sie sind nicht minderwertiger als Söhne. Sie bringen das Leben in die Welt. Männer vernichten es höchstens im Namen der Macht und des Ehrgeizes. Ich gehe jetzt. Julien muss das Horn einer jungen Kuh besorgen.«

»Ich habe mich völlig in meine Angst verrannt«, gab Jeanne einsichtig zu, während Séverine zuvor Blanche noch mit kundigen Griffen versorgte. »Sicher bin ich so kleinmütig, weil ich ständig Philippes Enttäuschung vor Augen habe. Seit dem Tod des Königs habe ich nichts mehr von ihm gehört. Ob er mir zürnt?«

»Wegen des Kindes? Hör auf damit! Philippe ist kein Narr. Er weiß, dass keine Mutter der Welt das Geschlecht ihres Kindes vorausbestimmen kann. Er schweigt, weil er zu tun hat. Nach dem Tod seines Vaters warten bestimmt unendlich viele Pflichten auf ihn.«

Jeanne versuchte, ihre Zweifel zu ignorieren, und vergaß sie im Laufe der nächsten Tage völlig. Nicht, weil Séverine sie überzeugt hatte, sondern weil sie keine Zeit fand, sich zu sorgen. Das Geduldsspiel, Blanche auf die neue Art mit Ziegenmilch zu füttern, nahm Stunden in Anspruch.

Anfangs reagierte das Kind mit Durchfällen und Koliken auf die neue Nahrung. Loyse beschwerte sich mit wütenden Gesten über die Wäsche, aber der Erfolg machte ihnen Mut. Langsam glättete sich Blanches Gesicht, ihr Geschrei ließ nach, sie schlief länger.

An Lichtmess traf eine Botschaft von Philippe ein.

»Der König hat seine Brüder zu Pairs von Frankreich ernannt«, las Jeanne aufgeregt vor. »Welche Ehre. Welche Hoffnung. Damit sitzt Philippe im Parlament, dem obersten Gerichtshof des Königreiches.«

Auch für Séverine enthielt der Brief Neuigkeiten.

»Adriens Vater ist gestorben. Der Baron litt seit längerem unter Husten und hartnäckigem Fieber. Am Tag nach Dreikönig ist er im Beisein seines Sohnes in die Ewigkeit eingegangen.«

Der Baron tot. Jeanne suchte Séverines Blick. Sicher fragte sie sich, was dieser Tod für Adrien bedeutete. Er war der neue Baron, der Lehnsherr. Nicht länger der Erbe, sondern der Seigneur. Wusste ihre Schwester, wie sehr der König in das persönliche Leben seiner Vasallen eingreifen konnte?

Vorsichtig las sie weiter.

»Etienne de Mornay, der bisher in den Diensten unseres Onkels Valois stand, ist der neue Kanzler des Reiches. Marigny ist entmachtet. Der König hat den größten Teil der Beamten unseres Vaters aus dem Rat verbannt. Männer seines Vertrauens besetzen jetzt die wichtigen Positionen.«

Jeanne brach ab.

»Seltsam. Mit seiner eigenen Meinung hält Philippe sich völlig zurück«, sagte sie schließlich.

»Das ist verständlich«, erwiderte Séverine. »Er muss doch damit rechnen, dass ein solcher Brief abgefangen wird. Dass er vielleicht sogar in falsche Hände gerät. Schreibt er etwas über dein Schicksal?«

Jeanne las die wenigen Zeilen, die noch folgten, und schüttelte den Kopf.

»Nein. Ein paar freundliche Worte zu unserer Tochter, die er bald in die Arme schließen möchte. Dass Louis im Sommer in der Kathedrale von Reims offiziell zum König gesalbt werden soll, mit einer Andeutung, dass er sich eine neue Gemahlin suchen will. Kein Wort, was mit Marguerite geschieht, wenn Louis eine andere heiratet. Kein Wort zu meinem Schicksal und dem der armen Blanche. Nur die

Versicherung seiner Liebe und seiner Gedanken, die mir gelten. Wir sind nicht länger wichtig für den König und den Hof.«

* * *

Die wenigen Schritte über die Brücke auf dem Weg hinüber zur Kapelle reichten aus, um Séverines Schuhe und Rocksäume zu durchnässen. Der eingetretene Pfad führte durch mittlerweile knietiefen Schnee. Der Winter hielt Dourdan fest in seinen Klauen.

Im Gotteshaus war es eiskalt. Séverine zog das Umschlagtuch enger um den Körper, aber die Wolle wärmte auch in doppelter Lage an diesem Morgen nicht ausreichend. Im Weihwasserkessel schwammen kleine Eisstückchen. Sie bekreuzigte sich fröstelnd und nahm ihren Platz in der hintersten Reihe ein.

Seit dem vergangenen Pfingstfest kümmerte sich um die Seelen der Burgbewohner Pater Philémon. Man hatte ihn aus der Pariser Abtei von Saint Victor nach Dourdan geschickt. Als Beichtvater sollte er Jeanne ausforschen. Bislang hatte er indes nur Unschuldsbeteuerungen erhalten. Die kleinen, lässlichen Sünden des Alltags lohnten es nicht, an höherer Stelle erwähnt zu werden. In seinen Augen war die Verbannte eine reine Seele, und eben dies gab er auch so weiter. Er hatte noch nie eine Antwort darauf erhalten.

Séverine folgte der Morgenmesse, aber ihre Gedanken gingen eigene Wege. Im verbissenen Kampf um die Genesung von Mutter und Kind hatte sie Jeanne absichtlich nichts von den Schwierigkeiten des täglichen Einerleis berichtet. Sie würde die Wahrheit jedoch nicht länger verbergen können.

Zu einschneidend waren mittlerweile die Maßnahmen, die der Burghauptmann veranlasst hatte.

Sie betrachtete auf der anderen Seite des Ganges die Männer der Burg. Julien war da. Gott sei Dank. Die Reihen der Bogenschützen hatten sich merklich gelichtet. Einige von ihnen lagen mit Fieber darnieder. Allen sah man den Hunger an, denn zu allem Übel war ein Teil der Getreidevorräte auch noch vom Schimmel befallen und ungenießbar geworden.

Hauptmann Montgeron hatte als Erstes eine eiserne Rationierung aller Lebensmittel angeordnet. Schon jetzt war klar, dass die Fässer mit Stockfisch, die Wildschweinschinken und die eingelegten Früchte nicht bis zum Ende des strengen Winters reichen würden.

»Ein jeder von uns muss sich einschränken«, hatte er Séverine seine Maßnahmen erklärt. »Es geht nicht an, dass Ihr Eier und Butter für Euch beansprucht und scheffelweise feinstes Weizenmehl. Die Burg muss mit ihren Vorräten haushalten.«

Seit diesem Tag hatte sie Jeanne alle zusätzlichen Vergünstigungen überlassen. Ihre Schwester brauchte kräftigende Nahrung. Blanche die frische Ziegenmilch.

Für sich selbst nahm sie, wie die anderen Burgbewohner, nur die mageren Grütze-Portionen, in denen sich immer seltener ein paar Brocken Fleisch oder Rübenstücke befanden.

Inzwischen hatte man sogar die Milchkühe geschlachtet. Teils, um die Not zu lindern, teils, um das wenige Heu, das noch in den Scheunen lagerte, für die Streitrösser zu sparen, auf die weder der Hauptmann noch seine Ritter verzichten konnten.

Um das Leben der Ziege, die in ihrem Verschlag im Pferdestall von Séverine gemolken wurde, hatte es bereits heftige Auseinandersetzungen gegeben. Séverine hatte gesiegt, indem sie dem Hauptmann anbot, dafür die Pflege der Kranken zu beaufsichtigen und die Hustentränke aus Zwiebelschalen und Honig zu brauen, die seinen Männern Erleichterung verschafften. Sie hoffte inständig, dass Montgeron sein Wort hielt und Blanches Milchziege verschonte.

Als Séverine ins Freie trat, blinzelte sie im Widerschein des Schnees, obwohl es der Sonne nicht richtig gelang, die graue Wolkendecke zu durchbrechen. Der Ostwind fing sich eisig zwischen den Mauern und zerrte an ihren Kleidern. Julien tauchte an ihrer Seite auf.

»Ihr solltet nicht länger in dieser argen Kälte herumstehen. Geht in den Wohnturm zurück«, sagte er deutlich besorgter als sonst.

»Ich muss in die Küche«, widersprach Séverine und schlug die Richtung ein. »Hoffentlich ist noch ein Löffel von der Morgengrütze übrig.«

»Ich will sehen, was ich für Euch finde, und es in den Turm bringen. Lasst Euch den Weg abnehmen.«

Es lag etwas in seinem Drängen, das Séverine zu denken gab.

Julien wollte sie aus dem Weg haben. Warum?

Prüfend schaute sie über die Schneeberge hinweg, die zusammengeschoben worden waren, damit die Männer auch im Winter ihre Waffenübungen absolvieren konnten. Alles sah aus wie gewohnt. Das Fallgatter vor dem Eingangstor war herabgelassen. Seit die Menschen im Dorf hungerten, schützte sich die Burg auf diese Weise vor Bettlern und Dieben.

Séverine wusste, dass der Hauptmann einen Teil der Burgvorräte Pater Philémon überlassen hatte, damit er die Ärmsten unterstützen konnte. Dennoch fanden sich Tag für Tag zusätzlich hungernde Kinder und Frauen am Burgtor ein. Der Anblick der Verzweifelten setzte den Männern zu, aber der Hauptmann blieb hart. Mehr konnte er nicht tun, ohne das Leben seiner Bewaffneten zu riskieren.

Sie wollte sich eben abwenden, als ihr die Gruppe vor dem Pferdestall auffiel. Ein halbes Dutzend Männer stand um ein offenes Feuer, auf dem dampfend ein Wasserkessel brodelte.

»Nicht! Bitte nicht …«

Ohne sich um Juliens warnenden Ruf zu kümmern, raffte Séverine die Röcke und lief über den Hof. Es zog sie unwiderstehlich dorthin.

Sie drängte sich rücksichtslos zwischen die Männer, die ihr widerstandslos Platz machten. Man respektierte sie, da sie sich um die Kranken kümmerte und dumme Bemerkungen schlagfertig zu erwidern wusste.

»Ich hätte Euch den Anblick gern erspart.« Julien hatte sie erreicht.

»Welchen Anblick? »

Das Wort blieb ihr im Hals stecken. Unter Aufsicht des Burghauptmanns hatte man eines der Pferde geschlachtet. Der Kadaver lag im Schnee. Zwei Knechte waren dabei, das Tier zu zerteilen, dessen frisches Blut sorgsam mit Eimern aufgefangen worden war.

Natürlich war es keines der Schlachtrösser. Kein kostbarer Destrier, der einen Ritter in den Kampf trug. Nur ein Zelter, der die Passgangarten beherrschte, aber viel zu schwach für einen gerüsteten, bewaffneten Reiter war. Auch nicht zäh genug, damit ihn ein Bote bis zur Erschöpfung reiten konnte. Nur ein hübsches, nutzloses Reittier, lediglich geeignet für Damen und Geistliche. Eine graue Stute, die mit gebrochenen Augen blicklos zum Himmel starrte.

Marjolaine.

»Was habt ihr getan?«, stammelte sie fassungslos.

»Das Notwendige«, hörte sie den Hauptmann antworten. »Im Dorf schlachtet man bereits Hunde und Katzen. Wir können es uns nicht leisten, ein Pferd durchzufüttern, das uns keine Dienste leistet. Die Kranken brauchen kräftige Brühe und Fleisch, damit sie wieder genesen.«

In Séverines Ohren rauschte das Blut. Sie konnte den Blick von ihrer geliebten Stute nicht abwenden. Außer Julien und vielleicht Rémy wusste niemand, wie viel Marjolaine ihr bedeutete. Wie viele Erinnerungen, wie viel Herzblut da im Schnee versickerte.

Julien zerrte und zog so lange an Séverine, bis sie sich mechanisch in Bewegung setzte. Ihr war übel vom bleiern süßlichen Gestank des Pferdeblutes, der die Luft erfüllte. Galle stieg in ihr auf, Abscheu und Verzweiflung. Sie riss sich von ihm los.

»Du hast davon gewusst«, sagte sie tonlos.

Er wich ihrem Blick aus.

»Was hätte ich tun sollen? Der Hauptmann musste sich für eines der Pferde entscheiden. Wisst Ihr, was ein Destrier wert ist? Und was ein Zelter? Ich konnte keinen Anspruch auf das Pferd anmelden. Meinem Bruder zuliebe musste ich schweigen und Fragen vermeiden.«

Dass dies kein Trost für Séverine war, sah auch Julien ein. Für sie war nicht nur Marjolaine gestorben, sondern die letzte Verbindung zu Faucheville abgerissen. Das Tier war

ihr in den vergangenen Monaten Trost und Halt gewesen. Ihre einzige lebendige Verbindung zu Adrien. Ein Wesen, dem sie sich mitteilen konnte.
Julien wollte nicht nachlassen im Versuch, sie zu trösten. »In einem Winter wie dem heurigen geht es ums Überleben. Ihr wisst nicht, was es heißt, vor Hunger zu sterben. Dort draußen strecken die Menschen das Mehl für ihr tägliches Brot bereits mit gemahlener Buchenrinde. Frauen kochen Gras und Wurzeln, weil ihre Kinder vor Hunger weinen. Dourdan ist eingeschneit. Ehe die Kälte bricht, können wir nicht auf Hilfe von außen rechnen.«
»Sei still. Ich bitte dich.«
»Aber ja doch, ich will nur sagen, dass ich weiß, wie Euch ums Herz ist. Aber …«
»Sei still«, wiederholte eine Männerstimme Séverines Aufforderung. »Sieh lieber zu, dass die Ziege ihr Futter bekommt und bewache sie.«
Julien zog den Kopf zwischen die Schultern und ging sichtlich erleichtert davon.
Séverine achtete weder auf ihn noch auf Rémy. Blind für ihre Umgebung, schlitterte sie in halsbrecherischer Geschwindigkeit über die Holzbrücke zum Wohnturm, durchquerte die leere Wachstube und eilte die Stufen hinauf. Auf halber Höhe hielt sie inne und lehnte sich mit geschlossenen Augen an die Mauer. Bevor sie zu Jeanne ging, musste sie sich erst beruhigen.
Es dauerte eine Weile, bis sich das Rauschen in ihrem Kopf ein wenig legte. Die Augen öffnend, entdeckte sie auf der anderen Seite der Treppe Rémy. Er war ihr gefolgt. Er stand eine Stufe tiefer, sah sie an und wartete.
»Geh«, sagte sie gequält.

»Nein.«
Er trat vor sie und zog sie in seine Arme. Seltsamerweise verspürte Séverine nicht das Bedürfnis, sich aus dieser Umarmung zu befreien.
»Am liebsten möchte ich weinen, doch es hat keinen Sinn«, murmelte sie heiser. »Es macht sie nicht wieder lebendig. Weinen ändert nie etwas.«
»Weint«, erwiderte er ruhig. »Das erleichtert. Ihr müsst nicht allen Schmerz in Euch hineinfressen.«
»Ich habe Tapferkeit gelernt, seitdem ich laufen kann. Mir ist im Leben wenig geschenkt worden«, antwortete sie spröde. »Lass mich allein. Man wird sich sonst wundern, was du hier treibst.«
»Es ist niemand unten, der mich bemerkt hat. Seit es so viele Kranke gibt, verzichtet der Hauptmann darauf, Euch bewachen zu lassen. Er geht davon aus, dass der Schnee und die Kälte ihm die Arbeit abnehmen.«
Obwohl Séverine es nicht zugeben wollte, tat ihr die Nähe Rémys gut. Sowohl die körperliche Wärme wie die mitfühlenden Worte. Ihm musste sie nicht erzählen, wie ihr ums Herz war. Er hatte Schlimmeres erlebt als den Tod eines Pferdes. Fast alle Tempelritter waren ermordet worden. Er hatte Freunde und Kameraden verloren, und trotzdem war sein Herz nicht versteinert.
»Hab Dank.«
Er hielt sie nicht fest, als sie sich von ihm löste und frierend die Arme vor der Brust kreuzte.
»Ich habe mich jämmerlich aufgeführt. Sag Julien einen Gruß«, bat sie ihn. »Es täte mir leid, dass ich so grob mit ihm war. Er handelte in bester Absicht. Er wollte mir den Anblick ersparen. Ich hätte auf ihn hören sollen.«

»Ich werde dafür sorgen, dass man Euch nichts von dem Fleisch bringt«, sagte er ruhig. »Ich kenne ein paar gute Plätze zum Fallenstellen. Es sollte mir gelingen, einen Hasen für Euch zu erwischen. Am besten bleibt Ihr im Turm, dort seid Ihr in Sicherheit.«

»Du vergisst die Kranken im Mannschaftsquartier. Sie rechnen mit meiner Hilfe.«

Sie schenkte ihm ein Lächeln, halb dankbar und halb erstaunt darüber, dass er ihr nicht widersprach, ehe sie die letzten Schritte zur Tür hinaufging.

* * *

Wie lange sie das Geräusch schon wahrgenommen hatte, konnte Jeanne nicht sagen. Sie saß vor dem Feuer, das schlafende Kind auf dem Schoß, und schaute gedankenverloren in die Flammen. Das Tropfen war leise, kaum hörbar. Séverine kauerte auf der Steinbank in der Fensternische und säumte lustlos ein Stück Leinen. Ehe unter ihren Händen ein Hemdchen für Blanche entstand, verging eine Menge Zeit. Sie hatte viele Talente, nähen gehörte nicht dazu.

Vorsichtig, um die Kleine nicht zu wecken, richtete Jeanne sich auf und brachte sie in ihren Korb zurück. Dann ging sie zu Séverine. Sie trat näher, löste den Riegel und stieß das Fenster auf. Der erwartete kalte Luftzug blieb aus.

»Es taut! Sieh nur, Séverine, der Schnee rutscht vom Dach. Ich kann den Saum des Waldes wieder erkennen! Der Winter scheint endlich zu weichen.«

Ihre Begeisterung fand kein Echo. Séverine reagierte nicht. Ihr nimmermüder Elan schien gebrochen. Sie war dünn geworden. Ihre Augenbrauen bildeten dunkle Striche auf durchsichtiger Haut, unter den Augen lauerten bläuliche Schatten.

Jeanne nahm es erschrocken wahr. Bisher war immer Séverine die Starke gewesen, die Verlässliche, die mit beiden Beinen auf dem Boden stand. Immer baute sie eine Brücke, wenn Jeanne in ihrer Verzweiflung das Ufer aus den Augen verlor. Versanken nun die Brücken im Flussbett? Wollten die Fluten alles mit sich reißen und sie endgültig vernichten?

»Du schläfst nicht genügend«, mahnte Jeanne vorwurfsvoll. »Erst verbringst du die meisten Stunden der Nacht bei den kranken Kriegsknechten, und nun kümmerst du dich um Pater Philémon wie um dein eigenes Kind. Er hat Fieber wie alle anderen, weshalb umsorgst du ihn so viel mehr?«

Séverine legte ihre Arbeit zur Seite und rieb sich das Gesicht mit den Handflächen, ehe sie aufstand und sich reckte. Es hatte den Anschein, als habe sie mit offenen Augen geträumt.

»Weil er es verdient hat. Ich kenne keinen Menschen, der selbstloser und frömmer ist. Ich hoffe nur, seine Kräfte reichen bis zum Frühling. Und auch wenn die Straßen wieder frei sind, wird der Hunger nicht gleich zu Ende sein. Nicht nur in Dourdan werden die Vorräte restlos aufgebraucht sein.«

Inzwischen überschaute auch Jeanne die Notlage und widersprach Séverine. »Freie Straßen ermöglichen die Rückkehr der Händler. Es gibt sicher Spekulanten, die für diese Zeit Getreide, gesalzene Fische oder trockene Früchte gehortet haben.«

»Wo denkst du hin? Für Paris mag das vielleicht zutreffen. Für die wohlhabenden Bürger und den königlichen Hof.

Die Armen sterben. Sie haben nichts, um die Wucherpreise deiner Händler bezahlen zu können. Vor der nächsten Ernte bleibt die Not ihr ständiger Begleiter. Auch unser nächstes Problem lauert schon im Vorratskeller: Salzmangel. In der Burgküche wird der Rest des Fasses bereits ins Unendliche gestreckt. Nichts macht die Menschen so müde und erschöpft wie Mangel an Salz.«

Beschämt wandte Jeanne den Blick ab und schlug das Fenster wieder zu.

»Mir kommt es so vor, als sei ich auch früher schon eingesperrt gewesen. Von der Wirklichkeit des Lebens und seinen Schwierigkeiten habe ich keine Ahnung.«

»Es ist nicht deine Schuld«, antwortete Séverine. »Woher sollst du wissen, was es bedeutet, zu hungern? Die Steuereintreiber des Königs sorgen seit jeher dafür, dass es dem Hof gut geht. In Faucheville habe ich da so einiges mitbekommen.«

Faucheville war das Maß aller Dinge für Séverine. Jeanne war das Lehen mittlerweile vertraut. Elvire, die tüchtige Köchin, Bagon, der Vogt, der Stallmeister und viele mehr hatte Séverine ihr bekannt gemacht. Fast beneidete sie sie um das schlichte, freie Leben, das sie in Faucheville geführt hatte. Es musste wunderbar gewesen sein, fernab von Mahaut und ihren hochfliegenden Erwartungen aufzuwachsen. Mit einem Beschützer wie Adrien, der ein Mädchen zum Träumen brachte.

»Wir müssen Philippe von der Not berichten«, sagte sie kurz entschlossen. »Julien muss sich nach Paris durchschlagen und Hilfe holen.«

»Rémy und Julien bewachen die Ziege«, entgegnete Séverine müde. »Das Risiko, sie ohne Aufsicht zu lassen, ist zu groß. Es ist schon schwierig genug, Futter für sie heranzuschaffen. Julien macht lange Streifzüge durch den Wald, um unter lockerem Schnee trockenes Gras, Bucheckern und Ähnliches für sie zu finden. Ich nehme an, in Paris wissen sie ohnehin, wie es um uns steht. Das ganze Land wird hungern, nicht nur Dourdan. Adrien wird uns Hilfe schicken, sobald es möglich ist.«

Je länger Jeanne sich mit Séverine unterhielt, desto mehr spürte sie ihre Mutlosigkeit. Sie nahm ihr die Näharbeit aus der Hand, die sie wieder aufgenommen hatte, und gab ihr einen sanften Stoß.

»Lass mich das machen. Leg dich in den Alkoven und schließ die Augen. Du musst unendlich müde sein. Ruh dich aus. Du hilfst niemandem, wenn du auch noch krank wirst, das weißt du.«

Dass Séverine ohne Widerspruch gehorchte, erschreckte sie mehr als alle Worte. Wieso hatte sie nicht bemerkt, in welchem Zustand sie sich befand? Es war an der Zeit, sich einmal um sie zu kümmern.

Jeanne straffte den Rücken. Zum ersten Mal, seit sie im Turm von Dourdan lebte, wollte sie wieder kämpfen. Für sich, ihre Kinder, ihren Mann, ihre Schwester Séverine. Nie wieder würde sie sich so entmutigen lassen und anderen ihre eigene Last aufbürden. Jeanne klammerte sich an diesen Schwur, wie eine Ertrinkende an ein rettendes Seil.

Sogar Blanche schien die Veränderung in den nächsten Tagen zu spüren. Sie schrie weniger. Sie umfasste mit beiden Händen das Horn und saugte aus voller Kraft, sobald sie ihre Milch bekam. Ihre Bewegungen wurden sicherer. Manche ihrer Grimassen konnte man sogar für ein erstes Lächeln halten. Obwohl sie kaum zugenommen hatte, wurde ihre Gesichtshaut glatter und ebenmäßiger unter den spinnwebfeinen blonden Locken.

Blanche zu beobachten wurde Jeanne zur liebsten Gewohnheit. Sie tat es auch in diesem Augenblick, als sie darauf wartete, dass Séverine zurückkam. Sie war bei der Ziege, um sie mit eigenen Händen zu melken.

Ganz in das stumme Zwiegespräch mit dem Kind versunken, überhörte sie die energischen Tritte auf den Steinstufen. Das konnte nicht Séverine sein. Die Tür zum Turmgemach wurde abrupt aufgerissen.

Mahaut, ein Koloss in schwarzen Tüchern und Pelzen, rauschte über die Schwelle, gefolgt von einem Sergeanten der Burgwache. Er versuchte vergeblich, sie aufzuhalten.

»Madame … Gräfin … Ihr könnt nicht …«

»Spart Euch die Luft, guter Mann«, wies sie ihn barsch ab. Dann ging sie auf Jeanne zu. »Meine kleine Jeanne. Lass dich in die Arme schließen.«

Jeanne rang nach Atem, erstickt von der Stofffülle und der heftigen Umarmung, die ihr die Luft nahm.

»Mutter – lieber Gott, wie seid Ihr in die Burg gekommen? Was ist geschehen?«, stotterte sie, als sie freigegeben wurde.

»Ein Dutzend Ritter und doppelt so viele Kriegsknechte in meiner Begleitung besitzen eine Menge Überzeugungskraft«, antwortete Mahaut knapp. »Ich bin gekommen, dich nach Hause zu holen.«

»Der König begnadigt mich?«

»Früher oder später muss er wohl. Er kann das Urteil des Parlamentes nicht ewig ignorieren. Solange er es jedoch tut, findest du auf unserer Burg in Gray mehr Sicherheit als in Dourdan.«

»Ihr gebt an, im Auftrag seiner Majestät zu handeln«, mischte sich der Sergeant ein, in Vertretung Montgerons, der ebenfalls mit Fieber niederlag. »Zeigt mir Eure Befehle.«
»Ihr könnt sie Euch in Paris holen, guter Mann«, erwiderte Mahaut herablassend. »Da Ihr uns freundlicherweise schon beim Anblick der königlichen Standarte das Tor geöffnet habt, seid Ihr nun überflüssig. Beruhigt Euch. Wir werden Eure Gastfreundschaft nicht in Anspruch nehmen.«
Die rauhe Stimme Mahauts brachte Blanche zum Weinen. Mahauts Augen verengten sich, und sie ging geradewegs auf den Korb zu. Jeanne wappnete sich innerlich gegen ihren ätzenden Kommentar. Eine vierte Tochter, etwas anderes als harsche Kritik würde sie dafür nicht ernten.
»Welch ein süßer Engel«, vernahm sie Mahaut zu ihrer unendlichen Verblüffung. »Wie hast du sie genannt?«
»Blanche.«
Eine weitere Frage des Kommandanten ging in einer spontan aufbrechenden Tränenflut von Mahaut unter. Jeanne kannte ihre Mutter und wartete, im Gegensatz zu dem peinlich berührten Sergeanten, in aller Ruhe ab.
Doch Mahaut beruhigte sich nicht. Im Gegenteil.
»Meine Kinder«, jammerte sie. »Meine armen Kinder. Was habe ich verbrochen, dass mir der Himmel solches Leid antut? Meine schöne Blanche, ein arme, verwirrte Büßerin. Mein prachtvoller Sohn, gestorben, ehe er all die heldenhaften Taten ausführen konnte, die sein nobler Charakter versprach.«
Da die Worte immer wieder von heftigem Schluchzen unterbrochen wurden, begriff Jeanne erst nach und nach ihren Sinn. »Sprecht Ihr von Robert, Mutter? Was ist mit unserem Bruder?«

»Er ist tot. Tot, Jeanne. Am Lungenfieber gestorben. Alle Kunst der besten Ärzte des Königreiches konnte ihn nicht retten. Wir haben ihn in Saint Denis bei seinen königlichen Vorfahren zur Ruhe gebettet. Mein schöner Sohn, die Hoffnung meines Alters und meiner Provinzen. Nur siebzehn Jahre waren ihm gegönnt, ehe Gott ihn in der Blüte seiner Jugend zu sich rief.«

In ihrer Stimme schwang, den pompösen Worten zum Trotz, echter Schmerz. Jeanne umarmte ihre Mutter spontan. Nie zuvor hatte sie das Bedürfnis gehabt, die starke, ehrgeizige, machthungrige Frau zu trösten. Von Mutter zu Mutter konnte sie jedoch das Leid nachempfinden, das sie zerriss.

Tränen traten auch ihr in die Augen. Robert war ein so sanftmütiger Bruder gewesen. Auf seine Art war es ihm sogar gelungen, sich gegen Mahaut zu behaupten. Er wäre wie kaum ein anderer würdig gewesen, neben dem Wappen der Pfalzgrafschaft von Burgund auch jenes des Artois zu führen. Die goldenen Lilien auf azurblauem Grund, unter den drei goldenen Burgen des Turnierkragens, hätten dem Blond seiner Locken geschmeichelt.

»Meine armen Kinder vernichtet, meine treuen Gefährten gestorben«, weinte Mahaut. »Nur du bist mir geblieben, Jeanne. Du und die bedauernswerte, törichte Blanche, die in Château Gaillard ihrem Ende entgegendämmert. Wie übel mir das Schicksal doch mitspielt.«

Erneut heischte der Sergeant um Jeannes Aufmerksamkeit. Er wusste, dass er einen Fehler gemacht hatte, der schwere Vorwürfe von Hauptmann Montgeron nach sich ziehen würde.

»Eure Mutter handelt nicht nur nicht im Auftrag des Königs, sondern ausdrücklich gegen seine Befehle «, wandte er sich an sie. »Ich kann sie jedoch nicht aufhalten. Die Besatzung der Burg ist zu schwach, um gegen ihre Männer zu bestehen.«

»Da seid Ihr ja!«

Séverine kam gleich einem Pfeil durch die Tür geschossen. Ihre Augen sprühten Blitze. Sie ging auf den Sergeanten los, zielgerichtet und ohne sich von irgendwem ablenken zu lassen.

»Habt Ihr meiner Herrin gestanden, dass Ihr die Grobiane nicht zurückgehalten habt, die Julien überfallen und verletzt haben? Weiß sie, dass Ihr es zugelassen habt, dass die Ziege geschlachtet wurde? Was seid ihr nur für Unmenschen, dass ihr um eines knurrenden Magens willen ein unschuldiges Kind zum Tode verurteilt? Oder könnt Ihr mir sagen, woher wir jetzt Milch für die Kleine nehmen sollen?«

Séverine war außer sich. Die Haare fielen ihr wild ins Gesicht. Sie glühte vor Zorn, forderte Antworten.

Der Sergeant suchte nach Worten.

Mahaut stand wie erstarrt.

Jeanne zitterten die Knie. Sie umklammerte die Kanten des Weidenkorbes.

Séverine verlor die Geduld mit Montgerons Stellvertreter. Sie ging auf den Korb zu, hob Blanche hoch, die kräftig anfing zu schreien, und überstimmte sie mühelos: »Los, tötet sie! Ermannt Euch! Erspart der Todgeweihten das tagelange Leid des Hungertodes! Es macht Euch bestimmt weniger Mühe, als eine Ziege zu schlachten.«

»Bist du verrückt?« Jeanne warf sich dazwischen und riss ihre Tochter beschützend an sich. »Hast du den Verstand verloren?«

Mahaut trat ächzend einen Schritt vor. Séverine nahm sie erst jetzt wahr.

»Ich nehme an, Ihr seid die geheimnisvolle Gesellschaft, die die Verbannung meiner Tochter teilt. Philippe hat Euch als tüchtig und klug geschildert. Habt Ihr auch einen Namen, Demoiselle? Philippe hat ihn mir nicht genannt.«

Jeanne bemerkte das trockene Schlucken Séverines. Eine beklommene Stille breitete sich aus.

Schließlich war es Mahaut, die den Bann brach. Sie schickte den Sergeanten mit einem herrischen Befehl aus dem Turmgemach.

»Sagt meinem Hauptmann, dass er sich zum Abmarsch bereit machen soll. Und falls Ihr beabsichtigt, einen Boten nach Paris zu schicken, um meinen Übergriff zu melden, so vergesst nicht, dem König das Ausmaß meiner Empörung mitteilen zu lassen, mit dem ich die Umstände zur Kenntnis genommen habe, unter denen eine Unschuldige und ihr Kind hier, von der Welt und ihrer Familie abgeschottet, leben müssen.«

Sie lehnte sich mit dem Rücken gegen die Tür, die der Kommandant hinter sich geschlossen hatte, und wandte sich Jeanne und Séverine zu. Ihre Blicke gingen mehrmals von einer zur anderen. Jeanne beobachtete, wie sich ihre herrischen Züge wandelten. Sie wirkte einen Augenblick ungläubig, kämpfte erkennbar um Fassung. Die Ähnlichkeit der beiden erzählte ihr offensichtlich eine erschütternde Geschichte, worauf das Mienenspiel abermals blitzschnell wechselte. Sie hatte sich wieder im Griff.

»Wer bist du, Mädchen?«

»Séverine Gasnay.«

»Woher kommst du?«

»Was fragt Ihr mich? Ihr wisst es.«
»Ich will es aber von dir hören.«
»Aus Faucheville.«
»Und?«
»Was bitte wollt Ihr hören, was Ihr nicht längst wisst? Die Flavys haben mich dort aufgezogen. Ihr habt mich doch dem Baron anvertraut und mich aus Eurem Leben gestrichen, es war allein Euer Wunsch und Wille. Warum zeigt Ihr Euch überrascht, mich zu sehen? Dachtet oder hofftet Ihr, sie würden mich nicht überleben lassen, mich aus der Welt schaffen, mich umbringen lassen? Oder welches Schicksal habt Ihr Euch für mich gewünscht? Mutter!«
Die Worte mussten Mahaut in ihrer ganzen Härte treffen. Sie verbarg kurz das Gesicht in den Händen. Als sie sie wieder senkte, suchte sie Séverines Blick ohne Scham. Trotz ihres Alters war sie immer noch eine Meisterin in der Hinnahme von Prüfungen jeder Art.
»Séverine, die Unerbittliche. Du trägst den Namen zu Recht. Wer hat ihn dir gegeben?« Ohne die gewohnte Schroffheit in der Stimme stellte Mahaut ihre Frage.
»Ich weiß es nicht. Niemand hat sich je die Mühe gemacht, mir etwas zu erklären.«
Der stumme Blickwechsel zwischen Mutter und Tochter war unergründlich. Auch Jeanne konnte nicht ahnen, was in beiden vorging. Séverines Blick war kalt. Der Blick der Mutter war forschend.
Völlig unerwartet trat Mahaut auf Séverine zu und nahm sie in die Arme.
»Meine Tochter. Du musst mir verzeihen. Ich bereue, was ich dir angetan habe«, vernahmen beide Schwestern erstaunt ihre Bitte.

Sie bereute? Bat um Verzeihung? Séverine löste sich aus der Umarmung. Nicht grob, aber doch bestimmt. Weder Nähe noch Versöhnung ließ sie sich aufzwingen.

Mahaut machte keinen Versuch, sie festzuhalten. Für sie waren die Entschuldigungen damit abgetan. Sie verstand, weshalb ihr Schwiegersohn beide Frauen in Sicherheit sehen wollte, und ausnahmsweise deckten sich ihre Wünsche in diesem Fall mit den seinen.

»Philippe, dieses Schlitzohr, wusste natürlich alles über Séverine und hat kein Sterbenswort zu mir gesagt«, murmelte sie ebenso verärgert wie anerkennend.

Jeanne sah erstaunt auf. »Heißt das, Philippe weiß auch, dass du in Dourdan bist?«

Mahaut nickte. »Wie schon gesagt, der *cours de pairs* hat dich freigesprochen, weil keine Beweise vorliegen, die eine Anklage gegen dich rechtfertigen. Da Louis dennoch keine Anstalten machte, deine Verbannung aufzuheben, sahen wir keinen anderen Weg. Der Zänker zürnt mir ohnehin. Ich kann mich in Paris zurzeit nicht sehen lassen, also beschlossen wir, dass ich dich auf dem Heimweg in meine Provinzen mitnehme. Du wirst dort zur Ruhe finden und die Ereignisse in Sicherheit abwarten können.«

Frei. Wirklich frei. Es klang so unglaublich, dass Jeanne zögerte, daran zu glauben.

»Dem Allmächtigen sei Lob und Preis«, sprach Mahaut weiter. »Er hat mir an einem Tag zwei Töchter und eine Enkeltochter zurückgegeben. Ich werde zum Dank dafür Messen lesen lassen, wenn wir zu Hause sind. Gehen wir, meine Kinder.«

Innerhalb kürzester Zeit fand sich Jeanne, in Pelze gewickelt, Blanche im Arm, die Füße von einem Rost gestützt, unter dem ein eiserner Glutbehälter Wärme absonderte, in einem gepolsterten Reisewagen wieder. Neben sich Séverine, auf der Bank gegenüber ihre majestätische Mutter. Sie gab das Kommando zum Abfahren, indem sie mit einem Gehstock gegen das Dach der Kutsche schlug.

Das Gepolter weckte Séverine aus ihrer Betäubung. Sie hatte sich überrumpeln lassen, nun schrie sie auf und sprang aus dem Wagen.

»Julien! Wir können Julien nicht hierlassen. Die Kriegsknechte haben ihn grün und blau geprügelt, als er die Ziege verteidigte. Auch der Pater wird ohne unsere Hilfe sterben, und …«

»Sie alle willst du mitnehmen? Das klingt nach einem Hofstaat.«

Mahaut kam die Verzögerung ungelegen, aber Séverine ließ nicht mit sich reden. Jeanne beobachtete ihr Kräftemessen und fühlte sich gut. Im Gegensatz zu ihr und Blanche war Séverine der Mutter offensichtlich gewachsen. Sie hatte ihre Stärke geerbt.

Sie setzten sich erst in Bewegung, als Pater Philémon in einer Ecke neben Mahaut klemmte und Julien vor einem der Berittenen auf dem Pferd saß.

Mahaut knurrte Unverständliches. Jeanne schloss die Augen und drückte Blanche enger an sich.

Sie waren gerettet.

Siebzehntes Kapitel

Adrien hatte Philippe in dessen Arbeitskabinett im Königspalast auf der *Île de la Cité* erwartet. Seine Neuigkeiten rechtfertigten dic Verspätung, mit der er eintraf.

»Enguerrand de Marigny wurde nach der Sitzung des *grand conseil* verhaftet. Es wird ihm nicht nur die Verletzung seiner Amtspflichten vorgeworfen, sondern auch Verrat und die fortgesetzte Veruntreuung von Staatsgeldern. Louis verlangt, dass ein Tribunal aus den höchsten weltlichen und kirchlichen Fürsten des Landes über den ehemaligen Kanzler unseres Vaters richtet. Valois hat es übernommen, die Anklageschrift zu verlesen.«

Philippe war sichtlich erschöpft. Er hob den Pokal und trank in tiefen Zügen.

»Das heißt, sein Todesurteil steht fest, ehe der Prozess begonnen hat«, stellte Adrien nüchtern fest. »Warum macht der König sich überhaupt die Mühe, Marigny noch vor Gericht zu stellen?«

»Damit ihm später niemand nachsagt, er habe sein Urteil zu Unrecht gefällt«, vermutete Philippe. »Er unternimmt echte Anstrengungen, in die Fußstapfen unseres Vaters zu treten.«

»Sie werden ihm ein Leben lang zu groß bleiben.«

»Tatsache ist, er überlässt es unserem Onkel Valois, den Prozess einzuleiten. Er selbst bereitet einen neuen Flandernfeldzug vor. Dass der Graf von Flandern bisher nicht in Paris aufgetaucht ist, um dem neuen König zu huldigen, stachelt seine Kriegswut an. Er will das vollenden, was unserem Vater nicht gelungen ist: Flandern zu unterwerfen.«

»Wenn ihm nicht der eigene Adel dabei in den Rücken fällt.«

»Louis hat seine Taktik geändert. Auf außerordentliche Steuern will er künftig weitgehend verzichten. Den Herren des Languedoc hat er sogar eine ganze Reihe von Privilegien schriftlich zugesichert. Er macht ihnen Zusagen bei der Gerichtsbarkeit und schränkt die Strafgelder ein, die für die Überlassung von Lehen an Nichtadelige und kirchliche Institutionen erhoben werden. Sogar die Schulden, die die Städte bei den vertriebenen Juden gemacht haben, müssen nicht mehr zurückgezahlt werden, wie es unser Vater noch festgelegt hat.«

Louis erkauft sich das Wohlwollen seiner Untertanen, schwächt damit auf Dauer die Macht der Krone, verspielt, was unser Vater erkämpft hat, fügte er in Gedanken hinzu.

»Das ist Valois' Handschrift.« Adrien kannte Louis gut genug, um das behaupten zu können.

Der Bruder des verstorbenen Königs war zum wichtigsten Ratgeber und Mentor des unerfahrenen Zänkers geworden. Philippe und er fochten einen Machtkampf aus, der in den Ratssitzungen seine Höhepunkte fand. Der Zänker schenkte je nach Laune mal dem einen und mal dem anderen Gehör.

»Im Übrigen gibt Valois Louis Ratschläge, wie er seinen

Feldzug finanzieren kann«, fügte Philippe hinzu. »Auch er ist für den Krieg.«

»Welche Ratschläge? Wo will er in diesen Zeiten Gold auftreiben?«

»Bei den Juden zum Beispiel. Sie stellen immer wieder Gesuche, nach Frankreich zurückkehren zu können. Es ist nun schon neun Jahre her, dass mein Vater sie vertrieben hat. Louis lässt überprüfen, unter welchen Bedingungen es möglich ist. Im Grunde genommen geht es nur darum, die Höhe der jährlichen Schutzabgaben festzulegen, die sie dafür zu zahlen bereit sind.«

Adrien pfiff leise durch die Zähne, während Philippe seine Aufzählung fortsetzte.

»Und dann sind da noch die lombardischen Bankiers, die bis zu ihrer Verbannung die Finanzen unseres Vaters verwaltet haben. Sie nutzen mittlerweile jedes diplomatische Mittel, um ihre Geschäfte mit Frankreich wieder aufnehmen zu können. Sie sind reich. Eine Sondersteuer, die sich an der Höhe ihrer Geldgeschäfte und am Umfang ihrer Warenlieferungen orientiert, würde die Krone an diesem Reichtum teilhaben lassen.«

Die Lombarden, wie man in Frankreich der Einfachheit halber alle italienischen Kaufleute und Bankiers, ungeachtet ihrer Heimatstadt, nannte, würden sich wohl kaum auf diesen Kuhhandel einlassen, vermutete Adrien. Zwar hatten sie von jeher eine große Rolle in der Finanzpolitik der Krone gespielt, aber ihr Einfluss war nach dem Tod der Brüder Guidi geschwunden. Philippe der Schöne hatte keine Nachsicht mit den Landsleuten seiner Finanzberater gekannt. Er vertrieb sie 1309 aus Frankreich und konfiszierte ihr Vermögen. Ein ähnliches Schicksal war 1306 den Juden beschieden gewesen. Ihm war von jeher jedes Mittel recht gewesen, den leeren Staatssäckel zu füllen.

Von der Rückzahlung jener Anleihen und Kredite, die beide Volksgruppen der Krone großzügig gewährt hatten, war selbstverständlich keine Rede mehr. Adrien bezweifelte, dass die Lombarden sie ebenfalls vergessen hatten. Sie würden sich nicht darauf einlassen, ein zweites Mal von den Franzosen geschröpft zu werden.

»Man sollte eigentlich meinen, dass der sagenumwobene Schatz der Templer, der der Krone im Zuge der Zerschlagung des Ordens in die Hände gefallen ist, ein für alle Mal alle Finanzprobleme gelöst hätte«, wunderte sich Adrien.

»Willst du die Wahrheit wissen?« Philippe wartete Adriens Nicken nicht einmal ab, ehe er weitersprach. »Der Schatz ist verschwunden. Entweder hat er nie existiert, oder er wurde rechtzeitig in Sicherheit gebracht. Tatsache ist, dass alle Nachforschungen, Folter-Exzesse und Hinrichtungen keinen einzigen Hinweis darauf erbracht haben. Die Staatskasse ist so leer, wie sie es vor den Anklagen gewesen ist, die gegen die Templer erhoben wurden.«

»Das heißt, die ganze Aktion hat dem König keinen Reichtum eingetragen, sondern nur den Fluch des Großmeisters der Templer.«

»In der Tat.« Philippe schwieg einen Augenblick, ehe er düster hinzufügte. »Und noch dazu einen Fluch, der das Haus der Kapetinger bis ins dreizehnte Glied verfolgen soll, wenn du es genau wissen willst.«

»Das ist Aberglauben. Du weißt es.«

»Weiß ich es wirklich? Der Papst und mein Vater sind tot«, entgegnete Philippe vielsagend.

Adrien verzichtete auf Widerspruch. Er ärgerte sich, dass er das Thema überhaupt zur Sprache gebracht hatte. Er versuchte, ihre Unterhaltung wieder in alltäglichere, vernünftigere Bahnen zu lenken.

»Immerhin, Valois beweist einen findigen Kopf, wenn es um neue Geldquellen geht.«

»Das muss man ihm lassen«, stimmte Philippe zu. »Er macht nicht einmal vor der Kurie halt. Die geistlichen Herren weigern sich zwar noch, über eine Besteuerung mit sich reden zu lassen, solange kein neuer Papst ernannt ist, aber ich bin sicher, dass in dieser Sache nicht das letzte Wort gesprochen ist. Darüber hinaus denkt mein Bruder daran, die Leibeigenschaft im Königreich aufzuheben. Er hat im Rat die Meinung vertreten, dass nach dem Recht der Natur alle Menschen frei geboren seien.«

»Wie das?«

Adrien beugte sich beunruhigt vor. Auch in Faucheville wurden viele Arbeiten von Leibeigenen verrichtet. Leibeigene bewirtschafteten einen Teil seiner Felder und waren ihm dafür zinspflichtig. Sie durften nur einen geringen Anteil der Ernte für ihre Bedürfnisse behalten. Würde dieses System zerschlagen, geriete auch Faucheville in Schwierigkeiten.

»Jeder Leibeigene soll sich künftig freikaufen können. Das Geld, das er dafür bezahlen muss, würde an den König gehen, nicht an seinen Herrn. Die Einnahmen sollen schließlich der Staatskasse zugutekommen. Aber keine Angst, mein Freund, noch ist nichts beschlossen.«

Beide versanken in Schweigen und gingen ihren Gedanken nach. Sie plauderten nicht mehr so unbeschwert wie früher. Seit Philippe Adrien mitgeteilt hatte, dass Jeanne und Sé-

verine Dourdan verlassen hatten, schwelte eine gewisse Disharmonie zwischen ihnen.
Adrien konnte und wollte nicht verstehen, warum Philippe ausgerechnet Mahauts Hilfe zu Jeannes Befreiung in Anspruch genommen hatte.
»Ihr habt Séverine Mahaut ausgeliefert, obwohl Mahaut sie schon am Tag ihrer Geburt verleugnet hat«, hatte er ihm zornig vorgeworfen. »Séverine ist der lebende Beweis für eine ihrer Schurkereien. Das ist eine Gefahr für sie. Sie wird den Dingen nicht einfach ihren Lauf lassen, sondern eine Teufelei gegen Séverine ersinnen.«
Philippes Versuche, Adrien zu beruhigen, waren vergeblich gewesen. Seine Erklärungen und Argumente waren auf taube Ohren gestoßen. Adriens Angst um Séverine hinderte ihn an jeder nüchternen Abwägung. Ihn zu Séverine reisen zu lassen, hatte Philippe abgelehnt.
Jetzt brach er das Schweigen. Er wusste, in welchem Zwiespalt Adrien lebte, in seinem Blick lag Wohlwollen.
»Ich kann dir eine erfreuliche Mitteilung machen. Wie du weißt, ist nach Roberts Tod die Pfalzgrafschaft Burgund, die Franche-Comté, an Jeanne gefallen. Es ist meine Pflicht, diese Provinz für meine Frau zu regieren und zu verwalten. Die Straßen sind wieder frei, man erwartet mich und Jeanne in der Hauptstadt Dôle. Wir brechen noch diese Woche auf. Unser erstes Ziel ist Gray. Jeanne und die Kinder haben in der Familienburg der Herren von Salins und Burgund, die ihrem Vater gehörte, Wohnung genommen.«
Philippe hatte seine Töchter zu Jeanne bringen lassen, sobald ihre Ankunft in Gray bestätigt worden war.
Adriens Gesichtszüge hellten sich auf.
»Ich bin erleichtert, mich in Gray selbst von Séverines

Wohlergehen überzeugen zu können. Du weißt, Mahaut kann nicht leben, ohne Intrigen zu spinnen. Wenn sie Séverine mütterliche Gefühle vorspielt, bedeutet das nur, dass sie irgendetwas plant.«

»Du siehst die Dinge zu schwarz. Mahaut hat im Augenblick andere Sorgen. Sie darf sich keine neuen Feinde machen.«

»Trotzdem bin ich froh.«

»Dann triff deine Vorbereitungen für die Reise.«

* * *

Eine Woche später ritt Philippe mit Adrien und seinem Gefolge in Gray ein.

Das kleine Städtchen am Ufer der Saône wurde von der mächtigen Burg überragt. Auf einem Plateau über dem Fluss erbaut, beherrschte sie weithin sichtbar das Land. Massive Mauern, Wehrgänge und Wachtürme sicherten den großen Palas. Die Besatzung bestand aus einer Hundertschaft Bogenschützen, zwei Dutzend bewaffneten Kriegsknechten und einer großen Anzahl an Rittern, die Mahaut seit Jahren treu dienten.

Im Burghof kam es bei ihrer Ankunft ob all der Bogenschützen, Kriegsknechte, Ritter und Gefolgsleute zu so großem Gedränge, dass jeder Überblick verlorenging. Erst in der Halle des Wohngebäudes trafen Philippe und Adrien endlich auf Mahaut.

Die Tatsache, dass er weder Jeanne noch Séverine an ihrer Seite fand, besorgte Philippe. Sollte Adrien am Ende doch recht behalten?

»Ich sehe nur Eure Ehrendamen, Mutter. Wo ist Jeanne?

Wo sind meine Töchter?«, unterbrach er ihre wortreiche Freudenbekundung.
»Sie erwartet Euch«, entgegnete Mahaut, hörbar pikiert. »Es ist ihr Wunsch, Euch nach so langer Zeit alleine zu empfangen. Elaine wird Euch unverzüglich zu ihr geleiten.«
Sie winkte einer Ehrendame. Dann fasste sie Adrien ins Auge, der Philippe nicht von der Seite wich. Auffordernd hielt sie ihm die Hand zum Gruß entgegen.
»Leistet mir in der Zwischenzeit Gesellschaft, Baron. Es ist an der Zeit, dass wir ein paar Worte miteinander reden. Bei der Beisetzung Eures Vaters im vergangenen Winter bot sich keine Gelegenheit.«
Adrien tat der Höflichkeit Genüge, obwohl er Philippe viel lieber begleitet hätte. Wo Jeanne war, befand sich bestimmt auch Séverine.

Die Ehrendame führte Philippe eine gewundene Steintreppe hinauf, in eine Kammer mit Bogenfenstern. Sie war leer. In breiten Bahnen spiegelte sich die Aprilsonne auf glasierten Fliesen. Die Tür zum Söller stand offen.
Wo war Jeanne? Wieso ließ Mahaut ihn in ein leeres Gemach führen?
Jeanne kam vom Söller. Sie hatte Philippes Ankunft aus luftiger Höhe beobachtet.
»Philippe!«
Er hatte seine Frau zum letzten Mal kurz vor dem Ende ihrer Schwangerschaft in Dourdan gesehen. Sie kam ihm auf den ersten Blick ungewöhnlich zierlich vor, schmal, feingliedrig. Sogar ihre Stimme hatte an Volumen verloren.
Er eilte auf sie zu, wollte sie in die Arme nehmen, aber seine erhobenen Hände sanken herab, ehe er den Vorsatz in die

Tat umsetzen konnte. Der tiefe Ernst in ihren Augen berührte und verunsicherte ihn.
»Was ist passiert? Ich finde nur Trauer in deinem Blick. Freust du dich nicht darüber, dass wir uns endlich wiedersehen?«
»Wie kannst du das annehmen? Ich habe mich nur die ganze lange Zeit gefragt, ob du mich denn noch an deiner Seite duldest? Ich trage den Makel eines schrecklichen Skandals auf der Stirn.«
»Jeanne!« Philippe nahm sie an den Schultern und zog sie stürmisch an sich. »Kein Wort mehr, Jeanne ! Ich trage das Herz nicht auf der Zunge, aber glaube mir: Die Welt ist ein öder und verzweifelter Ort ohne dich, ohne deine Liebe.«
Zu fühlen, wie Jeannes Widerstand langsam schwand, wie sie sich in seinen Armen anschmiegte, genügte ihm als Antwort. Die Stirn auf ihren Scheitel gesenkt, verharrten sie schweigend miteinander.
Später würden sie erzählen, erklären und fragen. Die Kinder küssen. Séverine begrüßen. Über Mahaut und ihre Ränke sprechen. Die gewohnte Vertrautheit von neuem herstellen.

* * *

Noch nach Wochen in Gray hatte Séverine sich nicht an die verschwenderische Hofhaltung Mahauts gewöhnt. Auch heute bog sich der Tisch nahezu wieder unter den Speisen. Wachteln, Kapaune, Fasane, Amselpastetchen, Schalen und Schüsseln voller Ragouts und Würzbrühen eröffneten in endloser Folge das Begrüßungsmahl für die Gäste aus Paris. Das Stimmengewirr, die Essensdüfte, die prächtigen Ge-

wänder der Damen gehörten dazu wie die Klänge der Musikanten auf der Empore.
Séverine erdrückte dieser ganze Überfluss. Sie machte kehrt und verließ noch einmal den Saal, um frische Luft zu schnappen.
Seit Stunden fieberte sie dem Wiedersehen mit Adrien entgegen. Aber das Gespräch, das sie erst gestern mit Jeanne geführt hatte, trug nicht dazu bei, dass sie sich unbeschwert darauf freuen konnte.
»Sei vorsichtig, Séverine. Stoße Mutter um Himmels willen nicht mit der Nase darauf, dass du Adrien liebst. Wir müssen erst einmal herausfinden, wie sie zu ihm steht. Adrien weiß mehr über sie, als ihr lieb sein kann«, hatte sie sie gemahnt.
Séverine nahm nicht an, dass Mahaut ihr Leben tatsächlich bedrohte. Sie selbst stellte vielmehr eine Herausforderung für ihre Mutter dar. Im Bemühen, ihre Zuneigung zu erringen, ersann Mahaut sogar immer neue Gründe, sie zu sprechen und für sich einzuspannen. Je hartnäckiger Séverine ihr dabei jede Anerkennung verweigerte, umso heftiger warb sie um ihre Gefühle. Sie ging Mahaut zwar, so weit es möglich war, aus dem Wege, aber die Situation spitzte sich zu. Dies hatte nicht nur Jeanne erkannt.
»Da seid Ihr ja endlich. Ich habe Euch gesucht.«
Julien hatte sie gefunden und riss sie aus ihren Überlegungen. Inzwischen waren ihm keine Verletzungen mehr anzusehen. Wie sehr es ihm gefiel, wieder im Dienst seines Herrn zu sein, las sie in seinem Gesicht.
»Der Seigneur hat überall nach Euch Ausschau gehalten. Er lässt …«
»Die Gräfin hat Euch vermisst.« Die Ehrendame Elaine

hatte sie ebenfalls gesucht. Sie ignorierte den Knappen und ergriff Séverines Handgelenk. »Euer Platz ist drinnen. Kommt mit.«

Es klang energisch. Elaine bildete sich irrtümlich ein, Mahauts Vertraute zu sein. Für sie war Séverine eine arme Verwandte des verstorbenen Pfalzgrafen. Aus Barmherzigkeit in den Haushalt aufgenommen, hatte sie nach Elaines Meinung in erster Linie zwei Pflichten: gehorchen und schweigen.

Mahaut hatte mit der Erklärung Séverines Ähnlichkeit mit Jeanne begründet, aber keine zusätzlichen Einzelheiten verraten.

Séverine kümmerte es wenig, was die Ehrendame von ihr dachte. Sie befreite sich von ihr, sobald sie den Festsaal betraten, und wandte sich auf der Suche nach einem freien Platz der Tafel zu.

»Erlaubt, dass ich Euch zu Tisch begleite.«

Immer tauchte er überraschend auf. Sie sah den ausgestreckten Arm und erkannte die vertraute Hand. Adrien! Ihr Herzschlag setzte aus.

Obwohl sie sich jedes Wort zurechtgelegt hatte, das sie ihm beim Wiedersehen sagen wollte, brachte sie jetzt keine Silbe über die Lippen.

Er ergriff, im Brennpunkt der neugierigen Blicke, diskret ihren Arm und führte sie zu Tisch. Erst als sie nebeneinandersaßen, grüßte er sie, wobei sein Lächeln ihr eigenes Glück spiegelte.

»Wie geht es dir?«, flüsterte er.

»Es geht mir gut«, erwiderte sie kaum hörbar.

»Ich werde mich gründlich davon überzeugen.«

Séverine errötete bis unter die Haarwurzeln.

Weder die Köstlichkeiten auf ihrem Essbrett nahm sie wahr, noch was die Menschen um sie herum sagten.
Mahaut, die soeben eine gebratene Wachtelbrust mit einem Silbermesser zerteilte, hielt mitten in der Bewegung inne und beugte sich leicht vor.
Sie beobachtete Séverine. Dass es ihr bisher nicht gelungen war, dieser fremden Tochter nahezukommen, reizte sie. Nicht einen Hauch von Gefühl zeigte das Mädchen ihr gegenüber. Allein Jeanne und ihren Kindern war sie zugetan. Das nie gesehene Leuchten in Séverines Augen erregte ihre Aufmerksamkeit und setzte Vermutungen in Gang. Es ließ nur einen Schluss zu: Séverine liebte Adrien Flavy. Und es bestand auch kein Zweifel, dass der Mann dieses Gefühl erwiderte.
Gab es also doch eine schwache Stelle in der Mauer, die Séverine um sich errichtet hatte. Zufrieden die Wachtel von sich schiebend, griff Mahaut nach ihrem Becher. Sie trank den schweren Burgunder wie Quellwasser, ehe sie herrisch einen Pagen zum Nachfüllen herbeiwinkte.
Etwas an dieser Tochter faszinierte sie. Séverine war furchtlos, ja, mutig sogar und … unbeugsam. Das sind männliche Stärken, sagte sie sich immer wieder. Schade, dass sie kein Sohn geworden war.
Sie erinnerte sich plötzlich wieder ihres verstorbenen Gemahls. Der Herr von Salins und Pfalzgraf der Franche-Comté war von imponierender Gestalt gewesen. Mit fünfzehn Jahren war sie seine zweite Gemahlin geworden, mit dreiunddreißig Witwe. Nach ihm erlaubte sie keinem anderen Mann mehr, über ihr Leben zu bestimmen.
Adriens Vater war das Opfer dieses Entschlusses geworden. Obwohl sie ihm sehr zugetan gewesen war, hatte sie nicht

einmal an seinem Sterbebett bereut, auch ihm gegenüber konsequent geblieben zu sein.

Adrien und Séverine spürten zur gleichen Zeit, dass sie von Mahaut beobachtet wurden.

»Ich traue ihr keinen Schritt über den Weg«, flüsterte er grimmig.

»Mir ist auch nicht wohl in ihrer Nähe«, antwortete Séverine ebenso leise. »Lass uns diesem Trubel sobald wie möglich entfliehen.«

In der übervölkerten Festung gab es so gut wie keine Ecke, in der man alleine sein konnte. Séverine führte Adrien schließlich in die Kapelle an der Burgmauer. Mahauts Kaplan feierte im Gefolge seiner Herrin, der kleine Gebetsraum gehörte zu dieser Stunde nur ihnen.

Bis auf zwei dicke Kerzen, die rechts und links des Altars brannten, war es dunkel. Sie schmiegte sich glücklich an Adriens Schulter. Ruhe und Geborgenheit überkamen sie. Der Wunsch, sich nicht mehr von ihm trennen zu müssen, wurde übermächtig.

»Vor dem Altar vereint, welch bewegender Anblick.«

Aus der Dunkelheit außerhalb der Kerzenlichtkegel tauchte Mahaut urplötzlich vor ihnen auf.

Adriens Hand drückte beruhigend Séverines Arm.

»Ist es nicht nur recht und billig, dem Himmel dafür zu danken, dass Séverine und Jeanne nicht länger die Verbannung in Dourdan erleiden müssen?«, trat er Mahaut gelassen entgegen.

»Dieselbe Dankbarkeit empfinde ich auch, Baron. Ihr hättet mich falsch verstanden, würdet Ihr glauben, ich hätte nicht genau das zum Ausdruck bringen wollen.«

Mahaut kam ihnen so nahe, dass sie eingehüllt wurden von

den schweren Wolken ihres Duftwassers aus Moschus und Rosen.

»Man kann den Allmächtigen nicht genügend für seine Güte preisen, Baron. Nicht zuletzt auch dafür, dass er es mir erlaubt hat, ein verlorenes Kind wieder in die Arme schließen zu dürfen.«

Séverine presste die Lippen aufeinander.

Adrien war sofort klar, dass Mahaut die wiederholte Anrede mit seinem Adelstitel bewusst gewählt hatte. Was bezweckte sie damit? Sollte es Schmeichelei sein? Nein, das passte nicht zu ihr.

»Ihr vergesst, dass ich den Grund für den Verlust dieses Kindes sehr wohl kenne«, antwortete er kalt. »Appelliert nicht an meine Anteilnahme. Sie hält sich in Grenzen.«

»Ganz der Vater«, säuselte Mahaut liebenswürdig. »Ein Freund klarer Fronten. Ich schätze dergleichen. Erlaubt mir ein letztes Wort, ehe wir die Vergangenheit für immer ruhen lassen. Ich bin Euch zu großem Dank verpflichtet. Séverine ist in Faucheville zu einer bemerkenswerten Frau herangewachsen. Meine Entscheidung von damals bereue ich freilich zutiefst.«

Séverine hielt den Blick beharrlich gesenkt. Alle Sinne warnten sie vor einer Mahaut, die Demut zeigte und mit Dankesworten schmeichelte. Sie wollte etwas von Adrien, der ihre schwülstigen Worte mit einem Nicken quittierte.

»Es ist der Dankrede nicht wert. Auch ich will nicht mehr darüber reden«, erwiderte er kurz angebunden.

»Und doch habe ich noch ein Problem. Ihr könnt es sicher nachvollziehen. Wie soll ich Séverines Zukunft sichern, ohne Staub aufzuwirbeln? Unser zänkischer König würde sich mit Vergnügen auf einen neuen Skandal stürzen, der uns alle in zusätzliche Schwierigkeiten bringt. Die Wahrheit darf nicht ans Licht kommen.«

»Spart Euch die Mühe«, warf Séverine ungeduldig ein. »Ihr braucht Euch nicht mit meiner Zukunft zu befassen. Ehe Jeanne nicht wieder an Philippes Seite in Paris sein kann, ist es ohnehin müßig, über meinen Verbleib zu spekulieren.«

»Sag das nicht, Kind.« Mahaut ergriff ihre Hände und ließ nicht zu, dass sie sich losriss. »Wir müssen einen Weg finden, der dich in den Rang erhebt, der dir durch deine Geburt zusteht. Der einzige Weg, der dies in Ehren ermöglicht, ist eine passende Eheschließung.«

Mit einem Schlag wurde beiden klar, was Mahaut sagen wollte.

Sie bot Séverine Adrien zur Gemahlin an.

Zornige Röte stieg Séverine ins Gesicht.

»Hört auf! Ich lasse nicht zu, dass Ihr Adrien unter Druck setzt. Er zählt nicht zu Euren Vasallen wie sein Vater. Er dient Philippe und dem König, nicht Euch. Ihr könnt ihm keine Befehle erteilen. Mit seiner Heirat habt Ihr noch weniger zu schaffen als mit meiner.«

»Gemach, Kind, gemach.« Der Temperamentsausbruch mahnte Mahaut zur Vorsicht. »Wollten wir nicht die Vergangenheit ruhen lassen?«

Obwohl es Séverine schwerfiel, sich wieder zu beruhigen, gelang es ihr halbwegs.

»Erlaubt, dass wir uns entfernen, Madame. Ich sehe nicht, dass diese Unterhaltung zu etwas führt«, sagte sie schließlich, deutete eine Verneigung an und ging zum Ausgang des kleinen Gotteshauses.

Sie verweigerte Mahaut, wie stets, eine persönliche Anrede.

Das Wort Mutter hatte sie nur ein einziges Mal, in Dourdan, in den Mund genommen. Danach nie wieder.

»Geht nur«, hörte sie Mahaut hinter ihrem Rücken zu Adrien sagen. »Es ist richtig. Derlei Entscheidungen bedürfen eines gründlichen Nachdenkens. Ihr könnt jedoch gewiss sein, dass Euch von meiner Seite keine Steine in den Weg gelegt werden. Auch beim König würde ich für Euch sprechen. Ich bin den Flavys von jeher verbunden.«

Als Adrien wieder an ihrer Seite war, erklärte ihm Séverine ihren Zorn. »Ich will nicht, dass sie Einfluss auf mein Leben nimmt. Sie hat jedes Recht dazu verspielt. Ich bin nur Jeanne zuliebe bereit, höflich zu ihr zu sein.«

»Fasse dich«, riet Adrien zärtlich. »Ich für meinen Teil nehme jeden Verbündeten, den ich für unsere Sache haben kann. Sogar Mahaut.«

Séverine lächelte ihn an, obwohl ihre Zweifel nicht ausgeräumt waren.

»Glaubst du wirklich, dass Mahaut sich beim König für uns verwenden würde? Wie sollte das gehen? Er will sie nicht bei Hofe sehen.«

»Louis ist unberechenbar und wetterwendisch. Niemand weiß heute, was er morgen beschließt. Er braucht Soldaten für seinen geplanten Feldzug. Wenn ihm Mahaut eine Hundertschaft Bogenschützen und erfahrene Ritter bietet, wird nicht einmal ihr Neffe und Erzfeind Artois den König davon abhalten, sie wieder in die Arme zu schließen.«

»Wirst du …« In jäher Besorgnis brach Séverine ab und begann von neuem. »Musst du an diesem Feldzug teilnehmen?«

»Der Zänker erwartet, dass auch Philippe mit seinen Truppen nach Flandern zieht.«

»Aber im vergangenen Jahr ...«

Adrien unterbrach sie. »War mein Vater der Baron von Flavy.«

Er wusste, worauf sie anspielte. Sein Vater war während des letzten Feldzuges in Paris geblieben. Die Erklärung dafür war einfach.

»Er hat sich beim König vom Krieg freigekauft. Das ist unter Umständen möglich, aber teuer. Ich kann es mir nicht leisten. Auch Faucheville hat unter dem Hungerwinter gelitten. Ich habe den größten Teil meiner Finanzreserven aufgebraucht.«

Séverines Zorn verflog, dafür stellten sich Trauer und Furcht ein.

Würde sie ihn wiedersehen, wenn er Gray verließ?

* * *

Die kleine Marguerite und die kleine Jeanne hingen an den Lippen ihrer Mutter, die ihnen von ihrer Reise mit Philippe nach Dôle berichtete. Bella nuckelte am Daumen. Blanche schlief in Séverines Armen. Sogar Mahaut hatte sich zu ihren Töchtern und Enkeltöchtern gesellt. Jeanne konnte sich nicht erinnern, in Gegenwart ihrer Mutter schon einmal solchen Frieden verspürt zu haben.

Sollte es möglich sein, dass der Tod des armen Robert und Blanches Unglück die kämpferische Frau tatsächlich verwandelt hatten?

»An allen Wegen standen die Menschen und jubelten. Sie haben sogar das Wappen von Burgund, den goldenen Löwen und die königlichen Lilien, aus Hunderten von Blüten nachgebildet. Es sah ganz bezaubernd aus. Ein Meer aus

Vergissmeinnicht und Butterblumen. Ich wünschte, ihr hättet es sehen können«, setzte sie ihre Erzählung fort.

»Warum hast du das Wappen nicht mitgebracht«, rief Marguerite enttäuscht.

»Weil es längst verwelkt gewesen wäre bis zu meiner Rückkehr, du Dummerle.«

»Weiter, Mama! Wie ging die Reise weiter«, drängelte Jeanne.

Sanft strich sie ihrer Ältesten über den Scheitel.

»Am Abend dröhnte mir der Kopf von all dem Schauen und Feiern. Dabei gab uns Auxonne nur einen bescheidenen Vorgeschmack auf den Empfang in Dôle. Dort war die ganze Stadt schon seit Sonnenaufgang auf den Beinen. Die Glocken aller Kirchen läuteten für uns. Der Jubel der Bevölkerung war so laut, dass wir die Ansprache des Erzbischofs kaum verstanden.«

Seit Jeanne vor vier Tagen von der Rundreise zurückgekehrt war, wurden ihre Töchter nicht müde, diesen Schilderungen zu lauschen. Ihr gefiel es ebenfalls, die aufregenden Tage immer wieder aufs Neue zum Leben zu erwecken. Es tröstete sie über den Abschied von Philippe hinweg.

Das Pfingstfest warf seine Schatten voraus. Obwohl Philippe seine Abreise bis zum letzten Moment hinausgezögert hatte, war sie doch unvermeidlich gewesen. Die Notwendigkeit seiner Anwesenheit im Rat des Königs stand außer Frage. Immer wieder war sie in Gedanken bei ihm.

Sie musste ihre Erzählung unterbrechen, weil Elaine die Ankunft eines Kuriers meldete.

Mahaut reagierte blitzartig. Jeanne und Séverine warfen sich über die Köpfe der Kinder einen fragenden Blick zu. Beide wussten, dass Eilkuriere nur wichtige Nachrichten überbrachten, und die waren in diesen Tagen selten erfreulich. Die überstürzte Rückkehr Mahauts bestätigte die Ängste. Sie kämpfte vor den Kleinen um Haltung und schickte auf der Stelle nach der Kinderfrau. Jacquemine beaufsichtigte gerade im Nebenzimmer zwei Mägde beim Nähen. Sie holte die Kleinen ab.

»Kümmere dich um meine Enkeltöchter«, befahl Mahaut schroff und berichtete: »Die Neuigkeiten sind so ungeheuerlich, dass sich in mir alles sträubt, sie auszusprechen. Der Kurier kommt von Philippe. Eure Base Marguerite ist tot.«

»Marguerite?«, wiederholte Jeanne ungläubig.

Mahaut ging erregt auf und ab.

Jeanne war dermaßen entsetzt, dass sie nichts sagen konnte. Bilder erschienen vor ihrem inneren Auge: Marguerite in Goldbrokat und Seide gehüllt, ein spöttisches Glitzern in den dunklen Augen, den vollen roten Mund zum Lächeln gebogen. Die Königin von Navarra, der die Bewunderer wie ein Kometenschweif folgten. Dann die Verurteilte von Maubuisson, den Kopf geschoren und die Lippen verächtlich gekräuselt. Noch im Elend zu stolz, das eigene Entsetzen zu zeigen.

»Wie ist das möglich?«, stammelte sie schließlich.«Woran ist sie gestorben? Kälte? Einsamkeit? Hunger?«

»Am Hass des Zänkers!«, schrie Mahaut völlig außer sich. »Zur Hölle soll er fahren, dieser Elende. Wie kann er es wagen, Hand an eine Frau aus unserer Familie zu legen? An eine Frau von königlichem Blut?«

»Louis soll ihren Tod befohlen haben?« Jeanne schüttelte fassungslos den Kopf. »Das glaube ich nicht.«

»Dein alter Fehler«, erwiderte Mahaut gallig. »Du glaubst nie, dass die Menschen so sind, wie sie sind. In Paris geht das Gerücht, man habe sie auf Befehl des Zänkers mit ihrem eigenen Haar erdrosselt.«

Mahaut war wieder die Alte, so kannten sie sie alle. Sie spuckte Gift und Galle.

»Was für ein Unsinn«, rief Séverine dazwischen, ehe Jeanne die Ungeheuerlichkeit in letzter Konsequenz begreifen konnte. »Man hat Marguerite, Blanche und Jeanne das Haar gleichzeitig abgeschnitten. Wie kann man jemanden mit Locken erdrosseln, die kaum bis zur Schulter reichen? Wer erzählt solche Lügen? Was steckt dahinter?«

Die Logik ließ alle erst einmal verstummen.

»Marguerite hat sich der Scheidung von Louis widersetzt. Damit hat sie ihr Todesurteil selbst gesprochen«, vermutete Mahaut endlich. Sie nahm wieder in einem Lehnstuhl Platz. »Philippe schreibt, dass Louis seine Hochzeit mit Clementia von Ungarn feiern will, ehe er zum Feldzug nach Flandern aufbricht. Er hat auf der Stelle nach Neapel schicken lassen, damit die Braut so schnell wie möglich nach Frankreich kommt.«

»Und was ist mit Blanche, Mutter? Hat Philippe etwas von ihr berichtet?«

»Nein, sie ist offensichtlich ohne die geringste Bedeutung für die Ereignisse.«

»Wann ist das geschehen?« Séverine trat näher zu Jeanne. Gemeinsam fühlten sie sich stärker.

»Der Burghauptmann von Château Gaillard meldet, dass man Marguerite am Morgen des letzten Apriltages tot gefunden habe. Angeblich ohne jedes Zeichen äußerer Gewalteinwirkung. Vermutlich deckt man den Mörder auf höchsten Befehl. Marguerite wurde auf dem Friedhof in Vernon, ohne die Ehrenerweisungen, die ihr zustehen, in aller Eile begraben. Blanche ist jetzt die einzige Gefangene in Château Gaillard.«

Grausame Erinnerungen überfielen Jeanne. Nie würde sie die schreckliche Einsamkeit der Wochen in Dourdan vergessen können, die sie vor Séverines Eintreffen erduldet hatte.

»Der Zänker macht keinen Hehl daraus, dass er über den Tod Marguerites erleichtert ist.« Mahaut hatte ihren ersten Schock überwunden. »Ich kann mir denken, wer Jeannes Mörder ist. Artois, mein übler Neffe.«

»Du verdächtigst wirklich unseren Cousin Artois?« Jeanne schüttelte ungläubig den Kopf.

Mahaut lachte bitter.

»Philippe schreibt weiter, dass Charles von Valois ihm seine 12-jährige Tochter Jeanne zur Ehefrau gibt. Dreimal darfst du raten, wer sich diesen Handel ausgedacht hat und wer am meisten davon profitiert. Unser allergnädigster Herr und König.«

»Und Blanche? Was wird mit ihr geschehen?«

»Der Zänker sieht keinen Anlass, sie zu begnadigen. Der Himmel wird ihn dafür strafen. Bei Gott, Marguerite war kein Engel, aber ein solches Ende hat sie nicht verdient.« Mahaut verstummte.

»Sie hat das Ende verdient.« Séverine brach das Schweigen. »Ich verurteile den Mord, aber ich kann kein Mitleid für das Opfer aufbringen. Marguerite war herzlos und ebenso rachsüchtig wie ihr Ehemann.«

»Was redest du da?«

»Die Wahrheit, Madame. Ich weiß, dass Marguerite ihre Kammerfrau ermorden ließ, um das Geheimnis des *Tour de Nesle* zu wahren. Ein Turm der Lügen und des Betrugs. Sie dachte nur an sich und ihr Vergnügen.«

»Was weißt *du* denn schon?«
Jeanne versuchte, Séverine mit Blicken zum Schweigen zu bringen.
»Was ich mit eigenen Augen gesehen und was ich gehört habe, Madame«, ignorierte sie die Warnung. »Und ehe Ihr mich danach fragt: Nein, Jeanne war nie Teil dieser Lügen und dieses Leichtsinns. Sie ist so unschuldig, wie es das Parlament bestätigt. Marguerite war die Schuldige, sie hat alle mit ins Verderben gerissen.«
»Still.« Jeanne hielt sich unglücklich die Ohren zu. »Ich will nie mehr etwas darüber hören. Ihr müsst für Blanche eintreten, Mutter. Sie ist in Gefahr. Vielleicht ist sie das nächste Opfer dieses Mörders.«
»Sei gewiss, dass ich um sie kämpfe«, versicherte ihr Mahaut. »Zuerst jedoch muss Artois eine Lektion bekommen. Ich habe ihn unterschätzt. Sich mit Valois zu verbünden ist ein geschickter Schachzug. Durch die bevorstehende Heirat mit seiner Tochter glaubt er unangreifbar zu sein. Vielleicht gelingt es mir ja, einen Keil zwischen die beiden zu treiben. Man wird sehen ...«
Mahaut stand schwerfällig auf und tätschelte Jeannes Wange, dann rauschte sie aus dem Zimmer.
Séverine atmete erleichtert auf.
»Welch ein Glück, dass sie mich nicht ebenfalls wie einen gehorsamen Schoßhund getätschelt hat. Meine Reaktion hätte ihr nicht gefallen.«
Erschüttert von den Ereignissen, brachte Jeanne mehr Verständnis für Mahaut auf.
»Sie ist unsere Mutter, Séverine. Wir schulden ihr Respekt. Marguerites Tod setzt ihr zu. Sie mochte unsere Base sehr.«
»Weil die beiden aus ähnlichem Holz geschnitzt sind«, ent-

gegnete Séverine. »Beide kämpfen sie rücksichtslos und egoistisch nur für das eigene Wohl. Hör auf, mich zu besänftigen. Ich werde Mahaut immer und ohne Angst meine Meinung sagen.«

Achtzehntes Kapitel

In blinder Leidenschaft wollte Louis unbedingt beweisen, dass er ein besserer Heerführer war als sein Vater. Gegen alle Vernunft und gegen alle Widerstände führte er seine Truppen nach Norden, um Flandern endgültig zu unterwerfen. Anhaltende Regenfälle und mangelnde Organisation hielten die Armee jedoch auf, und der Flandernfeldzug, der ihm den Nachruhm sichern sollte, versank auf höchst ruhmlose Art am Ufer des Lys im Morast. Als die Pferde erlahmten, die Soldaten hungerten und das Geld ausging, ließ Louis das teure und sinnlose Unternehmen um ein Jahr vertagen.
Es fiel ihm nicht schwer, auf die Schlachten zu verzichten, denn genau zu diesem Zeitpunkt traf seine Braut Clementia in Frankreich ein. Am 31. Juli 1315 wurde die Ehe zwischen ihm und Clementia von Ungarn geschlossen. Drei Tage später wurde er in Reims zum König gesalbt. Der Krieg trat für ihn in den Hintergrund.
Sanftmütig, gehorsam, schön und blond, begegnete Clementia dem Zänker mit Demut und Ergebenheit. In ihren Armen fand Louis die Bestätigung seiner Männlichkeit, die ihm Marguerite verweigert hatte. Er wurde ruhiger und zugänglicher. Seine Frau für einen Feldzug zu verlassen wäre ihm schwergefallen.

Er genoss es, dass Clementia in jeder Hinsicht Marguerites Gegenteil war. Sie widersprach nie und ließ keinen Zweifel daran, dass sie ihn bewunderte. Er lag ihr zu Füßen. Er überschrieb ihr ein Schloss nach dem anderen und überschüttete sie mit Geschenken. Zu Valois' Missfallen plünderte er dafür schamlos die Staatskasse.

Die zweiundzwanzigjährige Königin überzeugte durch Ehrlichkeit, Zurückhaltung und Freundlichkeit, und auch Philippe und Adrien waren von ihr angetan. Nur Menschen, die ihr zuwider waren, zeigte sie die kalte Schulter. Sie schätzte weder den aufgeblasenen Artois, noch verstand sie sich mit Valois.

Auch beim heutigen Empfang schenkte sie Valois keine Aufmerksamkeit. Philippe zu sehen erfreute sie jedoch erkennbar. Lächelnd begrüßte sie ihn.

»Mein lieber Freund, es tut mir in der Seele weh, Euch noch immer ohne die Gesellschaft Eurer Gemahlin zu sehen. Könnt Ihr sie nicht überreden, ihre Mutter in Gray zu verlassen? Ihr müsst Euch einsam fühlen ohne sie und Eure Kinder.«

Adrien vernahm die leisen Worte, da er unmittelbar neben Philippe stand. Offensichtlich hatte niemand gewagt, Clementia mit den tragischen Einzelheiten des Skandals zu behelligen. Selbst Clementias Großmutter, Maria von Ungarn, die sie erzogen hatte, hatte wohl Schweigen bewahrt, um sie nicht zu beunruhigen. Was konnte Philippe ihr unter solchen Umständen antworten, ohne seinen Bruder zu verärgern, der in diesem Moment auf sie zukam?

»Es liegt nicht an mir, Jeanne die Rückkehr an den Hof nahezulegen, Majestät«, antwortete er respektvoll. »Ich muss Euch gestehen, dass sie einen verhängnisvollen Fehler gemacht hat. Deswegen hat sie sich schon vor langer Zeit den

Zorn unseres Vaters zugezogen. Damals wurde sie vom Hof verbannt. Der König verstarb so plötzlich, dass er keine Gnade mehr walten lassen konnte.«

Louis hatte die Arme vor der Brust verschränkt und ließ Clementia nicht aus den Augen. Eine Ader klopfte an seiner Stirn, ein sicheres Zeichen seines Ärgers. Würde er einen seiner berüchtigten Wutanfälle bekommen?

Clementia schien das Warnzeichen nicht wahrzunehmen oder gar nicht zu kennen. Sie berührte sanft Louis' Arm und lächelte ihn strahlend an.

»Mein liebster Herr«, sagte sie so innig, dass man zusehen konnte, wie sich Louis entspannte. »Ich habe in Euren Armen mein Glück gefunden. Es wäre mir eine Herzensfreude, wenn auch Euer Bruder einen Abglanz solchen Glückes erführe. Sicher bereut seine Frau ihren Fehler inzwischen von Herzen. Wollt Ihr Eurer Schwägerin nicht im Namen Eures verstorbenen Vaters Gnade erweisen und sie mit Philippe wieder in Ehren vereinen?«

»Meine Königin, Ihr seid ein Engel an Güte und Nächstenliebe«, sagte Philippe, ehe sein Bruder etwas erwidern konnte. »Louis kann sich glücklich schätzen, Euch an seiner Seite zu haben. Aber ich darf nicht zulassen, dass Ihr für Jeanne und mich so leidenschaftlich bittet. Alles hat sich zugetragen, ehe Ihr nach Frankreich kamt. Ihr dürft nicht damit belastet werden.«

»Aber nein! Sagt doch so etwas nicht.«

Wie Philippe vorausgesehen hatte, protestierte Clementia leidenschaftlich.

Er manipuliert die Königin, erkannte Adrien bewundernd, war es doch sein gutes Recht, mit allen Mitteln für Jeanne zu kämpfen.

»Seid barmherzig, liebster Herr«, fuhr Clementia indessen fort. »Die Gräfin von Poitiers könnte mir eine Schwester und Freundin sein, während Ihr Euren Pflichten nachgeht. Es ist einsam in diesem großen Palast, wenn Ihr nicht an meiner Seite seid. Gewährt mir den Trost weiblicher Gesellschaft. Es gibt nur wenig standesgemäße Gesellschaft in meinem Alter an unserem Hof.«

Louis räusperte sich und erfasste Clementias Hand.

»Wie Ihr wisst, kann ich Euch nichts abschlagen, Liebste«, sagte er mit belegter Stimme und begegnete Philippes ruhigem Blick. »Jeanne soll uns willkommen sein, wenn sie uns zur Weihnachtsmesse begleiten will. Wir wollen vergessen, was gewesen ist, weil es meine hochgeschätzte Königin erfreut.«

Philippe verneigte sich so tief vor seinem Bruder wie noch nie. Vielleicht auch, um seine Bewegung zu verbergen, die er kaum unterdrücken konnte.

Einsetzendes Getuschel verriet, dass die Neuigkeit in Windeseile die Runde machte.

»Wundervoll«, strahlte Clementia und hakte sich bei Louis ein. »Nun freue ich mich ganz besonders auf die Weihnachtszeit. Vielleicht kann uns Jeanne auch auf der anschließenden Reise durch das Königreich begleiten.«

Nicht einmal gegen diesen Plan erhob der Zänker Einspruch.

Adrien sah, wie Artois eine Grimasse zog. Valois schaute drein, als habe er Essig statt Wein getrunken. Er hatte dem König Clementia zur Heirat vorgeschlagen. Kamen ihm etwa Zweifel an der Klugheit seiner Wahl?

»Valois ist ganz und gar nicht mit der Entscheidung des Königs einverstanden«, warnte Adrien Philippe, als dieser am nächsten Morgen in aller Frühe einen Boten mit der freudigen Nachricht nach Gray schickte. »Er sieht seinen Einfluss schwinden.«

»Ich weiß.« Philippe bestätigte seine Vermutung. »Unser Onkel ist krank vor Machtgier. Seit er im Ringen um die Römisch-Deutsche Krone unterlegen ist, konzentrieren sich seine Bemühungen wieder ganz auf Frankreich.«

»Und er versucht seine Rivalen zu vernichten. Vergiss nicht, dass er Marigny an den Galgen gebracht und sich seines Vermögens bemächtigt hat. Die Freundlichkeit, die er dir vorgaukelt, ist reine Heuchelei. Er arbeitet daran, deine Position beim König zu schwächen.«

»Das wird ihm nicht gelingen. Er wird am Ende nichts als Ruhmlosigkeit und Schulden hinterlassen«, prophezeite Philippe. »Früher oder später wird er mit Louis aneinandergeraten. Clementia kann ihn nicht ausstehen, und mein Bruder hört auf sie. Das lässt mich für unsere Zukunft hoffen.«

»Und was wird aus Blanche, der Gräfin von Marche?«

»Sie ist verloren. Zum einen ist ihr Ehebruch klar bewiesen, zum anderen hat ihr Betrug meinen Bruder Charles an seinem empfindlichsten Punkt getroffen, an seiner Eitelkeit. Ihr doppeltes Unglück ist, dass Valois niemals dulden kann, dass sie die Freiheit wiedersieht. Wer weiß, was sie von dem Mord an Marguerite mitbekommen hat. Im Kerker ist sie sowohl zum Schweigen verurteilt wie dazu gezwungen.«

»Ist das Gerechtigkeit?«

»Es ist die Gerechtigkeit der Macht.«

* * *

Mitten im Wald von Vincennes lag der königliche Herrschaftssitz.

Eine schier endlose Mauer umgab die wehrhafte Burganlage. Sie schützte das königliche Jagdrevier ebenso wie die Burg, deren zahllose Türme weit über die Baumwipfel hinausragten.

Seit Louis den Herrensitz Clementia geschenkt hatte, war er zum Mittelpunkt des Königreiches geworden. Standarten flatterten auf seinen Zinnen, ständiges Kommen und Gehen dröhnte über die schweren Eichenbohlen der herabgelassenen Zugbrücke.

Clementia residierte am liebsten in Vincennes. Louis eilte an ihre Seite, sobald die Staatsgeschäfte es zuließen. Der Palast in Paris stand immer öfter leer. Die Seidenhändler in der Galerie klagten über Umsatzeinbußen, und die Bürger der Stadt wunderten sich längst über die fremde Königin, die ihre Stadt mied.

Jeanne war jeder einzelne Tag in dieser Umgebung zuwider. Daran konnten weder die prächtig ausgestatteten Gemächer noch die Liebenswürdigkeit Clementias etwas ändern.

»Es kommt mir vor, als wäre ich wieder in Dourdan eingesperrt«, beschwerte sie sich auch heute bei Séverine. »Überall diese schrecklichen, düsteren Tannen. Wohin man sieht, Bäume. Warum können wir nicht in Paris leben? Ich sehne mich nach meinem Haus und nach meinen Kindern. Wer weiß, wie es ihnen ohne uns geht.«

»Unter Jacquemines Obhut bestimmt gut. Es tut mir ebenfalls leid, dass sie nicht mit uns hier sein können. Aber seitdem Blanche gelernt hat, von einem Löffel zu essen, musst du dir auch um sie keine Sorgen mehr machen. In der Stadt ist es heute vermutlich heiß und stickig. Hast du vergessen, wie der Unrat in den Gassen riecht, wenn die Sonne darauf brennt? Oder der Schlick am Seine-Ufer?«

Séverine tat ihr Möglichstes, Jeanne die Vorteile der königlichen Residenz schmackhaft zu machen. Jeanne war schon seit Tagen gereizt und ungeduldig. So launisch kannte sie sie gar nicht.

»Ich ziehe die städtische schlechte Luft der Einöde vor«, behauptete sie missgestimmt. »Clementia sitzt den lieben langen Tag da, stickt und lässt sich Heiligenlegenden vorlesen. Sie spricht kaum. Sie interessiert sich für nichts. Weder für Mode noch für Juwelen, nicht für Musik. Sie mag keine Politik, keinen Klatsch, keine Spiele. Sie stickt und wartet darauf, dass die Zeit vergeht und sie schwanger wird. Wenn sie wirklich einmal etwas von sich gibt, ist es ein Loblied auf den Zänker. Ihre Zuneigung macht sie blind für seine schlechten Eigenschaften.«

Jeanne brach ab und seufzte schuldbewusst. »Ich bin ungerecht, ich weiß. Ich werde Pater Philémon meine Sünde beichten müssen.«

Sie sah nachdenklich in das polierte Silberrund des Spiegels. Sie fand nichts auszusetzen an ihrem Bild. Leicht gerötete Wangen, leuchtende Augen, die Lippen rosig durchblutet. Sie sah blühend aus, gesund und voller Erwartung. Seit sie wieder bei Hofe empfangen wurde, schenkte sie ihrem Aussehen kritische Aufmerksamkeit. Sie hatte sich verändert.

»Das ist es!« Jeanne fuhr so unverhofft zu Séverine herum, dass diese erschrocken zurückwich. »Jetzt weiß ich es. Ich bin wieder schwanger. Es muss in Sens oder in den Tagen davor passiert sein. Seit Sens haben wir nicht mehr zusammengelegen, weil der König Philippe nach Lyon geschickt hat. Viel zu lange ist meine Mondzeit schon überfällig. Ich verspüre keine Übelkeiten und habe deswegen nicht darauf geachtet. Lass mich rechnen. Das bedeutet eine Geburt spätestens um Mariä Verkündigung, vielleicht auch früher …«

Séverine starrte sie an.

»Was ist mir dir? Freust du dich nicht? Diesmal wird es bestimmt ein Sohn. Philippe wird überglücklich sein.« Jeanne redete wie aufgezogen.

»Du fragst mich, was mit mir ist?«, stammelte Séverine deutlich verstört. »Angst habe ich. Angst um dich. Du wärst in Dourdan bei der letzten Geburt fast gestorben.«

»Daran wollen wir nicht denken.« Jeanne winkte ab, als wären Séverines Ängste nur ein Hirngespinst. »Philippe einen Erben zu schenken ist mein dringlichster Wunsch. Unter besseren Umständen als in Vincennes könnte ich gar nicht niederkommen. Die erfahrensten Hebammen des Königreiches stehen bereit, Clementia zu helfen, sobald sie empfängt. Sie werden auch mir beistehen. Jetzt hat Vincennes doch etwas Gutes.«

»Willst du Philippe einen Kurier schicken oder wartest du auf seine Rückkehr?«

»Es soll unser Geheimnis bleiben, bis er wiederkommt.« Jeanne versank in Gedanken.

In Lyon tagte das Konklave, die Wahlversammlung der Kardinäle, nach dem Tod von Papst Clemens V., um endlich einen neuen Papst zu wählen. Seit das erste Konklave vor zwei Jahren mit Waffengewalt gesprengt worden war, hatte die Kirche kein Oberhaupt mehr.

Dieses Mal setzte sich das Kardinalskollegium aus siebzehn Franzosen und nur sieben Italienern zusammen. Wahrscheinlich würde ein französischer Papst gewählt werden. Dennoch hatte Valois Louis geraten, einen Mann seines

Vertrauens nach Lyon zu entsenden, damit das gewünschte Ergebnis auch tatsächlich in seinem Sinne zustande kam. Louis hatte Philippe gesandt. Dass sein Onkel ihn auf diese Weise vom Hofe entfernen wollte, um den eigenen Einfluss zu stärken, wusste er.
Jeanne erinnerte sich an ein Gespräch, in dem Philippe seine Ansicht der Dinge dargelegt hatte.
»Valois ist ein Narr«, hatte er ihr anvertraut. »Er weiß nicht, wie viel Einfluss ich erst haben werde, wenn der künftige Papst ein Mann *meines* Vertrauens ist.«
»Soll das heißen, du weißt bereits, wer es werden wird?«
»Alles deutet auf den Kardinal von Porto e Santa Rufina hin.«
»Das klingt aber nach einem Italiener.«
»Seine Eminenz wurde vor sechzig Jahren als Jacques Arnaud Duèze in Cahors geboren. Er ist so französisch wie du und ich.«
Ob Philippe dem erwünschten Erfolg inzwischen nähergekommen ist?
Jeanne sehnte sich schrecklich nach ihm. Sie wollte sein Gesicht sehen, wenn er aus ihrem Mund erfuhr, dass sie wieder schwanger war.
Jäher Tatendrang überkam sie. Ihre Trübsal war verflogen. Sie verspürte plötzlich Lust, sich unter die Damen des Hofes zu mischen. Sie würden auf dem Ballplatz sein. Louis und seine Gefährten gingen dort ihrem Lieblingssport nach. Er war ein leidenschaftlicher Ballspieler, und er schätzte es besonders, wenn Clementia und ihre Damen ihm Beifall spendeten.
»Steck mir die falschen Zöpfe und den neuen Kopfputz an«, bat sie Séverine energisch. »Ich werde mich Clementia anschließen.«

Jeanne hielt still, während Séverine die perlenbesteckten Nadeln plazierte. Mittlerweile hatte sie sich daran gewöhnt, ihre nachwachsenden Locken mit falschen Haaren zu ergänzen, damit die Schleierhaube so saß, wie es die Mode dieses Sommers verlangte. Sie trug wieder kostbare Stoffe, aber ihre Gewänder durften nicht mit Borten und Juwelen überladen werden. Ihr Erscheinungsbild war stets elegant, aber doch bescheiden.

Mahaut war stolz auf ihre rehabilitierte Tochter. Artois konnte nicht verhindern, dass auch sie wieder bei Hofe ein und aus ging. Indem sie jedes politische Gespräch in der Öffentlichkeit mied, gab sie ihm keinen Anlass, sie neuerlich anzuschwärzen. Stattdessen spielte sie bei Clementia die Ersatzmutter. Clementia war zu wohlerzogen, um ihre Ratschläge abzulehnen, aber Jeanne ahnte, dass sie Mahaut mehr fürchtete als schätzte.

Séverine zupfte die letzten Schleierfalten in Form und trat zurück. »Fertig. Ich werde deine Damen hereinbitten, damit sie dich zum Ballplatz begleiten. Wenn du erlaubst, möchte ich gerne hierbleiben.«

»Es gibt keinen Grund für dich, die Öffentlichkeit zu meiden.«

»Es ist mein eigener Wunsch.«

Jeanne respektierte diesen Wunsch ihrer Schwester, auch wenn sie Séverines Zurückhaltung bedauerte. Lieber wäre sie mit ihr gegangen. Sie war mit ihren Damen noch auf dem Weg, als ihnen aufgeregte Höflinge entgegenstürzten.

»Platz für Seine Majestät. Platz für den König.«

Artois trug Louis auf den Armen. Der Zänker krümmte sich vor Schmerzen. Schweiß stand auf seiner bleichen Haut. Sein Wams war mit Erbrochenem beschmutzt.

»Was ist passiert?«, fragte Jeanne einen der Männer erschrocken.
»Der König hat nach dem Spiel einen Trunk kühlen Quellwassers verlangt und ihn in einem Zug hinuntergestürzt. Unmittelbar darauf hat er sich übergeben und vor Schmerzen gekrümmt.«
»Leibschmerzen sind ein altes Übel, das ihn seit Kindertagen heimsucht«, erklärte ihr wenig später Mahaut. Sie standen inmitten des Hofes. Niemand wagte zu gehen, ehe nicht Klarheit über den Gesundheitszustand des Königs bestand. »Ich bin sicher, es wird ihm schnell wieder bessergehen.«
»Dass ihn dieses Übel an einem solchen Freudentag heimsuchen muss, ist wirklich höchst bedauerlich«, mischte sich eine joviale Männerstimme ein.
Jeanne erkannte Valois. Belauschte er sie und ihre Mutter etwa? Sie entbot ihm eine knappe Reverenz und überließ es Mahaut, die richtige Antwort zu geben.
Sie machte keinen Hehl aus ihrer Verachtung. Für sie war Valois ein Versager.
»Was redet Ihr da von einem Freudentag?«
Valois genoss ihre offensichtliche Unwissenheit. Ihre Abneigung war gegenseitig, und dass sie sich inzwischen wieder mit solcher Selbstverständlichkeit bei Hofe zeigte, erbitterte ihn seit dem vergangenen Weihnachtsfest.
»Wie, Ihr habt es noch nicht vernommen? Die Königin ist in der Hoffnung. Die Hebammen sind sich einig. Sie wird zu Beginn des Novembermonats niederkommen. Ich zweifle nicht daran, dass sie einem kräftigen Thronfolger das Leben schenken wird. Seine Majestät wollte es sich nicht nehmen lassen, diese freudige Neuigkeit beim heutigen Festbankett offiziell bekanntzugeben.«

Unwillkürlich legte Jeanne die flache Hand auf den eigenen Leib. Noch fühlte sie keine Wölbung. Nur die sichere Gewissheit, dass auch in ihr neues Leben wuchs.
Mahaut bemerkte die Bewegung und zog die falschen Schlüsse.
»Kein Grund, sich zu grämen, Tochter. Auch du wirst wieder schwanger werden, wenn Philippe aus Lyon zurück ist. Dieses Konklave kann ja nicht ewig dauern.«
Jeanne senkte die Lider, um sich nicht zu verraten. Valois durfte nicht erfahren, was Philippe noch nicht einmal ahnte. Sie musste das Geheimnis wahren.
Das Erscheinen des königlichen Leibarztes beendete zum Glück das Gespräch. Seine langatmige Erklärung strotzte vor lateinischen Begriffen und unverständlichen Wendungen.
Eines konnte man ihr jedoch entnehmen. Die gelehrten Herren standen vor einem Rätsel. Das zu hastig getrunkene eiskalte Wasser war keine ausreichende Erklärung für die jähe Reaktion. Die Ärzte waren übereingekommen, dass der König geschont werden müsse.
An der besorgten Miene des Leibarztes ließ sich freilich erkennen, dass er wenig Hoffnung auf schnelle Besserung hegte.
»Sie sagen uns nicht die Wahrheit«, behauptete auch Mahaut, ohne Rücksicht darauf zu nehmen, wie weit ihre Stimme trug. »Es scheint ernster um den König zu stehen, als wir denken.«
»Das ist nicht der richtige Augenblick, solche Befürchtungen in die Welt zu setzen«, rügte sie Valois streng. »Nehmt Euch zusammen, Madame.«
Aber ihre Vermutung bestätigte sich schon nach kurzer

Zeit. Der Zänker lag im Todeskampf. Der heitere Sommertag wurde jäh von dunklen Wolken verdüstert.
Valois eilte an das Lager des Königs. Charles von Marche war auf dem Ballplatz Zeuge von Louis' Zusammenbruch geworden. Er wandte sich an den Onkel. »Wir müssen auch Philippe in Lyon benachrichtigen.«
»Der Bote ist bereits gesandt, ihn zu verständigen. Beruhige dich, Muffy. Überlass alles mir«, erhielt er beschwichtigend zur Antwort.
Mahaut vernahm die Worte. Die Sorgenfalten auf ihrer Stirn vertieften sich. Priester, Ärzte und Familie sowie die Pairs des Königreiches drängten sich um den Alkoven.
Louis war erst sechsundzwanzig Jahre alt. Chaos und Entsetzen breiteten sich aus.
Clementias Schluchzen ging im Gemurmel der Gebete unter.

* * *

Der völlig unerwartete Tod des Königs lähmte das Leben in Vincennes. Jeder machte sich seine eigenen Gedanken. Sogar der Klatsch verstummte.
Der König war tot. Wer würde der neue König? Wer würde Frankreich regieren, bis der Knabe, den alle von Clementia erwarteten, die Krone tragen konnte? Ein Regent musste ernannt werden. Wer würde es werden? Vier Kandidaten kamen dafür in Frage. Charles von Valois oder Louis von Evreux, die Brüder Philippes des Schönen. Philippe von Poitiers oder Charles von Marche, die Brüder des Zänkers. Alle hatten das Recht, sich zur Wahl zu stellen, aber wer von ihnen würde die Mehrheit der Ratsstimmen erringen

können? Fiel die Entscheidung wirklich zwischen Valois und Philippe, wie es die Gerüchte wissen wollten?

Auf der Stelle riss Valois nach dem Tod des Königs die Befehlsgewalt in Vincennes an sich. Er sorgte für die Beisetzung Louis' in Saint Denis. Die Trauerbotschaften an die Verbündeten trugen allein seine Unterschrift. Er nahm sich auch der verzweifelten Clementia an, die kaum wusste, wie ihr geschah.

Und Philippe?

Philippe war nicht nach Vincennes zurückgekehrt, hatte auch nicht an der Beisetzung teilgenommen. Was war geschehen? Jeannes Sorgen wuchsen mit jedem Tag ohne Nachricht von ihm.

»Wo ist Jeanne?«

Mahaut platzte wie üblich ohne Gruß in das Gemach, in dem Séverine seit Stunden auf ihre Schwester Jeanne wartete. Erschreckt fuhr sie hoch. Sie war eingeschlafen. Die herabgebrannten Kerzen verrieten, dass der Morgen nicht mehr fern sein konnte.

Mahaut sah ungeduldig auf sie herab. Sie trug einen dunkelbraunen, einfachen Umhang, der auf den Schultern nass vom Regen war. Sie kam von draußen. Was trieb sie ins Freie bei dem Gewitter, das sich in dieser Nacht über Vincennes entlud?

»Jeanne ist bei der Königin«, erwiderte Séverine zögerlich.

Mahaut ließ ein Bündel Stoff auf den nächsten Stuhl fallen. »Schick ihr eine Nachricht. Ich möchte sie augenblicklich sprechen.«

»Ich überbringe sie selbst«, bot Séverine an. »Dann geht es am schnellsten.«

Mahaut widersprach nicht.

»Spute dich«, befahl sie knapp.
Clementia trug die weißen Trauergewänder der Königinnen, ihre Locken und Wangen verschwanden unter einem strengen Leinengebände. Die ehemals strahlenden Augen waren stumpf. Sie weinte in ehrlicher Trauer um den Mann, mit dem ihr nur zehn Monate Ehe vergönnt waren. In den Gebeten für ihn fand sie Trost, und auch Jeannes Anwesenheit schien sie aufzurichten.
Séverine grüßte sie respektvoll, ehe sie leise an beide gewandt den Wunsch Mahauts vorbrachte.
Clementia nahm der zögernden Jeanne die Entscheidung ab. »Geht nur, Jeanne. Ihr dürft mich verlassen. Ich weiß zu schätzen, dass Ihr meine schlaflosen Stunden mit mir teilt, aber wir wollen nicht, dass Eure Mutter zu lange auf Euch warten muss.«
»Habt Dank für Euer Verständnis«, antwortete Jeanne und verließ sie mit Séverine.
»Weißt du, was sie will?«, fragte sie gleich, nachdem sie die Königin verlassen hatten.
»Nein, aber sie scheint es ungewöhnlich eilig zu haben.«
Mahaut bestätigte Séverines Vermutung. Beim Anblick ihrer Töchter schoss sie vom Fenstersitz hoch.
»Endlich. Wechselt eure Kleider, schnell. Nichts Kostbares, Aufwendiges. Einfache Stoffe. Keinen Kopfputz. Darüber tragt ihr die Mäntel, die ich euch gebracht habe. Nehmt nur Wertsachen mit. Schmuck. Geld. Pergamente, die besser nicht zurückbleiben.«
»Was soll das, Mutter?« Jeanne machte keine Anstalten zu gehorchen.
Séverine hielt sich nicht mit Widerspruch auf. Sie erkannte, dass es zwecklos war. Sie holte Jeannes Schmuckschatulle

aus den Tiefen der Kleidertruhe und kippte den Inhalt kurz entschlossen in ein dunkles Umschlagtuch.

»Wir müssen Vincennes verlassen, und zwar unbemerkt«, hörte sie Mahaut in ihrem Rücken erklären. »Valois versucht, seine Position zu festigen, indem er sich der Königin und ihres ungeborenen Kindes bemächtigt. Die Wachen haben den Befehl erhalten, kein Mitglied der Königsfamilie aus der Burg zu lassen. Wir sind Valois' Geiseln. Er will die Regierungsgewalt an sich reißen.«

»Das kann er nicht. Er muss auf Philippe warten. Eine Entscheidung, wer zum Regenten ernannt wird, kann nur der große Rat treffen«, warf Jeanne ein.

»Aber Philippe ist noch nicht hier.«

»Das ist seltsam, ich weiß. Ich warte jeden Tag auf eine Botschaft von ihm.«

Mahaut warf ihr einen bedeutungsvollen Blick zu. »Es muss einen Grund dafür geben, dass wir nichts von ihm hören.«

Jeanne vermutete das Schlimmste.

»Nein, nein. Wenn ihm etwas zugestoßen wäre, hätte uns eine Nachricht längst erreicht«, beruhigte sie Mahaut sofort. »Aber wir müssen uns auf der Stelle nach Paris in Sicherheit bringen. Valois traue ich nicht über den Weg. Er ist zu allem fähig.«

Das Tuch verknotend, lauschte Séverine und zollte Mahaut Respekt. Sie beurteilte die Lage wie ein Feldherr.

Jeanne nahm ihren ganzen Mut zusammen.

»Valois ist zwar machtgierig, aber ich glaube nicht, dass uns ernsthaft Gefahr von ihm droht.«

Séverine war anderer Meinung.

»Jeanne, ich denke, dass unsere Mutter die Lage richtig einschätzt. Auch du erwartest ein Kind. Es kann nicht in Valois' Sinn sein, dass Philippe ausgerechnet zum jetzigen Zeitpunkt ebenfalls einen Sohn und Erben bekommt. Natürlich bist du in Gefahr, sobald er davon erfährt.«

»Du bist schwanger?« Mahaut fasste ihre Töchter verärgert ins Auge. »Warum sagt ihr mir das erst jetzt? Es ist wahrlich ein Grund mehr, zu fliehen. Valois darf es keinesfalls erfahren, ehe wir nicht in Sicherheit sind. Ich denke, dass ich in Philippes Sinn handle, wenn wir Vincennes verlassen.«

Dass sich Mahaut und Séverine in der Beurteilung der Ereignisse einig waren, überzeugte Jeanne letztendlich.

»Wie sieht Euer Plan aus, Madame?« Séverine sah zwar die Notwendigkeit der Flucht ein, aber sie wollte mehr wissen. »Im Gewitterregen zu reiten ist gefährlich. Es macht die Pferde nervös. Aus dem Damensattel sind sie ohnehin schwerer zu führen.«

»Ich habe eine Möglichkeit der Flucht für uns drei aufgetan, aber dabei müssen wir Komödie spielen.«

»Das klingt verwegen. Was wollt Ihr da auf Euch nehmen? Ihr seid nicht mehr die Kräftigste.«

»Das lass meine Sorge sein«, erhielt sie zur Antwort. »Kümmere du dich um Jeanne. Nie hätte ich gedacht, dass ihr abgeschnittenes Haar noch einmal ein Segen sein wird. Ein wenig Schmutz ins Gesicht, ein Wolltuch und der schäbige Umhang einer Magd tun das Übrige.«

Séverine konnte Mahaut eine Spur von Bewunderung nicht versagen. Die gebückte Bäuerin, die sich wenig später, die Kapuze bis zu den Brauen gezogen und auf einen Stock gestützt, durch den triefenden Regen über den Burghof schleppte, hatte nicht die geringste Ähnlichkeit mit einem Pair des Königreiches.

Sie trieb ihre Töchter mit harscher Stimme zu einem Ochsenfuhrwerk. Im ersten Dämmerschein war zu erkennen, dass der Karren Holzfässer geladen hatte und mit einer Plane überspannt war.

Die Zügel des Gespanns hielt ein muskulöser Mann mit grauem Haarkranz. Wasser rann von der Planenkante über seine Haare, den Hals hinunter und in den Kittel hinein. Der Stoff klebte ihm nass am Körper. Stoisch, wie die Ochsen im Geschirr, wartete er Mahauts Befehle ab.

Séverine half Jeanne, sich wie befohlen zwischen die Fässer auf den Boden zu setzen, bevor sie sich neben sie kauerte. Mahaut ließ sich ächzend neben dem Kutscher nieder. Dann setzte sich das Gefährt in Bewegung. Ein gleißender Blitz, unmittelbar gefolgt von einem Donnerschlag, entlockte Jeanne einen entsetzten Schrei. Glücklicherweise brüllten zur gleichen Zeit die Ochsen.

Die Bewaffneten am Haupttor begrüßten die Abwechslung nach stundenlanger Nachtwache. Mahaut wusste glücklicherweise, wie man mit Männern umging, die gereizt und gelangweilt versuchten, ihre Pflicht zu tun. Sie war zwar keine liebende Mutter, aber eine Quelle der verblüffendsten Talente.

»Seid froh, dass wir das Zeug sogar bei diesem Sauwetter davonschaffen«, rief sie rauh. »Euch feine Burschen möchte ich hören, wenn der Dreck aus zu vollen Fässern auf die Zugbrücke schwappt und ihr die verrotteten Kaldaunen aus der Burgküche in der Nase habt.«

»Fahr zu, Mann, und schaff uns die Alte vom Hals«, rief einer der Wächter dem stummen Kutscher zu. »Du solltest sie in eines von deinen Fässern stecken, um ihr Schandmaul zu ersticken.«

Mahaut quittierte den Rat mit einem boshaften Kichern.

Danach holperte das Fuhrwerk über die Holzbohlen und erreichte ohne weiteren Aufenthalt die Landstraße. Knirschend drehten sich die Räder im Morast. Mit zermürbender Langsamkeit sah Séverine die Bäume vorbeiziehen, wenn sie um eines der Fässer schaute.

Sie verstand, dass Mahaut so viel des Weges wie möglich zwischen sich und Vincennes legen wollte, ehe sie die Maskerade aufgab. Irgendwo wartete sicherlich ein Reisewagen.

»Mir wird übel, wenn ich diesem Gestank nicht bald entkomme«, klagte Jeanne. »Was um Himmels willen ist in diesen Fässern?«

»Küchenabfälle. Schweinefutter. Die Burgküche sammelt das Zeug in den Fässern und verkauft es an die Bauern, die ihre Tiere damit füttern. Es ist ein Privileg. Nicht jeder Bauer kommt in den Genuss, seine Schweine mit den Überresten der königlichen Tafel füttern zu dürfen.«

Jeanne schüttelte sich vor Abscheu.

»Es kann nicht mehr lange dauern«, beruhigte sie Séverine. »Siehst du, der Wald wird schon lichter.«

»Wohin bringt sie uns? Weißt du das?«

»Keine Ahnung. Aber ich muss dir sagen, ich bin lieber ihr ausgeliefert als Charles von Valois. Männer wie er sind mir unheimlich.«

»Mir ist meine Mutter unheimlich«, gestand Jeanne leise. »Sie hat uns überrumpelt, das ist dir doch klar. Was ist, wenn Philippe nicht einverstanden ist, dass wir die Burg in aller Heimlichkeit verlassen?«

»Jeanne hör auf, er weiß nicht, dass du schwanger bist. Er weiß nicht, dass die Königin schwanger ist. Er weiß nicht, mit welcher Rücksichtslosigkeit Valois die Macht an sich gerissen hat in Vincennes. Es gibt Situationen, da muss man sein Schicksal selbst in die Hand nehmen. Er ist nicht da, wir können ihn nicht fragen. Mit Sicherheit weiß Philippe, dass sein Bruder tot ist. Dieser Umstand zwingt ihn zum eiligen Handeln, ob wir nun in Vincennes sind oder in Paris. Je weniger er sich um uns sorgen muss, umso lieber wird es ihm sein.«

»Woher nimmst du die Zuversicht?«, wunderte sich Jeanne. »Hat dir Adrien etwa etwas über Philippes Pläne verraten?«

»Ich habe Adrien seit Wochen nicht gesehen. Er ist mit Philippe in Lyon, und Julien begleitet ihn.«

»Hoho ... Brrrrr ...«

Das Fuhrwerk kam zum Stillstand. Mahaut steckte ihren Kopf unter die Plane.

»Auf, auf, ihr Mädchen. Wir werden erwartet.«

Steifgefroren und etwas mühsam kletterten sie vom Karren herunter. Ein Regenbogen stieg am Waldrand auf und senkte sich in der Ferne auf die Seine. Das Gewitter war endlich vorbei. In den Pfützen glänzte der Widerschein der aufgehenden Sonne.

Geschützt von Buschwerk, wartete ein Reisewagen ohne Wappen. Auch die Pferdegeschirre waren schlicht und ohne schmückende Symbole.

»Wohin bringt Ihr uns?«, fragte Séverine.

»In das Palais Artois«, entgegnete Mahaut erst, als sie im Wagen saßen. »Die Wachmannschaft, das Gesinde und meine Frauen sind absolut verlässlich.«

»Ich habe ein eigenes Haus in der Stadt. Ich will nach Hause«, erhob Jeanne Einspruch.

»Solange Philippe sich nicht um deine Sicherheit kümmert,

bleibst du bei mir. Basta. Mein Leibarzt wird sich deiner annehmen.«

Mahaut lehnte sich zurück. Sie war der Meinung, alles Wichtige gesagt zu haben.

Séverine merkte ihr an, dass auch sie erschöpft war und fror. Sie sah sich um und entdeckte die trockenen Mäntel, die in einer Ecke auf der Bank bereitlagen. Wer immer diese Flucht für Mahaut organisiert hatte, er hatte an alles gedacht. Weder Jeanne noch ihre Mutter hatte die Kleidungsstücke bemerkt. Séverine hielt sich an einer Lederschlaufe fest, stand im rumpelnden Wagen auf und schüttelte den ersten Umhang auf. Sie legte ihn Mahaut um die Schultern, danach versorgte sie Jeanne. Lavendel- und Kampferduft überlagerte den Unrat-Gestank.

Mahaut öffnete blinzelnd die Augen.

»Erst Krieger und nun barmherziger Samariter. Du wirst eine prächtige Herrin für ein großes Lehen abgeben.«

Faucheville.

Sie hatte schon lange nicht mehr an Faucheville gedacht. Zu viel war geschehen. Aber auf einmal tauchten das Lehen und seine Bewohner in solcher Klarheit vor ihr auf, dass ihr die Kehle eng wurde. Ihre Augen brannten, Tränen flossen unaufhaltsam.

»Was ist mir dir? Warum weinst du?«

»Ihr täuscht Euch. Es geht mir gut.«

Mahaut schwieg, doch ihr Blick war voller Verständnis.

Séverine war überrascht, so viel Mitgefühl hätte sie ihr nicht zugetraut. War etwa auch diese Flucht selbstlos?

Sie war zu müde, um darüber nachzudenken. Zu müde auch, um sich darüber zu freuen, dass sie das Stadttor von Paris erreichten, ohne aufgehalten worden zu sein.

Neunzehntes Kapitel

Die Nachricht des Eilkuriers erreichte Philippe in Lyon und veranlasste ihn, neue Pläne zu machen. Mit einem kühnen Handstreich beraubte er die versammelten Kardinäle ihrer Freiheit. Erst wenn sie den von ihm gewünschten Kandidaten zum Papst wählten, würden sie wieder ihrer Wege gehen können. Jacques Arnaud Duèze mochte ein Greis sein, aber er war auch ein Fuchs. Mit ihm als Pontifex blieb gewährleistet, dass der Papst auch weiterhin in Avignon residierte. Ein französischer Papst, der die Interessen des Königshauses, und damit seine, vertrat.

Auf seinem darauffolgenden Gewaltritt von Lyon nach Paris wurde Philippe von Adrien begleitet. Es gelang ihnen, Valois, der sie mit Charles und seinen Anhängern in Fontainebleau erwartete, zu entwischen. Sie überraschten ihn damit, dass sie noch in der Nacht nach Paris ritten.

Während Valois sich in Fontainebleau den Schlaf aus den Augen rieb, versammelte Philippe schon die ehemaligen Minister und Mitarbeiter seines Vaters um sich. Auch Louis von Evreux, der jüngste Bruder seines Vaters, war unter ihnen. Er hatte sich gegen den eigenen Bruder gewandt und auf Philippes Seite geschlagen.

Die kurze Regierungszeit des Zänkers hatte die Probleme

des Landes verschärft. Es hatte sich auch erwiesen, dass sein engster Ratgeber, Valois, nicht der Mann war, der die Gemüter im Land beruhigen konnte. Die Mehrheit der Mitglieder des *grand conseil* war am Ende überzeugt, dass nur Philippe in der Lage sein würde, als Regent die vielfältigen Aufgaben zu bewältigen.

Am Ende eines bedeutungsvollen Tages verbeugte sich Philippe im Königspalast auf der *Île de la Cité* vor der bleichen, schwangeren Königin. In ihrem weißen Witwengewand wirkte Clementia durchsichtig, fast ein wenig hinfällig.

»Ich bin erschüttert, Euch unter so traurigen Umständen wiederzusehen, liebste Schwester«, begrüßte er die Schwägerin herzlich in ehrlichem Mitgefühl. »Sagt mir, was ich für Euch tun kann?«

Clementia war hocherfreut über Philippes Besuch. Durfte sie hoffen, mit seiner Hilfe dem riesigen, einsamen Palast zu entkommen? Valois hatte sie wie ein Kind behandelt. Ungefragt war sie von ihm nach Paris gebracht worden. Sie sehnte sich nach Vincennes.

»Werdet Ihr mir erlauben, nach Vincennes zurückzukehren?«, fragte sie deswegen auf der Stelle. »Mein Kind soll dort zur Welt kommen, wo seine Eltern so viele harmonische Stunden miteinander geteilt haben. Ich gehöre nicht nach Paris, Bruder.«

Clementia spielte ihm in die Hände. Sie zeigte keinerlei politische Ambitionen. Philippe stellte es mit einer gewissen Genugtuung, auch mit Beruhigung fest. Er wollte nicht im Streit mit ihr sein.

»Ihr könnt Euch auf meine Hilfe und meinen Schutz verlassen«, versicherte er ihr. »Alles wird geschehen, wie Ihr es wünscht. Erlaubt jedoch bitte, dass Jeanne in Paris an meiner Seite bleibt. Ich würde sie jetzt gerne ebenfalls begrüßen.«

Clementia stutzte erkennbar. »Jeanne befindet sich nicht mehr unter meinen Damen. Sie hat mich ohne Abschied in Vincennes verlassen. Niemand konnte mir sagen, wohin sie gegangen ist. Erst Valois hat herausgefunden, dass sie im Hause ihrer Mutter lebt. Ich bedaure das sehr. In den schlimmen Tagen nach Louis' Tod war sie meine einzige Stütze.«

Philippe ließ sich seine Überraschung nicht anmerken. Mit einer kurzen Verneigung verabschiedete er sich.

»Dann erlaubt, dass ich alles Nötige für Eure Abreise nach Vincennes in die Wege leite. Euer Wohlergehen liegt mir am Herzen.«

Als Valois, von Fontainebleau kommend, schließlich mit Charles im Gefolge in Paris eintraf, waren die Entscheidungen längst gefallen.

Louis von Evreux hatte im Rat den offiziellen Antrag eingebracht, Philippe zum Regenten zu ernennen. Da er bei dieser Gelegenheit seinem Neffen den Lehnseid schwor und ihm andere folgten, musste Valois das böse Spiel verloren geben. Einmal mehr hatte er sich bei weitem überschätzt.

* * *

»Mein Kompliment«, empfing Mahaut Philippe, als er nach der Sitzung des Regentschaftsrates in ihrem Haus erschien. »Ihr seht mich entzückt, Euch in Amt und Würden zu wissen. Ihr seid der beste Regent, den Frankreich in diesen schwierigen Zeiten bekommen kann.«

Er ignorierte die Schmeichelei und konzentrierte seine Aufmerksamkeit auf Jeanne. Sie saß in einem Scherenstuhl neben einem kleinen Kaminfeuer. Séverine stand neben ihr und hielt die jüngste Tochter im Arm. Im Raum lag eine erwartungsvolle Stille.

Jeanne lächelte ihm strahlend entgegen und erhob sich betont langsam. »Willkommen, mein Gemahl«, begrüßte sie ihn mit ihrer melodischen Stimme.

Sie tat einen Schritt auf ihn zu. Das dünne Gewand zeichnete die Konturen ihrer Figur nach. Endlich sah er es.

»Du bekommst ein Kind!«

Sie nickte in kaum verhohlenem Stolz. »Ich erwarte die Niederkunft im Herbst. Alle Zeichen deuten darauf hin, dass es ein Sohn wird.«

»Tun sie das nicht immer?«, rutschte es Philippe ungeschickt heraus.

»Nicht so sicher wie dieses Mal«, antwortete Mahaut an Jeannes Stelle.

»Dann hoffen wir also, dass Ihr dieses Mal recht behaltet, Mutter.«

Philippe ergriff Jeannes Hände und zog sie an sich. Er versuchte, ihr mit Blicken zu sagen, was nicht für die Ohren Mahauts bestimmt war. Seine Schwiegermutter machte keine Anstalten, sich zurückzuziehen.

»Kehren wir ins *Hôtel d'Alençon* zurück oder nehmen wir im Palast Wohnung?«, fragte Jeanne. »Ihr seht aus, als hättet Ihr seit geraumer Zeit nicht mehr im eigenen Bett geschlafen.« Auch sie scheute sich, vor ihrer Mutter vertrauter zu sprechen.

»Keines von beiden. Du bleibst am besten bei deiner Mutter«, beschied Philippe nach kurzem Zögern.

Er verstand, weshalb Jeanne vor ihm und seinen Worten zurückwich. Es fiel ihr schwer, unter dem Dach Mahauts zu leben. In ihren Ohren musste der Befehl schroff und unverständlich geklungen haben. Er bemühte sich um eine Erklärung. »Du bist hier in größerer Sicherheit und Ungestörtheit. Deine Mutter hat gut daran getan, dich aus Vincennes fortzubringen. Von deiner Schwangerschaft lassen wir erst einmal nichts verlauten. Alle Erwartung konzentriert sich zurzeit ohnehin auf Clementias Kind. Wenn sie ein Mädchen zur Welt bringen sollte ...«

»Die königliche Erbfolge muss unter solchen Umständen völlig neu geregelt werden.« Mahaut hatte alles blitzartig erfasst. »Sorgt Euch nicht um Jeanne und das Kind, das sie erwartet. Es wird uns auch weiterhin gelingen, diese Schwangerschaft geheimzuhalten.«

»Schon wieder eingesperrt«, seufzte Jeanne, als sie endlich unter vier Augen waren. »Du bist der Regent von Frankreich, und ich darf nicht an deiner Seite sein? Immer noch wegen des Skandals von Pontoise?«

»Davon kann keine Rede sein. Wir müssen vorsichtig agieren, weil ich ein Regent bin, der noch auf schwankendem Boden steht, Liebste. Valois und seine Parteigänger sind besiegt, aber nicht am Boden zerstört. Artois zum Beispiel hat seine ganzen Hoffnungen auf seinen künftigen Schwiegervater gesetzt. Er will seine Klagen gegen deine Mutter neu verhandeln lassen.«

»Schon gut.« Jeanne küsste ihn mit einem leisen, besänftigenden Laut. Sie sah ihm an, dass ihn die Erklärungen ermüdeten. Dass er mit den üblichen Kopfschmerzen kämpfte. »Gönn dir die Ruhe. Du bist völlig erschöpft. Vergiss für eine Nacht die Politik und ihre Fallgruben.«

* * *

Die Ratssitzung versammelte alle Parteien um einen Tisch. Valois, Evreux und Philippes Bruder Charles bildeten den sogenannten Regentschaftsrat. Er konnte ohne den Regenten nichts beschließen, aber er besaß die Macht, ihm Steine in den Weg zu legen. Heute waren die Regeln der Regentschaft zu bestimmen.

An der Dauer der Regentschaft entzündete sich die erste heftige Diskussion, obwohl es nur logisch war, das Amt des Regenten im Falle der Geburt eines Prinzen auf die Zeit bis zu dessen Volljährigkeit festzuschreiben. Doch es gab da auch eine königliche Prinzessin, deren Interessen gewahrt werden mussten. Marguerites Tochter, Jeanne von Navarra, die der Zänker in den *Tour de Nesle* abgeschoben hatte, war vor einer neugeborenen Prinzessin erbberechtigt, falls Clementia ebenfalls eine Tochter gebar.

»Der Bastard einer Ehebrecherin? Nie und nimmer!« Charles protestierte mit hochrotem Kopf. »Louis wollte nichts von ihr wissen. Sie ist nicht sein Kind.«

»Hast du den Mut, der Herzogin-Witwe Agnes von Burgund deine Zweifel ins Gesicht zu schleudern, Bruder?«, fragte Philippe kühl. »Sie ist Jeannes Großmutter. Sie trauert um ihre Tochter, die auf so undurchsichtige Weise in Château Gaillard aus dem Leben schied. Nie und nimmer wird sie zulassen, dass man jetzt ihre Enkelin verleumdet. Dieser Zwist trägt die Saat eines Bürgerkriegs in sich. Er könnte unser ganzes Land überziehen. Willst du das verantworten?«

Das Argument leuchtete sogar Valois ein. Noch lasteten die Kosten des vergangenen Flandernfeldzuges erdrückend auf der leeren Staatskasse. Niemand wollte einen neuen Krieg riskieren.

»Was soll das heißen?« Charles spürte, dass er auf verlorenem Posten stand. Er begann zu schreien. »Dass uns irgendwann ein Bastard regieren soll, wenn Clementia keinen Sohn zustande bringt?«

Philippe wartete gelassen ab, bis das Durcheinander der Ausbrüche, Erwiderungen und Proteste nachließ. Er stützte die Unterarme auf den Tisch und musterte die höchsten Repräsentanten des Königreiches, bis sie an dem Punkt waren, an dem er sie haben wollte.

»Da sich die Frage nach einer weiblichen Herrschaft noch nie gestellt hat, müsste zuerst einmal geklärt werden, ob sie überhaupt möglich ist. Frankreich wurde bisher ausschließlich von Königen regiert«, stellte er bestimmt fest. »Man muss die Gesetze genau prüfen, ehe eine Entscheidung in dieser Sache gefällt werden kann.«

Man einigte sich darauf, die Rechtsgelehrten der Universität von Paris mit dieser Prüfung zu beauftragen. Auch die Einigung über die Dauer seiner Regentschaft fiel schließlich in Philippes Sinne aus. Er würde in jedem Falle auch bis zur Volljährigkeit seiner Nichte Jeanne von Navarra die Regentschaft ausüben. Ungesagt blieb, dass er sich darum bemühen würde, Jeanne so schnell wie möglich mit einem Edelmann seiner Wahl zu vermählen.

Philippe war mit sich zufrieden. Die ersten Schritte, einem künftigen Sohn den Weg zu ebnen, waren gemacht. Vielleicht war ihm dieses Mal das Schicksal wohlgesinnt.

* * *

Jeanne verfolgte jeden Handgriff der Amme. Alles drehte sich seit sechzehn Tagen ausschließlich um Philippes Sohn. Das Wunder seiner Geburt hatte Mahaut und ihren Haushalt völlig auf den Kopf gestellt. Nichts war gut genug für den Prinzen, den man nach seinem Urgroßvater Louis getauft hatte. Séverines Einwurf, dass es auch der Name des Zänkers gewesen sei, hatte man ignoriert.

»Gott allein weiß, welche Ängste ich ausgestanden habe, es könnte abermals ein Mädchen werden«, sagte Jeanne in diesem Augenblick zum wiederholten Mal zu ihrer Mutter. Sie hatte die Geburt ohne die üblichen Komplikationen hinter sich gebracht und war bereits wieder auf den Beinen. »Ich kann es noch gar nicht fassen. Wenn ich aufwache, springe ich aus dem Alkoven, weil ich Angst habe, ich hätte geträumt. Erst wenn ich mich davon überzeugt habe, dass er in seiner Wiege liegt, bin ich wieder ruhig.«

Mahaut teilte das Glück Jeannes und Philippes. Sie ließ ihren Enkel kaum aus den Augen. Die Geburt des Erben beflügelte sie förmlich. Mit rastloser Energie empfing sie Kuriere, schrieb Botschaften, besprach sich mit Prälaten und tagte mit wichtigen Edelmännern. Was all diese Aktivitäten bewirken sollten, blieb ihr Geheimnis. Aber sie wurde nicht müde, ihren Töchtern mitzuteilen, dass alles nur dazu diente, ihre und die Zukunft ihrer Kinder zu sichern.

Séverine brachte Mahaut nach wie vor die widersprüchlichsten Empfindungen entgegen. Sie konnte sie in ein und derselben Stunde ebenso verachten, wie ihre Klugheit bewundern, auf ihrer Seite sein und gleichzeitig den Wunsch verspüren, sich für immer von ihr abzuwenden. Alles gemeinsam bewog sie dazu, sich ihr nicht länger unverblümt zu widersetzen.

Helle Stimmen, das Getrappel kleiner Füße und eine sonore Männerstimme, die sich in das Gezwitscher mischte, kündigten Philippes Erscheinen an. Seine älteren Töchter begleiteten ihn aufgeregt. Jeanne und Marguerite waren inzwischen verständige Prinzessinnen, die sich Philippes Rang gebührend verhalten konnten. Sie waren schlau genug, es auszunutzen, dass in seiner Gegenwart die gefürchtete Autorität ihrer Großmutter an Einfluss verlor.

»Es gibt Neuigkeiten aus Vincennes«, verkündete Philippe ohne lange Vorreden. »Königin Clementia hat in der Nacht zum vierzehnten November einem gesunden Sohn das Leben geschenkt.«

Mahaut gab einen kaum vernehmbaren Laut von sich.

Jeanne sah ihren Gemahl aus großen Augen stumm an.

Séverine suchte in Philippes Zügen nach einem Anhaltspunkt für seine Gefühle. Sie fand keinen. Er hatte sein Mienenspiel so gut in der Gewalt, dass es ihn nicht einmal verriet, als er die Mädchen streng ansah, weil sie nicht aufhörten, zu plappern. Dann streckte er die Hände nach seinem Sohn aus.

»Gebt ihn mir und lasst uns allein«, befahl er der Amme.

Die Frau gehorchte, während der Kleine aus voller Kehle protestierte.

Philippe ignorierte das Geschrei. Er sah das wütende Bündel in seinem Arm lange an. Alle Traditionen wurden in der Fürsorge um ihn strengstens befolgt. Man hatte ihn eng in Wickelbänder gehüllt, damit seine Glieder gerade wuchsen. Ein besticktes Häubchen bedeckte die blonden Haare.

»Ich musste ihn einfach noch einmal genau in Augenschein nehmen, ehe wir nach Vincennes aufbrechen«, sagte er fast entschuldigend. »Bilde ich es mir nur ein, oder wächst er tatsächlich jeden Tag ein Stück?«

»Was willst du in Vincennes?«, fragte Jeanne.

Mahaut kam Philippe mit der Antwort zuvor.

»Der Königssohn muss umgehend getauft werden. Wir dürfen keine Zeit verlieren. Ich werde sogleich Befehl geben, dass mein Wagen angespannt wird. Meine Truhe ist schon vorbereitet.«

»Mutter, das ist nicht …«

»Wollt Ihr sagen, es sei nicht nötig, dass ich jetzt an der Seite der Königin bin? Es ist schlimm genug, dass der Thronfolger von Frankreich außerhalb der Stadt, inmitten von Wäldern, auf die Welt kommt. Wir wollen Louis' Sohn nicht die Ehrerbietung verweigern. Es ist meine Pflicht, als Pair des Reiches seine Taufe zu bezeugen und einer seiner Paten zu sein. Ich begleite Euch selbstverständlich nach Vincennes, Philippe.«

Sie schnitt jede Erwiderung mit einer Handbewegung ab und ging zur Tür.

»Ich beeile mich. Wir können vor dem Schließen der Tore aufbrechen.«

Ihre polternde Stimme hatte Louis zum Schweigen gebracht. Jetzt betrachtete er seinen Vater aus großen, dunkelblauen Augen.

»Gott schütze dich, mein Sohn.« Philippe küsste ihn auf die Stirn und reichte das Kind an seine Frau weiter. »Achte auf ihn, liebste Jeanne. Ihm darf kein Leid geschehen.«

Er strich seinen Mädchen über den Kopf, gab Jeanne einen Kuss auf die Stirn, bedachte Séverine mit einer höflichen Verneigung und ging. Stille blieb zurück.

In die Stille hinein vernahmen Séverines scharfe Ohren plötzlich lauter werdende Rufe auf der Straße. Dann kam das Läuten der Kirchenglocken dazu, einsetzender Jubel. Die Pariser feierten die Nachricht von der Geburt des Königssohnes.

»Clementia wird überglücklich sein«, stieß Jeanne mit einem kleinen Seufzer aus. »Ich bin neugierig, was Philippe erzählt, wenn er zurückkommt.«
Jacquemine wollte wissen, was in Jeanne vor sich ging, als Séverine die Mädchen zu ihr brachte.
»Was sagt sie zu den Neuigkeiten aus Vincennes? Ist sie betrübt, dass es ebenfalls ein Sohn ist?«
»Wie kannst du das nur denken? Sie freut sich ehrlich für die Königin. Du kennst sie doch, ihr gutes Herz trägt immer den Sieg davon.«
»Ja, wenn das nur bei manch anderem auch so wäre«, antwortete Jacquemine vielsagend.

* * *

Zwei Tage nach Philippes Aufbruch brachte ein Bote erste Hiobsbotschaften in das *Hôtel d'Artois*. Jeanne und Séverine lauschten gemeinsam seinem knappen Bericht. Entsetzen erfasste sie.
»Königin Clementia liegt in hohem Fieber. Sie ist kaum bei Bewusstsein. Der kleine Prinz – man hat ihn Jean Posthumus getauft, weil er nach dem Tod seines Vaters zur Welt gekommen ist – ist krank und schwach. Er wurde in aller Eile getauft.«
Philippe habe den Prinzen, gemeinsam mit Mahaut, über das Taufbecken gehalten, erfuhren sie des Weiteren. Das prächtige Fest, für das der Adel und die Prälaten ihre Staatsgewänder schon bereitgelegt hatten, sei auf unbestimmte Zeit verschoben worden. Solange man um das Leben von Mutter und Sohn fürchten musste, gab es keinen Grund zu feiern.

»Wir müssen für Clementia und ihren Sohn beten«, erklärte Jeanne, nachdem der Bote gegangen war. »Komm mit in die Kapelle, Séverine.«

Der ganze Haushalt schloss sich ihrer Fürbitte an. Ihre Töchter knieten neben Jacquemine. Die hellen Stimmen rührten Jeanne zu Tränen. Ihre Mädchen waren gesund, ihr Sohn wuchs und gedieh, ihr Gemahl lebte. Mit ganzer Leidenschaft betete sie auch dafür, dass es in Zukunft so bleiben würde.

»Ich musste an Marguerite denken«, gestand sie Séverine später unter vier Augen. »Ich fand es damals schrecklich, dass ihr angesichts der Hinrichtung des Großmeisters der Templer nur der Wert des eigenen Lebens einfiel, aber ich bin nicht besser als sie. Clementias Leid bringt mir mein eigenes Glück doppelt zu Bewusstsein. Muss ich dafür Buße tun?«

»Es geht Clementia nicht besser, wenn du dir ein schlechtes Gewissen einredest.« Séverine rief sie energisch zur Ordnung. »Die Nachrichten sind ernst, aber du siehst an dir selbst und an Blanche, dass man auch nach einer schweren Niederkunft wieder genesen kann, und dass auch schwache Kinder überleben können.«

»Nur du findest immer die richtigen Worte, um mein Gemüt zu erhellen.« Jeanne umarmte ihre Schwester.

* * *

Drei Tage später traf Adrien in Mahauts Residenz ein. Einmal mehr durfte Séverine ihn, in aller Öffentlichkeit, nicht so willkommen heißen, wie es ihr das Herz eingab. Umarmungen und Küsse mussten warten.

Sie hatten sich so lange nicht gesehen. Seit Anfang Oktober die Kunde nach Paris gekommen war, dass der neue Papst Philippes Wunschkandidat war, sich nun Johannes XXII. nannte und weiterhin in Avignon residieren würde, war er ununterbrochen für den Regenten unterwegs gewesen. Erst das Wiedersehen brachte ihr zu Bewusstsein, wie viel Kraft es sie gekostet hatte, die Sehnsucht nach ihm vor allen anderen zu verbergen.

Da Mahaut noch mit Philippe in Vincennes war, zog Séverine Adrien kurz entschlossen in das Kabinett, in dem die Mutter ihre Besucher empfing. Erst hier begrüßte sie ihn gewohnt stürmisch.

»Wie schön, dass du dich nicht verändert hast«, lächelte er. Séverine entdeckte mit scharfem Blick die Sorgen hinter seinem Lächeln.

»Du bringst schlechte Nachrichten?«

»Wichtige und folgenschwere. Wir beide dienen jetzt dem König und der Königin von Frankreich, Séverine.«

»Was redest du da? Clementia hat einen Sohn zur Welt gebracht. Philippe regiert für den kleinen Prinzen, bis er volljährig ist.«

»Jean Posthumus ist tot. Man hat ihn gestern ohne Bewusstsein in seiner Wiege gefunden. Die königlichen Ärzte konnten ihm nicht helfen. Philippe ist der neue König, sein Sohn Louis der Kronprinz.«

Séverine fröstelte. Adrien küsste sie liebevoll, aber sie war so durcheinander, dass sie es kaum bemerkte.

»Philippe hat mich gebeten, die Nachricht in aller Eile, vor der offiziellen Bekanntgabe, zu überbringen. Ihm liegt am Herzen, dass Jeanne sich keine zu großen Sorgen macht. Er hat bereits veranlasst, dass seine Bogenschützen die Bewachung des *Hôtel d'Artois* übernehmen. Die Sicherheit seines Sohnes muss gewährleistet sein. Der kleine Louis ist jetzt die Hoffnung des Königreiches.«

Obwohl es Séverine schwerfiel, die Umarmung zu lösen, trat sie von Adrien zurück.

»Lass uns auf der Stelle zu Jeanne gehen. Eben war sie noch in der Kapelle. Sie wollte für ihre Schwester beten. Außer ihr scheint niemand mehr an Blanche zu denken. Ob Philippe mit seiner neuen Macht ihre Verbannung endlich aufhebt?«

Adrien dämpfte ihre aufkeimenden Hoffnungen behutsam.

»Ich fürchte, erst muss sie in die Scheidung von Charles einwilligen.«

»Das wird sie. Nach so langer Zeit verkauft man sogar seine Seele gegen ein bisschen Wärme und Freiheit.«

»Ihr müsst Philippe Zeit lassen.«

Adrien verstand, was sie bewegte, aber er war auch Zeuge der Ereignisse in Vincennes geworden. Philippe hatte drängendere Probleme, als seine Schwägerin in Château Gaillard zu begnadigen.

»Er kann nicht alle Angelegenheiten am ersten Tag in Angriff nehmen.«

»Wirst du ihn an Blanche erinnern? Du erreichst sein Ohr in diesen Tagen eher als Jeanne.«

»Ich verspreche es dir.«

Mehr konnte Séverine wohl nicht für Blanche tun. Sie führte Adrien in die Kapelle, die einem riesigen Schmuckkästchen glich. Mahaut hatte den Schrein mit goldenen Kerzenleuchtern und Meisterwerken der Holzschnitzkunst geschmückt. Die bemalten Heiligenfiguren wirkten fast lebensecht.

Jeanne kniete vor dem Altar.

Séverine räusperte sich leise, um ihre Aufmerksamkeit zu

erregen. Irritiert sah Jeanne über die Schulter. Bei Adriens Anblick bekreuzigte sie sich eilig und stand auf.
»Was ist geschehen?«, fragte sie anstelle einer Begrüßung.
Adrien sank in die Knie und zog Séverine mit sich. »Ihr seid Frankreichs neue Königin, Madame.«
Zutiefst erschrocken, verlangte Jeanne die Einzelheiten zu hören. Je mehr sie erfuhr, desto blasser wurde sie. »Ist beim Ableben des armen kleinen Prinzen auch wirklich alles mit rechten Dingen zugegangen?«, flüsterte sie beklommen.
Sie vergrub das Gesicht in den Händen, als Adriens Antwort auf sich warten ließ.
Séverine konnte sich ihrer beider Reaktion nicht erklären. Bestürzt sah sie von Jeanne zu Adrien und dann wieder zu ihrer Schwester.
»Was willst du damit andeuten? Dass man ihn ermordet haben könnte? Bist du von Sinnen? Wer sollte Nutzen aus dem Tod eines Kindes ziehen, das kaum gelebt hat?«
»Fragst du mich das wirklich, Séverine?«, antwortete Jeanne mit einer Gegenfrage. »Denk nach. Denk an die Taufe. An das geweihte Wasser und das Salböl bei der Taufe. Für diese Zeremonie musste er aus der Obhut genommen werden, die ihm Valois sicher angedeihen ließ. Dass er wenige Tage später sterben musste, erregt Verdacht.«
»Es ist nicht unüblich, dass ein Säugling nur wenige Tage lang lebt«, warf Adrien besänftigend ein.
»Mahaut hat ihn bei der Taufe gehalten, sagt Ihr …« Jeanne klang immer verzweifelter.
Verdächtigte Jeanne etwa die eigene Mutter des Giftmordes an Frankreichs Thronfolger? Séverine wollte ihren Ohren nicht trauen.
»Hüte deine Worte«, warnte sie und ergriff Jeannes Hand,

ohne ihren neuen Rang zu berücksichtigen. Sie erschrak, so kalt war sie. »Hast du nicht gehört, was Adrien erzählt hat? Schon die Wehmütter fürchteten um das Leben des königlichen Kindes. Muss ich ausgerechnet dir erklären, wie schwierig Geburten sind? Wie gefährlich die ersten Tage eines Lebens?«

»Und hast du vergessen, welche Gerüchte schon nach dem Tod des Zänkers die Runde machten?«, fragte Jeanne unglücklich. »Auch damals, als Louis so unerwartet und jäh nach einem Trunk zusammenbrach, befand sich unsere Mutter in seiner unmittelbaren Nähe. Gibt dir das nicht zu denken? Du weißt, ihr Ehrgeiz ist unermesslich. Wozu sonst sollten all die geheimen Besprechungen dienen, die sie in den vergangenen Wochen geführt hat?«

»Still. Ich bitte dich. Sie ist trotz allem unsere Mutter. Sie ist keine Meuchelmörderin.«

»Meinst du, das hält sie davon ab, Menschen zu beseitigen, die ihren Plänen im Wege stehen? Muss ich dir erzählen, wozu Mahaut imstande ist? Sie hat dem Zänker Rache geschworen und will seinen Sohn nicht auf dem Thron sehen. Sie fordert Rache für Marguerites Tod und dafür, dass auch Blanches Leben zerstört wurde.«

Sie bedeutete Séverine zu schweigen, ehe sie Adrien mitteilte, was ihrer Meinung nach unbedingt getan werden musste: »Ich werde mit meinen Kindern auf der Stelle dieses Haus verlassen und wieder Wohnung im *Hôtel d'Alençon* nehmen. Die Bogenschützen, die Philippe gesandt hat, um seinen Sohn zu bewachen, sollen uns begleiten. Ich rechne auf Eure Hilfe, Baron.«

»Du kannst nicht einfach verschwinden, solange Philippe und Mahaut in Vincennes sind.« Séverine begriff zwar, welche vernunftwidrige Angst Jeanne zu ihrem überstürzten Entschluss und ihren absurden Anschuldigungen bewegte, billigen konnte sie sie jedoch nicht. »Du musst ihr wenigstens die Möglichkeit geben, sich dir zu erklären. Du kannst sie nicht aufgrund von bloßem Hörensagen verurteilen. Hast du nicht am eigenen Leib verspürt, wie grässlich das ist? Du lässt allen Menschen Gerechtigkeit widerfahren, warum nicht deiner Mutter?«

»Ich will sie nicht sehen. Ich will sie nicht sprechen. Und schon gar nicht will ich, dass sie in die Nähe meiner Kinder kommt«, wich Jeanne der direkten Antwort aus.

»Besinne dich. Du überspannst den Bogen. Du wirst es bereuen. Adrien. So sag doch etwas.«

Jeanne ließ sich nicht umstimmen. Sie brachte Adrien mit einer Geste zum Verstummen. Er sah bereits die Königin in ihr und gehorchte.

Séverine kämpfte weiter.

»Wie sieht es aus, wenn wir fluchtartig dieses Haus verlassen? Philippe wünscht bestimmt keinen neuen Skandal in seiner Familie.«

»Philippe wünscht in erster Linie, dass seine Kinder in Sicherheit sind.«

»Du kannst nicht im Ernst annehmen, dass ihnen Gefahr von Mahaut droht«, insistierte Séverine.

»Vielleicht keine Gefahr für ihr Leben, aber Gefahr für ihre Seelen. Ich möchte nicht, dass sie unter ihren Einfluss geraten«, widersprach Jeanne. »Sie sind jetzt die Töchter des Königs von Frankreich.«

Séverine wandte sich unglücklich an Adrien. Er musste Jeannes Hysterie in vernünftige Bahnen lenken. Auf ihn hörte sie.

»Sag du ihr, dass es so nicht geht.«
Adrien schwieg.
Verstand sie sein Schweigen richtig? Adrien fiel ihr in den Rücken? Waren denn alle närrisch geworden? Séverine rang um Fassung, suchte nach den richtigen Worten und sagte schließlich mit voller Überzeugung: »Glaube mir doch wenigstens dies: Sie würde niemals dir oder deinen Kindern schaden, dafür lege ich meine Hand ins Feuer.«
»Eine solche Garantie ist absurd. Niemand außer dir käme auf diese Idee.«
Dass ausgerechnet Adrien ihr Urteilsvermögen anzweifelte, kränkte Séverine zutiefst. Ihm zu antworten hieße, mit ihm zu streiten.
Sie entschied sich dagegen, wandte sich um und verließ stumm die Kapelle.

* * *

Ein Jahr war fast vergangen, seit Séverine mit Jeanne wieder in Paris eingetroffen war. Adrien erinnerte sich an seine Pläne und seine Hoffnungen. Dass er zwölf Monate später kaum einen zusammenhängenden Tag mit Séverine verbracht hatte und weniger denn je auf eine gemeinsame Zukunft mit ihr hoffen durfte, wäre ihm damals nie in den Sinn gekommen.
Sollte es Jahre so fortgehen?
Er unterdrückte mit Mühe einen Fluch und wandte sich wieder seiner Aufgabe zu. Es fiel ihm immer schwerer, Philippes Wünsche zu erfüllen.
Er hatte ihn gebeten, im königlichen Vorzimmer auf ihn zu warten. Da Artois und Charles sich ebenfalls dort aufhiel-

ten, schritt er gespielt liebenswürdig auf sie zu. Charles betrachtete ihn finster, Artois mit Vorsicht. Sie waren keine Freunde.

»Artois, wie schön, Euch wieder unter den Männern des Königs zu finden«, gratulierte Adrien. Die Worte kamen aus dem Herzen. Was immer den Riesen dazu bewogen hatte, Philippe zu dienen, es war von Vorteil für das Königreich. Mit Mahaut hatte er sogar einen Waffenstillstand bis zum nächsten Osterfest geschlossen. Der Rat hatte zugesagt, sich danach mit seinen Forderungen auseinanderzusetzen.

Vielleicht auch, weil Mahaut im Gegenzug die Kröte geschluckt hatte, die Regierungsgewalt über das Artois bis zur endgültigen Klärung des Streits an Philippe zu übertragen. Als geradezu genial wertete Adrien den Schachzug des Königs, die Einkünfte der Grafschaft in dieser Zeit den Brüdern seines verstorbenen Vaters zu lassen. Valois, ständig in Geldnot, war damit auch ruhiggestellt.

»Der König ließ mir kaum eine andere Wahl, Flavy«, entgegnete Artois mit versteckter Verschlagenheit. »Die Pariser werden schon wissen, warum sie ihn nicht Philippe den Großen, sondern Philippe den Langen nennen. Es wird sich erst noch herausstellen müssen, ob seine Entscheidungen die Größe zeigen, die sein Körper verspricht.«

»Es ist zu unser aller Bestem«, antwortete Adrien.

Es war nicht seine Stärke, spöttische Sprüche mit Gleichem zu vergelten. Er war dankbar, als die Wachen vor dem Arbeitsgemach des Königs endlich zur Seite traten und die Flügeltüren aufrissen.

Wie üblich verzichtete Philippe auf zeitraubendes Zeremoniell. Er grüßte die Anwesenden und war mit wenigen Schritten neben seinem Bruder, Adrien und Artois.

»Es gibt Neuigkeiten aus Eurer umkämpften Provinz, mein Bester«, wandte er sich kühl an Artois. »Wie ich soeben erfahren habe, weigert sich ein Teil Eurer Gefolgsmänner, die Bedingungen des Vertrages zu erfüllen, der bis zur endgültigen Klärung der Besitzverhältnisse im Artois Gültigkeit besitzt. Mein Konnetabel teilt mir mit, dass noch immer einige Burgen und Dörfer unrechtmäßig von diesen Rittern besetzt gehalten werden.«

»Das widerspricht meinen Anweisungen, aber was soll ich tun, Sire? Ihr wisst ja, wie manche von diesen alten Haudegen sind. Stur und schwer zu überzeugen. Ich bedaure das.«

Artois grinste leutselig.

»Dazu werdet Ihr im Châtelet auch reichlich Zeit und Gelegenheit haben, Artois. Man wird Euch dort beherbergen, bis der letzte Buchstabe dieses von Euch unterzeichneten Schriftstückes erfüllt ist. Wachen, bringt den Seigneur von Artois in den Kerker.«

Artois' Gesichtszüge entgleisten. Vor Schreck blieb ihm der Mund offen stehen.

»Das kannst du nicht tun, Bruder!« Charles hatte sich von seinem Schock erholt und stellte Philippe lautstark zur Rede. »Artois ist mit einer Base von uns verlobt. Er gehört zur Familie. Unser Onkel Valois wird sich erneut brüskiert fühlen.«

»Dein Familiensinn ist eine löbliche Eigenschaft, Charles. Doch leider stehst du immer auf der falschen Seite«, erwiderte der König, ohne die Stimme zu heben. »Ich dulde es nicht, dass man mir den Gehorsam verweigert. Schon gar nicht in der eigenen Familie.«

Er wandte sich grußlos ab und winkte Adrien, ihm zu fol-

gen. Charles und Artois waren für ihn schon vergessen, noch ehe sich die Tür hinter ihnen schloss.
Adrien fühlte sich außerstande, so schnell zur Tagesordnung überzugehen. Ohne zu überlegen, brachte er einen Tadel vor, der ihm, streng genommen, den Vorwurf der Majestätsbeleidigung eintragen konnte.
»War das nötig? Vor den Augen und Ohren des ganzen Hofes?«
»Ich musste ein Exempel statuieren, mein Freund. Vergiss meinen Bruder und Artois. Sie haben beide bekommen, was sie seit langem verdienen.«
Philippe schien über die Ungebührlichkeit nicht länger nachzudenken. Er brachte Adrien mehr guten Willen entgegen als seinem eigenen Bruder.
»Mahaut wird Euch jedenfalls dankbar sein. Ihr habt ihr einen Feind aus dem Weg geräumt.«
»Er ist auch mein Feind.«
Adrien schwieg. Seit dem Gespräch in der Kapelle des *Hôtel d'Artois* zermarterte er sich den Kopf darüber, wie sein Leben weitergehen sollte. Er beneidete Philippe mehr denn je um seine Fähigkeit, in jeder Lage den Überblick zu behalten. Was er wohl zu dem Dilemma sagte, in dem er sich befand? Ihn ausgerechnet jetzt mit privaten Sorgen zu behelligen, widerstrebte ihm.
Und doch ... Nach allem, was er von Mahaut wusste, konnte er sie einfach nicht vorurteilsfrei einschätzen. Séverine verübelte es ihm, dass er sie nicht unterstützt hatte. Sie ging ihm aus dem Weg. Dieser Umstand bedrückte ihn sehr. Sie war der einzige Mensch, den er so sehr liebte, dass jede Trennung schmerzte. Dennoch fand er keinen Weg, das Missverständnis zu überwinden. Was verlangte sie von ihm?

Dass er gegen jede Vernunft Mahaut für einen guten Menschen hielt, weil er ihre Tochter liebte?

»Was ist mit dir?«, kam Philippe gleich zur Sache. »Seit Tagen läufst du mit dieser Leichenbittermiene herum und scheinst mit deinen Gedanken weit entfernt zu sein. Was ist geschehen?«

»Séverine.«

Mehr wollte Adrien nicht sagen.

Philippe hob die Augenbrauen. »Ein Streit? Das gehört zum Alltag.«

»Schlimmer als ein Streit.« Adrien ballte eine Faust.« Es geht um Mahaut. Seit Séverine unter ihrem Einfluss steht, kann sie nicht mehr vernünftig denken. Wäre sie bloß nie in ihre Hände geraten.«

»Gilt dein Zorn Mahaut oder Séverine?«

»Beiden. Du kennst vermutlich die Gerüchte, die über Mahaut in Umlauf sind. Jeanne hat ihnen mit ihrem überhasteten Umzug in das *Hôtel d'Alençon* zusätzliche Nahrung verschafft. Kein Mensch in Paris glaubt an Mahauts Unschuld. Nur Séverine. Sie will nichts davon hören. Meinem Urteil vertraut sie nicht mehr.«

»Erwartest du einen Rat von mir?« Philippe wog jedes Wort sorgfältig ab. »Ich kann dir keinen geben. Jeder muss für sich selbst entscheiden, was er glaubt und was nicht. Blind vertrauen sollte ein vernünftiger Mann allein auf Gott.«

Überdruss hinderte Adrien daran, etwas darauf zu erwidern. Seit Jahren erlebte er bei Hofe Lügen und Intrigen. Er war es müde, sich immer wieder damit befassen zu müssen. Diese Machenschaften hatten nun sogar einen Keil zwischen Séverine und ihn getrieben. Er würde am Hof nie glücklich

mit ihr werden können. Mit einem Male fiel ihm die Entscheidung leicht.
»Sicher bin ich mir nur in einem Punkt«, sagte er deshalb und suchte den Blick Philippes, ehe er von Freund zu Freund weitersprach. »Ich bin nicht der richtige Mann für das Leben, das mich an der Seite eines Königs erwartet. Ich bitte dich, mich aus deinen Diensten zu entlassen. Erlaube mir, mich nach Faucheville zurückzuziehen und das zu sein, was ich immer sein wollte. Ein getreuer Lehnsmann meines Königs. Ein Ritter, der für seine Leute, sein Land und seinen König kämpft. In eben dieser Reihenfolge.«
»Du könntest es weit bringen«, antwortete Philippe, ohne den Wunsch zur Kenntnis zu nehmen. »Ich brauche Männer, die mir zur Seite stehen und meine Sache vertreten. Gefährten, auf die ich mich in jeder Lage und ohne Zweifel verlassen kann. Es gibt nur wenige wie dich.«
»Ich bin nicht klug genug, nicht geschmeidig genug, nicht raffiniert genug, um dir so zu dienen, wie du es mit Fug und Recht von mir erwarten kannst. Gib mich frei.«
»Du achtest dich zu gering.«
Adrien schüttelte stumm den Kopf.
»Du weißt nicht, was du verlangst. So viele Jahre des gegenseitigen Verstehens und der Freundschaft. Willst du sie wirklich vergessen?«
Da kam der Diplomat zum Vorschein. Der geschickte Taktierer. Philippe griff selten auf den Charme zurück, den er von seinem Vater hatte. Schon kämpfte Adrien mit dem vertrauten Impuls, ihm jeden Gefallen zu tun. Alles Gesagte rückgängig zu machen.
War es nicht eine grandiose Dummheit, den König im Stich zu lassen?

Höre auf dein Herz. Du wirst Séverine verlieren, wenn du dich für ein Leben am Hof entscheidest. Sie ist nicht die Frau, die sich im Dickicht gesellschaftlicher Lügen zurechtfindet. Ihre Ehrlichkeit wird ihr das Genick brechen, hörte er sich zu sich selbst sagen.
»Von Vergessen kann keine Rede sein«, widersprach er nach einem tiefen Atemzug. »Ich bitte lediglich darum, mein eigenes Leben führen zu dürfen. Ich liebe Séverine, du weißt es. Du hast versprochen, dass wir auf deine Unterstützung rechnen können. Einer Verbindung wolltest du keine Hindernisse in den Weg legen. Tatsache ist freilich, dass nicht einmal du die Gerüchte zum Verstummen bringen wirst, wenn sie als meine Frau bei Hofe erscheint. Wie sollten wir die Ähnlichkeit zwischen Jeanne und ihr erklären? Wie Mahaut aus dem Getuschel heraushalten?«
Er hielt inne. Tief in Gedanken versunken spielte Philippe mit einem Federkiel. Hörte er ihm überhaupt zu? Was konnte er noch vorbringen, um ihn zu überzeugen? Manchmal wusste er in diesen Tagen nicht mehr, ob er mit Philippe oder dem König sprach. Hatte er noch das Recht, seine Freundschaft zu beschwören?
»Eine Zukunft für Séverine und mich kann es nur in Faucheville geben, fernab vom Königshof. Erlaube uns, nach Hause zu gehen. Meine Loyalität und Freundschaft für dich bleiben davon auf ewig unberührt. Im Ernstfall werde ich an deine Seite eilen und dir zur Verfügung stehen.«
Philippe erhob sich so abrupt, dass der Stuhl misstönend über die glasierten Steinquadrate des Bodens glitt. Er wandte Adrien den Rücken zu und starrte in das Kaminfeuer. Als er sich umwandte, wirkten seine Züge versteinert.
»So sei es denn«, sagte er. »Du kannst dich nach Faucheville

zurückziehen. Aber erst nach der Krönung. Der Erzbischof von Reims wird mich am neunten Tag des Monats Januar in der Krönungskathedrale salben. Bis zu diesem Tag benötige ich deine Dienste. Danach mögt Ihr Euch auf Euer Lehen begeben, Baron Flavy.«

Der Wechsel zum offiziellen Titel verriet mehr als alle Worte. Er hatte Philippe so tief gekränkt, dass er ihm als König entgegentrat.

»Und meine Eheschließung mit Séverine Gasnay? Habe ich auch dafür Eure Billigung, Sire?«

»Wenn Ihr das Jawort der Dame und die Zustimmung ihrer Mutter erlangt, soll es an meinem Nein nicht scheitern. Ich wünsche Euch Glück.«

Eine für Philippe typische Entscheidung. Er verwies ihn auf Mahaut. Er wusste, dass Adrien diese Frau seit Jahren aus tiefster Seele verabscheute. Eine Intrigantin und Ränkeschmiedin. Vielleicht sogar eine Mörderin. Auf jeden Fall hatte sie mehr als eine Straftat auf dem Gewissen. Er müsste sie als Großmutter seiner Kinder ertragen.

Philippe beobachtete ihn. In sein Gesicht kam wieder etwas Bewegung.

»Wenn Ihr Erfolg habt, werden wir wieder Brüder sein«, sagte er nun mit einem spöttischen Unterton. »Wir haben sie dann beide zur Schwiegermutter. Eine Frau, in der das Volk eine Giftmischerin und Hexe sieht. Überlegt Euch gut, ob Ihr dieses Schicksal mit mir teilen wollt.«

Für Séverine würde ich sogar mit dem Teufel paktieren.

Er sprach es nicht aus.

Zwanzigstes Kapitel

Ist unsere Mutter vollends von Sinnen? Was soll dieser maßlose Luxus? Ich ersticke fast in all den Gewändern, Pelzen und dem Schmuck. Will sie sich damit etwa meine Zuneigung erkaufen?« Jeanne war ungehalten.

»Sie weiß, was das Volk von seiner Königin erwartet«, vermutete Séverine. »Deine Reise nach Reims steht in Kürze bevor. Glaubst du nicht, dass sie es gut mir dir meint?«

»Die Krönung.« Jeanne klang wenig erfreut. »Vor eineinhalb Jahren waren es Louis und Clementia, die in Reims gesalbt wurden. Sie stattet nicht ihre Tochter aus, sondern die Königin von Frankreich. Besser, sie trüge die Krone. Ohnehin traut sie mir nicht zu, aus eigener Kraft Entscheidungen zu treffen. Sieh dich um, all dies ist ihr Geschmack und nicht der meine. Als Nächstes wird sie mir eine Strafpredigt halten, weil ich noch immer hier wohne und nicht in den Palast auf der *Île de la Cité* übergesiedelt bin.«

Séverine wog ihre Antwort sorgfältig ab. Zwischen Jeanne und Mahaut herrschte nach ihrem Auszug aus dem *Hôtel d'Artois* eisiges Schweigen. Dieser ganze modische Putz – angefangen von den Kämmen aus Schildpatt, den bestickten Gürteltäschchen, den Schleiern und den Gewändern aus Seidenbrokat und Goldstoffen bis hin zu Hauben, die vor

Perlen und Edelsteinen glitzerten – war nichts als ein Flehen um Zuneigung. Mahaut versuchte auf ihre Art, Jeanne für sich zurückzugewinnen.

»Du bist die Königin von Frankreich, auch wenn du es nicht wahrhaben willst. Spätestens nach deiner Rückkehr aus Reims musst du im Palast wohnen. Warum sträubst du dich so sehr dagegen? Ich fürchte, nicht einmal Philippe versteht, was in dir vorgeht.«

»Es würde aussehen, als billigte ich Mahauts Taten«, platzte Jeanne ungewohnt erregt heraus. »Bitte lass uns nicht mehr darüber reden. Es ist schlimm genug, dass mich der verstorbene Prinz in meinen Träumen verfolgt.«

Séverine missachtete die Bitte. »Wir müssen aber darüber reden. Du kannst nicht wirklich glauben, dass unsere Mutter ein derart abscheuliches Verbrechen begangen hat. Sie mag nicht immer den geraden Weg gehen. Sie benutzt Menschen, und wenn es sein muss, nutzt sie sie aus und verbiegt die Wahrheit zu ihren Gunsten, aber sie ist keine Mörderin.«

Jeanne lachte schrill auf.

»Bin ich nicht der beste Beweis dafür, dass ich die Wahrheit sage? Wäre es nicht für alle Beteiligten einfacher gewesen, die Hebamme hätte mich im Augenblick meiner Geburt mit der Nabelschnur erwürgt?«

»Wer sagt dir, dass sie das nicht wollte?«

Noch nie hatte Séverine bei Jeanne einen solch bitteren Unterton vernommen. »Du hasst sie?«

»Schlimmer. Ich fürchte sie.«

»Auch ich begegne ihr mit Vorsicht. Es wäre dumm, ihr zu trauen. Aber ich habe keine Angst um mein Leben in ihrer Gegenwart. Sie ist eine Wölfin. Du weißt, dass Wölfinnen ihre Kinder und ihr Rudel mit dem Leben verteidigen.«

Beifälliges Klatschen an der Tür ließ beide Frauen herumfahren. Mahaut stand unter dem Rundbogen. Wie lange schon? Im Eifer ihrer Auseinandersetzung hatten sie ihre Ankunft überhört.
»Die Stunde offener Worte«, sagte sie jetzt zynisch und schloss die Tür hinter sich. »Welch günstiger Zufall, dass vor der Tür der Königin von Frankreich keine Leibwachen zu finden sind.«
Jeanne wich an die Kaminumrandung zurück.
Séverine straffte die Schultern. Wie lange hatte Mahaut sie belauscht? Egal. Nicht ein Wort würde sie zurücknehmen. Es war an der Zeit, ehrlich miteinander zu reden.
»Du glaubst also, ich hätte meine Finger beim Tod von Jean Posthumus im Spiel gehabt.« Mahaut betrachtete ihre älteste Tochter, als habe sie sie noch nie gesehen. »Du hast mein Haus nicht aus einer dummen Laune heraus verlassen, sondern weil du mich für eine Mörderin hältst. Für eine Sünderin, mit der du nicht länger unter einem Dach leben kannst.«
»Mutter«, stammelte Jeanne. »Bitte, lasst es gut sein. Verzeiht, ich habe keine Zeit für dieses Gespräch. Philippes Großkämmerer hat sich angesagt, um mit mir über die Einzelheiten der bevorstehenden Reise und der Zeremonien zu sprechen. Gehabt Euch wohl.«
Wie gewohnt ging Jeanne der Auseinandersetzung aus dem Weg. Sie verließ fluchtartig das Gemach. Ihre neuen Vorrechte als Königin verboten es ihrer Mutter, sie dabei aufzuhalten.
»Sie hatte von jeher Angst vor einem ehrlichen Zweikampf«, kommentierte Mahaut den überstürzten Abschied trocken. »Ich frage mich, ob Jeanne auf Dauer die Bürde der Krone zu tragen vermag.«

»Philippe wird sie stützen.«
»Philippe wird nicht immer an ihrer Seite sein können.«
»Ich fürchte, Euren Rat wird sie dennoch nicht suchen. Sie hegt große Vorbehalte gegen Euch, mehr noch als Philippe.«
»Du glaubst, der König traut mir?«
Welch unerwartetes Gespräch. Séverine überwand ihre Zurückhaltung und nickte.
»Ich vermute, er kann Eure Gedanken besser nachvollziehen. Nüchtern, sachlich, ist er allein am Erfolg interessiert. Er will nicht glänzen, er will die Ordnung wiederherstellen, die unter der Regierung seines Vaters das Land auch in schwierigen Zeiten zusammenhielt. Artois hat er nicht im Châtelet einkerkern lassen, um Euch einen Gefallen zu tun, sondern er will demonstrieren, dass er auf der strikten Erfüllung eines jeden Vertrages besteht.«
Mahaut nickte.
»Du bist klug, meine Tochter. Schade, dass ich ausgerechnet dich einem Ritter zur Frau geben soll, der nichts Ehrgeizigeres im Sinn hat, als seine Bauern zu schützen und seine Burg zu bevölkern. Woher nimmst du eigentlich die Sicherheit, dass ich beim Tod des Königs und seines Sohnes nicht die Finger im Spiel hatte?«
Séverine dachte lange nach, ehe sie Mahauts Blick offen begegnete. »Ich lebe, das heißt, Ihr respektiert die Unschuld eines Kindes. Was immer Ihr tut, eine Kindesmörderin seid Ihr nicht. Es geht Euch um die Macht, und dafür nehmt ihr den Kampf gegen jeden Mann auf.«
»Weißt du auch warum? Weil es für eine Frau ungeheuer schwer ist, einen Mann zu besiegen. Sogar Königinnen und Damen aus den ersten Familien müssen sich gemeinhin ihren Männern, Vätern, Brüdern oder Onkeln unterwerfen.

Männer bestimmen über das Leben, die Handlungen und die Pläne einer Frau. Verweigert sie sich der männlichen Bestimmung, wird sie verbannt. Nur wenigen gelingt es, sich aufzulehnen. Frauen, die sich nicht beugen, werden verleumdet als Verräterinnen, Hexen, als Besessene oder gar als Mannweiber und Teufelsbuhlen. Sowohl von der Kirche wie vom Staat.«

»Wollt Ihr mir weismachen, an Eurem schlechten Ruf seien allein die Männer schuld? Dass Ihr Euch nie die Hände schmutzig gemacht hättet? Sagtet Ihr nicht eben, Ihr haltet mich für klug?«

Mahaut lachte lauthals. Es hallte von der geschnitzten Decke wider, was sogar Séverine zu einem widerstrebenden Lächeln bewegte.

»Sagen wir, ich habe gelernt, die Männer mit ihren eigenen Waffen zu schlagen«, räumte sie ein. »Sie erwarten das nicht von Frauen. Sie sprechen uns den Intellekt ab. Deswegen war mir öfter Erfolg beschieden, als man es für möglich gehalten hat, aber dafür habe ich mir einen schlechten Ruf eingehandelt. Ich kann damit leben.«

»Bedauert Ihr, dass Ihr Adriens Vater abgewiesen habt?«

Séverine wollte die Frage eigentlich nicht stellen. Es war eher ein Versehen, doch Mahaut überraschte sie mit einer ehrlichen Antwort.

»Wenn du es genau wissen willst: Nein. Die Ehe mit Othon war alles andere als Honiglecken. Aber es ist von Vorteil, wenn der Ehemann älter ist. Witwen haben am Ende größere Freiheiten als alle anderen Frauen.«

Von Mahauts Offenheit beeindruckt, wehrte sich Séverine nicht dagegen, als die Mutter nach ihrer Hand griff und sie lange betrachtete. Sie war von der gleichen Form und Größe

wie die faltige Hand mit den Altersflecken auf dem Rücken und den schweren Ringen auf den Fingern.
»Ich vermute, du wirst keine Ratschläge von mir annehmen. Du hast Adrien von Flavy ins Zentrum deiner Wünsche gestellt, nicht Macht oder Ansehen. Du wirst nach Faucheville gehen, und ich werde dich vermissen.«
Séverine war so viel Offenherzigkeit eher peinlich. Würde sie denn wirklich nach Faucheville gehen? Adrien hatte sich von ihr zurückgezogen, weil sie für Mahaut gesprochen hatte. Nach der Auseinandersetzung in der Kapelle hatte es kein vertrautes Gespräch mehr zwischen ihnen gegeben. Ihr Zorn war längst verflogen. Aber wie stand es um den seinen? Es war an ihm, den Graben zu überwinden.
»Dennoch ein Rat, meine Tochter, wenn auch ungebeten. Adrien ist so etwas wie das aufrechte Gewissen des Königs. Der Bruder, den er sich selbst ausgesucht hat. Es läge in deiner Macht, ihn zu bewegen, an der Seite des Königs zu bleiben. Ein hohes Amt und Einkünfte, die euch von allen Sorgen entheben, wären sein Lohn.«
»Und wo wäre mein Platz in diesem Szenario?«, fragte sie harsch. »Doch sicher nicht am Hof. Es muss doch in Eurem Sinne sein, dass von meiner wahren Herkunft niemand erfährt. Vielleicht wäre mein Platz dann am besten in einem dezenten Haus in einer Gasse, nahe bei *Notre-Dame*, wo die Huren wohnen? Als die heimliche Geliebte eines mächtigen Herrn? Ihr könnt mich nicht nachträglich adeln. Aber wollt Ihr wirklich eine Dirne aus mir machen?«
Mahauts Protest übergehend, sprach Séverine aufgebracht weiter: »Wenn Ihr schon einen Menschen braucht, mit dessen Schicksal Ihr Euch beschäftigen könnt, warum denkt Ihr dann zur Abwechslung nicht einmal an Blanche? Diese

Tochter sitzt noch immer in Château Gaillard. Einsam und von ihrer Mutter und der Welt vergessen.«

Zum ersten Mal erlebte Séverine Mahaut sprachlos. Ihr Gesicht zerfiel in ein graues Netz aus Falten. Ihr dünner Mund bebte.

Séverine bekämpfte augenblicklich ihr schlechtes Gewissen. Dieser Schlag war nicht ehrenhaft. Sie wollte Mahaut zum Schweigen bringen, nicht grausam verletzen.

»Das war gehässig, ich bedaure meine Worte …«

»Nein!« Mahaut unterbrach sie mit einer Geste. »Denkst du, ich hätte nicht längst meine Verbindungen spielen lassen? Mein Gott, ich weiß alles über Château Gaillard. Ich weiß, dass Blanche abgemagert und wirr durch ihr Gefängnis irrt und mit den Krähen spricht, die um ihren Turm kreisen. Ich weiß aber auch, dass der Hauptmann dieser Festung sie bewacht wie sein Augenlicht. Du kannst nicht wissen, wie oft und wie vergeblich ich versucht habe, sie zu befreien oder ihr Los zu erleichtern. Nur das Wort eines Königs kann sie erlösen.«

»Philippes Wort?«

»Er wird es nie geben, wenn du es genau wissen willst. Er lastet ihr jede Träne an, die Jeanne seit Pontoise geweint hat. In seinen Augen hat sie die Freiheit nicht verdient. Zudem würde er sich ihretwegen nie mit Charles anlegen. Charles ist nicht besonders klug, aber Philippe braucht ihn. Er hat eine wichtige Stimme im Kronrat.«

Séverine verstummte.

Bedauernswerte Blanche.

Wo Mahaut keinen Ausweg sah, da gab es auch keinen.

* * *

Der Palast des Erzbischofs von Reims glich einem Bienenstock. Die Stadt der Tuchhändler, in deren gewaltiger Kathedrale seit jeher die Könige von Frankreich gekrönt und gesalbt wurden, platzte in den ersten Januartagen des Jahres 1317 aus allen Nähten. Obwohl im Winter die Handelswege kaum befahrbar waren, hatte die Nachricht von der Krönung viele Menschen nach Reims gelockt.
Der gewaltige Tross der Majestäten, der sich mit den höchsten Würdenträgern des Staates, der Kirche und den Gesandten verschiedener Länder von Paris auf den Weg nach Norden gemacht hatte, war endlich eingetroffen. Die Krönung, nicht nur Staatsakt, sondern auch Gelegenheit zum Jahrmarkt und zum Handel, würde morgen stattfinden.
Sogar im erzbischöflichen Haus herrschte unvorstellbare Enge. Adrien zwängte sich nur unter Mühen zum König durch, der nach ihm hatte rufen lassen. Philippe konferierte einmal mehr mit seinem Onkel Valois, der sich – bewegt von einer großzügigen Schenkung – endgültig auf seine Seite geschlagen hatte.
Wie immer ließ Valois an niemandem ein gutes Haar. Er schimpfte über die Herzogin-Witwe Agnes von Burgund. Dabei hatte er noch vor kurzem selbst die Meinung vertreten, dass die Krone nach dem Tod von Clementias Sohn an Louis' Tochter Jeanne von Navarra fallen solle. Danach wetterte er ausgiebig über den englischen König, der der Einladung nach Reims nicht gefolgt war.
Adrien unterdrückte ein Grinsen, als Philippe der Geduldsfaden riss und er seinen Onkel schroff bat, sie allein zu lassen.
»Jeanne hat der Engländer mit seinem Entschluss sicher einen Gefallen getan«, konnte sich Adrien einen Kommen-

tar zu Valois' letzten Sätzen nicht versagen. »Es hätte ihr vermutlich missfallen, am Tag der eigenen Krönung ausgerechnet Isabelle zu begegnen.«
»Meine Schwester sendet uns ihre Glückwünsche«, entgegnete Philippe betont neutral. »Ich habe dich zu mir gebeten, weil ich möchte, dass du mich heute Abend nach dem Festmahl zum Gebet in die Kathedrale begleitest, Adrien. Du hast in Jeanne eine beredte Fürsprecherin deiner Interessen gefunden. Unsere Missverständnisse sollten nicht länger zwischen uns stehen.«
Es gehörte zum streng befolgten Zeremoniell, dass der König sich am Abend vor der Krönung in der Kathedrale im Gebet sammelte. Nur wenige Würdenträger und engste Vertraute sowie sein persönlicher Beichtvater begleiteten ihn dabei.
»Es ist mir eine Ehre«, antwortete Adrien, ebenso überrascht wie erfreut über das unerwartete Entgegenkommen Philippes.
Seit er ihn gebeten hatte, ihn aus seinen Diensten zu entlassen, hatten sie kaum persönliche Worte miteinander gewechselt.
»Mehr als du denkst«, entgegnete Philippe rätselhaft und deckte ihn wie gewohnt mit so vielen Pflichten ein, dass Adrien nicht zum Nachdenken kam.
Das Festmahl bot ihm die erste Möglichkeit, in Ruhe seine Gedanken zu sammeln. Es fand in einer eigens für diesen Zweck neben dem erzbischöflichen Palast errichteten Halle statt. Nach alter Sitte bestritt die Stadt Reims die Kosten der Krönung.
In so kurzer Zeit gleich zweimal ein solches Fest ausrichten zu müssen, brachte sie fast in den Ruin. Die gewaltigen Kosten gruben Sorgenfalten in die Mienen der Ratsherren. Mit-

ten im Winter Fuhrwerke voller Federvieh, Fische, Käse, Hammel, Ochsen, Schweine, Rinder und Wild aufzutreiben hatte sich als ebenso teuer wie schwierig erwiesen.

Das Bankett war dennoch prächtig und verschwenderisch. Adriens Blick streifte die langen Festtafeln auf der Suche nach Séverine. Er sah sie nirgends. Immer wieder hatte er sie auf den einzelnen Stationen ihrer Reise von Ferne erblickt, aber nie die Möglichkeit gefunden, mit ihr zu sprechen. Jeanne war nicht nur von ihrem Hofstaat, sondern auch von ihrer Mutter und deren Damen umgeben gewesen, zu denen Séverine offiziell zählte. Hoffentlich gelang es ihm, sie nach den Feierlichkeiten zu sprechen.

Da Mahaut eine wichtige Rolle bei der Krönung zufiel, trat sie ebenfalls in aller Pracht auf. Man hatte ihr auf jeder Etappe des Weges angemerkt, dass sie sich sowohl ihrer Macht wie ihrer Bedeutung bewusst war. Er würde vor ihr zu Kreuze kriechen müssen, ehe Séverine mit ihm nach Faucheville kam. Würde sie sie gehen lassen?

Vermutlich wusste Séverine inzwischen von seinen Plänen. Philippes Äußerung, Jeanne habe sich für ihn eingesetzt, deutete darauf hin, dass er mit ihr darüber gesprochen haben musste. Was Jeanne wusste, wusste auch Séverine. Die Frage war indes – was hielt sie von seinem Entschluss? Reichte sie ihm die Hand zur Versöhnung? Würde sie Jeanne und die Kinder für ihn verlassen?

Das Zeremoniell des Kirchenbesuches zwang das Königspaar, weit vor Ende des Banketts aufzubrechen. Adrien schloss sich, wie befohlen, dem Zug an. Die Januarnacht war klirrend kalt. Die Stadt hallte wider vom Lärm der Feiernden. Musik. Lachen. Schreie. Beifall. Das Grölen der ersten Betrunkenen.

Die gewaltigen Ausmaße des dreischiffigen Gotteshauses, das sie durch einen Seiteneingang betraten, beeindruckten auch im Dunkeln. Das Licht der Fackeln tanzte über prächtig geschmückte Säulen und Altäre. Wandteppiche, mannshohe Kerzen und Girlanden aus Tannengrün fielen Adrien auf. Der Steinboden verschwand zum größten Teil unter Teppichen.

Im Chor war ein zusätzliches Podest errichtet worden, da das Gestühl nicht alle Geladenen fassen konnte. Es roch nach Wachs und feuchtem Stein, nach Weihrauch und Wald, nach der Wolle der Teppiche und dem frisch gehobelten Holz der Tribüne.

»Majestät!«

Die Gestalt eines Mönchs im schlichten braunen Habit, die Kapuze tief in die Stirn gezogen, trat in ihren Weg.

Philippe schien auf ihn gewartet zu haben. Sie sprachen leise miteinander, ehe sich der König an seine Begleitung wandte.

»Wartet hier auf mich. Ich kehre gleich zurück. Ich habe meinen Beichtvater gebeten, für mich und meine Familie eine kurze Andacht in der Chorkapelle zu halten. Flavy, Ihr kommt mit.«

Adrien war sich der fragenden Blicke bewusst, die diese Auszeichnung nach sich zog. Allein die Königin und Mahaut gingen mit ihnen. Der Mönch schritt mit erhobener Fackel voraus. Mit dem Bau der Basilika hatte man vor hundert Jahren begonnen. Sie war immer noch nicht ganz fertiggestellt, aber schon jetzt rühmte man ihre formvollendete Schönheit.

Der Kranz der Kapellen, in den Chorumgang eingefügt, war von wenigen flackernden Kerzen erhellt. Nur in der Stirnkapelle, direkt hinter dem Altar, leuchtete mehr Licht.

Eine kleine Gruppe von Personen wartete hier auf den König und seine Begleiter. Adrien erkannte überrascht seinen Knappen Julien, den er eher in irgendeiner Schenke vermutet hätte. Aber auch eine Frau. Séverine.

Der Mönch reichte die Fackel an Julien weiter, ehe er vor dem Altar das Knie beugte.

Philippe drehte sich zu Adrien um und sah ihn bedeutungsvoll an.

»Es liegt allein an dir, welchen Segen wir hier erbitten, mein Freund. Ich entlasse dich vor dem Allmächtigen aus meinen Diensten und gewähre dir die Freiheit, deiner Wege zu gehen. Gott schütze dich.«

Adrien meisterte seine Überraschung blitzartig. Philippe hatte kaum ausgesprochen, als er schon vor Mahaut auf ein Knie sank.

»Gebt mir Séverine zur Frau.«

Keine Bitte, eine Forderung.

Mahaut betrachtete ihn stumm. Adrien fühlte, dass er geprüft und bewertet wurde. Wie fiel das Urteil aus? Mahauts Miene gab ihm keinen Anhaltspunkt. Erst als sie sich zu Séverine umwandte, stand ein eigenartiges Lächeln in ihren Mundwinkeln.

»Die Entscheidung liegt bei dir, meine Tochter. Es steht mir nicht zu, über dein Leben zu verfügen. Das habe ich aus unserem letzten Gespräch gelernt. Dieses Recht habe ich verwirkt.«

»Werdet Ihr Euch aus unserem Leben heraushalten?«

Séverines Stimme klang heiser vor Anspannung. Sie war auf Philippes Befehl hier. Bis zuletzt hatte sie sich gefragt, ob sie tatsächlich gehorchen sollte oder nicht. Adriens Kniefall erlöste sie aus allen Zweifeln. Er zürnte ihr nicht, dass sie sich für ihre Mutter eingesetzt hatte. Eine Liebe wie die ihre ertrug sogar Mahaut!

Beide Frauen maßen sich mit stummen Blicken. Adrien verfolgte das Duell mit zunehmender Verblüffung. Philippe lächelte. Mahaut hatte offensichtlich ihre Meisterin in der eigenen Tochter gefunden.

»Werdet Ihr? Gelobt Ihr das?« Séverine brach das Schweigen herausfordernd.

»Dieses Versprechen gebe ich dir und möchte dir damit meine Reue zeigen«, antwortete Mahaut ungewohnt sanft.

Séverine reichte Adrien die Hand. Er ergriff sie und erhob sich, um ihr in die Augen sehen zu können. Es bedurfte keiner Worte zwischen ihnen. Ihrer Liebe bewusst, traten sie gemeinsam vor den Altar, wo Pater Philémon auf sie wartete.

Die Zeremonie war kurz, der Abschied danach ebenso.

Jeanne und Séverine umarmten sich heftig. Sie unterdrückten beide die Tränen. Nun trennten sich ihre Wege wieder.

Der König reichte Adrien die Hand. Ein letzter Gruß unter Gleichgesinnten.

»Ich wünsche dir Glück, wenngleich ich nicht verhehle, dass es mich reut, dir mein Wort so leichtsinnig gegeben zu haben.«

Ihr Händedruck dauerte an. Weder Mahauts polternde Glückwünsche noch Jeannes freundliche Worte oder Pater Philémons frommer Segen erreichten sie.

Letztendlich drängte Jeanne zur Eile. Man erwartete sie und Philippe.

Adrien und Séverine verließen die Kathedrale durch den Seiteneingang.

* * *

»Träume ich?«, fragte Séverine, als sich die Pforte hinter ihnen schloss, Adrien leise.
Er hielt ihr die Pergamentrolle hin, die er als Letztes von Philippe erhalten hatte. »Dies ist die Urkunde, die bestätigt, dass wir Mann und Frau sind. Nichts hält uns mehr in dieser Stadt. Wir können uns auf den Heimweg machen. Oder möchtest du gerne der Krönung beiwohnen?«
»So wenig, wie ich Mahauts Ehrendame sein will«, entgegnete Séverine erleichtert. »Julien weiß, wo meine Habseligkeiten sind. Reiten wir gleich.«
»Ein bisschen Geduld musst du noch aufbringen. Die Stadttore werden erst bei Sonnenaufgang geöffnet. Die Frage ist allerdings, ob wir irgendwo einen warmen Platz finden, wo wir bis dahin allein sein können.«
»Ich kenne einen.« Julien kratzte sich verlegen unter seiner federgeschmückten Kappe. »Allerdings ist er einem Ritter und seiner Dame kaum angemessen.«
»Wir nehmen, was wir kriegen können«, sagten sie wie aus einem Munde und lachten zum ersten Mal wirklich unbeschwert.
Julien führte sie zu einem Pferdestall in der Nähe des Flusses, der versteckt hinter der Werkstatt eines Hufschmieds lag. Der Dunst der Tiere wärmte die Behausung, die außer ihnen noch niemand entdeckt hatte. Der Knappe verschwand umgehend. Die Strohvorräte hinter den Futterraufen boten ihnen ein ungestörtes Nachtlager.
»Mein Gott, ich kann mein Glück noch gar nicht fassen«, jubelte Séverine. Sie drehte sich mit ausgebreiteten Armen einmal um sich selbst. »Hier fühle ich mich schon fast wie in Faucheville. Der Stall, das Stroh, die Pferde, alles riecht wie zu Hause. Mein Körper beginnt, wieder zu leben. Meine

Sinne werden wieder froh. In der letzten Zeit war ich oft ganz verzweifelt. Ich dachte, Faucheville würde für immer ein Traum bleiben.«

Adrien gefiel ihr Überschwang. Das war die Séverine, die er kannte.

»Wenn das Wetter mitspielt, können wir in einer Woche in Faucheville sein. Sie werden Augen machen, wenn sie die neue Herrin sehen. Fühlst du dich stark genug für dein neues Leben?«

»Das fragst du Mahauts Tochter?«

Adrien fiel in ihr Lachen ein. Er zog sie besitzergreifend an sich.

»Mahauts Tochter ist jetzt die Herrin von Faucheville. Die Baronin Flavy, meine geliebte Frau, meine Freundin, mein Leben.«

Ihre Lippen fanden sich zum Kuss. Sie ließen sich in das Stroh fallen und vergaßen ihre Umwelt.

Sie waren Mann und Frau.

* * *

Mahaut von Artois stand am Fenster des prächtigen Bürgerhauses, das sie für sich und ihr Gefolge in Reims gemietet hatte. Sie fand keinen Schlaf, obwohl ihr Köper nach Ruhe verlangte. Ihre rastlosen Gedanken hielten sie wach.

Heute hatte ihre jüngste Tochter mit Bestimmtheit ihr Leben in die Hand genommen und sie verlassen. Morgen würde ihre älteste Tochter in der Kathedrale zur Königin von Frankreich gesalbt.

Sie ahnte, dass sie beide für immer verloren hatte, doch es erfüllte sie auch mit Stolz, ihre Mutter zu sein.

Anhang

Personenverzeichnis

Mahaut, Gräfin von Artois

Als einzige Tochter des Grafen Robert II. von Artois um 1270 geboren, wird sie 1285 mit Othon von Burgund verheiratet. Sie schenkt ihm zwei Töchter – Jeanne und Blanche – sowie zwei Söhne: Jean, der als Säugling stirbt, und Robert (1300–1315). Ihr korrekter Titel ist Gräfin von Artois und Burgund, Herrin von Salins und Pair von Frankreich. Im Jahr 1329 stirbt sie in Paris. Die Todesursache bleibt ungeklärt, Gerüchte sprechen von Gift. Sie hat die Königslinie der Kapetinger ebenso überlebt wie die vergeblichen Prozesse ihres Neffen Artois um sein rechtmäßiges Erbe.

Mahaut (auch Mathilde genannt) gilt als eine der schillerndsten Frauenfiguren der Geschichte Frankreichs. Keines der ihr angelasteten Vergehen kann ihr wirklich nachgewiesen werden. Die heutige Geschichtsforschung geht davon aus, dass sie sich in erster Linie durch Herrschsucht, Machthunger und rücksichtsloses Auftreten unbeliebt gemacht hat. Es gibt keine ernstzunehmenden Beweise, dass sie beim Tod des Zänkers oder dem des Jean Posthumus ihre Finger im Spiel gehabt haben könnte.

Robert III. von Artois

Als 1302 der Großvater des 15-jährigen Robert stirbt, stellt seine Tante, Mahaut von Artois, die Behauptung auf, dass seine ebenfalls verstorbenen Eltern, Philippe von Artois und Blanche von Bretagne, niemals geheiratet haben. Mahaut eignet sich auf diese Weise das Erbe des Jungen an und schafft sich einen Todfeind.

In zahllosen Intrigen und Prozessen kämpft Robert von Artois danach vergeblich um sein Erbe. Man sagt ihm nach, dass er großen Anteil an der Aufdeckung des Skandals um die drei Schwiegertöchter Philippes des Schönen hat. Als er schließlich mit gefälschten Dokumenten sein Recht zu erzwingen versucht, muss er aus Frankreich fliehen, um der Hinrichtung zu entgehen. Seine Besitztümer werden beschlagnahmt. In England findet er bei Königin Isabelle Zuflucht. Er gilt als treibende Kraft für die Anspüche Isabelles, die den Thron Frankreichs für ihren Sohn fordert, nachdem ihre Brüder verstorben sind.

Blanche von Burgund, Gräfin von Marche

In Château Gaillard gefangen, muss Blanche von Burgund noch bis zum Frühling 1322 warten, ehe sie endlich ihr Gefängnis verlassen darf. Nach dem überraschenden Tod seines Bruders Philippe (der König stirbt am 3. Januar 1322 an der Ruhr) setzt Charles am 13. Mai 1322 seine Scheidung von ihr durch. Blanche, an Körper und Geist gebrochen, zieht sich in das Kloster von Maubuisson zurück, wo sie 1326 stirbt.

Jeanne von Burgund, Gräfin von Poitiers

Der Sohn, den Jeanne Philippe schenkt, stirbt schon eineinhalb Monate nach der Krönung in Reims. Ein weiteres Kind, dessen Geschlecht nicht überliefert ist, kommt 1317 zur Welt und stirbt ebenfalls. Dem Paar bleiben vier Mädchen. Jeanne, Marguerite und Isabelle heiraten im französischen Hochadel, Blanche wird Nonne.

Nach dem unerwarteten Tod ihres Mannes regiert Jeanne gemeinsam mit ihrer Mutter die Pfalzgrafschaft von Burgund. Die meiste Zeit lebt sie in Gray, aber auch im *Hôtel de Nesle* in Paris. Philippe schenkt es ihr 1319. Jeanne erweist sich als kluge und vorausblickende Regentin ihrer Grafschaften (nach dem Tod der Mutter erbt sie auch das Artois). In ihrem Testament bestimmt sie, dass das skandalumwitterte Hôtel an der Seine verkauft werden soll. Vom Erlös wird das *Collège de Bourgogne* auf dem linken Seine-Ufer errichtet. Es nimmt zwanzig bedürftige Studenten aus dem Burgund auf und ermöglicht ihnen das Studium der Logik und Philosophie

Jeanne stirbt acht Jahre nach ihrem Mann, am 21. Januar 1330. Sie ist in der Gruft der französischen Könige in St. Denis beigesetzt.

Isabelle von Frankreich, Königin von England

Die Günstlingswirtschaft ihres Gemahls treibt die englische Königin in Verzweiflung und Rebellion. Sie findet in Roger Mortimer, dem Baron von Wigmore, einen Vertrauten und erwirbt sich an seiner Seite die wenig schmeichelhafte Bezeichnung »die Wölfin von Frankreich«. Nicht zuletzt wird ihr der Tod des eigenen Gemahls angelastet, der auf barbarische Weise ermordet wird, indem man ihm eine glühende Eisenstange rektal in die Gedärme stößt. Eine durchaus übliche Art, mit der im englischen Mittelalter Homosexuelle bestraft werden. 1330 gelingt es Isabelles Sohn Edward, die Macht an sich zu reißen. Mortimer wird des Verrats angeklagt und hingerichtet, Isabelle vom Hof verbannt. Sie stirbt am 22. August 1358 in Hertford Castle.

Marguerite von Burgund, Königin von Navarra

Dass die Tochter Herzog Roberts II. von Burgund und der Königstochter Agnes von Frankreich 1315 auf Befehl ihres Ehemannes mit Hilfe der eigenen Haare erdrosselt wurde, ist Legende. Ebenso der Zeitpunkt. In »Die französischen Könige des Mittelalters«, Verlag C.H. Beck, vertritt Bernhard Töpfer die Meinung, dass Marguerite im Frühjahr 1315 starb, so dass der Hochzeit des Zänkers nichts mehr im Wege stand. Man geht davon aus, dass sie an einer Lungenentzündung litt, die in Anbetracht ihrer Haftbedingungen tödlich endete. Noch heute kann man in den Ruinen von Château Gaillard eine Treppe besichtigen, die angeblich in ihren Kerker führte. Spektakulär ist der unglaubliche Blick, den die Ruinen über den Lauf der Seine erlauben.

Salisches Gesetz

Bei der »Lex Salica« handelt es sich um ein Gesetzbuch in lateinischer Sprache. Anfang des sechsten Jahrhunderts dient es in Frankreich als Grundlage der Rechtsprechung. Unter der Regentschaft Philippes des Langen bildet es die Rechtsgrundlage dafür, dass Frauen und ihre Nachkommen künftig von der Thronfolge ausgeschlossen sind. Der Begriff »Salisches Gesetz« steht für den Ausschluss der weiblichen Erbfolge. Erstes Opfer dieses Gesetzes ist Eduard III., Isabelles Sohn. Mit dieser Begründung wird ihm die französische Krone verweigert, was zum Hundertjährigen Krieg führt.

Der Fluch und der Schatz der Templer

Innerhalb eines Jahres, so fordert Jacques von Molay, der letzte Großmeister der Templer, am 19. März 1314 auf dem Scheiterhaufen, will er sich mit König und Papst vor dem Gericht Gottes treffen. Er verflucht die Könige von Frankreich bis in die 13. Generation und schafft damit den unzerstörbaren Mythos vom »Fluch der Templer«. Historiker verweisen den Fluch heute in das Reich der Legende. Allerdings können sie für die Richtigkeit dieser Behauptung ebenso wenige Beweise erbringen wie für das Gegenteil. Ähnliches gilt auch für den Schatz der Templer. Ob und in welchem Umfang er existiert hat oder noch existiert, ist ein Geheimnis.

Die Judeninsel

Das Drama um die Tempelritter findet in den Flammen des Scheiterhaufens auf der sogenannten Judeninsel seinen Höhepunkt. An der Westspitze der *Île de la Cité* von Paris gelegen – damals befand sich eine ganze Reihe kleiner sumpfiger Inselchen an dieser Stelle –, wird sie im 16. Jahrhundert von Heinrich III. befestigt, indem er die Seine-Arme zwischen den Landstücken zuschütten lässt. Ein winziger Park entsteht. Der *Square du Vert-Galant* liegt noch heute auf dem Niveau von damals. Eine Gedenktafel erinnert an den Ort, an dem der Großmeister der Templer den Tod fand.

Vincennes

Das Schloss von Vincennes, das sich heute gerne »Versailles des Mittelalters« nennt, ist 1315 eine wehrhafte Festung mit Wachtürmen und Zugbrücken, an der noch gebaut wird. Der fünfundzwanzig Meter hohe Donjon, den man heute besichtigen kann, wird erst in den folgenden Jahrzehnten fertiggestellt.

Dank

Für Lektorat, Begleitung, gute Ratschläge, Mitgrübeln und ›Auf-die-Finger-klopfen‹, wenn die Phantasie mit mir durchging, danke ich Barbara Kiesebrink.

Stammtafel der französischen

Louis VIII. ∞ Blanca von Kastilien
(1187–1226)

Louis IX. (der Heilige) ∞ Marguerite v. Provence
(1214–1270)

Philippe III. (der Kühne) ∞ (1) Isabelle von Aragon
(2) Maria von Brabant
(1245–1285)

Philippe IV. (der Schöne) ∞ *Jeanne von Navarra*
(1268–1314)

Louis X. (der Zänker)
(1289)*
∞
Marguerite v. Burgund
(1292)*

Isabelle (Königin von England)
(1292)*

(Kursiv gesetzte Personen erscheinen im Romar

Königsfamilie im Jahre 1314

Robert
Graf von Artois
(1216–1250)
∞
Mahaut von Brabant
(die Großeltern Mahauts von Artois)

Alfons
Graf von Poitiers
(1220–1271)
∞
Jeanne von Toulouse

Charles
Graf von Anjou
(1227–1285)
∞
Beatrix von Provence

Agnes von Frankreich ∞ Herzog Robert II. von Burgund
(1248–1306)

Marguerite von Burgund ∞ Louis X.
(1292)*

Charles
Graf von Valois
(1270)*

Louis
Graf von Evreux
(1276)*

Philippe V. (der Lange)
(1293)*
∞
Jeanne v. Burgund
(1292)*

Charles IV. (der Schöne)
(1294)*
∞
Blanche v. Burgund
(1295)*

MARIE CRISTEN

Beginenfeuer

Roman

Von eigenwilligen Frauen und einem dunklen Geheimnis …
Flandern um 1300. Seit sie denken kann, lebt die junge Waise Ysée im Beginenhof zu Brügge. Die frommen Frauen bieten ihr Schutz vor der rauhen Wirklichkeit – denn niemand soll sich an Ysées Herkunft und an die blutigen Ereignisse ihrer Kindheit erinnern. Als sie zu einer schönen jungen Frau heranwächst, rivalisieren mehrere Männer um sie – bis einer von ihnen eine schockierende Entdeckung macht. Und plötzlich geht es für Ysée nicht mehr nur um Liebe, sondern um Leben und Tod …

Die Stunde des Venezianers

Roman

Brügge, Ende des 14. Jahrhunderts. Guter Rat ist teuer für die junge Adlige Aimée Andrieux: Kurz nachdem sie ins Handelshaus Cornelis eingeheiratet hat, kommt ihr Gatte ums Leben – und sie steht vor dem Nichts.
Mächtige Kreditgeber fordern nach dem Tod des Herrn ihr Geld zurück. Doch gegen den Widerstand aller will Aimée kämpfen, will beweisen, dass auch eine Frau im Handel Erfolg haben kann: Als ehemalige Hofdame kennt sie die Schwäche der jungen Herzogin Margarete für Juwelen, kostbare Roben und prächtig gewirkte Teppiche – und weiß sie mit viel kaufmännischem Mut zu nutzen.
Doch was genau führt der undurchsichtige Venezianer Domenico Contarini im Schilde, ein Abgesandter des Dogen? Entsetzt und zugleich fasziniert muss die junge Handelsherrin erkennen, dass ihr die sorgsam geknüpften Fäden aus der Hand zu gleiten drohen …